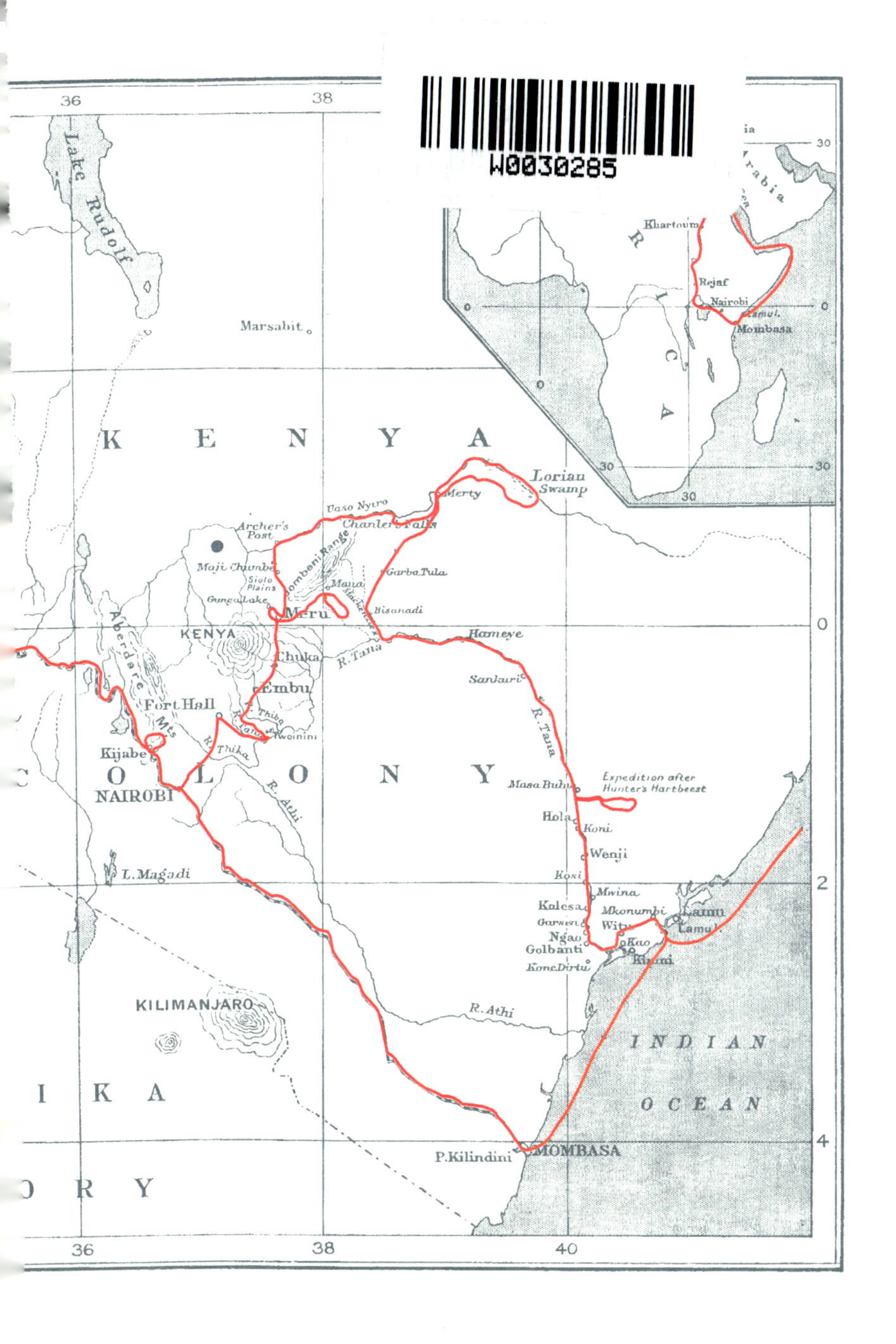
W0030285
Lake Rudolf
Marsabit
KENYA COLONY
Loriau Swamp
Merty
Uaso Nyiro
Chanler's Falls
Archer's Post
Maji Chumbe
Siolo Plains
Gunga Lake
Lombeni Range
Maua
Garba Tula
Bisanadi
Meru
KENYA
Chuka
Embu
R. Tana
Hameye
Aberdare Mts
Fort Hall
R. Thiba
Kwoinini
R. Thika
Kijabe
NAIROBI
R. Athi
Sankuri
Masa Buhu
Expedition after Hunter's Hartbeest
Hola
Koni
Wenji
Kosi
Mwina
Kolesa
Mkonumbi
Witu
Lamu
Ngao
Golbanti
Kao
Kipini
Kone Dirtu
L. Magadi
KILIMANJARO
R. Athi
INDIAN OCEAN
P. Kilindini
MOMBASA
Khartoum
Rejaf
Nairobi
Lamu
Mombasa
AFRICA
Arabia
36
38
40
0
2
4
30

N & K

Erstverkaufstag: 26. 2. 2002
Wir bitten die Sperrfrist zu beachten

Lukas Hartmann

Die Tochter des Jägers

ROMAN

Nagel & Kimche

Für meine Mutter

1 2 3 4 5 06 05 04 03 02

Herstellung: Meike Harms und Hanne Koblischka
Satz: Satz für Satz. Barbara Reischmann
Druck und Bindung: Friedrich Pustet
Printed in Germany
ISBN 3-312-00292-3

Denn das letzte und endgültige Ziel dieser Jagd ist eben das, jene flüchtige und wilde Beute zu erreichen, durch die der Erbeuter selbst zur Beute, der Jäger zum gejagten Wild wird.

Giordano Bruno

Das Leben selbst, dachte ich, hat nur dann seinen Glanz, wenn man es gefährlich lebt und sich von ihm frohen Mutes herausfordern lässt. Wenn man alles wagt und alles mit beiden Händen verschenkt, stets bereit, das Unbekannte freudig zu begrüßen.

Was ist das wertvollste von allen Dingen, die wir uns wünschen? Ich denke, es ist das Mitgefühl.

Vivienne von Wattenwyl

Auspacken

HUNDERTVIERUNDDREISSIG Häute! Wir haben sie nicht *ausgestopft*, wenn Sie mich schon fragen; o nein, was ist das für ein plattes und entwürdigendes Wort! Wir haben hundertvierunddreißig Häuten ihren Körper zurückgegeben; wir haben die Tiere wiederbelebt in ihren schönsten Posen und sie, wie es ihnen gebührt, in die Savannenlandschaft hineingestellt. Mancher Besucher unserer Dioramen-Sammlung hat schon zu sehen geglaubt, wie die Ohren einer Gazelle zucken oder wie der Kaffernbüffel einen Schritt auf ihn zu macht, und manch ein Kind ist angesichts unserer Löwen ängstlich zurückgewichen und hat sich in die Arme der Mutter geflüchtet.

Mein Lehrmeister, der große Georg Ruprecht, hat mir erzählt, wie es damals war, als die großen Kisten aus Afrika ankamen, die Kisten mit den Häuten, den abgefleischten Schädeln, dem Gehörn, den Bein- und Beckenknochen. Ich selbst trat ja erst vier Jahre später, 1927, in den Dienst des Museums. Mit ihrem Wagen fuhr die Speditionsfirma vor dem alten Gebäude an der Waisenhausstraße vor, und der Präparator Ruprecht nahm, zusammen mit Dr. Baumann, dem Kurator der zoologischen Sammlung, die neue Sendung in Empfang. Die Holzkisten waren in mehrere Schichten Packpapier eingeschlagen, solide verschnürt, mit Etiketten beklebt, unzählige Male abgestempelt und von Zollbehörden visiert. Man sah die Spuren der Reise, die Risse im Packpapier, Schmierstellen auf der Adresse in Fräulein von Wattenwyls Handschrift. Herr Ruprecht bedachte mit Ehrfurcht, woher die Kisten kamen und wie viele Tausend Kilometer sie, per Schiff und per Bahn, zurückgelegt hatten. Aber er drängte darauf, sie sogleich auszupacken; er konnte es kaum erwarten, ihren Inhalt zu sichten und abzuschätzen, was sich daraus machen ließ. Das Hilfspersonal schaffte die Kisten treppab in das Souterrain, in Ruprechts damalige Werkstatt, wo die halbfertigen Gipsmodelle standen. Mit dem Stemmeisen brach er die Kistendeckel auf. Es brauchte Geschick dazu und äußerste Sorgfalt; doch das Splittern des Holzes war Musik in seinen Ohren. Die Häute steckten, mehrfach zusammengefaltet oder zusammengerollt, in gut zugenähten Hanfsäcken, die er heraushob und auftrennte. Dann lagen die brettigen Häute endlich vor ihm, unansehnliche Bündel von lehmartiger Farbe, aus denen hier und dort Hufe ragten. Die Fellseite war nach innen gewendet, kein Außenstehender hätte vermutet, dass die Häute einst Schutz und Zierde von prächtigen Tieren unter der afrikanischen Sonne waren. Ruprecht überprüfte, wie spröde, wie dünn geschabt sie waren, und ignorierte den beißenden Geruch nach Konservierungsmitteln. Nach Blut indessen, das gelegentlich auf kleinen Hautpartien eingetrocknet war, rochen sie nie, zum Glück auch selten nach Aas. Ruprecht, der täglich neun und mehr Stunden in diesen Räumen verweilte, hätte es nicht ertragen. An die rasche Verderblichkeit von Kadavern habe auch ich mich nie gewöhnen können, denn für uns Präparatoren ist der Verwesungsprozess der größte Feind.

Bei den Häuten lag jeweils ein Umschlag, der ein Verzeichnis der mutmaßlichen Arten und Varietäten enthielt, zu denen sie gehörten. Dazu kamen Skizzen mit allen notwendigen Maßen und kurze Bemerkungen zu den Umständen des Abschusses; auch das Datum fehlte nie. Dieses Verzeichnis hatte ausnahmslos Fräulein von Wattenwyl geschrieben, anfänglich wohl nach dem Diktat ihres in zoologischen Fragen erstaunlich bewanderten Vaters. Nach seinem Tod erwies sich Fräulein von Wattenwyl zur allgemeinen Überraschung als fähig, die Expedition mit sechzig Eingeborenen allein zu Ende zu führen und die Qualität der übersandten Häute beizubehalten. Auch wenn es ihr leider nicht gelang, für unser Museum später ein Okapi oder einen Gorilla zu erlegen, so hatte Herr Ruprecht doch große Freude an ihren Wasserböcken und am weißen Nashorn, das sie, ganz am Ende der ersten Safari, im Niltal aufspürte und eigenhändig zur Strecke brachte. Auf ihrer zweiten Afrikareise, vier Jahre später, begnügte sich Fräulein von Wattenwyl dann allerdings mit der fotografischen Pirsch. Die Gründe für ihren Jagdverzicht, sagte mir Ruprecht, seien ihm nie ganz klar geworden, sie hätten womöglich damit zu tun, dass ihr das Abbalgen der Häute, für das sie die Verantwortung trug, mit der Zeit zu viel Mühe machte, was ja auch, wenn man an ihre Konstitution denke, begreiflich sei.

DIE ANKUNFT

Die Insel, die vor ihnen aus dem Dunst auftauchte, glich einem grünbuckligen Fabeltier. Sein Atemhauch blieb hier und dort an der rauen Sträucherhaut hängen, strich über kahl geriebene Stellen, verflüchtigte sich in den Einbuchtungen des Rumpfs. Vivienne schaute hin und ließ die Konturen verschwimmen. Der erste Schnitt, das Reißen der Haut. Wie präzis Brovie, umringt von den Schwarzen, das frisch geschliffene Messer angesetzt hatte, immer als Erster. Auch das hatte er ihr schließlich beigebracht, Brovie mit seinen weichen Zügen, der ewigen Zigarette im Mundwinkel. Bis wann eigentlich hatte sie ihn Dadboy genannt? Kaum zu glauben, dass er Grandminons Sohn war, der Sohn der alten Frau, die, ein wenig bucklig auch sie, neben Vivienne im Heck saß.

Port-Cros heiße die Insel, sagte der Fischer, der das Boot steuerte. Er weigerte sich erst, sie anzulaufen. Port-Cros sei die reinste Wildnis, warnte er, die Damen fänden dort nichts als ein Fischerdorf unter dem alten Fort, eigensinnige Leute, ein Hotel ohne Komfort, ungeeignet für Passagiere wie sie. Aber Vivienne bestand darauf, die Insel zu besichtigen, und Grandminon erklärte dem Fischer mit einem trockenen Lachen, es könne ihrer Enkelin gar nicht wild genug sein, er solle ruhig hinfahren.

Aus dem Meer stiegen die Hügel empor, schienen sich träge in- und auseinander zu schieben; Teile der grünsilbernen Inselhaut verwandelten sich in Bäume. Sie näherten sich den paar Häusern in der Bucht, Hütten eher, zwischen denen Netze zum Trocknen hingen; darüber schien das Fort eine kleine Anhöhe zu bebrüten. Am Quai standen ein paar Männer, nackt bis zum Gürtel, und das Spätnachmittagslicht ließ ihre Oberkörper kupfern glänzen. Wie vertraut ihr dieser Anblick war! Bloß: die Farbe müsste dunkler sein; alle Nuancen zwischen violettblauer Traube und Bitterschokolade hatte sie, die Rücken der Träger vor sich, auf ihren langen Märschen gesehen.

Sie erwartete die erste Geruchswelle, die süßlich sein würde, wie von Fäulnis oder überreifen Früchten. Aber es erreichte sie ein anderer Geruch, nach Kräutern, nach Rosmarin, vermischt mit Zigarettenrauch. Er vertrieb die afrikanischen Bilder, die sich schon wieder vorgedrängt hatten. Es war nicht Mombasa, wo sie landeten, auch nicht Entebbe am Viktoriasee, es war, Toulon vorgelagert, eine Insel im Mittelmeer, wohin sie mit ihrer Großmutter gefahren war, weil sie, fast dreißig inzwischen, nicht mehr wusste, was sie mit ihrem Leben anfangen sollte. Wohin. Wozu. Mit wem.

Der Fischer vertäute das Boot, half den beiden Damen an Land und die drei Stufen der Quaimauer hinauf. Die rauchenden Männer starrten sie an, grüßten knapp. Zwei von ihnen erklärten sich bereit, das Gepäck zur Hostellerie zu tragen. Es waren mehrere Koffer, dazu Taschen, Körbe, verschnürte Pakete, sogar ein Koffergrammophon, viel zu viel, so schien es, für einen kurzen Aufenthalt.

Vivienne ging voraus, mit raumgreifenden, schlaksigen Schritten, so dass ihr khakifarbener Leinenrock um die Beine schwang. Dann fiel ihr ein, dass sie auf Grandminon warten sollte. Sie drehte sich um, ihr Blick blieb an einem gedrungenen Mann mit krausem Haar haften, der sie seinerseits nicht aus den Augen ließ. Ein spöttischer Zug war um seinen Mund, ein Kräuseln, das sie empörte, und zugleich lag in seiner Haltung eine beinahe hündische Unterwerfungsbereitschaft. Er erinnerte sie an Jim, wie er frühmorgens ins Zelt getreten war, um ihr den *Early Morning Tea* zu bringen, geblümtes Teegeschirr auf einem Silbertablett. Jims Silhouette im durchscheinenden Dreieck des Zelteingangs, dieses Dienerspielen, diese Beflissenheit, mit der er sie überallhin verfolgte, dieses glatt polierte Gesicht, das erst aufbrach, als Brovie, ihr sterbender Vater, von seinem letzten Pirschgang zurückkam.

Sie wandte sich der Großmutter zu und stützte sie auf den letzten Metern zur Hostellerie unter den Achseln.

«Du hättest Nurse werden sollen», sagte Grandminon mit leisem Sarkasmus.

«Das war ich oft genug», antwortete Vivienne. «Aber nie ganz freiwillig, wie du weißt.»

Die alte Frau blieb stehen und rückte ihren Strohhut zurecht. «Im Gegensatz zu mir, willst du sagen. Aber das ist vorbei, meine Liebe. Ich ziehe nie mehr in den Krieg.»

An den Tischen draußen vor der *Hostellerie provençale* saßen leger gekleidete Leute, Wochenendausflügler aus Marseille und Toulon, wie einer der Kofferträger erklärte; mit der Abendfähre würden die meisten verschwinden. Monsieur Henri, der Hotelier, der sie in der Eingangshalle empfing, entschuldigte sich dafür, dass in der Hostellerie gerade kein Zimmer zur Verfügung stehe. Bei ihm habe sich eine Hochzeitsgesellschaft einquartiert, die noch eine Nacht bleibe.

«Eine Hochzeitsgesellschaft», wiederholte Vivienne unwillig.

«Dann fahren wir eben doch nach Porquerolles», sagte Grandminon. «Dorthin wollten wir sowieso.»

Ihre Enkelin schüttelte entschieden den Kopf. «Ich will erst wissen, wie es hier ist.»

Monsieur Henri versuchte die beiden Frauen mit lauernden Blicken nach ihren Wünschen und ihrer Barschaft einzuschätzen. Zu seinem Besitz, sagte er nach einer Überlegungspause, gehöre ein Manoir, dreihundert Meter von hier, der ehemalige Landsitz eines Marquis. Die Zimmer seien einfach möbliert, Luxus könne er nicht versprechen, aber Ungestörtheit. Er vermiete das Zimmer allerdings nur, wenn sie hier, in der Hostellerie essen würden, er empfehle die weit herum bekannte Bouillabaisse.

«Gut», sagte Vivienne sogleich, «zeigen Sie es uns.»

Grandminon verzog das Gesicht, wohl um dem Hotelier zu bedeuten, dass gegen den Willen der Enkelin kein Kraut gewachsen sei. Monsieur Henri führte sie, unablässig plaudernd, eine Strecke dem Ufer entlang und dann in ein kleines Tal hinein, das sich am Ende der Bucht zwischen zwei Hügelketten öffnete. Seit sieben Jahren, erzählte Monsieur Henri, lebe er auf der Insel, vorher sei er Notar gewesen. Es sei ihm darum gegangen, Port-Cros vor der Spekulation zu schützen. Auch Madame Balyne, die Bewohnerin des Forts Moulin, mit der zusammen er die Insel gekauft habe, verfolge dieses Ziel. Sie beide wollten um jeden Preis verhindern, dass hier, in diesem kleinen Paradies, zwanzigstöckige Hotels und ein Yachthafen gebaut würden. Und er glaube zu spüren, dass die beiden Damen seinen Abscheu vor dem Massentourismus teilten.

Vivienne nickte, Grandminon gab ein Brummen von sich. Am Wegrand blühten Mohn und wilder Rittersporn, es roch betäubend nach Jasmin. Zwei gelb leuchtende Schmetterlinge folgten ihnen in taumeligem Flug. Das Manoir war halb hinter Palmen und Eukalyptusbäumen versteckt und machte mit seinen zwei Ecktürmen einen soliden, aber etwas grämlichen Eindruck. Das Entree, das sie betraten, wirkte heruntergekommen; die zwei kleinen, miteinander verbundenen Zimmer im ersten Stock, die Monsieur Henri den beiden Gästen anbot, waren in der Tat spartanisch möbliert, mit Bett und Stuhl und sonst nichts. Waschkrug und Spiegel, versicherte Monsieur Henri, würden noch hereingestellt. Das beruhigte Grandminon, die in ihrem Genfer Haus über zwei Badezimmer verfügte. Vivienne indessen wäre auch mit einer Pritsche zufrieden gewesen. Sie öffnete das Fenster und sah, hinter Baumwipfeln und Palmwedeln, fast nur Grün, das vielstimmige Grün eines lang gestreckten, vom Maquis überwachsenen Hügels, ganz rechts zudem einen Zipfel des Meers. Brovie hätte, als er noch Maler war, dies alles wiederzugeben versucht, die Bäume, den Himmel, das Meer, und wäre, wie so oft, daran gescheitert, er hätte den Pinsel weggeschleudert, die Leinwand zerrissen, und Vivienne hätte ihn trösten müssen: «Ach, Dadboy, mir gefällt es doch, ich sehe genau, was du gemeint hast.»

«Mir ist das Zimmer recht», sagte sie, halb zu Monsieur Henri, halb zu Grandminon, die einen ihrer tiefen Seufzer ausstieß und dann sofort mit dem Hotelier um den Zimmerpreis zu feilschen begann. Wenn es um wenig ging, war Feilschen ihre Leidenschaft; umgekehrt konnte sie schrankenlos freigebig sein und ihre Protégés – notleidende Studenten, russische Tänzerinnen – mit Wohltaten überhäufen. Beides war Vivienne gleichermaßen peinlich; trotzdem musste sie manchmal darüber lachen.

Als Monsieur Henri merkte, dass die alte Dame sich von seinen Einwänden nicht beeindrucken ließ, gewährte er mit säuerlicher Miene einen Spezialrabatt. Dann wies er, merklich kühler, noch einmal darauf hin, dass die Damen zum Diner um halb acht erwartet würden.

«Siehst du», sagte Grandminon, nachdem er gegangen war, «so lässt sich überall sparen.»

Es hatte keinen Sinn, ihr in diesem Punkt zu widersprechen. Wenn Brovie etwas von seiner Mutter geerbt hatte, dann war es sein Sparfimmel gewesen, seine in Anfällen auftretende Leidenschaft, mit wenig oder fast gar nichts auszukommen.

Man brachte das Gepäck. Vivienne klaubte ein Trinkgeld aus ihrem Portemonnaie, dann setzte sie sich aufs Bett und zog die Beine an.

Grandminon war auf der Schwelle zum Zimmer stehen geblieben. «Was denkst du, wie lange bleiben wir hier?»

«Ich weiß es nicht. So lange wie möglich.»

«Wir wollten doch zusammen nach Kreta fahren.»

«Nicht nötig. Die Griechen waren auch schon auf Port-Cros, ich hab's im Reiseführer gelesen.»

«Na gut, ich lass dich in Frieden», sagte Grandminon. «Ich will sowieso noch ein bisschen arbeiten. Und du gehst wohl spazieren, wie?» Sie lachte leise, in brummiger Zärtlichkeit. «Du mit deinen langen Beinen! Dieses Inselchen hast du doch im Nu durchquert.»

Sie zog die Verbindungstür hinter sich zu, ließ aber einen Spalt offen. Vivienne hörte ihre Schritte im anderen Zimmer, ihre Selbstgespräche, das Klicken von Kofferschlössern, Papiergeraschel. Grandminon hatte die Upanischaden in Sanskrit mitgenommen, und wo immer sie konnte, breitete sie die losen Blätter um sich aus und brütete über einer schwierigen Stelle. Erst spät in ihrem Leben, nach dem Tod ihres zweiten Ehemanns, hatte sie sich für hinduistische Mythologie zu interessieren begonnen. Sie hatte, zum Befremden ihrer Verwandten, Sanskrit im Selbststudium gelernt und den Vorsatz gefasst, die Upanischaden ins Französische zu übersetzen. Ausgerechnet diesen schwierigsten und abstraktesten aller hinduistischen Texte! Warum nicht das Ramayana, in dem wenigstens eine Göttin von einem Dämon entführt wird? Nein, Grandminon, geborene Blanche Eleonore de Gingins, hatte stets das Schwierige bevorzugt. Schon als Kind war sie halsstarrig gewesen, und dieser Zug hatte sich ihrem ersten Ehemann zufolge noch verstärkt. Er allerdings, der ewige Physikstudent, hatte sich immer mehr von seiner Umgebung abgekapselt, zugleich war er rast- und ruhelos, wechselte ein Dutzend Mal den Wohnsitz und zwang die Familie, ihm durch ganz Europa zu folgen, bis seine Frau es nicht mehr aushielt und erwirkte, dass ihr Mann in eine psychiatrische Klinik kam. Sie ließ sich scheiden und sorgte damit für einen Riesenskandal. Danach war sie für einige

Jahre frei oder wenigstens halb, denn noch gab es zwei halbwüchsige Kinder zu betreuen. Bernard allerdings, der schon erwachsene Sohn, wollte nach der Scheidung jahrelang nichts mehr von der Mutter wissen.

Als in Südafrika der Burenkrieg ausbrach, meldete sie sich als Lazaretthelferin und setzte sich freiwillig den schrecklichsten Erfahrungen aus. Ihr Leben lang wollte sie Gutes tun, Verletzte heilen, Prostituierte bekehren, verarmte Künstler unterstützen, und immer wieder scheiterte sie an den eigenen Beschränkungen. Sie ließ sich eine Zeit lang mit der Heilsarmee ein, emigrierte dann mit ihrem zweiten Mann nach Argentinien, von wo sie 1914 als Witwe zurückkehrte, gerade als Brovie zu seiner ersten Safari ins nördliche Rhodesien aufbrach.

Im hinduistischen Denken fand Grandminon Halt; auf ihren Reisen versuchte sie es der Enkelin bisweilen begreiflich zu machen. Sie erklärte ihr, was *brahman* bedeute, die Sonne nämlich, zugleich den leeren Raum zwischen Erde und Himmel, was sich wiederum im menschlichen Auge und im Denken widerspiegle und somit Mikro- und Makrokosmos umfasse, also gleichbedeutend sei mit der gestaltenden Kraft des Universums. Sie geriet gerne ins Predigen, schwärmte davon, dass eine solche Religion, wo das Eine im Anderen enthalten sei, nicht ausgrenze, sondern einschließe. Vivienne hörte ihren Erklärungen mit wachsender Ungeduld zu und folgte eher dem Tanz von Grandminons knochigen Fingern als ihren Worten; dennoch brachte sie's nicht über sich, sie zu unterbrechen.

Drüben hatte sich Grandminon unterdessen hingesetzt, das vertraute Gemurmel setzte ein. Sie würde nun den gleichen Vers mit seinen vielen Vokalen so oft wiederholen, bis sich ihr der tiefere Sinn erschloss. Vivienne legte sich, das Gesicht dem Fenster zugewandt, für einen Moment aufs Bett. Grandminons rezitierende Stimme machte sie schläfrig. Sie vermischte sich mit Vogelgezwitscher von draußen, Grüntöne leuchteten hinter halb geschlossenen Lidern auf, verdunkelten sich wieder im Rhythmus der windbewegten Eukalyptusäste. Wenn das Grün ins Gelb übergehen wollte, schloss sie die Augen fester, und es verwandelte sich in Lapislazuliblau mit orange leuchtenden Flecken. Fünf Jahre war es her. Jedes Jahr zählte doppelt und dreifach in der Zeitrechnung einer Vaterlosen. Das Gefühl damals, dass der Boden sich öffne, sie aber in einem lautlosen Vakuum schwebe, obwohl sie sich doch, zusammen mit den Trägern, von Tag zu Tag weiterbewegte.

Sie richtete sich auf und schwang die Beine über den Bettrand. Die Schläfrigkeit war einer schmerzhaften Unruhe gewichen, die sie hinaustrieb. So war es immer nach einer Schonzeit. Und doch gab es keine größere Sehnsucht als die, einmal in den eigenen vier Wänden zu bleiben.

Draußen folgte sie dem Pfad, der zur anderen Seite der Bucht führte. Der Wind strich über ihr Gesicht, Möwen verfolgten einander mit klagendem Geschrei. Sie setzte sich auf eine Steinplatte am Ufer, schaute hinüber zu den Häusern und zum Quai. Hinter der kleinen Felseninsel, die vor der Bucht lag, glitt das Fährschiff hervor und hielt, halb verhüllt von der eigenen Rauchfahne, auf die Anlegestelle zu.

Gib Feuer, Murray, mein Sohn.

In ihrer Handtasche hatte sie, wie immer, alles bei sich, was sie brauchte, um sich eine Zigarette zu drehen. Das Zerkrümeln und Verteilen des Tabaks. Das Anfeuchten des Papiers. Das Zusammenrollen. Behutsamkeit und Fingerspitzengeduld, so wie sie's von ihm gelernt hatte im langen norwegischen Sommer, als sie sechzehn geworden war. Sie zündete in der hohlen Hand die Zigarette an und schaute dem Rauch nach, der vom Wind erfasst und landeinwärts getrieben wurde.

Das Wasser war durchsichtig bis weit hinaus in die Bucht, türkisblau gefleckt, in seidige Bläue übergehend, und felsige Stellen verfärbten es ins Violette und Ockerbraune. Schwärme von winzigen Fischen schossen in Ufernähe umher und warfen nadelfeine Schatten auf den Grund, ein Heer von Schattenstrichen.

Sie ließ die Zigarette fallen, stieß ein leises Knurren aus, von dem Kehlkopf und Gaumen vibrierten. Nein, dachte sie. Aber es überkam sie immer wieder, gerade dann, wenn sie es am wenigsten wollte. Sie lachte, steigerte das Knurren bis zu einer Art Gesang an der Grenze des Brüllens. Doch allmählich gingen die Laute in ein heiseres Husten über, sie lachte noch einmal auf, verstummte dann mit einem stechenden Schmerz in der Brust.

«Kann ich Ihnen helfen, Mademoiselle?», fragte eine Männerstimme hinter ihr.

Sie fuhr zusammen und drehte sich um.

Vor halb verblühtem Ginster stand ein schlanker, fast magerer Mann mit gestutztem Schnurrbart und strähnigem, grau meliertem Haar. Er wirkte kränklich, aber würdevoll, trug einen eleganten Strohhut und hielt einen Spazierstock in der Hand. Er war sehr korrekt gekleidet und hatte trotz der warmen Witterung die Weste unter seinem Sakko zugeknöpft.

Vivienne grüßte verlegen. Als der Mann ein paar Schritte näher trat, kam er ihr irritierend vertraut vor, dann erkannte sie, dass er einem Porträt von Robert Louis Stevenson glich, das auf dem Vorsatzblatt der *Schatzinsel* abgedruckt war. Brovie hatte ihr daraus in ihrem ersten norwegischen Sommer vorgelesen, und Jim Hawkins' Abenteuer hatten ihr geholfen, den Tod der Mutter von sich wegzuschieben.

Der Mann zog lächelnd den Hut und deutete eine Verbeugung an. «Balyne mein Name, Madame, Claude Balyne, eigentlich Picard, Balyne ist mein *nom de plume*. Aber er ist zu meiner zweiten Haut geworden. Hier auf der Insel nennen mich alle so.»

«Vivienne de Watteville», stellte sie sich vor und strich den Leinenrock glatt, der sich um sie ausbreitete wie ein lehmfarbener Fleck.

«Ich kam auf meinem Abendspaziergang hier vorbei», sagte Balyne. «Ich dachte, Sie brauchen Hilfe. Es klang wie ... wie ein Anfall. Aber Sie sind ja, wie ich sehe, weder verletzt noch außer sich.»

Vivienne errötete und schaute auf Balynes staubbepuderte Schuhe. «Ich habe ein bisschen geübt, wissen Sie ... um die Stimmbänder zu kräftigen.»

«Dann sind Sie wohl Sängerin», sagte Balyne interessiert.

«Nein, nein ... alles andere ... wobei ich Musik sehr liebe.»

«Wie meine Frau. Aber das versteht sich von selbst. Sie war Schauspielerin an der *Comédie française*. Wir wohnen dort oben im Fort Moulin, im Schloss, wie die Leute hier sagen.» Er deutete mit dem Stock in Richtung des Hafens, und Vivienne bemerkte, dass sein ausgestreckter Arm zitterte. «Wenn Sie länger hier bleiben, müssen Sie uns unbedingt besuchen.»

«Unsere Pläne sind noch ziemlich unbestimmt», sagte Vivienne und stand auf.

«Meiner Frau gehört, wie Sie vielleicht schon wissen, der größte Teil der Insel.» Gelassen, als spreche er über das Wetter, fuhr Balyne fort: «Ich bin eigentlich hierher gekommen, um an einem friedlichen Ort zu sterben. Aber meine Krankheit hat sich erstaunlicherweise abgeschwächt. Dann und wann flammt sie auf und zeigt mir unmissverständlich, dass mir bloß noch eine Frist gewährt ist. Doch das gilt für uns alle, nicht wahr?»

Er lächelte sie an, sein Gesicht hatte etwas anziehend Verschleiertes. Aber Vivienne sträubte sich dagegen, so unvermittelt ins Vertrauen gezogen zu werden. Sie war wohl selbst schuld daran: sie hatte sich bei einer Handlung überraschen lassen, deren Intimität er ahnte.

«Sie sind also Schriftsteller?», fragte sie in sachlichem Ton.

Balyne nickte. «Ich schreibe, ja. Mit mäßigem Erfolg. Ich schreibe altmodische Versepen. Und ich sammle die Märchen der Gegend. Ich kann's einfach nicht lassen. Ich werde so lange schreiben, wie es mein körperlicher Verfall zulässt.» Er machte eine Pause, suchte umständlich nach seinem Taschentuch und wischte sich über die Stirn. «Die Insel wird gerne von Schriftstellern besucht, von bedeutenderen als ich. Sie bleiben oft den Sommer über hier. Den Winter freilich halten sie nicht aus. Er ist strenger, als Sie denken. Gerade ist ein Engländer abgereist, dessen Romane, nun ja, als sehr gewagt gelten, D. H. Lawrence. Kennen Sie ihn?»

Sie schüttelte den Kopf. «Ich habe in den letzten Jahren wenig Zeitgenössisches gelesen. Ich bevorzuge Plutarch und Marc Aurel.»

Er lachte, ein bisschen ungläubig. «Eine junge Frau und die antiken Klassiker! Das ist erstaunlich. Woher haben Sie das?»

»Von meinem Vater. Sein Lesegeschmack hat mich beeinflusst.»

Er zögerte. «Darf man fragen, was Sie ausgerechnet nach Port-Cros gebracht hat? Zufall oder Absicht?»

Sie schwieg und wünschte sich, er möge gehen. Doch er blieb stehen und schaute sie unverwandt an.

«Ich muss jetzt zurück», sagte sie. «Meine Großmutter wartet auf mich.»

Er lüftete leicht den Hut. «Ich hoffe auf ein Wiedersehen, Madame ... Mademoiselle ... Besuchen Sie uns, allein oder zu zweit.»

«Adieu, Monsieur», sagte sie.

Als er sich, auf den Stock gestützt, in Bewegung setzte,

sah sie erst, wie mühsam er ging. Sie rief ihm unwillkürlich hinterher: «Sie gleichen Robert Louis Stevenson. Haben Sie das gewusst?»

Er drehte sich noch einmal zu ihr um, schon etwas außer Atem. «Nein. Aber es beruhigt mich, dass Sie auch Zeit haben für trivialere Lektüre.» Dann ging er weiter, an den kleinen gedrungenen Pinien vorbei, die den Weg bewachten.

«Die Bouillabaisse ist schlecht», sagte Grandminon und schob den Suppenteller von sich weg. «Zu viel Knoblauch, zu wenig Safran. Und Tintenfisch gehört gar nicht hinein.» Sie bildete sich ein, etwas von guter Küche zu verstehen, und nörgelte an den meisten Gerichten herum, die ihr aufgetischt wurden. Das stand in einem merkwürdigen Gegensatz zu ihren asketischen Grundsätzen; aber Grandminon steckte ohnehin voller Widersprüche. In ihrem Verhältnis zur Enkelin hingegen war sie überaus verlässlich. Als Einzige in der Verwandtschaft hatte sie Vivienne vor zwei Jahren ermuntert, nach Afrika zurückzukehren und auf solche Weise die Katastrophe der ersten Safari zu verarbeiten. Ein halbes Jahr war sie kreuz und quer durch die Wildreservate gewandert, hatte dann drei Monate in einer kleinen Hütte am Hang des Mount Kenya, auf dreitausend Meter Höhe, verbracht. Sie war danach nicht wirklich heimgekommen, hatte das Gefühl, in Treibsand geraten zu sein. Alle anderen redeten ihr gut zu, doch endlich zu heiraten; für eine Frau ihres Alters und ihrer Herkunft gebe es außerhalb der Ehe keine vernünftige Rolle. Aber Vivienne weigerte sich, eine überstürzte Entscheidung zu treffen, sie sah weit und breit keinen Bewerber, an den sie sich binden mochte. Da hatte Grandminon angeboten, mit ihr eine Zeit lang herumzureisen, ihr eine Schonfrist zu verschaffen, die ihr erlauben würde, in Europa wieder Fuß zu fassen. Sizilien? Stromboli? Kreta? Jemand hatte von Porquerolles, einer der Iles d'Or bei Toulon, geschwärmt, und sie hatten den nächsten Nachtzug genommen und in Toulon, da die Fähre gerade abgefahren war, ein Fischerboot gemietet.

Vivienne überhörte Grandminons Nörgelei. Die Suppe schmeckte ihr, und sie löffelte sie unbeirrt aus. Man hatte sie an einen Tisch unter der Pergola mit Blick aufs Meer gesetzt, etwas abseits der langen Tafel, an der die Hochzeitsgesellschaft saß. Es war noch hell, knapp über einer unförmigen Wolkenbank stand die sinkende Sonne. Ein paar Boote draußen im Wasser rieben ihre plumpen Nasen aneinander, und eine Jolle, in deren Segel sich das letzte Licht verfing, hinterließ eine kräuslig schimmernde Spur.

Grandminon wandte dem Schauspiel den Rücken zu. Sie hatte wenig Sinn für Naturschönheiten; Schönheit lag für sie in der guten Tat, die im Einklang mit der alles umspannenden Schöpfung stehen musste. Sie wies hinüber zur Hochzeitstafel, wo der Bräutigam eben unter vielstimmigem Gelächter eine leere Weinflasche über die Schulter warf, die auf dem Kies zersplitterte.

«Sie meinen, das bringe Glück», sagte Grandminon verächtlich. «Dabei wussten die Mystiker schon immer, dass Glück nichts ist als eine Illusion.»

«Lass ihnen doch ihre Bräuche», entgegnete Vivienne lauter, als sie eigentlich wollte, denn der Lärm ringsum hatte zugenommen.

Grandminon zwinkerte heftig. «Wie glücklich sieht denn die Braut aus, was denkst du?»

Die Frage versetzte Vivienne einen Stich. Die Braut, wohl zehn Jahre jünger als sie, ganz in Weiß, einen Blumenkranz ums aufgesteckte Haar gewunden, saß puppenhaft steif neben ihrem Mann, der bisweilen den Arm um sie legte und dann die Hand einen kurzen Moment – gerade so lang, dass es nicht mehr verstohlen wirkte – auf ihrer Brust liegen ließ. Wie hässlich. Wie trivial.

«Ehe ist das längste Wort, das ich kenne», sagte Grandminon unvermittelt und brach in Gelächter aus.

Vivienne beugte sich vor und merkte gar nicht, dass ihr weiter Ärmel den Teller streifte. «Dann erklär mir doch endlich, warum du nach deiner Scheidung noch einmal geheiratet hast. Es interessiert mich schon lange.»

«Ach je.» Die alte Frau verzog das Gesicht wie ein getadeltes Kind. «Das mag ich nicht erklären. Ich kann dir nur empfehlen, gründlich zu überlegen, neben wem du morgens aufwachen willst.»

«Das tue ich ja. Und ich bin froh, dass du mich zu nichts drängst. Aber glaubst du nicht an so etwas wie frauliche Bestimmung?»

«Quatsch!» Grandminon schlug mit der flachen Hand auf den Tisch. «Ich habe schon mit fünfzehn gewusst, dass ich nicht für die Ehe geboren bin. Ich war leider damals noch nicht mutig genug, mich aufzulehnen. Was blieb mir anderes übrig als zu gehorchen? Mit achtzehn haben sie mich, eine de Gingins, an die von Wattenwyls verschachert. Im Mittelalter hätte ich mich wenigstens fürs Kloster entscheiden können.»

«Dann wärst du vermutlich Äbtissin geworden. Aber deinem Martyrium habe ich immerhin meinen Vater und folglich meine Existenz zu verdanken. Zählt das nichts für dich?»

Grandminon griff über den Tisch nach Viviennes Hand. «Das zählt eine Menge. Auch wenn ich den Eigensinn deines Vaters unerträglich fand.»

Vivienne lachte leise. «Woher hatte er ihn wohl?»

«Nun ja, Bernard wollte unbedingt Löwenjäger werden. Das hatte er bestimmt nicht von mir. Aber im Gegensatz zu den meisten kleinen Jungen, die später vernünftig werden, gab er seinen Wunschtraum nie auf. Dass er den Umweg über die Malerei wählte, hat wohl eher mit mir zu tun. Ich hätte es nicht ertragen, ihn wie seinen Vater als Privatgelehrten enden zu sehen, der Tag und Nacht stumm über seinen Physikformeln brütet. Ein Sohn, der sich in der Kunst versucht, war mir zehn Mal lieber.»

Vivienne zog sachte ihre Hand zurück. «Du hast ihn aber zu nichts gezwungen.»

«Er hätte sich auch nicht zwingen lassen.»

«Warum hielt er mich denn an so kurzer Leine? Nicht einmal studieren durfte ich.»

«Er wollte dich nicht verlieren, Kind. Er hatte nur noch dich.»

Vivienne schwieg und rückte das Tischtuch zurecht, das sich verschoben hatte. Die Gläser schwankten, und Grandminon bewahrte das ihre mit einer raschen Bewegung vor dem Fall.

«Bernard», fuhr sie fort, «hat mir die Scheidung nie verziehen. Er wollte meine Gründe gar nicht verstehen. Er hat nie wirklich zur Kenntnis genommen, dass ich's immerhin vierundzwanzig Jahre mit Karl Ludwig ausgehalten habe. Seine Wutanfälle habe ich ertragen. Sein Bedürfnis, sich abzusondern. Sein Nomadenleben. Und gegen seinen Drang, mich herumzukommandieren und zu einem Nichts zu degradieren, habe ich gekämpft. Vierundzwanzig Jahre lang! Und alles nur den Kindern zuliebe. Das wirst du bitte nicht tun. Du brauchst meine Fehler nicht zu wiederholen.»

Vivienne stieß sich ein wenig vom Tisch weg, so dass die Stuhlbeine über den Kies knirschten. «Ich weiß bloß, dass ich niemals mehr von einem Mann so abhängig werden will, wie ich's von Brovie war.»

Beide schwiegen nun, lauschten dem Stimmengewirr von der Hochzeitstafel, in das die ersten Grillen ihr Gezirp fädelten. Es wurde dunkel. Drei Bedienstete – unter ihnen der Kraushaarige, der Vivienne am Quai aufgefallen war – hängten Lampions an aufgespannte Drähte und zündeten die Kerzen an. Die schwankenden Lichtkreise hoben sich erst nur wenig von der Umgebung ab; aber der Kontrast verstärkte sich von Minute zu Minute und schuf im Dunkeln leuchtende Farbinseln, auf die sich die Hochzeitsgäste gruppenweise gerettet zu haben schienen.

Nachdem Vivienne ihr Vanilleeis ausgelöffelt hatte, drehte sie sich eine Zigarette. Grandminon verlangte, zum unverhohlenen Missfallen der Kellnerin, nach einem starken Kaffee und einer Zigarillo, und als sie beides bekommen, die Zigarillospitze abgeschnitten und die Enkelin ihr Feuer gegeben hatte, hüllte sie sich in eine Rauchwolke, die sie für eine Weile unansprechbar machte.

Gib Feuer, Murray, mein Sohn. Das Beißen im Gaumen. Das leicht ziehende Wärmegefühl in den Bronchien. Das belebende Gefühl, als ob sie, ohne sich zu bewegen, auf einen Aussichtspunkt gelangt wäre. Vivienne ließ rauchend ihre Blicke wandern. An einem Nebentisch, der vorher noch unbesetzt gewesen war, stand Monsieur Henri und unterhielt sich mit einem Paar, das dort Platz genommen hatte. Es war Balyne mit seinem grämlich-vornehmen Gesicht; ihm gegenüber saß eine Dame, vermutlich seine Frau, geschminkt und gepudert, dennoch erschreckend bleich im Lampenschein. Monsieur Henri beugte sich zu den beiden hinab, während er, stetig redend, flüchtig die Hand auf ihre, dann auf seine Schulter legte. Mit einem Mal wandten alle drei überraschend ihre Blicke Viviennes Tisch zu, Monsieur Balyne hob die Hand zu einem unmerklichen Gruß, Vivienne winkte zurück und fürchtete im gleichen Moment, die drei würden es als Aufforderung deuten, sich zu ihnen zu setzen. Aber sie blieben, wo sie waren, abgeschreckt wohl von Grandminons Zigarilloqualm.

Drüben, bei der Hochzeitstafel, hatten sich ein Akkordeonist und ein Geiger aufgestellt. Sie begannen mit einem sentimentalen Walzer. Das Hochzeitspaar löste sich vom langen Tisch, der Bräutigam führte die Braut zur frisch gemähten, von Fackeln beleuchteten Wiese. Er war ein wenig kleiner als sie und bewegte sich in der ungewohnten Kleidung ebenso linkisch wie seine Frau, die vermutlich im fünften oder sechsten Monat schwanger war. Alle paar Schritte raffte sie ihren Rock mit der freien Hand zusammen, während sie der Mann an der anderen hinter sich herzog. Als sie die Mitte des Platzes erreicht hatten, begannen sie sich zum Walzer zu drehen, immer haarscharf am Takt vorbei, und je schneller sie sich drehten, desto enger presste der Bräutigam die Braut an sich. Erneut brandete der Beifall auf, während der unruhige Fackelschein die beiden Körper, die ihn durchtanzten, immer wieder aufnahm und entließ. Als der Walzer aufhörte, hielten sie sich aneinander fest, bis der Schwindel vorüber war. Der Bräutigam wollte die Gäste zum Lachen bringen und tat so, als bewahre er die Braut vor einem Sturz, aber sein Kniestoß brachte sie tatsächlich aus dem Gleichgewicht, und er war zu überrascht, um sie aufzufangen. Sie fiel mit einem Schreckenslaut auf die Knie, dann, mit wehendem Rock, auf die Seite und blieb ein paar Sekunden liegen, wie festgebannt vom allgemeinen Gelächter. Ihr Mann half ihr rasch auf die Beine; ein Mädchen eilte herbei und zupfte der Braut die Grashalme vom Rücken.

Nach dem Walzer folgte eine Musette, und nun bevölkerten auch andere Paare die Wiese, hüpften und stampften unter lauten Zurufen herum, als wollten sie den Tanz des Hochzeitspaars karikieren. Vivienne hatte den Eindruck, Braut und Bräutigam würden mit Absicht umzingelt. Sie verschwanden im Gewoge; zwischen schattenhaften Körpern schimmerte das Weiß des Brautkleids.

Camubi, so nennen die Träger den Löwentanz. Am Schilfdickicht, in der Nähe des Tana-Rivers, haben sie nach den ersten langen Märschen ihr Camp errichtet. Was ist schon ein

Impala, was ist ein Kaffernbüffel gegen einen Löwen? Das Museum in Bern, sagt Brovie bei jeder Gelegenheit, brauche zwar Häute und Schädel von möglichst vielen Spezies, aber das Publikum wolle am liebsten Löwen sehen; ein ganzes Rudel müssten sie dem Museum verschaffen, Prachtexemplare, damit der Puls der Besucher schneller schlage. So rechtfertigt er seine Passion für die Löwenjagd. Abends, nachdem die Kikuyus mehrere Löwen gemeldet haben, gehen sie auf die Pirsch. Brovie lässt Brahimo, mit der *Rigby Express* über der Schulter, dicht hinter sich gehen. Sie hören das Rascheln des brusthohen Grases; plötzlich fliegen Kiebitze auf, zugleich ertönt ein Fauchen, das sie erstarren lässt. Vor ihnen eine fahlgelbe stürmische Bewegung, ein Leiberknäuel, der sich blitzschnell zerteilt, ein paar in langen Sätzen flüchtende Löwen. Schon hat Brovie angelegt, gezielt, gefeuert; nachträglich hört Vivienne das Knallen, als Echo, das ihren Körper durchdringt. Ein Löwe bricht zusammen, schleppt sich weiter, um sich zwischen Büschen zu verstecken. Einen anderen, sagt Brovie, einen mit schwarzer Mähne, habe er angeschossen. Der erste, hingeduckt in einer kleinen Senke, ruft sie herbei mit lang gezogenem, klagendem Knurren, einem tiefen, schwingungsreichen Ton, der zwischendurch zu einem Wutgebrüll anschwillt, von dem die Luft vibriert. Die Schwarzen antworten darauf mit höhnischem Geschrei, werfen Steine in seine Richtung, bis er sich ihnen entgegenstellt und Brovie ihm den Fangschuss geben kann.

Es ist der erste Löwe, den Vivienne sterben sieht. Fassungslos schaut sie zu, wie er sich herumwirft, mit den Pranken um sich schlägt, den steinharten Boden zerkratzt, das Gras zerfetzt, wie er herumliegende Zweige zerbeißt, wie er bloß noch zuckt, sich auf die Seite wälzt, sich ausstreckt, erschlafft. Sie überhört die Gratulationen der Schwarzen, vergisst, dass sie eine Kamera bei sich trägt. Sie kniet neben dem toten Tier, das noch weich und warm ist, taucht ein in seinen beißenden Geruch, in den sich der schale des Bluts mischt, das aus der Halswunde sickert. Sie streichelt das Fell. Momente zuvor war da noch zorniges, zerstörerisches Leben, und jetzt ist es entwichen.

Auch an den Schrecken der Häutung muss sie sich gewöhnen. Brovie setzt den Schnitt am Bauch an, zieht das Messer der Länge nach durchs Fell. Die Schwarzen zerren an den Hautlappen, reißen das Fell vom Muskelfleisch. Mvanguno, der alte, krummbeinige Abbalger, tänzelt und trippelt um das tote Tier herum, das jetzt zum Kadaver wird, gibt Anweisungen auf Suaheli, die sie nicht versteht. Auch hier sieht Vivienne zu, gekränkt von ihrer eigenen Nutzlosigkeit. Sie wird lernen, sich nützlich zu machen. Nur selber töten mag sie nicht oder bloß, wenn es nicht anders geht.

Bei hereinbrechender Dunkelheit finden sie auch den anderen Löwen. Er ist schon tot, halb verhüllt von seiner Mähne. Die Sehnen sind dick wie Seile, eine Pranke ist von einem Stachel stark entzündet. Brovie hat genau getroffen. Nun zahlt es sich aus, dass er Jahr für Jahr in Norwegen geübt hat, besessen davon, möglichst präzise und geschwind zu sein. All die Vögel, die er vom Himmel herunterholte, die Hasen, die er erwischte, und natürlich die Zielscheiben, die Vivienne, elf- und zwölfjährig damals, mit Kreide auf Baumstrünke zeichnete; sie tat es ja auch in der Hoffnung, ihn mit diesem Spiel von lebendiger Beute abzulenken.

Sie beeilen sich mit der zweiten Haut. Vivienne leuchtet dem Vater. Eine ganze Schachtel Streichhölzer verbraucht sie, bis der Löwenkopf mit der daran hängenden Haut vom Rumpf getrennt ist. Erst jetzt gewährt Brovie den Helfern eine Pause. Man setzt sich im Kreis hin, lässt die Wasserflaschen herumgehen, bedient sich aus der Packung mit den englischen Biskuits, die immer dabei sind. Vivienne hat nicht gewusst, dass das Essen auch mit Händen schmeckt, an denen das Tierblut langsam trocknet. *Gib Feuer, Murray, mein*

Sohn. Die Formel ihrer vertrautesten Tage. Er, der Kapitän auf ihrem Dreimaster, und sie, der erste Maat.

Noch bevor der Mond aufgeht, sehen sie näher kommende Lichter. Es sind Träger aus dem Camp, die ein Bote herbeigerufen hat. Die tropfenden Häute werden zusammengelegt, verschnürt, an Stangen gebunden, auf die kräftigsten Schultern geladen. Sie marschieren zurück in unordentlicher Kolonne; über ihnen hängt der Mond mit vernarbtem Gesicht. Einer beginnt zu singen, die anderen fallen ein, wiegen sich im Gehen, machen tänzelnde Ausfallschritte. Vivienne widersetzt sich dem Takt, geht synkopisch neben ihrem Vater und den mitgleitenden Schatten her. Brovie ist ganz weich vor Glück, erzählt von der Löwenjagd in Rhodesien, wo er 1914 auf seiner ersten großen Safari ähnliche Gesänge hörte. Sie will sich nicht daran erinnern und erinnert sich doch, dass er sie, die Halbwüchsige, damals für lange Monate im Stich ließ. Sie wartete im Internat auf seine kurzen, eilig hingeworfenen Briefe und klammerte sich an die Hoffnung, später mit ihm nach Afrika zu fahren. Die Weihnachtstage musste sie bei der Großmutter in Genf verbringen, die ihr damals noch fremd war.

Zwischen den Dornbüschen kommen ihnen mit Fackeln die Träger entgegen, die im Camp zurückgeblieben sind, heben im Überschwang die beiden Weißen auf die Schultern. Vivienne, die nicht weiß, wie ihr geschieht, hält sich an dunklen Armen fest, wird selbst festgehalten und sieht sich umgeben von tanzenden, im Mondlicht auberginenfarben schimmernden Körpern. All die nackten Rücken, die sich biegen und strecken, flatternde Hosenbeine, verrutschende Lendentücher, der Geruch nach frischem Schweiß, nach grünen Nüssen und verschüttetem Bier.

Später, als sie und Brovie auf Schemeln nebeneinander sitzen, beginnt der Tanz rund ums große Feuer. Die Tänzer haben sich Grasbüschel und Zweige ins Haar gesteckt und die Gesichter mit Asche verschmiert. Einer – ist es Kasaia? – spielt den Löwen mit Gefauch und Gebrüll. Er wird, zum Trommeln auf Kochtöpfen, von den anderen umringt und verhöhnt, mit brennenden Ästen bedroht, pantomimisch niedergestochen, er erhebt sich noch einmal, bevor sein Niedersinken mit noch schnellerem Gestampf, mit noch lauterem Gesang gefeiert wird.

Vivienne fühlt sich fremd, in einen Kindheitstraum hineinversetzt, von dem sie nicht weiß, wann er ins Grausame oder Absurde kippen wird. Sie berührt rasch Brovies Unterarm, um sicher zu sein, dass er da ist. Stumm steht Jim, ihr Boy, hinter ihr. Er ist einer der wenigen, die sich nicht am Tanz beteiligen. Sie weiß, dass er sie nachher fragen wird, ob sie vor dem Schlafengehen noch etwas benötige, einen Drink, ein frisches Handtuch, eine neue Tube Zahnpasta.

Als die Tänzer endlich ermattet sind, lässt Brovie die Kasse holen, eine Blechschachtel mit Vorhängeschloss. Er verteilt Münzen unter den Trägern, sie werfen sie in die Luft, fangen sie auf, prüfen mit den Zähnen ihre Festigkeit. Brovie ist glücklich. Das will sie doch: sein Glück.

Weiter drüben, ganz im Schatten, liegt das Bündel mit den Häuten, ein feuchter Hügel aus Fell. Noch in der Nacht, bevor die Tageshitze die Häute verdirbt, müssen sie sauber und dünn geschabt, dann mit Arsenikseife eingerieben werden, an der man sich die aufgesprungenen Finger verätzt. Schaben, schaben mit Fettkratzer und Messer, stundenlang schaben bis zur Erschöpfung, notfalls die ganze Nacht hindurch. Das hat sie schon geübt; sie hat ihm bewiesen, dass sie sich überwinden kann. Nur das Ansetzen der Schnitte muss sie noch lernen. Den Schnitt am Bauch, den Schnitt zwischen den Ohren.

ICH SAGE IHNEN, wie es war: Die weiße Frau, die Tochter des Jägers, wusste nichts von uns. Sie wusste nichts von Ngai, dem großen Geist, und von Gikuyu und Mumbi und ihren neun Töchtern. Sie wusste nichts von Harry Thuku und von den vielen Toten vor dem Gefängnis in Nairobi. Wollte sie überhaupt etwas wissen?

Ich hieß Moigai, bei Reverend Wright wurde ich ein Christ. Sie nannten mich Jim. Ein Christ bin ich geblieben. Aber ich bin auch ein Kikuyu und werde immer ein Kikuyu bleiben. Harry Thuku hat uns geweckt. Er öffnete uns die Augen für das Unrecht: Die Engländer haben unser bestes Weideland weggenommen. Sie wollen, dass wir stets ein Papier auf uns tragen mit unserem Namen und unserem Fingerabdruck. Die Engländer stecken uns in Arbeitslager und behandeln uns wie Sklaven. Und dazu verlangen sie noch Kopf- und Haussteuern von uns, sechzehn Schilling waren es damals, mehr als das Doppelte vom Vorjahr. Und weil Harry Thuku dies alles aussprach und nicht nachgab, haben die Engländer ihn verhaftet und nach Somaliland verbannt, weit weg von uns. Das geschah im Jahr, bevor ich mit dem Bwana und seiner Tochter auf große Safari ging. Ich brauchte Geld für eine trächtige Kuh, zehn Schafe und zehn Ziegen. Das war der Brautpreis, der für Elizabeth Warnivu gefordert wurde und den mein Vater allein nicht aufbringen konnte. Deshalb ging ich mit auf Safari, deshalb ließ ich mich vom Bwana Bernard in Nairobi anwerben. Er versprach einen guten Lohn für meine Dienste, mehr als das Übliche. Er war auch kein richtiger Engländer, obwohl er sprach wie sie. Er kam aus einem kleinen Land ohne Meer, aber mit hohen Bergen wie dem Kere-Nyaga, den die Engländer Mount Kenya nennen. Es ist ein Land, das keine fremden Herrscher duldet, darauf war der Bwana stolz. Er wählte mich aus für die Bedienung seiner Tochter. Ich hatte eine gute Empfehlung von Reverend Wright. Bei seiner Frau habe ich gelernt, wie die Weißen bedient sein wollen. Der Tee frühmorgens muss stark sein, gut gesüßt und ein Fingerbreit mit Milch aufgefüllt, so und nicht anders wollte es auch die Tochter des Bwanas ha-

ben. Auf den Porridge gehört Zimt, aber nicht zu viel. Das Wasser zum Baden muss gerade so warm sein, dass man's mit hineingetauchtem Ellbogen gut erträgt. Das Leintuch muss abends zurückgelegt sein, das Ende der Wolldecke in den kälteren Nächten hart unter die Matratze gestopft. Das Messer liegt rechts vom Teller, die Gabel links. Die Schuhspitzen müssen glänzen. Ihre Katzen füttern sie mit Leber, die zahmen Vögel mit Körnern. Das Gras wollen sie kurz geschnitten haben und bewässert selbst bei Trockenheit, denn die Farbe des frischen Grases, so sagen sie, mahne sie an ihre Heimat.

Ich habe mir alles eingeprägt. Ich war von klein auf im Haushalt der Wrights. Mein Vater brachte mich zu ihnen, zur Schottischen Mission im Kiambu-Distrikt, denn er glaubte, dass die Zukunft den Europäern und dem Christentum gehört. Ich zeigte mich anstellig und flink, die Frau von Reverend Wright machte mich zu ihrem Hausboy. Ich zerbrach nie Geschirr, verwechselte nie die Teller mit Untertassen. Ich lernte rasch Englisch, war aber von Anfang an klug genug, nicht alles zu sagen, was ich dachte. Sonntags ging ich zur Kirche, denn zu Jesus Christus, unserem Herrn, darf auch ein Schwarzer beten. Und so galt ich bei der Frau von Reverend Wright als höflich und ein wenig zu still, wie sie zu anderen Engländerinnen sagte. In der Missionsschule, die von ihr geleitet wurde, habe ich lesen und schreiben gelernt. Als ich nach Nairobi ging, hätte ich lieber eine Stelle als Bote im Telegraphenbüro oder in einem Handelskontor angenommen. Aber es gab genug andere in meinem Alter, die besser wussten als ich, wie sie sich bei den Weißen einschmeicheln konnten. Darum waren die Stellen, die mir gefallen hätten, besetzt. Und bei einem Inder wollte ich keine Arbeit. Wir Kikuyus mögen die Inder nicht, sie haben uns fast so oft betrogen wie die Engländer. Aber die Frau von Reverend Wright war mir gut gesinnt, sie schrieb Empfehlungsbriefe für ihre Bekannten in Nairobi, sie lobte meinen Fleiß und meinen Sinn für Sauberkeit. Ich arbeitete zuerst auf einer Sisalplantage und dann wurde ich Hausboy bei Captain Carey, dem nichts wichtiger war als englische Sauberkeit. Captain Carey wollte jeden Morgen tadellose Gamaschen, auch mitten in der Regenzeit. Er wurde zornig, wenn er auf den Gamaschen den kleinsten Fleck entdeckte oder wenn ich ihm abends zu viel oder zu wenig Whisky einschenkte. Er schlug mich deswegen ins Gesicht, und jedes Mal, wenn er mich schlug, blutete ich aus der Nase. Deshalb lief ich von Captain Carey weg. Das war am Tag, als wir Harry Thuku befreien wollten und Captain Careys Soldaten vor dem Gefängnis achtundzwanzig Kikuyus erschossen. Ich war dabei, ich stand mitten in der Menge. Die Kikuyus hatten zum Streik und zur Kundgebung aufgerufen, nachdem die Engländer Harry Thuku verhaftet hatten. Ich habe alles gesehen, ich habe gehört, wie die Kikuyufrauen ihre Männer verhöhnten, die nicht angreifen wollten, wie sie ihre Trillerschreie ausstießen, ich habe gesehen, wie sie zum Eisengitter vorrückten, hinter dem die Askaris mit geladenem Gewehr standen, ich habe die Schüsse gehört, die Schreie, ich bin im Tumult hingefallen und dann geflüchtet und habe erst später vernommen, wie viele gestorben sind.

Ich hatte Angst, die Engländer würden mich suchen, und versteckte mich eine Zeit lang in den Kikuyuvierteln. Ich traute den Engländern damals noch Zauberkräfte zu, die sie nicht haben. Es ging mir schlecht. Hin und wieder nahm ich doch Arbeit in einem indischen Kaufladen an und putzte den Keller und die Regale. Ohne Brautpreis wollte ich nicht zurück in mein Dorf. Dann fand ich den Bwana Bernard, der mich auf die Safari mitnahm. Er verschaffte mir alle Bewilligungen, und es war mir nicht einmal zuwider, von Nairobi wegzumarschieren, es tat meinen Füßen gut, wieder Gras unter sich zu spüren wie zur Zeit, als ich in meinem Dorf Ziegen hütete. Nur wusste ich nicht, was ich von der jungen Frau, der Tochter des Bwanas, halten sollte. Dabei hatte ich doch Übung im Umgang mit weißen Frauen, ich hatte gelernt, die Gedanken der Frau von Reverend Wright zu lesen, und ich hatte mit ihren Töchtern gespielt. Aber Miss Vivienne wollte sein wie ein Mann. Sie trug halblange Hosen, sie verhüllte ihre Beine nicht wie die anderen Frauen. Sie rauchte Zigaretten, und einmal sah ich sie sogar mit einer Zigarre im Mund. Sie schoss beinahe so gut wie ihr Vater. Sie weidete die Tiere aus und zog ihnen das Fell ab wie ein Jäger. Sie ging von Zeit zu Zeit allein in den Busch, und niemand durfte sie beschützen. Ich weiß nicht, was sie dort tat, vielleicht betete oder sprach sie zu ihren Ahnen, obwohl das die Weißen sonst nicht tun. Warum kann man nicht an beides glauben, an Jesus Christus und an die Kraft der guten Geister?

Im Zimmer, spätnachts, klappte Vivienne das Koffergrammophon auf, arretierte den Deckel mit der Schalldose und steckte die Kurbel ins Gehäuse. Sie hatte gehört, dass auch Grandminon nicht schlafen konnte, also klopfte sie an die Verbindungstür und fragte, ob sie ein wenig Musik abspielen dürfe, Brahms zum Beispiel, das Violinkonzert. Grandminon stieß die Tür eine Handbreit auf und erwiderte, sie seien zum Glück die einzigen Gäste auf der Etage, sie höre gerne zu. Auch wenn Brahms nicht ihr Liebling sei, so schläfere er sie doch vielleicht ein. Der Satinschimmer ihres Nachthemds, der sich im Türspalt gezeigt hatte, verschwand; sie legte sich, dem Knarren nach, wieder ins Bett.

Vivienne zog die Antriebsfeder auf. Das Grammophon war dasselbe, das sie nach Afrika mitgenommen hatte, unverwüstlich trotz zerkratztem Gehäuse. Als sie den Tonarm mit der Nadel behutsam über der Platte abgesetzt hatte, erklang das Adagio aus dem Violinkonzert wie eh und je, verdrängte das Rauschen und Knistern, war nach wenigen Sekunden schon Musik und nichts als Musik. Kein Getrommel. Kein Gestampfe. Diese von der Oboe gespielte Melodie, die sie in jeder Note wiedererkennt und mitsummen könnte, die leuchtenden Hornmotive, der Einsatz der Geige dann, die das Thema aufnimmt und umspielt. Alles hat seine Ordnung, hat einen Anfang, eine Mitte und ein Ende. Manchmal, in Savannennächten, gab es nichts Schöneres als Mozart und Beethoven unter dem afrikanischen Sternenhimmel. Brovie hätte es auf ihrer ersten Reise nicht geduldet; er wollte, dass die Nacht rein blieb, unverfälscht afrikanisch. Aber auf ihrer zweiten Safari war er nicht mehr dabei, und sie nahm sich Freiheiten heraus, die sie sicherer machten.

Sie hatte die Petrollampe gelöscht und lag auf dem Bett, die angezogenen Knie vom Mond beschienen. Das Allegro giocoso begann. Aber die Musik verlangsamte und verzerrte sich, geriet ins Scheppern, brach ab. Sie hätte aus dem Bett steigen, das Grammophon neu aufziehen müssen, war aber zu träge dafür. Zu träge? Es war eher ein plötzlicher Widerwille, der sie zurückhielt. Der Waschkrug hatte die Wölbung eines Schädels, die Farbe von Elfenbein. Ihr war heiß. Draußen flüsterte die Juninacht. Vereinzeltes Mückensirren, Gebell. Das trübe Wasser, das sich rot färbt vom Blut des Büffels. Das niedergebrannte Gras. Ein toter Elefant riecht anders als ein toter Löwe. Wer ist Jäger? Wer wird gejagt? Von überall her die Rufe der Käuzchen. Es gab so viele Zeichen, man hätte sie nur richtig deuten müssen. Das faulende Giraffenfell. Das Zelt, das im Gewitterregen einstürzt. Die verrückte Alte hinter der Dornenbarriere. Aber für all das hatte er nur Spott übrig.

«Schlaf gut, Grandminon.»

«Danke gleichfalls, Vivienne. Es ist beinahe Vollmond, hast du's gemerkt?»

Vollmond oder Halbmond, was machte das schon aus? Wenn nur das Fieber nicht wiederkam.

Sie wusste nicht, was sie geweckt hatte. Gewiss nicht das gleichmäßige Schnarchen von drüben, daran war sie gewöhnt. Grandminon behauptete zwar unentwegt, schlecht einschlafen zu können; aber meist schlief sie tiefer und länger als die Enkelin. Im Zimmer herrschte eine unbestimmte Helligkeit. Von ganz nahe erklang ein Flötenton, der in auf- und absteigendes Getriller überging. Eine Nachtigall? Im französischen Baedecker stand, die Iles d'Or seien bekannt für ihre vielen Nachtigallen und auch dafür, dass Zugvögel hier jeweils ein paar Tage vor ihrem Weiterflug süd- oder nordwärts rasten würden.

Vivienne wühlte sich unter der Decke hervor und trat erschauernd ans offene Fenster. Erst jetzt merkte sie, dass sie vergessen hatte, sich auszuziehen. Sie trug sogar noch die Seidenstrümpfe, die sie, Grandminon zuliebe, fürs Abendessen angezogen hatte. Am Himmel hingen, wie festgeschraubt, Wolkenskulpturen mit bauchigen Rundungen; durch das kleine Tal strichen vereinzelte Nebelschwaden. Sie konnte die feuchten Lanzettblätter des Eukalyptusbaums, dessen Äste beinahe ins Zimmer wuchsen, mit den Händen berühren. Aber die Palmen, die sich vor dem Manoir aneinander reihten, schienen an anderer Stelle zu stehen als gestern. Hatte sie ein launischer Gärtner über Nacht verpflanzt? Sie selbst hatte als Kind immer wieder Baumschößlinge von einem Ort zum andern mitgenommen, handhohe Birken von Norwegen in die Schweiz, winzige Fichten vom Berner Oberland nach England. Die verpflanzten Bäumchen waren zu ihrem Kummer meistens eingegangen. Sie goss Wasser aus dem Waschkrug in die Schüssel, netzte das Gesicht mit beiden Händen. Den Spiegel hatte das Zimmermädchen hereinzustellen vergessen. Brauchte sie überhaupt einen? Ihr ziegenhaftes Morgengesicht mochte Vivienne nicht, noch weniger die hervorstehenden Schlüsselbeine, die so deutlich das Skelett verrieten. Drinnen, in Hütten, in Zelten, hatte sie die Morgentoilette immer in aller Eile absolviert, mit militärischer Knappheit, wie Brovie gespottet hatte. Nur draußen nahm sie sich Zeit für sich, draußen war ihre Haut viel schöner. Es gab nichts Schöneres als das Abendbad in der Segeltuchwanne.

Sie zog die Strümpfe aus und ließ sie ineinander geknäuelt auf dem Boden liegen. Sie warf sich einen Schal über die Schultern und schlich sich barfuß hinaus auf den Flur. Immer noch waren ihre Fußsohlen hart und schwielig. Schon als Kind war es ihr Stolz gewesen, barfuß über Steine zu gehen, ohne mit der Wimper zu zucken. Einmal hatte sie es zur Übung auf Glasscherben versucht und sich dabei geschnitten. Brovie hatte sie ausgeschimpft, aber auf den Stockzähnen gelächelt. Mein Wildfang. *Murray, mein Sohn.*

Es hatte ein wenig geregnet. Viviennes Füße wurden sofort nass, auch der Rocksaum sog sich voll, als sie quer durchs hohe Gras ging, ins Tälchen hinein, das vom Meer wegführte. Mit den Fingerspitzen berührte sie die Dolden wilder Möhren. Die Flockenblumen waren blaubleich in diesem gefilterten Licht. Sie kam an einer Stelle vorbei, auf der Tiere geweidet haben mussten. Sie sah einen Esel, der an einem Baum festgebunden war und ihr mit gespitzten Ohren nachschaute. Er schnaubte, als sie schon vorbei war, so laut und menschlich, dass sie zusammenfuhr. Sie dachte an Grayface und Brownie, die beiden Last- und Reittiere, die sie über Hunderte von Kilometern durch die Ebene von Siolo bis zu den Lorian-Sümpfen begleitet hatten. Grayface wurde nachts von einem Leoparden angefallen und erlag kurz darauf den Bisswunden am Hals. Maultiere können trauern wie Menschen, und so starb später auch Brownie: an der Trauer um seinen verlorenen Gefährten

Sie ging den Bach entlang bis zu einem kleinen Staudamm, dahinter lag ein Seelein mit finsteren Spiegelungen. In den Wolken gab es jetzt eine Bewegung; es gab Stellen, wo das

Material, aus dem sie gegossen schienen, poröser wurde, und über dem östlichen Abhang zeigte sich eine Ahnung von Sonnenlicht. Vivienne wandte sich nach rechts, wo ein Pfad hügelwärts führte, tauchte in den Maquis ein; sie erkannte Steineichen, Erdbeerbäume, Stechpalmen. Es war ganz anders als im Urwald rund um den Muhavura, weniger wuchernd, weniger bedrohlich, und doch erinnerte die Bedrücktheit, die sie unter dem beinahe lichtlosen Himmel empfand, an diese schlimme Zeit.

Sie waren schon länger als ein Jahr unterwegs seit dem ersten abgeschossenen Löwen; fünf weitere waren dazugekommen. Sie hatten sich mit den bürokratischen Schikanen der Kolonialregierung herumgeschlagen, sie hatten rebellische Träger bestraft oder weggeschickt und neue angeworben. Sie hatten die erste Regenzeit und mehrere Fieberanfälle überstanden, sie hatten die Häute von Elen- und Oryxantilopen konserviert, von Warzenschweinen und Grantgazellen, von Chanlers Riedbock, vom Dikdik, vom Kenya-Hartebeest, von einer Giraffe, einem Elefanten, von Zebras, von Schakalen und Hyänen, von Kudus, von Bongos, die am mühseligsten zu jagen waren. Sie hatten die Häute bei Dauerregen vor Fäulnis bewahrt, sie wieder und wieder mit dem neuen Mittel behandelt, das aus drei Teilen gebranntem Alaun, einem Teil Salpeter und einem Zusatz von Kampfer bestand, sie hatten die getrockneten Häute in Hanfsäcke eingenäht, in gemietete Lastwagen verladen und auf den Weg nach *Berne, Switzerland*, geschickt, wo die ersten inzwischen wohl schon eingetroffen waren.

In Entebbe versprach Sir Geoffrey Archer, der englische Gouverneur, mit Händedruck, sich bei der belgischen Regierung dafür einzusetzen, dass Bernhard von Wattenwyl auch von dieser Seite eine Abschussbewilligung für Gorillas und

Okapis bekäme. Sie besuchten, um die Wartezeit abzukürzen, die Insel Damba im Viktoriasee, erlitten auf der Rückfahrt eines heftigen Gewitters wegen in den hohen Wellen beinahe Schiffbruch. Sie mussten feststellen, dass die Eingeborenenboote zu klein waren für den Transport einer Flusspferdhaut und verzichteten deshalb darauf, eins zu jagen, gaben sich zufrieden mit einem schwarzschwänzigen Oribi. Ein indischer Driver fuhr sie ins Tal von Kabale, wo sie, wie in Entebbe, bewässerte Rasenflächen vor weiß getünchten Häusern antrafen. Sie hatten noch vierzehn Leute vom ersten Teil der Safari dabei, darunter Mvanguno und Jim, wählten unter zahlreichen Bewerbern die Neuen aus (am wichtigsten Abde, der Koch), solche auf jeden Fall, die sich getrauten, die Grenze zum Kongo zu überschreiten, der allgemein als Sitz von bösen Geistern galt. Sie wollten zwei Berggorillas erlegen, Männchen und Weibchen; für das Gebiet rund um den Muhavura war ihnen die Abschusserlaubnis inzwischen erteilt worden.

Nachdem sie den Bunjonisee mit Kanus überquert hatten, zogen sie bei schlechtem Wetter los. Es war ein beschwerlicher Aufstieg, den die sporadischen Regengüsse noch beschwerlicher machten. Die Vulkankegel blieben meist verhüllt. Einer der drei Gipfel, der Karissimbi, zeigte sich, als die Wolken aufrissen, ungeheuer weit oben, schneeweiß. Sie kamen an kleinen Seen vorbei, deren Oberfläche schillerte wie glänzend poliertes Messing. Ein kalter Wind biss sich an ihren Gesichtern fest; er flaute auch nachts nicht ab, wenn sich die einheimischen Träger hinlegten, wo sie gerade waren, mit nackter Haut auf nackter Erde, während für die beiden Weißen das Zelt aufgeschlagen wurde. Nach Tagen, die Vivienne zu zählen vergaß, erreichten sie den Wald und auf einer Lichtung die erste Pygmäensiedlung. Sie wurden bestaunt, angelacht, befingert, man gab ihnen Honig zum Kosten. Drei fährtenkundige Führer warb Brovie an, sie reichten Vivienne knapp bis zur Brust. Männerköpfe gehörten zu

Kinderkörpern, einer hatte weiße Haare. Die Hodensäcke unter den winzigen Schürzen pendelten hin und her, es war schwierig, sich daran zu gewöhnen. Tag für Tag nun ging es bergauf, bergab, immer wieder glitschigen Wildwechseln entlang. Sie stolperten im dauernden Getropf über kreuz und quer herumliegende Äste, wateten und krochen durch Schlamm. Dornenzweige schlugen an Viviennes wunde Knie, ritzten die Haut. Im dichten Nebel verloren sie sich, riefen einander mit hohl klingenden Stimmen, glaubten plötzlich zu ersticken. Die Feuchtigkeit durchdrang alles und schien allmählich die Knochen, sogar die Finger- und Fußnägel aufzuweichen. Alles verrottete und blühte zugleich. Orchideenblüten wie Gnomengesichter, gedehnte Vogelrufe, opalfarbene Schmetterlinge, die sie zu necken schienen. Es regnete immer wieder. Einmal hagelte es sogar kirschkerngroße Hagelkörner durch alle Stockwerke des Waldes bis auf den Boden. Wo waren die Gorillas? Zwei, drei Meter über dem Boden fanden sie ihre verlassenen Nester, aus Bambus geflochtene, halb eingestürzte Plattformen, die etwas erschreckend Menschliches an sich hatten. Aber keins der Tiere ließ sich blicken. Immer wenn Vivienne am Ende ihrer Kräfte war, hatte sie den Verdacht, dass die Pygmäen sie absichtlich in die Irre führten, um die Gorillas zu beschützen, die für sie heilige Tiere waren. Aber sie sagte Brovie nichts davon. Sie fürchtete, dass er die Pygmäen einschüchtern und bedrohen würde; besser war es, sie mit Freundlichkeit für sich zu gewinnen. Abends, wenn sie unter Bäumen eine etwas trockenere Stelle gefunden hatten, machten sie Feuer mit Stöckchen und dürren Flechten, die sie in Brustbeuteln bei sich trugen. Brovie wollte es ihnen gleichtun, vermochte aber keinen Funken zu erzeugen. Er ärgerte sich über seine Ungeschicklichkeit, blaffte Vivienne an, sie solle es selber versuchen. Auch sie versagte; nur die Handflächen brannten, zwischen denen sie das eine Stöckchen rotieren ließ, während sie es zugleich mit der Spitze auf das andere drückte, von dem aus die Funken das Häufchen kostbarer Flechten entzünden sollten. «Es kann doch nicht so schwer sein», rief Brovie. Er übte endlos weiter, schleuderte plötzlich die Stöckchen weg, brütete nachher, das Gesicht hinter den Händen verborgen, neben dem qualmenden Feuer vor sich hin.

Die Pygmäen brieten kleine weiße Vögel am Feuer. Nie aß Vivienne von diesem Fleisch; die Vögel hatten rubinrote Augen, die erst beim Schmoren milchig weiß wurden. Sie und Brovie ernährten sich von Büchsenbohnen und Corned Beef, kistenweise schleppten die Träger Büchsen mit, sogar Hummer für festliche Gelegenheiten. Die Pygmäen erzählten pantomimisch Geschichten von Gorillas, ahmten das Brusttrommeln nach, führten vor, wie die Tiere den Jäger belauern, von hinten anspringen, mit ihren Armen erdrücken. Sie lachten dazu, arglos, wie es schien. Als aber die Träger aus Kenya, die Kikuyus, die Wakambas, die Massai, unbehaglich miteinander zu flüstern begannen, fuhr Brovie den Pygmäen über den Mund und verbot ihnen, seinen Leuten weiterhin Angst zu machen. Er nahm die doppelläufige *Wesley Richards* aus dem Futteral und machte allen klar, dass ein gut gezielter Schuss selbst den stärksten Gorilla fällte. Die Pygmäen begannen zu singen, in kehligen, hohen Tönen, die Vivienne absurderweise an das Jodeln von Sennen erinnerte. Vielleicht war es ein Spottlied. Sie spürte an allen Gliedern, dass den Waldmenschen nicht zu trauen war.

Die Nacht verbrachten sie hinter rasch gebauten Bambuswänden, unter einem Schutzgeflecht aus Zweigen und Gras, denn das Terrain erlaubte es nicht, Heringe einzuschlagen. Vivienne rollte sich in drei Wolldecken ein; ihre Füße blieben trotzdem kalt. Sie träumte, wie so oft, von Norwegen, von einem sprechenden Lemming, der ihr aus der Hand fraß und plötzlich in den Daumen biss. Sie konnte sich am nächsten Morgen kaum erheben, sie hatte Blei in den Beinen, die Unterschenkel waren mit Pusteln bedeckt, und das Atmen fiel ihr schwer. Sie war wehrlos gegen die Traurigkeit, die sich in ihr zusammenklumpte wie klebriges schwarzes Harz. Brovie war noch schlimmer dran und blieb einfach liegen. Sie sah, dass er fieberte und fror. Man hätte zwanzig Decken über ihn schichten können, es hätte sein Zittern nicht verhindert. Als sie sein Gesicht von nahem betrachtete, hatte es sich ins Gelbliche verfärbt, und sie fürchtete, die Gelbsucht habe ihn erwischt. Er selbst meinte, es sei wieder die Malaria, wie schon ein halbes Jahr zuvor, an der Straße nach Maua, wo sie geglaubt hatte, er werde sterben. Widerstandslos schluckte er das Chinin, das sie ihm gab. Sie raffte sich auf, Tee für ihn zu kochen und saß an seiner Seite, während er meist döste, zwischendurch wirre Gespräche mit ihr führte, sie einmal sogar mit Florence anredete, dem Namen ihrer Mutter, den er sonst nie über die Lippen brachte.

«Geh nicht weg, geh nicht weg», stieß er mit äußerster Anstrengung hervor.

«Wohin sollte ich gehen, Brovie?», antwortete sie, drückte seine feuchtkalte Hand, strich ihm über die glühende Stirn.

«Sie haben dich mit Blicken verschlungen», sagte er und knirschte mit den Zähnen vor Zorn.

«Wer? Wer denn? Sag mir, wer!»

«Auf dem Ball, du weißt doch. Der Frechdachs mit der grünen Krawatte.» Die Unruhe warf ihn hin und her; er umklammerte ihre Hand.

«Du irrst dich, Brovie. Sei ruhig. Versuch zu schlafen.»

Es war ihr altes Spiel. Wie oft hatte er ihr schon vorgeworfen, sie habe dem einen oder anderen, der mit ihr flirtete, ein Wort zu viel gegönnt! Sie stritt meist alles ab, obwohl Brovie ein unheimliches Gespür dafür hatte, wann sie einem Mann gegenüber auch nur einen Anflug von Gefallen empfand. Diesmal war es noch schlimmer als sonst. Das Fieber trieb Brovie weit weg von der Realität, er nannte Namen von Männern, die sie gar nicht kannte, benahm sich so, als sei sie drauf und dran, ihn zu verraten und in seinem hilflosen Zustand den Schwarzen zu überlassen. Sie gab es auf, ihn von seinen Verdächtigungen abzubringen und ließ ihn reden, bis sein Wortstrom in unverständliches Lallen überging. Dabei wischte sie die Tränen ab, die ihm, vermischt mit kaltem Schweiß, über die Wangen liefen.

Beim Eingang der Schutzhütte stand Jim, der bis hierher mitgekommen war, eine dunkle Silhouette, ein Waldgeist, von dem man nicht wusste, ob er Gutes oder Böses im Schilde führte. Als Brovie endlich schwieg, näherte er sich lautlos und fragte, was sie brauche, als ob er bloß mit dem Finger schnippen müsste, um ein weiches Bett herbeizuzaubern. Sie brauche im Augenblick nichts, sagte sie, nur Geduld, und die könne ihr auch Jim nicht geben. Er schien, wie immer, alles zu verstehen, was sie anging, sogar die Wörter, die in seinem englischen Wortschatz fehlten. Ohne dass sie es ihm befohlen hätte, holte er das Jod aus dem Medikamentenkoffer und schaute zu, wie sie, auf dem Feldstuhl sitzend, ihre Furunkel an den Beinen mit in Jod getränkter Watte betupfte und sie mit Gaze verband. Dann brachte er zwei Träger herbei, die ebenfalls an den Veldt-Schwären litten, und Vivienne behandelte sie auf die gleiche Weise.

Nach der nächsten Nacht ging es Brovie stündlich besser. Es brauchte, um ihn auf die Füße zu bringen, nur noch die Meldung, Gorillas seien auf der anderen Seite des Berges gesichtet worden. Sogleich übernahm er wieder das Kommando. Die Plackerei begann erneut. Längere Strecken durch dichtes Gebüsch bewältigten sie auf allen vieren, in eng aufgeschlossener Kolonne. Viviennes schmerzende Beine wollten ihr kaum mehr gehorchen. Es war wie in Norwegen, auf ihren ersten Wanderungen, als sie den Vater, der immer sein eigenes Tempo beibehielt, einzuholen versuchte und immer wieder rief: «So wart doch, Dadboy, bitte, wart auf mich!» Auch jetzt wieder war sie nahe daran aufzugeben, aber dann gelang es ihr, das Gefühl einer stumpfen Schwerelosigkeit herzustellen, das ihr auch damals, auf dem norwegischen Fjell, über die schlimmsten Momente hinweggeholfen hatte. Man zieht sich ganz zurück in den Kopf, Rumpf und Beine sind wie abgetrennt, und das Blut kreist durch gefühlloses Fleisch. So ging es weiter, und es spielte keine Rolle mehr, ob Minuten oder Stunden verstrichen.

Sie kamen, nach einem weiteren steilen Anstieg, auf eine Terrasse, wo der Wald sich lichtete und sie wieder aufrecht gehen konnten. Der Pygmäe, der sie anführte, zeigte auf frische Kothaufen, auf die leeren Hüllen von Bambussprossen, auf ausgegrabene und angenagte Wurzeln. In der Nähe fanden sie Nester, die noch vor kurzem benutzt worden waren, und dort, wo der Hang wieder zu steigen begann, sahen sie Trampelpfade, die kreuz und quer durch hüfthohes Gras liefen. Gorillagärten, nannte es einer der Träger. Beides zusammen, Nester und Wege, erzeugte den Eindruck, hier seien vernunftbegabte Wesen am Werk gewesen. In Vivienne wuchs die schamhafte Abneigung gegen die Menschenaffen, die sich so listig versteckten, und noch mehr gegen die Absicht, zwei von ihnen zu erlegen. Aber Brovie war überzeugt, die Gorillasippe sei ganz in der Nähe. Sie krochen durch einen grünen, von dichten Blattwänden begrenzten Tunnel aufwärts, immer weiter aufwärts, durch Matsch und über schlüpfrige Wurzeln, das Licht wie gefiltert von grünkörnigem Glas.

Plötzlich ein lauter und schriller Schrei, ein zweiter, auf den erschrockene Laute der Träger antworten, ein kurzes Trommeln, Rascheln und Knacken, dunkle, sich entfernende Schatten nahe bei Vivienne. Ihr stockt der Atem, Furcht schießt in schmerzhaften elektrischen Stößen bis in die Fingerspitzen. Die Pygmäen haben zu summen begonnen, schreiben Zeichen in die Luft, als ob sie so die Gorillas beruhigen wollten. Einer hält sechs Finger hoch, was wohl bedeuten soll, er habe sechs Gorillas gesehen. Brovie bringt sie zum Schweigen, schimpft darüber, dass er auf diese kurze Distanz nicht schießen könne, er brauche Luft, offenes Gelände. «Ihnen nach, marsch, was trödelt ihr!»

Sie gehorchen. Vivienne schreckt zusammen bei jedem Geräusch, das sie nicht gleich einordnen kann. Trotzdem geht sie weiter, so wie die Boys, aus deren verkrampftem Gang sie die Angst liest. Noch einmal Schreie, weiter entfernt, dazu das Getrommel, dumpf und drohend, ein Tamtam von Halbmenschen auf der Flucht. Wir jagen unsere Verwandten, denkt Vivienne. Und dennoch dieser Funke Lust, Beute zu machen, Sieger statt Opfer zu sein.

Die Pygmäen beugen sich über Spuren, sie sind sich uneinig, in welcher Richtung die Tiere geflüchtet sind. Der Weg am Ende des Bambusgürtels wird noch schwieriger. Sie stoßen auf Felswände, ziehen sich an herabhängenden Ästen hoch, helfen sich gegenseitig beim Klettern. Dann, wie ein Wunder, der Ausgang ins Freie, auf ein flacheres Gelände, das von Riesensenezien überwachsen ist, diesen seltsamen Pflanzen mit ihren krummen Stämmen und wirren, nach allen Seiten abstehenden Blätterschöpfen, dazwischen Lobelien wie behaarte, mannshohe Kerzen. Eine urweltliche, beklemmende Landschaft, strichweise von Nebel verschleiert. Einer der Pygmäen sieht weiter oben die Gorillas, die dem Felskamm zustreben, schwarze Flecken in unregelmäßiger Bewegung. Brovie schreit nach dem Gewehr. Erst durch den Feldstecher erkennt Vivienne Genaueres. Es sind kurzbeinige Gnomengestalten, eine von ihnen mit silbernem Rücken. Vornüber gebeugt hüpfen und rennen sie voran, mit ihren überlangen hin und her pendelnden Armen stützen sie sich bei jedem zweiten, dritten Schritt ab, so dass man glauben könnte, sie seien betrunken oder von Schwindel erfasst, und dennoch kommen sie überraschend schnell voran. Vor allem dieser hinkende Gang stößt Vivienne ab, er ist weder tierisch noch wirklich menschlich. Brovie, den Finger am Abzug, lässt das Gewehr wieder sinken, er hat keine Chance auf diese Distanz und befiehlt deshalb, die Verfolgung aufzunehmen. Sie kämpfen sich hinauf zum Grat, hinter dem sie eine Senke vermuten, aber es ist eine Schlucht, die sich vor ihren Augen öffnet. Beinahe senkrecht fallen die Felswände ab, tief unten rauscht ein Fluss. Der zerklüftete Gegenhang, in dessen Spalten verkrüppelte Bäumchen wurzeln, ist ebenso steil, unpassierbar für die Verfolger. Die Gorillas, schon drüben, haben ihren Vorsprung ausgedehnt, hangeln und ziehen sich an Felszacken hoch. Der Silberrücken ist den anderen voraus, einer trägt ein Junges auf dem Rücken.

«Gut dreihundert Meter», stößt Brovie zwischen den Zähnen hervor. «Ich habe das andere Visier aufgesetzt, das sollte gehen.»

«Schieß nicht», sagt sie, «wir können sie da unten sowieso nicht holen.»

Doch er hört nicht auf sie, zielt lange, schießt einmal, ein zweites Mal, und die Echos der Schüsse vervielfältigen sich, so dass eine ganze Kanonade daraus entsteht. Die Gorillas halten einen Moment inne, und Vivienne fürchtet schon, einer von ihnen werde taumeln, den Halt verlieren und sich überschlagend die Felswand hinunterstürzen. Aber keiner ist getroffen, sie setzen ihre Flucht in noch größerer Hast fort. Wütend übergibt Brovie das Gewehr seinem Träger, wendet dann der Schlucht, wie ein beleidigter Junge, den Rücken zu, setzt sich hin und verbirgt das Gesicht in den Händen.

Vivienne setzt sich neben den Vater, legt den Arm um seine Schulter. «Du brauchst dir nichts vorzuwerfen, Brovie. Auf diese Distanz kannst du gar nicht treffen.»

«Vielleicht doch, wenn meine Hand sicherer wäre. Dieses verdammte Fieber!»

«Deine Hand ist sicher genug. Denk doch an die Bongos. Denk an die Löwen. Das macht dir so schnell keiner nach.»

«Ich muss noch besser werden. Wir dürfen keine Munition vergeuden.»

Sie trinken aus der Feldflasche faulig schmeckendes Wasser, Tümpelwasser, in das die schweren Gerüche des Urwalds abgesunken sind. Jim bietet ihnen Biskuits an. Brovie weist sie zurück, tastet in seiner Hosentasche nach dem Tabakbeutel, und Vivienne weiß, dass er jetzt zwei Zigaretten drehen wird, eine für ihn, eine für sie.

Die Flamme züngelt erst beim zehnten Versuch auf. Das brennende Streichholz, von ihrer Hand beschützt, nähert sich seinem Mund, der schon an der Zigarette saugt. Sie verschweigt, wie dankbar sie ist, dass es ihr erspart bleibt, einen Gorilla zu häuten. Sie hätte versagt, sie hätte es nicht über sich gebracht zu tun, was sie gelernt hat: den Schnitt anzusetzen, dieses halbmenschliche Wesen aufzuschneiden, das Fell vom Fleisch zu lösen. Sogar bei einer Hyäne kostet es sie Überwindung. Dieses reißende Geräusch. Das Schaben hinterher. Nie ist sie sicher, ob sie es bloß tut, um ihm zu beweisen, dass sie es kann. Oder ob sie, wie ein Kind, das seinen Teddybär aufschlitzt, heimlich hofft, einem Geheimnis auf die Spur zu kommen. Aber kein Sägemehl rieselt heraus, sondern Blut, Gekröse, Schleim, Kot.

JA, ICH WAR am Anfang verwirrt ihr gegenüber, und noch mehr verwirrte es mich, als ich herausfand, dass sie gar nicht verheiratet war. Frauen ihres Alters haben sonst auch bei den Weißen einen Mann, und für den besorgen sie die Küche, den Garten, die Wäsche, oder sie zeigen ihren Hausmädchen, wie man's macht. Miss Vivienne zeigte mir nichts, ich glaube, sie verstand mehr vom Jagen als vom Kochen, mehr vom Gerben der Häute als von der Kleiderwäsche. Als ich sie am Anfang fragte, ob sie den Early Morning Tea, *der dem Reverend Wright heilig war, in der großen oder der kleinen Tasse serviert haben wolle, lachte sie mich aus und sagte, darauf komme es doch nicht an. Als ich sie fragte, wo ich am Abend für sie den Toilettenspiegel aufstellen solle, wurde sie zornig und sagte, das sei allein ihre Sache. In allen diesen Dingen musste ich selber herausfinden, wie sie's haben wollte, und das war sehr schwierig. Sie schnalzte nie mit den Fingern wie Reverend Wright, sie klatschte nicht in die Hände wie seine Frau, um mich herbeizurufen. Sie sagte einfach nur: «Jim», sie sagte es lauter oder leiser, höher oder tiefer, und je nachdem musste ich wissen, was sie von mir wollte. Sie erwartete, dass ich's wusste, und war unwirsch, wenn ich etwas Falsches tat.*

Meistens behandelte sie mich freundlich, nicht viel anders jedoch als Major, den Hund, den sie einem Luo abgekauft hatte. Ich war ein Mann, der in ihrer Nähe kein Mann sein durfte. Sie hatte Angst vor meinem Schweiß, das merkte ich bald, und so achtete ich darauf, dass mein Gesicht nicht glänzte und ich nicht nach Schweiß roch, wenn ich das Zelt betrat. Ich hätte ihr gerne gesagt, dass ich beschnitten bin, aber das sagt bei uns kein Mann zu einer Frau, denn sie sieht es ihm an. Ich hätte ihr gerne erzählt, dass die Beschneidungszeremonie stattfand, bevor ich zum Reverend Wright ging, denn ich sollte ein Christ werden und dennoch zum Clan der Ambui gehören, die eine der neun Töchter von Mumbi war, und ohne Beschneidung ist man kein richtiger Kikuyu. Ich hätte ihr gerne erzählt, wie weh es tat, als der Heiler mir mit dem scharfen Stein die Haut wegschnitt, und wie stolz, als wir Beschnittenen im Dorf nach zehn Tagen und Nächten festlich empfangen wurden. Von alledem wollte sie nichts wissen, es hätte sie verlegen gemacht. Sie wollte ja auch nicht, dass ich mir zu unsern Festen Asche ins Gesicht und Ockerfarbe auf die Brust strich und mit den anderen ums Feuer tanzte, dabei war das mein Recht als beschnittener Krieger. Als sie mich einmal so sah, befahl sie mir, mich sogleich zu säubern und meinen Kikoi wieder anzuziehen, es gehöre sich für ihren Hausboy nicht, sich so zu benehmen.

Vieles kränkte mich an diesem Leben. Zum Glück waren wir so häufig zu Fuß unterwegs, dass ich mir die Kränkung aus dem Leib laufen konnte. Ich redete mir gut zu und rechnete aus, wie viele Wochen es dauern würde, bis ich mir meinen Brautpreis erspart hatte, und Mvanguno, ein Wakamba zwar, aber der Älteste von uns, sagte mir, in der Tochter des Jägers wohne ein trauriges Zicklein, das sie selber noch nicht kenne, wir müssten Geduld mit ihr haben. Nach dem Tod des Bwanas begriffen wir alle ihre Traurigkeit, auch die drei Turkanas unter den Trägern, die immer gesagt hatten, die Memsahib hasse ihren Vater, sie verneige sich nie vor ihm, bade nie seine Füße in Duftwasser, um die Hornhaut aufzuweichen und wegzureiben.

Manchmal redete Miss Vivienne ein paar Sätze mit mir. Sie fragte, wie es mir gehe und wie meine Geschwister heißen und was ich in meinem Leben noch plane. Aber sie hatte meine Antworten schon am nächsten Tag wieder vergessen. Ich hingegen erfuhr immer mehr über sie, und es war mir nicht recht, ihre Geheimnisse zu kennen. Sie hatte oft Streit mit ihrem Vater. Sie gehorchte ihm nicht, wie Töchter es tun müssten, im Gegenteil, sie widersprach ihm mit zornigen Worten. Der Bwana war manchmal nahe daran, sie zu schlagen, und wer hätte es ihm verargt, die Tochter auf diese Weise zu zähmen? Eine Tasse warf er einmal nach ihr, die dann auf dem Boden zersprang, ein anderes Mal rammte er vor Wut ein Antilopenhorn tief in den Boden. Es ging meist um den Zustand der Häute. Der Bwana wurde zornig, wenn sie verdarben, und er gab der Tochter die Schuld dafür. Sie aber sagte, es sei wegen des schlechten Wetters oder wegen der Sorglosigkeit der Träger. Oder sie bewies ihm, dass die Häute noch zu retten waren, und sie schrie ihn an, dass er ihre Arbeit verachte. Wenn sie am lautesten waren, konnte ich sicher sein, dass er gedroht hatte, einen Mann für sie zu suchen, und sie hatte entgegnet, sie werde jedem ins Gesicht spucken, der ihr zu nahe komme. Es geschah auch, dass sie ihn ausschimpfte, weil er zu lange vom Lager fortgeblieben war und sich in Gefahr gebracht hatte. Dann spottete er über ihre Angst, und sie wurde bockig wie ein übellauniges Maultier. Aber wenn er krank war, wich sie kaum von seiner Seite, auch ich durfte sie nicht ablösen. Sie flößte ihm Tee ein, in den sie ihre Medizin gemischt hatte, sie redete ihm gut, ließ sich gefallen, dass er sie mit Fieberworten kränkte, und sie weinte vor Dankbarkeit, wenn er wieder aufstand. Sonst weinte sie nur, wenn sie allein war und glaubte, niemand könne sie hören. Einmal riss sie Seiten aus dem Buch heraus, in das sie jeden Tag hineinschrieb, sie zerknüllte sie und warf sie hinaus in die Dornbüsche. Ich sammelte die Seiten heimlich ein, glättete sie und versuchte Miss Viviennes Handschrift zu lesen, aber es war schwierig, und das Einzige, was ich verstand, war, dass sie niemals heiraten werde, denn jeder Mann würde sie, wie ihr Vater, zur Sklavin machen wollen, und das dulde sie nicht. Ich habe diese Seiten bis heute behalten. Sie liegen in der Biskuitschachtel, in der ich meine Andenken sammle, auch mehrere Fotografien gehören dazu, die sie mir geschenkt hat. Auf einer sitzt sie da, mit nackten Knien, den Hund Major auf ihrem Schoß, und lächelt. Der Klapptisch neben ihr ist von mir gedeckt, und wenn ich sie anschaue, höre ich sie wieder meinen Namen rufen. Auf einem anderen Bild kniet sie neben dem weißen Nashorn, an dessen Leib sie das Gewehr gelehnt hat, der Tropenhelm beschattet ihr Gesicht, und man weiß nicht, ob sie sich freut oder den Tod des mächtigen Tiers betrauert. Ich selber stehe, mit ein paar anderen, in ihrer Nähe. Abde, der Koch, machte dieses Bild, er fürchtete sich nicht vor dem Klicken der Kamera.

Meine Frau sieht es nicht gerne, wenn ich mir sonntags meine Andenken anschaue. Warum ich denn, fragt sie mich, Miss Vivienne so hoch achte, ich würde doch sonst kein gutes

Haar an den Engländern lassen. Es liegt daran, sage ich ihr, dass sie eben keine richtige Engländerin ist, sondern nur eine halbe. Aber das ist auch nur die halbe Wahrheit. Ich mag es, meine Frau ein wenig eifersüchtig zu machen, und außerdem wäre es unchristlich, alle Engländer zu hassen. Wir müssen unterscheiden zwischen denen, die uns unterdrücken, und den anderen, mit denen wir uns verbünden können. So treiben wir einen Keil zwischen sie. Das sagte auch Harry Thuku, bevor sie ihn nach Somaliland verbannten, und das sagt Johnstone Kamau, der nach England gefahren ist, um mit den Engländern über die Rückgabe des Landes zu verhandeln, das sie uns gestohlen haben.

Niemand von uns verstand genau, was die Weißen, weit weg von uns, in der Stadt, aus welcher der Bwana stammte, mit den Häuten taten. Wir schickten sie einfach zu ihnen. Dort, in einem großen Haus, machen sie aus den Häuten wieder Tiere, die aussehen, als seien sie lebendig, und doch bewegen sie sich nicht. Und am Sonntag kommen die Leute, um sich die toten Tiere anzuschauen, es kommen Alte und Junge, und sie glauben nachher zu wissen, wie die Tiere in der Savanne sind. Wir haben gelacht, als der Bwana uns das erzählte, doch er ärgerte sich über unsere Unwissenheit und sagte, die Safari diene diesem Zweck und keinem anderen. Wir wussten, dass er nicht die Wahrheit sagte. Ein Jäger wie er jagt um des Jagens willen, er liebt den Zweikampf mit dem ebenbürtigen Gegner, er will ihn besiegen oder in Ehren unterliegen, wie es dann auch mit dem Bwana geschah. Bei Miss Vivienne war es ganz anders. Ich bin nie klug daraus geworden, ob sie gerne jagte oder nur, weil sie musste.

Nach ihrem Misserfolg versuchten sie drei weitere beschwerliche Tage lang, die Gorillasippe wieder aufzuspüren. Aber die Affen hielten sich versteckt. Brovie schluckte seinen Groll hinunter und trieb seinen geschwächten Körper, aber auch Tochter und Träger noch einmal zu physischen Höchstleistungen an. Dann beschloss er von einem Moment auf den andern, die Gorillajagd abzubrechen. Das war seine Art. So beharrlich er ein Ziel verfolgen konnte, so abrupt kehrte er sich von ihm ab, wenn der Erfolg allzu lange ausblieb. Danach pflegte er sich beinahe übergangslos ein neues – und oft noch schwierigeres – Ziel zu setzen. So wunderte es Vivienne nicht, dass er ihr schon beim Abstieg zum Waldlager sagte, er habe beschlossen, den Gipfel des Muhavura zu besteigen, wo, wie er annehme, noch nie ein Mensch gewesen sei. Vivienne ließ sich überreden mitzukommen, aber nur wenn Major, der Hund, sie begleiten durfte. Etwas Eigenes schmuggelte sie immer in Brovies große Pläne hinein.

Er wollte den Berg von der Ostflanke her angehen, die am zugänglichsten schien. Doch dafür mussten sie den Berg umrunden, den Gräben und Schluchten, die ihn durchfurchten, in großem Bogen ausweichen. Auf terrassierten Feldern wuchsen Süßkartoffeln, Bohnenpflanzungen standen in voller Blüte. Sie waren von sesshaften Stämmen angelegt, die sich nicht blicken ließen, und verströmten einen betäubenden Duft, der Vivienne anhaftete wie ein klebriger Zauber. Der Weg führte durch Lavageröll empor, und der Nebel verhüllte sie bisweilen, als wolle der Gott des Berges sie auf die Probe stellen. Sie schliefen in einer Senke, wo sie Wacholderholz fürs Feuer fanden, sie häuften, um sich zu schützen, geschnittenes Holz bündelweise rund ums Zelt auf, krochen unter ihre Decken und nahe zueinander. Am frühen Morgen brachen sie wieder auf, hustend im kalten Wind. Abgestorbene Blütendolden, schwarzbraun gekräuselt, als wären sie verbrannt, waren von Nebelnässe überzogen wie alles Übrige auch. Sie überquerten ganze Wiesen mit blühendem Rittersporn, dessen Blau aber in diesem Licht beinahe grau wirkte. Das Gelände wurde so steil, dass Vater und Tochter bei jedem Schritt abzurutschen drohten. Major winselte und ließ sich nur durch ernste Ermahnungen zum Weiterklettern bewegen.

Dann verflüchtigte sich der Nebel überraschend. Sie blinzelten verblüfft in die Sonne und genossen die Wärme auf den Gesichtern. Ihre Schatten waren lang, an den steilsten Stellen schienen sie sich ins Unendliche zu verlängern. Nun sahen sie den Weg wieder vor sich, den Weg zum stumpfen, felsigen Kegel, der schon nahe schien, im einen Moment umwölkt, im nächsten nicht mehr. Dann kehrte der Nebel zurück und zwang sie dazu, statt sichtbaren Zeichen dem Kompass und ihrem Instinkt zu folgen. Nach einer weiteren Kletterpartie waren sie endlich oben. Jedenfalls ging es vom kleinen, mit Schneeflecken übersäten Plateau, das sie erreicht hatten, nicht mehr weiter, und der Kratersee in der Mitte schien zu beweisen, dass sie tatsächlich auf dem Gipfel waren. Von Aussicht ließ sich nicht reden; die Sichtweite betrug höchstens hundert Meter. Sie überspielten ihre Enttäuschung, indem sie einander beglückwünschten und auf die Wange küssten. Den drei Trägern, die einen Teil ihrer Last im Nachtlager gelassen hatten, klopfte Brovie auf die Schulter und versprach ihnen eine Belohnung. Sie schichteten, zum Zeichen des Gipfelerfolgs, herumliegende Steine aufeinander, nicht manns-, nur pygmäenhoch; die Arbeit hätte sonst zu lange gedauert. Auf der Suche nach kleineren Steinen, aus denen sich der Kopf bilden ließ, fand Vivienne am Rand des Seeleins einen ganzen Steinhaufen, und sofort hatte sie den Verdacht, dass dies eine zusammengestürzte Steinpyramide war und vor ihnen also schon andere den Muhavura bestiegen hatten. Sie wagte erst nicht, Brovie herbeizurufen, tat es dann aber doch, nachdem sie unter den Steinen eine rostzerfressene Blechschachtel gefunden hatte. Darin lag eine Patrone, die ein zusammengerolltes Stück Papier enthielt. Es war schon fleckig geworden, die Schrift darauf nahezu verblasst; aber sie konnten noch lesen, dass zwei Geologen der

Bank von Brüssel am 17. November 1922 hier gewesen waren. Brovie starrte wortlos auf die Schrift. Nun war ihm auch noch der Ruhm der Erstbesteigung gestohlen worden. Was hätte Vivienne nicht alles getan, um ihn zu trösten! Sie wünschte sich Feenkraft, einen Zauberstab, mit dem sie den Nebel fortgewischt, ihm den atemberaubenden Ausblick, den man von hier aus haben musste, vorgeführt hätte. Dann hätte sie Brovie zum Trost die Vulkane ringsum genannt, ihm die dampfende Tiefebene gezeigt, sie hätten bestimmt bis zum Ruwenzori und zum Edwardsee gesehen. Dorthin wollten sie doch, dort lag ihre Zukunft.

Aber wo stand sie jetzt? Oben auf einem anderen, viel niedrigeren Grat. Sie war auf der Insel Port-Cros durch Wald und Unterholz gegangen, sie hatte eine Klippe bestiegen und blickte nun hinunter aufs Meer, das sich in milder Bläue zeigte, über sich versprengte, nach allen Seiten fliehende Wolken. Der Tag, der so trübe begonnen hatte, versprach schön zu werden. Ein schwaches Knurren kam aus ihrem Mund, und fast im gleichen Moment begann sie zu husten, um es zu unterdrücken. Nicht schon wieder! Sie wusste genug über Zwangsverhalten, und sie hatte sich so weit im Griff, dass sie ihren inneren Aufruhr niederkämpfen konnte.

Als Vivienne das Manoir erreichte, stand Grandminon zusammen mit Monsieur Henri draußen vor dem Gebäude, dessen Ziegeldach im schräg einfallenden Licht zinnobrig leuchtete, und hielt Ausschau nach der Enkelin. «Wo hast du bloß gesteckt?», rief sie ihr entgegen. «Du bist einfach weggeschlichen! Seit anderthalb Stunden warte ich auf dich.»

Monsieur Henri nickte Vivienne zu. «Ihre Großmutter», sagte er, «hat mich bereits veranlasst, einen Knecht auszuschicken, der Sie suchen soll.»

Vivienne überspielte ihren Unmut. «Die Insel ist doch so

klein, dass man sich kaum verirren kann. Ich hoffe, der Knecht kehrt bald zurück.» An Grandminon gewandt, fuhr sie fort: «Du hättest ruhig allein frühstücken können.»

Grandminon streckte sich kampflustig; doch Monsieur Henri ergriff an ihrer Stelle das Wort: «Sie täuschen sich, wenn Sie meinen, die Insel sei ungefährlich. Wer sie nicht kennt, kann mit Leichtigkeit von den Klippen stürzen, vor allem bei feuchter Witterung.»

«Sie selber kennen die Insel also wie Ihre Hosentasche?», fragte Vivienne.

«Ich kenne sie gut, Mademoiselle. Ich sammle nämlich in meiner Freizeit Schmetterlinge. Es gibt seltene Arten auf Port-Cros, und um sie zu fangen, schrecke ich vor keiner Anstrengung zurück. So lernt man allmählich jeden Felsspalt kennen.»

«Schmetterlinge», sagte Vivienne mit leichtem Spott. «Waren Sie schon auf dem Mount Kenya?»

«Nein, um Himmels willen, wie sollte ich?»

«Ich war es. Und ich kann Ihnen versichern, dass es dort weit gebirgiger ist als hier auf der Insel. Wie Sie sehen, habe ich's überlebt.»

Monsieur Henri, für Momente sprachlos, strich mit zwei Fingern über sein Spitzbärtchen und setzte zu einer Entgegnung an; da trat ein Zimmermädchen zu ihm und flüsterte ihm etwas ins Ohr. Er machte eine zustimmende Handbewegung; das Mädchen zog sich ins Haus zurück, und Monsieur Henri sagte: «Die Damen wollen mich bitte entschuldigen, ich habe zu tun.» Mit kurzen, hektischen Schritten verschwand er im Haus.

«Du hast ihn beleidigt», tadelte Grandminon die Enkelin. «Warum musst du unbedingt seine Ortskenntnisse anzweifeln?»

Vivienne schüttelte sich leicht, ihre Stimme wurde schärfer und lauter. «Ich mag es nicht, wenn man mir vorschreiben will, auf welche Gefahren ich zu achten habe. Außerdem spießt er tote Schmetterlinge auf Nadeln. Das fand ich schon immer schrecklich.»

«Was ist denn der Unterschied zwischen einem ausgestopften Tier und einem aufgespießten Schmetterling? Erklär mir das bitte!»

Auf Viviennes Gesicht verbreitete sich eine fleckige Röte. «Bring jetzt nicht die Dinge durcheinander, Grandminon! Ich habe die Jagd schon vor Jahren aufgegeben.»

«Aber ja doch, Liebes. Du solltest bloß niemanden verurteilen, der das tut, was du auch einmal getan hast. Wobei ich natürlich Monsieur Henri gerne dazu überreden würde, alle Schmetterlinge am Leben zu lassen.» Sie lachte brummig, mit eingekniffenen Mundwinkeln.

«Dann lass auch die Mücken leben, die du abends totschlägst», entgegnete Vivienne. «Und verzichte bitte auf deine *Filets de sole*. Du weißt doch, wie schwierig es ist, konsequent zu sein.»

Es war ein alter Disput zwischen ihnen. Zwar unterstützte Grandminon den Abenteuer- und Freiheitsdrang der Enkelin, betonte aber bei jeder Gelegenheit, dass Leben an sich heilig und schützenswert sei, und das spielte in Viviennes Ohren immer auch darauf an, dass sie, die Enkelin, diesen Grundsatz einst sträflich verraten hatte. Eigentlich hatte es gar keinen Sinn, Grandminon zu widersprechen, und doch tat es Vivienne jedes Mal, und mit jedem Satz, der ihr über die Lippen ging, kam sie sich kindlicher vor, eingesperrt in fruchtlosem Trotz. Ohne ein weiteres Wort ging sie ins Haus, durchmaß mit wenigen Schritten den Salon, an dessen Wänden wie Glas gewordener Hohn die Schmetterlingskästen hingen, eilte, zwei Stufen auf einmal nehmend, die Treppe hinauf und warf sich in ihrem Zimmer bäuchlings aufs Bett. In solchen Stimmungen hatte sie in Norwegen früher einen rundgeschliffenen, sonnenwarmen Felsen gesucht, sich neben ihn ins Moos gelegt, die Arme um ihn, um das Runde und Glatte geschlungen, die Wange daran geschmiegt; nichts konnte sie so trösten wie diese Berührung. Rund um die Hütte gab es viele solcher Steine, es gab auch einen richtigen, von roten und gelben Flechten überwachsenen Felsrücken, einen Wal, der zwischen Birken und Wacholder gestrandet war. Von ihm konnte sie sich in ihrem Unglück wegtragen lassen, weit ins Meer hinaus. Der Wal fand Inseln für sie, Südseebuchten, und mit den Schätzen, die sie dort ausgrub, stellte sie Brovie zufrieden. Jetzt hatte sie keinen Stein mehr, der sie tröstete, nur eine Bettdecke und ein Kissen, und es gab eine leere, taube Stelle in ihr, die keinen Namen hatte.

Als es an die Tür klopfte, wusste sie nicht, wie viel Zeit vergangen war. Grandminon fragte von draußen: «Geht es dir gut? Brauchst du etwas?» Es war ihre Art, Reue zu zeigen, und in ihrer Stimme schwang wieder die raue Zärtlichkeit mit, der Vivienne verfallen war, seit sie Grandminon zum ersten Mal begegnet war.

«Lass mich», sagte Vivienne, «ich komme schon allein zurecht.»

«Sonst bin ich nebenan. Nimm's nicht zu schwer. Ich rede manchmal Unsinn. Ich tu's ja nur, weil ich mich um dich sorge. Schlaf noch ein bisschen, das tut dir gut.»

Später versöhnten sie sich endgültig. Grandminon hatte an ihrer Übersetzung gearbeitet, Vivienne ihre Tagebuchnotizen ergänzt. Sie saßen einander im Halbschatten an einem weißen Gartentischchen gegenüber, tranken Melissensirup und versuchten über den dummen Streit, der ihnen den Tag vergällt hatte, zu lachen. Erst als sich jemand in der Nähe vernehmlich räusperte, blickten sie auf und sahen, dass der kraushaarige Knecht zu ihnen getreten war, sich aber offensichtlich nicht getraute, sie anzusprechen. Seine Hosenbeine waren fast bis zu den Knien hochgekrempelt und schlammbespritzt, sein Hemd stand weit offen, und das verschwitzte Brusthaar klebte in kleinen Knäueln an der Haut.

«Was wollen Sie, bitte?», fragte Grandminon irritiert.

Der Knecht antwortete in schlechtem Französisch, mit starkem italienischen Akzent: «Ich habe Madamoiselle überall gesucht. Jetzt ist Madamoiselle zum Glück von alleine zurückgekehrt.»

«Bis jetzt haben Sie mich gesucht?», fragte Vivienne erstaunt.

Der Knecht nickte. «Bis jetzt. Ich habe aber auch Brennholz gebracht. Ich bin froh, dass Madamoiselle noch ganz ist.» Er maß Vivienne mit einem Blick, den sie als unverschämt empfand, dennoch hatte sie das Gefühl, sie müsse sich bei ihm entschuldigen, ihm zumindest ein Trinkgeld geben; aber ihr Handtäschchen mit dem Kleingeld lag oben im Zimmer.

«Ein merkwürdiger Mensch», sagte Grandminon, nachdem sich der Knecht mit einem linkischen Bückling zurückgezogen hatte. «So dunkel!»

Vermessen

UNSERE AUFGABE, mein Herr, ist die des Künstlers, der die Natur nachahmt, nein: nachschafft; das ist das Wesentliche, was ich von Meister Ruprecht gelernt habe. Wie gehen wir vor? Sobald wir uns im Klaren sind, welche Haltung wir dem Tier geben wollen, vermessen wir aufs genaueste Haut, Knochen und Schädel. Von diesen Maßen ausgehend, entwerfen wir auf großen, an die Wand gehefteten Papierbögen eine Zeichnung in Lebensgröße. Sie dient als Vorlage für das Gerippe, das wir aus Eisenstangen, Holzleisten und Drahtgeflecht zusammenschrauben und -schweißen. Die Feinarbeit geschieht nun, indem wir das Drahtgeflecht mit gipsgetränkten Lappen überziehen, über die wir, nach der ersten Austrocknung, eine weitere Schicht Gips legen, die uns erlaubt, den Körper in allen Einzelheiten zu modellieren. Dazu gehört auch, dass wir den Kopf abgießen und samt Gehörn und Glasaugen am Modell fixieren. Wir holen nun die Haut aus dem Salzbad, in dem wir sie aufgeweicht haben, und auf der Kürschnerbank schaben wir sie nochmals so dünn wie möglich. Damit treiben wir ihr das Fett aus und strecken das Fasergefüge. Wenn sie dünn und schmiegsam genug ist, legen wir sie dem Tierkörper an, leimen sie Handbreite um Handbreite auf und spießen sie mit Hunderten von Stahlstiften fest, damit sie sich beim Trocknen nicht verzieht und sich in alle Grübchen und Falten des Körpers schmiegt. Jedes Tier sieht in diesem Stadium höchst merkwürdig aus; es scheint eine schimmernde Aura von Nadeln um sich zu haben. Befreien wir das Tier davon, ist es oft wie eine Verzauberung. Alles Menschengemachte fällt von ihm ab; das Dikdik oder

der Kudubock stehen vor uns wie eben aus langem Schlaf erwacht, mit lebendigem Blick. Das Fell eines fertigen Tiers scheint sich zu sträuben unter dem leichten Druck der Finger, zeigt sich dann aber auch wieder von wunderbarer kitzelnder Nachgiebigkeit. Wenn man nach den Nähten, nach den geflickten Stellen sucht, findet man sie nur mit Mühe; es ist, als ob ein geheimer Heilungsprozess die Haut erneuert hätte. An solchen Tagen wollte Meister Ruprecht oft ein wenig allein sein mit dem Tier, das wir erschaffen hatten. Er schickte mich aus der Werkstatt und schaltete die Arbeitslampen aus; er hielt, denke ich mir, im dämmrigen Raum Zwiesprache mit dem Tier, fragte es nach seiner Geschichte unter dem Steppenhimmel, nach dem Augenblick, wo die Kugel sein Leben zerrissen hatte. Vielleicht vernahm er von weit her die Stimmen Afrikas, die nächtliche Symphonie aus Knurren, Heulen, Winseln, Brüllen, aus Angst- und Triumphlauten, die Fräulein von Wattenwyl in ihren Schriften so eindringlich beschreibt.

Zu Löwen, wenn Sie mich schon fragen, hatte Ruprecht gewiss ein besonderes Verhältnis. Es lag daran, dass er sich mit keinem Tier häufiger zu befassen hatte als mit ihm. Das Museum bekam ja von der von-Wattenwyl'schen Safari insgesamt neunzehn Löwenhäute zugeschickt, von denen wir nur die schönsten für unsere Dermoplastiken auswählten. Bernhard von Wattenwyl, der ein verschlossener Mensch gewesen sein muss, hatte offenbar den Drang, jeden Löwen, der ihm vor die Flinte kam, zum Duell herauszufordern und mit einem Blattschuss zu erledigen. Ruprecht erzählte mir, er habe seinen Augen nicht getraut, als allein in den Kisten der zweiten Sendung dreizehn Löwenfelle zum Vorschein kamen. Angesichts dieser Tötungsleidenschaft empfanden wir eine gewisse Verlegenheit; wir redeten manchmal über den verstorbenen Jäger wie über einen Kranken, der seinem Wahn oder seiner Sucht zum Opfer gefallen ist. Was er im Löwen zu bekämpfen oder zu bezwingen glaubte, ist uns rätselhaft geblieben; aber mein Lehrmeister hielt es nicht für Zufall, dass Herr von Wattenwyl von einem Löwen angefallen und getötet wurde. Sein Leben, sagte er, sei folgerichtig darauf zugelaufen, sein Vernichtungswille habe einen Gegenwillen herausgefordert, der schließlich ebenso stark war wie der seine. Den Schädel des Mörderlöwen – auch er kam in einer der Kisten an – habe ich selbst lange in der Hand gehalten, ich habe das intakte Gebiss betrachtet, die schadhaften Reißzähne, und ich habe mir gesagt, dass weder den Knochen noch dem Fell anzusehen sind, was damals am Edwardsee geschah.

Volle zwölf Jahre dauerte es, bis der Ostflügel im Museumsneubau mit dem ersten Teil der von-Wattenwyl'schen Sammlung eröffnet werden konnte. Doch das lag nicht nur an der Arbeitsweise des Präparators Ruprecht, es lag ebenso sehr an den Streitigkeiten zwischen den verantwortlichen Kommissionen und Personen. Dutzendfach wurde zunächst ein Ausbau des alten Museums projektiert und wieder verworfen. Während Doktor Baumann von Anfang an mehr Platz für die afrikanischen Säugetiere forderte, bestand Doktor Gerber, der Kurator der mineralogischen Sammlung, auf Gleichberechtigung. In der Museumskommission des Burgerrats wurde erbittert um Quadratmeter gefeilscht. Die eine Partei wollte Zwischengeschosse einbauen; die andere war für einen Glasbau im Innenhof, und beide lagen wiederum überkreuz mit dem Kommissionspräsidenten von Sinner. Wenn dann doch eine Einigung zustande kam, fehlte es an Geld; die Burgergemeinde bat die Einwohnergemeinde um Zuschuss, diese den Kanton. So zog sich das politische Ränke- und Trauerspiel über Jahre hin; die Subalternen, sagte Ruprecht in seiner knurrigen Art, hätten dabei als Schachfiguren gedient, denen immer wieder unerwünschte Züge aufgezwungen worden seien. Was blieb ihm anderes übrig, als sich ganz und gar in seine unterirdische Arbeit zu vergraben?

Die Jagd war in solchen Zeiten ein Trost für ihn. Er erwarb zwar nie ein Jagdpatent; in seinem Herzen aber war er ein Jäger, einer allerdings, der sich vernünftigerweise mit Kleintieren begnügte. Die Kleintierjagd holte ihn aus seinen Grübeleien, zwang ihn zum Atemholen, zu körperlicher, alle Melancholie verscheuchender Anstrengung. Er stellte sich als freiwilliger Jagdaufseher zur Verfügung, pirschte oft übers Wochenende im Morgengrauen durch die Münsinger Au, durch das Uferschilf am Neuenburger See; er hörte das Aufflattern der Enten, die Rufe der Kiebitze, der Rohrdommel. Bei leichtem Nebel erweiterte sich die Landschaft und verlor ihre Grenzen. Stand er da nicht irgendwo in Afrika, am Ufer des Tana-Rivers? Und genoss er nicht in vollen Zügen die Freiheit, in menschenleerer Gegend niemandem Gehorsam zu schulden? Seine Beute war bescheiden und beschränkte sich auf wissenschaftliche und naturschützerische Zwecke. Immerhin verdankt das Museum Herrn Ruprecht ein Paar weiße Hermeline und so seltene Vögel wie das Sommergoldhähnchen und die Sumpfmeise. Während der Stunden, die er auf der Jagd verbrachte, fühlte er sich wohl mit Vater und Tochter von Wattenwyl am tiefsten verbunden. Vielleicht wäre mein Lehrmeister ja bei anderen biographischen Voraussetzungen an ihrer Stelle nach Afrika gefahren. Verlachen Sie dies nicht als billige Phantasie; unsere Träume sollten uns heilig sein, gerade die unerfüllbaren.

Es grenzte an ein Wunder, dass schließlich im Kirchenfeld auf billig erworbenem Terrain der Museumsneubau errichtet werden konnte, dies nur, weil die Postdirektion das alte Gebäude zu gutem Preis übernahm und etliche vermögende Verehrer des Fräuleins von Wattenwyl namhafte Summen spendeten. Für Ruprecht war es eine Offenbarung, dass ihm nun, nach dem Umzug Ende 1933, ein weitläufiges und helles Präparatorium zur Verfügung stand. Dieser Aufstieg im buchstäblichen Sinn – ein Aufstieg vom düsteren Souterrain an der Waisenhausstraße in den vierten Stock des Neubaus – war nur zustande gekommen dank der Fürsprache ihm wohlgesonnener Vertrauenspersonen, die anerkannten, was er in Tat und Wahrheit schon fürs Museum geleistet hatte. Einiges davon war im Lauf des Umzugs sichtbar geworden und hatte die Berner in Erstaunen versetzt. Die großen Tiere, Bongo, Giraffe, Büffel, auch der Elefant aus dem Wald von Meru, mussten im offenen Lastwagen quer durch die Stadt über die Kirchenfeldbrücke zum neuen Standort gebracht werden. Es sah höchst unwirklich aus, als an den geraniengeschmückten Barockfassaden der Marktgasse afrikanisches Großwild vorbeiholperte. Die Leute standen Spalier und klatschten, wie wenn es sich um eine eigens für sie inszenierte Zirkusattraktion handeln würde. Johlende Halbwüchsige liefen dem Wagen mit hüpfenden Schultornistern nach. Außer Atem blieben sie vor dem Museum stehen und schauten in vorsichtigem Abstand zu, wie die Tiere ausgeladen wurden. Weder Büffel noch Elefant regten sich; steif und geduldig ließen sie sich an Seilen über die Ladebrücke ziehen, und doch fürchtete man gegen alle Vernunft, sie könnten gerade jetzt entweichen.

Übrigens war Doktor Baumann auf den Umzug hin zum hauptamtlichen Direktor des Museums befördert worden. Ruprecht indessen hatte unzählige Überstunden fürs Museum geleistet, die ihm nie oder nur schäbig entgolten wurden. Wer kann ihm verargen, dass ihn dies kränkte? Er hätte, wie wir Präparatoren insgesamt, weit mehr Anerkennung verdient als die Vorgesetzten zu geben bereit waren. Aber so ist die Welt, mein Herr, so und nicht anders.

DAS HAUS IN DER BUCHT

EIGENTLICH WOLLTEN sie nur zwei oder drei Nächte auf Port-Cros bleiben und dann ihr nächstes Ziel ansteuern. Grandminon hatte den Plan, nach Kreta zu fahren, noch nicht aufgegeben. Im Hafen lag die *Falaise* vor Anker, ein Motorschiff, das den Balynes gehörte, wobei nie ganz klar wurde, ob Monsieur Henri Miteigentümer war. Grandminon verhandelte mit dem Kapitän, der meist angetrunken vor der Hostellerie saß, über die Kosten einer Griechenlandreise und zeigte sich befriedigt vom günstigen Angebot. Dann stellte sich heraus, dass es Wochen dauern würde, um das Schiff seetüchtig zu machen; und über Monsieur Henri, der ziemlich verlegen wirkte, ließ Madame Balyne ausrichten, der Preis, den die Passagiere zu zahlen hätten, betrage das Doppelte von dem, was der Kapitän geschätzt habe; der Mann habe weder seinen Lohnanteil noch die Unterhaltskosten einberechnet. Grandminon war empört, dann belustigt; sie ließ ihren Plan ohne großes Bedauern fallen. Vivienne wollte ohnehin bleiben, sie wollte Wurzeln schlagen auf dieser Insel, die gerade so groß und hügelig war, dass man nicht von einem zum anderen Ende sah, und doch so klein, dass man sie in wenigen Stunden umrunden konnte. Wiedehopfe hatte sie gesehen, Kormorane, einen blau leuchtenden Bienenfresser, Wolfsmilch hatte sie gefunden, Meerlavendel und Kreuzdorn. Ja, hier würde sie zur Ruhe kommen, hier würde sie die Stimmen beschwichtigen, die sie nachts wach hielten, hier würde sie sich Klarheit verschaffen über ihre Zukunft. Wenn nicht hier, wo denn sonst? Es war zum Glück keine Frage des Geldes. Sie hatte, nach Brovies Tod, sein restliches Vermögen geerbt und wenig später, von einem entfernten Verwandten, ein größeres dazu. Sie brauchte nicht mehr zu knausern, sie war von niemandem abhängig, sie konnte es sich leisten, wochenlang ein Hotelzimmer zu bezahlen, auch ohne Grandminons Zuschüsse.

Aus Inseltagen und Inselnächten wurde eine Woche. Das Wetter blieb makellos, mit saphirblauem Meer, klarem Licht und einem leichten Wind, der angenehm durch die Haare strich. Beim Abendessen saßen sie zusammen vor der Hostellerie, aber tagsüber trennten sie sich. Während Grandminon sich mit ihrer Übersetzung abmühte, erkundete Vivienne die Insel. Sie liebte die alten, halb überwachsenen Wege, die Klippenpfade, sogar die Fahrsträßchen, auf denen napoleonische Soldaten einst die Steine für die drei Forts transportiert hatten. Auf ihnen ließ sich, hügelauf und hügelab, am zügigsten gehen, schnell und immer schneller, bis der Schweiß tropfte und der Atem flog. Gehen, gehen. Über festgedrückte rötliche Erde, über Blattrosetten und stäubendes Gras. Über Nadelteppiche und Schieferplatten, über armdicke Wurzeln, die den Weg queren wie Schlangen mit silbergrau abblätternder Haut. An Südhängen die warmen, herben Geruchswellen, die vom Boden aufsteigen. Gehen, allein diesmal. Nicht mehr eingebunden in der langen Kette von Marschierern. Kein dunkler Rücken vor ihr, kein Kopf, auf dem ein Bündel, ein Korb, ein Koffer lastet. Und doch ist das alles noch da, stülpt sich immer wieder sekundenlang als zweite Wirklichkeit über die Gegenwart. Wie viele Schritte ist sie wohl so gegangen? Hunderttausende. Von Nairobi zum Oberlauf der Tana, dann hinter Meru zum nördlichen Teil des Uaso Ngiro. Über die Siolo-Ebene zu den Lorian-Sümpfen und hinüber zur unteren Tana. Acht- und zehnstündige Märsche nach der ersten Angewöhnungszeit. Was für Distanzen! Zweitausend Kilometer und mehr! Wie viele Blasen, Glieder- und Knochenschmerzen! Brovie verschmähte es, die fahrbaren Strecken im Auto zurückzulegen. Es war teuer, Lastwagen zu mieten; das Museum bezahlte nur den Transport der Häute. Aber Brovie hätte auch sonst am Grundsatz festgehalten, dass man auf einer richtigen Safari keine Räder benötigte, sondern Schuhe und Gamaschen. Die motorisierten Jagdgesellschaften, denen sie dann und wann begegneten, bedachte er mit beißendem Spott. Er hatte seine Tochter schon immer dazu getrieben, bis an den Rand der Erschöpfung und noch weiter zu gehen, so weit, bis sie sich wie unter Hypnose bewegte. Gehen, gehen. Wer Brovies Tempo nicht mithielt, bekam seine Wut zu spüren. Er schlug Träger, die er für faul hielt, ins Gesicht und lud ihnen zur Strafe noch schwerere Lasten auf. Wenn einer seine Anordnungen zum zweiten oder dritten Mal missachtete, ließ er ihn abends auspeitschen, und Vivienne begab sich außer Hörweite, damit sie das Stöhnen und Schreien nicht mitbekam.

Im Nordosten der Insel entdeckte sie eine große Bucht. Sie wurde von einer Landzunge begrenzt, an deren Spitze sich der Turm eines weiteren, halb verfallenen Forts erhob. Vivienne kletterte die Böschung hinunter und ging der Steilklippe entlang zum Fort. Auf halbem Weg blieb sie stehen, um die Bucht, die sich vor ihr öffnete, genauer zu betrachten. Da sah sie zum ersten Mal das Haus. Es war hinter einem Schilfgürtel und einer baumbestandenen Wiese in den Hang hineingebaut. An die einstöckige, dem Meer zugewandte Fassade schloss sich zur Linken eine gemauerte offene Terrasse an. Das verblasste Rot des Ziegeldachs und das Grün der Fensterläden wirkten einladend, obwohl die fleckige Mauer schon lange nicht mehr geweißelt worden war. Der Anblick traf sie wie ein Schlag in den Magen, denn das Haus erinnerte sie sogleich an ihre norwegische Bauernhütte. Es gab zwar keine äußere Gemeinsamkeit. Die Hütte im Oberen Sirdal war viel kleiner gewesen, aus Holz gebaut, mit einem torfbedeckten Dach, aus dem Gras und Blumen wuchsen; das Haus hier in der Bucht war solider, herrschaftlicher. Aber etwas verband sie miteinander. War es die Lage, die Nähe des Walds und des Wassers? Das Haus lockte mit einem dunklen, goldenen Ton, der weit aus der Vergangenheit kam, es bot ihr an, sie in sichere Obhut zu nehmen. Schon im ersten Moment hatte sie gedacht: Da möchte ich wohnen!, und dieser Wunsch wurde so ungestüm, dass sie beinahe zu weinen anfing, weil er sich nicht gleich erfüllen ließ. War das Haus denn überhaupt verlassen oder wohnte jemand darin? Vivienne machte kehrt und ging quer durchs Unterholz, bis sie auf den Pfad stieß, der von einer Landestelle her in leichter Kurve zum Haus führte. Im Schatten der Maulbeerbäume, die die Sicht halb verdeckten, blieb sie sehen. Sie hörte Hühnergegacker, dann bellte ein Hund. Niemand war zu sehen, weder Mensch noch Tier, nur ein leichter Rauch stieg aus dem Kamin. Es schien ihr lächerlich, dass sie sich nicht weiter getraute. Aber sie wusste jetzt, was sie wissen wollte; der Traum, in ein leeres Haus einzuziehen, war schon zerronnen. Dennoch wuchs auf dem Rückweg ihr Wunsch, es zu mieten oder zu kaufen. Nicht nur sie wollte dort wohnen, auch Freunde konnte sie an diesem Ort beherbergen; ja, eine Herberge, einen Zufluchtsort für Weltmüde wollte sie gründen. Im Sommer Geselligkeit, im Winter Zeit für sich, für Musik und Bücher, war das nicht eine schöne Zukunftsvision? Als sie, nass vor Schweiß, beim Manoir ankam, hatte der Wunsch sich zum Verlangen gesteigert, gegen das alle Einwände machtlos waren.

Sie fand Grandminon an einem Gartentisch, beschattet vom geblümten Sonnenschirm. Der Tisch war bedeckt von Wörterbüchern und losen, mit Steinen beschwerten Blättern, und Grandminon, die ihre Rüschenbluse trug, beugte sich so dicht darüber, dass ihre Nase mit der heruntergerutschten Lesebrille beinahe den Tisch berührte. Sie war, ungeachtet eines Gästepaars, das am Nachbartisch laut schwatzte, versunken in ihre Arbeit. Ein Sonnenstreifen ließ einen Teil ihres aufgesteckten Haars erglänzen wie Silbergespinst, bei aller Hexenhaftigkeit wirkte sie wissend und freundlich unnahbar. Zweimal sprach Vivienne sie an, bis sie aufblickte.

«Ach, du?», sagte sie in leichter Konfusion. «Wo kommst du denn her?» Sie griff nach einem Blatt und hielt es ans Licht, so dass es durchscheinend wurde. «Hör zu, das habe ich heute übersetzt.» Sie senkte die Stimme, modulierte sie zugleich ins Feierliche. «*Das Selbst, das vom Bösen befreit ist, das alterslose, todlose, kummerlose, hungerlose, durstlose – das muss man suchen, das muss man zu erkennen trachten.* Was sagst du dazu?»

«Entschuldige bitte, Grandminon», sagte Vivienne mit hörbarer Ungeduld, «meine Wünsche sind im Moment sehr irdisch, ich habe nämlich eine Entdeckung gemacht.» Sie nahm sich einen Stuhl, setzte sich zur Großmutter, die nach kurzem Zögern die Blätter von sich wegschob, und erzählte von ihrer Wanderung, vom allein stehenden Haus in der Bucht. Grandminon reagierte zunächst mit brummigem Misstrauen, fand es leichtsinnig, überhaupt daran zu denken, als Einsiedlerin an der Küste zu hausen. Doch allmählich ließ sie sich von Viviennes Begeisterung anstecken, und es dauerte nicht lange, da schmiedeten sie Pläne, wie sie das Haus einrichten könnten, wann Vivienne allein oder vielleicht mit Knecht und Köchin dort leben, in welchen Jahreszeiten Grandminon zu Gast sein würde. Sämtliche Hindernisse waren in ihrer Vision bereits aus dem Weg geräumt, und Vivienne machte sich auf, um Monsieur Henri zu finden; sie war überzeugt davon, dass er bloß mit seinem Zauberstab winken müsse, um ihr Zugang zum Haus in der Bucht zu gewähren. Beinahe rennend legte sie den Weg zwischen dem Manoir und dem Dorf zurück und fand Monsieur Henri im kleinen Obstgarten hinter der Hostellerie, wo er, zusammen mit der Köchin, den Reifegrad der ersten Kirschen prüfte.

Der Ort, den sie meine, sagte er, heiße Port-Man. Das

Haus sei vermutlich für einen französischen Offizier gebaut worden, der das Fort kommandiert habe, und gehöre nun den Balynes. Ein älteres gutmütiges Verwalterpaar wohne im Erdgeschoss; der erste Stock stehe in der Tat leer, und die Besitzer dächten daran, die Räume geeigneten Mietern zu überlassen. Vivienne bat, beinahe stürmisch, um eine baldige Besichtigung, Monsieur Henri versprach, ihr Anliegen mit den Balynes zu besprechen.

Als er sich nach dem Abendessen wie üblich an ihrem Tisch zeigte, überreichte er Vivienne den Schlüssel zum Haus; er hatte sogar, da der Landweg Grandminon wohl nicht zuzumuten sei, einen Fischer angeheuert, der sie morgen früh in seinem Boot zur Bucht von Port-Man bringen werde. Und sollten sie, fuhr er fort, dann immer noch am Haus interessiert sein, würden sie die Balynes, die heute Abend leider verhindert seien, für den nächsten Nachmittag zum Kaffee bitten, sie könnten dabei in aller Ruhe über weitere Modalitäten verhandeln.

Vivienne hätte am liebsten Monsieur Henri auf die Stirn geküsst. Ihre Hochgestimmtheit hielt bis in die Nachtstunden an; dazu passte am besten Beethovens fünftes Klavierkonzert mit seinem glanzvollen Rondo. Auch nachher, als sie im Bett lag, blieb sie fiebrig aufgeregt. Sie hatte das Gefühl, an einen Wendepunkt ihres Lebens gelangt zu sein. Durchs Fenster strömte die Nachtluft, die Käuzchen riefen, Zikaden sangen. Vivienne konnte kaum schlafen, träumte zwischendurch von norwegischen Moorlandschaften, von Wasserfällen, unter denen sie durchschlüpfte, ohne nass zu werden. Oben auf einer Klippe stand Brovie mit umgehängtem Gewehr und pflückte Äpfel von einem riesigen Baum, die er wie goldene Bälle zu ihr hinunterwarf; keinen einzigen vermochte sie aufzufangen, alle ließ sie fallen, und doch machte das flüchtige Schimmern der Äpfel in der Luft sie glücklich.

Die Fahrt mit Didier, dem Fischer, um die felsige Nordseite der Insel herum dauerte kaum eine halbe Stunde. Er war ein kleiner, haselnussäugiger Mann, der nur das Nötigste sprach, freilich die schlimmsten Flüche murmelte, wenn der Motor aussetzte und er ihn wieder anwerfen musste. Das Boot schaukelte stärker, als sie ins offene Meer kamen. Grandminon, die ihre Wasserscheu nie zugeben wollte, hielt sich mit beiden Händen an der Sitzbank fest und versuchte, Vivienne in ein Gespräch über den symbolischen Sinn der Wiedergeburt zu ziehen. Aber Vivienne antwortete einsilbig. Der Aufbruch ins Neue, ins Unbekannte, den sie in allen Fasern spürte, das Schaukeln, das bewegte Wasser ringsum, die bewaldeten Steilhänge vor ihr: dies alles rief ihr die erste Reise nach Norwegen ins Gedächtnis zurück, die Urreise gleichsam, auf die sie ihr Vater, kurz nach dem Tod der Mutter, mitgenommen hatte. Trauernde waren sie beide, doch sie verbargen ihre Trauer voreinander, sie, die neunjährige Halbwaise, er, der Witwer, zweiunddreißig erst; es war wohl das Gewicht dieser Trauer, das er nicht aushielt und vor dem er zu flüchten versuchte, es war der Trost der Verwandten, dem er sich entzog, derselben Verwandten, die ihm später vorwarfen, er habe seine Tochter in die Wildnis verschleppt, er wolle aus ihr einen Rüpel machen, eine Rentierfresserin. Über Umwege hatte er von Bekannten norwegischer Herkunft erfahren, dass mitten in bestem Fischfang- und Jagdgebiet eine Hütte frei sei; sie hätte auch in Schottland liegen können. Dieses Gemisch aus Vorfreude und Bangigkeit, das sie seither so gut kennen gelernt hat. Das Anprobieren der Fischerstiefel. Der Kauf von Fischnetzen und Fischkörben. Dadboy zeigt ihr auf der Karte die Route von Newcastle nach Stavanger, und sie will nicht begreifen, dass eine Strecke, der man mit dem Finger folgen kann, auf dem Schiff zwei Nächte und einen Tag in Anspruch nehmen wird. Auf dem Schiff dann, der *Venus* mit ihrem Riesenbauch, ist die Kabine so klein, dass sie die Hälfte ihres Gepäcks draußen im Gang stehen lassen. Die Koffer kollern bei rauer See hin und her, dem Vater bleibt nichts anderes übrig als alles festzubinden. Schon nach ein paar Stunden beginnt die Übelkeit. Vivienne würgt und erbricht sich in den Kübel, den Dadboy ihr vors Gesicht hält. Er trägt sie aufs Deck hinauf, damit sie frische Luft bekommt, aber da wird alles noch schlimmer, denn der Himmel, über den die Wolken jagen, ist manchmal oben, manchmal unten, oder droht ins Meer zu stürzen. Auch im kleinen Speisesaal kommen Boden und Decke nicht zur Ruhe. Vivienne spuckt den Tee aus, den Dadboy ihr einflößt. Vor der Fischsuppe ekelt sie sich, schluchzend drückt sie ihr Gesicht an sein Flanellhemd.

Am Morgen, als der Vater sie weckt, fühlt sie sich erschöpft wie sonst nur nach heftigem Fieber. Durchs Bullauge zeigt er ihr den Hafen von Stavanger. Die bunt gestrichenen Häuser erscheinen auf den ersten Blick wie halb ausgewischt, verschwimmen in den Tropfenbahnen hinter der Scheibe. Erst oben auf Deck werden sie richtig rot, blau und grün. Dutzende von Kuttern liegen vor Anker. Von den Konservenfabriken weht ein durchdringender Fischgestank. Werftarbeiter schreien, Schiffsrümpfe quietschen und knarren, von irgendwoher erklingt Männergesang. Die Straßen sind voller Ponys, die hoch beladene Karren über die Pflastersteine ziehen. In einem von ihnen steckt ihr ganzes Gepäck, und Vivienne geht vorsichtig nebenher auf den buckligen Steinen.

Immer wieder schaut der Vater in einem roten Wörterbuch nach, um ihr die Bezeichnungen der Geschäfte zu übersetzen: *slakteri, bakeri, delikatessforretning, jernvarehandel.* Ein nagender Hunger meldet sich, als sie frisches Brot riecht, und Dadboy kauft ihr eine süßlich schmeckende, noch ofenwarme Brezel, in die sie so gierig beißt, als habe sie wochenlang nichts mehr gegessen. Später am Tag, im Hotel *Victoria,* nachdem sie gefrühstückt und ihr Zimmer mit den Spitzenvorhängen und den knarrenden Dielenbrettern in Besitz genommen haben, gehen sie auf Einkaufstour. Vorräte für zwei Monate brauchen sie, das sind zwei Säcke Mehl, ein Sack Zucker, Dutzende von Büchsen mit Erbsen, Bohnen, Karotten, Pfirsichen, dazu Kaffee und Tee in Dosen. Mit all dem lässt sich schon wieder ein halber Lastkarren füllen. Auch Geschirrtücher kaufen sie, Angeln verschiedener Größe, eine Kiste Munition. Sie weiß noch nicht, dass diese Einkäufe (und die anderen, die noch folgen werden) eine Vorübung sind für ihre große Safari, sie weiß nicht, dass sie sich letztlich mit jedem Schritt, den sie von nun an tun, Afrika und dem Ishasha nähern.

Am nächsten Tag fahren sie in einem fauchenden kleinen Zug. Es geht durch Kiefernwälder; in den Bahnhöfen bieten barfüßige Kinder Erdbeeren in Körbchen an. Nein, einen Strohhut mit breiter Krempe, wie die Mädchen ihn tragen, will sie nicht, aber lauwarmen Kaffee schlürft sie aus Dadboys großer Tasse. An einem See, der wie türkisblaues Glas zwischen den Bergen schimmert, steigen sie aus. Es ist Abend, und die Sonne steht noch so hoch, als wär's früher Nachmittag. Ihr Gepäck wird umgeladen auf ein Boot, aber Vivienne braucht diesmal nichts zu fürchten, denn das Wasser ist glatt und bewegt sich kaum. Stunde um Stunde tuckert der Motor in ihren Ohren, das Boot zieht eine lange Kielspur hinter sich her. Immer wieder tauchen sie vom gleißenden Licht in den Schatten der Berge. Sie erreichen das Rasthaus um elf Uhr nachts, bei beginnender Dämmerung. Vivienne muss allein das WC-Häuschen aufsuchen, das von Gestrüpp und Weidenröschen umwachsen ist. Sie fürchtet sich vor dem Gluckern aus der Tiefe des Klos: Sie möchte an Mama denken und hat sich vorgenommen, es nicht zu tun. Dieses Wort, denkt sie, muss sie sich aus der Brust reißen und das Bluten ertragen, es bei sich zu behalten hat keinen Sinn.

«Steh auf», sagt der Vater nach Sonnenaufgang, «Wir müssen weiter.» Draußen warten zwei Einspänner mit angeschirrten Ponys, einer für die Reisenden, einer fürs Gepäck. Vivienne schaudert, schlägt die Arme um sich, wie's der Vater ihr vormacht; noch viele Male wird sie später mit der gleichen Bewegung aus dem Zelt treten, in die Morgenkühle hinaus. Sie darf auf den Sitz neben den Fuhrmann klettern, sogar mit der Peitsche den Rücken des Ponys streicheln; es wäre schön, in Norwegen Fuhrmann zu werden. Die Straße führt aufwärts durch ein gewundenes Tal. Ein Fluss schäumt ihnen entgegen, an den Seitenhängen stürzen rauchende Wasserfälle zu Tal. Sie überqueren ein Brücklein ohne Geländer; schreckerfüllt blickt Vivienne in das Wirbeln und Quirlen unter den Bohlen. Aber noch gefährlicher wird es, als die Straße an einem See endet, über dem die Berge aufsteigen. Vivienne kann nicht glauben, dass der ganze Tross, samt Karren und Ponys, in die wartende Fähre verstaut werden soll, und dann geht es doch. Zwei alte, fast zahnlose Fährfrauen mit Runzelgesichtern und Kopftuch schieben die Karren geschickt herum, bis sich die Räder seitlich ineinander verkeilen. Die Frauen stehen nebeneinander am Bug, tauchen im Gleichtakt die langen Ruder ins Wasser. Sie schwatzen und lachen miteinander, doch ab und zu stöhnen sie laut auf, wie wenn sie der Anstrengung nicht mehr gewachsen wären. «Die sind kräftiger, als du denkst», beruhigt der Vater Vivienne, blickt aber auch bedenklich drein, als die Fähre, nah an der Steilküste, auf einen Wasserfall zusteuert, dessen oberer Teil im Sonnenlicht liegt, so dass sich in der weithin sprühenden Gischt ein Regenbogen zeigt. Aber die Fährfrauen lenken das Boot an der bedrohlichen Stelle vorbei, und nun gleiten sie ruhig dahin, zum anderen Ufer hinüber. Wie tief der See hier sein mag? So blau ist er, als wäre fassweise Tinte ausgeflossen. Und weit oben der Schnee. Dort muss das Schloss der Schneekönigin sein, ein Eispalast, in dem die entführten

Kinder auf ihre Befreiung warten. Sind die Fährfrauen nicht vielleicht die Mägde der Schneekönigin? Vivienne weiß nicht, ob sie sich vor ihnen fürchten oder ihrem breiten Lächeln trauen soll. Auch noch Jahre später, bei der achten und neunten Überfahrt, wird sie ihnen gegenüber eine Unsicherheit spüren; denn während sie selbst erwachsen geworden ist, haben die Fährfrauen sich nicht verändert: die gleichen Runzeln, die gleichen wasserhellen Augen, die gleichen schwieligen Hände. Zwischen den norwegischen Sommern kommen die beiden Alten später immer wieder in Viviennes Träumen vor: Torwärterinnen sind sie, die Vivienne nicht durchlassen, Schneiderinnen, die sie mit Lumpen einkleiden wollen, Suppenköchinnen, die mit großen Kellen in einem Topf rühren, in den sie Viviennes liebste Puppen geworfen haben. Einmal wird ihr in Afrika eine alte Kikuyufrau in den Weg treten, sie will die Safari mit Geschrei und Händefuchteln aufhalten, und im ersten Moment wird Vivienne glauben, eine der Fährfrauen sei aus ihrer Vergangenheit auferstanden und wolle sie warnen.

Wo die Fähre landet, ist der See am Ufer noch gefroren; die dünne Eisschicht zersplittert unter dem Druck des Bugs. Anderswo, sagt der Vater, sei sie so dick, dass man sie betreten und aufhacken könne. Er bezahlt die Frauen mit den gelochten Münzen, die er in Stavanger eingewechselt hat, gibt ihnen dann aus seiner Brandyflasche einen tüchtigen Schluck zu trinken. Sie wischen sich mit einem Zipfel des Kopftuchs den Mund ab, nicken dem Vater beifällig zu, sagen kehlige Sätze, die niemand versteht. Dann gehen die Ponys mit den *karjols* an Land und werden abgespannt. Die Fuhrmänner binden ihnen so viel Gepäck auf wie möglich, denn die letzte Strecke führt steil bergan, über ausgetretene Steinstufen, die Vivienne noch oft zählen wird, dreihundertvierzehn sind es im Ganzen. Birken wachsen hier, Heidelbeerstauden, Fingerhut und wilde Lupinen. Ein Mann, so struppig wie die Ponys, kommt ihnen entgegen und radebrecht mit dem Vater auf Englisch. Oben, auf einem sonnenbeschienenen, von Felsblöcken übersäten Plateau stehen drei Hütten, neben denen Schafe und eine schwarz gefleckte Kuh weiden. Dadboy deutet auf die kleinste der Hütten und sagt zu Vivienne: «Da ist es, das ist unser Haus.»

«Da will ich nicht hinein», sagt Vivienne. Aber will sie es wirklich nicht? So merkwürdig ist es, dieses Haus mit seinem grasüberwachsenen Dach und dem Schiebefensterchen. So merkwürdig und doch so anziehend, als hätte sie es selber aus Zweigen, Rindenstücken und Moos gebaut.

«Das sind eben Nester hier», sagt der Vater, «gar keine richtigen Häuser.»

Der Mann – er heißt Lars – öffnet ihnen die Tür. Vivienne blickt in einen dämmrigen Vorraum, an dessen Wänden Petrollampen und eine Sense hängen. Die Kleiderhaken sind aus Rentiergeweih, ein Butterfass steht da, ein Scheitstock, in dem eine Axt steckt. Vom Vorraum aus führt eine weitere Tür in ein Zimmer, das von altersdunklen, rauchgeschwärzten Balken gebildet wird und beinahe die ganze Grundfläche einnimmt. Aber hier ist es, dank dem Fensterchen, ein bisschen heller. Vivienne sieht eine von Steinplatten eingefasste Feuerstelle, ringsum ein paar Töpfe, einen Tisch mit Bänken. In einer kleinen Kammer an der Rückseite des Hauses stehen ein Stuhl und eine Holzkiste, sonst nichts. Und diese Kiste, gefüllt mit Heu, soll nun ihr Bett sein? In den ersten schwierigen Tagen hätte sie sich niemals vorstellen können, dass es für sie irgendwann ein Sommerleben ohne diese Hütte, ohne Heuduft, ohne das Bimmeln der kleinen Schafglocken jemals geben würde.

Didier legte am Landesteg von Port-Man an. Vivienne half Grandminon beim Aussteigen, tastete, als sie den leicht ansteigenden Weg zum Haus einschlugen, nach dem Schlüssel in der Innentasche ihres Rocks. Er war noch da, und auch das Haus, von Eukalyptus- und Maulbeerbäumen umgeben, stand am selben Fleck. Ein gekrümmt gehender, weißbärtiger Mann mit tränenden Augen, der einen Hund am Halsband gepackt hielt, kam ihnen entgegen. Als er Didier erkannte, hellte sich seine Miene auf; er nannte seinen Namen, Ballonet, und führte die Besucherinnen zur Eingangstür des oberen Stocks. Vivienne kam sich wie eine Zauberin vor, die ihr künftiges Reich betritt. Aber das Reich, das sie aufschloss, war dämmrig und roch nach frischem Mörtel. Sie fand die Terrassentür, öffnete sie und stieß die Läden auf, und nun strömte, als hätte sie wahrhaftig gezaubert, gleißendes Licht herein. Sie trat geblendet hinaus. Vor ihr lagen Bucht und Meer, am Ende der Landzunge, zur Rechten, grüßte das Fort. Grandminon trat neben Vivienne: «Das ist es, nicht wahr?» Vivienne nickte, den Tränen nahe; ihr schien, sie habe etwas gefunden oder wiedergefunden, woran zu glauben sie nicht mehr gewagt hatte.

Dieses obere Stockwerk war geräumiger, als sie gedacht hatten. Vom Salon aus, der auf die Terrasse ging, führte ein Gang zu den anderen Zimmern. Hangwärts lagen die kleine Küche, Vorratskammern, das Badezimmer, ein Schlafzimmer, auf der anderen Seite, halb zum Meer hin, drei weitere Zimmer. Sie öffneten einige Fensterläden und ließen Lichtbahnen aufs Parkett fallen.

«Ein bisschen muffig und feucht», sagte Grandminon. «Man muss gründlich lüften, die Räume austrocknen.»

«Aber genug Platz für uns», sagte Vivienne mit einem Lächeln.

Grandminon zog die Augenbrauen hoch. «Ich werde bald abreisen, meine Liebe. Traust du dir zu, hier allein zu überwintern?»

«Ich werde Gäste haben», entgegnete Vivienne. «Ich muss ihnen nur sagen, wo sie mich finden können.»

Grandminon schnüffelte skeptisch, beklopfte die Wände. «Du brauchst Vorhänge, Regale. Da drin ist ja alles ganz kahl.»

«Ich weiß, Grandminon, ich brauche noch vieles. Aber das hat Zeit.»

Ballonet brachte ihnen Stühle auf die Terrasse, Didier den Picknickkorb, und nun zeigte sich unten auf der Wiese, umwedelt vom Hund, auch Ballonets breithüftige, schlampig gekleidete Frau und grüßte zu ihnen hinauf. Die Stühle waren altersschwach und wackelig. Aber Vivienne und Grandminon saßen auf ihnen wie Königinnen, sie nagten an Hühnerschenkeln, tranken Tee aus der Thermosflasche, und Vivienne überblickte ihr künftiges Reich, die Bucht, das Meer, den Himmel mit einer tiefen Freude, die in ihr widerhallte wie die Anfangstakte zu den Symphonien, die sie künftig hier, an dieser Stelle, hören würde.

«Merk dir eins», sagte Grandminon listig. «Halt dich beim Verhandeln zurück, da bin ich geschickter als du.»

Sie hatte Recht; bei aller Hinwendung zum Mythologischen gewann ihr Geschäftssinn, wenn es darauf ankam, stets die Oberhand, während Vivienne, um ihre Träume wahr zu machen, die eigene Haut weggeschenkt hätte.

Dadboy scheucht sie frühmorgens auf; dabei ist es im Bettkasten, auf dem durchgelegenen Heu, von dem das Leintuch weggerutscht ist, noch so angenehm warm. «Hopp, hopp, mein Kätzchen, geh, mach dich frisch.» Sie rappelt sich hoch, zupft sich Halme aus dem Haar und vom Unterhemd. Er drückt ihr ein Tuch und eine Seife in die Hand. Sie stolpert hinaus ins Morgenlicht, halb fünf sei's schon, hört sie Dadboys Stimme hinter sich. Sie geht, wacher nun, den Treppenweg zum See hinunter, sie bespritzt sich das Gesicht mit dem eiskalten Wasser, schrubbt sich die Haut, bis sie glüht, dann steigt sie wieder hinauf, zeigt dem Vater ihr sauberes Gesicht, und er tätschelt anerkennend ihre Wangen, bevor er auf den klaren Himmel deutet: «Guter Jagdtag!» Er hat drinnen schon Tee gekocht. In diesem ersten Sommer sind sie noch ohne Magd, ohne eigenen Hund; nur Lars begleitet sie das eine oder andere Mal. Vivienne schenkt Dadboy die Tasse voll und streicht ihm Marmelade aufs Knäckebrot. An die Sauermilch, die ihnen Lars hinüberstellt, können sich beide nicht gewöhnen. Nach dem Frühstück ziehen sie los, der Vater mit umgehängtem Gewehr, die Tochter drei Schritte hinter ihm. Sie trägt für die Vögel eine Felltasche, die sie vorsorglich mit Zeitungspapier ausgestopft hat. Die ersten zwei, drei Stunden vergehen mühelos, auch wenn Gras und Moos die Schuhe durchnässen. Doch dem echten Jäger machen weder Kälte noch Hitze, weder Hunger noch Durst etwas aus. Der Fingerhut nickt ihr zu, Vögel flattern auf, die Dadboy zu klein sind. Er hält Ausschau nach Schneehühnern, nichts Schmackhafteres als Schneehühner, hat er gesagt. Zur Hochebene, oberhalb der Baumgrenze, will er hinauf, wo noch viel Schnee liegt. Ihre Beine werden schneller müde als der Kopf, und sie strengt sich an, den wachsenden Abstand zum Vater zu verkleinern. «Wart doch, wart doch!», ruft sie, aber er dreht sich nicht einmal nach ihr um, behält seinen regelmäßigen Schritt bei. Zwanzig Schritte bleibt sie zurück, dreißig. «Wart doch, Dadboy, warte, bitte!» Da dreht er sich wütend um: «Mit deinem Geschrei vertreibst du alle Vögel!» Sie verstummt. Ein Bach rauscht immer lauter. Ist er draußen oder in ihrem Kopf? Schneefelder und glitschige Steine, leuchtend gelbe Sternenblumen. An einer moorigen Stelle sinkt sie bis beinahe zu den Knien ein; dann kämpft sie sich frei, stolpert auf festeren Grund. Sie bleibt liegen, von Schluchzen geschüttelt, kein Gefühl mehr in Füßen und Waden. Sie hört den Knall, panisches Gekrächz, Dadboys Freudenrufe. Er kommt zu ihr zurück, streicht ihr flüchtig übers Haar, nimmt ihr den Fellsack ab, stopft blutige Federknäuel hinein. Sie muss zurück mit ihm, er wird sie nicht tragen. Aus dem Fellsack, der an ihrem Rücken hängt, dringt Blutgeruch. Fliegen umschwirren sie, dann kommen in Schwärmen die Mücken, die in ihre Kniekehlen und Handgelenke stechen. Abends betupft Dadboy die offenen Blasen an ihren Zehen mit Jod, dann essen sie geröstetes Huhn, und die Geschichte, die er ihr später erzählt, macht beinahe alles wieder gut, aber nicht ganz. Sie schwört sich, nicht mehr mitzugehen, und geht doch das nächste Mal wieder mit. Sie lernt Forellen das Genick zu brechen, sie ist dabei, als Dadboy das erste Rentier tötet und es sich, schon ausgeweidet, mit zusammengebundenen Beinen, auf die Schulter lädt. Inzwischen sind zwanzig Jahre vergangen. Nie mehr wird sie einem Mann blindlings folgen, nie mehr wird sie einen Mann bitten, um Gottes willen auf sie zu warten. Lieber bleibt sie allein.

Vivienne zog sich um für den Nachmittagstee mit den Balynes; sie brachte auch Grandminon dazu, ihr sackförmiges Leinenkleid, das sie am liebsten trug, einzutauschen gegen einen etwas eleganteren Rock mit besticktem Oberteil, denn bereits die ersten flüchtigen Kontakte mit Madame Balyne hatten sie gelehrt, dass es wichtig sein würde, ihr gegenüber die Form zu wahren.

Die Balynes hatten ihre Wohnung im Hauptgebäude von Fort Moulin, innerhalb der Ringmauer. Monsieur Balyne, der noch kränklicher wirkte als bei ihrer ersten Begegnung, begrüßte Vivienne wie eine alte Bekannte, hieß auch Grandminon willkommen und führte sie in den Salon, wo ein Feuer im Kamin brannte, dessen Rauch schlecht abzog. Ein leicht beißender, zum Hüsteln reizender Geruch überlagerte die Muffigkeit, die von den orientalischen Teppichen und den schweren, halb zugezogenen Samtvorhängen ausging. Erst nachdem sie auf Empire-Stühlen Platz genommen hatten, betrat Madame Balyne den Raum. Es war ein sorgsam berechneter Auftritt, bei dem alle Einzelheiten – das Schimmern der Seidenrobe, das Schrittmaß, der Einfall des Tageslichts – zusammenwirken sollten, um den Eindruck einer *Grande Dame* zu erwecken. Nicht nur ihr Gesicht, sondern auch die nackten Unterarme waren gepudert; die bleiche Haut kontrastierte mit den schwarz geränderten Augen, das dunkle Haar mit den silbernen Strähnen, die es durchzogen.

Ein Dienstmädchen schenkte Tee ein und bot englische Biskuits an, von denen weder Vivienne noch Grandminon nahmen. Scheinbar zwanglos brachte Madame Balyne das Gespräch auf die Insel. Port-Cros, sagte sie, sei ihr teuer wie nichts anderes auf Erden. Man müsse ein solches Paradies vor Parasiten schützen, wer sich hier niederlasse, habe sich der Insel als würdig zu erweisen.

Erst kürzlich, ergänzte Monsieur Balyne, habe man einen amerikanischen Millionär abgewimmelt, der geplant habe, auf Port-Cros einen großen Yachthafen anzulegen und ein zwanzigstöckiges Erstklasshotel zu errichten.

Ihre Enkelin, sagte Grandminon, suche hier nur Ruhe und allenfalls einen Aufenthaltsort für ihre besten Freunde. Hotelpaläste seien auch ihr zuwider, im Zweifelsfall ziehe sie das Zelt dem Hotelbett vor.

«Haben Sie wirklich schon im Zelt übernachtet, Mademoiselle?», fragte Balyne. «Meine schwache Konstitution hat es leider nie zugelassen, diese Erfahrung zu machen.» Es kostete ihn sichtlich Mühe, sich aufrecht zu halten; zum wiederholten Mal versuchte er, sein Husten hinter vorgehaltener Hand zu ersticken.

«Ich habe zusammengezählt vermutlich mehr als zwei Jahre in Zelten verbracht», antwortete Vivienne.

Madame Balyne ließ ihre Teetasse sinken, die sie eben zum Mund führen wollte, und hob die gefärbten Augenbrauen. «In welchen Gegenden denn, wenn ich fragen darf?»

«Hauptsächlich in Afrika.»

«Meine Enkelin», sagte Grandminon, «hat über ihre Erlebnisse sogar ein Buch veröffentlicht, das im englischen Sprachraum einigen Widerhall fand.»

«Sehr ungewöhnlich», bemerkte Madame Balyne, die sich jetzt, wo es um öffentliche Wirkung ging, noch mehr versteifte als zuvor.

«Sie hätten mir», sagte Monsieur Balyne zu Vivienne, «von Anfang an sagen sollen, dass wir Kollegen sind.»

Sie errötete. «Ach nein, was ich schreibe, ist kunstlos, Reiseschriftstellerei, simple Prosa. Mein Vater verstand mehr von Dichtung als ich. Er kannte alle Shakespeare-Sonette auswendig.»

«Dichtung, meine Lieben», fuhr Madame Balyne dazwischen, «ist schön und gut, wobei ich offen gestanden unseren Corneille Ihrem Shakespeare vorziehe. Aber reden wir doch vom Haus in Port-Man. Deswegen sind Sie ja gekommen. Wollen Sie es wirklich mieten, Mademoiselle?»

Genau das wolle sie, antwortete Vivienne, und zwar gleich für ein Jahr. Madame Balyne solle einen vernünftigen Preis nennen, sie sei bereit, ihn im Voraus zu zahlen.

Madame Balyne winkte beleidigt ab. So überstürzt gehe das nicht, man befinde sich hier nicht auf einem orientalischen Basar. Ob denn Mademoiselle de Watteville die Einzigartigkeit dieses Orts zu würdigen wisse? Diesen Blick? Die Vegetation? Sie fuhr fort, das Haus zu rühmen, betonte dessen Solidität, die Zuverlässigkeit des Verwalterpaars. Souverän ging sie über Grandminons Zwischenfragen hinweg, und erst als Vivienne zum dritten Mal danach fragte, nannte sie mit gespieltem Widerstreben ihre Forderung: jährlich zehntausend Francs.

Es war eine Unverschämtheit. Grandminon verstand genug vom französischen Immobilienmarkt, um zu wissen, dass so viel für eine Villa an der Côte d'Azur, niemals aber für ein abgelegenes, zudem unmöbliertes Haus auf Port-Cros verlangt werden konnte.

Sie protestierte, sie wies darauf hin, dass es im Hause keine Zentralheizung gebe und die Fenster schlecht abgedichtet seien; man wisse auch nicht Bescheid über den Zustand der Abflussrohre. Madame Balyne ging gar nicht darauf ein. Entweder akzeptiere man das Haus als Ganzes, sagte sie, oder dann lasse man's eben sein. Die beiden Frauen maßen sich mit feindseligen Blicken. In diesem Moment betrat Monsieur Henri den Salon und verhinderte den Ausbruch eines offenen Streits. Er trug eine schwarzlederne Aktenmappe und grüßte die Anwesenden mit einem wissenden Lächeln, das Madame Balyne, die sich schlagartig beruhigte, noch um eine Spur vertraulicher erwiderte. Er lehnte es ab, Platz zu nehmen, da er lediglich in geschäftlichen Angelegenheiten gekommen sei, er entnahm der Aktenmappe ein Schriftstück und überreichte es Madame Balyne. Sie überflog es schweigend, nickte dann und sagte, es handle sich um den Mietvertrag, den Monsieur Henri, in seiner Eigenschaft als ehemaliger Notar, aufgesetzt und zweifach ausgefertigt habe; ob Vivienne ihn gleich jetzt unterzeichnen wolle oder ob sie sich Bedenkzeit erbitte.

«Wir sind uns doch gar nicht über die Bedingungen einig», protestierte Grandminon.

«Werden Sie oder Ihre Enkelin unterschreiben?», fragte Madame Balyne und schob den Vertrag über den Salontisch zu Vivienne. «Zehntausend Francs, zahlbar in vierteljährlichen Raten. Ich werde Ihnen, wenn Sie's wünschen, auch einen tüchtigen Hausknecht besorgen. Bitte, Sie haben die Wahl. Ich erkläre mich sogar bereit, Ihre Renovierungswünsche in Betracht zu ziehen.»

«Hast du dir's wirklich gut überlegt, Liebes?», fragte Grandminon besorgt.

Vivienne nickte. Sie wollte das Haus, sie wollte sich in der

Bucht niederlassen, sie wollte, zum ersten Mal in ihrem Leben, Gastgeberin sein. Sie wusste, dass sie hätte feilschen müssen, aber sie war nicht fähig dazu. So griff sie nach dem Füllfederhalter, den Monsieur Henri ihr entgegenstreckte, und unterschrieb an der Stelle, auf die er mit dem Finger zeigte.

Nachdem auch Madame Balyne unterschrieben hatte, rief sie, darauf müsse man anstoßen. Sie klatschte in die Hände; das Zimmermädchen erschien mit einem Tablett, auf dem eine Champagnerflasche und vier Kelchgläser standen. Das Ganze hatte den Charakter eines abgekarteten Spiels. Monsieur Henri ließ, nach einer sanften und dennoch kraftvollen Drehung, den Zapfen so geschickt aus der Flasche springen, dass nur wenig Schaum überfloss, und schenkte die Gläser voll. Man stieß im Stehen miteinander an; auch Grandminon fügte sich der Etikette. Madame Balyne erzählte auf ihre exaltierte Weise, dass der letztjährige Mieter ein etwas obskurer englischer Schriftsteller gewesen sei, Lawrence mit Namen; sein Talent könne sie nicht beurteilen, da sie Englisch kaum verstehe. Man habe nie recht gewusst, mit welcher der beiden Frauen, die ihn begleitet hätten, er verheiratet oder zumindest liiert gewesen sei.

«Warum nicht mit beiden?», fragte Grandminon bissig.

«Oh», erwiderte Madame Balyne, «wir blicken nicht in die Schlafzimmer hinein. Wissen Sie, auf unserer Insel sind wir toleranter als auf dem Festland. Es gibt weiß Gott schlimmere Verbrechen als eine *Ménage à trois.*»

Es wurde still im Salon. Die beiden Männer nippten am Champagner, der Mietvertrag in Viviennes Hand fühlte sich kühl an. Beschriebenes Papier. Wie oft hatte Brovie gelacht über Paragraphenreiterei.

«Gehen wir», sagte sie halblaut.

Von Stevensons *Schatzinsel* kann sie in den ersten Hüttensommern nicht genug bekommen. Manche Kapitel will sie mehrere Male hören; am meisten beeindruckt sie stets das elfte, wo der kleine Jim sich auf dem Schiff im Apfelfass versteckt, um den üblen John Silver und die Meuterer zu belauschen. Auf Brovies Vorschlag hin spielen sie eines Abends die Szene nach: Vivienne kriecht in eine leere Regentonne, er tut so, als greife er nach einem Apfel, tastet über ihre Schulter, ihr Haar, während sie einen Aufschrei unterdrückt und sich noch mehr zusammenkauert. «Je-ho-ho!», ruft er plötzlich. «Was haben wir da?» Und damit stürzt er das Fass um, sie windet sich hinaus, flüchtet über die Wiese, und er rennt hinter ihr her, begleitet vom bellenden Setter, dem die Verfolgungsjagd noch mehr Spaß macht als ihnen. Oder Brovie zeichnet eine Schatzkarte für sie; den Ort, wo der Schatz vergraben ist, markiert er mit einem roten Kreuz. Sie versucht seine Zeichen zu erkennen und ihnen zu folgen. Doch er lauert ihr auf, und sie muss ihn mit einem Säbelhieb kampfunfähig machen. Dann darf er nur noch hinken, und sie ist schneller beim Schatz als er, hebt den Stein hoch, den er darüber gelegt hat, und buddelt die vergrabene Blechdose mit bloßen Händen aus. Meist liegt ein Stück Schokolade darin, das sie später mit ihm teilt.

Murray wird sie erst im dritten Jahr. Sie wünscht sich den Namen, weil ihr sein Klang gefällt. Von Käptn Brovie lässt sie sich anheuern für wenig Geld und umso mehr Rum; manchmal werden nun ihre Jagdausflüge zur großen Fahrt über die Weltmeere. «Murray, siehst du die Insel zwei Striche Backbord voraus? Halte darauf zu!» «Aye, aye, Sir!» Doch bevor sie landen, müssen sie die Brandung durchqueren, und Murray ist stolz, wenn er den Dreimaster unbeschädigt in den Hafen gesteuert hat. Sie suchen Süßwasser auf der Insel, pflücken Kokosnüsse, die eigentlich Beeren sind, entdecken Spuren von Eingeborenen, von unbekannten Tieren, denen sie lautlos folgen. Als sie in Mombasa gelandet sind, erlegt Brovie einen Leoparden, der einem Wiesel gleicht, einen jungen Schneehuhn-Strauß, von dem Murray lieber die Eier hätte. Sie segeln der afrikanischen Küste entlang und hören manchmal in der Abenddämmerung von weitem die Löwen brüllen. Es kann sein, dass sie in einen Sturm geraten. Der Regen prasselt auf sie nieder, begleitet vom Heulen des Winds. Die Wellen, die Vivienne sich vorstellt, machen sie schwindlig, haushoch wird das Schiff hinaufgetragen, saust in die Tiefe wie auf einer Rutschbahn. Im Heimathafen kann man ein Feuer anzünden, sich gegenseitig abtrocknen, die Kleider wechseln. Das Spiel lässt Vivienne die Anstrengung vergessen, sie wird zäher von Jahr zu Jahr, auch wenn ihre Beine dünn bleiben. So leicht hängt Brovie, der ausschreitet wie ein Zwanzigjähriger, sie nicht mehr ab.

Das Licht, immer wieder das Licht, so unglaublich klar nach einer Reihe wolkenverhangener Tage. Ganze Wannen von Licht ergießen sich über die Wiesen, den See, man könnte sich daran betrinken. Vivienne wird selber zur Lichtgestalt, erblindet Momente lang im Hüttendämmer, bevor sie hinauswatet in die blendende Festlichkeit, wo die Kuh ein Walross ist, das zwischen Eisbergen schwimmt. Der See, zum Greifen nah, glitzert, als hätte die Schneekönigin Millionen von Eisnadeln aufs Wasser gestreut. Abends die Grashalme wie grün leuchtende Glassplitter, herausgeschnitten aus dem dunkleren Grund, Lichtinseln auf dem Waldboden, quer gehängte Lichttücher zwischen den Birken. Woher all das Licht komme, fragt sie Brovie, es kann ja nicht nur die Sonne sein, die es erzeugt. Kommt es von Gott? Doch diesen Namen will er nicht hören. Mit Gott, erklärt er, habe ihm die Mutter den Kopf voll geschwatzt; Gott sei eine Idee, mit der die Menschen das Unerklärliche zudecken würden. Vivienne versteht nur halb, was er sagt, merkt indessen, dass seine Verstimmung den Abend trübt, und sie weiß, dass er noch mürrischer und einsilbiger würde, wenn sie über ihre Großmutter, die sie noch nie gesehen hat, mehr wissen möchte. In Argentinien lebe sie mit ihrem zweiten Mann, hat sie erfahren; vom ersten ließ sie sich scheiden, als Vivienne noch gar nicht geboren war. Schlimmer als der Tod kann eine Scheidung nicht sein, und doch bringt der Vater das eine Wort so wenig über die Lippen wie das andere. Nebeneinander sitzen sie unten am See, und der Abend hört nicht auf. Die langsam sinkende Sonne ist eine goldene Uhr ohne Zeiger. Erst gegen Mitternacht verschwindet sie. Es wird dämmrig; hinter den Bergen geht der Dreiviertelmond auf und wirft einen Teppich übers Wasser, der so fein gewoben ist, dass er nur Feen trägt, die stumm darüber tanzen.

Er hat seine schlechten Tage wie sie auch, und es kommt vor, dass sie sich gegenseitig mit ihrer üblen Laune anstecken. Am schlechtesten geht es ihm, wenn ihm wieder ein Bild misslungen ist. Da steht er draußen vor der Staffelei und betrachtet, die Palette in der linken, den Pinsel in der rechten Hand, mit gequälter Miene die Leinwand. Das Astgestell mit dem darüber gehängten, schon fast trockenen Heu will er malen, die Hütte im Hintergrund, sonst nichts. Aber das ist schon zu viel. Das Licht müsse stimmen, sagt er zur Tochter, vor allem das Licht. Er knurrt und seufzt, korrigiert, was er eben hingesetzt hat, mit ärgerlichen Pinselstrichen, mischt sich ein anderes Gelb, das ihm aber, kaum sieht er es auf dem Bild, auch nicht passt. Er fährt mit dem Finger darüber, gräbt Spuren in die dick aufgetragene Farbe. «Das ist es nicht, das ist es nicht», murmelt er ständig.

«Kannst du denn», fragt Vivienne, «nicht bloß das Haus malen? Und vielleicht noch die Kuh?»

Nein, fährt er sie an, gerade das Licht sei die Herausforderung. Ein französischer Maler habe den gleichen Heustock mehrfach, doch immer bei verändertem Licht gemalt und sei damit berühmt geworden. Er mischt Violett in sein Gelb, dann ein schmutziges Grün und schwenkt dabei den Pinsel so heftig, dass Farbe nach allen Seiten spritzt, er nimmt das Bild von der Staffelei, legt es auf den Boden, umkreist es lauernd, und plötzlich stößt er einen schluchzenden Laut aus und tritt mit dem Absatz auf die Leinwand, so wuchtig, dass sie reißt.

«Das darfst du nicht», schreit Vivienne entsetzt.

«Was für ein Gepfusche!» Er starrt sekundenlang auf das zerstörte Bild, dann lässt er es liegen, verschwindet in der Hütte, kommt mit der Angelrute und dem Fischkessel heraus und geht hinunter zum See, wo er ins Boot steigt und mit raschen Schlägen hinausrudert. Vivienne sieht ihm nach. Sie möchte ihn trösten und weiß, dass es jetzt keinen anderen Trost für ihn gibt, als etwas Lebendiges zu erbeuten und über seinen Tod zu bestimmen. Das ist so mit ihm; sie wird es nie ändern können. Sie trägt die feuchte Leinwand in die Hütte, stellt sie im Vorraum in die Ecke zu den anderen Bildern. Keines ist fertig gemalt. Geborstener Stoff, zerbrochene Rahmen, daneben der Stapel der unberührten Leinwände.

Er verweilt stundenlang weit draußen auf dem See, mit einer stoischen Geduld, die ihm sonst fehlt. Den Rauch seiner Zigaretten sieht sie aufsteigen, säulengerade, denn heute ist es windstill. Wie man eine Zigarette dreht, hat sie inzwischen gelernt, sie tut es für ihn, so wie sie ihm den Tee einschenkt und seine Socken wäscht. *Gib Feuer, Murray, mein Sohn.* Noch darf sie selber nicht rauchen, nur einen Zug probiert sie bisweilen aus, der auf der Zunge und im Gaumen brennt.

Spätnachts kommt er mit zwei großen Lachsforellen im Kessel zurück. Sie bewegen sich träge, winden ihre glitschigen Leiber aneinander vorbei.

«Ich bin kein Maler», sagt er. «Ich bin nicht talentiert genug. Was bin ich denn?»

«Ein Fischer», schlägt Vivienne vor. «Mein Dad.»

Brovie lacht verbittert, tippt sich mit dem Zeigefinger, der immer noch gelb ist, an die Schläfe. «Soll ich etwa mit Fischen und Jagen Geld verdienen?»

Vivienne hat keine Antwort darauf. Sie weiß, dass ihr Vater erst wenige Bilder verkauft hat, und das waren Gefälligkeitskäufe von Bekannten. Eigentlich ist es ihr ein Rätsel, woher – wenn sie doch nicht *richtig* reich sind – das Geld kommt, das sie jahraus, jahrein ausgeben. Sie versucht zu verstehen, was Zinsen sind, wie Geld sich vermehren kann, ohne dass man etwas dafür tut, und stellt sich vor, dass Bankiers Zauberer sind, die für ihre Günstlinge Goldmünzen aus den Ärmeln schütteln. Auch später, viel später noch erfüllt sie eine bange Neugier, wenn sie eine Bank betritt, hofft, gegen alle Erwachsenenvernunft, auf Kunststücke, die ihr gleich offenbart werden, auf Verdoppelungstricks. Sogar in den kleinen, von Ventilatoren belüfteten Kontoren der englischen Bankfilialen in Nairobi, in Kampala liegt etwas Festliches in der Luft, die Erwartung, dass es gleich Geld regnen werde, wenn ihr Vater die richtigen Worte spricht. Aber als man ihr dann, noch später, in Entebbe, mitteilt, die Konten des verstorbenen Bernard de Watteville seien aus juristischen Gründen für sie gesperrt, da ist es auf einen Schlag vorbei mit der Zauberei, allein steht sie da, dem Gutdünken, der Willkür der Beamten ausgeliefert wie das Mädchen im Märchen, das sein Röckchen hochhebt, damit die Sterntaler hineinfallen.

Vom vierten oder fünften norwegischen Sommer an lässt Brovie Malkasten und Staffelei im Vorraum verstauben und widmet sich ganz der Jagd. Von seinem großen Plan sagt er noch nichts, aber er nimmt in seinem Kopf allmählich Gestalt an. Afrika, das ist Norwegen mal zehn. Die Lockung der unendlichen Weiten. Pirschgänge im Morgengrauen. Antilopen- und Zebraherden. Und natürlich Löwen, Löwenrudel. Der echte Jäger geht zu Fuß, das ist keine Frage, und er lässt nie ein angeschossenes Tier verenden. Im Winter 1914/15, nach dem Ausbruch des Krieges, wird Brovie nach Nord-Rhodesien reisen, und Vivienne muss die Weihnachtstage bei ihrer Großmutter auf dem Familienschloss bei Genf verbringen. Sie kennt sie nicht, diese Frau, die vor kurzem aus Argentinien zurückgekehrt ist, und verhält sich feindselig ihr gegenüber. Die Familie war Brovie bisher nie wichtig, warum soll sie es plötzlich für seine Tochter sein? Nur weil er behauptet, sie müssten sparen für ihr großes Ziel? Nur weil sie bei Schweizer Verwandten gratis untergebracht ist? Er hat den Pakt gebrochen, den er mit ihr eingegangen ist, er hat sie im Stich gelassen, und das wird sie ihm lange nicht verzeihen.

Von Sommer zu Sommer fordert er mehr von ihr und ist unnachgiebig, wenn es um physische Anstrengungen geht. Drei-, viertägige Pirschgänge unternehmen sie, begleitet von Packponys und vom Hund. Sie schlafen selbst bei schlechtem Wetter im Freien, auf Laub- und Zweighaufen. Brovie pachtet eine abgelegene Alp, um den Rentierherden näher zu sein, er baut, zusammen mit Lars, eine primitive Hütte, nicht weit davon einen Hochstand. Vivienne fällt junge Birken, entrindet sie, bis die Hände bluten. Die schmiegsame, silbern schimmernde Rinde, die sich krümmt und ringelt wie ein lebendiges Wesen. Die schönen toten Tiere, die Brovie häutet, während sie sich abwenden möchte und ihm doch zuschaut. Die ausgespannten Felle unter dem Vordach, die nach getrocknetem Blut riechen. So üben sie fürs Kommende, und sie weiß es noch nicht.

Lange wehrt sie sich dagegen, schießen zu lernen. Nicht, dass sie den Knall oder den Rückschlag fürchtet; aber sie will nicht, dass von ihr etwas ausgeht, was geradewegs die Haut durchschlägt. Das ist anders, als einen Fisch zu töten, feiger und künstlicher; sie begreift nicht, warum Brovie so stolz sein kann auf einen gut gezielten Schuss. Doch er überredet sie dazu, wenigstens die ersten Handgriffe mit ungeladenem

Gewehr zu erlernen. Es wiegt schwer in ihren Händen; sie möchte es fallen lassen und ist doch fasziniert vom glänzenden Lauf. Er macht ihr vor, wie man es richtig trägt, ohne andere in Gefahr zu bringen, wie man den Kolben an die Schulter legt, der Beute mit dem Auge und dem Lauf folgt und dann das Ziel, während der gekrümmte Finger am Abzug den Druckpunkt sucht, präzise anvisiert. Mensch und Waffe sollen, wenn du abdrückst, miteinander verschmolzen sein, eine innere Einheit bilden. Auch mit der Beute, sagt Brovie, musst du dich innerlich verbünden, denn der Jäger ist immer auch ein Stück weit der Gejagte, erleidet dessen Angst, flüchtet vor sich selbst, und deshalb fühlst du im besten Fall voraus, was das flüchtende Tier tun wird. Aber gerade das ist ihr zuwider. Sie will sich nicht wie er einem blinden Jagdfieber überlassen, sie will einen kühlen Kopf behalten und dem Tier seinen Vorsprung gönnen. Erst mit sechzehn, nach der ersten Zigarette, schießt sie zum ersten Mal auf einen Hasen, der mitten im Sprung zusammenbricht, sich überschlägt, ein paar Schritte weiterschleppt und dann liegen bleibt. Brovies Glückwunsch erfüllt sie mit Groll; noch wütender macht sie, dass der Kitzel des Machtgefühls, das sie gespürt hat, nach Wiederholung verlangt.

Vom dritten Sommer an hat sie jede Woche einen Tag für sich, ganz für sich. Das Lockerlassen der Leine fällt Brovie nie leicht, ihre kleinen Freiheiten muss sie ihm regelmäßig abringen. Sich bräunen lassen auf dem Walrücken, blinzelnd dem Lauf der Sonne folgen, die hinter Birkenästen verschwindet und wieder auftaucht. Das Weiterrücken der Schatten, kühlere und wärmere Stellen auf der nackten Haut, Insektengesumm, der Geruch reifer Heidelbeeren, der über sie hinstreicht. Hoch oben ein paar zarte Wolken, Eiweißgebäck. Wenn etwas in der Nähe flüstert oder summt, dann müssen es Trolle sein, Trollkinder, die sich vor der Sonne verstecken;

denn an der Sonne gehen Trolle zugrunde. Sie glaubt zwar nicht mehr richtig an Sophies Märchen. Aber früher war sie überzeugt, dass zwischen den Wurzeln der Bergulmen Zwerge hausen, kaum größer als Menschenhände; sie hat sie mit Brotkrumen gefüttert und kleine Steinwälle gebaut, um sie vor Wieseln und Füchsen zu schützen.

Auch im Boot ist es schön. Sie liegt, lang ausgestreckt, die Füße unter der vorderen Ruderbank, auf einer alten feuchten Decke. Das einschläfernde Schaukeln, die kleinen Wellen, die an den Rumpf pochen. Vogelschreie und Vogelschatten. Manchmal liest sie in einem der dicken Bücher, die sie mitgenommen hat, die Märchen aus Tausendundeiner Nacht, Romane von Dickens, in denen sie weitschweifige Abschnitte einfach überspringt. Felsen und Wald drehen sich gemächlich um sie herum, in den Spiegelungen könnte sie versinken. Sie selbst spiegelt sich im gründunklen, grundlosen Wasser, sie sieht, indem sie sich weit über den Bootsrand beugt, ein verhalten zitterndes Gesicht, das sie mit dem Finger zerstört. Aber wenn sie lange genug wartet, fügt es sich wieder zusammen.

Nachdem Madame Balyne bekommen hatte, was sie wollte, erklärte sie sich bereit, die notwendigen Reparaturarbeiten mit der neuen Mieterin an Ort und Stelle zu besprechen. Schon am nächsten Tag fuhren sie zu dritt in Didiers Boot zur Bucht von Port-Man. Ballonet, der rotäugige Verwalter, empfing sie am Strand, in Holzschuhen und durchlöchertem Hemd. Er roch nach saurem Wein, bemühte sich aber um Freundlichkeit. Er schlurfte ihnen voran zum Haus und rief seine Frau aus der Küche im Erdgeschoss. Sie entschuldigte sich gleich dafür, dass sie den Gästen nichts anderes anbieten könne als Brunnenwasser. Madame Balyne stellte ihnen Mademoiselle de Watteville als neue Mieterin vor, die einziehen werde, sobald es die Umstände erlaubten. Die beiden Ballonets nahmen diese Nachricht ohne äußere Regung entgegen; vermutlich hatten sie in den letzten Jahren etliche Mieter kommen und gehen sehen. Ballonet zeigte, wie man die Handpumpe beim Ziehbrunnen bedienen müsse. Sie fülle, erklärte er, den Tank unter dem Dach, von wo das Wasser in die Zimmer fließe, es daure jeweils eine halbe Stunde, bis der Tank voll sei. Sie betraten gemeinsam die obere Wohnung. Madame Balyne stieß die Fensterläden auf und schwärmte von der beglückenden Meersicht, die sich einem hier biete. Doch bei Tageslicht war nun genau zu sehen, dass die Maurer, die kürzlich hier gewesen waren, lediglich ein paar Löcher in den Wänden gestopft hatten. Der Boden war überall staubig, von Schuhspuren übersät. Was für eine Gepfusche!, dachte Vivienne, und im selben Augenblick fragte sie sich, was Brovie wohl zu ihrer Absicht gesagt hätte, sich hier niederzulassen. Es war ein Haus, keine Hütte, kein Zelt. Noch nie habe ich ein solches Haus für mich gehabt, Brovie. Lass es mir, lass mir die Freude. Sie gab sich einen Ruck und schlug Madame Balyne vor, eine Zwischenwand herauszureißen; sie habe sich überlegt, dass sie auf solche Weise den Salon vergrößern könne und gleichzeitig genug Platz gewinne, um einen Wäscheschrank einzubauen.

Madame Balyne starrte Vivienne an, als habe sie vorgeschlagen, das Haus gleich ganz abzubrechen; doch dann lenkte sie halbherzig ein: «Wenn Sie das alles aus eigener Tasche bezahlen, meine Liebe, dann will ich Sie nicht bremsen.»

Ob Madame Balyne ihr in diesem Fall die nötigen Handwerker verschaffen könne, fragte Vivienne. Sie wolle schon morgen oder übermorgen nach Toulon und Paris fahren, um Möbel und zahlreiche andere Dinge zu kaufen. Dafür brauche sie Zeit; sie sei deshalb nicht in der Lage, den Umbau selbst zu überwachen.

Pas de problème, antwortete Madame Balyne, sie werde für alles Notwendige sorgen.

Es blieb noch der heikelste Punkt. Als Grandminon draußen das Terrassengeländer begutachtete, sagte Vivienne ohne Umschweife zu Madame Balyne, sie ziehe es vor, in diesem Haus allein zu leben, *wirklich* allein, oder dann mit Gästen, die sie selber eingeladen habe; sie ersuche deshalb darum, dem Verwalterehepaar eine andere Aufgabe zuzuweisen.

Wieder bekam Madame Balyne ihren ungläubig starrenden Blick. «Das kann doch nicht Ihr Ernst sein!», rief sie aus, jedes Wort als Vorwurf modulierend. «Wollen Sie tatsächlich von mir verlangen, dass ich zwei alte Leute, die hier ihr halbes Leben verbracht haben, verpflanze? Und dies nur, damit Sie sich von Ihnen nicht gestört fühlen?»

«Die beiden sind ... sie sind so unsauber.»

«Mein Gott, wie empfindlich! Und ich dachte, Sie hätten monatelang den Schmutz von ein paar Dutzend Negern ausgehalten. Aber beruhigen Sie sich. Sie wohnen oben, die Ballonets unten. Die Grenze ist deutlich genug gezogen.»

«Ich habe, wenn ich mich nicht irre, einen Vertrag unterzeichnet, der das *ganze* Haus betrifft. Davon, dass ich Ihre Angestellten mit zu übernehmen habe, steht nichts darin.»

«Kommen Sie mir nicht mit juristischen Spitzfindigkeiten. Es geht hier ums Praktische. Wer soll denn die Hühner füttern? Wer soll das Gras auf der Wiese mähen? Etwa Sie?»

Vornübergebeugt kehrte Grandminon von der Terrasse zurück und fragte besorgt, ob etwas nicht in Ordnung sei. Nun ja, wich Madame Balyne aus, es gebe noch ein paar Meinungsverschiedenheiten, aber sie sei überzeugt, dass man sich einigen werde.

«Sehr schön», sagte Grandminon mit ihrer ‹Bekehrt euch zum Guten›-Miene, «unter vernünftigen Leuten findet man immer einen Kompromiss.» Sobald sie als Schlichterin auftreten konnte, löste sich ihre eigene Streitlust auf wie ein Löffel Salz im heißen Wasser.

Vivienne schwieg. Sollte sie es schon bereuen, dass sie sich auf ein Inselleben einließ? Es war ja bloß der Versuch, sich eine Atempause zu gönnen, eine Weile sesshaft zu werden. Für die Nomaden, hatte einmal ein Massai zu ihr gesagt, sind alle Häuser aus Stein Gefängnisse.

Eine Hütte aus rissigen Balken, die bei starkem Wind knarrten, das war etwas anderes. Eine Hütte mit torfbedecktem Dach, auf dem Gras und Witwenblumen wuchsen, auch wild verzweigte Disteln, Milchlattich, den die Schafe fraßen, eine Hütte ohne Kamin, bloß mit einem Loch in der Decke, aus dem der Rauch des Herdfeuers abzog. Da war man fast draußen, wenn man drin war. Draußen erzählte Sophie, die Magd, die eigentlich von drüben kam, vom Dorf am anderen Ende des Sees, beim Wäscheaufhängen ihre Märchen; drinnen, im Zwielicht, las Brovie ihr vor. Es war merkwürdig, dass sie Sophies Märchen überhaupt verstand, denn sie erzählte sie in ihrer Sprache, vermischt mit ein paar Brocken Englisch. Aber sie ahmte die Stimmen der Trolle, der Feen, der Bauernburschen so gut nach, dass Vivienne den Faden der Handlung kaum je verlor. Sophie hatte ein breites Gesicht, sehnige und doch feingliedrige Hände, und sie hatte acht Geschwister, von denen bisweilen eine Schwester über den See für einen Tag auf Besuch kam. Die beiden zeigten beim Lachen ihre schlechten Zähne, sie kneteten den Brotteig und ließen sich von Vivienne das Zählen auf Englisch beibringen. Was Vivienne nicht gefiel, war die Art, wie Brovie mit Sophie umging. Er neckte sie oft, zog scherzhaft an ihrem Schürzenbändel, ringelte eine ihrer Haarsträhnen um den Finger, wollte unbedingt, dass sie ihm ihren Bräutigam vorstelle oder wenigstens beschreibe. Zwischen den beiden war eine Schwingung, die Vivienne ausschloss, und sie versuchte vergeblich, ihren Vater von solchen

Neckereien abzuhalten. Einmal ertappte sie ihn dabei, wie er Sophie im Vorraum an die Wand drängte und zu küssen versuchte. Als sie das Kind gewahrte, riss Sophie sich von Brovie los und flüchtete mit hochrotem Gesicht ins Freie.

«Das darfst du nicht», herrschte Vivienne den Vater an. «Das gehört sich nicht.»

«Meinst du?», fragte er leichthin und doch sehr verlegen und stopfte sich das Hemd, das über den Gürtel gerutscht war, in die Hose zurück. «Dann lass ich's wohl besser sein.»

Im nächsten Sommer begannen Viviennes Blutungen. Sie wusste, was sie bedeuteten, Tante Alice, bei der sie manchmal die Wochenenden verbrachte, hatte sie darauf vorbereitet. Sie hatte von der Bürde gesprochen, die jede Frau zu tragen habe, von der monatlichen Mahnung, sich auf ihre eigentliche Aufgabe, die Mutterschaft, zu besinnen, und Vivienne hatte sich geschworen, dass die Menstruation sie nicht einschränken werde. Keine Abstriche am Marschprogramm, keine Schonung, nie sollte Brovie ihr vorhalten können, eine Schwäche, die er an ihr bemerkte, habe mit ihrem Geschlecht zu tun. Doch eigentlich nahm sie an, es werde noch lange dauern, Jahre und Jahre, bis die Kindheit zu Ende war. Als das Ziehen im Bauch stärker wurde und Vivienne Flecken in der Unterwäsche entdeckte, vertraute sie sich Sophie an. Diese half ihr mit Binden aus, gab ihr einen Kräutertee zu trinken, und beide benahmen sich so, dass Brovie nichts bemerkte. Auch die nächsten Male hielt sie es geheim vor ihm. Es war nicht einfach, auf längeren Märschen ihren Zustand zu vertuschen. Sie griff zu Notlügen, um zu begründen, weshalb sie sich häufiger als sonst von ihm absonderte und sich unbedingt in einem Bergbach waschen wollte. Viel später, im Jahr darauf, fragte er gewunden, ob das *Ereignis* schon eingetreten sei, und Vivienne freute sich über seinen verblüfften, ja beleidigten Ausdruck, als sie erwiderte, das, was er meine, sei schon lange passiert. Dass es aber nun mit ihr so weit gekommen war, entfremdete sie voneinander, ohne dass sie es wollte. Ein neuer, scheinbar sachlicher Umgangston entstand zwischen ihnen. Nur die wilde Fröhlichkeit, in die Brovie sie manchmal fast gewaltsam hineinriss, ihr lautstarkes Singen beim Geschirrabwasch ließ sie vergessen, dass die Zeit verging und sie sich bald von ihm entfernen würde.

Doch gerade darüber setzte sich sein großer Plan hinweg. Er hatte ihn auf seiner ersten Afrikareise, im Winter 1914/15, ausgebrütet und hörte nach seiner Rückkehr nicht auf, davon zu sprechen. «Wir zwei», sagte er, «wir zwei auf großer Safari, zwei Jahre lang, stell dir das vor. Zu Fuß, wie sich's gehört, mit einer Kolonne von Trägern, so wie die großen Entdecker reisten, Mungo Park, Livingstone.» Sie würden die Einsamkeit kennen lernen, die Weite der Steppe. Großwild wollte er jagen, *the big five*, denn er hatte Geschmack gefunden an der Gefahr. Was waren schon Rentiere gegen Löwe und Nashorn? Ihre Safari sollte einen Zweck haben, sagte er. In Stockholm habe er Museumskojen gesehen, so genannte Dioramen, in denen die lebensecht präparierten Tiere in ihrer natürlichen Umgebung zu bewundern seien. Er hoffe, das Museum in Bern, woher ja seine Familie stammte, werde auf seine Vorschläge eingehen und zumindest die Transport- und Verpackungskosten für die Häute übernehmen. Er habe den Bernern, um sie günstig zu stimmen, bereits ein paar Geweihe und Schädel geschenkt und von der Museumskommission einen vielversprechenden Dankesbrief erhalten. «Wir selber», fuhr er fort, «wir zwei, wir müssen uns eben in den nächsten Jahre die Kosten vom Mund absparen. Hilfst du mit, Murray?» Es klang, als würde er fragen, ob sie auf seiner Seite stehe oder nicht. Und sie nickte, nicht gehorsam, eher traumverloren. Ihr Vater war manchmal ein Phantast, irgendwann würde er den Plan wieder fallen lassen. Sie nickte bloß, und doch war es wie ein Gelübde. Mit Brovies Hartnäckigkeit in diesem Fall hatte sie nicht gerechnet. Sein großer Plan sickerte allmählich in sie hinein und imprägnierte ihre eigenen Zukunftspläne. Die Safari wurde zum Richtpunkt, auf den ihr Leben zulief. Alles Übrige, was sie für sich selbst erwog, lehnte er ab.

Was es alles brauchte, um sich häuslich einzurichten! In drei Städten ging Vivienne auf Einkaufstour, in London, Paris, Toulon, und immer noch entsprach die Einrichtung nicht ihrer Vision. Alles – die Farben, die Materialien – sollte bis ins letzte Detail zusammenpassen, alles musste *richtig* sein, und zugleich hatte sie den Drang, sich endlich im Besitz all der Dinge zu sehen, die ihr in fremden Häusern und Wohnungen jemals gefallen hatten. Noch vor kurzer Zeit war sie entschlossen gewesen, ihr Geld nie fürs Sesshaftwerden auszugeben, sie hasste Raffgier und eigentlich jede Form von Eigentum, das ihr Fesseln anlegte. Aber das Haus in der Bucht hatte diese Haltung ins Gegenteil verkehrt. Sie konnte nachts kaum einschlafen, denn unablässig ging ihr durch den Kopf, was ihr noch fehlte, was sie noch verbessern konnte, und in ihren Träumen vermischten sich auf unentwirrbare Weise die Orte, an denen sie gelebt hatte. Das Grindelwaldner Haus stand plötzlich an einem See, die norwegische Hütte hatte ein Ziegeldach, die Wände in Grandminons Genfer Haus waren durchscheinend wie in einem Zelt, und Vivienne selbst suchte beinahe in jedem Traum irgendein Kleidungsstück, das sie verloren hatte, ihre Seidenstrümpfe, die afrikanischen Shorts. Und an einer unübersichtlichen Stelle stand Brovie und wollte sie nicht passieren lassen. Manchmal blutete er aus dem Mund, oder um sein Bein ringelte sich eine Schlange, und nie brachte sie es über sich, ihn wegzustoßen, obwohl er doch, wie sie auch im Traum wusste, tot war und sie selbst ihn begraben hatte.

Trotz aller guten Vorsätze war es ihr nicht möglich, bei ihren Einkäufen systematisch vorzugehen. Sie blieb vor den Auslagen aller Geschäfte stehen, in denen sie etwas entdeckte, was zu ihrer Vision von Häuslichkeit passte, und sobald sie sich zum Eintreten verleiten ließ, war es um sie geschehen. Als Erstes kaufte sie bei einem Londoner Antiquar absurderweise ein kleines Silberschiff, das als Briefbeschwerer dienen, aber ebenso mit Zahnstochern gefüllt werden konnte. Das Schiff war so zierlich, seine Segel blähten sich so freundlich im Wind, dass sie nicht widerstehen konnte. Und weil sie schon mit einem Schiff begonnen hatte, wählte sie eine Reihe gerahmter Aquarelle und Stiche mit Hafen- und Meerszenen aus und stellte sich vor, wie gut sie an den blaugrün gestrichenen Wänden ihres Salons wirken würden. Schönes Schreibpapier musste sie haben; dann gehörte auch ein Schreibtisch mit geschweiften Beinen dazu, genau so einer, wie sie ihn als Kind bei Bekannten gesehen hatte, nein, nicht nur einer, sondern drei, denn ihre künftigen Gäste sollten über den gleichen Komfort verfügen wie sie. Und Blumenvasen brauchte sie für kleine und große Sträuße, Nachttöpfe, Seifenschalen, Handtuchbügel; die Liste ihrer kleineren Bedürfnisse hörte gar nicht auf. Das Teegeschirr, das ihr vorschwebte, fand sie in London nicht, es musste zartbläuliches Porzellan mit dunkelgelben Bändern sein. Erst später wurde ihr bewusst, dass sie nach den Tassen suchte, in denen ihr Jim auf der Safari den Tee serviert hatte.

Ihre Freundin Karin, die sie nach Paris begleitete, behütete sie vor den schlimmsten Torheiten. Dennoch war es ein unglaubliches Gefühl, sich sozusagen alles leisten zu können, das Nützliche ebenso wie das Unnütze. Kein ewiges Sparen mehr, keine Knausrigkeiten. Ihre Konten schmolzen zwar rapid, aber es war genug da für etliche Jahre, und von Jahr zu Jahr vermehrte sich das Geld ja wieder, als werde es trächtig und werfe Junge wie die norwegischen Schafe. Sogar Grandminon lachte am Telefon ihr brummiges Lachen und ermunterte die Enkelin, sich ein bisschen Luxus zu gönnen; alles, was man kaufe, könne man später auch wieder verschenken.

Tagsüber bummelten sie durch die Rue du Bac, hielten sich stundenlang bei Möbelschreinern auf, wo Vivienne nach Maß gefertigte Eichenbetten in Auftrag gab, einen Esstisch mit Stühlen, Bücher- und Geschirrgestelle, alles im provenzalischen Stil. Abends dinierten sie in chicen Restaurants. Noch vor wenigen Monaten hatte Vivienne auf halber Höhe des Mount Kenya gehaust, allen Winden preisgegeben, ohnmächtig gegenüber dem Buschfeuer, das sich von drei Seiten näherte. Sie hatte dem Tod ins Auge geblickt, und nun saß sie an einem festlich gedeckten Tisch, mit Sicht auf die Seine und die hell beleuchtete Häuserzeile am anderen Ufer. War es ein und dieselbe Person, die beides durchlebte, oder hatte sie sich gespalten?

In einem noblen Antiquariat fand Karin die Wanduhr, von der Vivienne geträumt hatte, eine achteckige Pendule, fast zweihundertjährig, mit handgemalten Rosenornamenten auf dem Zifferblatt, einem dunkel-samtenen Stundenschlag, in den sich Vivienne beim ersten Hören verliebte. Von nun an würde dieser Klang zu ihrem Zuhause gehören. Braucht der Mensch, Brovie, nicht auch solche Äußerlichkeiten, damit er sich sicher fühlt? Und spielt es denn eine Rolle, *wie viel* so etwas kostet?

Als Vivienne, am letzten Nachmittag in Paris, den Papagei, einen Ara, kaufte, war Karin schon abgereist, sie hätten sich sonst wohl zum ersten Mal richtig gestritten, denn dieser Kauf war ebenso kühn wie unsinnig. Sie betrat eine Tierhandlung, die am Weg lag, nur um sich umzusehen, halb aus Neugier, halb aus Zorn darüber, wie ein kleiner Seidenschwanz-Affe in seinem engen Käfig gehalten wurde. Kaum aber hatte die Ladenglocke geklingelt, kaum hatte sie das Gemisch von Kot und Tierfutter gerochen, sah sie in einem anderen Käfig den Papagei mit seinen türkisblauen Flügeln und der golden schimmernden Brust, und es gab vom ersten Moment an keinen Zweifel, dass sie ihn haben wollte. Und warum? Um ihn frei herumfliegen zu sehen, ja, genau deshalb: um ihn aus seiner unwürdigen Gefangenschaft zu erlösen. Er war ein Tropengeschöpf, er brauchte Luft, Licht und Schatten nach eigener Wahl. Der Händler freilich betonte, wie zahm er sei, wie intelligent und gut erzogen. Er brachte den Vogel dazu, ein halb verständliches «Ça va pas!» zu krächzen, zeigte Vivienne, dass sie nur auf den Schnabel zu klopfen brauche, wenn er ihren Finger in eisernem Griff halte. Sie war gerade auf der Bank gewesen und hatte genug Bargeld bei sich. Der Taxichauffeur, der sie mit dem Käfig zum Hotel zurückfuhr, war entzückt und nannte den Papagei, ohne zu zögern, Coco. Vivienne beschloss, bei diesem Namen zu bleiben.

Am gleichen Abend fuhr sie mit dem Zug nach Toulon. Sie ließ sich das Abendessen ins Schlafwagenabteil bringen; dann öffnete sie die Käfigtür und lockte Coco mit Brotkrumen und Büchsenananas aus dem Käfig heraus. Er fraß ihr manierlich aus der Hand, spazierte dann die Stange empor, die den Gepäckträger stützte, und kopfunter wieder hinab. Als sie lange genug mit ihm geredet hatte, ließ er sich den Kopf kraulen, pickte nur einmal, als sie eine empfindliche Stelle berührte, nach ihrer Hand und beruhigte sich gleich wieder. So oft hatte sie sich auf ihrer zweiten Afrikareise gewünscht, wild lebende Tiere streicheln zu können, sich mit ihnen anzufreunden, hatte mit unendlicher Geduld darauf gewartet, dass es ganz unerzwungen geschehen würde. Zwei-, dreimal war sie nahe daran gewesen, Elefanten in einer Geste der Versöhnung zu berühren. Ja, der Ara ließ sich streicheln, aber dann duckte er sich plötzlich unter ihrer Hand weg, flatterte auf den Gepäckträger hinauf und äugte von dort auf sie hinab. Mit keinem Mittel mehr gelang es ihr, ihn zu sich herunterzulocken, und als sie aufs Bett hinaufstand, um ihn zu packen, zischte er sie an wie eine Schlange. So ließ sie ihn, wo er war, knipste das Licht aus und versuchte bei geschlossenem Fenster zu schlafen. Das Wiegen und Rumpeln des fahrenden Zuges, lärmende Halte in Bahnhöfen, Lautsprecherstimmen, Lichtstreifen, die über ihr Gesicht flatterten, dann wieder Dunkelheit, gelegentlich ein Rascheln und Kratzen von oben und einmal ein merkwürdiges Geräusch, halb Kichern, halb Schluchzen. Sprach er im Schlaf, ihr Papagei? Oder war es ihre eigene Stimme, die sie, aus einem Traum aufschreckend, gehört hatte? Das ist mein Papagei, Brovie, lass ihn mir.

In ihrem letzten norwegischen Sommer vor dem großen Aufbruch will sie glauben, alles sei wie immer, und doch hat vieles eine andere Färbung. Sogar die Flechten auf den Steinen, die sie so gut kennt, kommen ihr im Licht der kommenden Veränderung fremdartig vor. Die Abende gehören dem Planen. Sie blättern sich durch die Kataloge, die sie mitgenommen haben, stellen Listen zusammen, die sie nach Kategorien ordnen, verwerfen und von vorne beginnen. Welche Art von Zelten? Wie viele Heringe? Feldbetten? Feldstühle? Was für Küchengeräte? Medikamente? Zwei Gewehre oder drei? Wie viele Kisten mit Munition? Welcher Anteil an Vollmantelgeschossen, an Schrotpatronen? Genügend Gamaschen auf jeden Fall. Tropenhüte. Zwei Fotoapparate mit den nötigen Filmen. Ein Schleifstein für die Messer. Säcke für die getrockneten Häute. Konservierungsmittel. Wie viel müssen sie einberechnen für die Trägerlöhne? Für den gesamten Proviant? Büchsen natürlich, Hunderte von Büchsen mit Bohnen, Karotten, Pfirsichen. Büchsennahrung, sagt Brovie, ist haltbar selbst bei vierzig Grad im Schatten. Weizen und Maismehl werden sie in Nairobi finden, Frischgemüse und

Früchte hoffentlich in den Kraals bekommen, das Fleisch selbst beschaffen. O ja, viel Fleisch! Brovie hat auf seiner ersten Safari gelernt, dass die Träger nur zufrieden sind, wenn sie abends am Feuer ihr Stück Fleisch braten können, Antilopenfleisch am liebsten, notfalls auch Krokodil. Dennoch Corned Beef für den Notfall.

Sie schreiben Briefe an Doktor Baumann, den Kurator des Naturhistorischen Museums in Bern, dessen definitive Zusage im Frühling gekommen ist, sie schreiben an Regierungsstellen in London und Nairobi, Dutzende von Stempeln brauchen sie, Bewilligungen, vor allem einen Jagdpass. Brovie lobt Vivienne für ihre saubere Schrift, mit der sie die Entwürfe ins Reine schreibt; doch er ist es, der seine Unterschrift darunter setzt. Schreiben wird Vivienne auch sonst, ein Tagebuch führen, fotografieren. Daraus könnte später ein Buch über ihre Safari entstehen. Jetzt, wo alles klar ist, haben sich die Streitigkeiten mit ihm gelegt. Das letzte Mal angebrüllt und wild beschuldigt haben sie sich vor zwei Jahren, kurz vor ihrem zwanzigsten Geburtstag, dem Datum ihrer Mündigkeit. Brovie, sagte sie trotzig, werde sie nicht länger daran hindern, ein Studium in Oxford zu beginnen. Sie sagte es nicht zum ersten Mal, sie kannte das Muster, nach dem der Streit verlief, und konnte es doch nicht verändern. Neu war nur, dass sie nicht mehr ein Kunstgeschichts-, sondern ein Medizinstudium vorschlug, das, wie sie hoffte, Brovie als nützlicher einstufen würde.

«Studieren! Warum studieren? Warum?» Er stampfte, die Hände verwerfend, draußen vor der Hütte herum. Sie brauchten keine Zeugen zu fürchten, denn seit dem Kriegsende hatten sie darauf verzichtet, Lars und Sophie in ihre Dienste zu nehmen.

«Du verlangst», schrie er, «dass ich unser Geld hinauswerfe für Hörsaalweisheiten! Schau dich doch um! Studiere, was du ringsum siehst! Studiere die Wolken, den See, die

Vögel. Wie willst du mit mir nach Afrika kommen, wenn du dir den Kopf voll schwatzen lässt mit idiotischen Theorien?»

«Habe ich denn schon gesagt, dass ich mit will? Habe ich's dir versprochen?» Sie saß draußen auf der Bank vor der Hütte. Sich Brovies Willen entgegenzusetzen, raubte ihr beinahe den Atem. «Habe ich nicht hundert Mal verlangt, dass wir aushandeln, unter welchen Bedingungen ich dich begleite?»

Er hatte sich auf den Scheitstock gesetzt, der an der Hauswand lehnte, drehte sich mit zitternden Fingern eine Zigarette, zündete sie an und warf sie gleich wieder weg. «Murray», sagte er, sich zur Ruhe zwingend, «dein Einverständnis hast du längst gegeben. Willst du's jetzt rückgängig machen?»

Sie schaute auf den glühenden Punkt im Gras, der rasch erlosch. Wie oft schon hatte sie innerlich ja gesagt zu seinem Plan, wie oft war sie davor zurückgeschreckt. «Ich will wissen», entgegnete sie, «was du in mir siehst, wofür du mich brauchst.»

Er stöhnte auf, verwandelte das Stöhnen in ein ungläubiges Lachen. «Ich biete dir alles an, was ich kann und wozu ich fähig bin, und du stellst mir solche Fragen! Das ist ... das ist ...» Er verlor den Faden, schüttelte nur immer den Kopf.

Vor Brovies Rührseligkeit hatte sie Angst. Damit trieb er sie meist zu vorschnellem Einlenken. «Ich will nicht bloß dein Lehrling, dein Gehilfe sein», sagte sie, «auch wenn dir das am besten passen würde. Ich brauche eine Aufgabe für mich allein. Ich muss mir Kenntnisse aneignen, die dir fehlen. Verstehst du das nicht?»

«Was hat das mit deinem Versprechen zu tun?»

«Ich weiß ja manchmal selbst nicht, was ich will. Das ist doch normal für mein Alter.»

«Murray», sagte er nach einer Weile, «lass mich nicht im Stich. Sag mir, dass du mitkommst. Ich brauche dein Ja-Wort.

Die Safari macht mir keine Freude ohne dich. Wir werden bestimmt eine Aufgabe für dich finden. Du kannst meinetwegen nachher noch studieren, nach Afrika, meine ich.» Er stand vom Scheitstock auf, machte, leicht schwankend, als ob er getrunken hätte, die paar Schritte zu ihr hin, seine Augen waren unnatürlich weit geöffnet, so dass die Augäpfel im Dämmerlicht weiß glänzten, und vor der Bank fiel er plötzlich auf die Knie und umklammerte ihre Handgelenke. «Sag mir, dass du mitkommst, ich muss es wissen.»

Sie wehrte sich verbissen gegen seinen Griff, und zugleich hätte sie ihn umarmen mögen, den leidenden Vater. Einen Augenblick lang rangen sie miteinander, dann riss sie sich los, versteckte die Hände unter ihren Oberschenkeln. «Lass mir Zeit! Und steh auf, wieso kniest du vor mir?»

Er blieb, wo er war, es fröstelte sie, ihn so zu sehen, sie hätte gern eine Decke über seine Schultern gelegt. Doch als sie selbst aufstehen wollte, drückte er sie nieder. «Wenn du nicht mitkommst, Murray, dann schau selbst, wie du dich über Wasser hältst. Wer wird dich versorgen? Ich nicht! Du bekommst mein Geld erst, wenn ich unter dem Boden bin. Du wirst heiraten müssen, meine Liebe. Heiraten! Such dir möglichst rasch einen vermögenden Mann. Das ist mein einziger Rat. Oder soll ich ihn für dich suchen? An wen denkst du? An William? An Graham? An Frederic?» Er schlug ihr die Namen um die Ohren wie nasse Lappen; jeder junge Mann, mit dem sie ein paar freundliche Worte gewechselt, jeder, mit dem sie einmal getanzt hatte, war in seinem Elefantengedächtnis gespeichert. Sie sprang auf, nahm so viel Abstand, dass sie zu einer Antwort fähig war: «Wenn ich mich nicht gleich füge, fällt dir also nichts anderes ein, als mich zu verheiraten! Wie phantasievoll von dir! Du erträgst es doch gar nicht, mich wegzugeben. Du wirst krank, wenn mich ein Mann berührt. Glaubst du, das habe ich nicht schon lange gemerkt? Aber du kannst mich nicht verschachern, du kannst mich nicht einsperren!» Sie zitterte am ganzen Körper vor Empörung.

«Dann geh», sagte er tonlos. «Ja, dann geh.» Er stand mühsam auf, gebrechlich schien er ihr, gealtert, und das milderte ihren Zorn ein wenig. Doch plötzlich straffte er sich. «Geh! Geh!», wiederholte er lauter und fuchtelte mit den Händen, als wäre sie ein Insekt, das er verscheuchen konnte. «Geh! Geh!», schrie er und machte einen Schritt auf sie zu.

Sie versuchte, ihm standzuhalten, stemmte die Füße in den Boden, grub ihre Fingernägel in die Handballen. Er sollte ihr nicht schon wieder sein Gesetz aufzwingen. Doch als er so nah war, dass sie seinen Atem roch, dachte sie plötzlich, er wolle sie schlagen, sie schrumpfte innerlich, verwandelte sich ins kleine Mädchen zurück, sie drehte sich um und rannte blindlings davon, und ihr schien, sie habe sein Lachen im Ohr, denn immer, wenn sie davongerannt war, hatte er sich als Sieger gefühlt. Ihre Füße trugen sie wie von selbst zur Lichtung, zum steinernen Wal, zu ihrem geduldigen Freund. Es herrschte ein Dämmerlicht, in dem die Dinge ihre Farben verloren. Sie bestieg den Felsrücken, legte sich oben in der flachen Wanne auf den Bauch, schmiegte sich an den Stein, der noch warm war vom Tag. Und erst jetzt, als die Wärme sie umfing, kamen die Tränen. Sie weinte hemmungslos. Auf dem Stein bildeten sich Rinnsale, dunkle Zeichen, noch knapp sichtbar unter dem lichtgrauen Himmel. Sie hätte sich auflösen mögen, versickern in der anthrazitfarbenen Erde ringsum.

Stunde über Stunde blieb sie liegen. Es wurde nicht wirklich Nacht im norwegischen Sommer; dennoch ließen sich ein paar Sterne blicken. Dass Vivienne den Großen Bär erkannte, war ihr ein Trost. Die Stille rauschte in ihren Ohren, sie atmete die Gerüche von gemähtem Gras, Tannennadeln, Waldbeeren und trieb auf dem Wal hinaus ins Weite. Madagaskar. Sansibar. Timbuktu. All die Namen Afrikas. Was sagen sie? Was versprechen sie? Ein einziges Wort möchte sie in den Stein ritzen: Freiheit.

Erst nach langer Zeit merkte sie, dass ihre Fußsohle schmerzte. Sie ertastete eine Schwellung, mittendrin einen Dorn, den sie sich eingetreten hatte. Mit den Fingernägeln zog sie ihn heraus. Langsam erkaltete der Wal, der sie so weit getragen hatte. Sie rutschte von ihm herunter und humpelte zurück zur Hütte. Es war zwei Uhr früh, die Tür nur angelehnt. Der Setter sprang winselnd an ihr hoch, leckte ihre Hände. Er hatte, von Brovie zurückgepfiffen, nicht gewagt, ihr zu folgen. Im Vorraum war es warm und roch nach saurer Milch. Sie spürte, dass Brovie nicht schlief, stieg über seine hingeworfenen Schuhe und Kleider hinweg, tappte vorsichtig an seinem Bett vorbei in ihre Kammer. Als sie im Heu lag, hörte sie ihn leise sagen: «Murray, ich hab's mir überlegt. Du kannst Expeditionsfotografin sein. Und aufschreiben, was wir erleben. Das ist wichtig. Reicht dir das nicht?»

Er hat gesagt, ich soll gehen, dachte sie, er hat mir's befohlen. Sie schwieg, und er gab einen merkwürdigen Laut von sich, vielleicht ein Seufzen oder eine abgebrochene Bitte um Verzeihung.

Sie redeten kaum miteinander während der folgenden Tage, benahmen sich hölzern. Der Setter umschlich sie beide mit eingezogenem Schwanz und wartete vergeblich auf freundliche Worte. Der Dornenstich entzündete sich, sie badete ihn morgens und abends in Malvensud. Fast eine Woche hielt sie es aus, dann gab sie nach und erklärte sich einverstanden mit Brovies Vorschlägen. Ja, sie würde alles zurückstellen zugunsten seiner Safari. Ja, ihre eigene Zukunft würde erst danach beginnen. Ja, sie würde Tagebuch führen und fotografieren. Es war das endgültige, das unumstößliche Ja. Sie wussten es beide. Sein Lächeln machte sie glücklich. So war es eben, sie konnte nicht leben ohne seine Güte.

Und nun dieser letzte Sommer, der sich dem Ende zuneigt. Im September beschließen sie, bis Mitte Oktober zu bleiben. Es sind ein paar geschenkte Wochen für Vivienne. Auf sie wartet keine Schule mehr, vor deren Stickigkeit ihr graut, kein Hörsaal. Sie kaufen im Kramladen am Ende des Sees ein, wo sie wenigstens anderen Leuten begegnen, einen Gruß austauschen: *God dag! Takk. Ha det bra*. Mehr als ein Dutzend norwegische Wendungen kennen sie auch nach so vielen Sommern nicht. Das tägliche Marschtraining. Schießübungen. Brovie trifft auf hundert Meter eine Büchse, die sie in die Luft wirft, und sie zielt auf Baumstrünke, auf die er, so wie sie früher für ihn, kleine Zielscheiben zeichnet, den innersten Kreis augengroß. Die Berge jenseits des Sees schicken das Echo der rasch aufeinanderfolgenden Schüsse zurück, es klingt, als wären sie im Krieg. Moorhühner erlegt nun auch sie, aber keine Rentiere. Das ist ihre letzte Weigerung. Sie hat sich aus England medizinische Fachbücher kommen lassen und studiert sie abends bei Kerzenschein. Sie wird auf der Safari zuständig zu sein für Nothilfe und Krankenpflege. Beim Kapitel über Amputationen wird ihr schlecht, und doch schaut sie die Bilder, die zeigen, wie man Glieder abbindet, genau an. Sollte sie nicht zumindest einen Nothelferkurs in England besuchen? Brovie redet es ihr aus: «Lerne durch die Praxis. Da lernst du mehr.» Die gewohnte Antwort, es hat keinen Sinn aufzubrausen. Lieber liest sie gleich noch ein anderes Fachbuch, eines über Fellkonservierung.

Die Tage werden rasch kürzer und kälter. Das Laub beginnt sich zu verfärben, der Himmel ist von stählerner Schönheit. Abwechselnd melken und füttern sie die Kuh, die sie sich vom nächstgelegenen Nachbarn ausgeliehen haben. Jeden Morgen holt Vivienne zwei Kübel Wasser vom See und hackt Kleinholz fürs Feuer, während Brovie die großen Klötze spaltet. Sie backt am Samstag Fladenbrot, hat alle vier Wochen ihren Waschtag, wie sie es von Sophie gelernt hat, aber nun muss sie die Wäsche in der Hütte aufhängen, weil sie draußen in der feuchten Witterung nicht mehr trocken würde. Die frisch gewaschenen Leintücher, die sie über die Heusäcke breitet, riechen nach Rauch. Ihre Hände werden rissig, glänzen rot von der Lauge. Sie zeigt Brovie, wie viel Hornhaut sich den Sommer über gebildet hat, mindestens so viel wie bei ihm. Er kehrt jetzt oft enttäuscht von seinen Pirschgängen zurück, hat nur ein paar Hand voll Pfifferlinge gesammelt, die er auf den Tisch schüttet. Die Tiere haben sich in ihre Schlupfwinkel auf dem Fjell zurückgezogen, von einem Elch kann er nur träumen. Wenn er sich aber aufs Fischen verlegt, fängt er meistens etwas, keine Forellen mehr, dafür Saiblinge, die Vivienne in der selbst gemachten Butter brät. Vom Fischen wird ihm bitterkalt, trotz der zwei Pullover, die er übereinander anzieht. Er muss sich am Feuer aufwärmen, lässt es widerwillig zu, dass Vivienne seine fühllosen Füße knetet, bis das Blut in sie zurückkehrt und er das stärker werdende Kribbeln nicht mehr aushält.

Eines Morgens fällt Schnee, ein leichtes Gestöber. Die Flocken schmelzen rasch auf der Hand; die Tropfen, die Vivienne aufleckt, schmecken nach Winter. Brovie sagt, beinahe wegwerfend: «Das geht vorüber, du wirst sehen, wir haben erst Anfang Oktober.» Und dann stapft er, das Gewehr umgehängt, in seinen Jägerstiefeln davon. Bis zu seiner Heimkehr am frühen Nachmittag hat der Schnee alles geweißt und befiedert. Das Torfdach ist verschwunden unter einer unregelmäßig gebuckelten Decke, die Zaunpfähle tragen Schneekappen, und die schwarz gescheckte Kuh steht in ihrem Geviert, als habe ein Kind sie ausgeschnitten und auf ein weißes Blatt geklebt. Vivienne geht Brovie mit gerafftem Rock entgegen, ihre zueinander führenden Spuren werden zu Löcherketten. Brovie schüttelt mit ungläubigem Lachen den Schnee von der Mütze und wischt ihn sich von den Augenbrauen, von den Schultern, vom Jackensaum. «Jetzt hört's dann auf,

Murray!» Er sagt es so beschwörend, als habe er die Macht, die Wolken zu vertreiben. Aber es schneit weiter, tagelang, Brovies Vorhersage zum Trotz. Vivienne denkt manchmal an die Schneekönigin, deren Eispalast sie von der Fähre aus, hoch oben auf dem Berg, glitzern sah; all den Schnee, den sie so lange gehortet hat, schüttet sie nun über ihnen aus. Schön und beängstigend zugleich, sich wieder als Kind zu fühlen oder als Halbwüchsige in den Winterferien, wo sie von Grindelwald aus mit Fell-Skis den Männlichen bestieg, immer in der Spur des Vaters. Die Gipfelrast, an eine nach Harz riechende Hüttenwand gelehnt, Sonnenaufgang über rötlich funkelndem Eis. Aber hier schneit es weiter, es schneit in wirbelnden Kaskaden und in federleicht schwebendem Flockenreigen, es schneit in stetem ruhigen Fall. Morgens die Eisblumen an der Scheibe, filigrane Gewächse, die Vivienne mit dem Fingernagel abkratzt, damit sie hinaussehen kann.

Der Schnee wächst die Hüttenwände hinauf und erzeugt ein milchiges Licht in Viviennes Kammer. Das Dach ächzt unter der Last, die Tür ist fast nicht mehr zu öffnen. Brovie gräbt sich einen Weg hinaus, schaufelt Schnee vom Dach, watet mit einer Decke zur frierenden Kuh, die im offenen Stall festgebunden ist, sucht wie ein Schatzgräber unter den Schneemassen den Futtersack, damit das Muhen aufhört.

Dann, nach siebzig Stunden, ist es endlich vorbei, und sie sind eingeschneit, abgeschnitten von den Nachbarn, vom Boot. Sie sinken hüfttief ein bei jedem Schritt, nur der Setter kann jetzt seinen Übermut austoben. Es werde Tage dauern, sagt Brovie, bis sich der Schnee gesetzt hat, und noch länger, bis sie über die Treppe zum Ufer gelangen können; man müsse aufpassen, dass keine Schneerutsche entstehen.

Der Schnee bannt sie in der Hütte fest. Sie erzählen einander Geschichten, die alten und neue. Brovie lässt sich bewegen, noch einmal ein paar Kapitel aus der *Schatzinsel* vorzulesen, die zuunterst in der Bücherkiste liegt, ganz verstaubt, mit geknicktem Einband und Eselsohren. Es kommt vor, dass sie zum Abwasch ihre vertrauten Lieder singen, und plötzlich beginnen sie zu improvisieren, singen absichtlich falsch, bis sich beide krümmen vor Lachen. Diese Leichtlebigkeit, obwohl die Vorräte zur Neige gehen. Mit Holz müssen sie sparen, deshalb ziehen sie alles an, was übereinander passt, und das reizt sie wiederum zu endlosem Gelächter.

Nach dem Wetterwechsel ist es draußen überhell, rot leuchten die Vogelbeeren vor der scheinbaren Leere. Beinahe zwei Wochen harren sie aus; dann setzt Tauwetter ein. Mit zwei anderen Männern kämpft sich Lars zu ihnen durch, man hat sich im Nachbardorf schon Sorgen gemacht um sie und die Kuh. Gemeinsam schaufeln sie einen schmalen Treppenpfad hinunter zum Boot. Der See ist zum Glück noch nicht zugefroren. Als sie abreisen, lassen sie ihr halbes Gepäck zurück für einen weiteren Sommer, den es nicht mehr geben wird. Diese Tage im Schnee, denkt Vivienne später, sind ihre glücklichsten mit Brovie gewesen. Abgesehen vielleicht von der Bootsreise auf der Tana, als sie langsam flussabwärts glitten, dem Indischen Ozean entgegen.

Kurz vor Toulon, im Zwielicht des beginnenden Tags, klopfte der Schaffner an die Abteiltür. Vivienne sah, dass der Papagei immer noch auf der Gepäckstange saß. Er musste in der Nacht herumspaziert sein, denn er hatte auf dem Sitzpolster und am Boden seine weiß gesprenkelten Kothäufchen hinterlassen. Vivienne putzte sie mit ihrem Taschentuch auf, versuchte erfolglos mit Seife und einem Rest Wasser die Flecken zu entfernen. Ebenso schwierig war es, Coco einzufangen. Er wehrte sich heftig, flüchtete kreischend von einer Ecke in die andere. Langsam schwebten die Federchen, die er dabei verlor, zu Boden. Jemand im benachbarten Abteil klopfte an die Wand. Vivienne lockte, drohte und schimpfte, wickelte ihre Strümpfe um die Hände, um sich vor Schnabelhieben zu schützen. Dann fiel es ihr ein, ihr Nachthemd über den Ara zu werfen. Er verhedderte sich darin, stellte sich tot und ließ sich endlich in den Käfig bugsieren.

Mit dem Käfig in der Hand stieg sie in Toulon aus. Sie wartete auf dem Bahnsteig, bis der Porteur einen Handkarren mit ihrem Gepäck beladen hatte, und fühlte sich erschöpft wie nach einem Gewaltmarsch mit Brovie. Das Gleißen des Glasdachs tat den Augen weh, ihre Haut war nass vom Schweiß. Kein Fieberanfall jetzt, bitte, ich *muss* zurück auf die Insel. Die Ärzte in London waren sich nicht einig gewesen über ihre schubweise auftretenden Symptome. Malaria? Nachklänge des Spirillumfiebers? Auf der Bahnhoftoilette schluckte sie Tabletten. Um den Käfig, den der Porteur bewachte, hatten sich bewundernde Passanten geschart. *Quelle beauté! Quelles couleurs!*

Im Hafen von Hyères wehte der Mistral den Staub in langen Fahnen über die Mole. Die *Vedette,* am Landesteg vertäut, schaukelte heftig auf opalgrünen Wellen. Der Kapitän grüßte Vivienne kaum, die Matrosen verluden ihr Gepäck nur widerwillig und bedachten den Papagei mit bösen Blicken. Im Laderaum rollten leere Blechkanister hin und her und marterten die Ohren mit ihrem Geschepper. Der Seegang verstärkte sich auf dem offenen Meer, und das Schiff krängte in einem stampfenden, schwer erträglichen Rhythmus. Vivienne saß auf Deck, direkt an der Reling, während Coco, den Schnabel im Gefieder versteckt, im Abstand von Sekunden erschauerte, als liefen die Wellen, die gegen den Bug schlugen, unsichtbar über ihn hinweg. Vivienne wurde nass von den Spritzern, die aufs Deck klatschten, und wischte sich das Salzwasser mit dem Ärmel vom Gesicht. Keinen Moment dachte sie daran, dass sie sich erkälten könnte, es ging ihr nur darum, nicht erbrechen zu müssen. Als die Insel aus dem Dunst auftauchte, fanden ihre Augen endlich Halt.

Hafen und Fischerdorf wirkten verlassen. Die Segel der Boote waren eingezogen. Fensterläden schlugen im Wind, Papierfetzen wirbelten herum. Niemand wartete auf sie, obwohl sie eine Meldung mit der Ankunftszeit vorausgeschickt hatte. Sie ließ das Gepäck stehen, wo es war, nahm nur ihre Handtasche und den Käfig mit. Im Manoir übergab ihr das Zimmermädchen, mit einem verwunderten Blick auf den Papagei, den Schlüssel zu ihrem alten Zimmer. Monsieur Henri, sagte sie, befinde sich, wichtiger Geschäfte wegen, zusammen mit Madame Balyne für ein paar Tage in Toulon. Josef werde das Gepäck abholen und in Mademoiselles Zimmer stellen. Sie seufzte resigniert, als Vivienne den Wind erwähnte. «Der Mistral dauert immer drei, fünf oder neun Tage», sagte sie. «Heute ist der dritte. Nach neun Tagen kann er die friedlichsten Leute in Mörder verwandeln.»

«Sie auch?», fragte Vivienne.

«Wer weiß?», antwortete das Mädchen und schien dabei überhaupt nicht zu scherzen.

Vivienne konnte es kaum erwarten, ihr Haus wiederzufinden. Doch sie brauchte vorher ein wenig Erholung und legte sich im Reisekostüm aufs Bett. Sie stellte sich die frisch verputzten Wände in ihrem Haus vor, die neu eingebauten Schränke und Gestelle, und dabei wurde ihr fast festlich zumute. Nach einer Weile – sie musste gedöst haben – polterte jemand ins Zimmer. Es war, wie sie nach dem ersten Schreck feststellte, der kraushaarige Knecht, Josef offenbar, der das Gepäck brachte. Er trug einen Koffer, zog den anderen hinter sich her und hatte wohl die Klinke mit dem Ellbogen niedergedrückt. Er blieb ruckartig stehen, als er Vivienne gewahrte, und stammelte eine Entschuldigung. Sie fuhr ihn an, er solle gefälligst klopfen, bevor er einen schlafenden Gast belästige. Wie ein getadeltes Kind zog er die Schultern ein und beteuerte, er habe mehrmals geklopft, *certainement, Madamoiselle*, zugleich schlich sich in seine Miene ein verschlagener Zug, der das Gegenteil ausdrückte. Sein rudimentäres Französisch mit dem rollenden R brachte sie noch mehr gegen ihn auf. Hatte sie wirklich das Klopfen überhört? Sie erlaubte ihm, die beiden Koffer beim Fenster abzustellen, befahl ihm aber, das übrige Gepäck draußen im Gang zu lassen. Er nickte mit übertriebenem Eifer und wusste dabei nicht wohin mit seinen gedrungenen Händen. Beim Hinausgehen entdeckte er den Ara und machte einen kleinen Luftsprung vor Entzücken. «Pappagallo! Pappagallo!», schnatterte er, kauerte neben den Käfig und steckte, bevor ihn Vivienne warnen konnte, den Finger zwischen den Stäben hindurch. Der Vogel packte ihn blitzschnell mit dem Schnabel und ließ ihn nicht mehr los. Es war zum Lachen, wie der Mann sich anstrengte, wie er mit zornigen Rucken den Käfig hin und her bewegte und sich trotzdem nicht befreien konnte. Erst als Vivienne die Käfigtür öffnete und Coco mit dem Knöchel energisch auf den Schnabel klopfte, konnte Josef den Finger wegreißen. Sie knieten Seite an Seite und standen gleichzeitig auf, Vivienne roch seinen säuerlichen Schweiß, in den sich Knoblauch- und Weingeruch mischte. Er untersuchte den ausgestreckten Finger, an dessen Mittelglied die Druckstellen tiefrot angelaufen waren, sah aber kein Blut.

«Dummer Vogel!», knurrte er, während er den Finger mit Speichel befeuchtete.

«Sie sind selbst schuld», sagte Vivienne, «mit Tieren muss man vorsichtiger sein.»

Er warf dem Vogel einen hasserfüllten Blick zu, ging grußlos hinaus, und für eine Weile wusste Vivienne nicht, ob sie über sein Verhalten lachen oder sich ärgern sollte. Warum nur erinnerte er sie derart an Jim? Es gab keinen Grund dafür; Jim war in seiner Dienerrolle viel zurückhaltender, viel distinguierter gewesen.

DER BWANA STARB wie ein großer Krieger, für die Tochter war es schlimm. Ich sehe noch heute vor mir, wie er sich blutüberströmt ins Zelt schleppte und aus der Wasserflasche trank, die ich ihm reichte. Dass er mit seinen Wunden noch so lange lebte, ist mir ein Rätsel, er musste sterben, das stand in seinen Augen, und auch Miss Vivienne war nicht stark genug, ihn zurückzuhalten. Sie hatte hohes Fieber an diesen Schreckenstagen und starb beinahe mit ihm, ich glaube, es wäre ihr eine Zeit lang am liebsten gewesen, dem Vater ins Grab zu folgen. Es war meine und Mvangunos Idee, die Gewehre vor ihr zu verstecken. Sie hätte den Verstand verlieren und die unsinnigsten Dinge tun können. Wir hatten gehört, dass im Hochland eine Farmersfrau in furchtbarem Schmerz über den Tod ihres ältesten Sohns sich im Haus verschanzt und auf alles geschossen hatte, was sich bewegte, und am Ende hatte sie das Haus angezündet und sich selbst gerichtet. Aber dann ging der Geist des Vaters auf Miss Vivienne über, sie war plötzlich gesund und wies uns auf solch würdige Weise zurecht, dass wir uns schämten. Es zeigte sich, dass sie für uns nicht mehr die Tochter war, sondern die Memsahib, wie sie an der Küste sagen, die Nachfolgerin des Löwenjägers, und wir beschlossen, ihr zu gehorchen, auch wenn es uns nicht immer leicht fiel. Beinahe hätten wir mit ihr gebrochen, als sie Francisco auspeitschen ließ. Die Strafe war zu hart für sein Vergehen, und die drei Somalis in der Kolonne ertrugen es fast nicht, dass eine Frau einen der Ihren züchtigte. Doch wir rechneten diese übertriebene Härte ihrer Unerfahrenheit zu, und Mvanguno überzeugte die Somalis davon, ihren Racheschwur zurückzunehmen. Gott wolle gewiss nicht, sagte er, dass eine junge Frau für eine Tat büßen müsse, die ihr vom Geist des Vaters befohlen worden sei. So brachte es Mvanguno immer wieder zustande, uns zu einigen, er war ein Meister der Versöhnung.

Wir halfen Miss Vivienne, nach Kampala zu kommen. Wir

riefen unterwegs, als starker Regen die Häute durchnässte, einen Medizinmann herbei, der die Wolken abhielt. Wir schlachteten nach seinen Vorschriften einen Ziegenbock und legten mit dessen Därmen einen Kreis aus, in dem er Ngai darum bat, die Memsahib mit seinem Zorn zu verschonen. Wir warfen gesegnete Kräuter aufs Feuer, deren Rauch ihr Glück bringen sollten. Die Christen unter uns beteten zu Jesus Christus und flehten um seinen Beistand. Auch die Moslems schlossen die Memsahib in ihre Gebete ein. Wir saßen nachts vor dem Zelt, um Miss Vivienne zu beschützen, und erzählten uns die alten Geschichten. Mvanguno erzählte uns, wie der Tod durch eine Lüge in die Welt gekommen ist, denn am Anfang hat Gott gewollt, dass die Menschen, nachdem sie gestorben sind, wieder auferstehen. Er schickte das Chamäleon zu den Menschen, damit es ihnen sage, dass sie sterben und doch weiterleben würden. Aber das Chamäleon war sehr langsam, und bei den Menschen fand es die richtige Sprache nicht und wiederholte nur immer: «Mir ist gesagt worden, mir ist gesagt worden, mir ist gesagt worden ...» Der lügnerische Webervogel hatte auch gehört, was Gott dem Chamäleon aufgetragen hatte. Er flog, lange nach dem Chamäleon, ins Gebiet der Menschen, unterbrach das Chamäleon, das vor sich hin stotterte, und rief: «Was ist uns gesagt worden? Wenn die Menschen tot sind, werden sie vergehen wie die Wurzeln der Aloë.» Da fand das Chamäleon endlich die Sprache und sagte: »Nein! Uns ist gesagt worden: Wenn die Menschen tot sind, so werden sie wieder auferstehen.» Doch es war zu spät. Die Elster erklärte, die erste Botschaft sei die richtige, die Menschen glaubten ihr und dem Webervogel, und so geschah es, dass die Menschen alt wurden und starben und nicht wieder auferstanden. Und so geschah es, dass auch der Bwana Bernard nicht wiederkam. Aber sein Geist war nachts manchmal in unserer Nähe. Eines Morgens meinte ich sogar, ihn im Zelt rumoren und brum-

men zu hören, und dass er seine Tochter nicht in Ruhe ließ, sie zwischendurch quälte und ihr seinen Willen aufzwang, entging keinem von uns. Aber das konnten wir ihr nicht abnehmen. Sie musste, mit unserer Hilfe, zu Ende führen, was er angefangen hatte.

Als wir endlich in Kampala waren, erklärten sich viele von uns bereit, Miss Vivienne noch weiter zu folgen und mit ihr das weiße Nashorn aufzuspüren, das ihr so wichtig war wie dem Bwana die Löwen. Im Niltal sangen die Grillen. Wir zündeten das hohe Gras an, und so wurden die Tiere sichtbar, wie Miss Vivienne es gewollt hatte. Sie zielte auf einen Bullen, dessen Horn ihr lang genug schien. Sie schoss im Kauern und im Stehen, und ich sah, wie der Bulle zusammenbrach, wie die Kuh und das Kalb über die verkohlte Ebene flohen. Zehn Askaris wälzten das tote Tier auf den Rücken, Miss Vivienne zog die Schnitte. Einen Tag allein brauchten wir, um das Horn abzuhacken, noch länger dauerte das Abbalgen und das Abschaben der zolldicken Haut, die von dreißig Männern ins Lager am Fluss getragen wurde.

Auf der Durchreise besuchten uns Seine Exzellenz, der Gouverneur von Uganda, und seine Frau, Lady Archer, die im Schiff den Nil hinunterfuhren. Wir schmückten zu ihrem Empfang das Lager mit Papyrusstauden, und wir mussten ein großes Wappenschild aufstellen, auf das Miss Vivienne ein weißes Nashorn gezeichnet hatte. Darunter stand der Satz WHITE IS MIGHT!. Ich war einer der wenigen, die ihn lesen und übersetzen konnten, aber ich sagte den anderen, es sei bloß ein Willkommensgruß. Die Wahrheit hätte sie gekränkt, so wie sie auch mich betrübte. Ich hatte zu glauben begonnen, Miss Vivienne achte die Afrikaner, und nun sah ich ein, dass sie in diesem Punkt nicht anders dachte als die meisten Weißen, die uns aus unseren Ländereien verjagen und in Reservaten zusammenpferchen. Ich musste das erbeutete Horn stundenlang mit Wasser und Seife schrubben und es danach mit geläutertem Fett einreiben, bis es schimmerte wie Bernstein. Miss Vivienne fürchtete, der Gouverneur werde sagen, das Horn sei zu kurz, und er werde sie deswegen tadeln. Aber als er ankam, gefiel es ihm und er lobte Miss Viviennes Treffsicherheit, und sie ließen sich von mir am Ufer des Nils Rührei servieren, denn der Gouverneur hatte im Schiff einen Korb frischer Hühnereier und Gewürzkräuter mitgebracht. Am Ende der Reise, bevor Miss Vivienne das Nilschiff bestieg und wir nach Nairobi zurückkehrten, gab sie uns einen guten Lohn, mehr als uns der Bwana Bernard versprochen hatte. Für mich war es trotzdem zu wenig. In Nairobi stellte sich heraus, dass die Engländer inzwischen die Kopfsteuern und die Hüttensteuern wieder um ein paar Schillinge erhöht hatten, und da ich meiner Familie aushalf, wurde ein großer Teil des Lohns von diesen Steuern weggefressen, und für den Brautpreis blieb zu wenig übrig. Es war unmöglich, dass mein Vater ihn für mich aufbringen konnte. Er war nun Squatter auf der Kaffeefarm von Mister Roscoe, und eine eigene Herde durfte er nicht haben. Er war bloß geduldet, und er wusste, dass er mit meiner Mutter und den zwei jüngeren Brüdern jederzeit vertrieben werden konnte. Er bekam nur Lohn, wenn es Mister Roscoe gefiel, und musste zwischendurch zusammen mit den Brüdern ohne Lohn für die Kolonialregierung arbeiten, meist im Straßenbau, wohin auch Hunderte aus den Reservaten geschickt wurden, denn die Chiefs, die von den Engländern bestimmt worden waren, bekamen für jeden jungen Mann, den sie hinschickten, eine Prämie. Zwei meiner Brüder wollten wie ich die Missionsschule besuchen. Sie wurden aber abgewiesen, warum, weiß ich nicht. So wartete ich darauf, dass Harry Thuku aus Somaliland zurückkommen würde, um den Kampf für die Gerechtigkeit anzuführen. Aber die Engländer bewachten ihn gut, und Johnstone Kamau, den die Kikuyus ebenso achteten, war vorsichtiger als Harry Thuku und sagte, er müsse zuerst das Denken der Engländer kennen lernen, erst dann wisse er, wo ihre Schwächen seien. Darum ist Johnstone Kamau in England geblieben. Er hat dem König unsere Beschwerden überbracht, und nun geht er ein und aus im großen Gebäude, das die Engländer Universität nennen, und lernt die Welt mit den Augen der Weißen sehen. Er wird zurückkommen, darauf hat er einen Eid geleistet, aber wir brauchen Geduld, und so viel Geduld aufzubringen ist oft schwer.

Auf dem Weg nach Port-Man blies ihr der Wind ins Gesicht. Sie stemmte sich mit gesenktem Kopf gegen diese wütende, fauchende Kraft und versuchte ihr Tempo beizubehalten. Außer Atem, mit glühendem Gesicht stieg sie hinab zur Bucht. Der Himmel war pelzig blass, das Meer hatte die weißlich grüne Farbe von Pastis mit Wasser, den Grandminon als Gift bezeichnete wie alle Schnäpse, die nicht durchsichtig waren. Grandminon! In drei Wochen würde sie wieder auf Port-Cros eintreffen, um der Enkelin beizustehen, und für Mitte September hatte Vivienne Martin zu sich eingeladen, Martin, den Berufsoffizier mit seiner beherrschten Miene, seinem schneidigen Gang und seiner diskreten Gutherzigkeit, Martin, der sie damals in Entebbe, während ihrer schwierigsten Tage, gestützt hatte wie kein Zweiter. Bis zu ihrer Ankunft musste alles fertig sein, zueinander passend, aufeinander abgestimmt; es war ihr Ehrgeiz, den Gästen ein perfektes Heim vorzuführen und ihnen zu beweisen, dass sie, Vivienne, der neuen Rolle als Gastgeberin gewachsen war.

Die Ballonets waren nicht zu sehen. Vermutlich hatten sie sich bei diesem Wind in ihrer Höhle verkrochen. Vivienne öffnete die Wohnungstür im oberen Stock und trat über die Schwelle. Das Erste, was sie im Halbdunkel erkannte, waren unausgepackte Kisten und Pakete, das Zweite, nachdem sie sich zwischen den Hindernissen durchgeschlängelt hatte, war der Schutt im Salon. Sie stieß die Fensterläden auf, die der Wind gleich wieder zuknallen wollte, hakte sie mit Mühe fest, während der Staub in Wolken vom Boden aufstieg. Sie hustete, schaute sich fassungslos um. Die Wand zum nächsten Zimmer war, wie sie gewollt hatte, eingerissen worden; aber die Trümmer – Mauerstücke, Mörtelklumpen, Steinchen – bedeckten den halben Boden, und der Staub, der sich nun wieder setzte, lag überall, zum Teil fingerdick. Sonst hatte man nichts verändert, gar nichts, keine Regale eingebaut, keine Wände gestrichen. Es war zum Heulen, so unwohnlich, so ungastlich, dass Vivienne am liebsten weggelaufen wäre wie ein betrogenes Kind. Sie schob den Schutt mit den Schuhspitzen zusammen und glaubte plötzlich, immer stärker hustend, an der Wut auf Madame Balyne zu ersticken. Es wurde auch nicht besser, als sie auf die Terrasse hinaustrat. Der Schilfgürtel bog sich vor ihr, erhob sich wieder in fließenden Wellen, als wolle er sie verhöhnen, und der Wind, der sie nun von allen Seiten anzugreifen schien, trieb sie rasch wieder zurück.

Unten im Erdgeschoss hämmerte sie an die Tür der Ballonets. Durch das Sausen des Winds klang ein Bellen. Endlich zeigte sich Madame Ballonets rundes Tantengesicht, und neben ihr bleckte Tosca, der Bastard, den sie am Halsband zurückhielt, seine Zähne. Ihr Mann, entschuldigte sie sich, sei unpässlich, wie meistens an solch windigen Tagen, er liege auf dem Kanapee, mit einem Kamillenwickel auf der Stirn. Ja, leider hätten die Handwerker ihre Arbeit unterbrochen, weil einer wegen eines Todesfalls in der Familie aufs Festland habe zurückkehren müssen.

«Aber das dauert doch nicht wochenlang!», rief Vivienne, während sie Tosca an ihrer Hand schnuppern ließ.

«Bei uns», sagte Madame Ballonet mit Nachdruck, «dauert alles so lange, bis es erledigt ist.»

Vivienne wandte sich grußlos von ihr ab. Der Wind trug sie den Hang hoch, in den Wald hinein, sie rannte beinahe ins Dorf zurück, sie schimpfte im Gehen vor sich hin und hoffte, die Schimpfwörter würden vom Wind erfasst und Madame Balyne um die Ohren geweht. Aber sie war noch nicht aus Toulon zurück, und ihr Mann, der offenbar ebenfalls im Bett lag, ließ Vivienne durch das Dienstmädchen ausrichten, sie müsse sich gedulden, das stürmische Meer erlaube die Überfahrt im Moment nicht.

Allein in ihrem Hotelzimmer erwog sie, den Vertrag wegen Unbewohnbarkeit des Mietobjekts aufzulösen, so bald wie möglich die Insel zu verlassen und sich bei Grandminon in Genf auszuweinen. Aber dann siegte die Vernunft, und die sagte, sie solle nichts überstürzen, es könne sich doch wirklich alles durch eine Verkettung unglücklicher Umstände verzögert haben. Ihre Vernunft freilich war gelenkt von der Sehnsucht, sich endlich *einzurichten*. Ohne Brovies Einspruch und ohne Brovies Rat. Er war tot, seit fünf Jahren tot, längst verwest oder mumifiziert in harter afrikanischer Erde. Sie hatte nach dem Begräbnis das Kommando übernommen, sie hatte die Kolonne ernährt und in zehntägigem Marsch nach Kabale geführt. Diese Kraft musste sie wiederfinden, aber für ihre eigenen Ziele, nicht für seine.

Bei unvermindertem Wind ging sie am nächsten Tag wieder nach Port-Man, verlangte von den Ballonets Besen, Schaufel und Eimer. Sie beförderte den Schutt hinaus, deponierte ihn hinter dem verwilderten, von Disteln und Habichtskraut überwucherten Garten. Danach machte sie sich an den ersten Kisten zu schaffen. Sie wuchtete Latten mit dem geliehenen Meißel weg, grub sich durch Stroh und Holzwolle zu den verschnürten, in Zeitungspapier gehüllten Bündeln und wickelte sie aus, mit der Angst plötzlich, man habe ihr die falschen Dinge geschickt. Doch da fand sie sie wieder, ihre gerahmten Seestücke, das Silberschiff, die Blumenvasen, das Buttergeschirr, alles unbeschädigt. Es waren Teile eines komplizierten Puzzles, das sie allein im Kopf hatte. Noch viele Kisten würden ankommen, die größten, das hatte sie dem Kapitän Daumas abgerungen, würde die *Vedette* bis zum Landesteg von Port-Man bringen.

Am Ende des Nachmittags hatte der Wind sich nahezu gelegt. Sie raffte Papier und Holzwolle zusammen, trug es hinaus zur Feuerstelle abseits vom Haus, schichtete den Abfall zu einem Stoß und zündete ihn an. Bald schon ließ der schwarze Rauch ihre Augen tränen. Sie stocherte mit einem Stock im Feuer, und die Flammen züngelten hoch. Die Hitze trieb sie ein paar Schritte zurück. Innert weniger Minuten war der ganze Haufen verbrannt und Ascheflöckchen schwebten über der Wiese wie winzige Nachtfalter.

Sie hatte viele Feuer in Afrika gesehen, Lagerfeuer, Signalfeuer, Buschfeuer. Schon vor dem großen Brand am Mount Kenya, an den sie jetzt nicht denken wollte, war sie durch Asche gewatet. Die Embus hatten weit herum das Savannengras angezündet, und die Asche war überall, haftete an den Haaren, schwärzte die Haut, verdarb das Essen. Die Spuren in der Asche verschwanden gleich wieder, wurden zugeweht und zugeschüttet. Brovie regte sich unmäßig über die Dreistigkeit auf, ihm auf solche Weise die Jagd zu verderben. Er schwor sich, es dem *District Commissioner* zu melden, damit die Schuldigen bestraft würden. In einem Kraal, auf den sie stießen, schimpfte er, trotz Viviennes Einspruch, mit einem ringgeschmückten weißhaarigen Häuptling, konnte sich aber ohne Dolmetscher nicht verständlich machen. Die paar Sätze Suaheli, die sie inzwischen beherrschten, brachten sie nicht weiter, und die Träger aus verschiedenen Stämmen behaupteten, auch sie verständen die örtliche Sprache nicht. Brovie fühlte sich verlacht von den umstehenden Gaffern, den Männern mit ihren ölglänzenden Oberkörpern, den Frauen, an deren Brüsten Säuglinge hingen. Die Gelassenheit des Häuptlings, der beinahe reglos auf einem Holzstuhl saß, reizte ihn zu Ausfällen, die Vivienne erschreckten. Nie war Brovie so verstört oder verärgert wie an den Tagen, an denen ihm die erhoffte Beute abspenstig gemacht wurde, und der gleiche Brovie war die Freundlichkeit in Person, wenn er seinen Jagdtrieb befriedigt hatte. Zum Glück wurde niemand wirklich böse auf ihn. Man verstand ihn einfach nicht, weder seine Sprache noch seine Gebärden. Es war, dachte Vivienne, als würde er vor perplexen Zuschauern einen Wuttanz aufführen, der ihnen völlig fremd war, so wie ja umgekehrt ihre Tänze für die Jäger aus Europa ein Rätsel blieben.

Dann zündeten sie selbst das Gras an, um Chanlers Riedböcke vor Brovies Büchse zu treiben. Tagelang waren sie der kleinen Herde auf der Spur gewesen. Nun hatten die Späher gemeldet, ein paar Tiere befänden sich ganz in der Nähe, aber das Gras war so hoch, dass sie sich überall verstecken konnten. Von drei kleinen Hügeln aus, auf denen sich die Jäger verteilt hatten, fraßen sich die Flammen in die Senke hinunter. Wenn sie trockenes Dornenholz erfassten, loderten sie auf, bevor sie wieder den Boden entlangzüngelten. Das dürre Gras verglühte, kräuselte sich, ein glimmender Teppich blieb zurück, dessen oberste Schicht sich in Asche verwandelte, die noch lange warm blieb und mit ihrer Weichheit die Füße umschmeichelte. Drüben, in der Deckung des einzigen Affenbrotbaums weit und breit, lauerte Brovie mit dem Gewehr. Aber nur Kleingetier flüchtete an ihnen vorbei; die Riedböcke hatten sich wohl gar nicht hier versteckt oder waren unbemerkt ausgebrochen. Der Brand war sinnlos gewesen, oder doch nicht ganz, denn Brovie liebte das Feuer, jede Art von selbst gelegtem Feuer, über das er die Kontrolle besaß. Nicht nur der Zigaretten wegen hatte er stets Streichhölzer bei sich. Es war sein Stolz, selbst bei Regen ein Feuer nicht ausgehen zu lassen. Auch nachts schaute er gerne ins Feuer, streckte die Füße aus, um die Hitze zu spüren. Wenn der locker geschichtete Holzstoß zusammenbrach, entstanden Glutaugen, Brandkammern, die sich gegenseitig aufzuzehren schienen. «Siehst du, Murray? So stürzen auch Paläste ein.» Er las seinen Plutarch im Flammenschein oder tat wenigstens so, meist fielen ihm schon bald die Augen zu. Dann breitete sie eine Decke über ihn. Wenn es kühler wurde, erwachte er von selbst und zog sich ins Zelt zurück. Einmal kroch er nach Mitternacht wieder hervor, riss mit bloßen Händen einen glimmenden Ast aus dem beinah niedergebrannten Feuer und trieb im Dunkeln ein unbekanntes Tier in die Flucht, das fauchend ums Lager geschlichen war.

Vivienne stach später die Brandblasen auf und bepinselte sie mit Jod. «Das war nicht heldenhaft», schimpfte sie ihn aus, «sondern dumm.»

«Dabei», antwortete er mit einem jungenhaften Lächeln, «hast du doch gesagt, ich soll nicht immer gleich schießen.»

Noch am drittletzten Tag seines Lebens hatte Brovie das Schilf am Ishasha angezündet, um die Löwen aufzuscheuchen. Aber nur wer sich mit allen vier Elementen verbündet, überlebt.

«Sie sollten aufpassen, Mademoiselle.»

Vivienne fuhr herum. Der alte Ballonet stand mit einer Gießkanne in der Hand hinter ihr und machte eine bedenkliche Miene. Er hatte sich ihr lautlos genähert, sie nicht einmal gegrüßt, doch sie zwang sich zur Höflichkeit.

«Sind Sie wieder gesund?», fragte sie. «Ich dachte, Sie liegen im Bett.»

«Gesund, na ja, was man so gesund nennt.» Er nickte, hüstelte, zupfte an seinem gelbweißen Bart. «Da ist alles ringsum ausgetrocknet. Sehen Sie doch! Es braucht nur einen

Funken am falschen Ort, und dann haben wir wieder einen Waldbrand wie vor zwei Jahren.»

«Das Feuer ist schon fast ausgegangen», sagte sie beschämt.

«Oh, da hat's noch Glut für Stunden. Ein Windstoß – und schwupp, schon haben wir die Bescherung.»

«Dann löschen Sie's eben.»

Er nickte beflissen, als ob es ihre Idee sei, humpelte die paar Schritte zur Feuerstelle und goss Wasser über den zischenden Gluthaufen. Befriedigt schaute er zu, wie Dampf aufstieg, wie sich der Platz dunkel verfärbte und das Wasser zwischen versengten Papierfetzen und Strohhalmen versickerte.

«Das sollte reichen», sagte er, als die Kanne leer war. «Oder soll ich noch eine holen?»

«Urteilen Sie selbst», sagte sie und kämpfte den Impuls nieder, sich bei ihm für ihren Leichtsinn zu entschuldigen.

«Es reicht, es reicht», murmelte er und wandte den Blick nicht von der Feuerstelle ab. Verkrümmt stand er da, schwer atmend, eine Schulter hochgezogen, mit O-Beinen, wie sie Mvanguno, der alte Abbalger, gehabt hatte. Auch aus Mvangunos Ohren waren weiße Haare gesprossen.

Sie ging zurück ins Haus, um ihre rußigen Hände zu waschen, aber der Tank unter dem Dach war leer. Ihr blieb nichts anderes übrig, als Ballonet zu suchen und ihn zu bitten, eine Waschschüssel für sie aufzutreiben. Schweigend kurbelte er aus dem Ziehbrunnen einen Eimer Wasser herauf, schweigend füllte er ein verbogenes Emailgefäß mit Wasser und stellte es auf den Brunnenrand.

Während sie sich wusch, fragte sie ihn, ob man das Fort draußen auf der Landzunge besichtigen könne und bis wann es überhaupt bewohnt gewesen sei.

Er hatte die Hand ans Ohr gelegt. Das Fort, sagte er, sei zwar eine halbe Ruine, aber die Treppe, die zum Laufgang im

Turm führe, sei noch intakt, man könne gefahrlos hinaufsteigen und habe von oben durch die Schießluken eine schöne Rundsicht.

Knappe zehn Minuten brauchte Vivienne bis dorthin. Sie geriet rasch ins Schwitzen; jetzt, nachdem der Wind abgeflaut war, spürte man die Hitze wieder. Der Weg führte in Kurven der Küste entlang und über eine kleine Brücke zum Felssporn, auf dem das Fort stand. Am Abhang über den Klippen, der schon im Schatten lag, wuchsen zu Tausenden Mittagsblumen. Ihre rosaroten Korbblüten waren geschlossen. Es muss, dachte Vivienne, ein überwältigender Anblick sein, wenn sie sich alle gleichzeitig öffnen, der ganze Abhang würde aufleuchten wie in bengalischem Licht.

Sie durchquerte den Innenhof des Forts, der von Bruchstücken der Umfassungsmauer übersät war, fand einen Eingang ohne Tür, eine leere Halle, eine Treppe und war nun im Turm drin, im spinnwebenverhangenen Halbdunkel, durch das sie sich aufwärts tastete. Der dumpfe Klang ihrer Schritte, Uringeruch, Grottengefühle. Sie blieb stehen, brachte probehalber ein Knurren hervor, das ihr vorauslief und die dunklen Winkel besetzte. Doch als sie es abbrechen wollte, ging es nicht mehr, das Knurren hatte sich in ihrer Kehle selbständig gemacht, steigerte sich zu grollenden Lauten, die von den Mauern widerhallten. Wie oft hatte sie diese Stimme nachts im Zelt gehört! Sie war ihr ins Blut gedrungen, seit Afrika war sie eine schlafende Möglichkeit, die jederzeit erwachen konnte, genauso wie das Fieber, das sie in sich hatte. Diese Stimme war stärker als ihr Widerstand und ihre Scham. Und so brüllte sie sich heiser, spürte die Vibrationen, die vom Kehlkopf ausgingen und die Haut prickeln ließen. Als die Stimme endlich versagte und die Stimmbänder schmerzten, presste sie, viel zu spät, die Hand auf den Mund und ging weiter treppauf. Sie erreichte mit zitternden Knien den offenen Laufgang, wo das Licht sie blendete. Sie sah durch eine

Luke das Meer, fand eine Stelle, von der aus sie sehen konnte, wie Wasser und Himmel ineinander flossen. Silbermöwen kreisten hoch über dem Turm, ihre Schreie klangen wie ein verspätetes Echo auf Viviennes Löwengebrüll. Was drückte es aus? Hass? Wut? Trauer? Stolz? Sie dachte plötzlich an Coco im Käfig. Hier werde ich ihn fliegen lassen, und er wird freiwillig zu mir zurückkehren.

Als Madame Balyne endlich aus Toulon zurück war, wunderte sie sich über Viviennes Empörung. Sie wiederholte im Wesentlichen, was schon Ballonets Frau gesagt hatte: dass die drei Handwerker, die sie nach Port-Man bestellt habe, ihre Arbeit aus zwingenden Gründen unterbrochen hätten. Nein, die drei seien nur zu dritt zu haben, ohne Vorarbeiter fehle ihnen der planende Kopf. «Und Sie wollen mir einen Strick daraus drehen? Sie müssen etwas lernen, meine Liebe: Geduld. Hier im Süden sind wir ans Warten gewöhnt. Man nimmt Rücksicht aufeinander. Haben Sie ein paar Wochen Geduld, und alles kommt ins Lot.»

Sie standen einander im Salon gegenüber. Die goldgelben Vorhänge waren, wie schon letztes Mal, halb zugezogen und filterten das Tageslicht. Madame Balyne hatte die silbrig durchwobenen Haare hochgesteckt, trug eine eng anliegende schwarze Samtrobe mit Rückendékolleté, die sich in Bodennähe glockenförmig erweiterte. Sie schlug sich mit einem halb offenen Fächer, den sie von einer Kommode genommen hatte, auf den Handrücken, um ihre Worte zu akzentuieren.

Vivienne kam sich in ihrem abgetragenen Faltenrock wie ein Provinztrampel vor. »Verraten Sie mir bitte», sagte sie, «wo ich, bei aller Geduld, meine Gäste unterbringen soll. Sie kommen schon bald. Und nichts ist bereit für sie, nichts!» Sie drehte den Kopf zur Seite, um ihre Tränen zu verbergen.

Madame Balynes begann sich mit federnden Bewegungen

Luft zuzufächeln. «Wir werden ganz einfach ein Zimmer für sie im Manoir reservieren.»

«Meine Gäste will ich unterbringen, wie es mir beliebt, Madame! Wissen Sie, was ich tun werde? Ich fahre morgen nach Toulon und komme mit einem halben Dutzend Handwerker zurück, die in Port-Man alles Nötige in Rekordzeit erledigen werden. Und ich werde Sie notfalls vor Gericht dazu zwingen, dass Sie die Rechnung bezahlen!»

In Madame Balynes Haltung zeigten sich erste Unsicherheiten, die Hand mit dem Fächer geriet ins Flattern, doch ihre Stimme blieb kalt. «Hören Sie, wenn Sie den Vertrag auflösen wollen, dann sagen Sie's. Ich bin bereit dazu. Meine Skepsis Ihnen gegenüber hat sich leider bestätigt.»

«O nein! Ich bestehe darauf, dass der Vertrag eingehalten wird! Haben Sie verstanden: Ich bestehe darauf!» Vivienne suchte Halt an einer Sessellehne. Ihre Stimme war, gegen ihren Willen, ins Schrille gekippt, wie sie es nur bei den schlimmsten Wortgefechten mit Brovie erlebt hatte.

Inzwischen war Monsieur Balyne hereingekommen und meldete sich aus der Kaminecke zu Wort. «Bitte, bitte. Wer wird denn gleich derart in Rage geraten? Solche Probleme sind durchaus lösbar.» Er wandte sich mit warmherziger, ein wenig steifer Höflichkeit an Vivienne: «Setzen Sie sich doch, Mademoiselle. Es ist Apéritifzeit. Trinken Sie ein Gläschen Cassislikör mit uns. Wir verdünnen ihn mit Weißwein. Das ist eine regionale Spezialität. Kennen Sie sie?»

«Jean, deine Leber!», mahnte Madame Balyne. «Du weißt, dass du nicht trinken solltest!» Sie hatte sich innert Sekunden in eine mütterlich besorgte Gattin verwandelt, ihre Züge, vorhin noch verhärtet, schienen plötzlich in Sanftmut zu verschwimmen.

Monsieur Balyne stimmte ihr mit einem Neigen des Kopfs zu. «Für mich Wasser, Liebste.»

Vivienne war so verblüfft über den Wechsel der Tonart,

dass sie Monsieur Balyne ohne Widerspruch gehorchte und sich in den Sessel setzte, auf den er gewiesen hatte. Sie ließ es zu, dass er das Barwägelchen zu ihr rückte und, mit Flaschen und Gläsern hantierend, den Kir für sie und seine Frau mischte. Seine Hände zitterten, er verschüttete ein wenig Likör, und Madame Balyne, die sich neben ihn gestellt hatte, tupfte die violetten Flecken stumm mit ihrem Taschentuch auf, nahm dann, als ihr Mann eingeschenkt hatte, in einem Sessel Platz, während er darauf beharrte, stehen zu bleiben und die Damen zu bedienen. Beiläufig fragte er, ob man die Arbeiten in Port-Man nicht doch ein wenig beschleunigen könne, ohne gleich eine Armee von Handwerkern und Juristen aufzubieten.

Ihr sei eben eingefallen, sagte Madame Balyne, dass die Renovation an den Nebengebäuden der Hostellerie ja eigentlich für ein paar Tage unterbrochen werden könnten, so wäre es möglich, schon am nächsten Morgen einen kleinen Trupp – Maler, Maurer, Schreiner – nach Port-Man zu schicken. Am besten sei's, sie komme morgen um neun gleich mit, um alle Anordnungen an Ort zu Stelle zu treffen, in Didiers Boot hätten gut fünf oder sechs Leute Platz. Ob Vivienne ihren Rat, was die Farbe der Wände betreffe, annehmen würde? Sie könnten ja die Mischung gemeinsam begutachten.

Vivienne traute ihren Ohren nicht; das Gespräch hatte eine Wendung genommen, die sie sich hinterher nicht erklären konnte. Sie beeilte sich zu versichern, Madame Balynes Erfahrung in solchen Dingen sei ihr höchst willkommen.

In scheinbar bestem Einvernehmen gingen sie auseinander. Der Kampf hatte sich gelohnt. Es bestand die Hoffnung, Grandminon, Martin und allen anderen, die kommen würden, ein Haus zu zeigen, das sie zu ihrem gemacht hatte. Keine Ruine. Kein Schuttplatz. Ein richtiges Haus. Geduld, Geduld! Es war wohl gar nicht schlecht, sich darin zu üben, sie hatte zu viel von Brovies drängender Ungeduld geerbt. Nur auf dem Hochsitz, auf der Lauer hatte er sie abgelegt, der Beute zuliebe.

Natürlich träumte sie wieder von ihm. Dieses Bild mit ihm oben auf einer Klippe, er pflückt Äpfel vom Baum, der doch dort gar nicht wachsen kann. Der Schattenriss eines Manns mit umgehängtem Gewehr. Keinen der Äpfel, die er zu ihr hinunterwirft, fängt sie auf, dafür das Gewehr, das den Äpfeln folgt. Es reißt sie beinahe um. Dann steht dort, wo eben noch Brovie war, ein Hirsch oder ein Elch, ein Tier jedenfalls mit mächtigem Geweih. Sie legt an, zielt lange in größter Aufregung. Da *schwebt* das Tier empor, himmelwärts, und ihre Schüsse richten gar nichts aus. Das Tier lacht sogar, wirft sein durchlöchertes blutiges Fell ab wie einen Mantel, und das Fell begräbt Vivienne unter sich. Sie weiß, dass sie es nun mit ihren Fingernägeln sauber schaben müsste und dass es zu spät dafür ist, zu spät für alles, was noch geschehen soll.

Madame Balyne hielt ihr Versprechen. Drei Männer im schmutzigen blauen Arbeitskleid fuhren mit ihr und Vivienne am nächsten Morgen nach Port-Man. Sie hatten Werkzeugkisten bei sich im Boot, dazu Farbkübel und ein paar Säcke Zement.

Nun belebte sich das Haus. Die Männer belegten die Böden mit Zeitungen, holten Böcke und Bretter aus dem Keller, stellten eine Leiter auf. Der Maler, ein alertes Kerlchen aus Marseille, mischte unter den prüfenden Blicken der beiden Frauen die Farbe für den Wandanstrich, wobei er immer weitere Zugaben von Bleiweiß, Kobaltblau und Kadmiumgelb ineinander rührte, bis das blasse Meergrün entstanden war, das Viviennes Vision am nächsten kam. Auch Madame Balyne fand, *diese* Farbe würde für heitere Räume sorgen. Überhaupt wunderte Vivienne sich, dass sie sich in den meisten Dingen so einig mit ihr zeigte, als hätte ihr erbitterter Streit gar nie stattgefunden. Schon nach zwei Stunden ließen die Männer eine Korbflasche mit *Cidre* herumgehen. Auch die Frauen scheuten sich nicht, ein paar Schlucke daraus zu trinken. Als Madame Balyne ging, glaubte Vivienne mit ihr auf so freundschaftlichem Fuß zu stehen, dass sie den Vorsatz fasste, sie und ihren Mann zur Einweihung des Hauses einzuladen. Sie griff nach einem Malerpinsel und machte den Männern klar, dass sie beim Anstrich der Wände mithelfen werde.

Es waren seltsame Tage im Haus von Port-Man. Vivienne kehrte abends zu Fuß ins Dorf zurück und fütterte als Erstes Coco, der lethargisch in seinem Käfig saß. Danach aß sie in der Hostellerie etwas Kleines, oft ohne zu wissen, was es war, und führte in der Halle des Manoirs oberflächliche Unterhaltungen mit anderen Gästen. Sie lag, den Papageienkäfig neben sich, bei weit offenem Fenster im Bett und ließ sich von Grillen in den Schlaf singen. Morgens um halb acht brach sie wieder auf, einen Picknickkorb am Arm, den ihr das Zimmermädchen vor die Tür gestellt hatte. Eine knappe Stunde später war sie beim Haus in der Bucht und schlüpfte gleich in ihren Malerkittel. Die Männer nahmen es nicht so genau mit den Zeiten. Sie schliefen auf Feldbetten unten im Erdgeschoss, in der Eckkammer, die halb in den felsigen Hang gehauen war. Wenn Vivienne eintraf, saßen sie meist noch palavernd am Frühstückstisch, den sie draußen auf der Wiese aufgestellt hatten. Vivienne versuchte, sie durch ihr Vorbild anzuspornen, aber der Maler sagte, es wäre besser, wenn auch Vivienne, der Hitze wegen, ihre Kräfte einteilen würde. Die Mittagspause dauerte bei ihnen zwei, drei Stunden, während Vivienne sich höchstens eine halbe gönnte und in dieser Zeit rasch eine Tomate und ein paar Sardinen verschlang. Nicht einmal eine Zigarette erlaubte sie sich, Zigaretten waren ein Zeichen der Muße. Für die Männer kochte Madame Ballonet eine Suppe; der Geruch von angebratenen Zwiebeln, Knoblauch und Fisch zog schon am Morgen durch die

Zimmerfluchten. Mit kaum verhohlenem Widerwillen lehnte Vivienne ab, als Madame Ballonet ihr am zweiten Mittag einen Teller voll anbot. Die Männer jedoch griffen lustvoll zu. Nach dem Mahl legten sie sich im Schatten der Bäume für eine Weile aufs Ohr, und Vivienne hätte sie am liebsten aufgescheucht und ins Haus zurückgetrieben.

Bei der Arbeit sangen und trällerten sie häufig Arien aus *Rigoletto* und *Manon* oder Gassenhauer, die gerade populär waren. Der älteste, ein Italiener mit Stirnglatze und Bäuchlein, sang Falsett, die zwei anderen Tenor und Bariton, aber sie sangen im Trio meist falsch und lachten schallend über ihre Versuche, die Tonart zu halten, und wenn sie nicht schwatzen oder sangen, dann pfiffen sie, oft alle durcheinander. Manchmal hielt Vivienne es fast nicht mehr aus. Sie presste die Hände auf die Ohren, summte selbst irgendwelche Melodien, dazu stiegen ihr die Terpentindämpfe in den Kopf, und beides zusammen rief in ihren Schläfen pulsierende Schmerzen hervor. Einmal schrie sie: «Hören Sie bitte auf! Hören Sie auf! Ich werde sonst krank!» Die Männer verstummten sofort. Eine Zeit lang blieb es still, sogar die Werkzeuggeräusche klangen gedämpfter. Nun war plötzlich wieder das Bellen des Hundes draußen, das Krähen des Hahns zu hören. Aber dann vergaßen sie Viviennes Empfindlichkeit, und einer fing, wohl ohne es selbst zu merken, wieder mit Pfeifen oder Singen an, die anderen stimmten ein. Vivienne hatte keine andere Wahl, als tagsüber mit diesem Gesang zu leben. Es ging ihr erst besser, als sie sich Wattebäusche in die Ohren stopfte.

Auch einen anderen Gesang will sie nicht mehr hören, den Gesang zu Ehren Hamesis, den die Träger drei Wochen vor Brovies Unglück anstimmen. Hamesi ist ein hünenhafter Wakamba mit fast unstillbarem Hunger und der Vater von vielen Kindern. Sein Stöhnen in der Nacht ruft Vivienne herbei. Er krümmt sich vor Schmerzen; in Hamesis Bauch, übersetzt Mvanguno, wüte ein Feind, und schlitze ihn auf, ohne dass man es sehe. Andere Träger haben den Kranken umringt, sie putzen den schmierigen Kot weg, der aus ihm herausläuft und entsetzlich stinkt. Sie sind verängstigt; wird es auch sie treffen? Hamesi hat am meisten vom Flusspferdfleisch gegessen, das seit Tagen ihre Hauptnahrung ist, graublau angelaufen nun, übel riechend. Abde, der Koch, schützt es mit nassen Blättern vor der Hitze, brät es lange, würzt es scharf. Doch die Symptome sehen nach einer Vergiftung aus. Brovie sagt, er werde den Rest des Fleisches als Köder verwenden, niemand mehr soll davon essen. Vivienne gibt Hamesi ein Mittel gegen Durchfall zu schlucken, das er, fauchend wie ein Tier, gleich wieder ausspuckt. Er schlägt, mit Schaum vor dem Mund, um sich, reißt die Kompressen weg, die Vivienne auf seinen Bauch legt. Gegen Morgen ermattet er allmählich, sein Atem wird flacher, setzt aus. Er stirbt vor Sonnenaufgang, als der Buschkuckuck zu rufen beginnt. Man muss ihn gleich begraben, um den Körper vor Verwesung zu schützen, die fünf anderen seines Stamms achten streng darauf, dass sein Kopf nach Osten zu liegen kommt. Der eintönige Gesang, den sie anstimmen, ist fast nicht auszuhalten, eher Geschrei und Gejammer, auch wenn es eine Sure aus dem Koran sein soll, die sie rezitieren. Wieder hat sie das Gefühl, in die entlegenste Fremde verschlagen zu sein, alles ringsum ist gleichsam mit Fremdheit imprägniert.

Brovie fürchtet, dass Hamesis Tod die Leute tagelang bedrücken werde. Er verspricht, Hamesis Familie zu unterstützen und ordnet an, einen anderen Lagerplatz zu suchen, damit sie den Grabhügel nicht mehr sehen. Am nächsten Tag tötet er ein Löwenweibchen, das eigentlich den Abschuss nicht gelohnt hätte, nur damit es etwas zu feiern gibt. Die Löwin ist von Narben bedeckt, und sie lassen sie liegen. Dennoch spielt Kasaia abends, von einem Trommler begleitet, auf seiner Geige und müht sich, die Stimmung zu verbessern. Aber niemand will tanzen, niemand schmiert sich Asche ins Gesicht. Die Moskitos scheinen den Ton der Geigensaiten in schrillster Verzerrung nachzuahmen. Düster blickt Brovie ins Feuer. «Wenn jetzt noch mehr erkranken», sagt er, «brechen wir die Safari ab.»

«Mach dir keine Vorwürfe», sagt Vivienne, «es haben ja alle vom Fleisch gegessen. Vielleicht hat er sich mit etwas anderem vergiftet.»

Er bittet sie, ihm eine Zigarette zu drehen, und überredet sie, mit auf den Hochsitz zu kommen, in dessen Nähe er das verdorbene Fleisch angepflockt hat. Sie geht mit, äußerlich gelassen, innerlich vibrierend vor Angst. Der Schuss, den sie in der Nacht abfeuert, trifft eine Fleckenhyäne, keinen Löwen. Die Hyäne hat im Todeskampf ihre Fänge in den Vorderläufen vergraben; sie zu häuten, ist, des Gestanks wegen, eine ekelerregende Aufgabe. Vivienne besteht darauf, es allein zu tun, schabt stundenlang an der Haut herum; so zwingt sie Brovie dazu, sie zu loben. Nachher nimmt sie ein Bad in der Segeltuchwanne, die Jim für sie mit brackigem Wasser gefüllt hat. Lange bleibt sie darin, durch aufgespannte Tücher vor Blicken geschützt, und versucht Hamesi zu vergessen. Sein Tod, sagte sie sich Monate später, wäre ein Vorzeichen gewesen. Warum hat sie es nicht richtig gedeutet?

Madame Ballonet kochte nicht nur für die Handwerker, sondern verköstigte auch hin und wieder ein paar Fischer, die am frühen Nachmittag ihre Boote am Landesteg vertäuten. Es waren schwarzbärtige Männer mit dröhnenden Stimmen, die Vivienne nie grüßten. Nach der Mahlzeit spielten sie Karten und stritten sich zwischendurch heftig; ihr Gelächter und ihr Geschrei vermischte sich mit dem Gesang der drei Handwerker und verstärkte Viviennes Gefühl, von allen Seiten bedrängt zu werden. Vorwärts, vorwärts!, dachte sie zu jeder Stunde und verzweifelte beinahe, wenn sie das Durcheinander in allen Räumen überblickte. Täglich trafen weitere Kisten und Pakete ein. Die größten brachte die *Vedette* zum Landesteg. Gegen ein Trinkgeld schaffte die Mannschaft die zerlegten Betten und Schränke vors Haus, wo sie den Durchgang erschwerten. Wie sollte hier einmal Ordnung herrschen? Wie sollte sie dies alles wieder sauber bekommen? Zeitweise verlor Vivienne den Glauben daran, dass sie das Haus jemals bewohnen würde, sie sah sich eingeschlossen in einer Art Vorhölle, wo sie mit Schludrigkeit und Schlendrian gequält wurde. Doch eines Mittags waren, gegen alle ihre Erwartungen, sämtliche Mauern ausgebessert, die Wände fertig gestrichen, Regale und Schränke eingebaut und aufgefüllt, die Eichenbetten standen dort, wo sie stehen sollten, sogar die bestellten Kissen und Bettdecken waren eingetroffen. Es schien Vivienne beinahe ein Wunder zu sein, dass doch alles noch rechtzeitig, drei Tage vor Grandminons Ankunft, fertig geworden war. Die Handwerker packten ihre Werkzeuge zusammen, nahmen ihren Lohn entgegen und verabschiedeten sich mit überraschender Herzlichkeit. Vivienne war so erleichtert, dass sie die drei Männer beinahe auf die Wangen geküsst hätte und ihr Winken, als sie in Didiers Boot wegfuhren, enthusiastisch erwiderte.

Noch schien das Echo ihrer Stimmen durchs Haus zu klingen, aber es wurde immer schwächer, und die Stille, in die sie behutsam ihre Schritte setzte, füllte die Räume wie ein Duft, der die schlechten Erinnerungen verdrängte. Von Madame Ballonet lieh sich Vivienne die nötigen Putzutensilien. Es kümmerte sie nicht, dass der Handbesen mit Staubflusen verfilzt war und das Scheuertuch stank. Sie rutschte auf den Knien herum, um den Staub aus den Winkeln zu holen, sie fegte die Küchenfliesen und polierte das Parkett im Salon, und plötzlich ertappte sie sich dabei, dass sie die Melodien nachsummte und nachpfiff, die sich ihr eingeprägt hatten, aber nun war es ihre Musik, und diesen Unterschied kostete sie aus.

Erst als es zu dämmern begann, hörte sie auf mit der Putzerei. In beinahe rauschhaftem Glück ging sie durch die Räume. Das Chinageschirr auf dem verglasten Regal, die Bettwäsche im Schrank, das Silberschiff auf dem Schreibtisch, die Zahnbürste im Zahnglas. *Jedes Ding an seinem Platz*. Es würde die erste Nacht sein, die sie hier verbrachte. Sie legte sich in ihrem Zimmer probeweise aufs Bett, hörte das Zirpen der Grillen durchs offene Fenster, roch plötzlich Rosmarin und Harz statt Terpentin und feuchten Mörtel. Gleich sprang sie wieder auf, begann ihre Inspektion von vorne, sie war so aufgeregt, so kribblig vor Freude, dass sie gar keinen Hunger hatte, ja, dass jeder Gedanke an Essen ihr überflüssig schien. Allein die Gewissheit, dass ein neues Leben angefangen hatte, machte sie satt.

Sie ging hinaus, ging mit nackten Füßen über die taufeuchte Wiese zum Meer, wo die Flut eben zu Ende war. Eine Weile saß sie an der Wassergrenze im kiesigen Sand, ließ die kleinen Wellen ihre Fersen belecken, hörte dem Plätschern und Murmeln zu, dem Rauschen weiter draußen. Der Himmel hatte noch die Helligkeit von dünn geschliffenem Kupfer, durch den ein ruhiges, allmählich schwächer werdendes Licht schien. Das Wasser war nachtgrau geworden, halb transparent, grünsilbern auf den Wellenkämmen und lud zum Schwimmen ein. Sollte sie's wagen? Sie schaute zum Haus zurück. Durch belaubtes Geäst hindurch sah sie schwach eins der Fenster im Erdgeschoss leuchten. Die Ballonets saßen in ihrer verrauchten Küche, sie hatten wohl auch den Hund zu sich hereingenommen.

Vivienne zog sich langsam aus, ging dann, Fuß vor Fuß setzend, ins Wasser, tastete mit den Zehen nach kantigen Steinen, um sich nicht zu verletzen. Sie spürte, wie das Wasser an ihr emporstieg, die Beine umschmeichelte, den Nabel ausfüllte, die Brüste emporhob. Bevor sie den Grund verlor, begann sie zu schwimmen, schwamm mit kräftigen Zügen in die Bucht hinaus. Dann legte sie sich auf den Rücken, wie sie's immer getan hatte, paddelte leicht mit Armen und Beinen, sah hinauf in den Himmel, wo sich die ersten Sterne zeigte. Diese Beglückung, bei so wenig Aufwand getragen zu werden, ein Schwebezustand, wo Oben und Unten zusammenklingen im Gefühl, am richtigen Ort zu sein, nein, keinen Ort mehr zu suchen zu müssen, weil der eigene Körper dieser Ort ist, weil der eigene Atem ihn fast unmerklich sinken und steigen lässt. Und auch wenn die Haut sich aufweicht, hält sie das Drinnen zusammen, kein Traum kann verloren gehen, keine Erinnerung entweichen. Im Hautsack sammelt sich das eigene Leben.

Unterwegs nach Garba-Tula, Monate noch, eine halbe Ewigkeit, von Brovies Tod entfernt. Die Regenzeit geht zu Ende, über dem Wüstenboden liegt ein grüner Hauch, die Dornenbüsche blühen. Überall Pfützen, Bäche, Rinnsale, gurgelnde Geräusche bei jedem Schritt, die Schuhe werden festgehalten vom Morast. Auch die Kamele, die sie als Lasttiere gemietet haben, gleiten aus, werfen, begleitet vom Schellen ihrer hölzernen Glöckchen, die Stelzenbeine nach allen Seiten, um das Gleichgewicht wiederzufinden. Vivienne fängt langzahnige Nacktratten ein, die nachts vom mühsam entfachten Feuer angelockt werden. Sie besteht darauf, sie am Leben zu lassen, füttert sie, trotz Brovies spöttischem Missfallen, mit Hirse und kleidet eine leere Kiste mit Gras aus, um sie mitnehmen zu können. Schon in Norwegen hat sie heimlich Lemminge gefüttert, hat aufbegehrt, als Brovie dahinter kam und es ihr verbieten wollte.

Strohdächer begrüßen sie in Garba-Tula, sattgrüne Wiesen wie in England. Ein zugewanderter Inder verkauft ihnen in seinem Laden Büchsennahrung zu einem Wucherpreis. Er weiß, wie sehr die Europäer nach Prinzessböhnchen, nach eingemachten Birnen gieren, er jammert über den schlechten Geschäftsgang und lässt sich keinen Schilling weghandeln. Weiter, weiter. Die Häute, die Trophäen der letzten Wochen, die sie noch bei sich haben, könnten in der Feuchtigkeit verderben, es war schwierig genug, sie durch die Regenzeit zu retten, jede Stunde Sonnenschein auszunützen, um sie trocknen zu lassen. In Lamu sollen sie verpackt und nach Europa geschickt werden, die dritte Lieferung schon. Man warte in Bern darauf, wiederholt Brovie, wenn Vivienne verschnaufen möchte, man werde ihnen dankbar sein für ihre Sorgfalt. Brovies Ungeduld treibt die Kolonne voran, als ob er die Peitsche schwingen würde. Nur die hintereinander gehenden Kamele scheinen sich von ihm nicht beeindrucken zu lassen; jetzt, wo die Gegend trockener ist, bleiben sie unerschütterlich bei ihrem wiegenden Gang. Brovie heuert einen hochgewachsenen Somali in weißem Burnus an, der sich als ortskundig ausgibt, die Safari aber in die Irre führt, bis sie endlich auf die schlammbraune Tana stoßen und nach Hamaye gelangen, wo sie die Einbäume kaufen, mit denen sie flussabwärts fahren wollen, so weit wie möglich, zumindest bis Garsen, wo das sumpfige Delta beginnt. Von dort werden sie Lamu an der Mündung zu Fuß erreichen, mit dem Schiff nach Mombasa und dann mit der Eisenbahn wieder nach Nairobi reisen. Es wartet die Jagd auf den Bongo, den Gorilla, das weiße Nashorn. Die meisten Schwarzen nehmen hier an der Tana Abschied von Brovie und Vivienne, sie werden sich auf dem Landweg nach Nairobi durchschlagen. Nur sieben bleiben bei ihnen, darunter Mvanguno und Jim, den man nicht loswerden kann. Vivienne fotografiert sie noch einmal alle zusammen, ein Gruppenbild mit fünfzig und mehr Trägern, Kasaia in der Mitte mit seiner Geige, der Maultierbursche, der Brownie am Zügel hält, die Kamele. Immer weiter zurück geht Vivienne mit dem Fotoapparat, damit das Bild vollständig ist, sogar Brovie, der sich neben Kasaia stellt, schrumpft, durch den Sucher gesehen, zum hellen Punkt in einem dunkel gescheckten Viereck.

Sie brauchen sechs Einbäume, um für alles Platz zu finden. Zwölf gedungene Ruderer kommen mit, dazu das große Zelt, die Koffer mit den Kleidern, Hühner, ein paar Ziegen als Frischfleisch, Major, der kleine tollpatschige Hund, den sie gegen Glasschmuck eingetauscht haben, und natürlich die wasserdicht verpackten Häute, Schädel und Knochen in separaten Behältern. Den beiden Weißen stehen zwei Boote mit aus Zweigen geflochtenem Runddach zur Verfügung, das sie, des besseren Sonnenschutzes wegen, mit Zeltbahnen bedecken. Allerdings ist das Sonnendach so niedrig, dass sie darunter nicht einmal sitzen können, sondern gezwungen sind, auf der dünnen Matratze zu liegen.

Tagelang gleiten und schaukeln sie in dieser schläfrig machenden Lage dahin, bei Dämmerlicht und aufgestauter Hitze. Vor sich sieht Vivienne die schweißglänzenden Rücken der beiden Ruderer, deren Muskeln in dauernder Bewegung sind. Hinter den Körpern flimmert das Grün des Urwalds, Grün in allen Schattierungen, und manchmal blitzen die Farben von unbekannten Vögeln auf. In Ufernähe recken Mangroven ihre Äste über das Wasser, Luftwurzeln bilden bizarre Bogengänge. Wenn sie durch diese Tunnels fahren, verdunkelt sich die Welt, und tief hängende Zweige kratzen übers Sonnendach.

Viviennes Einbaum ist mit dem von Brovie zusammengebunden, er treibt, ohne dass sie es sieht, neben ihr her. Sie unterhalten sich bisweilen durch die Zeltbahnen hindurch. Gedämpfte Zurufe und Lachen, halbe Sätze nur, die sich ins Geplauder der Ruderer mischen. Die Stricke verhindern, dass die Einbäume in unterschiedliche Strömungen geraten, und das erlaubt Vivienne, in Wachträume zu versinken, aus denen sie träge wieder auftaucht. Dass Brovie nichts von ihr fordert und doch so nahe ist, dass sie beide der gleichen Geschwindigkeit gehorchen, die weder er noch sie beeinflussen kann, soll sie das Glück nennen? Oder ist es bloß eine lange Atempause, bevor sie sich wieder um ihn ängstigen, sich heimlich gegen ihn wehren, ihm unterliegen muss?

Man wird bedürfnislos bei diesem Gleiten. Tief sinkt sie in ihre Geschichte zurück, weiß sekundenlang nicht mehr, wo sie ist, in der norwegischen Hütte vielleicht, an einem Sommermorgen, bevor Brovie sie weckt mit seinem *Fifteen men on a dead man's chest,* nein, im Winterschloss ist sie, bei Grandminon, unter der warmen Daunendecke, und heute wird man Geschenke austauschen und deutsche Weihnachtslieder singen. Oder noch weiter zurück, viel weiter: Sie liegt im Gitterbett, weiche Arme heben sie heraus, ein Gesicht im Halbdunkel, dessen Züge sie vergessen hat, eine Stimme, die ihr Namen und Verse zuflüstert, die sie nicht mehr hören will, und dann ist sie froh, sich im Boot wiederzufinden, und der Fluss trägt sie fort, so wie er Blätter und Äste mit sich trägt, Unrat, Kadaver, das Lebendige und das Tote.

Am dritten Tag kommen sie zu den großen Stromschnellen. Ein lauter werdendes Brausen und Rauschen kündigt sie an; das Wasser fließt schneller, verrät mit unruhigen Wellen den kommenden Aufruhr. Die Ruderer drängen ans Ufer, wo ein paar Müßiggänger von einem nahen Dorf die Boote mit Getrommel erwarten. Zwei erfahrene Lotsen bieten ihre Dienste an. Sie machen mit Gebärden begreiflich, dass sie jeden Fußbreit des Flusses kennen. Brovie lässt den Großteil des Gepäcks ausladen; die Dorfleute sollen es dem Ufer entlang zur Stelle tragen, wo man sich bei ruhigem Wasser wieder treffen wird. Er selber und Vivienne werden in den Booten bleiben. Weiße, hat Brovie oft genug gepredigt, dürften vor keiner Gefahr zurückschrecken. Diesen Eindruck will er auch jetzt erwecken, obwohl er selbst ein schlechter Schwimmer ist und Vivienne ihn gerne zurückgehalten hätte.

Dann fahren sie auf die Schnellen zu, mitten hinein in den rauschenden Lärm, ins strudelnde Wasser, das zwischen Felsblöcken hindurchschießt und über mannshohe Felsstufen stürzt. Im Sprühnebel verliert Vivienne die Sicht, schreit auf vor Angst und übermütiger Lust. Wasser klatscht ins Boot, durchnässt sie vollständig. Die Einbäume drehen sich schwankend und werden zum Spielball der reißenden Strömung. «Brovie», schreit Vivienne, «pass auf!» Aber die Lotsen staken sie behände an den Hindernissen vorbei, lenken die Boote um Wirbel herum, aus Wirbeln heraus, sie springen bei Untiefen ins Wasser, schieben und zerren an den Booten, bis sie richtig liegen, hieven sich dann bäuchlings wieder hinein.

Plötzlich ist alles vorbei. Das Wasser beruhigt sich, gewinnt sein trübes Ockerbraun zurück, und drüben, am Ufer, stehen die winkenden Träger und Frauen mit bunten Kopftüchern. Die Weißen werden empfangen wie Helden und tanzend zum Gästehaus geleitet. Der Häuptling, der sie mit britischem Handschlag begrüßt, nötigt sie, von einer Art Bier zu trinken, das ihnen in Kalebassen gereicht wird. Er beklagt sich – so weit sie ihn mit Hilfe der dolmetschenden Träger verstehen – über ein Raubtier, einen Leoparden vermutlich, der Nacht für Nacht ihre Ziegen reißt. Über zwanzig – das zeigt er mit Händen und Füßen – hätten sie schon verloren, und zum Beweis lässt er einen Ziegenkadaver mit aufgerissenem Hals bringen. Er bittet den weißen Mann, diesem Treiben ein Ende zu machen, seinem Dorf fehle die Macht, ein solches Tier, in das ein böser Geist gefahren sei, zu töten. Brovie kniet sich hin und untersucht den Kadaver, betastet, beschnuppert ihn sogar und bestätigt mit rauer Stimme, dass wohl ein Leopard der Schuldige sei, er werde ihm, sofern man ihm den Köder überlasse, noch diese Nacht auflauern. Danach putzt er, statt am Festmahl teilzunehmen, im Gästehaus die *Wesley Richards*. Weiß er ein Raubtier in der Nähe, wirkt er oft, als wäre er in Trance gefallen. Nur halbherzig beachtet er die Abschusszahlen im Jagdpass; welcher Wildhüter der Kolonialregierung wird sie hier schon kontrollieren? Vivienne lässt ihn gehen, sie mag dieses Mal nicht mit auf den rasch errichteten Hochsitz. In der Dunkelheit fallen Schüsse, gegen Mitternacht bringt ein lärmender Triumphzug den toten, an eine bekränzte Stange gebundenen Leoparden ins Dorf. Brovie wird wieder einmal auf Schultern getragen, und sein stoppelbärtiges Gesicht glüht vor Freude. Das Fell beansprucht er für sich. So bringt er auch Vivienne um den Schlaf, denn das Abbalgen und Abschaben ist zu ihrer Domäne geworden, die sie nicht freiwillig preisgibt. Feuchte, schimmelnde, faulende Häute, die Brovie schon verloren gab, hat sie mit größtem Einsatz gerettet, eine Giraffenhaut mit Browns Pulver behandelt, bis ihre Hände verätzt und aufgeschwollen waren und sie tagelang kaum noch die Finger bewegen konnte. Sie schabt und schabt, zusammen mit Mvanguno, auch in dieser Nacht, sie schabt sich mit Fettkratzer und Klinge weg vom Fluss, schabt sich zurück zum Elefanten, zum Kudubock, den elf bisher erlegten Löwen, und zeitweilig hat sie das Gefühl, das rhythmische Schaben sei ihre Bestimmung geworden, die ihr vom Schicksal zugedachte Aufgabe. Doch kaum hat sie – der Himmel wird schon heller – die Klinge zur Seite gelegt, weicht ihre Konzentration dem leisen Groll, dass sie es *seinetwegen* getan hat, dass er sie ausnützt und sie sich ausnützen lässt. Nur im bleiernen Schlaf, in den sie für zwei Stunden fällt, kann sie's wieder vergessen.

Nun ist auf der Weiterfahrt das Leopardenfell zum Trocknen unter Viviennes Dach ausgespannt, hängt armhoch über ihr und lockt Fliegen an, die sie dauernd verscheuchen muss. Es gab keinen besseren Platz, denn der Sonne darf das Fell nicht ausgesetzt werden, und unter Brovies Dach hängt bereits die Haut eines seltenen Hartebeests, eines Hirolas. «Du musst dich opfern», hat er lachend gesagt. Die Tier- und Aasgerüche machen ihr sonst nicht mehr viel aus, aber nun verdichtet sich der Gestank, gepaart mit der schwülen Hitze, bis ins Unerträgliche. Sie muss es ertragen. So oft wie möglich sitzt sie vorne am Bug, ein Kopftuch umgebunden, und lässt sich vom schwachen Fahrtwind ein wenig kühlen. Das hält sie allerdings nur am frühen Abend aus; tagsüber treibt die stechende Sonne sie bald wieder zurück in den Schatten und in den Gestank. Jetzt ist ihr die Fahrt verdorben, sie wünscht sich, sie sei schon zu Ende, sie ist froh über den zweitägigen Aufenthalt in Sankuri, einer Regierungsstation.

Das ist eine Welt für sich, eine vertraute eigentlich, die aber in dieser Umgebung etwas Absurdes an sich hat. Sie zeugt von der Obsession der Kolonialbeamten, ihre Heimat mit Rauchsalons, Billardtisch und unkrautfreiem Rasen wiederzuerschaffen. Darum muss das tropische Wuchern eingedämmt und zurückgestutzt werden. Behandschuhte Bedienstete führen einen endlosen Kampf gegen die Widrigkeiten der Tropen. Dennoch ist es angenehm, zwei Nächte in einem europäischen Bett zu verbringen. Wieder einmal überprüft Vivienne Gesicht und Frisur in einem Spiegel, legt ein wenig Make-up auf, schminkt sich die Lippen. Die vierzehnmonatigen Strapazen haben Spuren hinterlassen, Fältchen in den Augenwinkeln, schilfernde Stellen an Schläfen und Hals; Vivienne findet sich um vier, fünf Jahre gealtert. Soll sie deswegen erschrecken? Und muss sie sich wirklich in Strümpfe quälen?

Man sitzt abends mit dem *District Commissioner* und seiner Familie zusammen; ein blutjunger Beamter im Sekretärsrang, ein paar Geschäftsleute sind mit eingeladen. Man isst auf der Veranda Roastbeef, Büchsenbohnen, trinkt französischen Wein und wird befächelt von diskreten Schwarzen. Auf dem Tischtuch aus besticktem Batist liegt Silberbesteck. Die ersten Nachtfalter verbrennen in den Flammen der aufgehängten Windlichter, man versucht den beißenden Geruch der Räucherschlangen zu ignorieren, der die Mücken vertreiben soll. Der *District Commissioner* fragt die Gäste aus und erwartet, dass sie ihre Abenteuer gebührend ausmalen. Mister de Watteville fesselt die Tischgesellschaft mit präzisen Schilderungen von Sieg und Niederlagen auf der Großwildjagd und übt sich in ironischem Understatement. Dass eine Frau dies alles mitgemacht hat, erregt Aufsehen am Tisch. Die drei anwesenden Damen wissen nicht, ob sie Vivienne bewundern oder bemitleiden sollen. Das Gespräch wendet sich der Politik zu. Gerade gestern seien die drei Monate alten Zeitungen aus London angekommen, sagt jemand und zeigt hinüber zum Nebentisch, wo sich *Times* und *Herald Tribune* stapeln.

«Lenin ist gestorben», mischt sich der junge Beamte ein, der vergeblich Augenkontakt mit Vivienne sucht. «Das wird weitreichende Folgen haben. Bereits erwägt Großbritannien die Aufnahme normaler diplomatischer Beziehungen mit der Sowjetunion.»

«Lenin?» Brovie hebt fragend die Augenbrauen. «Ach ja, der russische Revolutionär und Diktator. Brrr! Wenn ich nur schon an Moskau denke, beginne ich zu frieren.»

Die Damen lachen. Die Tochter des Distriktbeamten, etwa siebzehnjährig, hält prustend die Hand vor den Mund, es ist unübersehbar, dass sie Brovie anhimmelt. Vivienne erwidert nun doch zum Ausgleich den suchenden Blick des jungen Sekretärs, dessen Grübchen im Kinn ihr eigentlich gefallen könnte.

«In London», sagt der Hausherr wegwerfend, «ist Labour an die Macht gekommen. Aber ich bin sicher, das ist nur eine vorübergehende Sache, sozusagen ein kurzes Fieber, von dem das Land geschüttelt wird.»

«Unter der neuen Regierung», hält ihm seine Frau entgegen, «könntest du aber deinen Posten verlieren.»

«Das ist eher unwahrscheinlich», antwortet er jovial, halb an die Gäste gewandt. «Auf Männer mit meiner Erfahrung kann keine Regierung verzichten. Ich weiß, wie man mit den Eingeborenen umgehen muss. Zuckerbrot und Peitsche, das ist das richtige Rezept. In meinem Distrikt gibt es jedenfalls keine Aufstände wie letztes Jahr in Nairobi. Da haben doch die Schwarzen versucht, einen Rebellenführer aus dem Gefängnis herauszuholen. Aber die Askaris haben ihnen zum Glück gezeigt, was mit Gesetzesbrechern geschieht.»

Vivienne unterdrückt ein Gähnen, kratzt sich verstohlen am Knie, das unter dem Strumpf juckt. Während Brovie sich zu seiner Verehrerin hinüberbeugt, gleitet das Gespräch weiter zu Cricket und Pferderennen. Auch das langweilt Vivienne. Aber als die Männer aufstehen, um in der entfernteren Ecke der Veranda zu rauchen, möchte sie am liebsten mit, denn jetzt wird der Umgangston unter den Damen intimer, man tastet sich über Mode- an Beziehungsfragen und Eheanbahnungspläne heran, was Vivienne hasst wie nichts sonst. Nie wird sie begreifen, warum sie in solcher Gesellschaft auf ihre Zigarette verzichten soll. Als Halbwüchsige hat sie manchmal davon geträumt, sich als Mann zu verkleiden, um die männlichen Privilegien in Anspruch nehmen zu dürfen. Aber sie bleibt sitzen und sehnt sich zurück in die Savanne, den Urwald, ja sogar aufs Boot und zum Abbalgplatz.

Spätnachts, im gemeinsamen Zimmer, bricht, wie vorausgeahnt, der Streit mit Brovie aus: Du hast doch! Diese Blicke! Und du erst! Mit einem Mädchen zu flirten, einem Schulmädchen, einer solchen Gans! Du übertreibst, da war doch überhaupt nichts. Aber du! Nein, du! Sie dämpfen die Stimmen, damit niemand im Haus sie hören kann. Beide sind voller Argwohn, tief gekränkt; nach den Wochen absoluter Gemeinsamkeit gilt ihnen die geringste Abwendung als Verrat. Am nächsten Morgen sind sie verkatert, heucheln dennoch freundliche Nähe beim Frühstück. Die Hausfrau äußert sich verwundert darüber, dass ein Vater mit einer erwachsenen Tochter so jung aussehen kann, eigentlich, sagt sie, wirkten sie eher wie Bruder und Schwester. Vivienne hätte dies früher als Kompliment, als Besiegelung ihrer Komplizenschaft genommen, aber nun wittert sie einen Versuch darin, ihrer Beziehung etwas Unlauteres zu unterstellen, und das treibt sie an diesem Morgen innerlich noch weiter von Brovie weg, obwohl sie weiß, wie sehr sie voneinander abhängig sind.

Es dauert zwei Tage auf dem Fluss, bis sie Frieden schließen. Sie sprechen kaum miteinander in dieser Zeit, nur die Gesänge der Ruderer, die einander jetzt von Dorf zu Dorf ablösen, dringen ein in Viviennes Brüten, geben ihm einen rhythmisierten Klanggrund. Morgens und abends gehen sie auf die Pirsch. Sie verfolgen eine angeschossene Giraffengazelle im Dornbuschland und verirren sich inmitten des silbergrauen Zweigegewirrs und der Termitenhügel. Die Hitze backt den Sandboden zusammen, der Sonnenglast macht sie beinahe blind. Nach Stunden treffen sie erschöpft auf die eigenen Fußspuren und finden im Mondlicht zurück zum Fluss. Ein Mast mit Badetuchfahne zeigt ihnen zuletzt die Richtung. Was für eine Wohltat, wieder in der Nähe von Wasser und Bäumen zu sein! Die Dankbarkeit stimmt sie versöhnlich.

Am nächsten Tag durchqueren sie einen Sumpf, der Vivienne an den Lorian erinnert, wo Frösche sie in den Schlaf quakten und Heuschrecken in den Kochtopf fielen. Sümpfen will Brovie immer möglichst rasch entrinnen, deshalb treibt er die Ruderer an. Sie sehen Ibisse am Ufer, Flamingos in rosawolkigen Gruppen, sie hören den flappenden Flügelschlag von Pelikanen. Danach beginnt wieder lichter Wald, sie kommen in bebaute Gegenden mit Bananenhainen, Mangobäumen, Kokospalmen.

In Kulesa zerstoßen groß gewachsene Frauen in Mörsern das Korn, lassen die langen Stößel wuchtig niederfahren. Sie bringen der weißen Frau die Kranken des Dorfs, die Bronchitiskinder. Vivienne soll sie heilen, wenigstens die Schmerzen lindern, denn die Frauen haben längst vernommen, dass die Medizin der Weißen oft besser wirkt als Kräuter und Magie. Vivienne versucht ihr Bestes, sie desinfiziert eiternde Wunden, flößt Kindern Hustensirup ein und verteilt Chlorodyne-Tabletten. Sie erschrickt über das Greisengesicht eines Säuglings, über seine abgespreizten Steckenbeinchen, ihm ist wohl nicht mehr zu helfen. Sie tut all das ohne Männerhilfe. Jim reicht ihr zwar, was sie aus dem Medikamentenkasten braucht, doch er scheut die Berührung mit den Kranken, und Brovie, der sonst seine Hände im Blut toter Tiere badet, hat sich schweigend davongemacht. Von Krankheit, von Verkrüppelung will er nichts wissen, er unterscheidet zwischen Lebendigem und Totem, nicht zwischen Gesundem und Krankem.

Von Kao an, wo das Ufer von Krabben übersät ist, erschweren Ebbe und Flut die Flussfahrt; auf dem Landweg kommen sie schneller vorwärts. So nimmt Vivienne Abschied von der Tana. Sollte sie einmal ein Kind haben, ein Mädchen, denkt sie, so wird sie es Tana nennen, und kaum ist er gedacht, macht der Gedanke sie elend.

In Lamu könnte die Reise enden, auf der Insel mit ihren verwinkelten Gassen, den blumenbepflanzten Höfen, den alten Moscheen, aber in Lamu, das sie auf einer überfüllten Dhau erreichen, beginnt ihre Reise von vorne.

NACH SECHS Regenzeiten kam Miss Vivienne nach Nairobi zurück, und ich war bereit, noch einmal mit ihr durch die Savanne zu ziehen. Ich ging wegen des Lohnes mit, ich hatte mich in der Zwischenzeit als Laufbursche und Bote durchgeschlagen, und als Miss Vivienne mich suchen ließ, rechnete ich mir aus, dass es dieses Mal für den Brautpreis reichen würde.

Elizabeth war allerdings schon weggegeben worden, aber ihre jüngere Schwester Mary gefiel mir auch. Wir empfingen Miss Vivienne zu sechst am Bahnhof. Sie hatte sich wenig verändert, weniger als Mvanguno, der nun noch gebückter ging, aber sie war trauriger, als ich gedacht hatte, und wir wussten nicht weshalb. Bokari und Asani kannte ich ebenfalls von der ersten Safari. Mohammed, ein Somali, war neu, er hatte viele Jahre in der Kolonialarmee, bei den King's African Rifles gedient und war vom Gouverneur zu Miss Viviennes persönlichem Schutz abgeordnet worden. Wir fuhren nach Kiu, denn wir hatten die Erlaubnis, uns ins Gebiet der Massai zu begeben. Das gefiel mir nicht, die Kikuyus haben oft Streit mit den Massai, die von Blut und Milch leben und schlimmere Viehdiebe sind als die Wakambas. Mir war nie wohl unter den Massai, ich mag es nicht, wenn Männer ihr Haar zu Zöpfen flechten und so viel Schmuck tragen wie die Massaikrieger. In Kiu warteten wir tagelang auf den Lastwagen des Inders, der uns weiterbefördern sollte. Dann erfuhren wir, dass er ein Loch im Tank hatte und es einen Monat dauern würde, bis er geflickt wäre. Miss Vivienne schloss sich im Wartesaal des Bahnhofs ein, und Mvanguno sagte, sie vermisse immer noch ihren Vater. Sie kam nach zwei Tagen und Nächten mit verweinten Augen aus dem Wartesaal und wollte zurück nach Nairobi. Aber Bokari hatte inzwischen eine andere Lorry aufgetrieben, und so fuhren wir dreißig Meilen nach Selengai, wo wir an einem Wasserloch das Camp errichteten.

Erst allmählich begriffen wir, dass Miss Vivienne auf dieser Reise nicht mehr jagen wollte. Sie hatte zwar noch ihr doppelläufiges Gewehr mit den silbernen Beschlägen bei sich, mit dem der Bwana Bernard den Elefanten in Wald von Meru erlegt hatte, und Mohammed hatte sein eigenes Gewehr, aber die Waffen, so bestimmte sie es, durften nur in Notwehr gebraucht werden und sonst nicht. Aus welchem

Grund ging Miss Vivienne denn auf Safari?, fragten wir uns. Wir fanden heraus, dass sie nicht die Tiere, sondern bloß ihre Bilder erjagen wollte, sie wollte die Elefanten aus nächster Nähe fotografieren, und die Fotos waren ihr als Beute ebenso wertvoll wie früher die Häute. Sie wollte sie den Leuten in ihrem Land zeigen. Deshalb musste sich Bokari, der ihr früher das Gewehr nachgetragen hatte, auf der Pirsch nun zwei Kameras an Lederriemen um den Hals hängen und sogleich zur Stelle sein, wenn Miss Vivienne eine von ihnen benötigte. Muthungu, der kleine Küchenjunge, wollte zuerst nicht glauben, dass die Tiere in Miss Viviennes schwarzen Kästen Platz finden, und als ich es ihm erklärt hatte, fürchtete er sich plötzlich davor, selber in einen Kasten gesperrt zu werden. Er rannte davon, als Miss Vivienne die ganze Gruppe vor dem Zelt fotografieren wollte, und obwohl wir ihn auslachten, dachte ich mit Unbehagen daran, wie ich bei Reverend Wright die gleichen Ängste ausgestanden, ja mich sogar vor den Tönen des Grammophons gefürchtet hatte. Aber im Gegensatz zu mir damals kroch Muthungu, wenn Miss Vivienne mit der kreisenden Nadel Musik machte, beinahe in den Koffer hinein. Er war begeistert davon, dass eine Scheibe so viele Töne enthielt. Ich selbst verstand diese Musik nicht. Sie war manchmal heftig wie Donner, dann wieder säuselte sie dahin, dass einem beinahe die Augen zufielen. Die Choräle im Sonntagsgottesdienst waren mir lieber, auch wenn sie unsere alten Lieder nie ersetzen konnten.

Wir fragten uns abends am Feuer oft, was die Memsahib dazu bewogen hatte, die Jagd aufzugeben. Furcht oder Verzagtheit konnte es nicht sein, sie hatte ja auf der früheren Safari bewiesen, dass sie keiner Gefahr aus dem Weg ging. Es gebe Weiße, sagte uns Mvanguno, die Tiere als Brüder und Schwestern ansähen und nie eins töten würden, vielleicht sei Miss Vivienne nun auf diese Seite übergewechselt. Dann müsste sie aber, wandte Bokari ein, ständig aufpassen, dass sie keine Ameise zertrete und sich von allen Mücken stechen lasse. Wir lachten, so undenkbar kam uns das vor. Es könne aber auch sein, sagte Mvanguno, dass die Memsahib dem Geist des Vaters die Gefolgschaft verweigere, und wenn es so sei, tue sie es nicht aus Trotz, sondern um ihr eigenes Herz schlagen zu hören.

Auch in den nächsten Wochen wurde uns nicht klar, warum Miss Vivienne das Gewehr liegen ließ. Fleisch aßen wir trotzdem, wir wären sonst unzufrieden geworden. Die Massai brachten uns Ziegen und Schafe zum Schlachten und sie bekamen dafür Geld von Miss Vivienne oder Tabletten. Auch Miss Vivienne aß von diesem Fleisch. Das verwirrte uns noch mehr. Wer Fleisch isst, so dachten wir, sollte das Tier, von dem es stammt, auch selber töten. Hat das nicht Ngai so bestimmt? Und will er nicht, dass wir ihm, um ihn günstig zu stimmen, hin und wieder ein schönes Tier opfern?

Im Haus drin trocknete Vivienne sich ab. Sie brauchte kein Licht, streifte sich ein Nachthemd über und fand den Weg zu ihrem Bett, wo die Decke bereits zurückgeschlagen war. Sie roch den Maquis durchs offene Fenster, sie sah die Sterne über dem Wald und war so aufgeregt vor Freude, dass sie daran zweifelte, überhaupt einschlafen zu können. Aber beinahe schwerelos glitt sie in kaleidoskopische Träume und erwachte erst, als es draußen hell war. Die Männerstimmen, die sie geweckt hatten, gehörten wohl Fischern, die bei der Ballonet Kaffee tranken. Vivienne fühlte sich erholt und wusste gleich, wo sie war, sie wusste, dass sie heute ihre Koffer und den Papagei aus dem Manoir holen würde. Der Schreibtisch am Fenster wartete darauf, benützt zu werden, das silberne Schiff lag sicher vor Anker. Sogar Wasser floss im Bad aus dem Hahn; Ballonet hatte freiwillig den Tank voll gepumpt.

Nach dem Frühstück durchquerte sie die Insel im Eilschritt. Die ledrigen Blätter der Erdbeerbäume waren von Staub bedeckt; es hatte lange nicht mehr geregnet. Dennoch schuf das seitlich eintreffende Licht Glanz- und Glimmerstellen, als ob ganze Busch- und Baumpassagen abgeschliffen und poliert worden wären. Im Hotelzimmer packte sie ihre drei Koffer, redete Coco gut zu, öffnete dann die Briefpost, die sich an der Réception angesammelt hatte. Es war nichts Wichtiges dabei. Ein Brief von Karin, der zwischen den Zeilen verriet, wie sehr sie Vivienne um ihre Ungebundenheit beneidete. Mehrere Briefe von Graham, deren unverhohlen werbender Ton sie langweilte. Sie kannte ihn seit Jahren, ohne etwas für ihn zu empfinden; er war einer der Männer, die nach zwanzig langsam innerlich vertrocknen. Martin dagegen, der mitteilte, wann genau er ankommen werde, gehörte zu einem anderen Kaliber. Warum mussten die interessanten Männer immer schon verheiratet sein?

Sie aß in der Hostellerie zu Mittag, unterhielt sich mit Monsieur Henri, der sie zum Kaffee einlud, über seltene Schmetterlinge und ihre langen Flüge. Sie kaufte bei Madame Pichonnaz, einer Fischerswitwe, die einen kleinen Laden betrieb, Mehl, Zucker und Kartoffeln ein und ließ die Säcke gleich zur Anlegestelle bringen.

Nach fünf Uhr, als die Hitze abzuklingen begann, war Didier frei. Vivienne klemmte auf der Fahrt zur Bucht den Käfig mit Coco zwischen ihren Knien fest. Das Geschaukel machte ihm Angst, er suchte nach einem Versteck und fand keins. Was sie mit einem solchen Vogel wolle, fragte Didier, der fresse bloß viel und nütze ihr nichts.

«Ich werde ihn fliegen lassen», sagte Vivienne.

Didier lachte trocken auf. «Dann haben Sie ihn verloren. Der kehrt nicht zurück und wird zugrunde gehen.»

«Er kennt mich jetzt. Er wird zurückkehren.»

«Vergessen Sie's, Mademoiselle. Ein Vogel ist ein Vogel. Er gehorcht seinem eigenen Gesetz.»

Vivienne strich mit der Hand leicht über den Käfig. «Ich lasse ihm wenigstens die Wahl.»

Ballonet kam zum Landesteg geschlurft, half beim Ausladen und trug sogar den schwersten Koffer hinüber zum Haus. Das Boot leerte sich. Mit dem Käfig in der Hand ging Vivienne hinter Didier her, der zwei Säcke geschultert hatte. Aus einem rann Mehl, es bestäubte Didiers Rücken und hinterließ eine dünne ausgefranste Spur auf dem Uferweg. Als Vivienne ihn darauf hinwies, sagte er, jemand müsse den Sack mit einem Messer aufgeschlitzt haben.

«Wer denn?», fragte Vivienne irritiert, noch ohne Furcht. «Und warum?»

Es sei wohl ein Kinderstreich, vermutete Didier, immerhin gebe es ein paar Kinder auf Port-Cros, und die trieben sich eben herum wie herrenlose Hunde.

«Oder will man mir bedeuten, dass man's nicht gerne sieht, wenn Fremde länger auf der Insel bleiben?»

Didier wehrte verlegen ab. Nein, da täusche sie sich, wer hier Geld ausgebe, sei willkommen. Er legte den Sack quer über die Schulter, mit dem Schlitz nach oben, und ging weiter.

Wenigstens eine ehrliche Antwort, dachte Vivienne. Vor ihr lag das Haus schon halb im Schatten, nur das Ziegeldach glühte wie nach einem Brand.

«Da ist es», sagte sie zum Papagei. «Da bin ich zu Hause.»

Sobald es möglich war, zeigte sie ihm ihre Räume. Sie hatte ihn aus dem Käfig geholt und auf den Unterarm gesetzt, wo er die Krallen einzog und sich im Gleichgewicht hielt, ohne ihr wehzutun. Dann ging sie mit ihm hinaus auf die Terrasse. Sie streckte den Arm vorsichtig in die Höhe und sagte: «Flieg jetzt, flieg!» Coco zögerte, schüttelte sein Gefieder, ließ sich, zu Viviennes Enttäuschung, auf den Boden plumpsen, spazierte unschlüssig herum, flatterte bloß aufs

Geländer hinauf. Vivienne dachte schon, er sei in der Gefangenschaft zu träge geworden, da breitete er plötzlich die Flügel aus, schwang sich mit einem Krächzen in die Höhe, und als er, noch höher steigend, aus dem Schatten ins Licht kam, leuchteten die Farben über ihrem Kopf – Narzissengelb, Türkisblau, Smaragdgrün – festlich auf. Und sie erloschen nicht, sondern verschmolzen zum Farbball, der immer weitere Kreise zog und misstönende Freudenschreie aussandte, die Vivienne beinahe zu Tränen rührten.

«Siehst du's jetzt?», rief sie Coco nach. «Siehst du, wie schön es ist?»

Sie schaute zu, wie er sich bis zum Meer hinwagte, wie er zurückkehrte und zu den kleinen Pinien hinter dem Haus flog, wo der Maquis anfing. Plötzlich verschwand er hinter dem Hügelkamm und tauchte nicht wieder auf. Vivienne wartete ein paar Minuten und verwünschte ihre Voreiligkeit. Das kann doch nicht sein, dachte sie und ertappte sich dabei, dass sie darum betete, Coco möge zurückkehren; als Kind hatte sie immer gebetet, wenn ihr ein zahmes Tier abhanden gekommen war. Es wurde kühler, bald würde die Sonne untergehen. Sie holte den Käfig aus dem Haus, stellte ihn mit offener Tür auf die Terrasse, legte eine Schale mit Leckereien daneben. Aber es hatte keinen Sinn, draußen herumzustehen, und darum machte sie sich daran, in der Küche ihr Abendessen zuzubereiten. Sie wusch und schälte ein paar Kartoffeln, ging jedoch alle zwei, drei Minuten hinaus auf die Terrasse, in der Hoffnung, Coco anzutreffen. Als die Kartoffelscheiben endlich in der Pfanne brutzelten und sie gerade beschlossen hatte, noch ein Ei hineinzuschlagen, hörte sie in ihrem Rücken ein merkwürdiges Schleifen und Trippeln. Sie schaute nach und traute ihren Augen nicht. Der Ara stand mitten im Salon und begrüßte sie mit einem schnarrenden «Ça va pas! Ça va pas!». Sie staunte selber über das Ausmaß ihrer Freude. Was war nur in sie gefahren? Sie tanzte im

Salon herum und rief: «Da bist du ja! Ich hab's doch gewusst, ich hab's gewusst!» Sie kauerte nieder und streckte ihm den Arm entgegen, er kletterte auf ihre Schulter, rieb seine Zebrawange an ihrer Wange, wiederholte unablässig sein «Ça va pas!». Und lachend entgegnete Vivienne: «Mais oui, ça va très bien!»

Trocken salzen

Sie fragen mich nach Herrn Ruprechts persönlichem Verhältnis zu Fräulein von Wattenwyl, aus der ja später Frau Goschen wurde, und nach meinen eigenen Erinnerungen an sie. Ich selber sah sie zum letzten Mal, als sie am ersten März 1937 die fertig gestellten Kojen des von-Wattenwyl-Saals besichtigte. Beinahe zehn Jahre später, nach dem Krieg, kam sie noch einmal nach Bern, diesmal zusammen mit ihrem Mann; da war ich nicht mehr dabei. Aber ich beginne am besten von vorne. Vater und Tochter von Wattenwyl brachen zwei Monate nach Ruprechts Amtsantritt zu ihrer großen Safari auf. Alles war schon eingefädelt; er hatte nichts dazu zu sagen, obwohl er doch den einen oder anderen präparationstechnischen Rat hätte beisteuern können. Dennoch gab es von Anfang an zwischen diesem Vorhaben und seiner Existenz eine Verbindung; denn Doktor Baumann hatte ihn nicht zuletzt aus Deutschland geholt, weil er den Häuten, die er aus Afrika erwartete, die größtmögliche Sorgfalt angedeihen lassen wollte und er sich von den Dioramen eine außerordentliche Wirkung aufs Publikum erhoffte. Ruprecht wurde ins Bild gesetzt über die Reiseroute und die Liste der zum Abschuss freigegebenen Tiere. Er folgte, aufgrund der spärlich eintreffenden Briefe, dem Verlauf der Expedition auf der großen Afrikakarte, die an einer der Werkstattwände hing, und immer wieder fragte er sich, was es heißen mochte, auf diesem Kontinent Hunderte von Kilometern zu Fuß – durch Wüste, Urwald, Gebirge – zurückzulegen. Man beschrieb ihm Fräulein von Wattenwyl als eher zarte Person, um so mehr bewunderte er schon damals ihre Tatkraft und Unerschrockenheit. Die Bewunderung wuchs noch, als die ersten Trophäen im Museum eintrafen und er zu ermessen versuchte, unter welchen Gefahren und unter welch widrigen Verhältnissen sie erbeutet und abgebalgt worden waren. Wie ein Blitz schlug dann im November 1924 die Nachricht im Museum ein, Bernhard von Wattenwyl sei, an der Grenze zwischen Belgisch-Kongo und Uganda, von einem Löwen angefallen worden und zwei Tage darauf seinen schweren Verletzungen erlegen. Ruprecht stellte sich die Verzweiflung der Tochter vor, die sich nun, ohne männlichen Schutz, gegen sechzig schwarze Träger behaupten musste. Er glaubte sie in tödlicher Gefahr, und er hatte, wie andere auch, den Drang ihr beizustehen. Ein Leserbrief im *Bund*, der die sofortige Entsendung einer Hilfsexpedition zur Rettung des Fräuleins von Wattenwyl forderte, sprach ihm aus dem Herzen; in der ersten Aufwallung von Beschützerinstinkt hätte er wohl, gegen alle Vernunft, schon am nächsten Tag den Zug nach Marseille genommen, um sich nach Mombasa einzuschiffen. Aber die schlaflose Nacht, in der er diesen Plan unablässig hin und her wälzte, belehrte ihn eines Besseren. Er habe glücklicherweise erkannt, sagte er mit gleichsam rückwirkendem Spott, wie lächerlich es gewesen wäre, sich unter den obwaltenden Umständen zum Retter aufschwingen zu wollen. Es hätte Wochen und Monate gedauert, Vivienne von Wattenwyl aufzufinden. Die Idee, als neuer Stanley einen weiblichen Livingstone zurückzuholen, verflog so rasch, wie sie entstanden war. Es machte sich auch kein anderer auf, in Afrika ein Held zu werden; von Bern zum Edwardsee ist es doch wesentlich weiter, als man im ersten Moment glauben möchte.

Dann erfuhr man im Museum durch eine Reihe von Telegrammen, dass Fräulein von Wattenwyl wohlauf sei, sich in Entebbe, im Haus des englischen Gouverneurs aufhalte und eine Fieberkrankheit auskuriere. Ruprecht nahm an, sie werde, nach ihrer Rekonvaleszenz, die Safari abbrechen und auf schnellstem Weg nach Europa zurückkehren. Aber niemand hatte mit ihrer Willensstärke – man könnte sogar sagen: Dickköpfigkeit – gerechnet. Sie teilte dem Museum mit, dass sie das Unternehmen im Geiste ihres Vaters fortzusetzen gedenke und auf jeden Fall noch, da sie nun die nötige Lizenz erhalten habe, für uns ein weißes Rhinozeros schießen wolle. Doktor Baumann hielt Fräulein von Wattenwyls Vorhaben für äußerst unbesonnen, und Ruprecht fragte sich im Geheimen, ob die Tochter wohl, von Trauer niedergedrückt, ihrem Vater in den Tod folgen wolle. Allerdings kam es dann ganz anders. Ein paar Wochen später traf die Meldung ein, Vivienne von Wattenwyl habe in der Tat ein weißes Rhinozeros erlegt. Doktor Baumann, der zuvor telegraphisch kondoliert hatte, schickte nun ein Glückwunschtelegramm an dieselbe Adresse in Entebbe; er war außer sich vor Freude, würde er doch nun zu den wenigen Museumsdirektoren in der Welt gehören, zu deren Sammlung ein weißes Nashorn gehört. Ich muss hinzufügen, dass das Adjektiv «weiß» eher als mythologischer Zusatz zu werten ist; denn ein weißes Nashorn hat höchstenfalls eine gräuliche, aschenartig gesprenkelte Haut, niemals aber eine weiße.

Am vierten Februar 1925 – Ruprecht erinnerte sich daran, als wäre es gestern gewesen – besuchte ihn Fräulein von Wattenwyl erstmals in seinem Atelier. Sie war, nach ihrer Rückkehr aus Afrika, zu Gast bei Verwandten in Muri; sie litt noch an den Folgen der Malaria, die sie nach dem Abbalgen des Nashorns niedergezwungen hatte. Sie habe, erzählte Ruprecht, ausgezehrt auf ihn gewirkt und sei dennoch voller Energie und Enthusiasmus gewesen. Mit ihrem länglichen Gesicht und dem langen Hals, das füge ich aus eigener Erfahrung bei, war sie nicht eigentlich schön zu nennen, verfügte aber durch ihre vollen, sanft geschwungenen Lippen und die ausdrucksvollen Augen über eine Ausstrahlung, die jeden Mann in Bann zu schlagen vermochte. Zudem war sie groß und schlank und entbehrte keineswegs weiblicher Rundungen. Das überfüllte Präparatorium im Altbau schien sich bei ihrem Eintritt gleich ein wenig auszuweiten und aufzuhellen, auch wenn Doktor Baumann, der sie stets begleitete, mit seiner säuerlichen Miene alles tat, um diesen Eindruck zu verderben. Fräulein von Wattenwyl begrüßte damals den Präparator Ruprecht mit herzlichem Handschlag, als würde sie ihn schon lange kennen. Doch er verstand kaum Englisch, und sie sprach nur wenige Worte Deutsch. So verständigten sie sich brockenweise auf Französisch, und zwischendurch leistete Doktor Baumann – widerwillig, wie ich mir denken kann – Übersetzerdienste. Ruprecht arbeitete bei jener ersten Begegnung am Grévy-Zebra und war gerade in der Endphase des Ausmodellierens, wo es darum geht, dem nackten Körper die letzten Feinheiten abzuschmeicheln, bevor er dann mit Schellack eingepinselt wird. Er erklärte Fräulein von Wattenwyl seine Arbeitsweise, den Aufbau des Eisengestells, die Applikation des Maschendrahts. Sie ging bewundernd um das Modell herum und tätschelte den Rücken des Tiers, als wäre es lebendig. Er zeigte ihr die Haut, die noch über der Kürschnerbank hing, ließ sie spüren, wie geschmeidig sie geworden war, und sie hielt ihre Wange daran, legte sich dann scherzhaft die Haut über die Schultern, als wolle sie sich selbst in ein Zebra verwandeln, und in ihrer Haltung, so spöttelte Ruprecht mir gegenüber, habe sich in der Tat etwas Pferdehaft-Entschlossenes gezeigt, das ihn seinerseits zum Lachen gebracht habe. Ihr Zwiegespräch, das mehr auf Blicken und Gesten als auf Worten beruhte, erregte jedoch Herrn Baumanns Missfallen; er unterbrach die beiden immer wieder, wollte von Ruprecht technische Einzelheiten wissen, die der nicht genau im Kopf hatte, und drückte seinen Tadel mit bedeutungsvollem Runzeln der Augenbrauen aus.

Ohne auf den Direktor zu achten, führte Ruprecht die Besucherin in den Nebenraum, wo, wie in einer kleinen Arche, die Tiere standen, die er bereits auf Vorrat präpariert hatte, unter anderem ein wundervoller Bongo, ein Kudu, eine Fleckenhyäne, und nun glaubte er in Fräulein von Wattenwyls Augen sogar Freudentränen zu entdecken. Sie gab ihm zu verstehen, wie wichtig ihr die stolze Haltung des Bongos sei, dem ihr Vater zehn Wochen lang in den Bergen von Aberdare nachgestellt hatte, wie sehr sie ihm danke, dass er ihren Tieren seine ganze Kunst widme; denn für einen Künstler hielt sie ihn gewiss, das war später auch daran abzulesen, dass sie sich einige von seinen schönsten Tierskizzen erbat, um sie für sich rahmen zu lassen.

Beim Abschied versprach sie ihm, sie werde ihn, solange sie in Bern weile, regelmäßig in der Werkstatt besuchen; sie wolle unbedingt dabei sein, wenn er den ersten Löwen in Angriff nehme. Die Kisten mit weiteren Löwenfellen zur Auswahl würden sicher bald in Bern eintreffen. Das schönste Exemplar von allen, habe sie mit Überwindung gesagt, sei doch wohl der schwarzmähnige Löwe, der ihren Vater getötet habe. Sie hoffe, fuhr sie fort, Herr Ruprecht werde ihm, der ja bloß seiner Natur gefolgt sei, durch besondere Sorgfalt Gerechtigkeit widerfahren lassen – und dies bestimmt auch im Sinne ihres Vaters. Es stellte sich dann allerdings heraus, dass gerade dieser Löwe unansehnlicher war als andere. Ruprechts Entscheidung, ihn im Magazin zu lassen, nahm sie zu einem späteren Zeitpunkt erleichtert und zugleich enttäuscht entgegen.

Ihr Versprechen hielt sie aber nicht ein oder nur halb. Sie verbrachte ein paar Wochen im winterlichen Grindelwald, von wo sie meinem Lehrmeister eine Karte schickte. Geldsorgen schienen sie, im Gegensatz zu uns Präparatoren, nie zu bedrücken. Überall gab es Häuser von reichen Verwandten, in die sie eingeladen wurde, oder Luxushotels, in denen sie sich einmietete. Sie kam noch zu einem Abschiedsbesuch, bevor sie nach London abfuhr, war aber in Eile und hatte gar keine Zeit, die Qualität des Zebras, das Ruprecht unterdessen vollendet hatte, in Ruhe zu beurteilen; die Häute, die mit der zweiten großen Sendung eingetroffen waren, würdigte sie kaum eines Blickes. Sie habe, erzählte mir Ruprecht, trotz ihres sonnengebräunten Teints diesmal einen niedergeschlagenen Eindruck gemacht; er habe nicht gewusst, ob er dies ihrer Launenhaftigkeit oder einem Anfall von Reue zuschreiben sollte. Mit Doktor Baumann indessen besprach sie, so habe er später erfahren, den Plan zu einer zweiten Expedition, auf der sie das Okapi und den Gorilla jagen wollte. Hätte zu jener Zeit jemand Ruprecht gefragt, ob er sich vorstellen könnte, Fräulein von Wattenwyl zu begleiten, hätte er vermutlich ja gesagt; auch andere Museen schickten Präparatoren nach Afrika. Doch er wusste schon damals, dass ihm sein Vorgesetzter eine solche Reise niemals ermöglichen würde. Doktor Baumann schreckte selbst davor zurück, sich der Mühsal der Tropen auszusetzen, so gönnte er's auch keinem anderen in seinem Machtbereich, afrikanische Luft zu atmen.

DER ITALIENISCHE KNECHT

GRANDMINON betrat den Landesteg, breitete wie eine zurückgekehrte Herrscherin die Arme aus und rief: «Da hast du mich wieder, Vivienne!» Es war schön, sich zu ihr hinunterzubeugen, von ihr umarmt zu werden, ihren Geruch einzuatmen, diesen vertrauten, aus vielerlei Essenzen zusammengemischten Großmuttergeruch. Der Hut roch nach den Mottenkugeln in den Schränken der Genfer Wohnung, ihr Haar nach Zigarren und Öldunst, ihre Wangen nach den unzähligen Töpfchen und Fläschchen im blau gekachelten Badezimmer. Und natürlich ihr überlautes, herzliches Lachen, ihre raue Stimme, ihr bis zu den Knöcheln reichendes Sackkleid, ihre vielen abgewetzten, von Etiketten überklebten Koffer. Aber die Koffer waren längst nicht alles, was sie mitgebracht hatte. Ein Bügelbrett war dabei, eine Nähmaschine, ein Sonnenschirm, altes Gartenwerkzeug, eine Bockleiter, Stoffballen, Kartons mit frühen Äpfeln und Birnen, eine Vogelschaukel. Sie hatte Daumas bestochen, damit er die *Vedette* bis zur Bucht fuhr, und nun tätschelte sie den muskulösen Unterarm eines Matrosen und bat ihn, das Gepäck doch bitte ins Haus zu schaffen. Man konnte ihr nicht widerstehen, am wenigsten, wenn sie mit Münzen und Scheinen nachhalf. Niemand wusste, dass Grandminon Männer im Grunde verachtete und sich, noch in ihrem Alter, ein Spiel daraus machte, sie um den Finger zu wickeln.

Bewundernd ging sie durch die verwandelten Räume. «Prachtvoll!», rief sie. «Wie das alles *zusammenpasst*! Was du für ein gutes Auge hast!» Sie schloss Bekanntschaft mit Coco, der draußen auf dem Terrassengeländer saß, kraulte sein grünes Kopfgefieder, rühmte in den höchsten Tönen dieses *Wunder der Schöpfung*, sie blickte ergriffen hinaus aufs azurblaue Meer und hinauf in den makellosen Himmel. «Diese Stille! Diese südliche Wärme! Wie gut das für mein Rheuma ist!» Unvermittelt verstummte sie und schloss die Augen, und nach einer wirkungsvollen Pause sagte sie: «So schön es ist, es wird vergehen. Alles Irdische ist nichts als Illusion. Wir binden uns zu sehr daran.»

«In diesem Fall», entgegnete Vivienne belustigt, «hättest du besser ein bisschen weniger Gepäck mitgebracht.»

Mit einem entwaffnenden Lächeln sah Grandminon ihre Enkelin an. «Aber das *brauchst* du doch!» Und schon wollte sie mit einem ihrer Vorträge über den Unterschied zwischen dem *Notwendigen* und dem *Überflüssigen* beginnen. Doch Vivienne zog sie am Ärmel mit sich und forderte sie auf, es sich im Zimmer, das für sie bestimmt war, bequem zu machen.

Die nächsten Tage vergingen wie im Flug. Sie saßen schon beim Frühstück auf der Terrasse unter dem Sonnenschirm, und die Butter lag, wie es sich gehörte, auf dem Teller aus Kristallglas. Zu Grandminons Entsetzen dachte Vivienne daran, einen Esel zu kaufen, ein Lasttier, um sich den horrenden Preis zu sparen, den ihr Didier und Daumas für ihre Warentransporte abknöpften. Es gelang Grandminon nicht, ihr diese Idee auszureden, und umgekehrt konnte Vivienne die Großmutter nicht daran hindern, sich nach dem Frühstück an die Nähmaschine zu setzen. Grandminon wollte unbedingt aus dem mitgebrachten Stoff, einem hellgrünen Samt, Vorhänge für den Salon nähen. Dafür war sie begabter als Vivienne, dennoch gerieten ihr die Säume zu krumm, nie ließen sich alle Falten der langen Bahnen glätten, und immer wieder riss unerwartet der Faden. Wütend trat sie aufs Pedal, ließ das Rad schnurren und sausen und stieß mörderische Flüche aus, die ihr niemand zugetraut hätte. Vivienne verzog sich in dieser Zeit in den Garten, wo sie mit Jäten und Umgraben begonnen hatte. Spätestens gegen elf war Grandminon so enerviert, dass sie die halbfertigen Vorhänge in einen Winkel warf und in ihrem Zimmer verschwand. Nach einer Stunde tauchte sie meist wieder auf und begann, im Frieden mit sich selbst, zu kochen. Hin und wieder rief sie Vivienne zu sich, um mit dem Unterricht fortzufahren, den sie vor fünfzehn Jahren begonnen hatte. Sie versuchte ihr beizubringen, wie man ein schönes Kartoffelgratin, ein Ratatouille zubereitet und zeigte ihr, dass eine *Crème brûlée* nicht gerinnen darf. Doch Vivienne erwies sich als resistent gegenüber allen Belehrungsversuchen, sie ignorierte Maßangaben und Garzeiten, verfuhr überaus launisch mit Gewürzen. Nein, seufzte Grandminon, die Enkelin sei in der Tat keine geborene Köchin.

Warum Vivienne so oft von den beiden norwegischen Fährfrauen träumte, wusste sie selbst nicht. Sie hatten sich verkleidet, aber die Greisinnengesichter mit dem Stummelzahnlachen blieben unverkennbar. Im einen Traum saßen sie hinter einem Ladentisch, wühlten in Schachteln mit Perlmuttknöpfen, verstreuten sie lachend, Hand voll um Hand voll, und Vivienne wollte doch keine Knöpfe, sondern schwarzen Faden, mit dem sie die zerrissenen Decken zusammennähen konnte, die zu Hause auf sie warteten, lauter zerrissene Bettdecken, die eigentlich Felle waren. Und im anderen Traum lagen die Fährfrauen zusammen in einem Spitalbett, und als Vivienne die Decke zurückschlug, sah sie mit Entsetzen, dass die beiden Köpfe zu einem einzigen Körper gehörten, einem schrumpeligen Kinderkörper ohne Geschlechtsmerkmale, über dessen Brust eine klaffende Schnittwunde lief. Das Erstaunliche war aber, dass die Wunde, die sogar die Sicht auf innere Organe freigab, überhaupt nicht blutete und das doppelköpfige Wesen keine Schmerzen zu empfinden schien.

Dieses friedliche Leben dauerte nur wenige Tage. Dann entstieg eines Mittags Josef mit sieghaftem Lächeln der *Vedette*, die endlich die leeren Lattenkisten abholen sollte. Er war sonntäglich gekleidet und frisiert, hatte ein rotes Tüchlein in die Brusttasche seines weißen Hemds gesteckt, die Schuhe frisch gewichst. Er strahlte Vivienne an und überreichte ihr in offenem Umschlag einen Brief von Madame Balyne. Sie schrieb, eine weibliche Hilfskraft für den Haushalt in Port-Man habe sie leider nicht auftreiben können, aber Josef – eigentlich Giuseppe –, den sie sozusagen als Leihgabe schicke, sei ein vollwertiger Ersatz, gutartig und zu allem zu gebrauchen. Es falle ihr nicht leicht, ihn zu entbehren, aber um die Mieterin von Port-Man zufrieden zu stellen, bringe sie sogar dieses Opfer. Während Vivienne den Brief überflog, half Josef, ungeachtet seiner Sonntagskleider, den Matrosen beim Verladen der Kisten; offenbar wollte er Vivienne beweisen, wie kräftig er zuzupacken verstand. Danach klopfte er Holzstaub von den Ärmeln, lud seine unförmige Tasche auf die Schulter und drückte zugleich ein eben angekommenes Paket an die Brust. So ging er Vivienne mit strammen Schritten voraus. Alle paar Meter schaute er sich nach ihr um, während er beinahe ununterbrochen Bemerkungen in seinem französischen Kauderwelsch hervorsprudelte: «Da gibt es viel zu tun in diesem Haus, Madamoiselle ... Ich sehe es von nacktem Auge ... Auch Bäume fällen, nicht wahr ... Da bin ich der richtige Mann ... Ich bin gut für Madamoiselle ... Sie werden sehen, ich bin der beste Mann für Madamoiselle ...»

Grandminon beurteilte den Knecht mit wenigen Blicken. «Können Sie kochen?», fragte sie ihn.

«Oooh ...» Er zog das O in die Länge, als wolle er eine Trompete nachahmen. «Ein bisschen. Pasta. *Salsa di pomodori.*» Verheißungsvoll schnippte er mit den Fingern. «Aber ich kann lernen!»

«Damit bist du ab sofort von deinen Lektionen befreit», sagte Grandminon zu Vivienne.

Josef hatte zum Glück nichts gegen die Kammer im Erdgeschoss einzuwenden, im Gegenteil, er rühmte die angenehme Kühle darin und begann gleich damit, seine Sachen einzuräumen. Wenig später klopfte er oben an die Tür. Er hatte sich eine Schürze umgebunden, klobigere Schuhe angezogen und wartete auf die Anweisungen von Madamoiselle. Coco, der im Salon auf einer Stange saß, hatte die fremde Stimme gehört, und flatterte, während Josef zurückwich, überraschend auf Viviennes Schulter, wo er empört zu kreischen begann.

Josef zeigte mit dem Finger auf den Ara, als könne er ihn so an seinem Platz festbannen. «Der Vogel muss in Kasten! Er muss!» Als Coco den Kopf vorstreckte, zuckte Josefs Finger zurück, und er versteckte die Hand auf dem Rücken.

Vivienne unterdrückte ein Lachen und klopfte auf Cocos Schnabel. «Haben Sie keine Angst, er tut Ihnen nichts. Er ist nur nachts im Käfig.»

Josef wölbte seinen Brustkasten vor. «Ich habe nicht Angst, Madamoiselle. Nur Sorge um Gesundheit. Ich brauche gesunde Finger für die Arbeit!» In sicherem Abstand von Coco zeigte er ihr alle zehn Finger, kurze Finger mit breiten Kuppen und krumme schwielige Daumen.

«Grab fürs Erste den Garten um», sagte sie. «Über alles andere reden wir später.» Erst hinterher fiel ihr auf, dass sie ihn geduzt hatte, und sie beschloss, auf jeden Fall beim Sie zu bleiben. Keine Vertraulichkeit mit einem Knecht, im Englischen nahm einem das *You* die Entscheidung ab.

«Ich mache alles», versprach Josef und legte die Hand aufs Herz. «Alles!»

«Zuerst den Garten», erwiderte Vivienne.

Wenig später sah sie ihn mit geschultertem Werkzeug und beinahe soldatischem Schritt zum Garten stampfen. Eine

Weile beobachteten ihn die beiden Frauen von der Terrasse aus. Er trieb den Spaten mit Fußtritten in den Boden, warf die auseinander bröckelnde Erde, die er emporhob, auf den Walm vor sich. Wie er keuchte, die Arme schwang, sich beugte und streckte, hatte etwas Berserkerhaftes, ganz und gar Ungebändigtes. Der Schweiß lief ihm übers gerötete Gesicht und durchnässte das Hemd, das ihm dunkelfleckig an den Schultern klebte. Er hatte es über den Gürtel gezogen und bis zum untersten Knopf geöffnet, so dass sich die Brust zeigte, die von nassen Haaren undeutlich bekritzelt schien. Er hatte sogleich gemerkt, dass ihn die Frauen – und von weitem auch die Ballonets – beobachteten und schien deswegen seine Anstrengungen noch einmal zu verdoppeln. Hin und wieder blickte er Beifall heischend zu ihnen hoch. Die Furche, die er grub, wurde rasch länger, die umgegrabene Fläche, deren Umbrarot vom hellrötlichen Ocker abstach, erweiterte sich, und es sah aus, als würde sie von Josefs Schweiß verdunkelt.

«Mein Gott», sagte Grandminon mit einem halben Lachen, «wenn es kälter wäre, würde er dampfen wie ein Pferd.»

Vivienne stimmte befangen in ihr Lachen ein. «Hoffentlich hat er genug getrunken. Sonst fällt er noch plötzlich um.»

«Oh, es braucht viel, bis einer wie der umfällt. Ich habe Erfahrung mit diesem Typ Mann. Er braucht Schliff, klare Befehle.»

Damit hatte Grandminon Recht. Die Kochschule allerdings, zu der sie Josef zwang, wurde zu einem Fiasko. Obwohl er das Gegenteil beteuerte, ging es offenbar gegen seine Ehre, Hausfrauenpflichten zu übernehmen. Seine Präsenz schien die Küche beinahe zu sprengen, und Grandminon wirkte in seiner Nähe noch kleiner und geschrumpfter. Deutlich ließ er sie spüren, wie wenig ernst er ihre Belehrungen nahm. Warum Auberginen würfeln und anbraten, wenn man sie ebenso gleich ins siedende Wasser werfen konnte? Warum Wein an eine Sauce verschwenden, der sich doch besser trinken ließ? Er gab sich ungeschickter, als er war, und warf mit lautem Scheppern die Pfannen durcheinander, bis er die richtige gefunden hatte. Wenn ihm etwas nicht auf Anhieb gelang, fuchtelte er fluchend in der Küche herum, und es brauchte Grandminons ganze Stimmgewalt, um ihn zur Räson zu bringen.

Aber sonst war Josef tatsächlich zu allem zu gebrauchen, zum Holzspalten, Fensterputzen, Dachflicken, Bäumeschneiden. Je sicherer er sich in der neuen Umgebung fühlte, desto lauter sang er bei der Arbeit. Es war, als hätten ihm die drei abgereisten Handwerker ihr musikalisches Erbe hinterlassen, denn er bevorzugte die gleichen Verdi-Arien wie sie und tremolierte sie so falsch, dass es kaum auszuhalten war. Viviennes Bitte, er möge sich mäßigen, beantwortete er mit beleidigtem Schweigen, das indessen nie länger als eine oder zwei Stunden dauerte. Brahms und Beethoven, die abends auf der Terrasse erklangen, konnte er seinerseits nicht ausstehen. Er staunte zwar über das Wunder der Tonwiedergabe, aber die langatmigen Symphonien, sagte er, brächten sein Gehirn durcheinander. Er flüchtete vor ihnen in seine Kammer, oder er schwatzte draußen laut mit Ballonet, um die Musik zu übertönen. Dann war es mit der Ungestörtheit auf der Terrasse vorbei, doch Grandminon fand, man könne einem Italiener weder das Singen noch das Schwatzen verbieten, es gehöre zu den grundlegenden Menschenrechten, sich *auszudrücken*, wie es der eigenen Kultur entspreche.

Nicht nur Josefs Singen störte Vivienne. Schon nach kurzer Zeit machte es den Anschein, als ob er sie regelrecht beschatte, sie mit seiner Dienstbereitschaft verfolge, kurz: er zeigte sich einfach überall, wo sie allein sein wollte. Sie saß nachts am Meer, in den Anblick der dunklen Wasserfläche versunken, da stand er plötzlich hinter ihr und erschreckte sie mit der Frage, ob sie noch einen Wunsch habe, bevor er sich schlafen lege, und die Hitze, die von seinem Körper ausging, schien sie förmlich von ihrem Platz wegzudrängen. Oder sie schrieb im Zimmer an ihrem Tagebuch, da klopfte er an die Tür, trat gleich ein und stellte ein Tablett mit Tee und Gebäck auf ihren Schreibtisch. Er gab vor, Madame habe ihn geschickt, es sei Zeit für eine Erfrischung, und als Vivienne ihn anherrschte, er solle warten, bis sie ihm einzutreten erlaube, doppelte er mit der Lüge nach, sie habe doch «Herein» gerufen.

In seinem Verhalten, verteidigte ihn Grandminon, zeige sich allenfalls die Besorgnis eines treu ergebenen Dieners. Es sei doch ein Vorteil, dass ein so kräftiger Bursche wie er für Viviennes Schutz sorge. Man lese in den Zeitungen nämlich immer wieder von Überfällen auf allein lebende Frauen, erst kürzlich sei eine reiche Witwe in einer Villa an der Côte d'Azur ermordet worden. Und wenn Josef ein bisschen in die schöne Prinzessin verliebt sei, solle sie es getrost ausnutzen. Grandminons Lachen überschlug sich und endete in einem Rasseln. «Zeig deinem Josef den Meister, und er frisst dir aus der Hand. Lass dich ja nicht einschüchtern. Sei ihm immer einen Schritt voraus.»

Sie vereinbarte mit Grandminon, dass sie allein nach Toulon fahren würde, um Martin abzuholen. Er verstand einiges von Pferden, da würde es ihm nicht schwer fallen, ihr beim Kauf des Esels behilflich zu sein. Josef hatte sich anerboten, einen Stall zu bauen, und Vivienne gab ihm den Auftrag, während ihrer Abwesenheit Steine für die Mauern herbeizuschaffen. Aber nicht nur einen Esel wollte Vivienne aus Toulon mitbringen, sondern auch ein paar Bäumchen zum Einpflanzen, und diesem Vorhaben stimmte Grandminon uneingeschränkt zu. Bäume wachsen zu sehen, sagte sie, schule die Geduld, und obwohl ihr die Unterschiede zwischen den Arten nicht wichtig waren, half sie Vivienne beim Zusammenstellen einer Liste.

Rote und weiße Kastanie sollte es sein, junge Zypressen, Zitronen- und Pflaumenbäumchen. Man müsse sie nur gut bewässern, sagte sie zu Vivienne, dann würden sie im Lauf der Jahre das Haus umgeben wie freundliche Schutzgeister.

Sie zögert, ihn, den hohen Offizier, beim Vornamen zu nennen. Die Gouverneursvilla in Entebbe ist von blühendem Oleander und Bougainvillea umgeben. Sie sitzen in der schattigen Veranda am Teetisch, mit Blick auf den Viktoriasee, auf den die hohen, dicht beieinander stehenden Segel der Fischerboote ein Wabenmuster zeichnen. Noch ist das Spirillumfieber nicht ganz abgeklungen. Alles liegt unter einem Schleier, leicht verschwommen, zitternd manchmal wie die Luftspiegelungen über den Loriansümpfen. Brovie ist tot, und sie kann es immer noch nicht glauben. Wird er nicht gleich, das Gewehr quer über der Schulter, auf die Veranda treten und sie mit verschmitztem Lachen begrüßen: «Euch hab ich alle hereingelegt, wie?» Dann die Zigarette, die sie für ihn dreht, die ironische Schilderung seines letzten Jagdabenteuers, die Frage nach dem Zustand der Häute. Aber so wird es nicht sein. Sie will um Brovie trauern und kann es nicht. Wie hat sie es bloß geschafft, in diesem Zustand bis Entebbe zu gelangen? Wie hat sie es geschafft, die Kolonne mit Frischfleisch zu versorgen? Da war eine Hülle, die Brovies Pflichten übernahm und auf Beute schoss, eine nahezu fühllose Hülle, die aß, trank, ging und weiterging, Schritt um Schritt, und da war eine andere Person, über allem schwebend, die sich selbst verwundert zusah, zuweilen, von Schmerz attackiert, in völlige Schwärze glitt und daraus wieder auftauchte, als wäre nichts geschehen. Sie darf keine Kraft verschwenden, sonst kommt sie nicht mehr voran, und sie muss doch gehen, immer weitergehen, darf keinen Aufschub dulden, muss einen ungehorsamen Träger bestrafen, wie es Brovie getan hätte. Gehorcht mir, wir führen zu Ende, was er gewollt hat. Ja, ich bin seine Erbin, ich habe die Aufgabe geerbt, euch zu führen. Das weiße Nashorn fehlt uns noch, wir müssen es finden. Und alle waren bereit dazu, ohne Ausnahme. Als sie merkte, dass sie aus Dankbarkeit zu schluchzen begann, zog sie sich mit fieberndem Kopf ins Zelt zurück und biss ins Kissen, um nicht laut hinauszuschreien.

Nun erholt sie sich beinahe schon eine Woche beim britischen Gouverneur und seiner Frau. Wie gütig Lady Archer sie behandelt! Das luftigste und hellste Zimmer hat sie Vivienne zur Verfügung gestellt und den Trägern ein Quartier in einem Nebengebäude verschafft. Vivienne müsse sich, wie eine Genesende, wieder an Gesellschaft gewöhnen, hat Lady Archer zu ihr gesagt und sie darum beim Mittagessen dem dunkellockigen, an den Schläfen grau melierten Mann vorgestellt, der ihr jetzt auf der Veranda gegenübersitzt und sie forschend anschaut.

«Sie sind sehr müde, nicht wahr? Lady Archer hat mir von Ihnen erzählt. Ich weiß, was Sie durchgemacht haben.»

Vivienne schweigt, nippt vom Tee. Warum hat Lady Archer sie mit diesem Mann allein gelassen? Sie braucht keine Männer, die sie trösten, Trost ist nutzlos in ihrer Lage. Sie will nur eins: bald wieder aufbrechen und tun, was zu tun ist, und sie ahnt, dass Lady Archer sie daran hindern will, denn Viviennes Entschluss, die Safari fortzusetzen, erscheint ihr unsinnig, geradezu selbstmörderisch. Sie sagt es bloß in Andeutungen, um Vivienne zu schonen, doch sie hat nun wohl auch diesen Mann in seiner dekorierten Uniform aufgeboten, damit er Vivienne ihr Vorhaben ausredet.

Sein Blick ist ruhig und aufmerksam, weder taxierend noch umgarnend wie der anderer Männer. «Der Tod macht einen hilflos, nicht wahr?», sagt er.

Sie nickt schwach, ohne es zu wollen. «Mein Vater war so unvorsichtig. Ich habe ihn nie zurückhalten können.»

«Selbstvorwürfe? Man kann ja ein Unglück nicht rückgängig machen. Und noch weniger den Tod.» Er klatscht in die Hände, lässt sich vom Mädchen, das halb hinter einer Säule steht, Portwein nachschenken.

«Zweimal ist er beinahe ertrunken», sagt Vivienne. «Er konnte nicht besonders gut schwimmen, wissen Sie. Und trotzdem wollte er auch bei Flussüberquerungen immer vorangehen. Sogar wenn uns die Eingeborenen sagten, der Wasserstand sei höher als sonst. Ein solcher Starrkopf!»

Ein Lächeln erscheint auf seinem Gesicht, erlischt aber gleich wieder. «So sind wir Männer eben. Auch mein Beruf bringt es mit sich, dass ich mich dauernd Gefahren aussetze. Da ist der Tod nie weit. Manchmal wär's mir lieber gewesen, es hätte mich selber getroffen statt andere.» Er räuspert sich, wischt mit der Handkante nicht vorhandenen Staub vom Kragenspiegel. «Nun ja, der Schützengraben ist kein schöner Aufenthaltsort.»

«Sie waren im Krieg an der Front?»

Er nickt. «An der Westfront in Frankreich. Damals noch als Major. Wochenlang unter Granatbeschuss.»

«Ist Ihnen der Krieg nie sinnlos erschienen?»

«O doch. Aber man tut seine Pflicht. Hätten wir uns von den Deutschen überrennen lassen sollen?»

«Brovie … mein Vater hat den Krieg verabscheut. Er würde, hat er immer gesagt, sein Gewehr nur in Notwehr auf Menschen richten.»

«Da kommt es natürlich darauf an, ob man nicht auch den Krieg als Notwehr definiert. Wurde ihr Vater denn nicht eingezogen?»

«Er war Schweizer Bürger, und die Schweiz blieb im Krieg neutral.»

Der Mann, der Brigadegeneral ist, lacht trocken. «Klug, nicht wahr?» Er zögert einen Moment. «Aber sprechen wir lieber von Ihnen.» Seine Stimme, die so ruhig Satz an Satz fügt, hat einen teilnehmenden Klang angenommen, eine Schwingung, die sie wehrlos zu machen droht. Sie schüttelt den Kopf und spürt doch das Pochen und Drängen hinter ihrem Widerstand.

«Ihr Vater war Ihnen sehr wichtig, nicht wahr?»

«Er war ...», sie stockt, nimmt mit Anstrengung den Faden wieder auf, «er war beinahe alles für mich.»

«Wie ist es denn passiert? Man hört nur Gerüchte. Erzählen Sie doch. Es wird Sie erleichtern. Wissen Sie, wie oft ich vom Tod meines besten Freundes erzählt habe?»

Ihr Blick gleitet ab von seiner gesammelten Miene und bleibt an den Knöpfen seiner Uniform hängen. «Nein, nein. Wie soll ich das erzählen können? Es ist alles so ... so unruhig, so verschwommen ...»

«Fangen Sie einfach an. Ich bin im Urlaub, ich habe Zeit.»

Obwohl sie vor einer unüberwindlichen Hürde zu stehen scheint, fängt sie an. Sie erzählt von dem Tag, an dem das Fieber sie zwingt, im Zelt zu bleiben, statt mit Brovie auf Löwenpirsch zu gehen, sie erzählt, wie sie gegen Abend von draußen seine Stimme hört, wie sie sich zusammenreißt, um aufzustehen und nachzuschauen, wie der Anblick seiner grässlichen Wunden ihr beinahe die Besinnung raubt, wie sie nicht weiß, ob sie träumt oder wacht. Sie erzählt ihm alles, woran sie sich erinnert, und das Verrückteste ist, dass sie bisweilen glaubt, zu Brovie zu sprechen, obwohl sie ja gerade von seinem Verlust erzählt. Sie merkt erst hinterher an ihrem nassen Blusenkragen, an den nassen Ärmeln, mit denen sie übers Gesicht gefahren sein muss, dass sie geweint hat, und sie ist dankbar dafür, dass er sie hat erzählen lassen, ohne sie zu trösten. Nicht einmal ein Taschentuch hat er ihr angeboten, und das ist gut so, denn sonst hätte sie sich geschämt und wäre verstummt. Einmal musste die Geschichte doch aus ihr heraus, ungefiltert, in aller Verworrenheit. Das hat er ihr ermöglicht. Beim Abschied sagt er: «Nennen Sie mich Martin, das ist einfacher», und sie antwortet: «Wie ich heiße, wissen Sie ja.»

Sie schläft besser und tiefer in dieser Nacht als in der vergangenen, das Gliederzittern lässt nach. Von Anfang an ist Martin ihr eine größere Stütze, als sie sich eingesteht, ein geduldiger Zuhörer auch in den nächsten Tagen. Er lockt sie mit beharrlichen Fragen aus der Reserve; dabei verbindet er keineswegs, wie sie es sonst kennt, das Väterliche mit dem Werben des Manns. Zwar deutet er an, dass seine Ehe nicht glücklich sei, und der Umstand, dass seine Frau es vorgezogen hat, in England zu bleiben, kommt wohl einer faktischen Trennung gleich. Aber er nützt ihre wachsende Anhänglichkeit nicht aus, er respektiert ihr Bedürfnis, die Formen zu wahren, höchstens berührt er bei Abschied und Begrüßung flüchtig ihren Oberarm. Eines Nachmittags streichelt sie beim Reden Major, ihren Hund. Mit einem kleinen Erschrecken nimmt sie den sehnsüchtigen Schimmer in Martins Augen wahr. Gut, dass er nicht weiß, wie nahe sie den Hund oft an sich heranlässt, wie sehr sie ihn manchmal braucht, um den Kopf an seine Flanke zu schmiegen und sein Herz schlagen zu hören.

Sie hat eigentlich vermutet, dass er ihr von ihrem Plan, die Safari zu Ende zu führen, dringend abraten werde. Doch er hört sich geduldig an, was sie vorbringt, weist nur auf die Gefahren hin, denen sich eine weiße Frau in ihrer Situation aussetzt, und zählt auf, was für bürokratische Hürden sie überwinden müsse, um in eigener Verantwortung handeln zu können. Nie lässt er durchblicken, dass er eine Frau für unfähig halte, über eine ganze Trägerkolonne zu kommandieren.

«Sie haben ja», sagt er, «schon vieles bewiesen. Sie haben es geschafft, die Safari nach Kampala zu bringen.»

«Lady Archer findet, in mir seien nach Brovies Tod geradezu unnatürliche Kräfte gewachsen, die seien jetzt geschrumpft auf normales Frauenmaß.»

Er lacht. «Ich sehe ja, dass sie nicht anders können. Das ist Ihre Überlebensmedizin. Sie würden vermutlich sogar Gesetze brechen, um die Aufgabe zu erfüllen, die Sie übernommen haben.»

Erstaunt, beinahe furchtsam schaut sie ihn an. «Sie wissen viel über mich.»

«Ich traue Ihnen fast alles zu. Nur eines nicht: dass Sie gut auf sich aufpassen. Da stimme ich mit Lady Archer überein.»

«Aber wenn Sie doch einsehen, dass mich niemand zurückhalten wird, dann helfen Sie mir bitte. Überzeugen Sie den Gouverneur, dass er mich unterstützt. Vielleicht haben Sie in diesem Punkt mehr Einfluss auf ihn als seine Frau.»

Er hebt drohend den Zeigefinger. «Sie sind ja eine abgefeimte Strategin. Aber gut, ich werde mein Bestes versuchen. Wobei ich gar nicht weiß, was mich Ihnen gegenüber so schwach werden lässt. Vielleicht rührt es mich, dass Sie eigentlich noch blutjung sind. Ein aus dem Nest gefallener Vogel, wenn ich so sagen darf. Und der will jetzt unbedingt gleich über die höchsten Berge fliegen.»

«Er will nicht, er muss. Das ist ein Unterschied.»

«Ich weiß», sagt Martin und neigt ein wenig den Kopf.

Vivienne blickt in die Weite, an Palmenwedeln, an schattenfleckigem Laub vorbei, hinaus auf den See, der sich im Dunst verliert.

Noch zwei-, dreimal ist sie ihm später begegnet, sie haben sich geschrieben, sogar telegrafiert, und immer lag über der Herzlichkeit zwischen ihnen ein kleiner, von den Konventionen geschaffener Schleier. Er öffnete ihr, damals in Entebbe, in der Tat viele Türen und ermöglichte ihr die Weiterreise, er warnte sie bei anderen Gelegenheiten vor finanziellen und amourösen Dummheiten, er war diese ganzen fünf Jahre hindurch eine Art Wächter, der sich im Hintergrund hält, aber zur Stelle ist, wenn man ihn braucht. Sie mochte es nur nicht, wenn er glaubte, sie zum baldigen Heiraten ermahnen zu müssen, und den einen oder anderen Namen ins Spiel brachte. Auf seine Verkuppelungsversuche reagierte sie mit vorsichtigem Spott. Er war ein ungewöhnlicher Mann. Warum fiel es ihm so schwer, ihre Ungebundenheit zu ertragen?

Sie wollte unbedingt pünktlich sein, um ihn abzuholen, dennoch kam sie zu spät. Der Zug aus Genf stand schon da, der Wind trieb die letzten kleinen, fast aufgelösten Rauchwolken den Bahnsteig entlang. Vivienne schlängelte sich durch die Menge, begann zu laufen, als sie Martin erkannte, der, zivil gekleidet, mit schief aufgesetztem Hut, inmitten seiner Koffer stand. Er sah übernächtigt aus und hatte gerade mit den Gepäckträgern herumgeschimpft; doch er öffnete weit die Arme für Vivienne, und sie wäre ihm fast um den Hals geflogen, hätte nicht die alte Zurückhaltung sie gebremst. Auch er ließ, bevor sie ihn erreichte, die Arme wieder sinken, als hätte er einen Irrtum bemerkt. Ein Händedruck, ein flüchtiger Wangenkuss war ihre physische Begrüßung, dazu gehörten, wie immer, viele Worte, Fragen, die gar keine Antwort brauchten, einander kreuzende Halbsätze, und es kam gar nicht darauf an, sie ihrem Sinn nach zu verstehen, sondern darauf, dass der Tonfall stimmte.

Er stutzte erst, als sie ihn bat, ihr beim Kauf eines Esels behilflich zu sein, lachte dann schallend und sagte, das nächste Mal werde sie sich wohl eine kleine Kuhherde anschaffen wollen. Sie fuhren im Taxi zum Pferdehändler. In einem eingezäunten Geviert waren mindestens zehn Esel angepflockt. Martin ließ sie zäumen und auf und ab trotten. Die altersschwachen, die bockigen und die paar, die lahmten, schieden von Anfang an aus. Bauch, Rücken und Beine der drei, die übrig blieben, tastete er mit erfahrenen Händen ab, und nachdem er auch das Gebiss überprüft hatte, entschied er sich für eine hübsche Eselin, die Vivienne, zu Ehren von Robert Louis

Stevenson, der die Cevennen mit einem Tier gleichen Namens überquert hatte, *Modestine* nannte. Da Martin zu wenig Französisch konnte, überließ er ihr das Feilschen; den Preis, den sie schließlich zu zahlen bereit war, fand er noch immer viel zu hoch. Sie schärfte dem Verkäufer ein, das Tier am nächsten Tag zum Hafen von Hyères und auf die Fähre zu bringen, und Martin fügte hinzu, er solle ja nicht versuchen, den Esel nachträglich gegen einen schlechteren auszutauschen, er habe sich Modestines Merkmale genau eingeprägt.

Martin lobte das Anwesen und Viviennes Geschmack, er lobte die Aussicht von seinem Zimmer und sogar Josefs versalzenes Ratatouille. So weit erfüllte sich Viviennes Erwartung, wenn auch das Glücksgefühl, das sein Lob hervorrief, nur kurz anhielt und gleich nach weiterer Bestätigung verlangte. Ebenso wichtig war ihr, dass Martin mit Grandminon gut zurechtkam. Die zwei fanden, trotz ihrer Gegensätzlichkeit, sogar Gefallen aneinander. Martin kehrte ihr gegenüber den korrekten Offizier heraus, er rasierte sich zweimal täglich, er berief sich in den politischen Diskussionen, die sie bei Tisch führten, auf den gesunden Menschenverstand, zeigte sich als kühler Denker und Rechner, der die Vor- und Nachteile des Empires gegeneinander abzuwägen verstand. Grandminon hingegen trug tagaus, tagein ihre Sackkleider, und wenn sie dem General widersprach, argumentierte sie sprunghaft, manchmal wirr. Sie glaubte in Indien und anderswo *das blutende Herz der Menschheit* schlagen zu hören, sie hielt Gandhi, im Gegensatz zu Martin, für einen Weisen und keineswegs für einen Scharlatan, sie behauptete, das Empire, das Martin verteidigte, werde an seiner Größe, seiner Unregierbarkeit ersticken, und man müsse die kolonisierten Völker Schritt für Schritt in die Freiheit entlassen, was wiederum Martin für verderblich hielt, da in diesem Fall sogleich die alten Fehden aufbrechen würden. In jeder dieser Diskussionen gab es einen Moment, wo beide ihre Stimmen erhoben, aber dann ließen sie sich von einer Bemerkung ablenken, die Vivienne dazwischenwarf, oder Coco brachte sie mit einem schnarrenden «Ça va pas!» zum Lachen. Eigentlich war das Ganze ein kleines Rollenspiel, das den Tag würzte. Je heftiger es war, desto stärker verband es sie miteinander; nie versäumten sie es, sich danach eine gute Nacht zu wünschen.

Tagsüber versuchte Martin zu faulenzen, weil Vivienne es ihm als Arznei gegen Kopfweh und Gliederschmerzen verschrieben hatte. Er lag in der Hängematte zwischen zwei Maulbeerbäumen, las in Militärzeitschriften, blätterte sich kopfschüttelnd durch einen Roman von Thomas Hardy. Oder er ließ am Ufer flache Steine übers Wasser hüpfen, er versuchte Coco, der gerne um ihn herumflatterte, «How are you?» beizubringen, er machte mit Vivienne Spaziergänge ins Dorf oder zum Fort, wo er die Leuchtkraft der Mittagsblumen bewunderte, und bisweilen nahmen sie Modestine mit, für die Josef ein provisorisches Gehege gebaut hatte. Vivienne glaubte den Knecht oft in der Nähe zu wittern, auch wenn er gar nicht zu sehen war. Er hatte mit Missgunst auf den Gast reagiert. Wenn er von Martin angeredet wurde, tat er so, als verstehe er ihn nicht. Er vergaß laufend Aufträge, die er für den Gast erfüllen sollte, oder versuchte wortreich zu beweisen, dass man es so, wie Martin es wünschte, auf keinen Fall machen könne. Vivienne befürchtete, dass hinter Josefs Dauerlächeln ein Zorn auf den Eindringling wuchs, behielt aber ihre Sorge für sich.

Schon nach der ersten Woche drängte es Martin zu sinnvollen Aktivitäten. Die Faulenzerei, sagte er, mache ihm so zu schaffen, dass er ständig schläfrig sei und nachts trotzdem zehnmal erwache. Von nun an verbrachte er, trotz Viviennes Protest, täglich ein paar Stunden mit harter Arbeit. Er schlug Brennholz im Wald und trug die Bündel auf den Schultern nach Hause, er schleppte Steine herbei, mit denen später eine Treppe vom Garten zur Terrasse gebaut werden konnte. Dies alles brachte Josef noch mehr gegen ihn auf. Er betrachtete Martins Schufterei als Einmischung in seine Angelegenheiten und strengte sich doppelt an zu beweisen, dass er mehr zu leisten vermochte als der wesentlich ältere Mann.

Zum offenen Streit kam es wegen des Eselstalls. Martin hatte ein paar hundert Schritte westlich vom Haus eine Ruine entdeckt, die vielleicht ein Munitionsdepot oder eine kleine Sodafabrik gewesen; jedenfalls fehlten Dach und Türe und eine halbe Seitenwand. Martin schlug vor, Modestine hier unterzubringen, wo sie vor Regen und Wind geschützt sein würde, er werde den Stall so herrichten, dass es dem Esel an nichts fehle. Josef protestierte; sein eigenes Gehege, so lag er Vivienne in den Ohren, sei auch in kalten Nächten gut genug für einen Esel, dem werde deswegen höchstens ein dickeres Fell wachsen. Und wenn Madamoiselle dennoch den Stall bevorzuge, dann werde er, Josef, die Renovation übernehmen, der Engländer kenne sich mit Zimmermanns- und Maurerarbeiten nicht aus.

«Wenn er sich's zutraut», sagte Vivienne entschieden, «dann kann er's auch.»

Josef rollte in dramatischer Weise seine Augen. «Er kann nicht. Er wird fallen vom Dach. Und dann? Es ist kein Arzt auf der Insel!» Er schnippte mit den Fingern. «Ganz schlimm!»

«Oh, Grandminon ersetzt unter Umständen zwei Ärzte», antwortete Vivienne. «Weißt du das nicht? Sie hat im Burenkrieg Schwerverwundete zusammengenäht und Kugeln aus Beinen herausoperiert.»

Josef schlug sich mit der flachen Hand auf sein Kraushaar. «Und wenn er fällt auf Kopf? Das ist sehr gefährlich!»

«Du bist ein Schwarzmaler», sagte Vivienne. «Ihr könnt es ja zusammen machen. Er gibt die Anweisungen, du gehst ihm zur Hand und erledigst die groben Arbeiten.»

«Nein! Ich bin nicht Knecht von Engländer, ich arbeite für Madamoiselle.» Josef drehte sich um und ließ Vivienne stehen, und kurze Zeit darauf sah sie durchs Fenster, wie er ein Zitronenbäumchen am Stamm packte, als wäre es ein Zaunpflock, und ins viel zu große Loch wuchtete, das er an einer Ecke auf der Hinterseite des Hauses ausgehoben hatte. Vivienne musste ihm durchs Fenster ermahnen, er solle das Bäumchen nicht zu tief pflanzen. Gereizt riss er es heraus und füllte das halbe Loch wieder auf.

Was den Engländer betraf, so behielt er Recht. Martin kam nicht einmal dazu, Dachsparren zu setzen. Beim Fällen der jungen Bäume, die er dafür benötigte, holte er mit der Axt zu weit aus, überdehnte sich den Rücken, und ein stechender Schmerz fuhr ihm ins Kreuz. Ein paar Meter weit kroch er gegen die Wiese zu und rief von dort kläglich um Hilfe. Ausgerechnet Josef hörte ihn als Erster. Triumphierend trug er den General, der bei jeder ruckhaften Bewegung aufstöhnte, ins Haus und bettete ihn auf den Diwan mit seiner weichen Polsterung. Grandminon diagnostizierte einen Hexenschuss, schob Kissen zusammen und befahl Martin für die nächste Zeit absolute Bettruhe. Sie bestand darauf, Martin allein zu betreuen, so hielt sie die Enkelin davon ab, sich ihm körperlich zu nähern. Josef indessen hatte freie Bahn für seine Arbeitswut. Ein paar windige Tage lang plagte er sich vom ersten Hahnenschrei bis Sonnenuntergang beim Stall mit Balken, Steinen und Mörtel ab. Dann war das Dach gebaut, die Mauer geflickt; sogar eine aus mehreren Brettern zusammengefügte Stalltür hatte Josef eingepasst. Vivienne und Grandminon mussten zur Besichtigung antreten, und Josef führte ihnen vor, wie behaglich es der Esel an seinem neuen Ort hatte. Die beiden Frauen staunten und gaben Modestine, die aus dem kleinen Stallfenster guckte, Gras zu fressen. Es war nach der Rettung des Engländers Josefs zweiter Triumph. In der Nacht allerdings iahte Modestine lautstark in ihrem Stall und hinderte alle am Schlaf, sogar Martin verfluchte das kapriziöse Tier. Josef holte es um Mitternacht zurück ins alte Gehege und versicherte, es sei nur eine Frage der Zeit, bis Modestine sich an den neuen Stall gewöhnt habe.

Immer noch herrschte auf Port-Cros schönes Spätherbstwetter, das Licht war von einer überwältigenden Intensität, die Vivienne an Norwegen erinnerte. Sie besprach mit Grandminon, wie sie im nächsten Frühjahr den Garten gestalten würde, sie sorgte sich um die eingepflanzten Bäume und wünschte sich, dass alles viel schneller wachsen möge. Martin ging nun schon wieder an einem Stock durchs Haus, weitete jeden Tag seinen Bewegungsradius um ein paar Schritte aus. Er zwang sich zur Vorsicht und ließ es zu, dass Vivienne ihn bei seinen Gehübungen stützte. Nachher setzte sie sich bei weit offener Tür an sein Bett und wurde zu seiner Schülerin. Martin hatte sich in den Kopf gesetzt, ihr die Grundbegriffe der Buchhaltung beizubringen, damit sie die Kontrolle über ihr Geld nicht verlor. Vivienne fügte sich ungern, denn jede Art von Zahlenfuchserei war ihr ein Gräuel, und beschränkte den Unterricht auf eine halbe Stunde täglich. Widerwillig ordnete sie ihre Quittungen, trug Einzelbeträge ins linierte Hauptbuch ein, das sie Martin zuliebe in Toulon bestellt hatte. Sie addierte und subtrahierte und traute ihren Augen nicht, als sich herausstellte, dass einige Lieferanten sie um ein paar hundert Francs betrogen hatten. Sie verbarg ihre Enttäuschung und machte sich lustig über ihre Naivität, versprach Martin jedoch, in Zukunft besser aufzupassen. Das brachte sie ihm wieder näher, und noch vertrauter mit ihm fühlte sie sich, wenn sie im Gespräch gemeinsam nach Afrika zurückkehrten. Martin wollte wissen, wie es auf dem Mount Kenya gewesen sei. Sie erzählte von den eiskalten Nächten in ihrer Hütte, vom Buschfeuer, vom Bambus, der in der sengenden Hitze mit lautem Knall explodiert war, sie erzählte von den grausamen Zahnschmerzen, die sie geplagt hätten, erzählte spaßhaft, wie es ihr gelungen sei, den kranken Zahn selber mit einer Zange herauszubrechen, wie sie dabei, den Mund voller Blut, ohnmächtig geworden, später in einer Blutlache auf dem Boden zu sich gekommen sei, und als Martin ihr nicht glauben wollte, öffnete sie den Mund und zeigte ihm die Lücke in der unteren Zahnreihe, worauf er ihre Tapferkeit rühmte, die der eines Soldaten um nichts nachstehe. Es stieg heiß in ihr auf, seit Brovie tot war, hatte niemand mehr männliche Tugenden in ihr gesucht. Martin dagegen schilderte, wie er, als junger Offizier, mit Lord Kitcheners Truppen unter unvorstellbaren Entbehrungen in den Sudan vorgerückt sei und bei der Einnahme von Khartum die britische Fahne auf eine Moschee gepflanzt habe. Die Grausamkeit des Mahdis, sagte er, lasse ihn noch heute erschauern, und doch sei er damals mit dem afrikanischen Bazillus angesteckt worden; wer Afrika im Blut habe, werde es nie mehr los.

«Zwischen Zahnziehen und Schlachtenglück hat da beinahe alles Platz», sagte Vivienne mit leisem Spott.

Martin stutzte. «Du meinst doch nicht etwa, ich sei auf den Krieg zu sprechen gekommen, um dich zu übertrumpfen?»

«O nein. Du hast dein Afrika, ich habe meins. Wir lassen doch beides gelten, oder nicht?»

Martin nickte, hielt einen Augenblick lang ihre Hand, die sie ihm gleich wieder entzog.

Über Brovie redeten sie kaum; sie tat so, als sei er ihr schon fast entglitten. Manchmal hätte sie am liebsten ihren Kopf an Martins Schulter gelegt und den Tränen freien Lauf gelassen, aber es war nicht mehr so einfach wie damals auf der Veranda in Entebbe. Zu viele Häute, eine Schicht nach der anderen, hatte sie seither um sich wachsen lassen, sogar ihr Herz, so kam's ihr bisweilen vor, war von Fell umschlossen und tat sich schwer mit starken Gefühlen.

Wenn sie auch nicht über ihr kompliziertes Verhältnis zum Vater zu sprechen wagte, so träumte sie umso mehr von ihm, und die Träume, die lange bizarr und verworren gewesen waren, variierten nun immer häufiger reale Ereignisse. Manchmal erwachte sie und glaubte minutenlang, im Zelt zu liegen. Sie erwartete jeden Moment Jims Silhouette im Gegenlicht und das leise Klirren des Teegeschirrs. «Schönes Wetter», würde Jim nach dem rituellen Morgengruß sagen, nebenan würde sich Brovie regen, vor sich hin murmeln, dann die Decke zurückschlagen, seine Glieder dehnen, ihr zulächeln. Sie würden, auf der Bettkante sitzend, heißen Tee schlürfen, später, den Teegeschmack im Mund, barfuß hinaustreten in den Steppenmorgen, in die kühle Luft. Die Vögel ringsum würden lärmen, und es würde riechen, wie nur Afrika an einem solchen Morgen riechen kann: nach Rauch, nach Dung, nach Erde und dürrem Gras. Aber dann hakten sich, eines nach dem anderen, die Dinge ihrer dämmrigen Umgebung in ihrer Wahrnehmung fest, das Schiff auf dem Schreibtisch, die Vorhangfalten. Ihr wurde bewusst, wo sie war, Afrika verschwand, sie war traurig darüber und zugleich erleichtert, denn das, was noch auf sie zugekommen wäre, war ja schon geschehen.

Am Uaso-Ngiro, oberhalb der Chanler-Fälle, folgt Brovie stundenlang den Spuren von zwei Büffelbullen, sieht sie endlich jenseits des Flusses, an einer Stelle, wo er sich in drei Arme teilt. Den tiefsten und schmalsten muss er durchschwimmen. Aber die Strömung ist stärker, als er berechnet hat, er gerät in Strudel, wird hinuntergezogen und weitergerissen, er schlägt um sich, geht unter, taucht mit Glück wieder auf und gelangt entkräftet ans Ufer zurück. Im Camp danach überfällt ihn das Fieber, zwei Tage und zwei Nächte bleibt er liegen, schlotternd vor Kälte, dann wieder glühend in der Hitze, die ihn innerlich ausbrennt. Auf dem Höhepunkt des Anfalls verliert er sich in Phantasien, verwünscht die Mutter, die ihm die Decken stehle, er lässt Viviennes Hand erst los, als das Fieber nachlässt und sie ihm sagt, ihr Fleischvorrat sei aufgebraucht, die Träger würden murren, sie wolle versuchen, ein paar Perlhühner zu schießen. Mit der Schrotflinte streift sie herum, scheucht Hühner auf und verfehlt sie, dann gerät ihr ein kleiner Dikdik ins Visier, den sie, wie durch ein Wunder, mit einem einzigen Schuss fällt. Dieses Mal hat sie nicht gezögert abzudrücken, der Finger hat sich wie von selbst gekrümmt. Ihre erste wirkliche Beute! Das Fell des Bocks ist zwar durchlöchert, aber sie braucht ja nur das Fleisch. Abde wird daraus für Brovie eine Brühe kochen, und sie weiß, dass die Träger auch die zähesten Stücke verschlingen. Sie weidet das zierliche Tier an Ort und Stelle aus, lädt es sich auf die Schultern, wie sie es bei anderen Jägern gesehen hat, und findet, dem Fluss folgend, den Weg zurück ins Lager. Sie legt Brovie den Dikdik stumm vors Bett, hebt ihn dann, als er darum bittet, zu ihm auf die Matratze. Er lächelt ihr anerkennend zu, tätschelt die Flanke des toten Tiers: «Gut gemacht, Murray. Siehst du, ich bin ersetzbar.» Sie bestreitet es, redet sich auf einen Zufall hinaus, dem Großwild werde sie nie entgegenzutreten wagen. Er jedoch behauptet, sie werde unter seiner Anleitung schon bald einen Büffel, dann den ersten Löwen schießen. Sie bricht in protestierendes Gelächter aus, schüttelt übertrieben den Kopf. Sie habe eine Zigarette verdient, sagt er, selbst will er noch keine, besteht aber darauf, mit zittrigen Fingern eine für die Tochter zu drehen. Wenn er wüsste, dass ihr diese Momente wichtiger sind als der geglückte Schuss! Aber das eine bekommt sie nicht ohne das andere, sie weiß es genau.

Der Tod, überall der Tod. Viehkadaver unter Dornenbäumen. Sie sind an Rinderpest eingegangen; die Boran, denen sie gehören, betrauern sie mit Klagegesängen. Da liegt ein verwesender Elefantenkörper, die blanken Rippen wie ein unfertiger Schiffsrumpf, in der offenen Körperhöhle wimmeln die Maden. Wie seltsam, dass in der Nähe der Buschkuckuck ruft, die Tauben gurren. Auch in Träumen kann man überwältigt werden vom Aasgestank, um Luft ringen, als müsse man gegen das Ersticken kämpfen. Oder die Regenzeitbilder mit dem anschwellenden Fluss, auf dem Tiere mit aufgeblähten Bäuchen treiben. Skorpione und Tausendfüßler im rinnenden Zelt, auf dem matschigen Boden. Die faulenden Häute, die Vivienne zu retten versucht. Ihre aufgesprungenen Hände, das Pulver, mit dem sie die Häute einreibt. Schaben und reiben. Feuchtigkeit und Nässe in jeder Ritze, das Gefühl, die eigene Haut beginne zu schimmeln. Schaben und reiben, als müsse sie sich einem Urteil beugen. Ein Weißer, dem sie begegnen, erhebt Einspruch: Diese Arbeit solle sie doch den Negern überlassen, die hätten härtere Schwielen als sie. Doch sie gibt die Häute nicht aus der Hand. Das ist ihre Arbeit, niemand macht sie so gründlich. Schlimm ist es, als man fürchten muss, sie würden die kostbare Giraffenhaut verlieren und Vivienne wäre schuld daran. Die Haut ist brüchig geworden, sie will sie, um sie später besser verpacken zu können, ein wenig aufweichen und hat sie darum nachts dem Tau ausgesetzt. Und jetzt verliert die Giraffenhaut büschelweise die Haare, dunkle Flecken und Streifen erscheinen darauf wie auf einem hingekleckssten Bild ohne Sinn und Zusammenhang. Brovie, dem sie ihr Versagen beichtet, zuckt mit den Achseln: «Dann ist die Haut eben nicht mehr zu retten.» Aber Vivienne wird sie retten, sie erträgt Brovies Resignation nicht. Sie kniet neben der Haut, reibt sie ein, reibt und reibt mit Tränen in den Augen, bis sie nicht mehr kann, lässt dann die Haut aufspannen, vom Wind trocknen, abends mit einer Blache schützen, und am nächsten Tag – sie ist außer sich vor Glück – zeigt es sich, dass sie tatsächlich mit eigenen wunden Händen den Zerfall gestoppt, die Giraffenhaut gerettet hat. Warum nur macht Brovies Gratulation sie nicht glücklich? Warum hört sie nicht auf zu denken, sie schulde ihm noch mehr?

Eine Sammlung afrikanischer Tiere ohne Elefant wäre nichts wert, sagt er. Immer wieder Spuren, denen man folgt und die man verliert. Die Eingeborenen versprechen das Blaue vom Himmel herunter und führen dann doch die Safari in die Irre. In den Dörfern werden sie als Retter begrüßt, denn Elefanten verwüsten Nacht für Nacht die Pflanzungen. Brovie wirbt Maithia an, einen neuen Führer und Fährtenleser, der mit seinen bisherigen Erfolgen prahlt. Von einem Hügel aus entdecken sie endlich außerhalb des Waldes eine Herde von zehn, elf Tieren, darunter, durchs Fernglas erkennbar, einen kleinen Bullen mit abgebrochenem Zahn. Sie pirschen sich gegen den Wind an sie heran und beobachten die Tiere, ihre wiegenden, unendlich gelassenen Bewegungen. Man muss sich davor hüten, sie schön zu finden, sonst bedauert man sie zu sehr. Es wird Abend, das Licht lässt bereits nach. Dennoch zögert Brovie mit dem Abschuss und hofft, es tauche noch ein größerer Bulle auf; mit dem Erlös aus dem Elfenbein ließe sich ein Teil der Expedition finanzieren. Als dann wirklich ein zweiter Bulle erscheint, der unruhig seine Ohren bewegt, drückt Brovie ab und ist überzeugt, ihm sei ein Blattschuss geglückt. Die Elefanten werfen sich herum, flüchten zurück in das Schattenlabyrinth des Waldes. Mit schwerfälligeren Schritten folgt ihnen der vermeintlich getroffene Bulle. Brovie will ihn mit einem weiteren Schuss fällen, aber zu seinem Ärger hat sich die zweite Patrone im Magazin verklemmt. Maithia beteuert, der Elefant werde trotzdem sterben, man müsse ihm einfach folgen, sogar mit einer Kugel im Herzen gehe ein starker Bulle noch Hunderte von Metern weiter. Die einbrechende Nacht macht die Suche unmöglich, und am nächsten Morgen finden sie kein Blut, das ihnen den Weg weisen würde. Brovie setzt sich hin, wo er ist, verbirgt das Gesicht hinter den Händen. Vivienne hat ihre Aufgabe als Trösterin zu erfüllen, muss später ertragen, dass Brovies Zorn sich nicht nur gegen Maithia richtet, sondern auch gegen die Tochter: Alle sind sie zu nachlässig gewesen, zu laut, zu wenig ehrgeizig.

Tage später, nach langen Märschen, errichten sie das Lager in der Nähe von Meru, auf einer von Dorngestrüpp gesäumten Lichtung, die man nur durch eine Art Tunnel betreten kann. Sie verzichten auf große Feuer, dämpfen die Stimmen, tun nichts, was Elefanten erschrecken könnte. Maithia bezeichnet einen verschlammten Teich, eine halbe Stunde vom Camp entfernt, als Elefantentränke. Brovie glaubt ihm nur halb, und doch warten sie hinter einem umgestürzten Baum, bis die Sonne bei bedecktem Himmel untergeht und die Nacht zum schwarzen See wird, der den ganzen Gesichtskreis überschwemmt. Da! Näher kommendes Rascheln und Knacken, etwas Helles zeigt sich, schwebt durch die Dunkelheit. «Stoßzähne!», flüstert Brovie, hebt, wie Vivienne errät, das Gewehr, lässt es wieder sinken, da Korn und Visier nicht zu erkennen sind. Er geht näher, bis zum Ufer des Teichs, wo der Elefant zu trinken beginnt. In diesem Augenblick öffnet sich die Wolkendecke, die Mondsichel erscheint, gibt gerade genug Licht, um die Umrisse des saufenden Elefanten zu ahnen. Der Schuss, auf den Vivienne gewartet hat, wirkt so gewaltsam wie eine Explosion, die sie fortzuschleudern droht, der Blitz des Mündungsfeuers macht sie für Sekunden blind. In kürzestem Abstand folgen weitere Schüsse, dann das Splittern und Krachen von Ästen. Brovies aufgeregte Rufe vermischen sich mit denen von Maithia und Brahimo. Vivienne tastet sich hinunter zum Teich, von dort aus die Böschung hinauf, sie holt Brovie ein, der den Boden, die Büsche nach Spuren absucht, und wirklich, da gibt es dunklere Stellen in der sandigen Erde. Die Hände, die sie berühren, werden nass und klebrig, riechen süßlich nach Blut. Haben sie nicht jetzt einen Fall gehört? Brovie, das Gewehr halb angelegt, stolpert durchs Schattengewirr, Lianen streifen das Gesicht. Sie erreichen ein kleines Plateau, sehen eine dunkle Masse vor schimmerndem Hintergrund. Das ist er, riesig, mehr zu ahnen als zu sehen, er lehnt auf eingeknickten Vorderbeinen gegen einen Stamm, regt sich nicht, kein Atmen mehr, kein Zucken der Ohren. Brahimo wirft einen Ast nach ihm, nichts geschieht. «Er ist tot», sagt Brovie. Langsam treten sie näher. Brovie streicht mit der Hand über die Stoßzähne, Vivienne berührt den Rüssel, von dem ein eigentümlicher Geruch ausgeht, an Brombeeren könnte man denken, an Cassislikör. Sie unterdrückt das Schluchzen, das in ihr aufsteigt. Was nützt ihr jetzt das Bedauern, das nachträgliche Mitleid? Sie müssen sich mit dem Abbalgen beeilen, um bei Tagesanbruch so weit wie möglich zu sein; je mehr Fleisch an der Haut haften bleibt, um so schneller kann sie verderben.

Ihre Rufe alarmieren das Camp; eine halbe Stunde später nähern sich schwankende Lichter. Die Träger bringen Seile mit, die sie um Hals und Beine des toten Tiers schlingen. Dreißig Männer ziehen mit rhythmischen Rufen, versuchen, den Elefanten umzulegen. Auch Vivienne reiht sich ein in die Kette der Ziehenden. Aber es ist, als ob der Elefant sich mit seinem vollen Gewicht gegen sie stemme, er bleibt, wo er ist, unverrückbar, einem Felsblock gleichend. Erst als sie den Boden vor seinen Füßen abgegraben haben, gelingt es ihnen, unter anfeuerndem Geschrei den tonnenschweren Körper ein wenig herunterzuziehen und dann endlich mit Hilfe einiger Stangen, die sie als Hebel gebrauchen, zum Kippen zu bringen. Mit dumpfem Poltern fällt er um; es ist wie ein zweiter Tod. Als er endlich auf dem Rücken liegt, klettert Brovie mit dem frisch geschliffenen Messer auf ihn. Er steht einen Augenblick da zwischen den säulenartig emporgestreckten Beinen, wirkt beinahe priesterhaft im Licht der emporgehaltenen Fackeln. Dann setzt er den Schnitt an, mit dem er den Rüssel aufschlitzt, zieht schwer atmend das Messer weiter durch die lederne Haut, über den ganzen Bauch bis zum Schwanz. Danach die Schnitte von den Läufen rechtwinklig gegen den Hauptschnitt zu. So muss man's machen, und doch ist es schrecklich, ihm zuzusehen. Könnte der Bulle nicht plötzlich wieder lebendig werden, den Quälgeist abschütteln, der auf ihm sitzt, und lautlos verschwinden? Aber da ist kein Leben mehr, bloß eine von lederner Haut umspannte Fleischmasse, und die Haut muss man abschälen und wegreißen mit einem Geräusch, von dem man weiß, das es später in hundert Träume dringen wird. Das Fleisch lässt man liegen, es ist alt und zäh, Hyänen werden sich damit voll fressen, in dieser Gegend vielleicht auch Leoparden.

Gegen fünf Uhr früh, als sich im Osten der Himmel aufhellt, ist die Haut vom Körper abgelöst. Sie wird von zwanzig Trägern, die sich vor Freude heiser schreien, ins Lager gebracht. Keine Zeit für ein Fest; die Gefahr, dass die Haut verdirbt, ist zu groß. Nach kurzem Schlaf beginnt das Dünnschaben, an dem sich auch Vivienne beteiligt. Stunde um Stunde dieselben eintönigen Geräusche. Manchmal das halluzinatorische Gefühl, es seien gar nicht Klingen und Zacken, die sie erzeugten, sondern unsichtbare Tiere, die mit ihren Pfoten über unsichtbare Türen kratzen und Einlass begehren. Es braucht die Geschicklichkeit eines Chirurgen, um den Rüssel fachgerecht zu behandeln, die letzten Fleischfäserchen aus den Runzeln herauszukratzen. Mit der Spitze eines Federmessers dringt Brovie in die feinsten Vertiefungen vor. Pergamentdünn soll der Rüssel werden, aber keinesfalls durchlöchert oder zerschnitten. Sechzehn Stunden allein für diese Arbeit!

Tagelang trocknet dann die Haut auf einem Gestell, während der angefressene Kadaver, zu dem sie gehört hat, immer stärker verwest und auch als Köder nicht mehr zu gebrauchen ist. Dunkle Wolken von Fliegen umschwärmen das Fleisch, dessen Gestank weithin treibt. Blauviolett schillern die Fleischklumpen, verflüssigen sich und vermischen sich mit der Erde. Vergeblich hat Brovie den Räubern aufgelauert, die davon angelockt wurden, sie entkamen ihm alle außer einer Fleckenhyäne, die Vivienne ganz allein abbalgt. Während der Elefantenkadaver sich auflöst, wird die Haut immer härter, hart wie Blech, sagt Brovie, und es braucht zwanzig kräftige Hände, um sie Abend für Abend probehalber zusammenzufalten, dann wieder auszubreiten, erneut gegen Insektenfrass und Fäulnis zu behandeln.

Nach zwei Wochen voller Sonne und Wind sind sie endlich zufrieden mit dem Ergebnis. Die Träger machen aus der Haut ein Paket, das kaum größer ist als ein paar übereinander gestapelte Matratzen. Sie schnüren es zu, nähen es in arsenikgetränkten Kattun ein, danach in grobes Sacktuch. Jetzt reichen fünf Boys aus, die Last zu heben und zur Straße zu tragen, wo das bestellte Lastauto wartet. Andere Häute sind ebenfalls transportbereit. Nichts mehr ist in diesem Zustand erkennbar. Unförmige Säcke. Vernichtetes Leben, vor anderem Leben durch Gift geschützt.

Die Reue kriecht nur nachts in Vivienne hoch, sie hat Angst, vom Elefanten zu träumen. Wir tun es für die Wissenschaft, sagt sie zu sich. Wir tun es, um die Leute über die afrikanische Tierwelt staunen zu lassen. Nein, es ist nicht sinnlos, es ist nicht barbarisch. Wir haben das Unternehmen begonnen. Wir werden es zu Ende führen. Trotzdem bricht sie eines Nachts in Tränen aus, und Brovie auf der anderen Seite des Zelts fragt schlaftrunken: «Was hast du? Was hast du denn?»

«Nichts», antwortet sie. «Was sollte ich haben?»

Eine Woche vor Martins Abreise, an einem trüben, beinahe windstillen Novembertag gab Vivienne ein kleines Fest zur Einweihung des Hauses. «Besser später als nie», hatte sie zu Grandminon gesagt, erst jetzt sei alles nach ihrem Geschmack eingerichtet. Sie hatte die Balynes und Monsieur Henri eingeladen, und sie wollte unbedingt, dass Martin noch dabei war.

Die Vorbereitungen dauerten den ganzen Vormittag. Nach Viviennes Plänen sollte es ein leichtes Essen geben, Champagner zur Begrüßung, kleine Ansprachen von ihr und von Martin. Josef schnitt aus buntem Seidenpapier Girlanden zurecht, die Vivienne übers Terrassengeländer hängte, und er biss sich dabei, wie ein Schulkind, vor Eifer beinahe in die Zunge. Auf ein kleines Transparent über der Tür schrieb Vivienne in verschnörkelter Schrift: *Soyez les bienvenus!*

Die Gäste trafen mit Didiers Boot pünktlich ein. Josef, der frisch rasiert und im Sonntagsstaat am Landesteg gewartet hatte, führte sie zum Haus. Madame Balyne trug einen breitkrempigen Hut, dessen Schleier sie immer wieder mit affektierter Gebärde zurückschob, und begann sogleich auf Martin einzureden. Ihr Mann, der noch gebrechlicher wirkte als sonst, hielt sich ein bisschen abseits, während Monsieur Henri, halb zu Grandminon, halb zu Vivienne gewandt, über das Wetter und die kommenden Herbststürme sprach. Mit einiger Mühe gelang es Vivienne, die Gäste auf die Terrasse zu lotsen. Solange es nicht regne, sagte sie, müsse man unbedingt die frische Luft genießen. Coco, der an diesem Tag im Käfig eingesperrt blieb, empfing sie mit misstönendem, von schrillen Pfiffen unterbrochenem Gekrächz. Madame Balyne warf dem Papagei missbilligende Blicke zu. Es sei doch erstaunlich, sagte sie, was für ein Lärm solche Vögel zu machen imstande seien, ganz abgesehen von den Flecken, die sie hinterließen, wenn man so dumm sei, sie in der Wohnung frei herumfliegen zu lassen. Ihr Ton war scherzhaft und doch von spürbarer Bissigkeit. Vivienne verzichtete auf eine Bemerkung und wies stattdessen Josef an, den Champagner einzuschenken. Er hatte sich dafür eine blütenweiße Kellnerschürze umgebunden und bot reihum die halb vollen Gläser an. Martin, der mit eng gebundener Krawatte noch steifer wirkte als sonst, brachte seinen vorbereiteten Toast aus: Die Bewohnerin dieses Hauses habe alles daran gesetzt, hier heimisch zu werden, sich gleichsam einzunisten wie ein zugeflogener Vogel, er wünsche ihr Glück und Behaglichkeit und dass in den nächsten Monaten weder Stürme noch Feindschaften sie zerzausen werden. Man applaudierte. Grandminon lobte Martins Vogelmetapher, die sie an Garuda, das geflügelte Reittier des Hindugottes Wischnu erinnere. Monsieur Henri begann einen kleinen Vortrag über Schmetterlinge, im besonderen über den Admiral, der wie die Zugvögel über Hunderte von Kilometern zu fliegen vermöge; ob das, für ein so leichtes und verletzliches Wesen, nicht wahrhaftig ein Wunder sei? Die Stimmung hob sich, man stand herum, schwatzte und lachte. Vivienne wagte es, Monsieur Henri darauf hinzuweisen, dass der Schilfgürtel und ein paar Steineichen den freien Blick aufs Meer behinderten; ob man da nicht etwas verändern könnte? Aber Monsieur Henri war entschieden gegen einen Eingriff; es sei, sagte er, Madame Balynes und sein Grundsatz, die Natur auf der Insel, wo immer möglich, gewähren zu lassen. Sein gekränkter Blick hielt Vivienne davon ab zu insistieren. Sie bat die Gäste an den Esstisch im Salon, der mit seinem gediegenen Mobiliar, den goldgelben Samtvorhängen, dem meergrünen Anstrich nicht mehr wiederzuerkennen war.

«Nun», fragte Grandminon, an die Gäste gewandt, «was sagen Sie? Hat meine Enkelin es nicht geschafft, sich ein gemütliches Nest zu bauen?»

Balyne beeilte sich zu versichern, dass Vivienne das alte Haus völlig verwandelt, ja geradezu verzaubert habe. Aber seine Frau unterbrach ihn mit eisiger Miene: «Ach, mein Lieber, du weißt doch, über Geschmack lässt sich bekanntlich nicht streiten.»

«Gewiss», sagte Vivienne ebenso eisig, «es ist ja wohl am wichtigsten, seinen eigenen Ansprüchen zu genügen.»

Halblaut übersetzte Grandminon, zu Martin gewandt, was auf Französisch gesagt wurde; so war der Dialog, der sich nun von Satz zu Satz erhitzte, grundiert von ihrem Gemurmel.

«Wenn Sie mich schon fragen», fuhr Madame Balyne unbeeindruckt fort, «muss ich gestehen, dass mir das Ganze ... nun ja, ziemlich überladen vorkommt. Ich hätte an Ihrer Stelle niemals so viel Geld für derartigen Luxus wie Samtvorhänge und hundert andere Kinkerlitzchen ausgegeben.»

Monsieur Balyne räusperte sich warnend, doch seine Frau ließ sich nicht aufhalten. «Dieses Haus braucht ein gewisses Maß an Askese, etwas Klösterliches. Verstehen Sie? Aber lassen Sie sich die Freude an ihrem Nest nicht verderben. Ich bin in manchen Dingen leider viel zu radikal.»

Viviennes Stimme vibrierte vor Ärger. «Ich danke Ihnen für Ihr Urteil. Sie werden nicht verlangen, dass ich es teile.»

Martin hatte, trotz Grandminons Übersetzung, nur die Hälfte verstanden. Dennoch griff er in den Streit ein: «Seien Sie nicht ungerecht, Madame. Meine Freundin Vivienne hat die Askese weiß Gott kennen gelernt. Sie sucht nun den Gegensatz, das Wohlleben, wenn Sie wollen. Sie umgibt sich mit kleinen Dingen, die ihr etwas bedeuten und auf die sie lange verzichtet hat. Ist das denn nicht gestattet?»

Madame Balyne schaute ihn verständnislos an. Aber diesmal übersetzte Grandminon nicht, sie nickte bloß und sagte, sie sei als friedliebende Person dafür, die Feindseligkeiten einzustellen, und darum solle jetzt der zweite Gang serviert werden. Sie klatschte in die Hände und rief nach Josef, und zwar so laut, dass der Streit endgültig erstarb.

Die Omelettes waren angebrannt, aber man sah höflich darüber hinweg. Henri begann, Anekdoten über längst verstorbene Inselbewohner zu erzählen, Balyne nahm den Faden auf und ging in seinem leichtfüßigen Französisch zu der einen oder anderen Spukgeschichte über. Grandminons *Tarte aux poires*, die Josef in Stücke geschnitten hatte, fand allgemeinen Beifall. Madame Balyne erkundigte sich nach dem Rezept, ihr Mann rühmte den caramelisierten Guss.

Vor dem Kaffee klopfte Vivienne mit dem Messerrücken ans Weinglas und stand auf, während die Tischrunde verstummte. Sie bedankte sich zweisprachig für das Kommen der Gäste, sie bedankte sich für die Hilfe, die sie während der letzten Wochen bekommen habe, sie dankte namentlich dafür, dass ihr mit Josef eine so nützliche Arbeitskraft zur Verfügung gestellt worden sei, und sie gab ihrer Hoffnung Ausdruck, dass die gute Nachbarschaft mit ihren Gästen sich weiter entwickeln werde.

«Ja, ja», rief Grandminon dazwischen, «behandelt sie gut, sie hat es verdient!»

Man applaudierte, Madame Balyne erhob sich abrupt. «Wir sind schon zu lange geblieben. Auf uns warten noch andere Verpflichtungen.»

«Aber, Marceline», setzte Monsieur Henri an, «du kannst doch nicht ...»

«Didier ist erst auf vier Uhr bestellt», fügte ihr Mann hinzu.

Madame Balyne steuerte, während Josef vor ihr zurückwich, mit bestimmten Schritten auf die Tür zu. «Dann gehe ich eben allein und zu Fuß.»

Auch die beiden Männer standen nun auf und schoben, wie in eingeübter Choreographie, ihre Stühle an den Tisch.

«Wir hatten ursprünglich geplant», sagte Vivienne ohne große Überzeugungskraft, «Sie mit einem kleinen Schallplattenkonzert zu verabschieden.»

«Die Musik des Winds und der Vögel», erwiderte Madame Balyne, «ist mir ohnehin die liebste.»

Vivienne begleitete die Gäste hinaus, Grandminon und Martin folgten ihnen. Das Licht draußen war stumpf, es hatte zu nieseln begonnen. Damit sie den Fußweg nach Port-Cros erreichten, mussten sie halb ums Haus herumgehen. So entdeckte Madame Balyne das Zitronenbäumchen auf der Ostseite des Hauses, für das Josef ein Loch direkt an der Mauer gegraben hatte. Sie blieb stehen. «So eine Dummheit, hier einen Zitronenbaum zu pflanzen! Hat Ihnen Josef nicht davon abgeraten?»

Vivienne blieb ein weiteres Mal beinahe die Sprache weg. «Nein, warum?»

Madame Balyne rieb ein Blatt, das am Rand schon gilbte, zwischen den Fingern. «Hier bläst der Ostwind ungehindert. Und wissen Sie, wie stark? Das Bäumchen wird in kürzester Zeit eingehen.»

Für Vivienne hörte es sich an, als spreche Madame Balyne ihr selbst das Recht ab, auf der Insel Wurzeln zu schlagen. «Vielleicht bringe ich den Baum trotzdem durch», sagte sie mit schwachem Trotz.

Die Höflichkeit gebot, einander die Hand zum Abschied zu schütteln. Niemand sagte etwas von einer Gegeneinladung, nur Monsieur Balyne drehte, bevor die drei im Wald verschwanden, noch einmal kurz den Kopf nach Vivienne um und zwinkerte ihr zu, als ob alles nur ein Scherz gewesen sei.

«Was für eine schreckliche Person», murmelte Martin und musterte seine rechte Hand, als bereue er, sie Madame Balyne gereicht zu haben.

«Ihr Mann ist krank», sagte Vivienne, «jetzt zwingt sie ihn dazu, diese ganze Strecke zu gehen.»

Grandminon lachte freudlos «Er ist ein freier Mensch. Er hätte hier auf Didier warten können.»

Vivienne versuchte ebenfalls zu lachen. «Ich habe schon

lange nicht mehr solche Lust gehabt, jemandem das Gesicht zu zerkratzen.»

Grandminon packte ihren Unterarm und schüttelte ihn leicht. «Das ist egal. Du *musst* mit ihr auskommen! Sonst kannst du gleich wieder abreisen. Du *musst*!»

Abends saßen sie rauchend, bei einem Glas Portwein im Salon vor dem Kamin. Obwohl der Nachmittag einen bitteren Geschmack hinterlassen hatte, sprachen sie am Anfang nur über die Wetteraussichten, über Modestines Launen, über Viviennes Plan, den Weg zum Haus zu kiesen.

Aber plötzlich straffte sich Grandminon, wie es ihre Art war, bevor sie etwas Wichtiges vorbrachte, und schob das Glas von sich weg. «Wir machen uns Sorgen um dich, Kind.»

Vivienne klopfte die Asche von ihrer Zigarette ab. «Ich mag es nicht, wenn du mich Kind nennst.»

Grandminon legte besänftigend ihre Hand auf Viviennes Unterarm. «Willst du wirklich den ganzen Winter über hier bleiben? Ganz allein? All diesen Leuten ausgeliefert?»

«Natürlich will ich das.»

«Der Winter hier», sagte Martin, «soll strenger sein, als wir's uns vorstellen. Raue Winde, trüber Himmel, unfreundliche Temperaturen. Da können die Tage lang werden.»

Vivienne lachte lautlos. «Kälter als die Nächte auf dem Mount Kenya wird es nicht sein, lieber Martin.»

Grandminon blinzelte zweiflerisch in die Glut. «Aber die Einsamkeit, Vivienne … Die kann an einem nagen, da kriecht die Schwermut in einem hoch, ich weiß es doch aus eigener Erfahrung.»

«Einsamkeit hat mich noch nie abgeschreckt. Und völlig einsam bin ich ja nicht.»

«Ich weiß, ich weiß … Aber Josef und die Ballonets sind doch nicht der geeignete Umgang für dich. Und hier bist du völlig auf sie angewiesen. Vor allem auf Josef.»

«Er sieht dich manchmal so verliebt an», sagte Martin durch den Zigarrenrauch hindurch, «wie wenn er dich am liebsten auffressen möchte. Ich glaube, du musst dich vor ihm in Acht nehmen.»

Vivienne stand ärgerlich auf und öffnete ein Fenster, um den Rauch abziehen zu lassen. Das Geräusch der ans Ufer schlagenden Wellen drang herein, zusammen mit Salz- und Grasgeruch. «Warum traut ihr mir so wenig zu? Ich war wochenlang allein mit sechzig Trägern. Da werde ich mich wohl gegen einen einzigen Mann wehren können.»

«Lästig ist es trotzdem», sagte Grandminon. «Sei nicht gleich beleidigt. Ich stelle mir einfach vor, wie schwierig es für dich werden könnte. Dabei gäbe es eine Alternative. Verbring den Winter bei mir in Genf. Im Frühling kehrst du nach Port-Cros zurück, da wirst du auch wieder Gäste anlocken können. Ein paar Monate Stadtleben zwischendurch schaden dir gewiss nicht.»

«Und ein Ball hin und wieder», fügte Martin hinzu, «gehört für eine Frau deines Alters zur Zivilisation, nehme ich an.»

Vivienne warf mit einem Ruck das Fenster zu, starrte aber weiter in die Nacht hinaus. «Und dabei soll ich wohl, nach eurem famosen Plan, einen netten jungen Mann kennen lernen. Alles wird seinen voraussehbaren Lauf nehmen, und dann habt ihr mich endlich unter der Haube, nicht wahr?»

Martin überspielte seine Verlegenheit. «So ist es nicht gemeint. Du verdrehst uns die Worte im Mund.»

«O doch. Ihr macht den Versuch, über mich zu bestimmen.»

Grandminon schüttelte bekümmert den Kopf. «Überhaupt nicht. Du kannst mein Angebot annehmen oder ablehnen. Ganz nach deinem Gusto.»

«Ich lehne es ab, Grandminon. Ich brauche die Stadt jetzt nicht.»

«Du kannst dich noch nicht einfach hier vergraben.»

«Doch, das kann ich, das muss ich! Du warst ja selber auch dafür. Und du kennst weiß Gott genug Geschichten von frommen Menschen, die eine Zeit lang in der Wüste oder auf einem Berg gehaust haben.»

«Bitte, hör mir zu, Vivienne. Auf dem Berg bist du schon gewesen, in der Wüste eigentlich auch. Einmal muss man zurück. Ich habe in den letzten Tagen viel über dich nachgedacht. Es ist nun schon fünf Jahre her seit Bernards Tod, und du quälst dich immer noch damit herum. Muss das sein?» Sie wollte weitersprechen, doch Vivienne unterbrach sie: «Lass Brovie aus dem Spiel! Wie ich mit seinem Tod fertig werde, ist meine Sache. Das kommt und geht in Wellen. Du hilfst mir dabei weder mit Mitleid noch mit guten Ratschlägen.»

«Vivienne», ließ sich Martin aus seinem Sessel vernehmen. «Wir alle kämpfen mit den Geistern der Vergangenheit ...»

Sie ließ ihn nicht ausreden, drehte sich unvermittelt auf den Absätzen um und rannte aus dem Salon. Eine Weile blieb es so still, als liege über dem Haus ein Bann, nur das Ticken der Pendule an der Wand bewies, dass die Zeit verfloss. Dann sagte Martin kleinlaut: «Da scheinen wir ja wahrhaftig in ein Wespennest gestochen zu haben ...» Und Grandminon erwiderte: «Wenn sie in diesen Zustand gerät, hat es keinen Sinn, sie trösten zu wollen ...»

Sie schwiegen, Martin legte im Kamin eine der *Souches* nach, der Wurzelstöcke, die Josef in den letzten Tagen gesammelt und zersägt hatte.

«Jetzt liegt sie im Bett», sagte Grandminon, «und will nichts mehr hören und sehen. Das hat sie von mir. Ich war früher auch so.»

Aber sie täuschte sich. Nach ein paar Minuten kehrte Vivienne zurück. Sie hatte sich umgezogen und trug nun an Stelle des blauen Leinenkleids ihren abgenützten khakifarbenen Alltagsrock und darüber einen Baumwollkittel mit allerlei Farbspuren. Sie sah darin merkwürdig verblasst aus, beinahe ätherisch. «Ich weiß nicht, was in mich gefahren ist», sagte sie. «Ich möchte mich entschuldigen. Ihr meint es ja gut mit mir.»

Grandminon stemmte sich mit einem kleinen Ächzen aus dem Sessel hoch und umarmte die Enkelin. «Ist schon gut, Liebes. Aber was heißt das jetzt? Kommst du mit mir?»

«Nein. Es geht nicht. Später vielleicht. Versucht bitte nicht länger, mich umzustimmen. Ich seh dich doch wieder im März, nicht wahr?»

Grandminon verbarg ihre Enttäuschung und zwang sich zu einem großmütterlichen Nicken. «Wie du willst. Setz dich ruhig durch. Das ist schon richtig.»

Und Martin, der seine Zigarre endlich zu Ende geraucht hatte, fügte in freundlicher Resignation hinzu: «Was sollen wir dir in diesem Fall wünschen? Möglichst wenig Sturmwind, denke ich.»

Sie kugelte sich im Bett zusammen, umfasste, seitlich liegend, mit beiden Händen die angezogenen Knie. So hatte sie im Zelt nie einschlafen können, das Feldbett war dafür zu schmal gewesen. Der Wind, *le vent d'est,* heulte ums Haus, ließ die Fensterläden klappern, trieb die Wellen weit über den Strand hinauf. Martins Bannspruch hatte nichts genützt, oder wäre der Wind sonst noch stärker gewesen? Sie mochte ihn ja, den Wind, sie mochte es, sich ihm entgegenzustemmen, mit ihm zu kämpfen, von ihm gestoßen zu werden. Doch irgendwann flaute selbst der stärkste Wind ab, irgendwann musste der schlimmste Schmerz abklingen, das würde sie gewiss noch erleben. Oder schmerzten bestimmte Narben ebenso wie offene Wunden? Es gab die Narbenwülste, die sie beim Abbalgen gesehen hatte, schlecht verheilte Stellen, Entzündungsherde, die eingewachsenen Dornen in Löwenpranken. Manchmal stand Brovie, der unversehrte Brovie so nahe vor ihr, dass sie ihn mit der Hand hätte berühren können. Er war von Licht umflossen, schaute ernst auf sie hinunter. Wenn sie lange genug wartete, lösten sich seine Konturen auf, nur das Licht blieb und wurde zu einem Glanz, der die Wand hinaufwanderte und verschwand wie damals im Zelt, ein paar Tage nach seinem Tod. Ja, er war da, noch immer da, und sie wollte doch endlich ohne ihn auskommen.

DIE ERSTEN WOCHEN in Selengai, auf meiner zweiten Safari mit Miss Vivienne, gefielen mir nicht, sie brachten auch keine Erfolge. Die Massai waren überall, sie trieben ihre Viehherden zu den Wasserlöchern und verscheuchten Giraffen und Elefanten, an die wir uns herangeschlichen hatten. Miss Vivienne war zornig deswegen und dann wieder niedergeschlagen, sie brütete im Zelt stundenlang vor sich hin und wollte nicht essen, was ich ihr brachte. Sie hatte einen wunden Fuß, der sie dazu zwang, sich häufig auszuruhen. Ich sah, wie sie ihn abends einpinselte und vor Schmerz das Gesicht verzog. Ich hätte ihr gerne geholfen, doch das ließ sie nicht zu. Dann wurde sie krank. Das Fieber schüttelte sie wie schon andere Male, es war die gleiche Krankheit wie zur Zeit, als der Bwana starb. Sie rief nach ihm wie ein kleines Mädchen, sie war mit ihm in einer Gegend, wo es Schnee und Eis gab wie auf dem Kere-Nyaga, er verließ sie, und sie war verzweifelt, dass sie ihm nicht folgen konnte. Sie hatte solchen Durst, dass sie mir den Teekrug aus der Hand riss und den heißen Tee auf dem Bett verschüttete, und sie beschimpfte mich, als wäre ich ihr schlimmster Widersacher. Sie verwünschte die Frösche, die in der Nähe quakten, die gurrenden Tauben, sie hielt sich die Ohren zu, und nur mit Mühe gelang es mir, sie zu beruhigen. Ich wachte drei Nächte an ihrem Lager, ich zerstieß Heilkräuter, wickelte sie in Stoff und legte ihn auf ihre Stirn, wie ich's von meiner Großmutter gelernt hatte, und zuletzt war ich so müde, dass ich ständig einnickte und Muthungu herbeirief, damit er mich ablöste. Doch auch er wurde krank, auch Asani und Bokari begannen zu fiebern. Mvanguno und ich sorgten für alle, und ich dachte schon, wir müssten das Camp abbrechen, da wurden alle wieder gesund, auch Miss Vivienne stand auf und sagte, sie sei erfrischt wie nach einem heißen Bad, dabei war sie abgemagert und ihre Augen lagen tief in die Höhlen, und es dauerte noch Tage, bis sie wieder die Kraft hatte, auf Pirsch zu gehen.

Endlich holte uns der Inder Karua mit seinem Lastwagen ab, und wir verlegten das Lager an den Fuß des Ol Doinyo Orok, des Schwarzen Berges, an einen Platz, der begrenzt wurde von Gräben, aus denen im Großen Krieg die Engländer und die Deutschen aufeinander geschossen hatten. Es war kein guter Ort. Wir fanden Skelette, und böse Geister trieben ihr Unwesen. Aber Miss Vivienne wollte unbedingt bleiben, denn ein Massai-Häuptling hatte ihr gesagt, es gebe Großwild in der Nähe, auch Löwen. Das Wetter wurde schlimm, das Zelt knatterte im Wind, Siki, ein Hündchen, das Miss Vivienne den Massai abgekauft hatte, bellte ganze Nächte hindurch. Wir warteten tagelang auf die Nachricht, dass Bokari Elefantenspuren gefunden habe, und Miss Vivienne verarztete die Massai, die schon am Morgen früh draußen vor dem Zelt standen. Sie schnitt mit ihrem kleinen Messer eingewachsenen Schmuck aus dem entzündeten Fleisch heraus, goss von der braunen brennenden Flüssigkeit darüber, die den Wundbrand verhindert, sie verband den stinkenden Arm eines Kriegers, der vor langer Zeit von einem Löwen gebissen worden war, sie behandelte einen kleinen Jungen, dessen Seite ein Stier mit seinem Horn aufgeschlitzt hatte. Die Massai schenkten ihr dafür einen pechschwarzen Widder, den wir aber erst nach einer Woche schlachten durften.

In einer dieser Nächte am Fuß des Ol Doinyo Orok rettete ich Miss Vivienne das Leben und erregte damit ihren Zorn. Ich schlief draußen vor dem Zelteingang auf meiner Matte, wie immer von Dornenästen geschützt. Geräusche von einem herumschleichenden Tier weckten mich auf. Miss Vivienne kam aus dem Zelt und sagte, es sei bestimmt eine Hyäne, und sie wolle sie vertreiben. Ich wusste, dass sie Hyänen hasste, Hyänen hatten draußen vor dem Zelt auf den Tod des Bwanas gewartet, man hatte ihre Umrisse vor dem Sternenhimmel gesehen. Sie ging ohne irgendeinen Schutz ins Freie hinaus, ging unbesonnen durchs Gras in die Richtung der Geräusche und rief: «Weg mit dir, weg!» Ich hatte Angst um sie und holte aus dem Zelt das Gewehr. Ich hatte oft genug zugeschaut, wie es geladen wird, der Bwana Bernard hatte mich ja auch einige Male üben lassen. So lud ich es in aller Eile und folgte Miss Vivienne in die Mondnacht hinaus. Ich sah sie als hellen Fleck bei einer Akazie stehen, und ihr gegenüber war etwas anderes, Geducktes, ebenso hell, und als ich näher kam, erkannte ich, dass es ein Löwe war. Er fauchte, schlug mit dem Schweif auf den Boden, und Miss Vivienne, nur wenige Schritte von ihm entfernt, schien zu Stein geworden zu sein. Ich legte, ohne zu zögern, das Gewehr an, zielte und schoss. Es war ein Glücksschuss, der Löwe bäumte sich auf und brach zusammen, noch einige Male zuckten seine Vorderpfoten, dann regte er sich nicht mehr. Die andern, die beim Feuer gelegen waren, kamen herbei und beglückwünschten mich, nur Mohammed war neidisch, dass nicht er den Löwen getötet hatte. Doch Miss Vivienne dankte mir nicht. Der Löwe, sagte sie, wäre gleich weggegangen, ohne ihr etwas zuleide zu tun, es sei unnötig gewesen, das schöne Tier zu töten. Nein, sagte Mvanguno, dieser Löwe gehöre bestimmt zu den Menschenfressern, von denen die Massai berichtet hatten, die Memsahib könne froh sein, dass ich sie beschützt hätte. Aber sie schüttelte nur im-

mer den Kopf, und als wir den Löwen ausweideten, zog sie sich ins Zelt zurück und wollte nicht mit uns feiern. Vielleicht, dachte ich später, war sie hinausgegangen, um zu sterben, vielleicht war sie entschlossen gewesen, den Tod ihres Vaters zu erleiden, und ich hatte es nicht zugelassen. Doch ich war froh darum, und später holte sie ihren Dank nach. Sie war auch bereit, das Fell, das Mvanguno abgebalgt hatte, sauber zu schaben wie in früheren Zeiten, und wir sahen, dass sie nichts von ihrer Geschicklichkeit verlernt hatte. Es war das letzte Fell, das ich sie säubern sah, sie rührte fortan keins mehr an. Dieses aber nahm sie mit ins Zelt, und sogar, als es zu riechen begann, ließ sie es drin.

Nachdem Martin abgereist war, blieb auch Grandminon nur noch eine Woche. Dann reisten sie gemeinsam für drei Tage nach Toulon. Sie durchstöberten Antiquitätengeschäfte, wählten Bilder für Viviennes Räume aus, ein holländisches Seestück und einen impressionistischen Sonnenuntergang, der Vivienne an Brovies zerstörte Leinwände erinnerte. Sie aßen abends Langusten, besuchten anschließend das Kino, wo ein Liebesdrama gezeigt wurde, dessen Held in den Bergen abstürzte und von der aufopfernden Heldin zur nächsten Hütte geschleppt wurde. Obwohl sie beide den Tränen nahe waren, kicherten sie wie Schulkinder über die ausladende Gestik der Schauspieler und ihr lautloses, von Klaviermusik untermaltes Geseufze. Im Hotelzimmer war Grandminon gesprächig wie noch nie. Sie erzählte Einzelheiten aus ihren beiden Ehen, deutete Szenen an, in denen sie die körperliche Dominanz des Mannes erdulden musste.

«Ach», sagte sie am letzten Abend, indem sie mit einer unwilligen Bewegung ihr Nachthemd überstreifte, «wir Frauen sind größtenteils nichts anderes als stupide Opfertiere.»

«Dagegen hast du dich doch gewehrt», erwiderte Vivienne von ihrem Bett aus.

«Viel zu wenig, Liebes. Wenn du dich als Frau zu sehr wehrst, nimmt die Gesellschaft Rache an dir. Sei listig, sei wählerisch, habe Geduld! Das ist alles, was ich dir raten kann. Wobei die Geduld natürlich begrenzt ist.» Sie lachte brummig, beugte sich zu Vivienne hinunter und zerzauste ihr Haar.

Es war eine doppeldeutige Botschaft. Heirate lieber nicht!, hörte Vivienne heraus – und zugleich: Heirate bald, es bleibt dir nichts anderes übrig. Das wusste sie auch, es half ihr nicht weiter.

Sie stand am Bahnsteig und winkte mit ihrem Taschentuch dem Zug hinterher. Grandminon war hinter der spiegelnden Scheibe schon nicht mehr zu sehen. Aber was grämte sie sich denn? In drei Monaten, Anfang März, würde Grandminon zurückkommen; bis dahin würde Vivienne erstarkt sein und der Zukunft ins Auge blicken.

Nun begann die schlimme Zeit mit Josef. Den ganzen Tag strich er um sie herum, versuchte ihr jeden Wunsch von den Augen abzulesen, und wenn sie keinen hatte, unterschob er ihr einen oder zwang ihr auf, was er als ihren Wunsch auslegte. Mit jedem Blick, mit jedem Atemzug gab er ihr zu verstehen, dass er wisse, was Madamoiselle brauche, er allein, und dass sie ohne ihn nicht auskomme. Sie wies ihn immer wieder in die Schranken, bestand darauf, allein zu essen und sich selbst den Teller zu füllen. Nie konnte sie sicher sein, was als Nächstes geschehen würde, er war unberechenbar wie ein schlecht erzogener Rüde.

Ab und zu schaute sie, halb verborgen hinter den Vorhang, vom Fenster aus zu, wie er sich abends am Brunnen im schwindenden Tageslicht wusch. Sein nackter Oberkörper leuchtete unnatürlich weiß, die sonnenverbrannten Arme,

Nacken und Halsauschnitt hoben sich scharf davon ab. Er streckte und dehnte sich, brachte seine Muskeln zur Geltung; wie schön gewölbte Wellen wuchsen sie unter der Haut empor, glitten wieder weg. Er tauchte das Gesicht ins Wasser und bespritzte sich mit beiden Händen, so dass die Tropfen von den Schultern bauchwärts rannen und seine Hosen dunkel fleckten. Dann verteilte er den Seifenschaum auf der Haut, spülte ihn weg, rieb sich mit einem zerschlissenen Tuch trocken. Er ahnte, dass er beobachtet wurde, denn bisweilen schielte er zu Vivienne hoch. Sie schämte sich deswegen und wandte doch den Blick nicht ab. Wenn er ihr später mit einem siegesgewissen Lächeln entgegentrat, hätte sie ihn am liebsten geohrfeigt. Sie überlegte sich beinahe jeden Tag, ob sie sich von ihm trennen sollte und wie sie es anstellen würde. Aber dann wurde ihr bewusst, in welchem Maß er ihr das Leben erleichterte und wie gut es war, dass ein Mann sie beschützte, sogar wenn sie sich von ihm bedroht fühlte, und sie verschob den Hinauswurf immer wieder auf den nächsten Tag. Sie hatte ja auch dauernd mit Jim gehadert, mit seiner Fremdheit und seiner Nonchalance, sie hatte ihn innerlich verflucht und doch nie die Kraft gehabt, ihn auszuwechseln.

Um Josef von sich abzulenken, musste sie ihm dauernd außer Haus zu tun geben. So kam sie auf die Idee, trotz Monsieur Henris Warnung für sich und ihre künftigen Gäste den Blick aufs Panorama zurückzugewinnen, das die Steineichen am Ufer verstellten. Sie befahl Josef, die Bäume zu fällen und dazu noch einen Teil des Schilfs zu schneiden. Er hob abwehrend die Hände und versuchte sie mit einem Wortschwall von ihrem Vorhaben abzubringen. Als Vivienne jedoch insistierte, holte er Säge und Axt hervor und machte sich mit schier gewalttätiger Energie ans Werk. Er stöhnte, wenn er weit ausholte und die Axt in den Stamm trieb; das Krachen und Splittern klang manchmal, als ob Knochen zerhackt würden. Vivienne half ihm beim Zusammentragen der Äste. Auch

Ballonet schlurfte herbei. Seine Miene drückte Missbilligung aus, doch er mischte sich nicht ein und schwieg auch, als Vivienne befahl, einen Pinienast abzusägen, der seitlich ins Bild ragte. Die Pinie wirkte nun verstümmelt, aus dem hellen Kreis am Stamm quoll Harz.

Am Abend des zweiten Tages war die Lücke groß genug. Das Meer füllte sie aus, als ob es schon immer so gewesen sei, die dunklen Zypressen, die Vivienne gepflanzt hatte, kamen vor dem stahlblauen Hintergrund endlich zur Geltung. Sie war beglückt und hatte zugleich ein schlechtes Gewissen. An diesem Abend gab sie Josefs Drängen nach und ließ sich von ihm das Essen servieren. Er stand, während sie aß, mit umgebundener Schürze schräg hinter ihr und fragte nach jedem dritten Bissen, ob sie mehr wolle. Sie hörte sein Atmen, roch die Seife, mit der er sich gewaschen hatte, und eine Spur von Schweiß und Eselsmist. Es war ihr unangenehm, ihn so nah zu wissen, hätte es aber übertrieben gefunden, ihn in eine entferntere Ecke zu schicken. Als sie später Coco fütterte, reichte er ihr das Schälchen mit den zerkleinerten Früchten und wich nicht von ihrer Seite. Sein Verhältnis zum Papagei hatte sich entspannt, er versuchte ihm zwischendurch sogar *buon giorno* beizubringen. O ja, Josef wollte es gut machen, er wollte unentbehrlich sein und gelobt werden. Mit begehrlichen Blicken drückte er aus, dass Vivienne sein Ein und Alles war, seine Prinzessin, und Prinzessinnen, so ließ sich seine rastlose Dienstbereitschaft erklären, mussten auf Händen getragen werden, dafür aber auch dankbar sein. Vivienne war zu wenig dankbar, sie wusste es und konnte es nicht ändern.

Am nächsten Tag hatte Josef im Dorf zu tun, auch Ballonet war verschwunden. Gegen Mittag kam Josef zurück. Er trieb missmutig den Esel vor sich her und lud ihn schweigend ab. Als Vivienne ihn fragte, was ihm über die Leber gekrochen sei, wollte er erst keine Auskunft geben. Aber dann brach es aus ihm heraus, und seine Miene zerfloss in Selbstmitleid. Ballonet, der Verräter, sagte er, habe sie beide, Vivienne und Josef, bei Monsieur Henri wegen der gefällten Bäume angeschwärzt, und Monsieur Henri habe getobt wie noch nie, habe ihn, Josef, zusammengestaucht, als wäre er ein Verbrecher, und dabei habe er doch nur die Anordnungen von Madamoiselle befolgt.

Zwei Stunden später trafen Monsieur Henri und Madame Balyne in Port-Man ein, um den Schaden persönlich zu begutachten. Josef hatte nicht übertrieben. Monsieur Henri war außer sich, er stelzte, mit dem Kopf ruckend, zwischen den Eichenstrünken herum wie ein unglücklicher Vogel, hob Äste auf und ließ sie wieder fallen, er streichelte das runde Wundmal am Pinienstamm. Dann wandte er sich Vivienne zu, stotternd vor Grimm und Aufregung: «Wie können Sie nur! ... Wie können Sie nur! ... Dreißig Jahre Wachstum! Einfach zerstört! Zunichte gemacht!» Er fuhr sich mit der Handkante über den Kehlkopf, um ihr die Grausamkeit ihrer Tat deutlich zu machen, und Madame Balyne, die sich neben ihm aufgestellt hatte, nickte dazu mit versteinerter Miene.

Vivienne hatte sich innerlich auf den Auftritt vorbereitet, aber nicht mit dem Ausmaß von Monsieur Henris Zorn gerechnet. Sie fühlte sich eingeschüchtert, versuchte zu erklären, was sie sich überlegt hatte, und zugleich Josef von jeder Schuld zu entlasten. Aber sie kam nicht weiter als zwei Sätze. Monsieur Henri fuhr ihr über den Mund wie ein Feldwebel: «Sie sollten sich schämen! In Grund und Boden schämen! Aber Sie haben sich ins eigene Fleisch geschnitten! Nun wird der *vent d'est* ungehindert Zutritt zum Haus haben. Und Sie werden bei Gott noch früh genug merken, was das heißt!» Er blies die Wangen auf und machte seiner Empörung mit einem scharfen Pusten Luft.

«Es ist Ihnen ja wohl klar», sekundierte Madame Balyne, «dass wir den Mietvertrag auflösen oder Sie dazu zwingen könnten, eine saftige Buße zu bezahlen. Eine Buße, meine Liebe, die Ihnen wirklich wehtut!»

Vivienne sah ein, dass es keinen Sinn hatte, sich zu rechtfertigen. Sie neigte den Kopf und hörte ihnen zu. Dann nützte sie eine Pause aus, um ihre Entschuldigung vorzubringen. Sie habe, sagte sie, überstürzt und unüberlegt gehandelt, sie werde alles daransetzen, den Schaden wieder gutzumachen, die Bäume neu zu pflanzen oder sonst zu tun, was man von ihr verlange. Dass Vivienne sich so einsichtig zeigte, nahm den beiden Anklägern den Wind aus den Segeln. Sie behaupteten zwar, dass es Jahrzehnte dauern würde, so nahe am Wasser eine Hecke wieder aufzuforsten, sie sagten, es grenze an ein botanisches Wunder, dass an dieser Stelle Steineichen überhaupt gewachsen seien. Doch Monsieur Henris Ton besänftigte sich, Madame Balynes Züge wurden weicher, und als Vivienne gelobte, in Zukunft die Natur rund ums Haus nicht mehr anzutasten, zeigten sie sich halbwegs versöhnt.

Sie war zu Tode erschöpft, als die beiden endlich gegangen waren. Unwirsch schickte sie Josef weg, der trostbereit hinter irgendeiner Ecke hervorkam, und legte sich gleich ins Bett. Sie hatte Angst, der eigene Zorn, den sie bisher niedergekämpft hatte, werde sich in Fieber verwandeln, in dieses rätselhafte afrikanische Fieber, das sie in Abständen heimsuchte und noch von keinem Arzt richtig diagnostiziert worden war. Sie fühlte sich gedemütigt, dem Wohlwollen ihrer Vermieter ausgeliefert, und wusste, dass sie, solange sie in diesem Haus blieb, dagegen nicht ankam. Aber das Haus war ihr Unterschlupf geworden, ihr Zufluchtsort, ihre zweite Haut, nach der sie so lange gesucht hatte; niemand durfte sie daraus vertreiben.

Sosehr sie Josef weiterhin auf Abstand zu halten versuchte, so hartnäckig nützte er das Einvernehmen aus, zu dem sie ihn, aus seiner Sicht, genötigt hatte. Sie brachte es nicht mehr zustande, ihn aus dem Esszimmer zu vertreiben, er verteidigte das Terrain, das er besetzt hatte, mit listiger Beharrlichkeit. Da sie es aber nicht ertrug, dass er hinter ihr stand, ging sie dazu über, ihn auf der anderen Seite des Tisches, ihrem Stuhl direkt gegenüber, zu platzieren. So konnte sie ihn wenigstens im Auge behalten. Aber selbst wenn er reglos dastand, ging von ihm eine fortwährende Bedrohung aus. Lag es daran, dass sie saß und er stand? An einem der nächsten Abende forderte sie ihn auf, sich zu setzen. Er tat es unter Protest, ein guter Kellner, sagte er, habe zu stehen. Immerhin waren nun ihre Köpfe auf gleicher Höhe, und das entspannte die Situation ein wenig. Bald schon fand sie es stupid, dass Josef erst nach ihr in der Küche aß. Wenn er sich schon zu ihr an den Tisch setzte, konnte er gleich mitessen. Auch dagegen sträubte er sich zuerst, vor allem – das brachte sie später aus ihm heraus – weil er fürchtete, seine Tischmanieren seien zu schlecht für sie. Aber er ließ sich belehren, er machte Fortschritte, und das brachte Vivienne dazu, ganz normale Tischgespräche mit ihm zu führen, was wiederum etwas mehr Normalität zwischen ihnen herstellte.

Jetzt, wo sich Josef ins Vertrauen gezogen fühlte, verriet er bruchstückweise, was er über Monsieur Henri und die Balynes zu wissen glaubte, oder genauer: was im Dorf und im Hafen von Hyères über die drei getratscht wurde: Madame Balyne sei bis vor ein paar Jahren mit Monsieur Henri verheiratet gewesen, sie habe ihn Balynes wegen, der eigentlich anders heiße, verlassen. Doch als sie Geld gebraucht habe, um die Insel – oder wenigstens einen Teil davon – zu kaufen, habe sie sich an ihren ehemaligen Mann erinnert, und der sei ebenfalls auf die Insel gezogen und habe hier sein Vermögen investiert. Monsieur Balyne, der schon lange kränkle, habe dies offensichtlich gebilligt. Und nun – das sagte Josef mit gedämpfter Stimme und einem kleinen Zwinkern – ständen Madame Balyne also zwei Männer zur Verfügung. Er selber,

Josef, könne bezeugen, dass Monsieur Henri verschiedentlich erst im Morgengrauen in die Hostellerie zurückkehre. Er überlasse es Madamoiselle, ihre Schlüsse daraus zu ziehen. Damit streckte er seine Hand über den Tisch und versuchte, sie auf Viviennes Unterarm zu legen. Sie entzog ihm den Arm und verbot Josef, solche dummen Gerüchte in die Welt zu setzen. Sie merkte aber, dass seine Geschichte ihr durchaus plausibel erschien, denn so erhielt einiges, was ihr bisher rätselhaft geblieben war, einen Sinn. Diese scheinheilige Balyne!

Am nächsten Abend begann Josef von sich zu erzählen, und ihr Verhältnis komplizierte sich dadurch noch mehr. Natürlich war Vivienne nicht unbeteiligt an dieser Wendung. Sie hatte gehofft, ihn von den Balynes mit Fragen nach seiner Herkunft abzulenken, es war ein Anlauf, den sie nahm, um sich der lüsternen Art, mit der er die *ménage à trois* aufgegriffen hatte, nicht länger auszusetzen. Damit geriet sie freilich vom Regen in die Traufe. Josef prahlte mit seiner Vielseitigkeit, mit seinen handwerklichen Talenten, mit seiner physischen Stärke. Was war er nicht alles schon gewesen! *Muratore* in Rom, Holzfäller in den Abruzzen, Matrose in Marseille, Kellner in Nizza, Butler im Haushalt einer spanischen Adelsfamilie. Und immer hatte er sich so viel wie möglich vom Mund abgespart, um Geld nach Hause zu schicken. Sechs jüngere Geschwister hingen von seiner Unterstützung ab. War einer, der sich so selbstlos verhielt, nicht ein wahrhaft braver Bursche? Mehr noch aber prahlte Josef mit seinen Liebschaften. Meistens begann es damit, dass die Tochter des Patrons – ob blond oder dunkelhaarig, ob klein oder groß – Josef schöne Augen machte. Eine Weile widerstand er der Versuchung und zeigte sich unnahbar. Aber das Fleisch der jungen Männer ist schwach, und irgendwann kam es zum ersten Kuss, zur ersten Umarmung. Danach nahm die Tragödie ihren Lauf. Die zwei Liebenden wurden in flagranti ertappt, oder ein eifersüchtiger Konkurrent schwärzte Josef beim Patron an, oder die Tochter wollte Josef heiraten, und er wollte nicht. Jedenfalls endete die Geschichte regelmäßig damit, dass er überstürzt abreiste oder hinausgeworfen wurde. Es war Vivienne zuwider, wie Josef gewisse physische Einzelheiten andeutete, sie mochte es nicht, wie anzüglich er sie dabei anschaute. Trotzdem unterbrach sie ihn nicht. Sollte sie ihn ausschelten für Absichten, die sie sich womöglich einbildete?

Am Abend, als der *vent d'est* mit voller Wucht einsetzte, kam er auf seine letzte Liebschaft zu sprechen, auf die älteste Tochter des blaublütigen Spaniers, der ihn als Hausdiener und Hauslehrer beschäftigt hatte. Natürlich hatten alle drei Töchter, die Josef gelegentlich zu Picknicks begleiten musste, um seine Zuneigung geworben. Aber die Älteste, mein Gott, war vor rein nichts zurückgeschreckt und hatte ihn unter einem Vorwand von den beiden Schwestern weg zu einem gut geschützten Platz unter Bäumen gelockt. «Und dann?», fragte Josef theatralisch. «Was hat sie gemacht? Kann Mademoiselle erraten, was?» Er schüttelte beinahe mitleidig den Kopf. «Nein, sie kann nicht!» Er streifte blitzschnell die Schürze über den Kopf, warf sie über die Stuhllehne neben sich, und während Vivienne noch überlegte, was er vorhatte, knöpfte er das Hemd auf, öffnete es weit mit beiden Händen, so dass die Brust mit den dicht umkräuselten Warzen sichtbar wurde, dann ließ er das Hemd über die Schultern zurückgleiten und schälte gleichsam den ganzen Oberkörper daraus hervor. «So hat sie gemacht!», rief Josef mit gespielter Entrüstung und straffte sich. «Genau so! Una vera putana!» Fassungslos, viel näher als je zuvor saß Vivienne dieser Nacktheit gegenüber, sie sah im Kerzenlicht die unschuldig weißen Schultern, sie sah die Wölbungen der Muskeln, die Rippen, die sich unter der Haut abzeichneten.

Beide hielten den Atem an, rührten sich sekundenlang nicht und hatten keine Ahnung, was als Nächstes geschehen würde.

«Zieh das Hemd sofort wieder an», sagte Vivienne tonlos.

Ein kleines Lächeln glitt über Josefs Gesicht, aus dem Vivienne etwas unverschämt Einladendes herauszulesen glaubte. Das war das Signal für sie, der Szene ein Ende zu setzen. Sie sprang auf und ging, ihr Zittern unterdrückend, aus dem Esszimmer, ohne Josef noch eines Blickes zu würdigen.

«Bitte, Madamoiselle», rief er ihr nach, ohne ihr aber zu folgen.

Als ob jemand sie von außen lenke, zog sie im Flur ihre wetterfesten Schuhe an, warf das Regencape über und trat ins Freie. Kaum hatte sie den Fuß vor die Tür gesetzt, heulte ihr der Wind um die Ohren und peitschte ihr Regentropfen ins Gesicht. Sie hielt mit beiden Händen das Cape fest, das sie umflatterte, und schlug den Weg zum Fort ein. Es war gut, gegen einen Widerstand zu kämpfen, sich dem Wind entgegenzustemmen, ihm jeden Meter abringen zu müssen. Schon nach einer kurzen Strecke begann sie zu keuchen. Es war finster, sie ahnte den Pfad mehr, als dass sie ihn sah. Manchmal erschienen am Himmel fahle Stellen, die rasch wieder von rauchiger Schwärze verschlungen wurden. Dieser Männertorso in seiner unverschämten Lebendigkeit! Dabei wusste sie doch, wie verletzlich er war, wie dünnhäutig, sie hatte die Vision, dass er aufsprang wie eine reife Frucht, sie sah das Herz schlagen hinter Rippenbögen, einen zuckenden, schleimigen Beutel. Sie schrie auf, schrie lauter, um den Wind zu übertönen. Zum Fort wollte sie doch. Warum zum Fort? Weil sie dort sicher war, weil der Turm ihr erlaubte, ganz in ihre Stimme zu fallen. Aber sie fand das Fort nicht, die Dunkelheit hatte alles eingeschwärzt. Vivienne trat auf Pinienzapfen, stolperte über Wurzeln, sie streckte die Hände aus, um nach Hindernissen zu tasten. Es war aussichtslos, sie musste zurück. Nun hatte sie den Wind im Rücken, und er trieb sie unbarmherzig voran. «Geh nur, geh nur!», höhnte er.

Ein kleines flackerndes Licht schwankte durch die Nacht.

Josef kam ihr auf halbem Weg entgegen, mit einer Sturmlaterne und einem Regenschirm, der ihm, als er ihn aufzuspannen versuchte, sogleich aus der Hand gerissen wurde. Sie achtete nicht auf das, was er sagte, sie sah auch gar nicht, ob er sein Hemd wieder trug. Als er sie festhielt, stieß sie ihn zur Seite und beschleunigte ihre Schritte. Er blieb dicht hinter ihr, seine Worte gingen im Sturmwind unter. Sie nahm die Abkürzung, lief quer über die nasse Wiese, am Garten vorbei. Josef hatte die Haustür offen gelassen, sie schlug hin und her wie ein loses Segel, Regen war meterweit in den Gang hineingesprüht. Vivienne schmetterte die Tür hinter sich zu, Josef beinahe ins Gesicht, stolperte in ihr Zimmer. Den Riegel schieben. Zu Atem kommen. Sie warf sich bäuchlings aufs Bett, presste die Hände auf die Ohren, um das Klopfen an der Tür nicht hören zu müssen. Nach einer Weile war sie fähig, die nassen Kleider auszuziehen, in ihr Nachthemd zu schlüpfen, die Haare trockenzurubbeln. Aber sie fror weiter und hörte nicht auf zu frieren; selbst als sie sich bis zum Kinn in mehrere Decken eingemummt hatte, liefen die Kälteschauer über sie hinweg wie ganze Ameisenvölker. Sie kannte dieses Gefühl, es war in Afrika der Vorbote ihrer Fieberanfälle gewesen. Aber das durfte jetzt nicht sein, es würde sie gegenüber Josef noch mehr schwächen.

«Madamoiselle», rief er von draußen, «Madamoiselle, es war nur Scherz! Nur Scherz!» Er klopfte wieder und wieder und rüttelte bedrohlich an der Klinke. «Ist Madamoiselle böse? Ist Madamoiselle krank? Ich kann helfen! Ich kann Tee bringen! Ganz heiß! Mit Honig!»

Endlich ließ er ab von ihr, sie glaubte zu hören, dass seine Schritte sich entfernten. Würde er in seine Kammer gehen? Oder würde er oben in der Wohnung auf sie warten und sie bewachen? Sie hatte zum Glück ihren Nachttopf unter dem Bett, und der Wasserkrug auf der Kommode war gefüllt. Zwei, drei Tage würde sie notfalls ausharren können, ohne das

Zimmer zu verlassen. Sie konnte sich nicht vorstellen, ihm je wieder unter die Augen zu treten, sich von ihm beschämen und provozieren zu lassen. Irgendwann würde sie es tun müssen. Aber nicht jetzt. Nicht jetzt.

Der Wind da draußen. Was für ein rastloses Gesause, was für eine zornige Energie! Das Schlagen der Fensterläden. Die Kältströmung von den Ritzen her. Gliederzittern unter so vielen Schichten. Das Fieber beginnt im Kopf, heizt ihn auf wie einen Ballon, der gleich davonfliegen will. Dann geht das Kribbeln der Haarwurzeln in einen zerrenden Schmerz über. Die Haut am Hals scheint zu brennen, und der Brand breitet sich aus zu den Schultern, zu den Brüsten. Sie steckt die Hände in die Achselhöhlen, versucht die Temperatur abzuschätzen. Irgendwo muss sie noch Aspirin haben. Sie zwingt sich aufzustehen, durchwühlt, eine Decke um sich geschlungen, ihr Nécessaire, dreht es um, schüttet den ganzen Inhalt auf die Waschkommode, bis sie das Röhrchen zwischen Dosen und Tuben entdeckt und mit Mühe drei Tabletten daraus klaubt. Auch den bitteren Geschmack im Mund kennt sie gut, das Zähneklappern im Bett, die neuerliche Kälte nach den Hitzewallungen, das Gefühl, die Füße frören ihr ab, lösten sich von ihr wie fremde Klumpen. Brovie, lass mich jetzt. Geh weg. Was krächzt denn da von weitem? Es ist Coco, bestimmt ist es Coco und keine Krähe.

Am Ufer des Edwardsees, auf der kongolesischen Seite, erlegt Brovie seinen siebzehnten Löwen. Eine große Löwin ist es, er hat sie von ihrem Jungen weggeschossen, ihr den Kiefer zerschmettert. Abends tanzen die Boys ums Feuer. Sie haben sich die Gesichter mit Asche beschmiert, Zweige ins Haar gesteckt und schlagen mit Kellen auf Kochtöpfe. Einer spielt den sterbenden Löwen, brüllt und knurrt, sinkt langsam in sich zusammen, während die anderen mit brennenden Ästen auf ihn eindringen. Geschrei und Gestampf, das rhythmische Auf und Ab der Körper, die selbst zu flackern scheinen im unruhigen Licht. Immer noch hat Vivienne keinen Löwen erlegt. Bald ist es so weit, redet Brovie auf sie ein, es wimmelt von Löwen in dieser Gegend, und Vivienne wird es schaffen, bestimmt wird sie es schaffen. Sie nickt abwesend, klaubt sich Zecken vom Bein und zerquetscht sie zwischen den Fingernägeln. Sie hat es aufgegeben, Brovie von der Löwenjagd abhalten zu wollen; gegen den Vorwand, ihm fehle noch die eine oder andere Varietät, ist sie machtlos. Dabei treibt ihn etwas anderes als der wissenschaftliche Ehrgeiz, es ist eine Vernichtungswut, die sie nicht begreift, ein Zwang, der ihn krank macht. Er muss die Kraft, die sich im Löwengebrüll äußert, um jeden Preis besiegen, er muss sich immer wieder beweisen, das er der Stärkere ist. Und jedes Mal bleibt ihr nachher das Fell. Aber was ist ein dünn geschabtes Fell zwischen den Händen mehr als ein Überrest? Um ihre Zecken müsste sich Brovie kümmern; wenn es Spirillumzecken sind, könnte sie ein Fieber bekommen, das die Augen angreift. Viele Weiße sind schon an Spirillumfieber erblindet oder gestorben, davor haben die Belgier in Kabari gewarnt.

Beinahe täglich durchwaten sie den Ishasha, der hier die Grenze zwischen Belgisch-Kongo und Uganda bildet. Manchmal vergessen sie, in welchem Land sie sich gerade befinden, so unwichtig, spottet Brovie, seien also die Nationen. In der Nähe des Flusses streckt er eine weitere Löwin nieder, die er von ihrer Beute vertrieben hat. In ihrem Versteck finden sie ein verblutetes Kobweibchen, daneben den herausgerissenen Fötus, noch halb in der Eihaut, aber mit abgebissenem Kopf. Der Anblick treibt Vivienne die Tränen in die Augen, sie wendet sich ab, damit Brovie es nicht sieht. Auch die Löwin, so zeigt sich beim Ausweiden, ist trächtig gewesen, das Junge, kaum größer als ein Hündchen, scheint zu schlafen, und Vivienne besteht darauf, es zu verscharren, statt es den Hyänen und Geiern zu überlassen. Das hohe Gras verschwimmt vor ihren Augen, ein Schmerz pocht in den Schläfen, sie wird rascher müde als sonst. Aber das behält sie für sich, Brovie soll nicht an ihrem Durchhaltewillen zweifeln. Kaum sind sie im Lager, wird es Vivienne schwindlig, die letzten paar hundert Meter hatte sie das Gefühl, auf dünnem Eis zu gehen. Sie muss sich hinlegen, das Fieber überfällt sie. Brovie sitzt die halbe Nacht bei ihr und legt ihr kühlende Kompressen auf die Stirn. «Erzähl mir eine Geschichte», möchte sie murmeln, aber sie ist so schwach, dass ihr jedes Wort zu viel ist. Brovie lässt es nicht zu, dass Jim ihn ablöst. Am Morgen früh sieht Vivienne ein wenig klarer, ihre Gedanken arbeiten sich aus den Fieberträumen heraus. Sie duldet es nicht, dass Brovie ihretwegen die Jagd abbläst, schickt ihn weg mit seinen Getreuen und versucht zu lächeln, als er ihr zum Abschied einen Kuss auf die Stirn drückt. Sie bleibt liegen, so schwach wie schon lange nicht mehr. Wenn sie einnickt, wird sie geweckt vom Gekrächz einer Krähe, die draußen auf einem Baum sitzt. Sie bittet Jim mehrmals, den Vogel zu verjagen. Er tut es, aber die Krähe kommt, wie zum Hohn, immer wieder zurück. Soll man ihretwegen eine Schrotladung vergeuden? Es geht ohnehin nicht; Flinten und Gewehre sind mit Brovie und den Trägern unterwegs. Das neue Löwenfell, das achtzehnte, ist vor Vivienne ausgespannt, es darf nicht verderben. Ihr Blick fällt ins Gelb, wird in Wüstenträume geschwemmt, wo eine Fata Morgana vom Walfelsen erzählt, von den zwei Alten auf der norwegischen Fähre. Stunde um Stunde vergeht. Das lautlose Erscheinen von Jim, Tee auf dem Tablett. Ist es schon Mittag? Ist es Abend geworden? Geräusche draußen, dann Brovies Stimme, kaum verständlich, dem Lallen nahe: «Wasser, Wasser.»

Vivienne stemmt sich in die Höhe: «Was ist passiert?»

Am Eingang bewegt sich etwas, schwankt auf sie zu, nimmt vor ihr Gestalt an: Brovie, blutbefleckt, nur das Gesicht kreideweiß, Hosen und Hemd zerfetzt. Wo die Haut zum Vorschein kommt, zeigen sich tiefe Biss- und Kratzwunden, offene Wundmäuler, zerfetztes Fleisch. Er sieht Vivienne an, und sein Mund formt ein Wort, das er einige Male, immer leiser werdend, wiederholt: «Der Löwe ... der Löwe ...»

Sie breitet die Arme aus, fängt ihn auf, schleppt ihn hinüber zu seinem Bett. Woher hat sie plötzlich diese Kraft? Da sind auch schon Jim und Maithia neben ihr, helfen ihr, Brovie richtig hinzulegen, flößen ihm Wasser ein. Zwei Stunden sei der Bwana in der Hitze zurückgelaufen, flüstert Maithia ihr zu. Der Bwana in diesem Zustand! Er müsse durchhalten, habe er dauernd gesagt, wenn er einmal umgefallen sei, raffe er sich nicht mehr auf.

Ein Traum, nichts weiter als ein Traum. Sie glaubt zu schweben, als sie das Verbandszeug hervorholt. Sie sterilisiert die Schere in heißem Wasser, entfernt die blutgetränkten Stofffetzen aus den Wunden, schneidet sie weg, zusammen mit Gewebeteilen. «Es geht, es geht ...», murmelt er, als sie sich erkundigt, ob er es noch aushalte. Nein, er will keinen Whisky zur Betäubung. Er stöhnt, verliert für Momente das Bewusstsein, fordert Vivienne dann wieder auf, weiterzumachen und keine Rücksicht zu nehmen. So streut sie Permanganatkristalle in die offenen Wunden, muss zusehen, wie er sich aufbäumt, sich in die Lippen beißt, so dass nun auch Blut aus seinem Mund sickert, Blut, das ohnehin schon überall ist, an ihren Händen, an ihrer Bluse, ihren Shorts. Es riecht dumpf nach Blut und rohem Fleisch, es ist der Geruch, den sie vom Abbalgen kennt. Aber nichts darf sie jetzt entkräften oder lähmen. Es zählt immer bloß der nächste Handgriff. Und so legt sie die Verbände an, wickelt Gaze um Brovies zerfleischten Schenkel, braucht, schon nur für die Beine, fast den halben Verbandsstoff auf. Sie befestigt die Enden mit Klammern, fängt mit einer neuen Rolle an und sieht gleichzeitig, dass das Blut schon nach kurzer Zeit durchdrückt. Sinnlos plappert sie auf ihn ein: «Hab nur Geduld ... Jetzt tut's weh und morgen schon nicht mehr ... Es kommt alles gut, ich versprech es dir ...»

Hin und wieder taumelt sie hinaus, ringt nach frischer Luft, sie stützt sich eine Weile an einen Baum, presst die Stirn gegen die raue Rinde, merkt, dass sie betet: «Bitte, lieber Gott, bitte, lass ihn nicht sterben!» Sie trinkt gierig vom Wasser, das Jim ihr in einer Schale reicht. Etwa zwanzig Träger haben sich vor dem Zelt versammelt, sitzen schweigend und eng zusammengedrängt auf dem Boden. Rasch kehrt sie wieder zu Brovie zurück, dessen Augen immer tiefer in die Höhlen zurückzusinken scheinen, und macht sich ans Verbinden der Arme. Vor allem der rechte ist noch schlimmer zugerichtet als die Beine, stellenweise bis auf den Knochen bloßgelegt. Die Hand mit den durchgebissenen Sehnen wird er nie mehr richtig gebrauchen können.

«Dieses Untier!», stößt sie hervor und kann den Hass, der ihren Körper durchglüht, kaum unterscheiden von der Fieberhitze, gegen die sie ununterbrochen ankämpft.

Brovie bewegt leicht den Kopf hin und her, um ein Kopfschütteln anzudeuten. «Es war ein fairer Kampf ...», sagt er, an der Grenze der Verständlichkeit. «Der Löwe ... hat bloß getan, was er tun musste ... Das ist das Gesetz der Natur ...»

«Nein», antwortet sie, «niemand darf dich so zurichten.»

«Er ist tot», sagt Brovie mit großer Anstrengung, ohne auf Viviennes Einwand zu achten. «Erschossen, verstehst du? ... Die Boys haben ihn unterdessen geholt ... Geh ihn dir anschauen ... sag mir, was du von ihm hältst ...»

«Jetzt?», fragt sie ungläubig. «Jetzt gleich?»

«Ja. Schau ihn dir an. Geh.»

Draußen verlangt sie, den erlegten Löwen zu sehen. Man trägt ihn herbei, bettet ihn vor ihren Füßen ins Gras. Ein schönes Tier, ausgeweidet, noch nicht abgebalgt, hingestreckt wie im Schlaf, die Schwanzquaste ums Hinterbein gelegt, der

Kopf mit Laub bekränzt. Vivienne versucht den Kadaver mit der Schuhspitze von sich wegzuschieben, hat plötzlich keine Kraft mehr und setzt sich auf den Feldstuhl, den man ihr hingeschoben hat. Sie will wissen, wie es geschehen ist. Und Maithia erzählt mit gedämpfter Stimme: Nur er und Abde seien am Morgen früh zum Schilf gegangen, in die Richtung des Löwengebrülls, sie hätten, auf Brovies Befehl hin, das Schilf angezündet, um die Löwen aus dem Versteck zu jagen. Einen schoss Brovie an, sie fanden ihn lange nicht. Aber als sie ihn aufgebracht hatten, attackierte er, wurde durch Schüsse vertrieben, brach erneut aus dem Dickicht hervor und warf Brovie zu Boden, riss ihn mit den Pranken auf wie ein Beutetier. Brovie, unter dem Löwen liegend, gelang es, sein Gewehr an dessen Kiefer zu schieben und zu feuern. Der Löwe verendete schnell, aber die Krallen seiner Vorderpranken waren so tief in Brovie hineingetrieben, dass er sie, bevor er unter dem Tier hervorkriechen konnte, mit Maithias Hilfe einzeln aus dem Fleisch reißen musste. Dann weigerte er sich, das Lager zu benachrichtigen, er wollte nicht, dass Vivienne durch einen Boten von seinem Unglück erfuhr. Zu Fuß schleppte er sich durch die Hitze zurück, ihr zuliebe, wie sie nun annehmen muss.

Sie hat den Sinn der Worte erfasst. Aber was spielt es für eine Rolle, ob es so oder so gewesen ist? Ihr fällt ein, dass man den Arzt rufen muss, der nächste ist in Ruchuru zu finden, zwei Tagesmärsche vom Camp entfernt. Sie schickt Francisco hin, den besten Läufer, wie man ihr sagt; in vier, fünf Tagen frühestens kann der Arzt eintreffen. Wird Brovie bis dahin überleben? Sie geht zurück ins aufgeheizte Zelt. Zum Glück ist wenigstens Brovies Gesicht unversehrt geblieben, ein Menschengesicht, vertraut in allen Einzelheiten. Die kleinen Höcker über den Augenbrauen, die sie als Kind so gern betastet hat. Die lange, grobporige Nase. Sein strähniger Schnurrbart. Die faltige Haut am Hals. Wenn sie sich darauf konzentriert und die vermummten, rot gefleckten Glieder übersieht, kann sie Momente lang glauben, es sei nichts geschehen, außer dass Brovie sehr matt ist.

Sie streicht, vor ihm kauernd, über seine Stirn. Er zuckt zusammen und öffnet fragend die Augen. «Ein Mordskerl», sagt sie. «Der schönste, den du je erlegt hast.»

Er versucht zu nicken und zu lächeln, es wird eine kleine Grimasse daraus. «Ich hab's ja gesagt», flüstert er. «Ein Mordskerl!» Und nach einer langen Atempause fügt er hinzu: «Das Fell ... Vergiss das Fell nicht ... Du musst es retten ... Ja?»

«Versprochen», sagt sie und weiß nicht, warum ihr ausgerechnet jetzt die Tränen kommen. Sie wendet sich eine Weile ab und versucht sich zu fassen. Dauernd funkt ihr das eigene Fieber dazwischen, macht sie schwach und taumelig.

Es wird dunkel. Jim hängt brennende Lampen auf. Sie scheucht die Insekten weg, die Brovie umschwärmen, und bittet Jim, den Zelteingang zu schließen. Später schlüpft er wieder herein, bringt frisch gebrühten Tee und etwas zu essen. Sie rührt nichts an, sorgt aber dafür, dass Brovie genügend Flüssigkeit zu sich nimmt. Die Nacht wird lang, und doch möchte Vivienne, dass sie nicht endet, denn sie ahnt, was der nächste Tag bringen wird. Jim hat ihr Feldbett neben das von Brovie geschoben. Da liegt sie nun, vor sich hin fiebernd, hört Brovie seufzen und stöhnen. Immer wieder setzt sie sich auf, schaut ihn an, schaut ohnmächtig zu, wie die Verbände sich voll saugen mit Blut, wie das Blut die Tücher auf der Matratze tränkt und sogar auf den Boden tropft.

Muss sie nicht einfach von einem Traum in den nächsten gleiten, bis sie sich in einer freundlicheren Wirklichkeit wiederfindet? Dort, wo Brovie sein Gewehr einfettet, ihr eine Zigarette dreht? Aber ihr Vater ist ein Sterbender, in diese kalte Gewissheit fällt sie immer wieder. Sie hasst die Nacht, sie hasst den Tag, der nicht kommen will. Mein Vater. Ich bin von seinem Fleisch und Blut. Von diesem verstümmelten Fleisch.

Endlich die Morgendämmerung, Vogelgesang. Die Zeltwände werden durchscheinend, sind von Zweigschatten gemustert. Vivienne sieht, dass Jim in einer dunklen Ecke des Zelts gewacht hat und nun an ihr vorbeischleicht, wohl um draußen Wasser zu kochen. Das Tageslicht macht Brovie leichenblass. Aber er atmet, wenn auch sehr flach und unregelmäßig, er antwortet, als sie ihn anspricht: «Du ... du bist ja auch krank ... dich sollte man pflegen ...»

Sie schüttelt den Kopf, wendet sich wieder ab von ihm. Ein paar Schlucke Tee. Danke, Jim. Die durchgebluteten Verbände wechseln, das muss sie doch. Sie löst die Gaze vom rohen Fleisch, das sich schon zu verfärben beginnt, sie zerschneidet Hemden in Streifen, damit sie mehr Stoff hat. Er lässt alles lethargisch über sich ergehen, sein Blick ist verschleiert.

«Bringst du mich durch?», fragt er unvermutet, mit klarer Stimme.

«Natürlich», erwidert sie. «Was denkst du denn, weshalb ich mich so abmühe? Nur um dich gehen zu lassen?»

Es ist seine letzte zusammenhängende Äußerung. Er dämmert vor sich hin, seine Nasenflügel zucken hin und wieder, als müsse er niesen, Arme und Beine kann er kaum noch bewegen. Vivienne fasst nach seinen verbundenen Händen. Auf der Tana war es doch so schön. Dieses sanfte Gleiten flussabwärts. Immer weiter. Immer weiter.

Gegen Abend stirbt er. Sie erkennt es am starren Ausdruck, am gebrochenen Blick. Aber den Moment, da er den versehrten Körper hinter sich ließ, hat sie verpasst. Sie drückt ihm, tränenlos jetzt, die Augen zu, so sieht er friedlicher aus. Sie geht hinaus zu den Wartenden, glaubt bei jedem Schritt in Watte einzusinken, sie teilt Brovies Tod mit. Ein paar Schwarze stoßen Klagelaute aus, wiegen sich hin und her, fallen in einen Singsang, den Vivienne jetzt nicht erträgt. «Ruhe, Ruhe!», ruft sie. Die Sänger verstummen, fahren aber fort, sich lautlos hin und her zu wiegen, eine sich durch die Menge pflanzende Schaukelbewegung, die Viviennes Schwindelgefühle verstärkt.

«Man muss ihn so schnell wie möglich begraben», sagt sie zu Mvanguno, der ergeben den Kopf neigt. «Morgen schaufelt ihr sein Grab.»

Mvanguno faltet seine Hände vor der Brust, verneigt sich vor ihr; so erweist man einer Hinterbliebenen die Ehre.

Sie sieht Maithia mit zwei Gewehrfutteralen aus dem Zelt treten. Er will sich an ihr und der Gruppe vorbeidrücken, sie bringt ihn mit einem Zuruf zum Stehen: «Wohin willst du mit den Waffen?»

Er zögert, verzieht den Mund zu einem schiefen Lachen, das völlig fehl am Platz ist. «Wir wollen nicht, dass die Tochter sich selber tötet.»

In Vivienne steigt augenblicklich der Zorn hoch. «Was fällt dir ein! Die Gewehre gehören mir. Bring sie her!»

Er zögert wieder, schaut sich forschend um, und da niemand eingreift, legt er die Futterale vor ihr nieder.

«Nein», sagt sie. «Bring sie zurück. Dorthin, wo du sie genommen hast.»

Er gehorcht ihr ohne Widerspruch.

Sie wendet sich an die Träger. Die Gruppe hat sich vergrößert, aus dem ganzen Lager sind sie hergekommen, um zu hören, was die Tochter des Bwanas zu sagen hat.

«Mein Vater ist tot», sagt sie. «Jetzt müsst ihr mir gehorchen. Ich weiß, wohin er uns führen wollte.»

Die Träger schauen zu ihr auf. Keiner widerspricht. Mvanguno verneigt sich ein zweites Mal.

Hätte sie etwas anderes sagen können? Er hätte es von ihr gefordert, seine Stelle einzunehmen, und nun hat sie es getan. Sie schickt einen weiteren Boten in Richtung Ruchuru, dem Arzt entgegen, der vielleicht schon unterwegs ist. Man brauche ihn nicht mehr, soll ihm der Bote ausrichten, er komme zu spät. Sie schreibt sogar ein paar verwackelte Zeilen mit der Bitte, die Nachricht vom Unglück nicht weiterzuverbreiten, man wird sie sonst überreden wollen, die Expedition abzubrechen. «Ich halte die Totenwache», sagt sie und zwingt sich, ins Zelt zurückzukehren. Sie kniet vor dem Toten nieder, sucht nach Worten für ein Gebet. Aber die Selbstverständlichkeit des Betens ist ihr schon lange abhanden gekommen, Brovie hat über Betschwestern immer nur gespottet, sich selbst als praktizierenden Heiden bezeichnet. Da liegt er nun. Jim hat ein weißes Tuch über ihn gebreitet, das nur den Kopf unbedeckt lässt, und darüber das Moskitonetz gespannt, das sein Gesicht verschleiert. Dennoch erkennt sie den friedlichen Ausdruck und zugleich die eingefallenen Züge, als ob nun alles Ausgeprägte nach innen sinke.

Sie setzt sich auf ihr Bett und faltet die Hände im Schoß. Diese aufgestaute, von Insektengesumm begleitete Hitze, die in der Dämmerung noch zuzunehmen scheint. Dabei müsste es jetzt kalt sein, Schnee müsste draußen fallen, Schnee wie am Ende ihres letzten Hüttensommers. Ein lautloses Gestöber, das sie beide einhüllt. Wenn sie könnte, würde sie die Zeit anhalten.

Noch einmal wacht sie neben ihm und lässt sich von niemandem bewegen, ihren Platz zu verlassen. Draußen streichen Hyänen herum, sie hört ihr Schnauben, ihr Gebell. Ich bin nun verwaist. Das ist das Wort, das in ihrem Kopf wie eine Glaskugel herumrollt: Verwaist. Allein. Zwischendurch legt sie sich hin, glaubt sich von oben zu sehen. Zu zweit sind sie aufgebahrt, denkt sie, wie in einer mittelalterlichen Kirche, wo König und Königin nebeneinander liegen. Sie hat genug Schlaftabletten dabei oder fände wohl auch einen Strick. Aber Brovie hätte den Gedanken an Selbstmord verworfen.

Du darfst nicht flüchten. Du musst mein Werk zu Ende führen. «Ich hab's ja schon versprochen», sagt sie. «Ich werde es tun. Ja. Ja.»

Draußen schlägt jemand die Trommel. Sie muss sich dagegen verschließen, sie hat Angst, das Draußen werde sie ganz aufreißen, wenn sie ihm auch nur eine Ritze öffnet. Der erste Morgen ohne Brovie. Das, was unter dem Tuch liegt, ist nicht mehr er. Sie zieht das Tuch nun auch über sein Gesicht, die Umrisse, die sich darunter abzeichnen, machen ihn geheimnisvoll und schön.

Der Boden ist steinhart. Sechs Boys arbeiten mit Schaufeln und Spitzhacken, sie sind schon nach kurzer Zeit schweißgebadet und lassen sich von anderen ablösen. Aber es dauert Stunden, bis das Grab tief genug ist. Währenddessen kauert Vivienne auf einem Schattenplatz, die Löwenhaut über einen Stamm gebreitet, sie schabt und schabt, hört schabend dem Hacken zu, und diese Geräusche, das Schaben und das Hacken, verschmelzen zu einer Trauermusik, die ohne Melodie ist, aber voller Groll. Ihre Hand führt trotz ihrer Fieberschwäche den Schaber wie von selbst über die heiklen Stellen, über Buckel und Wülste. Wie viele Häute hat sie schon dünn geschabt? Es ist in Brovies Sinn, diese letzte nicht verfaulen zu lassen. Dann wird etwas übrig bleiben, was mit ihm zu tun hat.

Der Himmel verfärbt sich, als er auf einer Astbahre zu Grabe getragen wird. Die Kongoberge stehen da wie ferne, gleichgültige Wächter. Erdbrocken kollern auf den Toten nieder und decken ihn zu. Sie kann ihm nichts nachwerfen außer Klumpen und Brocken, keine Hand voll feinkrümeliger Erde, wie sie es möchte, auch Blumen blühen hier nicht. Endlich ist das Grab aufgefüllt und festgetreten. Schweigend umstehen sie es. Vivienne schaut die dunklen Gesichter an, die ihr erwartungsvoll zugewandt sind, und ihr fällt nichts anderes ein als das Vaterunser, das sie halblaut aufsagt. Dann gibt sie Kasaia ein Zeichen, und er setzt seine Geige an, spielt darauf eine dünne pentatonische Melodie, die sich in der Weite verflüchtigt. Vivienne denkt an Hamesis Begräbnis, an den Jammergesang, der sie bis in ihre Träume verfolgte, den will sie jetzt nicht hören. So sagt sie, die Zeremonie, die gar keine war, sei zu Ende, schickt alle weg außer die drei, die sie am besten kennt. Sie ritzt mit der Messerspitze Buchstaben und Zahlen ins Kreuz, das Mvanguno aus zwei Ästen zusammengenagelt hat: *Bernard de Watteville, 1878–1924.* Sie hilft mit, das Kreuz auf dem Grab und zwischen den Steinen festzuklemmen. Dann sichern sie die Stelle mit abgehauenem Dorngestrüpp, und als der Kreis um die Grabstelle geschlossen ist, kann auch Vivienne nicht mehr zu ihm zurück.

Am Morgen fühlte sie sich zu schwach zum Aufstehen. Immer noch brauste der Wind ums Haus, sie sah die schwankenden Pinienäste im Fenster, darüber torkelnde Wolkenfetzen, hineingewischt eine Ahnung von Gelb, ein Nachhall schönerer Tage. Sie fröstelte. Ihr Nachthemd war durchgeschwitzt, schon wieder halb getrocknet, es roch unter der Decke säuerlich nach Fieber und Krankheit. Sie trank aus dem Krug neben dem Bett, das Wasser schmeckte abgestanden. Josef – wo hatte er die Nacht verbracht? – klopfte an die Tür, fragte, wie es ihr gehe und was sie brauche. Sie überlegte sich, unter welchem Vorwand sie ihn wegschicken könnte, sagte dann laut, er solle im Dorf die Post abholen, sie erwarte wichtige Briefe. Er widersprach zuerst, brachte vor, er könne Madamoiselle in ihrem Zustand nicht allein lassen, er wisse ja gar nicht, was ihr fehle. Nach einer Pause fragte er kleinlaut, ob sie ihm noch böse sei. Da war seine Stimme plötzlich näher, wahrscheinlich sprach er durchs Schlüsselloch.

«Wenn du jetzt nicht die Post holen gehst», sagte sie, «dann bin ich dir wirklich sehr böse.»

«Also gut», antwortete er nach einer Weile. «Ich mache, was Madamoiselle wünscht.»

Eine halbe Stunde später glaubte sie Huftritte zu hören. Sie nahm an, dass Josef Modestine aus dem Stall geholt hatte und nun den Pfad nach Port-Cros einschlug. Ein Hund – es musste Tosca sein – fing zu bellen an. Dass im Erdgeschoss des Hauses auch die Ballonets lebten, hatte Vivienne ganz vergessen. Sie spielten ja auch keine Rolle in diesem Stück, sie konnten ihr weder helfen noch schaden.

Vivienne zwang sich dazu, im Morgenrock hinauszugehen. Coco begrüßte sie mit freudigen Lauten, aber sie hatte nicht die Kraft, sich ihm zuzuwenden, war froh, dass es ihr gelang, den Nachttopf zu leeren und auszuspülen, danach heil die Küche zu erreichen. Schmutziges Geschirr stand im Spültrog, ein angebissenes Stück Brot lag auf dem Tisch. Josef ließ offenbar alles verkommen, sobald er sich unbeaufsichtigt fühlte. Zum Glück war das Feuer im Herd noch nicht ganz ausgegangen. Sie fachte es neu an, machte Wasser heiß, brühte mit einer Hand voll Thymian und Minze einen Tee auf, von dem sie vorsichtig nippte. Ein kleiner Hunger meldete sich. Doch auf ein Ei hatte sie keine Lust. So brach sie etwas vom angebissenen Brotstück ab und kaute es lange mit flauem Gefühl.

Als Josef zurückkam, lag sie schon wieder im Bett. Er schob ihr ein paar Briefe unter dem Türspalt durch und sagte, er habe für sie auch eingekauft: Kartoffeln, Karotten, Stockfisch, Zwiebeln, Salami. Sie ging gar nicht auf seine Angebote ein und schickte ihn weg. Sie war schon wieder so matt, dass sie die Briefe gar nicht aufheben und öffnen mochte. Was würde ihr Martin schon schreiben? Dass sie gut auf sich aufpassen solle. Und Grandminon? Wie gemütlich sie es in ihrer Genfer Wohnung habe und wie weise die indischen Lehrer seien, die im Kleinen das Große sehen.

Der Tag verging unendlich langsam, die Zeit zog gleichsam Fäden, die sich immer dünner in den Abend hineinspannten. Sie versuchte das Gefühl latenter Bedrohung zu ignorieren, sie las, um sich abzulenken, in ihrem Plutarch, blätterte im abgegriffenen Bändchen mit der Widmung ihres Vaters, das sie überallhin begleitet hatte. Doch schon nach ein paar Zeilen schweiften ihre Gedanken ab. Sie griff nach ihren alten Tagebüchern, wollte sich die glücklichen Wochen vergegenwärtigen, die sie vor einem knappen Jahr auf dem Mount Kenya verbracht hatte, in dieser winzigen Hütte oberhalb der Baumgrenze, mit den Bergriesen ringsum, einem Felsenpanorama von erhabener Gleichgültigkeit. Es hatte ihr, trotz der schneidenden Kälte frühmorgens, an nichts gefehlt. Doch dann war der Buschbrand ausgebrochen und hatte sich ihr unaufhaltsam genähert, es gab plötzlich nur noch den Überlebenskampf, in dem sie alles Übrige vergaß. Sie sehnte sich danach, Josef, die Balynes, die Insel zu vergessen. Sagen zu können: Ich fange neu an, ich habe die Kraft dazu. Musik wäre ein Trost gewesen, an Musik hatte sie sich seit Brovies Tod immer aufrichten können. Aber das Grammophon stand im Salon, sie konnte es nicht holen, ohne Josef zu begegnen. Sie dachte daran, das Fenster aufzureißen und den Wind hereinzulassen, er würde die losen Papiere auf ihrem Schreibtisch erfassen und irgendwohin wehen. Es wäre das Leben, sagte sie sich. Das Leben. Aber sie rührte sich nicht im Bett. Das Fieber wurde zahmer, es hatte sich noch jedes Mal bändigen lassen.

Als es dunkel wurde, war Josef wieder an der Tür und klopfte leicht, aber beharrlich. «Madamoiselle muss essen», sagte er vorwurfsvoll durchs Schlüsselloch. «Ich habe gekocht für Madamoiselle. Bratkartoffeln. Ganz knusprig.» Es waren Begriffe, die ihm Grandminon beigebracht hatte, und er sprach sie Silbe für Silbe aus, in der Art eines gelehrigen Schülers. «Tee?», fragte er, als er keine Antwort bekam. «Vielleicht ein kleines Glas Wein?»

Sie schwieg und presste die Hände auf die Ohren, ein paar Sekunden lang war es, als hätte sich der Wind in ihrem Schädel gefangen. Als sie wieder hinhörte, war er immer noch da. «Madamoiselle, ich warte», rief er und stellte etwas mit der Tür an, was einem Kratzen glich. «Ich warte», sagte er, nun wieder gedämpfter. «Ich warte, ich warte, ich warte. Ich warte am ganzen Tag.» Er brach ab, ihr schien, seine Stimme gehe in ein Schluchzen über, das sich allmählich entfernte.

Irgendwie brachte sie die Nacht und den nächsten Vormittag hinter sich. Von Zeit zu Zeit fürchtete sie, Josef werde die Tür einschlagen, und sie überlegte sich, ob sie in letzter Not aus dem Fenster klettern würde. Sie fand keinen Vorwand mehr, ihn wegzuschicken, sie wusste, dass er sich geweigert hätte, ihr erneut zu gehorchen. So trank sie bloß kaltes Wasser aus dem Krug, den sie gestern nachgefüllt hatte. Aber den Hunger, der wie immer dem abgeklungenen Fieber folgte, konnte sie nicht stillen, sie hatte Visionen von dampfender Suppe, von Bratkartoffeln, sogar von Speck. Während sie tagsüber immer wieder Geräusche vernommen hatte, wurde es nun am Nachmittag, als auch der Wind abflaute, gespenstisch still im Haus. War Josef noch da? Oder steckte er unten mit den Ballonets den Kopf zusammen? Hatte er sich abgesetzt und verbreitete im Dorf Lügen über sie?

Je weniger schwach sie sich fühlte, desto wütender wurde sie auf sich. Sie hatte sich ja selbst eingesperrt! Sie hatte sich wahrhaftig einschüchtern lassen! Ausgerechnet von einem tölpelhaften italienischen Knecht! Sie zog einen Wollpullover über dem Nachthemd an, dazu einen alten Wickelrock, und es war ihr egal, wie bizarr sie in diesem Aufzug wirken mochte. Dann schob sie den Riegel zurück, lauschte im Halbdunkel des Gangs, ob sich etwas regte. Unter der Tür zum Salon drang ein schmaler rötlicher Schein durch, der eine Handbreit des Bodens erhellte. Sie ging darauf zu und öffnete die Tür so leise wie möglich. Im Kamin brannte ein großes Feuer, das den ganzen Raum mit unruhigem Licht erfüllte. Davor, auf dem Teppich, lag Josef, zusammengerollt wie ein Kleinkind. Er schlief mit offenem Mund und schnarchte leise. Rote Lichtflecken tupften sein Gesicht, als habe ihn ein Ausschlag befallen, ein scharfer Schweißgeruch ging von ihm aus.

«Josef!», rief sie ihn an, bevor sie einen vernünftigen Gedanken gefasst hatte.

Er zuckte zusammen, rieb sich die Augen, aber dann erkannte er Vivienne und setzte sich hastig auf. «Oh, Madamoiselle lebt! Madamoiselle lebt!»

«Was soll das?», tadelte ihn Vivienne. «Ich bin krank gewesen, Josef. Verstehst du? Krank!»

Er schüttelte den Kopf, sein Strahlen wich einem beleidigten Ausdruck. «Ich warte, warte am ganzen Tag. Ganze Nacht! Ich glaube, Madamoiselle ist tot. Ich bin traurig. Ich weiß nicht, was machen.» Die Erinnerung an seine Sorge trieb ihm die Tränen in die Augen, sein Gesicht glänzte im Widerschein des Feuers. «Warum sagt Madamoiselle nicht, sie ist krank? Warum macht sie die Tür nicht auf? Ich weiß warum. Sie ist böse auf Josef. Sie will nichts wissen von Josef! Sie will ohne Josef sein! Sie ist krank wegen Josef! Ich sage tausendmal: Verzeihung! Pardon! Scusi!» So redete und schluchzte er, reihte Selbstvorwürfe und halbe Anschuldigungen aneinander, vermischte sie mit italienischen Passagen und Ausrufen, deren Sinn Vivienne nur erraten konnte. Er brüstete sich damit, sie bewacht zu haben, beklagte seine Schläfrigkeit, die ihn von seiner Pflicht abgehalten hätte, er rutschte auf den Knien zu ihr hin und hielt erst inne, als er ihre abwehrend ausgestreckten Hände sah. Sie versuchte mehrmals, ihn zu unterbrechen und zu beruhigen, ja zu trösten, denn seine Verzweiflung erweckte eine Art verdrießliches Mitleid in ihr. War das noch der gleiche Mann, der sie mit seinem begehrlichen Blick, seiner leuchtenden Haut derart aus der Fassung gebracht hatte? Er bot das klägliche Bild eines verliebten Narren. Einen Augenblick lang hatte sie den Impuls, ihm durchs Kraushaar zu streichen oder die Teppichflusen, die daran hingen, wegzuzupfen, und gleichzeitig hätte sie ihn schütteln mögen. Aber sie hütete sich, ihn zu berühren. Sein Redestrom versandete. Er wischte sich, immer noch auf den Knien, mit seinem schmutzigen Ärmel die Tränen aus den Augen; letzte kleine Schluchzer drangen aus seiner Brust, die eher wie sehnsüchtige Seufzer klangen. Da kniete er, der Knecht mit seinem Stiernacken, und war ihr ganz ergeben. Sie befahl ihm, den Sessel für sie in die Nähe des Kamins zu rücken, einen Hocker zu holen, auf dem sie ihre Füße hoch lagern konnte. Er tat es willig. Jetzt, wo ihn Madamoiselle brauchte, war alles wieder gut, und doch hatte er das Lauernde ihr gegenüber nicht ganz abgelegt. Sie richtete sich häuslich im Sessel ein, um sich aufzuwärmen, schickte ihn in die Küche nach heißem Tee, und während er draußen war, schlüpfte sie aus den Pantoffeln, zog die Wollsocken aus und streckte die kalten Füße dem Feuer entgegen. Er summte in der Küche vor sich hin, kam dann mit dem beladenen Tablett zurück, trug das Tischchen zu ihr hin, schenkte ihr Schwarztee ein, bröckelte Kandiszucker in die Tasse, all dies mit abgezirkelten Bewegungen und einem glücklich benommenen Ausdruck. Dann legte er Holz nach, sorgte mit dem Schürhaken dafür, dass die Flammen neu aufsprangen und die Hitze beinahe Viviennes Füße versengte. Aber sie zog sie nicht zurück, sie wollte, dass die Glut von den Sohlen weiterwanderte und eine Wärme sie ausfüllte, die anders war als das Fieber, das sie fast schon überwunden hatte. Josef setzte sich mit gekreuzten Beinen hin, schaute zu ihr auf, und Vivienne hatte nicht das Herz, ihn wegzuschicken. Wie froh er jetzt sei, sagte er in sanftmütigem Ton und knetete seine rußigen Hände, wie froh darum, dass sie ihm verziehen habe. Er habe viel darüber nachgedacht, was er für Madamoiselle tun könne.

Oh, wunderbare Dinge! Er werde die allerschönste Aussicht schaffen für Madamoiselle! Das Terrassengeländer verkleinern! Noch mehr Bäume fällen, noch mehr Schilf roden, trotz Monsieur Henri. Dann werde sie von der Glastür aus das Fort sehen. Und den Zugang werde er verbessern für Madamoiselle. Er werde eine Treppe bauen von der Terrasse zum Garten und vom Garten zur Wiese. Dann werde Madamoiselle direkt vom Ufer ins Haus gelangen, statt zuerst ums Haus herumzugehen. Und er werde schöne weiße Kieselsteine von der Ile du Levant holen und alle Wege kiesen. Dann werde Madamoiselle, wenn es regne, nie mehr einsinken im Morast.

Genauso wenig, wie sie vorher seine Jammertiraden hatte unterbinden können, gelang es ihr jetzt, ihn am Bau seiner Luftschlösser zu hindern. Er hungerte nach zustimmenden Zeichen, wartete auf ihr Lob, auf ihre Bewunderung. Doch sie verweigerte ihm jedes Wort, das er entsprechend deuten konnte. Je stärker er übertrieb, desto mehr verhärteten sich ihre Züge. Was wollte er mit all dem? Er wollte, dass sie ohne ihn verloren war, er wollte, dass es ganz und gar unmöglich wurde, ihn zu entlassen: Josef hier, Josef da, Josef überall.

«Nein», sagte sie scharf, als er endlich eine längere Pause einschaltete. «Das hat alles gar keinen Sinn.»

«Warum nicht?», fuhr er auf. «Ist alles prima für Madamoiselle. Ganz prima!»

«Nein», wiederholte sie, und um seine Pläne zu sabotieren, sagte sie: «Ich gehe schon bald wieder fort von hier.»

«Fort?» Der Mund blieb ihm offen, er sackte zusammen, als habe sie ihn geohrfeigt. «Schon bald?»

«Ich weiß noch nicht, wann. Aber ich denke oft daran.»

Er straffte sich wieder. «Madamoiselle will Port-Man verlassen? Und sie will Josef nicht mitnehmen?»

«Natürlich nicht. Du bist ja gar nicht von mir angestellt. Du bist bloß ausgeliehen.»

«Geht Madamoiselle zu Monsieur le général?» Er sprach das Wort beinahe knurrend aus, starrte dabei auf ihre Füße und die Unterschenkel, die der zurückgeglittene Rock freigab.

Sie unterdrückte ein Lächeln. «Nein, Josef. Monsieur le général hält sich momentan in London auf. Ich kehre vermutlich zurück nach Afrika.»

«Nach Afrika?» Er blinzelte heftig, seine Unterlippe begann zu zittern, und zugleich ballte er die Fäuste.

Vivienne wusste nicht, warum sie Afrika genannt hatte, es war ihr herausgerutscht, bevor sie sich anders besonnen hatte. Schon bei anderen Gelegenheiten hatte Josef auf jede Anspielung, dass es sie wieder nach Afrika ziehen könnte, erbittert reagiert. Aber sie nickte und hielt seinem flackernden Blick stand. «Ich habe Freunde dort. Ich liebe das Land. Ich will Elefanten fotografieren. Ich habe noch zu wenig gute Fotos für mein neues Buch.»

Jeder ihrer Sätze schien ihn zu erschüttern wie ein Hammerschlag. Er presste die Hand aufs Herz. «Das darf Madamoiselle nicht! Es ist gefährlich in Afrika. Sehr gefährlich! Und es ist weit weg von Josef. Bitte, Sie müssen versprechen, dass Sie hier bleiben! Bitte!»

Vivienne ärgerte sich plötzlich wieder. «Merk dir eins», sagte sie, «du brauchst nicht für mich zu denken. Und du hast kein Recht, mich hier zurückzuhalten. Ich gehe, wohin ich will!»

«Jajaja», stieß Josef zwischen zusammengebissenen Zähnen hervor. Sein Blick bekam etwas Stieres, und sein Wangenfleisch zuckte ununterbrochen.

«Lass mich jetzt allein», sagte Vivienne kalt, wandte sich, ihre Zehen krümmend und streckend, von ihm ab und dem kleiner gewordenen Feuer zu.

In diesem Moment entrang sich Josef ein ersticktes «Nein, nein!», zugleich machte er aus der Hocke einen katzenhaften

Sprung auf Vivienne zu. Er fiel über sie her, bevor sie wusste, was geschah. Seine Hände an ihrem Gesäß, ihren Beinen, ein Kampf mit Stofffalten, dem Wickelrocksaum. Er packte, als sie zu schreien und strampeln begann, einen ihrer Füße, schloss die Hand um die Fessel, zog den Fuß zu sich heran, so dass sie beinahe vom Sessel fiel, und dann biss er wie ein wütendes Tier in den Rist. Sie schrie lauter, stieß Josef mit voller Kraft zurück, er taumelte und landete auf dem Hintern. Sie kam, während der Hocker umstürzte, wie von selbst auf die Beine, und in sein Keuchen hinein sagte sie: «Es hat geklopft. Hast du nicht gehört? Die Balyne. Los, geh nachschauen!»

Die Lüge wirkte. Josef schlich hinaus wie ein geprügelter Hund, und sie hatte Zeit, barfuß, mit den Pantoffeln in der Hand in ihr Zimmer zu laufen. Dort betastete sie die Bissstelle. Zum Glück blutete sie nicht, aber die Haut hatte sich gerötet und schmerzte immer stärker, deutlich zeichneten sich die zwei Reihen von Josefs Zähnen ab. Nach dem Schrecken und der Ratlosigkeit stieg die Wut in ihr hoch. Es durfte doch nicht sein, dass er sie derart drangsalierte! Sie ließ die Tür halb offen, sie wieder zu verriegeln wäre ein Zeichen der Furcht gewesen. Sie schaute sich nach einer tauglichen Waffe um, wog das Silberschiff in der Hand. Von weitem hörte sie Josefs Stimme, kleinlaut nun wieder: «Es ist niemand da, Madamoiselle.»

«Geh in den Garten», hörte sie sich rufen. «Flick endlich den Zaun.»

Er gehorchte schweigend. Sie atmete auf, dann kehrte doch der Schrecken zurück. Er musste weg, und sie brauchte einen Grund dafür, sie konnte niemandem sagen, was geschehen war. Aber wer sollte ihn ersetzen? War es nicht vielleicht doch besser, ihn mit einer weiteren Person, die sie in den Haushalt aufnahm, unter Kontrolle zu halten?

Beim Abendessen hatte sie spürbar wieder die Oberhand. Josef war ganz zahm, sogar niedergeschlagen, er nahm es, ohne zu murren, in Kauf, dass sie allein essen wollte und ihn in der Küche warten ließ. Die Bratkartoffeln waren versalzen und schmeckten modrig, aber sie war froh, etwas Warmes in den Magen zu bekommen. Sie hatte Coco aus dem Käfig gelassen, er saß auf ihrer Schulter, und sie fütterte ihn mit Gurkenstückchen aus der Salatschüssel. Als sie satt war, rief sie Josef zu sich herein. Er stand in merkwürdig geknickter Haltung vor ihr, die Augen halb geschlossen. Nur wenn Coco einen Laut von sich gab, streifte er ihn mit einem tückischen Blick. Sie habe über die Situation im Haus nachgedacht, sagte Vivienne, und sie sei zum Schluss gekommen, dass sie dringend eine Köchin brauche. Josef verbringe zu viel Zeit in der Küche, er sei für andere Aufgaben besser geeignet. Darum solle er schon morgen aufs Festland fahren und für sie eine Köchin suchen. Ob alt oder jung spiele keine Rolle, sie müsse aber kompliziertere Speisen zubereiten können als Josef, vor allem für die Gäste, die sie im neuen Jahr erwarte. Er könne sich Zeit nehmen, eine Woche oder länger, sie gebe ihm genügend Geld mit.

Josef schien noch mehr in sich zusammenzusinken; halbherzig, mit heiserer Stimme versuchte er Vivienne die Idee auszureden. Eine Köchin sei überflüssig, sagte er, nichts als hinausgeworfenes Geld. Ob er denn ein so schlechter Koch sei, ob er Madamoiselle mit seinem Essen nicht zufrieden stelle?

Sie schulde ihm keine weiteren Erklärungen, fertigte Vivienne ihn ab, er habe sich ihrer Anweisung zu fügen, er werde morgen mit der *Vedette* nach Hyères fahren, und damit basta.

Josef schien zu versteinern, sogar sein Atem setzte aus. Einen Moment lang befürchtete Vivienne weitere Unbeherrschtheiten. Aber dann drehte er sich um und verschwand.

Sie wollte sich, eine Stunde später, eben ausziehen, da ging erneut die Haustür, und ihr fiel ein, dass sie vergessen hatte abzuschließen. Josef kam zu ihr herein ohne anzuklopfen, als wäre es sein selbstverständliches Recht. Aber sie sah sogleich, wie schlecht es ihm ging. Sein Gesicht war totenbleich, von unkontrollierbaren Zuckungen entstellt, das Hemd hing ihm über den Gürtel. Er fiel beim Eintreten beinahe vornüber, presste beide Hände auf den Bauch und stöhnte laut. «Madamoiselle … Ich bin krank … ich sterbe … ich kann nicht mehr leben …»

«Hast du Bauchweh?», fragte sie und hielt, zum Stuhl zurückweichend, eine Armlänge Abstand von ihm.

«Bauchweh», bestätigte er und schlug sich mit der flachen Hand mehrmals hart gegen die Schläfe. «Bauchweh und Kopfweh. Furchtbar Kopfweh.»

«Ich habe Aspirin in meiner Apotheke», sagte sie. «Soll ich dir eins geben?»

Er nickte kindlich, und plötzlich, mit überraschender Energie, warf er sich vor ihr zu Boden, kroch zu ihr hin, versuchte ihren Fuß zu umfassen, die Stelle zu küssen, wo er sie gebissen hatte. «Ich bin böse gewesen», jammerte er. «Ich habe Madamoiselle wehgetan. Mille scusi! Mille scusi!»

Sie war froh, dass sie die Socken wieder angezogen hatte, durch die Maschen hindurch spürte sie, wie kalt seine Finger waren. Es gelang ihr, den Stuhl zwischen sich und ihn zu bringen, und fassungslos sah sie, wie er statt ihres Fußes ein Stuhlbein umklammerte und es wieder und wieder küsste.

«Lass das jetzt», sagte sie. «Vergessen wir, was geschehen ist.»

«Vergessen, ja, vergessen», echote er und schlug mit der Stirn gegen die Stuhlbeinkante.

«Lass das!» Sie zog den Stuhl von ihm weg, er hatte keine Kraft mehr, ihn zurückzuhalten.

«Und morgen fährst du nach Hyères, verstanden?»

«Ich bin so krank … so krank …», wiederholte er und krümmte sich auf dem Boden zusammen, wimmernd wie ein Säugling.

Sie fand die Schachtel mit dem Aspirin, löste drei Tabletten in einem Glas Wasser auf, sie kauerte neben ihm nieder und flößte ihm die bittere Flüssigkeit ein. Er schluckte gehorsam, ein weißlicher Faden lief ihm aus dem Mundwinkel.

«Das nimmt dir die Schmerzen», sagte sie. «Geh jetzt. Du brauchst Schlaf. Deck dich gut zu. Und morgen bist du wieder gesund.»

«Danke, Madamoiselle, danke», murmelte er und verlagerte sein Gewicht auf Hände und Knie, um sich in die Höhe zu stemmen. Er tastete sich, als wäre er halb blind, der Wand entlang hinaus.

Als das Fieber, zwei Tage nach Brovies Beerdigung, endlich abklingt, haben die Boys kaum noch etwas zu essen. Der Posho ist aufgebraucht, die bestellte Lieferung aus Kabale nicht eingetroffen. Vivienne weiß, dass ihre Autorität davon abhängt, ob es ihr gelingt, genügend Nahrung zu beschaffen. Sie erteilt Befehle mit Brovies Worten, geht frühmorgens auf die Pirsch wie er, manchmal fiebert sie wieder, und dann ist ihr, als ob der tote Brovie ihre Schritte lenke, ihre Hände führe, sie seine Gedanken denken lasse. Sie müsste ihn aus sich herausschütteln, aus sich herauspressen, um sich selbst zu finden, und das kann sie nicht, denn sie braucht ihn jetzt, sie braucht seine Treffsicherheit, seine Überzeugungskraft. Sie zwingt sich dazu, mit der schweren *Wesley Richards* zu schießen, die Brahimo ihr nachträgt, und erlegt, zu ihrer eigenen Überraschung, einen Kob, danach einen Wasserbock, eine trächtige Büffelkuh, alles in allem ein paar hundert Kilo Fleisch. Sie selbst isst beinahe nichts davon, begnügt sich mit Fleischbrühe und Wurzelgemüse. Sie übersteht die langen

Tagesmärsche, indem sie sich vor Augen hält, dass Brovie sich mit schwersten Verletzungen zwei Stunden weit ins Camp geschleppt hat. Ihr Körper ist zwar geschwächt, aber die Beine sind heil. Und Brovies Wille ist zu ihrem geworden.

Obwohl die Träger nun satt sind, spürt sie einen wachsenden Widerstand. Er äußert sich in Flüstern und Murren, das die Ränder der Gruppe entlangläuft, in abfälligen Gesten, die sie eigentlich nicht sehen sollte. Der Gehorsam zerbröckelt beinahe unmerklich, die Disziplin lässt nach, als ob ein stark gespanntes Seil ein wenig durchzuhängen beginne. Vivienne fällt auf, dass einige der Übellaunigen jeden Tag ein paar Minuten später aufstehen, sich länger als sonst am Fluss waschen. Sie sieht, dass die Marschkolonne sich in die Länge zieht, die Männer am Schluss mit Absicht trödeln, sich nur widerwillig von Mvanguno zu schnellerem Tempo bewegen lassen. Sind es solche vom gleichen Stamm, die sich gegen Vivienne verbünden? Liegt es daran, dass sie eine Frau ist? Von ihren Vertrauten – Jim, Abde, Mvanguno – verlangt sie, dass ihr jede Disziplinwidrigkeit gemeldet wird. Als sie ihre verschlossenen Mienen sieht, erkauft sie sich Loyalität mit einem Bakschisch, von dem die anderen nichts zu wissen brauchen. Genauso hätte es auch Brovie gemacht.

Nachts, bei klarem Himmel, verlässt sie regelmäßig das Lager und sucht sich unter den Sternen einen Weg zwischen den Dornbüschen, bis sie einen Baum findet, an den sie sich eine Weile lehnen kann. Bäume haben sie immer getröstet. Bäume und Steine. Wurzelkraft. Standhaftigkeit. Was sie denkt und halblaut sagt, wird zu einem Gebet, das keinen christlichen Regeln folgt. Sie bittet um Beistand, um Stärke, sie dankt für die Tiere, die ihr geschenkt worden sind, bittet um Verzeihung, dass sie nun selbst töten muss. Vielleicht redet sie auch mit Brovie, dessen Anwesenheit sie manchmal sekundenlang als heftigen Schmerz wahrnimmt, der sie beinahe aufschreien lässt. So zu beten, verschafft ihr Erleichterung. Dass sie sich mit diesen nächtlichen Ausflügen in Gefahr begibt, kümmert sie nicht. Kein Geräusch kann sie erschrecken. Sie hört das Tappen von Schritten, Schnauben, verschlafenes Gekrächz, aus großer Distanz nur – bildet sie sich's ein? – die Stimmen von Löwen, die im Grollen eines nahenden Gewitters verschwinden. Sie möchte die Tiere näher haben, sie möchte das Gebrüll erwidern, Blitze und Regen auf sich lenken. Aber nichts geschieht, das Gewitter zieht vorbei, die fahlen Risse im Himmel schließen sich wieder. Die ersten Male ist ihr Jim mit dem Gewehr gefolgt. Sie hat ihn zornig zurückgeschickt, darauf bestanden, allein zu sein. So liefert sie sich der Nacht aus. Was geschehen soll, wird geschehen. Kaum jedoch ist sie im Camp zurück und in der Nähe des Feuers, fällt die Unentschlossenheit von ihr ab, und sie weiß wieder, dass sie das Werk des Vaters, gegen alle Widerstände, fortsetzen wird.

Nach dem morgendlichen Pirschgang meldet man ihr, dass Francisco über Nacht weggeblieben sei und seine Aufgabe als Wache nicht erfüllt habe.

Wo er denn gewesen sei, fragt Vivienne.

Im nächstgelegenen Dorf, antwortet Abde, der Koch, der nun zu den Anführern gehört.

Weshalb, zu welchem Zweck?

Es habe, antwortet Abde in äußerster Verlegenheit, mit einer Frau zu tun.

Vivienne wendet sich ab, damit er nicht sieht, wie stark sie errötet. Sie überlegt eine Weile, dann lässt sie Francisco zu sich bringen, Francisco, den Hübschen, den somalischen Läufer mit den wohlgeformten Beinen. Dieses Mal lächelt er sie nicht an wie sonst, sondern presst die Lippen zusammen. Als Vivienne ihn fragt, ob er wisse, dass sie ihn bestrafen müsse, gibt er keine Antwort. Erst als Abde ihm von hinten einen leichten Stoß versetzt, antwortet er mit einem trotzigen Nicken.

Die härteste Strafe, die Brovie kannte, waren zehn Hiebe mit der *Kiboko*, der Nilpferdpeitsche, er ordnete sie an, obwohl die Prügelstrafe im englischen Kolonialgebiet seit ein paar Jahren formell verboten war. Die Schwarzen, sagte er, zögen es vor, auf die hergebrachte Weise gezüchtigt zu werden, sie fürchteten die Anzeige beim *District Commissioner* mehr als die körperlichen Schmerzen. Wenn die Strafe ausgeführt wurde, verließ Vivienne jeweils fluchtartig das Lager.

«Was willst du?», fragt sie Francisco. «Die Peitsche oder die Anzeige?»

Francisco versucht von in ihrem Gesicht abzulesen, ob sie bloß droht.

«Entscheide dich», fährt sie ihn an.

Francisco bohrt seine Zehen in die sandige Erde und sagt unwillig: «Die Kiboko, Msabo.»

Ein paar Männer – es lungern immer ein paar in ihrer Nähe herum – begehren auf, lassen sich nur schwer von Abde und Mvanguno beschwichtigen. Doch Vivienne bleibt unbeugsam. Sie befiehlt Abde, das ganze Lager zusammenzutrommeln und die Peitsche zu holen. Einen Augenblick lang befürchtet sie, er wolle sich widersetzen, dann gehorcht er mit gesenktem Kopf. Als die Männer sich im Halbrund vor ihr aufgestellt haben, erklärt sie mit gepresster Stimme, weshalb sie Francisco bestrafen müsse, sie werde auch in Zukunft solche Pflichtverletzungen ahnden, sie verlange von allen, die von ihr bezahlt würden, Einsatz bis zum Letzten. Einiges sagt sie auf Suaheli, das meiste auf Englisch, sie lässt es von Abde übersetzen und merkt beim Sprechen, dass sie Wörter und Wendungen braucht, die Abde wohl nur halb versteht und dann lange umschreibt. Die Männer mit ihren knielangen Hosen, den offenen Khakihemden, den schief aufgesetzten Käppis hören scheinbar gleichgültig zu und sagen kein Wort.

Vivienne gibt Abde einen Wink. Er führt Francisco zur Akazie, die den vorderen Teil des Zelts beschattet; die geknöpften Enden der Peitsche, die er umfasst hält, schleifen über den Boden. Er befiehlt Francisco, das Hemd auszuziehen, vor dem Baum niederzuknien und den Stamm zu umarmen, die Stirn gegen ihn gepresst. Auch die Träger rücken näher, jemand steckt Francisco ein zusammengeknülltes Tuch in den Mund, auf das er im Schmerz beißen kann. Sein nackter Rücken, die angespannten Muskeln, als wäre der Torso in Bronze gegossen. Abde pflanzt sich breitbeinig neben Francisco auf, lässt probehalber die Peitsche durch die Luft sausen, aber nur mit halber Kraft. Vivienne, von der Mauer der Männer umgeben, klatscht in die Hände. «Eins!», kommandiert sie, wiederholt, als Abde zögert, schneidend das Kommando. Da hebt Abde die Peitsche, holt mit gestrecktem Arm aus, die Schnüre fahren auf Franciscos Rücken nieder, so hart, dass er sich einen Augenblick windet und schutzsuchend an den Stamm presst. Vivienne zählt weiter und zwingt sich dazu, den Blick nicht abzuwenden. Ein Sausen, ein Klatschen, das Zucken des Körpers. Nach dem fünften Hieb erscheinen auf der Haut dunkelviolette Striemen, ein wirres Muster, das sich rasch verdunkelt. Hier und dort tritt Blut hervor und rinnt in feinen Linien hinunter zum Hosenbund. Ein ersticktes Stöhnen wird hörbar, mischt sich ins lauter werdende Atmen der Zuschauer, das seinerseits dem Rhythmus der Hiebe zu folgen scheint. Francisco, der sich bisher den Schlägen entgegengebogen hat, erschlafft und droht den Stamm entlang seitwärts ins Gras zu rutschen. Der letzte Hieb streift über die Schulter, den Halsansatz. Was drückt das Seufzen der Träger aus? Erleichterung? Anerkennung für Franciscos Tapferkeit? Ein paar Hände helfen ihm auf die Beine und stützen ihn, während Abde verloren dasteht, mit schweißbedecktem Gesicht und so entkräftet, als habe er einen Baum gefällt. Franciscos Blick ist verschwommen, ohne

Hass. Vivienne hat sich den Arzneikoffer bringen lassen, desinfiziert die Riss- und Platzwunden mit einem in Jod getränkten Wattebausch, und die Hände, die Francisco festhalten, packen härter zu, damit er sich nicht losreißt. Vivienne verbietet sich jede Erinnerung an Brovie. Dieser hier wird überleben, das eine hat nichts mit dem anderen zu tun. Sie wickelt Gaze in mehreren, einander überlappenden Schichten um Franciscos Oberkörper und befestigt sie mit Klammern. «Du bist tapfer gewesen», sagt sie zu ihm. «In einer Woche ist alles verheilt.»

Er dankt ihr kaum verständlich, es sieht aus, als ragten aus einem gipsernen Torso dunkle Arme und ein dunkler Kopf.

«Jetzt ist Francisco ein Weißer geworden», sagt Kasaia, der Witzbold, und alle, die noch dabeistehen, lachen zustimmend, sogar Abde mit seiner schuldbewussten Haltung verzieht den Mund.

Das Lachen ist die endgültige Wende. Die Regeln sind wieder klar, wie zu Brovies Zeiten. Vivienne ordnet an, das Lager abzubrechen und alles zusammenzupacken wie gewohnt; in einer Stunde, sagt sie, wolle sie losmarschieren. Die Männer sind so eifrig bei der Sache wie schon seit Tagen nicht mehr, haben die Lasten vorzeitig zusammengepackt und aufgeteilt, die Häute rascher als sonst zusammengefaltet und gebündelt. Francisco indessen darf sich, ein wenig seitab, bäuchlings auf eine Decke legen und von der Bestrafung erholen. Vivienne erlässt ihm beim Aufbruch die übliche Last, das wird, sie spürt es, als ein Zeichen ihrer Großzügigkeit genommen. Weshalb nach den ersten Schritten ihre Beine zu zittern beginnen, weiß sie nicht. Nur mit größter Beherrschung gelingt es ihr, das Tempo der Kolonne beizubehalten. Sie missachtet das Kopfweh, das sie überfällt, das Augenflimmern. Nachmittags erkennt sie, dass die Symptome, die sie niedergekämpft hat, die Vorboten eines neuen Fieberanfalls sind. Mit Mühe treibt sie sich voran bis zum nächsten Rastplatz. Sie vernimmt, dass Francisco zurückgeblieben sei und gestützt werden müsse. Jim bringt ihr, als sie endlich im Zelt liegt, unaufgefordert ihre Tabletten, dazu einen Tee aus Heilkräutern. Mit einschläfernder leiser Stimme, einer Art Singsang, spricht er auf sie ein. Es macht sie ruhiger, sie wünscht sich, dass er die ganze Nacht neben ihr stehen bleibt, ein guter Wächter, ein Schutzengel mit dem Gesicht von Balthasar, dem Mohrenkönig, aber sie schickt ihn hinaus. Alles dreht sich wieder in ihrem Kopf. Kein Grab für Francisco. Bloß ein paar Schrammen auf dem Rücken. Aber was ist für die afrikanische Erde Brovies Grab als eine winzige Schramme? Sie wird vernarben, verschwinden. Ein paar Knochen noch, irgendwann. Und das war der Mittelpunkt ihrer Welt. Ein durchbluteter Körper, warm und nachgiebig, so schutzlos zuletzt. Wie dünn die Haut, die manchmal ein Panzer sein müsste. Wie dünn die Haut, die einen doch gefangen hält. Regen prasselt aufs Zelt. Es ist der Anfang der Regenzeit. Sie müssen sich beeilen, wenn sie die Häute vor der Nässe retten wollen. Wie viel sich in ihrem Leben um Haut und Häute dreht. Wie wenig sich von dem bewahren lässt, was ihr am liebsten ist.

Sie kommen gut voran in den nächsten Tagen, trotz sporadischer Regengüsse und schlechter Wege. Nach zwei durchgeschlafenen Nächten fühlt sich Vivienne erfrischt, wie immer, wenn das Fieber weg ist, scheinen die Kräfte sich zu verdoppeln. Die Männer grüßen sie morgens mit scheuer Achtung. Francisco trägt seine Last, als wäre nichts geschehen. Abends behandelt Vivienne seinen Rücken mit Wundsalbe, beobachtet die fortschreitende Heilung, die Krustenbildung. Sobald das Lager aufgeschlagen ist, lässt sie die Häute zum Trocknen aufspannen und bei den ersten Anzeichen von Regen wieder einpacken. Ein Hin und Her, das sie in dauernder Anspannung hält. Mvanguno erzählt ihr, es gebe in dieser Gegend Medizinmänner, die den Regen bannen könnten. Sie glaubt ihm nicht, weist ihn dennoch an, einen solchen Wundermann aufzutreiben, und in der Tat stellt er ihr, wenig später, ein Runzelmännchen vor, das sie mit zahnlosem Mund anlächelt. Es schwenkt einen Stab, an dem allerlei Pflanzen- und Haarbüschel hängen, wirft ihn in die Höhe, fängt ihn wieder auf. Wenn sich Regenwolken nähern, hüpft und tanzt es gelenkig mit flatternden Umhang herum, bedroht mit seinem Stab den Himmel, stößt dazu seltsame Laute hervor, halb Gesang, halb Geschrei, eine Beschwörung, die niemand von den Trägern versteht. Aber Vivienne hat den Eindruck, dass die Regengüsse sie tatsächlich verschonen, sich zumindest abschwächen. Einmal sieht sie, dass rundum der Regen in dunkler Schraffur niederrauscht, aber das Camp bleibt nahezu trocken. Der Medizinmann, bestaunt von den Trägern, dreht sich lachend um sich selbst, so schnell, dass seine Umrisse verschwimmen und Vivienne plötzlich zu träumen glaubt, denn auch alles Übrige stammt doch aus einem Traum, die Schirmakazien, die Nester der Webervögel, Franciscos Rücken, Brovies Grab.

Ein Häuptling, der von Viviennes Krankheit gehört hat, schickt ihr einen Tragstuhl entgegen. Sie darf ihn nicht beleidigen, verbringt in ihren Trauerkleidern Stunde um Stunde auf dem Stuhl, der von vier Schwarzen getragen wird. Es ist ein merkwürdiges Gefühl, so nahe am Boden das Gelände anstrengungslos vorübergleiten zu sehen. Sie kämpft, beim dauernden Rucken und Schwanken, immer wieder gegen Übelkeit. Dann und wann schlagen ihr zurückschnellende Halme ins Gesicht, denn das Gras ist nun stellenweise mannshoch gewachsen, wächst in die Pfade hinein, auf denen die Trägerkolonne sich bewegt. Abends fragt sie die Männer, ob sie von Kampala aus nach Nairobi zurückkehren wollen oder ob sie bereit sind, mit ihr noch weiterzuziehen, im Wald von Ituri das Okapi und am Nil das weiße Nashorn zu jagen. Sie zögern keinen Moment, keiner will die Tochter des Bwanas im Stich lassen. Sie stoßen die Fäuste in die Luft, jubeln Vivienne zu, sie muss einem nach dem anderen die Hand schütteln, und sie schämt sich nicht, dass sie dabei Tränen in den Augen hat.

In Kabale, wo sie nach neunstündigen Tagesmärschen ankommen, sucht Vivienne den weißbärtigen englischen Arzt auf. Er bestätigt ihr nach einer gründlichen Untersuchung, dass ihre wiederkehrenden Krankheitssymptome – vor allem auch das Augenflimmern und die Augenschmerzen – auf Spirillumfieber hindeuten. Er tadelt ihre Unvernunft, sich so wenig zu schonen, kann es kaum glauben, dass sie in ihrem Zustand solche Strapazen überstanden hat, er rät ihr dringend, sich in Kampala oder Entebbe mehrere Wochen zu erholen, bevor sie die Expedition fortsetzt, was er – es ist seiner Miene anzumerken – in Anbetracht ihres Geschlechts ohnehin als Tollheit erachtet. Sie überwindet sich, als er sie schon zur Tür begleiten will, das Gespräch auf Brovies Tod zu bringen. Obwohl ihre Stimme dabei mehrmals stockt, schildert sie Brovies Verwundungen und fragt, ob er womöglich bei fachkundiger Behandlung hätte gerettet werden können. Der Arzt schaut sie mitleidig an und schüttelt den Kopf. «Sie haben das Menschenmögliche getan», sagt er. «Ihr Vater wäre allein schon am Blutverlust gestorben. Und bei solch großflächigen Verletzungen lässt sich in diesem Klima der Wundbrand auf keinen Fall verhindern.» Wie ihr Vater allerdings, fährt er fort, den Rückweg zum Lager bewältigt habe, sei ihm ein medizinisches Rätsel, aber da sehe man wieder, wozu ein starker Wille fähig sei. Sie, die Tochter, habe offenbar die Zähigkeit des Vaters geerbt, sie solle aber mit diesem Kapital nicht räuberisch umgehen. Er will kein Honorar für die Konsultation, sie drängt ihm ihr letztes Bargeld auf. Als sie das von blühendem Oleander umwachsene Gebäude verlässt, wird ihr bewusst, dass die quälenden Schuldgefühle der letzten Wochen zu weichen beginnen. Und plötzlich wäre sie beinahe wieder umgekehrt, um den alten Arzt auf die Wangen zu küssen.

Sie schicken einen Teil des Gepäcks nach Fort Portal voraus, wo sie es später wieder übernehmen werden, und verladen den Rest auf zwei Lastwagen, die sie in zwei Tagen nach Kampala bringen. Vivienne sorgt dafür, dass die unversehrt gebliebenen Häute in den Kellerräumen der *African Mercantile & Cie.* eingelagert werden, sie gibt den Auftrag, die Häute luftdicht zu verpacken und nach Bern abzuschicken. Sie hat kein Geld mehr, um die Wagenmiete zu bezahlen, und es ist zunächst unmöglich, auf das Konto des Vaters zurückzugreifen. Sie müsste, um Geld abheben zu können, ihre Identität und ihre Erbberechtigung nachweisen, und das würde bedeuten, nach England und der Schweiz zu telegraphieren, ihren Verwandten und den Behörden Brovies Tod bekannt zu geben. Mit Sicherheit würden die Zeitungen davon Wind bekommen und darüber berichten. Das will sie vermeiden, Brovies Tod gehört nicht der Öffentlichkeit. Sie ist nahe am Verzweifeln, da macht ihr ein Bankangestellter, dem sie ihre Geschichte erzählt, den Vorschlag, ihr gegen minimale Sicherheiten hundert Pfund zu leihen, und alles ist wieder gut. Erst jetzt, wo sie nicht als Bittstellerin auftreten muss, telefoniert sie mit Lady Archer, der Frau des Gouverneurs in Entebbe, und nimmt ihre Einladung dankend an.

«Warum tragen Sie Schwarz?», fragt Lady Archer sie bei der Begrüßung. Noch weiß sie nicht, was geschehen ist, noch hat Vivienne sich Martin nicht anvertraut. Aber was ist *wirklich* geschehen? In ihr? Mit ihr? Erst nach Jahren wird sie es zu verstehen beginnen.

Am frühen Morgen landete ein Fischerboot in der Bucht von Port-Man. Die Stimmen der Fischer, die drunten bei den Ballonets frühstückten, weckten Vivienne aus unruhigem Schlaf. Schon vorher war der Geruch von gebratenem Speck und Kaffee durchs halb offene Fenster gezogen und hatte merkwürdige Träume erzeugt, die mit verdorbenem Fleisch zusammenhingen. Die Fischer würden bald zum Festland zurückkehren, nach Le Lavandou vermutlich, es war die Gelegenheit, Josef noch früher wegzuschicken, als sie geplant hatte. Vivienne fand ihn in der Küche, wo er in seiner fleckigen Arbeitskleidung vor dem Herd kauerte und die Glut anblies. Er schnellte zu ihrer Begrüßung auf, als wäre er ein Soldat, der sich bei seinem Leutnant anmeldet. Sie sagte ihm, dass er jetzt gleich, nicht erst am Nachmittag packen solle, sie werde die Fischer dafür bezahlen, dass sie ihn mitnähmen. Er verstand sie erst nicht, sie wiederholte Wort für Wort ihre Anweisung. Als er endlich begriff, schaute er Vivienne mit tieftrauriger Miene an. «Dann muss Madamoiselle heute selber Frühstück machen.»

«Das werde ich tun», antwortete Vivienne.

«Madamoiselle wird ohne Schutz sein», fuhr er fort. «Allein. Ganz allein.»

«Die Ballonets sind noch hier», sagte sie.

Er schüttelte verächtlich den Kopf. «Die Ballonets! Die Ballonets sind nicht gut für Madamoiselle!»

«Geh jetzt», sagte sie. «Mach dich bereit.»

Er drückte sich an ihr vorbei, und einen Augenblick lang spürte sie wieder die Hitze, die von ihm ausging, roch seine Ausdünstung, das Gemisch aus Rauch, Schweiß, Knoblauch und Lavendelseife. Aber dieses Mal wich sie nicht zurück, es gab auch kaum Platz dafür in der engen Küche.

Eine halbe Stunde später hatte Josef sich umgezogen und die Reisetasche gepackt. In seinem steifen Sonntagsstaat ging er mit den drei Fischern zum Landesteg. Vivienne sah ihn vom Fenster aus ins Boot steigen, sie sah, wie die Fischer vom Ufer wegruderten, sie sah, wie der Wind das hochgezogene Segel blähte. Die Erleichterung machte sie beinahe benommen. Sie durchmaß den Salon mit eckigen Tanzschritten, stolperte um ein Haar über die große Vase neben der Terrassentür, in die sie Zweige mit leuchtend roten Beeren gestellt hatte.

Frei, dachte Vivienne, ich bin frei.

Was würde nun geschehen? Die kommenden Tage – ohne Josef, ohne irgendwen – lagen vor ihr wie eine Perlenkette, und jede Perle enthielt ein Versprechen, das sie ungehindert einlösen durfte.

Gerben

ES WAR, erlauben Sie mir die Bemerkung, nicht immer leicht, Fräulein von Wattenwyls Wünschen, die bisweilen ins Exklusive gingen, Genüge zu tun. Sie galten bei Direktor Baumann als Gesetz, selbst dann, wenn er einsehen musste, dass die von ihr gesetzten Fristen nur durch den Einsatz zahlloser – größtenteils unentschädigter – Überstunden einzuhalten waren.

Im Frühling 1926 verlangte Fräulein von Wattenwyl brieflich, dass die Hörner und Zähne der erbeuteten Tiere vom Museumspersonal noch einmal aufs genaueste ausgemessen und in einer vollständigen Liste erfasst würden, sie brauchte die Angaben für ihren in Bälde erscheinenden Reisebericht und außerdem für eine alljährlich in England publizierte Sammlung von Jagdrekorden. Sie schien zu hoffen, dass der Name ihres Vaters darin an vorderster Stelle erscheinen würde, und wollte ihm damit offenbar posthum eine Ehre erweisen. Es war das erste Mal, dass sich Doktor Baumann verärgert über Fräulein von Wattenwyl äußerte. Er hielt, was sie verlangte, für sinnlose Zeitverschwendung, und doch sah er keinen anderen Ausweg, als Ruprecht mit der Vermessung zu beauftragen. Dieser entschied sich dafür, die Aufgabe, die auch er für überflüssig hielt, seinem ersten Lehrling, einem schüchternen, aber aufgeweckten Sekundarschüler vom Viktoriaschulhaus anzuvertrauen. Er ermahnte ihn aber zu wenig ernsthaft, wirklich genau zu sein, und überprüfte auch die Resultate nicht. Das Museum schickte daraufhin eine Liste nach England, die eher ein Brouillon als eine Reinschrift war. Postwendend kam die Antwort des Fräuleins von Wattenwyl. Sie zeigte sich entrüstet darüber, dass Doktor

Baumann eine solche Sudelei, die zudem von erkennbaren Fehlern wimmle, überhaupt zugelassen hatte, und verlangte in kategorischem Ton eine Nachmessung; überdies wollte sie nun, dass auch die Schädel gewogen würden. Doktor Baumann erklärte Ruprecht zum Schuldigen an der ganzen Misere; dieser rüffelte seinerseits den Lehrling, obwohl man in diesem Stadium gewiss nicht mehr von ihm erwarten konnte. Die Messungen nach Fräulein von Wattenwyls Wünschen beschäftigten Ruprecht dann weitere zehn Tage. Er überwachte sie dieses Mal minuziös und rechnete, mit Hilfe einer Tabelle, Zentimeter und Millimeter sogar in englische Maße um. Damit war Fräulein von Wattenwyl endlich zufrieden. Kurz darauf, zu Beginn der Sommerferien, ertrank der Lehrling beim Baden in der Aare; ich wurde ein halbes Jahr darauf sein Nachfolger. Dieser Unglücksfall, verbunden mit der Kränkung, die ihm Fräulein von Wattenwyls Verhalten zugefügt hatte, führte bei Ruprecht zu einer tiefen Melancholie, die bis weit in den Herbst hinein anhielt. Ein weiteres Begehren von ihrer Seite erboste nun aber auch ihn. In einem Eilbrief forderte sie nämlich vom Museum, unverzüglich die beiden Kaffernbüffel abzulichten, da sie die entsprechende Fotografie unbedingt ihrem Buch beifügen wolle; sie forderte dies ausgerechnet, nachdem man schon ihre Wünsche bezüglich der Bongo- und Kob-Gruppe erfüllt hatte. Den Platz im Präparatorium, auf dem beide Büffel nebeneinander stehen konnten, musste Ruprecht erst schaffen. Er war gezwungen, eine Glaswand abzumontieren und die Türe aus dem Vorratsraum herauszunehmen; er musste überdies in aufreibender Nachtarbeit den zweiten Büffel vollenden. Nach neun Tagen konnte der Fotograf endlich sein Stativ und die Lampen aufstellen. Danach schickte Ruprecht dem Verlag Methuen in London zehn Aufnahmen zur Auswahl, und gleichzeitig teilte er dem gnädigen Fräulein telegraphisch mit, dass ihr Auftrag erledigt sei. Dieses Telegramm ging nach Teneriffa, wo sie offenbar mitten im regennassen November die kanarische Sonne genoss. Sie bedankte sich sehr freundlich bei Ruprecht und ließ dem Museumspersonal Pralinés aus der besten Berner Confiserie schicken; Direktor und Präparator erhielten wenige Monate später ihr Buch *Out in the Blue* mit einer persönlichen Widmung zugeschickt. Schon beim ersten Blättern stellte Ruprecht fest, dass die Aufnahme mit den Büffeln darin gar nicht enthalten war; offenbar hatte das Ergebnis seiner Bemühungen Fräulein von Wattenwyls hohen Ansprüchen doch nicht genügt. Dies habe ihn, so sagte mir Ruprecht, in seinem Eindruck bestärkt, wie ein Domestik behandelt worden zu sein, und er habe lange gebraucht, um darüber hinwegzukommen.

Fräulein von Wattenwyl machte vieles wieder gut mit ihren Vorträgen, die von der Museumskommission, zusammen mit der Bürgerpartei, organisiert wurden, um Geld für den Museumsneubau zu sammeln. Es war im März 1928, bevor sie zu ihrer zweiten Reise aufbrach, und da zeigte sich mit überraschender Deutlichkeit, wie hoch man sie in Bern als heldenhafte und aufopfernde Tochter schätzte, die in schlimmster Stunde die Stelle ihres Vaters eingenommen hatte. Die Zeitungen wiesen gebührend auf den Anlass hin und schürten auf solche Weise die Erwartungen. Schon zuvor hatte Herr Rudolf von Tavel, der sonst als Hüter der altbernischen Traditionen galt, mehrmals über die von-Wattenwyl'sche Expedition berichtet. Er sollte nun, da er fließend Englisch sprach, Fräulein von Wattenwyls Erläuterungen übersetzen und überhaupt den dolmetschenden Mittler zwischen ihr und dem Publikum spielen. Ich selber stand damals im zweiten Lehrjahr und war von meinem Lehrmeister, der selbst wohl genug von untergeordneten Aufgaben hatte, dazu bestimmt worden, die Lichtbilder im Projektor auszuwechseln. Ruprecht hielt sich, ich nehme dies vorweg, während des ganzen Anlasses abseits. Statt in der vordersten Reihe saß er weiter hinten, und auch sonst bemühte er sich, im Unterschied zu mir, in keiner Weise darum, Fräulein von Wattenwyl nahe zu kommen. Allerdings beobachtete er sehr genau, wie sie sich verhielt und was um sie herum geschah; und am nächsten Tag kommentierte er mit grimmigen Worten den Opportunismus der Berner Notabeln, die sich bei schönem Wetter gerne mit einer Diva zeigten, bei schlechterem aber sogleich die Köpfe einzögen.

Schon um sieben Uhr hatte sich der Saal im Bürgerhaus gefüllt. Als der Uhrzeiger gegen acht vorrückte, standen draußen noch Hunderte, die keinen Platz fanden und ihren Unmut so lange äußerten, bis ihnen, nach Rücksprache mit der Referentin, versprochen wurde, man werde baldmöglichst eine Wiederholung des Vortrags veranstalten. Fräulein von Wattenwyl trug an diesem Abend ein Kostüm mit Schottenmuster, das ihren schlanken Wuchs betonte; sie hatte ihre dunkelblonden Haare in sanft fallenden Locken frisiert, wirkte aber, trotz sparsam aufgetragenem Make-up, für eine Afrikareisende erstaunlich blass. Als sie nach der langfädigen Einleitung von Doktor Baumann endlich, begleitet vom Übersetzer, die Bühne betrat, wurde sie mit frenetischem Applaus begrüßt. Sie begann, den Zeigestock in der Hand, zu sprechen, und es wurde mucksmäuschenstill im Saal. Ihre Stimme war tragender, als ich vermutet hatte, und offenbar auch in den hinteren Reihen gut zu verstehen. Immer nach ein paar Sätzen unterbrach sie sich und ließ, was sie gesagt hatte, von Herrn von Tavel ins Deutsche übersetzen. Fräulein von Wattenwyl schilderte zunächst die Reisevorbereitungen und die Schifffahrt nach Mombasa, und bei diesem Stichwort gebot mir ihr Zeigestock, das erste Lichtbild zu zeigen. Ich knipste die Lampe an, deren Kegel sich durchs Halbdunkel schnitt, schob, wie ich es am Nachmittag gelernt hatte, die erste Platte verkehrt herum in die Halterung, so dass vorne auf der großen Leinwand das Meer erschien, dahinter eine Küstenlinie mit Kokospalmen und Mangobäumen, zwischen denen weiße Häuser schimmerten. Ein Aufatmen ging durchs Publikum; wir waren in Afrika angekommen. Die Reise ging weiter, Bild um Bild. Es machte mir nichts aus, dass ich mir mehrmals beinahe die Finger an den von der Lampe erhitzten Platten verbrannte. Eine einzige ließ ich beinahe fallen und fing sie im letzten Moment noch auf. Wir drangen in unbesiedelte Gegenden vor und kämpften uns durch mannshohes Savannengras. Wir waren mit Vater und Tochter auf dem Gipfel des Muhavura. Wir überquerten eine Furt des Uaso Ngiro. Wir sahen Antilopenherden und einen Elefantenbullen, der in dichtem Wald auf uns zukam. Wir waren beim Abbalgen des Elefanten dabei. Wir grüßten den Jäger, der zwischen den entfleischten Schädeln zweier Bongos saß, und ein Schauer überlief uns angesichts des toten Löwen. Ich gebe zu, dass ich den Worten der Referentin gar nicht mehr zu folgen versuchte und auch Herrn von Tavels Übersetzungen nur noch dem Sinn nach verstand. Ich lauschte allein den Modulationen ihrer Stimme, die immer überzeugender, immer selbstbewusster klang, und erschrak über das Klopfen ihres Stocks, das manchmal einem Knallen nahe kam und mich zum Reagieren zwang. Die Bilder – das war das Ungewöhnlichste – schienen sich allmählich mit Farben anzureichern, mit staubigem Ocker und Fahlgrün für die Savanne, mit sattem Braun und dunklen Grüntönen für den Urwald. Ich hätte hinterher geschworen, wirklich Farbbilder gesehen zu haben; ich hätte geschworen, dass herber Gras- und Wildgeruch an unsere Nasen und von ferne Löwengebrüll an unsere Ohren gedrungen seien. Den Tod des Vaters streifte Fräulein von Wattenwyl nur kurz, mit gesenkter Stimme, die doch einen Moment lang zu brechen drohte. Die Fragesteller aus dem Publikum waren später pietätvoll genug, nicht noch einmal die schlecht verheilte Wunde aufzureißen. Als ich die hundertunddritte Platte versorgt und Fräulein von Wattenwyl nilabwärts nach Rejaf gelangt war, brandete ein Beifall auf, der sie hinwegzutragen drohte und wohl fünf Minuten andauerte. Die Referentin nahm ihn lächelnd, in bescheidener Haltung entgegen; ich bemerkte aber, dass sie nur mit Anstrengung die Tränen zurückhielt.

Die Fragen aus dem Publikum beantwortete sie gefasst und höflich. Sie spielte ihre eigene Rolle herunter und lobte immer wieder die Tatkraft ihres Vaters. Ihre Gesundheit, gestand sie ein, habe durch die Reisestrapazen gewiss gelitten; sie wolle sich aber nicht beklagen; dies sei der Preis, den sie dafür zahle, dass sie Dinge gesehen habe, die zu sehen erst wenigen weißen Frauen vergönnt gewesen sei. Dann allerdings erhob sich ein jüngerer, schlecht gekleideter Mann und fragte in provozierendem Ton, ob die Referentin nicht auch denke, der afrikanische Kolonialbesitz sei im Grunde genommen den Eingeborenen gestohlen worden, und ob sie, die Referentin, angesichts der sklavenartigen Abhängigkeitsverhältnisse, in die Letztere gezwungen würden, nie ein schlechtes Gewissen habe. Ein paar Buhrufe quittierten diese Dreistigkeit. Aber Fräulein von Wattenwyl entgegnete mit Festigkeit, sie hätten ihre Träger gut entlohnt und diese wären für den Jagdherrn und später auch für sie, die Tochter, durchs Feuer gegangen, und die meisten von ihnen würden sich ihr auf einer zweiten Safari mit Freude wieder anschließen. Auf die politischen Verhältnisse habe sie keinen Einfluss; sie gestatte sich einzig die Bemerkung, dass es noch Jahrzehnte dauern werde, bis die Schwarzen, deren Kindlichkeit ja auch viele Vorteile habe, reif für die Unabhängigkeit seien. Diesmal war der Beifall stürmisch; der Fragesteller schwieg und schlich sich bald aus dem Saal, und ich nahm später voller Stolz Fräulein von Wattenwyls wärmsten Dank für meine Handlangerdienste entgegen.

Auch für den zweiten Vortragsabend strömten die Leute herbei; wieder mussten viele draußen bleiben. Als die Referentin mit dem Auto vorfuhr, bildeten die Zuschauer ein Spalier, das sie passieren musste, um zum Hoteleingang zu gelangen. Fortwährend streckten sich ihr Hände entgegen, die sie geduldig schüttelte; der Beifall schwoll zu einer Ovation an, in die sich laute Hochrufe mischten. Etwa so hätte ich mir die Ankunft einer Kronprinzessin vorgestellt. Ein Zauber lag über dem Ganzen, dem sich niemand entziehen konnte. Ich hing ihm nachher noch wochenlang nach.

Auch der materielle Erfolg der beiden Vortragsabende war übrigens beachtlich. Viele vermögende Berner aus dem Publikum hatten sich in die Spenderliste eingetragen. Es kam ein namhafter Betrag zusammen, den man später mit Fug und Recht als symbolischen Grundstein für den Museumsneubau bezeichnen konnte, und ich, der damalige Gehilfe, darf von mir behaupten, auf meine Weise an der Grundsteinlegung beteiligt gewesen zu sein.

DER MANN AUS LONDON

NACHDEM JOSEF weggegangen war, trug sie das Grammophon vom Salon in ihr Zimmer. Später, als sie Hunger hatte, stellte sie es in der Küche neben den Herd. Was brauchte sie denn außer Musik, ein paar gebratenen Kartoffeln und einem Krug Wasser? Sie zerdrückte die Kartoffeln zu einer matschigen Masse, vermischte sie mit Eigelb, bis es beinahe aussah wie Posho, sie aß stehend, direkt aus der Pfanne, mit dem Blick hinaus auf den Wald, und in der linken Hand hielt sie ihren zerfledderten Plutarch, aus dem sie sich selbst mit vollem Mund immer wieder ein paar Zeilen vorlas, dazu erklang Schumanns Klaviertrio in d-Moll. Sie lachte laut auf, wenn sie daran dachte, wie entsetzt Josef über ihr Verhalten gewesen wäre, mit welch hochnäsiger Miene Madame Balyne sie verurteilt hätte. Am nächsten Tag holte sie auch Coco zu sich in die Küche, sie ließ es zu, dass er auf ihrer Schulter saß, gefüttert werden wollte und die Tafelmusik mit dissonanten Lauten verdarb. Ungerührt klaubte sie Flaumfederchen aus der Pfanne und wischte den Kot auf, den er fallen ließ. Sie liebte es, das Feuer im Herd anzufachen, die Kochplatten beinahe bis zur Rotglut zu erhitzen. Dann brodelte das Wasser im Topf, der Dampf beschlug die Fensterscheibe, und Vivienne hatte das Gefühl, sich in eine kleine Arche gerettet zu haben.

Nachmittags arbeitete sie mit rußigen Fingern an ihrem Manuskript, das sie wochenlang vernachlässigt hatte, befleckte, ohne dass es sie störte, die weißen Blätter. Sie las verwundert die Tagebucheinträge, die ein Jahr zurücklagen, stückelte aus ihnen einen Bericht über die zweite Afrikareise zusammen. Es hatte sich letztlich doch alles um Brovie gedreht, um den Mount Brovie, sagte sie zu sich selbst, deshalb war der Abstieg das Wichtigste, der Abstieg durch die langsam erkaltende Asche. Sie hatte tagsüber einen Bleistift hinters Ohr geklemmt, damit sie, wo sie auch war, ihre Einfälle gleich aufschreiben konnte. In ihrer Rocktasche steckten zerknüllte Notizzettel, die sie geduldig glättete, bevor sie sie beschrieb. Sie spazierte zum Fort, sie knurrte an gegen die Stimmen von allen Seiten, die sie mahnten, endlich zu heiraten: Find einen Mann, find einen Mann!, sang der Wind mit Karins, mit Martins, sogar mit Grandminons Stimme. Nein!, schrie sie zurück. Nein! Kein Zwang, keine Abhängigkeit! In früheren Jahrhunderten wäre für sie nur das Kloster in Frage gekommen. Und jetzt? Eheverzicht also, dachte sie mit einem Hauch von Sarkasmus. Kinderlosigkeit. Journalistenleben. Was sonst?

Nach zehn Tagen kam Josef vom Festland zurück, in bester Laune und so unbefangen, als wäre nie etwas zwischen ihnen gewesen. Aber eine Köchin hatte er nicht gefunden. Zahlreichen Frauen, die in Frage gekommen wären, habe er von Madamoiselle erzählt und Madamoiselle in den höchsten Tönen gelobt. Aber niemand wolle sein Leben an so einem einsamen Ort wie Port-Man verbringen, niemand habe sich bereit erklärt, auch nur zur Probe mitzukommen. Zudem habe Madamoiselle auf dem Festland leider einen schlechten Ruf, man erzähle sich schlimme Dinge über sie, die er aber vor ihr nicht ausbreiten wolle. Zum Glück habe Madamoiselle ja immer noch ihn, Josef als Gärtner, Hausbursche und Koch, er würde Madamoiselle sogar an den Nordpol oder ins Fegefeuer folgen.

Statt ihn gleich wieder zurückzuschicken, ließ Vivienne sich rühren von seiner unendlichen Dienstbereitschaft. Sie genoss es sogar, dass er wieder für sie kochte, den Tisch deckte wie für ein Festmahl, und sie war froh, ihn draußen mit der Axt zu sehen, denn der Vorrat an Brennholz war zu Ende gegangen und sie hatte nicht die Kraft, die großen Klötze zu spalten. So nistete sich Josef wieder in ihrem Alltag ein, wahrte aber auf seine lauernde Weise den Abstand, den sie erkämpft hatte. Zeitweise verachtete sie sich selbst, weil sie kein Mittel fand, ihn loszuwerden.

Sie fürchtete sich vor den näher rückenden Weihnachtstagen, denn sie wusste, dass ihr die Gefahr drohte, sich ins kleine Kind zurückzuverwandeln, das sich nach Kerzenschein und Geschenken sehnt, nach Liedern und Umarmungen. Zu gut erinnerte sie sich an die großen Feste, die sie auf Schloss Gingins mit Grandminon und ihrer weitverzweigten Sippe gefeiert hatte. All diese mit goldenen und silbernen Schlaufen geschmückten Pakete, ein ganzer Berg rund um den Lichterbaum. Das Entzücken über den Baumschmuck, die Glaskugeln, die gedrechselten Engel musste man immer ein bisschen übertreiben. Alle sangen mit beim «Stille Nacht, Heilige Nacht», und nach der Bescherung rannte ein halbes Dutzend Kinder lachend durch die Gänge, naschte aus Körbchen *Marrons glacés,* Feigen und Datteln. Nachts drang die Kälte aus den Mauern und konnte doch der Behaglichkeit, die unter der warmen Decke herrschte, nichts anhaben. Vivienne wusste, dass Grandminon sie mit offenen Armen empfangen würde. Jeden Morgen war sie versucht, ihren Koffer zu packen und mittags in die wartende *Vedette* einzusteigen, jeden Tag rang sie sich durch, zu bleiben und der Insel zu trotzen. Wegfahren wäre eine Niederlage gewesen, die sie sich nicht verziehen hätte. War es, nach allem, immer noch Brovie, der sie zurückhielt?

Der Gedanke kam ihr, den Bewohnern der Insel, ob es nun Brauch war oder nicht, Weihnachtsgeschenke zu machen. Sie stellte sich vor, sie damit zu verblüffen, vielleicht auch zu beschämen, ihnen auf jeden Fall ein versöhnliches Gesicht zu zeigen. Gleich war sie so erfüllt von diesem Vorsatz, dass daneben für eine Weile alles andere verblasste. Er verdrängte ihre Sehnsucht nach Schloss Gingins, das ja nie ihr Zuhause gewesen war, bloß ein Aufenthaltsort wie Dutzende anderer Orte auch, wie eigentlich alle seit dem Tod der Mutter. Sie reiste nach Toulon, hob Geld von der Bank ab, verbrachte drei Tage in den besten Geschäften. Sie zerbrach sich den Kopf darüber, für wen sie was auswählen sollte, und sie ließ die Pakete, die sich wie von selbst vermehrten, mit goldenen und silbernen Bändern versehen. Für Madame Balyne kaufte sie ein Tischchen mit kostbarer Einlegearbeit, für ihren Mann einen ledergebundenen Band mit Rimbauds Gedichten, sie fand für Monsieur Henri einen tiefblauen brasilianischen Schmetterling, ein Prachtexemplar unter gerahmtem Glas. Schokolade für Didier und die Fischer im Dorf. Einen Seidenschal für Madame Ballonet, für ihren Mann bestickte Taschentücher. Was Josef bekommen sollte, wusste sie lange nicht, es sollte etwas Aufbauendes, in weitestem Sinn Lehrreiches sein. Bücher am ehesten, dachte sie, obwohl sie ihn noch nie hatte lesen sehen, allerdings kein *roman policier* und noch weniger ein Liebesroman. Sie schmökerte lange in den beiden größten Buchhandlungen von Toulon, schließlich fiel ihre Wahl auf drei Bücher von Jules Verne, darunter *Die Reise zum Mittelpunkt der Erde*. Sie hoffte, dass diese Lektüre Josef genügend fesseln, aber nicht aufreizen würde.

Die leichteren Pakete nahm sie mit auf die Insel, die schwereren wurden in den nächsten Tagen geliefert, und Josef reihte sie im Gang ordentlich nebeneinander. Sobald er durchschaut hatte, wofür sie bestimmt waren, versuchte er ihr die Bescherungsaktion auszureden. Es sei auf der Insel unter Nachbarn nicht Brauch, sich gegenseitig zu beschenken, noch weniger sei man darauf gefasst, sich einer Fremden gegenüber dankbar zeigen zu müssen. Statt die Leute zu erfreuen, werde Vivienne sie vor den Kopf stoßen, denn kaum jemand werde, wie es die Höflichkeit erfordert, ein Gegengeschenk auf Lager haben. Ob Madamoiselle wirklich wolle, dass sie auf der Insel nachher noch stärker abgelehnt werde als jetzt schon? Das wolle sie nicht, erwiderte sie ungeduldig, und das werde auch nicht geschehen.

Sie begann mit dem Verteilen der Geschenke schon am letzten Adventssonntag, und bis zum Heiligen Abend ging sie, bei Wind und Regen, jeden Tag mit ihrem zugedeckten Korb zu zwei, drei Häusern, um ihr Geschenk zu überreichen und ein gesegnetes Fest zu wünschen. Die Empfänger versuchten ihr Erstaunen zu verbergen, bedankten sich höflich, aber nie überschäumend. Einige baten Vivienne zu sich herein, schenkten ihr einen lauwarmen Kaffee ein, ebenso lauwarm war das Gespräch, das sich entspann. Wie eine unsichtbare Mauer stand das Misstrauen zwischen ihnen und der Fremden, die, wie man sich erzählte, in Afrika unter den Wilden gelebt hatte. Madame Ballonet allerdings gab sich keine Mühe, ihre Enttäuschung herunterzuschlucken. Ihr wäre Bargeld lieber gewesen; was sollte sie hier auf der Insel mit einem Seidenschal anfangen? Josef indessen nahm seine Jules-Verne-Bände entgegen wie ein Urteil, das man über ihn verhängt hatte, er werde alles lesen, versprach er, ja, ganz bestimmt, von der ersten bis zur letzten Zeile. Dann überreichte er Vivienne in einem Juwelierkästchen *sein* Geschenk, ein feines goldenes Kettchen mit einem Kreuz, das ihr, wie er beteuerte, Glück bringen und sie vor allem Bösen beschützen werde. Vivienne war sprachlos, ja geradezu verdattert, mit solchen Kettchen besiegelte man eine Verlobung, zumindest eine Freundschaft, und dafür war in ihrem Verhältnis kein Platz. Sie empfand das Geschenk als erneute Zudringlichkeit, und sie schwankte, ob sie Josef zurechtweisen oder ihm in nüchternen Worten danken sollte. Als sie sich wieder gefasst hatte, sagte sie, ein so teures Geschenk könne sie unmöglich annehmen, er beschäme sie damit, er kehre das Dienstverhältnis um, und das könne sie nicht dulden. Sie streckte ihm das offene Kästchen wieder hin, legte es dann, als er sich nicht rührte, auf den Kaminaufsatz zu den anderen kleinen Dingen, die sie dort versammelt hatte. Sie schauten einander an, es war wieder einer dieser magischen Augenblicke, in denen alles passieren konnte. Geschenk sei Geschenk, brachte Josef schließlich hervor, er nehme es nicht zurück. Eine Stunde später verließ er Port-Man mit seiner Reisetasche, er hatte bis Neujahr Urlaub gewünscht, um zu seiner Familie zu fahren. Viviennes Erleichterung war geringer als beim vorigen Mal, und sie quälte sich mit der Frage, ob ihr Benehmen Josef gegenüber vielleicht doch allzu frostig gewesen war.

Die Balynes sparte sich Vivienne bis zum Schluss auf. Sie schnallte das verhüllte Tischchen auf Modestines Rücken fest, deckte ein Regenplaid darüber, spannte ihren großen schwarzen Schirm auf und führte das Tier am Zügel ins Dorf. Es benahm sich weniger bockig als sonst, der Dauerregen schien seinen Widerstand aufzuweichen. Sie gingen an den Häusern vorbei, deren Fensterläden größtenteils geschlossen waren, sie stiegen über das gepflasterte, nass glänzende Sträßchen zum Fort Moulin hinauf. Die äußeren Schichten des Packpapiers, die den Tisch schützten, waren feucht geworden, aber innen war alles trocken geblieben.

Das Dienstmädchen ließ Vivienne herein und nahm ihr das Paket und den tropfenden Schirm ab. Nichts deutete im Haus auf Weihnachten hin, obwohl bereits einige Lampen brannten. Monsieur Balyne, der, bis zum Hals in Schals und Decken eingemummt, am Kaminfeuer saß, empfing Vivienne mit unverhohlener Irritation. Er vermochte sich kaum noch aus dem Sessel zu erheben, sein Händedruck war schwach wie der eines Kindes. Sie bat ihn, sich zu setzen, legte ihm das Buch, das sie für ihn bestimmt hatte, in den Schoß und gab ihrer Hoffnung Ausdruck, dass sie einander weiterhin in guter Nachbarschaft verbunden sein möchten. Monsieur

Balyne löste mit zittrigen Fingern den Knoten der Silberschnur und wickelte das Buch aus dem roten Seidenpapier. Er las den Titel, strich über den Ledereinband, nickte Vivienne anerkennend zu. «Sehr schöne Gedichte, sehr schöne», sagte er hustend. «Das ist also für mich? Wieso denn?» Statt ihre Antwort abzuwarten, winkte er sie näher zu sich heran. Er roch, als sie sich zu ihm hinunterbeugte, nach Kampfer und nach ungelüftetem Bett. «Sie sollten von hier weggehen», sagte er halb in ihr Ohr, packte zugleich ihren Oberarm, als suche er Halt an ihr. «So schnell wie möglich weggehen.»

Sie machte sich los von ihm. «Wie meinen Sie das?», fragte sie befremdet.

«Man ist Ihnen nicht wohlgesonnen», sagte er. «Man dichtet Ihnen beleidigende Geschichten an. Das haben Sie nicht verdient. Aber gegen Dummheit und Stumpfheit war noch nie ein Kraut gewachsen. Reisen Sie morgen schon ab. Es ist zu Ihrem Vorteil. Sie werden hier nicht glücklich sein.»

Die Dringlichkeit dieser Worte ließ sie frösteln; Balynes Gesicht zeigte Kummer und ehrliche Besorgnis.

«Aber dann sagen Sie mir doch ...», setzte sie an.

In diesem Moment betrat das Dienstmädchen den Salon und stellte das Tischchen hin, das sie draußen ausgepackt hatte. Dicht hinter ihr folgte Madame Balyne. Sie hatte sich flüchtig zurechtgemacht, die Lippen geschminkt, ihre nach allen Seiten abstehenden Haare aber nur halb gebändigt, was ihr ein merkwürdig aufgeplustertes Aussehen verlieh. Das Tischchen stand mitten im Raum, die Fenstervierecke spiegelten sich in der lackierten Tischplatte mit ihren Kirsch- und Nussbaumintarsien.

Beunruhigt schaute Madame Balyne darauf. «Was wollen Sie damit?», fragte sie Vivienne. «Es ist Louis-seize, ganz eindeutig. Ob es aus der Epoche stammt, kann ich nicht beurteilen. Da wird man heute oft übers Ohr gehauen.»

«Es gehört Ihnen», sagte Vivienne mit einer Spur von Bosheit, «es ist mein Geschenk für Sie.»

Madame Balyne zwinkerte heftig und griff sich an den Hals, als ob ihr die Luft abgeschnürt würde. «Nein, bitte, Sie scherzen ... So etwas ist sehr kostbar, auch wenn es sich nur um eine Kopie handeln sollte ... Es sind auf jeden Fall sehr schöne Intarsien ... Sie können Ihr Vermögen doch nicht auf solche Weise verschwenden ...»

«Gefällt Ihnen der Tisch?», fragte Vivienne. «Oder möchten Sie ihn lieber gegen ein anderes Stück umtauschen?»

Madame Balyne ließ sich in den nächstbesten Sessel sinken. «Doch, doch, er gefällt mir sehr ... Nur ... Ich meine, wie kommen Sie darauf? Es ist doch sehr ungewöhnlich ...»

«Sieh her», ließ sich Monsieur Balyne vernehmen. «Mir hat sie das geschenkt. Rimbaud, eine Luxusausgabe.» Er hob das Buch ein paar Zentimeter in die Höhe. Beinahe entglitt es seinen Händen, und er legte es rasch zurück in den Schoß.

Madame Balyne hatte plötzlich Tränen in den Augen und zwang sich zu einem Lächeln. «Nun ja, meine Liebe ... die Überraschung ist Ihnen hundertprozentig gelungen ... Wir sind konsterniert ... wie soll ich sagen ...»

Monsieur Balyne presste ein kleines, ironisches Lachen hervor. «Es hat uns aus den Socken gehauen, wie?»

Damit fanden sie die Worte wieder und waren imstande, sich ordentlich zu bedanken. Madame Balynes forschende Blicke indessen schienen ergründen zu wollen, welche Absicht Vivienne mit ihrer Großzügigkeit verfolgte. Aber das Gespräch blieb an der Oberfläche, wandte sich dem scheußlichen Wetter und den hiesigen Weihnachtsbräuchen zu, es streifte weder Monsieur Balynes Krankheit, die offenbar unaufhaltsam voranschritt, noch die Verhältnisse in der Bucht von Port-Man. Madame Balyne ließ Tee und Konfekt auftragen, dessen Sternform und Anisgeruch nun doch an Weihnachten denken ließ. Monsieur Balyne goss sogar ein wenig

Rum in den Tee, und Vivienne erinnerte sich beim ersten Schluck plötzlich an den heißen, mit Koriander aromatisierten Punsch, den sie an kalten Tagen bei Grandminon getrunken hatte. Es war wie ein Fächer voller Bilder, der sich innerlich vor ihr aufblätterte, und zugleich schien sich das heiße Getränk unmittelbar in noch heißere Sehnsucht zu verwandeln, die schmerzhaft durch die Glieder strömte.

Als Madame Balyne unter einem Vorwand den Salon verließ, wollte Vivienne das Gespräch wieder auf Balynes Warnung bringen, aber der unerwartete Auftritt von Monsieur Henri hinderte sie daran. Schon bei anderen Besuchen hatte er sich, als ob ein sechster Sinn ihn gerufen hätte, als Dritter zu den Balynes gesellt. Er ging, beide Hände ausgestreckt, auf Vivienne zu. Mit dem Schmetterling, der am Vortag für ihn abgegeben worden sei, habe sie ihm, sprudelte er hervor, eine riesige Freude gemacht, er werde diesem äußerst raren Exemplar einen Ehrenplatz in seiner Sammlung einräumen, die Intensität des Blaus sei geradezu sensationell, bei jedem Blick darauf werde er mit größter Dankbarkeit an die Spenderin denken. Vivienne errötete. Zumindest Monsieur Henris Freude war echt und ungekünstelt, und obwohl sie ein aufgespießtes Insekt betraf, rührte sie seine Kindlichkeit, die sie bisher nur in Spuren wahrgenommen hatte. Dann kehrte Madame Balyne zurück. Sie stellte drei gerahmte Landschaftsaquarelle nebeneinander an die Wand und bat Vivienne, eins davon auszuwählen, es seien, fügte sie mit demütig gesenktem Kopf hinzu, eigene, allerdings unsignierte Arbeiten, keine Meisterwerke, wie sie wisse, aber redliche Versuche, besondere Stimmungen auf Port-Cros einzufangen, die Malerei gehöre nämlich zu ihren heimlichen Leidenschaften. Die Aquarelle zeigten Klippen, Meer und Himmel zu unterschiedlichen Tages- und Jahreszeiten. Die Malerin liebte das Unscharfe, die zerfließenden Farben, hier und dort schien das körnige weiße Papier durch. Brovie, fiel Vivienne plötzlich ein, hätte sich geärgert über diesen gestaltlosen Pfusch. Doch sie war gerührt und wählte das Bild mit dem Hafen unter violettgrünen Wolken aus, das sie an ihre Ankunft auf Port-Cros erinnerte. Sie suchte nun ebenfalls nach angemessenen Dankesworten, und so schien sich im Salon plötzlich doch eine weihnachtliche Stimmung zu verbreiten.

Der 25. Dezember begann mit neuen Regengüssen. Ununterbrochen rann das Wasser vom Dach, trat über die verstopften Traufen, bildete einen stetigen Tropfenschleier vor ihrem Fenster. Josef sollte unbedingt die Traufen reinigen, dachte Vivienne unwillkürlich, als sie sich endlich im Bett aufsetzte. Aber Josef war nicht da, so hatte sie es ja gewünscht. Niemand war da außer Coco, der ihr auch nicht über ihre Bedrücktheit hinweghalf. So manche Tage und Wochen hatte sie ohne menschliche Gesellschaft verbracht, aber an Weihnachten allein zu sein, war schlimmer, als sie sich hatte vorstellen können. Sie stand auf und frühstückte in der Küche zu Mozarts Bläserquintett. Ihre Stimmung verbesserte sich nicht und blieb auch noch grau und bleiern, als sich gegen Mittag draußen der Himmel aufhellte. Sie ging hinaus, um Holz zu holen, und roch den Bratenduft, der aus der unteren Küche kam. Am Vortag hatte sie gehört, dass die Ballonets heute Besuch von ihrem Sohn samt seiner Familie bekommen würden. Die beiden Alten hatten also erwachsene Kinder, und sie wünschte sich plötzlich, auch eingeladen zu werden, verbot sich aber im gleichen Augenblick diesen Wunsch. Drinnen hielt sie den Anblick des Aquarells fast nicht mehr aus. Sie hatte es noch am Vorabend, als Zeichen ihres guten Willens, aufgehängt. Jetzt fand sie es kitschig und schreiend bunt. Sie nahm es vom Haken, drehte es um und hängte es wieder auf. Dennoch konnte sie ihre Gedanken nicht von Balynes Warnung lösen. Ja, er hatte Recht, er hatte hundertmal Recht: Sie gehörte nicht hierher. Aber wohin gehörte sie denn? Nein, nicht *wohin* musste sie fragen, sondern: *zu wem*? «Zu wem gehörst du?», fragte sie mit lauter Stimme. «Zu wem?»

Sie stürmte hinaus, wandte ihre Schritte wie von selbst dem Fort zu. Im Laufgang oben schaute sie durch eine Schießscharte hinaus aufs Meer. Das Knurren und Brüllen wollte dieses Mal nicht aus ihr heraus, es brauchte ein Echo, das sie hier nicht finden würde. Sie ging zurück und schlug dabei einen kaum sichtbaren Seitenpfad ein, den sie bisher nie beachtet hatte, verließ ihn aber, einem Impuls folgend, nach ein paar Dutzend Schritten und bahnte sich hangaufwärts einen Weg durchs Unterholz, das sich rasch lichtete. Sie kam an Steinhaufen vorbei, die vor langer Zeit Hausmauern gewesen sein mussten. Das Gelände begann sich zu senken, und plötzlich stand sie vor einem verwitterten Brücklein, das am Grunde des Tals über einen Bach führte. Vivienne blieb verwundert stehen. Der Bachlauf war so schmal, dass sie ihn auch bei höherem Wasserstand leicht hätte überspringen können. Vorsichtig betrat sie den steinernen Bogen, prüfte mit dem Fuß seine Festigkeit und überquerte ihn mit einer Furcht, die ihr selbst lächerlich vorkam. Auf der anderen Seite standen Bäume, dazwischen wuchs dichtes Gesträuch.

Sie zwängte sich, den alten Weg ahnend, durch eine Lücke und fand sich unvermittelt in einer winzigen, von allen Seiten geschützten Lichtung. Sie war kaum größer als ein großes Zimmer, es roch anders hier, würziger, und als Vivienne genauer hinschaute, stellte sie staunend fest, dass die Lichtung von vier großen Zypressen begrenzt wurde. Ihre buschigen, steil aufragenden Äste bildeten regelrechte Wände, die sich an den Seiten beinahe berührten und den Eindruck erweckten, sich in einem abgeschlossenen Raum ohne Dach zu befinden. Es waren die ersten Zypressen, die Vivienne auf der Insel sah. Hatte sie jemand hier gepflanzt? Oder waren die Samen von weit her angeweht worden? Vivienne setzte sich auf den weichen, von Nadeln gepolsterten Boden, aus dem vereinzelt Gras spross. Überall lagen Zapfen herum, kleine grüne und größere, schon verholzte. Sie atmete tief ein und aus, legte den Kopf in den Nacken. Weit oben bogen sich die Wipfel im Wind, den sie unten nicht spürte, sein Rauschen vermischte sich mit dem Plätschern des Bachs und gelegentlichen Vogelrufen. Sie war benommen vor Dankbarkeit, diesen Ort gefunden zu haben. Hier würde sie niemand aufspüren, hier war sie sicher vor allen Gefahren. Erst jetzt wurde ihr bewusst, dass sie die Räume, in denen sie lebte, nicht mehr als ihr wirkliches Zuhause empfand. Zu viel war darin schon passiert, zu viele Hoffnungen hatten sich verflüchtigt. Aber nun gab es für sie diesen von der Natur geschaffenen Raum. Und sie brauchte ihn bloß mit dem Himmel zu teilen. Es war ein Refugium. Ihr Leben lang hatte sie nach einem Refugium gesucht, das ihr Schutz bot und sie dennoch freiließ.

VIELE MALE *musste ich Miss Vivienne auf unserer zweiten Safari ermahnen, vorsichtiger zu sein. Doch sie schlug alle meine Warnungen in den Wind, und es ist ein Wunder, dass sie nicht umkam, weder in Namanga, wo wir eine Zeit lang blieben, noch am Longido, dessen Gipfel sie bestieg wie vorher den Schwarzen Berg. Sie sagte einmal zu mir, das Leben sei nur etwas wert, wenn man wage, es aufs Spiel zu setzen. Das ist die Haltung eines stolzen Kriegers, sie war aber eine Frau, und das konnte ich nie vergessen. In den Märchen der Somalis kommen Frauen vor, die sich als Männer verkleiden, zuweilen fragte ich mich, ob sie ein Mann sei, der seine Haare wachsen lässt und sich als Frau verkleidet hat. Aber ihre Stimme, ihre glatte Haut und ihre Rundungen belehrten mich eines Besseren. Wäre sie lieber als Mann geboren worden? Auch bei uns, wo die alten Verhältnisse zerstört sind,* *lehnen sich nun Junge gegen Alte und Frauen gegen Männer auf, und ich selbst weiß oft nicht, zu welcher Seite ich neige. Ich fürchte, dass die Kikuyus zum Untergang verurteilt sind, wie es einer unserer Großen, Moro wa Kebiro, vor langer Zeit prophezeit hat. Er sah voraus, dass Männer mit der Farbe von hellhäutigen Fröschen in unser Land kommen würden, dass sie todbringende Stöcke bei sich haben und eine eiserne Schlange vom einen großen Wasser zum anderen bauen würden. Moro wa Kebiro sagte, dass die Kikuyus unter diesen Fremden schrecklich leiden würden und es besser sei, ihnen zu gehorchen, wenn wir nicht alle getötet werden wollten. Wie es Moro wa Kebiro gesagt hatte, so geschah es auch. Als die Weißen kamen, wurden sie freundlich begrüßt, wir gaben den Fremden gutes Land zu befristetem Gebrauch, wie es unsere Gesetze verlangen, und erst als die Fremden das Land für sich behielten, erst als sie die heiligen Bäume fällten, wurde den Ältesten klar, dass Moro wa Kebiro die Wahrheit gesagt hatte.*

Aber von alldem wollte die Memsahib nichts wissen. Es war ihr wichtiger, sich in Gefahr zu begeben und darin beinahe umzukommen, so konnte sie vergessen, was sie quälte. Immer wieder sonderte sie sich von uns ab und verließ das Lager ohne Gewehr. Sie setzte sich an Gewässer, um den Schmetterlingen zuzuschauen, und achtete nicht darauf, ob Krokodile oder Flusspferde sie angreifen könnten. Mohammed und ich folgten ihr zweimal und legten ihr das Gewehr in den Schoß, aber sie wollte es nicht, und beim zweiten Mal wurde sie so zornig, dass wir sie von da an gewähren ließen. Ein anderes Mal sah ich von weitem, dass sie sich auf einer Sandbank am Flussufer bäuchlings hingelegt hatte und lange Zeit so verharrte. Es sah aus, als ob sie selbst ein Stein oder ein Strunk werden wollte, vielleicht war es eine Art Gebet. Sie wäre eine leichte Beute gewesen, und ich blieb auf meinem Posten, bis sie sich wieder bewegte. Allerdings wäre ich wohl zu spät gekommen, wenn ich sie hätte beschützen müssen.

Dann ritt sie auf einem Maultier ganz allein in die Savanne hinaus, sie blieb einen halben Tag weg und ließ uns mit unseren Sorgen allein, und als sie abends zurückkam, sagte sie lachend, eine Herde von Zebras sei auf sie zugaloppiert, habe sich vor ihr geteilt wie ein Strom vor einem Felsen, das Maultier habe gescheut und gebockt und sie beinahe abgeworfen, aber sie habe es gebändigt und sei heil geblieben.

Sie heuerte als neuen Führer Lembogi an, einen kleinwüchsigen, ganz vernarbten und beinahe nackten Mann aus dem Volk der Batera, das die Kikuyus verachten. Und mit Lembogi wollte sie den Ol Doinyo Orok besteigen, obwohl die Massai glauben, dass sein Gipfel von den Geistern der Toten bewohnt wird. Auch Asani, Mohammed und Kabechi, ein Dolmetscher, gingen mit. Sie gingen durch den Wald auf Elefantenpfaden, fanden frische Losung, die in der Morgenfrühe noch dampfte, sie durchquerten Lichtungen, sie fanden eine Quelle und die Skelette von Elefanten. Es war wohl ein Elefantenfriedhof, den sie gefunden hatten, und Mohammed wollte ein paar Stoßzähne mitnehmen. Doch Miss Vivienne trieb die Männer unablässig voran, über Kämme und Grate, über Untergipfel, hinter denen stets schon der nächste auftauchte. Dann stießen sie auf ein schlafendes Nashorn, das mitten auf dem Weg lag. Lembogi verscheuchte es von einem Baum aus mit Ästen und Lehmklumpen. Doch auf einer Bergwiese griffen zwei andere Nashörner Miss Vivienne an, die zuvorderst ging, um zu fotografieren. Sie rannte um ihr Leben, warf sich in einer Geländefalte hin, mitten ins weiche Heidekraut, und die Nashörner trampelten über sie hinweg, ohne sie zu verletzen. Sie habe, sagte sie nachher, die Kamera an sich gepresst und noch im Liegen abgedrückt. Danach befahl sie Asani, zwei Büchsen Pfirsiche aus dem Rucksack zu öffnen und zur Belohnung unter den

Männern zu verteilen. So war sie, mutig und starrköpfig. Gott wollte nicht, dass sie starb, sie hätte wahrhaftig viele Tode sterben können. Spätabends erst, bei Dunkelheit, kamen sie damals zurück, sie hatten einen Stoßzahn bei sich, und Miss Vivienne behauptete, sie habe zuletzt noch mit Lembogi den höchsten Gipfel erreicht, und die Geister der Toten hätten sie in Ruhe gelassen.

Das Fleisch, das wir von den Massai bekamen, wickelten wir in Tücher und banden es, hoch über dem Boden, an Ästen fest, um es vor Dieben zu schützen. Dennoch kamen eines Nachts die Leoparden und versuchten das Fleisch zu stehlen. Das Hündchen Siki bellte sich heiser vor Angst. Und wieder geschah, was ich nicht verhindern konnte: Miss Vivienne stürzte herbei und vertrieb die Leoparden mit einer Peitsche, niemand wagte zu schießen, auch mir hatte sie es strengstens untersagt. Es ist mir ein Rätsel, warum es auch dieses Mal wieder gut ging. Von da an traute Muthungu, der Küchenjunge, der Memsahib magische Kräfte zu.

Unter allen Tieren wollte sie den Elefanten am nächsten sein. Einmal sagte sie zu mir, wenn sie sich in ein Tier verwandeln könnte, wäre sie am liebsten ein Elefant. Sie konnte die Herde von Namanga stundenlang beobachten, den ganzen Tag hindurch bis zur Dämmerung, sie wurde nicht müde, ihnen beim Sumpfbad, beim Fressen, beim Spiel und beim Kampf zuzuschauen. Es kam vor, dass sie sich hinter einem Busch versteckte und dass sie nur den Arm hätte ausstrecken müssen, um ein Kalb zu berühren. Aber merkwürdigerweise griffen die Elefanten sie nie an. Sie ließen sich auch durch das Klicken der Kamera nicht stören, äugten nur hin und wieder – so erzählte es Asani – zu ihr hin, wie um sich zu vergewissern, dass sie nichts Feindseliges im Sinn hatte. Dann kam Miss Vivienne darauf, aus Ästen, dürrem Gras und ein paar Lumpen eine Puppe zu basteln, die sie auf einen der Pfade legte. Sie wollte herausfinden, was die Ele-

fanten mit der Puppe tun würden. Sie zerreißen? Oder würden die Kleinen mit ihr zu spielen versuchen? Doch dieses Mal gerieten die Elefanten in Zorn. Nachdem sie die Puppe mit den Rüsseln hin und her gewendet hatten, rückten zwei von ihnen gegen Miss Viviennes Versteck vor, und sie musste fliehen. Es war, als hätten die Elefanten den Betrug durchschaut. Sie wollten die Memsahib warnen, sagte Mvanguno, sie wollten ihr sagen, sie solle aufrichtig mit ihnen sein, nur so würden sie die Memsahib in ihrer Nähe dulden.

Das Dümmste war indessen, dass sie versuchte, nachts Löwen anzulocken. Sie hielt sich einen leeren Benzinkanister vor den Mund und ahmte das Gebrüll der Löwen so gut nach, dass wir erschraken, als wir sie zum ersten Mal hörten, denn wir glaubten, ein Löwe sei ins Camp eingedrungen. Meist brüllte Miss Vivienne so lange, bis von irgendwoher eine Antwort kam, es gefiel ihr besonders, wenn zwei oder drei Löwen gleichzeitig antworteten und ihr Gebrüll durch die Nacht rollte wie Donner. Dann lachte sie laut auf, und Muthungu, der Küchenjunge, war nicht der Einzige, der sich fürchtete. Wir wussten aber, dass jagende Löwen nie brüllen, und das machte uns wieder ruhiger. So ließen wir die Memsahib auch in diesem Punkt gewähren. Die Wespen hatten in ihrem Zelt inzwischen ein Nest gebaut, durch ein Loch flogen sie ein und aus, und das war ein gutes Zeichen, denn ein Wespennest im Haus bringt Glück.

Einmal kreuzte eine andere Safari unseren Weg. Es waren Amerikaner, und sie hatten viel größere Kameras bei sich als Miss Vivienne, richtige Kästen auf Holzbeinen. Ich servierte den Amerikanern, die Miss Vivienne im Zelt besuchten, Tee und Gebäck. Ihre Boys waren unerzogene Suahelis von der Küste, und einer von ihnen streckte seinem Herrn eine Zigarette hin, damit er ihm Feuer gebe. Das verstieß gegen die Regeln des Dienens, ich gebe es zu, aber Miss Vivienne übertrieb es mit ihrem Ärger. Sie wies den Boy mit barschen Worten zu-

recht und jagte ihn aus dem Zelt, sie wolle nicht, sagte sie, dass ihre Boys sich ein schlechtes Beispiel an diesem Suaheli nähmen, man müsse die Grenzen deutlich genug ziehen, sonst sorge man bloß für Unzufriedenheit und Meuterei. Sie sagte es in meiner Anwesenheit und merkte wohl gar nicht, dass ich zuhörte, oft ist es ja für die Weißen so, dass die Afrikaner für sie plötzlich unsichtbar werden und erst wieder Gestalt annehmen, wenn sie etwas Nützliches tun können. Die Amerikaner widersprachen Miss Vivienne, und einer sagte, alle Menschen seien gleich geboren und hätten die gleichen Rechte. Doch Miss Vivienne blieb bei ihrer Meinung. Ich merkte hinterher, dass ich mich gekränkt fühlte, es war fast so, als hätte sie mich anstelle des Suahelis aus dem Zelt gejagt. Ich stritt in Gedanken mit ihr und fragte sie, was denn so unrecht daran sei, einem Afrikaner Feuer zu geben, aber wirklich böse konnte ich ihr nie sein.

Diese zweite Reise gilt ihm, auch wenn sie offiziell andere Gründe anführt. Es ist, drei Jahre nach seinem Tod, eine endlose Abschiedszeremonie, die sie davor bewahrt, sich selbst zu verlieren. Sie wiederholt, Tag für Tag, die vertrauten Abläufe, die sie mit ihm eingeübt hat. Das Frühstück, von Jim serviert. Die Besprechung mit den Boys. Die Pirschgänge. Aber statt des Gewehrs hat sie die Kamera bei sich. So folgt sie Brovies Spuren und rebelliert doch gegen ihn. Sie wird keinen Elefanten töten, kein Giraffenfell vor Fäulnis retten. Das ist vorbei. Dafür rettet sie Ameisen, die in der geschmolzenen Butter festkleben, pflegt einen jungen Flussuferläufer gesund. Die kleinste Rettungsaktion macht etwas wieder gut. Man kann dem Tod den Rücken zukehren und das Leben wählen. Sie freut sich über die Wespen, die im Zelt ein Nest bauen, über die kleinen blau schillernden Schmetterlinge, die sich zu ihr herein verirren, über die Eidechsen, die sich auf dem Gewehrkasten sonnen.

Nachts, an der Grenze zu Tanganjiaka, wo 1918 Engländer und Deutsche aufeinander schossen, wird der Gesang der Zikaden immer greller, steigert sich ins Unerträgliche, als würden hundert Messer gleichzeitig geschliffen. Es wetterleuchtet über dem Camp. Die Wolken, die sich tagsüber in der Ferne ballen, gleichen übereinander gestapelten Knäueln von nasser graudunkler Wolle, die Tiere sind nervös wie sonst nie, unberechenbar und angriffslustig. Vivienne liegt im Zelt, das Grammophon dicht ans Bett gerückt, hört sich Musik an, die ihr Brovie am diesem Ort verboten hätte, Haydns G-Dur-Trio, in das sich der Zikadengesang eingraviert, Musik, deren Klavierbässe den entfernten Donner aufzunehmen scheinen, und manchmal ist Vivienne unsicher, ob sich nicht auch Löwengebrüll in Haydns Akkorde mischt. Aber in solcher Milderung kann sie es ertragen.

Am Anfang der Regenzeit findet sie im Zelt meist noch einen halbwegs trockenen Winkel: das Bett, die Matratze unter drei Decken, von denen die äußerste von Tag zu Tag feuchter wird. Nachts rüttelt der Wind am Zelt, droht die Pflöcke auszureißen und lässt lose Bahnen knattern. Die Schnüre, aufs äußerste gespannt, sirren und singen. Nach dem ersten heftigen Guss grünt die Savanne in kürzester Zeit, überall brechen Blüten hervor, und sobald die Sonne scheint, beginnt alles zu dampfen. In diesen ersten Tagen tanzen die Boys im Regen, lassen die Gesichter von Wasser überströmen, lassen es in den Mund laufen. Aber dann regnet es weiter, nichts trocknet mehr. Das Zeltdach wird undicht, das Wasser tropft herein, der Boden verwandelt sich in Morast und gluckst unter den durchnässten Schuhen. Die Einbände von Viviennes Büchern überziehen sich mit Schimmel, das Brot schmeckt danach, der Grünspan kriecht über metallene Flächen, sogar die Haut scheint sich aufzuweichen und ist anfällig für Ausschläge. Die neun Boys, die keine Kleider zum Wechseln haben, heben jeden Tag neue Abflussgräben aus, verkriechen sich dann fröstelnd in ihren kleinen Zelten und Laubhütten. Sie sehen aus, als hätten sie sich absichtlich mit Lehm beschmiert; einige kränkeln, werden vom Fieber geschwächt. Nässe und Feuchtigkeit sind so allgegenwärtig, dass Vivienne daran zweifelt, ob es irgendwo auf der Welt noch einen trockenen Flecken gibt. Sie träumt von Überschwemmungen, von Wasserfällen, unter denen sie geduckt hindurchläuft, von Nymphen, die sie auf den Meeresgrund locken wollen, und sie schreckt mit einem Schrei aus dem Schlaf hoch, als sie durchs zitternde Wasser hindurch einen Toten erkennt, an dem sich Dutzende von Krabben festgebissen haben. Und doch ist das Zelt von allen Plätzen noch der angenehmste; wie durch Zauberei bringt Jim es zustande, mit nassem Holz ein Feuer zu machen und Tee für sie zu kochen.

Beinahe Hals über Kopf reiste sie nach Genf ab. Nein, es war keine Flucht, sie hatte sich bewiesen, dass sie durchhalten konnte. Aber sie hatte eine Belohnung verdient, und sie wollte ja bald wieder zurückkehren. Zu Josef, der wieder da war, sagte sie, er solle während ihrer Abwesenheit endlich die versprochene Köchin auftreiben, sonst werde sie nicht länger auf der Insel bleiben. Er nickte grollend; sie gab ihm gar keine Zeit, neue Gegengründe zu finden.

Was für erholsame Tage in Grandminons Stadtwohnung! Nie hätte Vivienne gedacht, dass ihr das Rauschen des Verkehrs, durch dicke Mauern und doppelt verglaste Fenster gedämpft, das Gefühl geben würde, in Sicherheit zu sein. Aber so war es. Sie schlief wunderbar im Gästebett mit dem voluminösen Duvet, hinter der Mahagonitür, die sie nicht abzuschließen brauchte. Sie blickte morgens hinaus auf die Rue Charles-Bonnet, auf die vorübergehenden Passanten in ihren Wintermänteln, auf die Autos, deren Hupen ihr so melodiös vorkam wie noch nie. Sie schaute zu, wie es hinter den Scheiben sachte schneite, wie die Flocken sich auf dem Fenstersims festsetzten und gleich wieder schmolzen.

Zum Frühstück war Vivienne meist mit Grandminon allein. Sie erzählte ihr nicht alles, deutete bloß an, wie stark sie sich von Josef belästigt fühlte. Dennoch erriet Grandminon, was für Ängste die Enkelin beunruhigten, und sie begriff auch, dass es für Vivienne, in Anbetracht aller Umstände, schwierig war, Josef einfach zu entlassen. Solche Männer, sagte sie, seien klebriger als Fischleim. Wenn man sie loswerden wolle, müsse man mit chirurgischer Präzision vorgehen, andernfalls werde es einem wie Josef nicht schwer fallen, seine Herrin zur Täterin zu machen und überall herumzuerzählen, sie habe sich benommen wie Potiphars Weib.

«Das Einfachste für dich», sagte Grandminon am dritten Morgen zu Vivienne, «wäre doch, dass du gar nicht mehr zurückfährst.»

Daran hatte Vivienne auch schon gedacht, aber damit hätte sie so vieles preisgegeben, auch das neu entdeckte Refugium, das sie keinem Menschen je verraten würde. «Ich kann es mir nicht so einfach machen. Das eine Jahr, das der Mietvertrag vorsieht, bringe ich auf jeden Fall hinter mich. Das bin ich mir schuldig.»

Grandminon trank einen großen Schluck aus ihrer Tasse; jeden Morgen trank sie, ungeniert schlürfend, drei Tassen extra starken Kaffee. «Ich weiß, du machst es dir nie einfach.» Sie lächelte, und ihr Gesicht legte sich zugleich in skeptische Runzeln. «Nun ja, das ist mir ja selbst nicht ganz unbekannt.»

Vivienne lächelte angespannt zurück. «Ich wünsche mir weiß Gott, dass ich mir's leichter machen könnte. Einfach geradeaus, auf ausgetretenen Wegen. Verlobung und Heirat. Gesichertes Leben. Geburtstags- und Weihnachtsfeste im Familienkreis. Und schon mit fünfundvierzig wird man Großmutter wie du.»

«Wenn's bei dir so wäre, dann wärst du nicht die Tochter meines Sohns. Aber ich habe gründlich über dich nachgedacht, Vivienne, und ich habe meine Meinung geändert. Darf ich dir's sagen? Heirate, Liebes, heirate so rasch wie möglich. Sonst findest du keinen Halt mehr, so schätze ich's ein. Heirate und nimm deinen Mann für die Flitterwochen mit nach Port-Cros. Zu zweit ist es dort sowieso viel schöner.»

Vivienne blickte durch die hohen Fenster zur gegenüberliegenden Fassade, deren Gelb im Morgenlicht trüber schien als sonst. «Es fehlt bloß noch der geeignete Kandidat. Einer mit ausreichendem Vermögen, der mich zugleich an der langen Leine hält. Aber den hast du ja sicher schon für mich ausgesucht.»

«Nein. Dazu fehlt mir das Geschick. Äußerlich gefielen mir immer die Harten, die Unbeugsamen, jene, die eine Frau unglücklich machen. Aber es gibt doch genug Bewerber für dich. Wähle notfalls das kleinste aller möglichen Übel. Das ist für dich besser als weiterhin draußen im Regen zu stehen.»

Vivienne knetete das entrindete Stück Brot in ihrer Hand, formte es zu einer Kugel, steckte es in den Mund und kaute ohne Genuss. «Was sagen denn deine Upanischaden dazu?»

Grandminon blieb ernst. «Sie sagen, dass jedes Selbst ein Du braucht, mit dem es sich verbindet, und dass das Wir, das daraus entsteht, eingewoben ist im Brahman, im Universum. Das habe ich gerade gestern übersetzt.»

Sie schwiegen. Im Badezimmer drüben wurde der Wasserhahn aufgedreht. Jetzt war auch Bianca aufgestanden, Grandminons anderer Gast.

«Eingewoben», wiederholte Vivienne nach einer Weile. «Wie dünn, wie lose dürfen denn die Fäden sein, die dich an andere binden?»

«Gerade so dünn», erwiderte Grandminon, «dass sie nicht schon bei der kleinsten Bewegung zerreißen. Je dicker sie sind, desto mehr halten sie aus.»

Vivienne strich mit dem Finger über die Schalenrundung des ausgelöffelten Eis und dachte ans Straußenei, das ihr Jim eines Tages gebracht hatte. Diese vollkommene Form. Dieser matte Glanz, der so viel versprach.

Sie verbrachte die Nachmittage meist in der Bibliothek vor dem Kaminfeuer, das Grandminons dienstbare Geister nie ausgehen ließen. Die Gewohnheit, täglich einen Abschnitt in Marc Aurels *Selbstbetrachtungen* zu lesen, gab sie nicht auf; aber lieber ließ sie sich von Dickens und Jane Austen fesseln, vom Wirrwarr menschlicher Schicksale, von den Gefühlsverstrickungen, die weit entfernt waren von der Gelassenheit, nach welcher der weise Kaiser – und Brovie, ihr unglücklicher Vater – gestrebt hatten. Gelegentlich plauderte sie mit Bianca, ihrer um fünf Jahre jüngeren, ebenfalls unverheirateten Cousine, die sie kaum kannte und die ihr in den zwei Wochen, die sie in Genf verbrachte, auch nicht näher kam. Sie redeten über Kleider, Frisuren, über die neusten Kinofilme, und Vivienne ertappte sich dabei, dass sie gerade die Oberflächlichkeit solcher Gespräche genoss. Zusammen mit Bianca, die zu jedem Schabernack aufgelegt war, durchstreifte sie hin und wieder die Modegeschäfte Genfs, kaufte beinahe nichts, lachte aber über die Verrücktheiten, die sie beide anprobierten, die hochgeschlitzten Röcke, die Rüschenblusen, die weißen Handschuhe, die bis zu den Ellbogen reichen. Zwei-, dreimal besuchte sie auch Gesellschaften, auf denen getanzt wurde. O ja, sie gab sich Mühe, sparte nicht mit Lippen- und Lidstift. Doch jedes Mal, wenn ein Mann sich vor ihr verbeugte und sie zum Tanz aufforderte, dachte sie nach dem ersten Blick: Das ist er nicht! Und dann war es schon wieder vorbei mit ihrer Gutwilligkeit. Sie gab sich keine Mühe, ihre Steifheit abzulegen, bog sich so weit wie möglich vom Körper weg, der sich an ihren drängte, sie ließ sich herumschwenken, antwortete nur einsilbig, gerade an der Grenze der Unhöflichkeit auf die üblichen Fragen, die eine geistreiche Konversation eröffnen sollten. Dazu kam sie sich, neben den Zwanzigjährigen, die das Parkett bevölkerten, uralt vor. Sie zog wohl auch deswegen die falschen Männer an, korpulente Witwer und verwelkte Lebemänner mit schlechtem Atem und einer Rose im Knopfloch. Diese Zwangssuche hatte keinen Sinn, so kam sie nicht weiter. Einer wie Martin müsste es sein, hatte Grandminon einmal gesagt. Nein, eben nicht. Einer wie Martin war ein Wagenlenker, der immer wieder an den Zügeln reißen würde. Das ertrug sie nicht.

Sie entschloss sich, vor der Rückkehr auf die Insel einiger behördlicher Angelegenheiten wegen nach London zu fliegen und dort ein paar Tage zu verbringen. Sie wohnte bei Karin, die reifer und verschlossener geworden war. Auch sie schimpfte Vivienne ihrer Sturheit wegen aus. Sie bringe sich mutwillig in Gefahr mit diesem stiernackigen Römer, sagte sie, so einer sei doch ein wandelnder Vulkan, zu allem fähig. Eben habe die Zeitung wieder eine Meldung über eine Mordtat an der Côte d'Azur gebracht, schrecklich! Auch die Fischer, die sich an Madame Ballonets Bouillabaisse gütlich täten, müssten ihr unheimlich sein, arme, verwahrloste Kerle, die eine Gelegenheit zu Raub und Totschlag früher oder später nutzen würden. Vivienne versuchte Karin und ihrem eleganten Ehemann, der sich manchmal abends zu ihnen setzte, die übertriebene Besorgnis auszureden. Niemand werde sie auf Port-Cros vergiften oder erwürgen, sagte sie (das schlimmste Wort – Vergewaltigung – sprach niemand je aus). Isolation, fuhr Vivienne fort, sei die größere Gefahr, und deshalb solle sie Karin unbedingt im Frühling besuchen. Auch ihr Mann sei herzlich eingeladen, allerdings müsste er auf elektrisches Licht und seinen *Whisky on the rocks* verzichten. Diese Bemerkung reizte sie alle drei zu unmäßigem Gelächter.

In Genf war sie in der Oper gewesen, in London wollte sie sich Fritz Kreislers Auftritt in der Albert Hall nicht entgehen lassen. Sie ergatterte sich eine Eintrittskarte, und als die ersten Töne von Brahms' Violinkonzert erklangen, vergaß sie, wo sie war. Den langsamen Satz kannte sie auswendig. Sie sah sich plötzlich auf der Terrasse von Port-Man, es dämmerte, Coco schwang sich vom Geländer in den flammenden Himmel hinauf, sie wusste, dass sie Josef weggeschickt hatte, und alles war gut. Nach dem Schlussakkord wurde Vivienne beinahe weggeschwemmt vom Beifall, in den sie selbst einstimmte, bis ihre Hände schmerzten. Benommen blieb sie sitzen. Als sie merkte, dass die Zuhörer ringsum schon aufgestanden waren, kehrte der Solist aufs Podium zurück, hob die Geige ans Kinn, und es wurde nochmals vollkommen still. Kreisler spielte eine virtuose Zugabe, die Vivienne nicht besonders gefiel. Sie hatte Zeit, sich umzusehen. Im Mittelgang hatte sich ein Stau gebildet, dort standen die Leute, die nicht zu ihren Plätzen zurückgekehrt waren, dicht aneinander gedrängt. Ein Mann in ihrer Nähe fiel ihr auf. Er war groß und schlank, beinahe hager, lauschte mit geschlossenen Augen und einem leisen Lächeln, seine buschigen Augenbrauen, sein Schnurrbart, der schon einen grauen Schimmer hatte, schienen sich unter dem Eindruck der Musik festlich zu sträuben. Zwei-, dreimal schaute er verstohlen zu ihr hin, vielleicht hatte er sie schon vorher beobachtet. Er klatschte, nachdem auch die zweite Zugabe zu Ende war, so heftig und unbefangen, dass ein Handschuh aus feinstem Leder, den er halb in den Vestonärmel gestopft hatte, herausrutschte und zu Boden fiel. Vivienne schob sich aus ihrer Stuhlreihe hinaus, und als sie sah, dass niemand sonst den Handschuh beachtete, hob sie ihn ganz automatisch auf, als wäre es ihre Pflicht. Sie holte den Mann ein, sprach ihn an und reichte ihm den Handschuh, der sich wunderbar weich und geschmeidig anfühlte. Er nahm ihn, indem er sich ihr überrascht zuwandte, wie ein unverdientes Geschenk entgegen und bedankte sich überschwänglich für ihre Zuvorkommenheit. Er hatte eine angenehme Baritonstimme, in der eine leise, aber keineswegs beleidigende Ironie mitschwang. Sie strebten nun nebeneinander, von der Menge geschoben, dem Ausgang zu, es wäre unhöflich gewesen, das Gespräch nicht fortzusetzen. Er nannte seinen Namen – George Goschen –, den sie schon gehört zu haben glaubte, sie nannte den ihren. Er fragte, wie ihr das Konzert gefallen habe, sie hob in ihrem Lob den zweiten Satz des Violinkonzerts hervor. Er stimmte ihr sofort zu, sagte, die langsamen Sätze bei Brahms kämen ihm vor wie Flussfahrten durch herbstliche Landschaften, und dieser Vergleich schien ihr so treffend, dass sie den Mann einen Augenblick lang anstaunte, als habe er ihr etwas Kostbares offenbart. Er half ihr bei der Garderobe – ein wenig linkisch, wie sie fand – in den Mantel, hinterließ ein großzügiges Trinkgeld und überspielte es mit einem kleinen Witz. Sie traten gemeinsam ins Freie. Es hatte zu regnen begonnen, Busse und Taxis fuhren vorbei und schnitten mit ihren Scheinwerfern helle, vom Regen schraffierte Schneisen in die Nacht; die Straßen glitzerten im trüben Licht der Gaslaternen. George Goschen spannte seinen Schirm auf, hielt ihn sorgsam über Viviennes Kopf und beachtete nicht, dass seine Schulter nass wurde. Offenbar wollte er das Gespräch fortsetzen, denn er machte keine Anstalten weiterzugehen. Auch Vivienne blieb stehen und überbrückte eine kleine Verlegenheit mit grundlosem Lachen. Er fragte sie, ob sie auch das Doppelkonzert von Brahms kenne, das Konzert für Violine und Cello in a-Moll, es sei womöglich noch schöner, noch elegischer als das Violinkonzert. Sie verneinte; eigentlich verstehe sie wenig von Musik, sagte sie, nicht einmal Noten könne sie richtig lesen. «Genau wie ich», lachte er. Das Doppelkonzert werde nächste Woche gespielt; ob er sie einladen dürfe? Er wäre, wenn sie dies nicht als Unverschämtheit betrachte, auch einem vorherigen Diner in einem gemütlichen Restaurant nicht abgeneigt. Er bemühte sich um einen leichten Ton, aber sie spürte seine Aufgeregtheit. Das gehe leider nicht, wehrte sie ab, nächste Woche sei sie schon wieder abgereist. Ein Wort gab das andere. Ehe sie sich's versah, hatte er aus ihr herausgelockt, dass sie auf einer Insel im Mittelmeer lebte und sich abends am liebsten Platten anhörte. Er sagte, dass er Inseln, vor allem kleine und übersichtliche, ausgesprochen schätze, und versprach mit scherzhaft erhobener Schwurhand, ihr die Aufnahme des Doppelkonzerts zu schicken, sofern sie ihm die genaue Adresse verrate. Sie nannte sie nach kurzem Zögern und fügte hinzu, sie sei Reiseschriftstellerin, sie wolle auf Port-Cros in Ruhe an ihrem zweiten Buch arbeiten. Er seinerseits gestand mit einem Achselzucken, er sei hauptsächlich Erbe, der Sohn eines Diplomaten, wenn man allerdings von Beruf Musikliebhaber sein könnte, dann wäre er's bestimmt geworden. Er suchte immer wieder ihren Blick, im Zwielicht erschienen ihr seine Augen arglos und zutraulich wie die eines Kindes. Ihre übliche Zurückhaltung schmolz dahin, ohne dass sie es wirklich wollte. Sie erzählte ihm die Geschichte von der erschöpften Waldschnepfe, die sie kürzlich in der Nähe von Modestines Stall gefunden und in ihrem Zimmer gefüttert und gesund gepflegt hatte. Dieses kleine, pochende, rotbraune Leben unter ihren Händen. Am übernächsten Tag war die Schnepfe draußen auf der Terrasse aufgeflogen und hatte die Richtung nach Norden eingeschlagen. Während sie sprach, kam ihr diese Episode plötzlich bedeutungslos vor; warum erzählte sie ihm überhaupt davon? Doch er hörte ihr aufmerksam zu und unterbrach sie kein einziges Mal.

So standen sie eine halbe Stunde draußen vor der Albert Hall. Der Regen plätscherte auf den Schirm, George Goschens Schulter war nun völlig durchnässt, und als es von irgendwo elf Uhr schlug, merkte Vivienne, dass sie die Zeit ebenso vergessen hatte wie vorher im Konzertsaal.

«Ich muss nach Hause», sagte sie beunruhigt, sie sagte es, obwohl dieses «nach Hause» ja bloß etwas Befristetes bedeutete: ein Gästezimmer bei Karin.

«Natürlich», sagte George Goschen und wickelte seinen Schal enger um sich. «Sie frieren ja. Ich Trottel hätte sie zu einem Tee oder einem Punsch einladen können. Warten Sie, ich besorge ein Taxi für Sie.»

Da erinnerte sich Vivienne mit Bestürzung daran, dass sie ihr letztes Bargeld für die Eintrittskarte ausgegeben hatte und sich in ihrer Manteltasche nur noch ein paar lose Pence befanden. Er bat sie, sich in diesem Fall wenigstens zur Taxifahrt einladen zu lassen. Sie dankte verlegen. Nachdem sie im Fond Platz genommen hatten, klemmte er den tropfenden Schirm zwischen die Knie, und es brachte sie fast zum Lachen, dass nun auch seine Hosenbeine nass wurden. Das Gespräch, das bisher so unangestrengt geflossen war, stockte plötzlich, sie dachten, während sich die Scheiben beschlugen, schon an den Abschied. Das Taxi hielt vor der Rhododendronhecke, die Karins Haus umgab. Das Blättergewirr wirkte üppig und tropisch im Scheinwerferkegel, beinahe als seien sie geradewegs nach Entebbe gefahren. Doch als Vivienne ausstieg, war es winterlich kalt. Sie schüttelten sich die Hand, er sagte mit Überzeugung: «Wir werden uns wiedersehen!» Sie antwortete: «Wer weiß?»

Erst als das Taxi weggefahren war, fiel ihr ein, dass sie kein einziges Mal gedacht hatte: Das ist er nicht! Aber das holte sie nun, während sie den Hausschlüssel aus ihrem Handtäschchen nestelte, mehrfach nach. «Das ist er nicht!», sagte sie vor sich hin. «Das ist er ganz sicher nicht!» So war es, unwiderruflich: Den Mann, der es hätte sein können, gab es gar nicht.

Als sie die Tür aufschloss, fröstelte sie. Karins Spaniel, der sie verschlafen begrüßte, leckte ihr die Hand, und sie war froh, dass ihre Gastgeberin schon schlief.

Sie konnte es kaum glauben, aber Josef hatte tatsächlich eine Köchin für Port-Man gefunden. Julie stammte aus Le Lavandou, sie hatte eine Stentorstimme, die sogar Cocos Gekrächze übertönte, sie war weißhaarig und beleibt. Vivienne zögerte keinen Moment, ihr das kleine Zimmer im oberen Stock zu überlassen und ihrer bescheidenen Lohnforderung zuzustimmen. Schon beim ersten Abendessen fiel sie vor Julie beinahe auf die Knie. Das Ragout war schmackhaft wie noch nie, das *Gratin dauphinois* mit seiner braunen Kruste und der cremigen Konsistenz geradezu himmlisch. Josef, dem sie für seinen Spürsinn dankte, sagte ihr, er habe Julie richtiggehend beknien müssen, damit sie ihn in die Wildnis begleitete, erst die Aussicht, durch Madamoiselles Gäste die vornehme Welt kennen zu lernen, habe sie umgestimmt.

Vivienne musste Josef auch für anderes danken. Er hatte in ihrer Abwesenheit zwei solide Steintreppen gebaut. Die eine führte in fünfzehn Stufen von der Terrasse in den Garten hinunter, und die andere verband auf der anderen Seite des Hauses das Niveau des oberen Stockes mit dem Erdgeschoss. Und das war noch nicht alles: Josef hatte auch den leicht gekurvten Weg zum Meer frisch gekiest, er leuchtete weiß im Sonnenlicht, wie wenn dort eine Schneespur gelegt worden wäre. Vivienne sah sich das alles mit stockendem Atem an, und ihre Gefühle verwandelten sich von ungläubigem Staunen in Rührung. Ihr zuliebe hatte Josef sich drei Wochen lang abgerackert und alles wahr gemacht, was sie sich gewünscht oder auch nur vage erhofft hatte. Und doch freute sie sich nicht richtig darüber, denn Josef rechnete offensichtlich damit, dass sie mit all dem in seiner Schuld stehen würde. Wer so viel für sie tat, den konnte sie nicht einfach entlassen und auf keinen Fall schlecht behandeln. Sie versprach ihm, den nächsten Lohn aufzubessern, war aber weniger überschwänglich, als er sich wohl erhofft hatte. Die Enttäuschung stahl sich wie ein Schatten auf sein Gesicht. Eine Weile noch strich er um Vivienne herum und zog sich dann beleidigt zurück, und sie wusste, dass diese anstrengenden Wechselbäder erst aufhören würden, wenn sie sich dazu überwand, ihnen wirklich ein Ende zu setzen.

Zum Glück war Julie nicht nur eine begnadete Köchin, sondern auch, auf ihre burschikose Weise, ein Bollwerk, das Vivienne vor Josefs Zudringlichkeiten schützte. Sie durchschaute rasch, was sich zwischen den beiden abspielte, sie stellte sich ohne Zögern auf Viviennes Seite und warnte sie schon am zweiten Tag vor Josefs Verleumdungen. Er habe, sagte sie, in den Fischerkneipen an der Küste damit geprahlt, er werde die vornehme Dame, die in Port-Man residiere, nächstens heiraten. Für eine wohlhabende Engländerin sei es kein Problem, einen Mann unter ihrem Stand zu ehelichen, es komme ihr auf dessen Männlichkeit an und nicht auf dessen Herkunft. Vivienne lachte erst darüber, dann schämte sie sich. Sie dachte daran, Josef zur Rede zu stellen, aber sie sah voraus, dass dies bloß zu Dementis und wütenden Gegenanschuldigungen führen würde, und so ließ sie den Plan wieder fallen.

Schon nach einer Woche, als auf der Insel die Anemonen zu blühen begannen, bekam sie den ersten Brief von George Goschen. Vivienne hatte – warum wusste sie eigentlich nicht – eine fliegende, weit ausgreifende Schrift erwartet, aber sie war klein und akkurat, die Zeilen strebten schräg aufwärts. Er beschrieb auf launige Weise die Konzerte, die er in der Zwischenzeit besucht hatte, die Gestik eines Maestros, der beim Einsatz für die Tubas beinahe vom Podium gefallen war, und er lieferte zu Beethovens Pastorale-Symphonie Landschaftsbilder zwischen Gewittersturm und Morgenglanz, die ihr neu und unverbraucht vorkamen, obwohl sie Ähnliches schon oft gelesen hatte. Er unterschrieb mit *Bunt*, so würden ihn, fügte er in einem P.S. hinzu, seine Freunde nennen, und er wäre glücklich, wenn Vivienne sich diesem Brauch anschlösse. Sie antwortete mit ein paar sachlichen Zeilen, die sie mit *Dear Mr. Goschen* einleitete, und hütete sich, das Doppelkonzert von Brahms zu erwähnen, das er ihr zu übersenden versprochen hatte. Seinen zweiten Brief schickte er ab, bevor ihre Antwort eingetroffen war. Er hatte inzwischen – sie hätte es sich denken können – ihr Buch über die erste Safari gekauft und gelesen. Er habe, schrieb er, das Bedürfnis, ihr mitzuteilen, wie sehr ihre Schilderungen ihn berührt hätten und für wie talentiert er sie halte. Außerdem könne er sich nun vorstellen, wie viel Schweres und Bedrückendes sie durchgemacht habe, er wundere sich, dass ihr Lachen noch so hell klinge. Er schien den Brahms vergessen zu haben, und es war ihr recht so. Sie wollte keine Geschenke, keine Verpflichtungen. Aber es war ihr beinahe peinlich, dass er nun so viel über sie wusste und dass er sich wohl einiges, was sie verschwiegen hatte, hinzuphantasierte. Fast fünfzehn Jahre älter als sie mochte George Goschen sein, ein bisschen verlebt schon, wenn man genauer hinsah. Wer in diesem Alter noch Junggeselle ist, hatte Karin gesagt, hat einen Zacken weg oder ist krankhaft schüchtern. Doch Vivienne nahm seine Briefe – bald schon brachte die *Vedette* den dritten und vierten – mit in ihr Refugium, wohin sie sich jeden Tag, wenn es nicht gerade in Strömen goss, für eine Weile zurückzog. Sie achtete darauf, dass niemand sie beobachtete und ihr niemand folgte, verbarrikadierte den Anfang des Geheimwegs mit Dornenästen, so dass es aussah, als liege das Gestrüpp zufällig dort. Unter ihrem Mantel hatte sie, außer den Briefen, immer noch etwas anderes versteckt, eine kleine Axt, eine Hacke, mit der sie ein paar störende Wurzeln ausgrub, außerdem Briefchen mit Blumen- und Kressesamen.

Sie plante, auf der winzigen Lichtung einen noch winzigeren Garten anzulegen, ein Gärtchen ganz für sich. Manchmal hatte sie das Gefühl, rückwärts durch die Zeit zu gleiten und wieder in den Kindheitssommern anzukommen, wo sie aus Zweigen und Rindenstücken Zwergenhäuschen zwischen Wurzeln gebaut und die Dächer mit Moos gepolstert hatte. Ab und zu ruhte sie sich aus und setzte sich auf den ausgebreiteten Mantel. Die Stille war ein weißes Blatt, auf das Vogelstimmen zarte Ornamente zeichneten. Wenn es Zeit dafür war, nahm sie George Goschens Briefe hervor, las sie ein ums andere Mal langsam, ja genießerisch durch, ertappte sich bei halblautem Lachen, und obwohl sie sich ein bisschen ärgerte, dass sie so genau seinen Absichten folgte, las sie weiter und wurde nicht müde, die Sätze, die sie als die gelungensten ansah, wieder und wieder zu lesen und sich gleichzeitig die physische Erscheinung des Mannes, der sie geschrieben hatte, seine traurig vergnügten Augen, seinen Schnurrbart ins Gedächtnis zu rufen.

DIE TROCKENHEIT wurde in Namanga immer schlimmer. Die Sümpfe schrumpften und trockneten langsam aus, und die Elefanten zogen weiter, so dass Miss Vivienne ihnen über viele Meilen folgen musste, um ihnen nahe zu kommen. Das Weideland der Massai war abgegrast, die ersten Kühe verhungerten schon. Sie wollten uns kein Fleisch mehr verkaufen, auch nicht im Tausch gegen Miss Viviennes Heilkunst. Sie schickte einen Beschwerdebrief an den District Commissioner, *der schon vier Tage später angefahren kam und den Massai befahl, Miss Vivienne auch weiterhin beizustehen, sonst würde er die Askaris aufbieten, um der Höflichkeit nachzuhelfen. Die Massai gehorchten und brachten Miss Vivienne ein paar Schafe. Aber die Ältesten baten sie, sich nun auch für sie einzusetzen, denn jenseits der Grenze zu*

Tanganjiaka gebe es noch schönes Gras, das niemand benötige. King George, dem ja beide Länder gehörten, solle ihnen doch erlauben, ihr Vieh über die Grenze zu treiben, damit es zu fressen habe. Miss Vivienne gab diesen Wunsch weiter, aber Grenzen bleiben immer Grenzen in den Augen der Weißen, sogar dann, wenn es zur Zeit unserer Väter und Großväter gar keine gegeben hat, und sogar dann, wenn die Grenzen nur auf den Kartenblättern zu sehen sind, die kaum einer von uns lesen kann. Den Massai blieb es verboten, ihre Tiere aufzufüttern, und sie mussten sie, während die Wolken sich über dem Land auftürmten, noch drei Wochen lang sterben lassen.

Dann kam zum Glück der große Regen, wir tanzten durch die Pfützen und streckten die Zungen heraus, um die Tropfen aufzufangen. Auch die Massai frohlockten und dankten Ngai mit Rundtänzen und Opferungen. Ein paar Tage lang waren wir glücklich. Die Erde überzog sich mit grünem Flaum, als wäre sie ein eben geschlüpfter Vogel. Kleine Bäche flossen durch die Savanne. Der Sumpf wurde wieder zum Sumpf. Aber dann begannen wir zu frieren in unseren Unterständen. Die Dächer, die wir geflochten hatten, ließen Wasser durch. Unsere Kleider wurden nicht mehr trocken. Man konnte keinen Schritt mehr tun, ohne bis zu den Knöcheln einzusinken. Miss Vivienne blieb in ihrem Zelt, dessen Dach schon lange undicht war. Sie saß am Klapptisch und schrieb, oder sie hörte sich ihre Musik an, die sich in unseren Ohren mit dem Rauschen des Regens vermischte. Sie beachtete mich kaum, wenn ich den Tee oder das Essen servierte, und merkte nicht, dass es mir schlecht ging. Sie selbst war ja auch düster gestimmt. Der Regen macht die Menschen erst fröhlich, dann traurig, und wenn er nicht aufhört, bringt er sie gegeneinander auf. Das Essen kam nun oft aus Büchsen, aber auch das schien Miss Vivienne nicht zu stören. Es gab Tage, da dachte ich, sie lebe bloß noch in den Buchstaben, die sie in ihrem Buch aneinander reihte.

Wir hielten Rat und beschlossen, ihr zu sagen, dass wir es für nutzlos hielten, noch länger in Namanga zu bleiben, und dass wir nach Nairobi zurückkehren wollten. Es traf mich, ihr unseren Wunsch mitzuteilen. Sie hatte eine Wolldecke um sich gewickelt, ihre Haare hatten sich geringelt von der Feuchtigkeit, sie schaute mich lange an, nickte und antwortete: «So werde ich mich von meinen Elefanten verabschieden müssen.»

Als wir am nächsten Tag das Lager abbrachen und alles zusammenräumten, nahm sie mich zur Seite und fragte mich, ob ich sie nach dem Ende der Regenzeit in mein Stammland begleiten würde. Sie möchte gerne den Mount Kenya besteigen oder wenigstens eine Weile auf seinen Hängen campieren. «Warum ausgerechnet der Mount Kenya?», fragte ich. «Um dem Himmel ein wenig näher zu sein», entgegnete sie. Es war ein Scherz, aber vielleicht meinte sie es doch halbwegs ernst, denn immer wieder hatte sie den Drang, sich von den Menschen zurückzuziehen. Nichts von alldem, was sie je gesagt hatte, erschreckte mich so wie dieser Plan. Sie würde damit, sagte ich, Ngai beleidigen, den großen Geist der Kikuyus, der auf dem Kere-Nyaga, dem Mount Kenya, wohne. Niemand darf ihn dort stören, und auch Christen sollen das achten. Überallhin würde ich sonst Miss Vivienne begleiten, vorausgesetzt, sie bezahlt mir meinen Lohn, aber nicht auf den Kere-Nyaga. Allen Kikuyukindern schärft man ein, dass dieser Berg ein heiliger Ort ist, ihn zu besteigen, ist eine Entweihung. Aber Miss Vivienne schüttelte den Kopf. Sie verstand mich nicht. Es gebe für sie, sagte sie, nur einen einzigen Gott, der für alle gelte, und der habe keinen festen Wohnort. Sie wusste nicht, dass auch Ngai nach unserem alten Glauben manchmal in den großen Feigenbäumen wohnt, unter denen unsere Ahnen beteten, oder dass er sich im Blitz zeigt, im Regenbogen. Ich sagte ihr, dass sie keinen Kikuyu finden werde, der mit ihr auf den Kere-

Nyaga gehe, oder dann seien es Abtrünnige, die für Geld alles täten, solche, die nichts mehr wüssten von den Gesetzen, die ihre Ahnen aufgestellt haben. Miss Vivienne sagte, dann halte sie eben Ausschau nach Embus oder nach Mwimbis, deren Gott woanders wohne, sie zweifle nicht daran, dass sie treue Diener finden werde. Sie schickte mich weg, und von da an benahm sie sich sehr kalt mir gegenüber.

Wir kehrten im Regen zurück nach Nairobi, wir saßen hinten auf Karuas Lastwagen unter einer großen Decke, Miss Vivienne vorne neben dem Fahrer. Wir froren und wurden durcheinander geworfen, und wenn der Wagen in einem Schlammloch stecken blieb, stiegen wir aus, halfen mit Brettern und Steinen, die Räder wieder auf festen Grund zu bringen. In Nairobi gab uns Miss Vivienne unseren Lohn, hundertzwanzig Schilling für mich, zehn mehr, als wir vereinbart hatten. Ich bedankte mich mit schwerem Herzen, sie drückte mir die Hand und wich meinem Blick aus. Nach diesem Abschied vor dem Hotel Regent *sah ich sie nicht wieder, hörte aber später, sie sei wirklich auf dem Mount Kenya gewesen, Ngai habe ihr ein Feuer geschickt und sie dann aus Barmherzigkeit verschont.*

Ich habe Mary Marnivu geheiratet, sie hat mir einen Sohn geschenkt und nun ist sie wieder schwanger. Ob ich mir eine zweite Frau nehmen werde, weiß ich noch nicht, den Christen ist es ja eigentlich verboten. Ich habe in Nairobi eine Stelle gefunden und führe einen Laden, in dem wir mit gutem Gewinn Büchsennahrung aus England und Frankreich verkaufen. Von der Rückkehr in mein Dorf zu träumen, von eigenem Land und einer Herde, hat keinen Sinn. Aber ich habe mich der East Africans Association *angeschlossen, und ich habe gehört, dass Johnstone Kamau, der sich nun Jomo Kenyatta nennt, in London die Freilassung Harry Thukus erwirkt habe. Sonntags schaue ich mir manchmal die Fotos von der ersten Safari an, das Gruppenbild, auf dem ich selbst zu sehen bin, und das Bild vom toten Nashorn, neben dem Miss Vivienne kniet, und erinnere mich an all das, was ich nun erzählt habe. Von der zweiten Safari, auf der ich ihr das Leben rettete, hat mir Miss Vivienne keine Fotos geschickt.*

Der Frühling war auf der Insel überall sichtbar. Ein hellgrüner Flor lag über den Stellen, wo Laubbäume neue Blätter trieben. Das Gelb des Ginsters fleckte Klippenränder und Wiesen, die Akazien blühten. George Goschen schickte weiterhin launige Briefe aus London. Irgendwann ging Vivienne dazu über, ihn – aus Bequemlichkeit? aus Nachlässigkeit? – in ihren kurzen Antworten mit *Lieber Bunt* anzureden. Sie fügte jeweils ein paar Zeilen an, in denen sie sich für seine musikalischen Erläuterungen bedankte, zwei, drei Episoden aus ihrem Inselleben andeutete, aber nichts wirklich über sich selbst verriet, er wusste ohnehin schon zu viel. Nie mehr als eine Seite, hatte sie sich vorgenommen, doch so viel brauchte es wohl, um ihn zum Weiterschreiben zu animieren. Seine Causerien verflochten sich allmählich zu einer Art Gedankenschnur, die sie mit dem Festland verband und die drohende Isolation aufhob. An einem makellosen Tag Ende März bekam sie einen Brief von ihm, der in Hyères abgestempelt war. Er sei, schrieb Bunt, an die Côte d'Azur gereist, um einen Cousin zu besuchen. Bevor er nach Nizza weiterfahre, könnten sie sich doch vielleicht treffen. Er habe das Doppelkonzert von Brahms in seinem Gepäck und möchte es ihr persönlich übergeben, so erspare sie sich die Zollgebühren. Ob sie nicht morgen mit der *Vedette* nach Hyères kommen wolle? Er würde sie am Quai erwarten, notfalls warte er den ganzen Nachmittag auf sie.

Vivienne lachte verhalten, als sie den Brief zurück in den Umschlag schob. Es war ja beinahe ein Überfall, aber so charmant eingefädelt, dass sie Bunt nicht böse sein konnte. Sie schwankte eine Weile, wie sie reagieren sollte. Dann setzte sie sich hin und schrieb ihm zurück, er solle doch am nächsten Tag mit der Mittagsfähre auf die Insel kommen, sie lade ihn zum Essen ein. Ihre Sätze warf sie rasch, mit fliegender Schrift aufs Papier, damit ihr nicht gegenteilige Gedanken ins Gehege kamen. Aber es stimmte ja: Sie wollte Bunt ihr Haus zeigen, ihn bewirten, Gastgeberin spielen, damit konnte sie seine Liebenswürdigkeit entgelten, mit anderem nicht. Sie schickte Josef ins Dorf und schärfte ihm ein, dass der Brief unbedingt noch heute den Empfänger erreichen müsse, außerdem solle er bei Didier das Boot für morgen Mittag reservieren. Josef zeigte sich widerwillig wie immer, wenn auf dem Umschlag der Name eines Manns stand, doch er gehorchte. Als er im Wald verschwunden war, besprach sie mit Julie das Menü für den Gast. Es sollte nicht verschwenderisch wirken, aber die Kunst der Köchin zur Geltung bringen, und Julie nahm den Auftrag so ernst, als handle es sich um das Festmahl für einen König.

Bunt schickte keine Antwort mehr, doch Vivienne war überzeugt, dass er kommen würde. Rechtzeitig, nach einem letzten Kontrollgang durch die aufgeräumten Zimmer, machte sie sich auf, um den Gast abzuholen. Die Sonne schien und streute Lichtmünzen über den Waldboden, es roch nach feuchter Erde, nach herben Blüten. Aber etwas hemmte ihre Schritte, eine plötzliche Unschlüssigkeit, ein Unbehagen über ihre eigene Kühnheit. Sie blieb stehen, betrachtete von Tautropfen behangene Spinnennetze, lauschte dem Gesang von Vögeln, die sich unendliche Male über weite Distanz das gleiche Motiv zuzwitscherten, und verlor sich in vagen Zukunftsgedanken. Als sie in Port-Cros ankam, war die *Vedette* schon vor Anker gegangen. Die Passagiere hatten sich verlaufen, auf dem Quai stand eine hagere Gestalt in Hut und Regenmantel, die von mindestens einem Dutzend Gepäckstücken umgeben war. Vivienne rannte die letzte Strecke beinahe auf Bunt zu und entschuldigte sich atemlos für die Verspätung. Aber in seinem Gesicht stand nicht der geringste Vorwurf. Er lachte sie in unverstellter, beinahe kindlicher Freude an, beteuerte, er wäre noch lange hier gestanden und hätte den Möwen zugeschaut, er sei ja, so komme es ihm vor, mitten im Paradies gelandet. Er behielt ihre Hand, die sie ihm zur Begrüßung reichte, gerade so lange in seiner, dass sie sich nicht bedrängt fühlen musste, und sie deutete, um irgendetwas zu sagen, auf seinen Regenmantel und sagte: «Sie sind ja sehr pessimistisch, sonst hätten sie den Mantel bei diesem Wetter im Hotel gelassen.»

Er verzog das Gesicht zu einer kleinen Grimasse. «Nun ja, man kann nie wissen.»

«Und diese Menge an Gepäck?», fuhr sie fort und wurde sich bewusst, dass sie einen neckenden Ton angeschlagen hatte, den sie eigentlich unangemessen fand. «Was wollen Sie damit?»

Er hüstelte, strich mit dem Finger über den Schnurrbart, wie um ihn zu glätten. «Wissen Sie, es behagt mir eben, wenn all das, was ich brauchen könnte, in meiner Reichweite ist.» Er schob mit der Schuhspitze eine uralte, verbeulte Ledertasche mit Schnappschloss näher zu ihr hin. «Das zum Beispiel ist meine Doktortasche. Sie enthält einige nützliche Dinge für die erste Hilfe.» Er bückte sich, wobei seine zwei umgehängten Kameras baumelten, und hob ein mit Krokodilleder überzogenes Aktenköfferchen in die Höhe: «Und das ist, wenn Sie gestatten, Croc, mein unentbehrlicher Begleiter. Er schluckt getreulich den Pass und andere persönliche Dokumente. Auch meine Pfeife samt Tabaksbeutel steckt darin.»

Vivienne konnte sich ein Lächeln nicht verkneifen. Es sah ganz so aus, als wolle Bunt ihr, wie eine Runde von Freunden, auch noch die anderen Gepäckstücke vorstellen.

«Ich bringe Sie erst mal zur Hostellerie», sagte sie. «Ich nehme an, Sie wollen doch die Nacht auf der Insel verbringen.»

Sie ließen das Gepäck stehen, wo es war. Vivienne beauftragte einen der Fischerjungen, die sich inzwischen herangetraut hatten, mit der Bewachung. Aber Bunt bestand darauf, vorher einen der mittelgroßen Koffer zu öffnen, dem er ein flaches, in Geschenkpapier gehülltes Paket entnahm. «Der Brahms», sagte er und überreichte ihr, mitten auf dem Quai, feierlich das Geschenk. «Deswegen bin ich ja gekommen.»

Sie bedankte sich. Die paar Jungen schauten ihnen mit offenen Mäulern zu. Während sich Bunt für den Gang zum Hotel mit Croc begnügte, der an seinem Arm hin und her schlenkerte, hatte Vivienne nun das Schallplattenalbum zu tragen und klemmte es auf möglichst bequeme Weise unter den Arm.

Monsieur Henri, der sie an der Réception empfing, musterte Bunt mit überraschtem Ausdruck. Vivienne fragte, ob ein Zimmer mit Meersicht frei sei. Monsieur Henri blätterte im Reservationsbuch, dann schüttelte er bedauernd den Kopf: «Übers Wochenende sind wir ausgebucht, Mademoiselle. Auch im Manoir ist nichts mehr frei.»

«Tatsächlich?» Fieberhaft überlegte Vivienne, ob es unschicklich wäre, Bunt das Gästezimmer in ihrem Haus anzubieten, da meldete er sich, schräg hinter ihr stehend, in passablem Französisch zu Wort: «*S'il vous plaît,* ich möchte nicht bloß eine Nacht bleiben.»

«Wie lange denn?», fragte Monsieur Henri mit hochgezogenen Augenbrauen.

«Oh, ich habe an vier oder fünf Wochen gedacht.»

«Wie bitte?», entfuhr es Vivienne, und sie ließ vor Überraschung beinahe die Schallplatten fallen.

Aber Monsieur Henri zeigte sich hoch erfreut. Zahlungskräftige Dauergäste waren selten auf der Insel, und es dauerte nicht lange, da hatte er, nach einigen Tauschmanövern, aus dem ausgebuchten Hotel ein freies Zimmer gezaubert, das, wie er auf Englisch radebrechte, dem Gentleman sicherlich behagen werde.

«Haben Sie keine Angst», sagte Bunt halblaut zu Vivienne, nachdem er in Crocs Maul gegriffen und Monsieur Henri seinen Pass gegeben hatte. «Ich werde Sie in keiner Weise belästigen. Außer Sie wünschen meine Gesellschaft.» Er zwinkerte und strich sich über den Schnurrbart. «Ich muss Ihnen gestehen, dass ich mich auf den ersten Blick in die Insel verliebt habe. Und nun will ich sie gründlich kennen lernen. So etwas widerfährt hin und wieder auch alten Knackern wie mir.»

Vivienne fürchtete, dass sie erröten würde, spürte stattdessen aber wieder eine unbezwingbare Lust zu lachen.

«Goschen, Goschen», murmelte Monsieur Henri, der, Bunts aufgeschlagenen Pass vor sich, den Anmeldeschein ausfüllte. Er blickte forschend zum Gast auf. «Ich habe den Namen bestimmt schon in der Zeitung gelesen.»

«Möglich», sagte Bunt ausweichend. «Ich habe einige Verwandte, die von sich reden machen.»

«Und Sie?», fragte Monsieur Henri. «Machen Sie auch von sich reden?»

Bunt verneinte, beinahe ungestüm für seine Verhältnisse. «Es gibt genug Lärm in der Welt, ich bin eher ein Anhänger der Stille.»

«Und der Musik», fügte Vivienne hinzu.

Monsieur Henris Lippen kräuselten sich zu einem Lächeln; vielleicht dachte er daran, dass auch Schmetterlinge keinen Lärm machen.

Sie fuhren in Didiers Motorboot nach Port-Man, und Bunts Enthusiasmus steigerte sich mit jeder neuen Perspektive, die ihm das vorübergleitende Ufer bot. «Dieses Grün!», rief er. «Das ist reinstes G-Dur, finden Sie nicht auch?» Noch nie, beteuerte er, habe er einen so herrlichen Zusammenklang von Meer und Himmel erlebt. Noch nie! In allen seinen Äußerungen war etwas vollkommen Ungeheucheltes, eine Unschuld, die selbst dem verstiegensten Kompliment den Anschein von Wahrhaftigkeit verlieh. Darin aber gab es eine höchst anziehende melancholische Schwingung, eine untergründige dunkle Tönung. Der Mann war Vivienne ein Rätsel, gerade weil er so offenherzig wirkte; einem wie ihm war sie noch nie begegnet.

Auch im Haus widmete er sich jedem Detail, das ihm auffiel, mit so intensiver Aufmerksamkeit, dass Vivienne all die Dinge, die sie zusammengetragen hatte, selbst wieder neu sah. Er bewunderte den Garten, wo schon Schnittsalat spross, den Schwung der Treppe, die zu ihm hinunterführte, er stand staunend vor der Aussicht, die sich ihm auf der Terrasse bot. Draußen folgte ihnen Josef eine Zeit lang in geringem Abstand, mit witternd vorgestrecktem Kopf, als wolle er kein Wort der Unterhaltung versäumen. Bunt hatte ihn zerstreut gegrüßt, ihm zugenickt und hörte nur halb zu, als Vivienne darauf hinwies, ihr Hausknecht habe die Treppe gebaut, er sei es, der hauptsächlich den Garten angelegt und ihn fachgerecht umzäunt habe. Bunt wollte nicht den Knecht mit Lob überschütten, sondern Vivienne, und sie bemerkte wohl, dass Josefs Miene immer verkniffener wurde. Unten an der Hauswand bedauerte Bunt in elegischem Tonfall das Zitronenbäumchen, das nahe daran war, endgültig einzugehen. Da mischte sich Josef ein. Er hätte, sagte er anklagend, das Bäumchen gewiss an einer anderen Stelle gepflanzt, aber Madamoiselle habe nicht auf ihn hören wollen. Vivienne schickte ihn weg, und in seinen verengten Augen flackerte eine hemmungslose Eifersucht auf, vor der sie sich, wäre sie allein gewesen, wohl wieder gefürchtet hätte. Bunt tat so, als habe er nichts verstanden, Harmlosigkeit war, das ahnte sie schon jetzt, seine beste Tarnung.

Auf der Terrasse, wo sie aßen, war es noch nicht wirklich heiß, so dass man ohne Sonnenschirm auskam, und Coco saß in gravitätischer Haltung – wie ein verkleideter Beamter am Karneval, spottete Bunt – auf dem Geländer. Julie servierte ihre Bouillabaisse, danach Artischockenböden mit *Sauce mousseline*, und für die erbat sich Bunt, nachdem er den ersten Bissen gekostet hatte, eine Schweigeminute, da nur so dieses vollkommene Geschmackserlebnis vollauf gewürdigt werden könne. Vivienne kam gar nicht mehr aus dem Lachen heraus, und doch hatten sie Zeit, auch über ernsthafte Dinge zu sprechen. Wie lange sie noch auf der Insel bleiben wolle, wisse sie nicht, sagte Vivienne auf Bunts vorsichtige Frage hin, ihre Zukunft sei offen. Das klinge nach Aufbruch, erwiderte er mit kaum merklicher Enttäuschung, nach weiteren großen Reisen. Für ihn hingegen sei es Zeit, sich niederzulassen. Er sei lange genug in Europa herumnomadisiert, als Soldat, als Reisender, als zeichnender Dilettant. Er werde dreiundvierzig, da habe man die Sonne doch schon im Rücken. Sie schauten sich über den erhobenen Weingläsern an, versuchten die geheimen Botschaften in ihren Worten zu entziffern.

Schon vor dem Dessert wurde ihr Gespräch von hellen Axthieben skandiert. Vivienne wusste, dass es Josef war, der irgendwo im Wald seiner Wut freien Lauf ließ. Manchmal schien ihr, die Hiebe wollten die Sätze zerteilen, die am Tisch hin und her gingen. Sie ließ sich vorerst nichts anmerken. Als Bunt sich jedoch seine Pfeife stopfte und bemerkte, nun sei es Zeit für den Brahms, bat Vivienne die Köchin, Josef zu suchen und ihm auszurichten, er solle seine Arbeit unterbrechen, man wolle auf der Terrasse die Musik ungestört genießen können. Julie verdrehte die Augen, ging aber wortlos die Treppe zur Wiese hinunter. Während Vivienne das Koffergrammophon holte, steigerten sich die Hiebe noch einmal zu einer hektischen Kadenz. Doch als sie die erste Platte auflegte, verstummten sie abrupt. Bunt, der mittlerweile seine Pfeife angezündet hatte, stieß die erste Rauchwolke aus und sagte mit gespieltem Gleichmut: «Ich weiß, es ist nie ganz leicht, mit einem so heißblütigen Typus auszukommen.»

Vivienne legte den Finger auf die Lippen. Die ersten Akkorde des Orchesters erklangen, setzten sich souverän gegen vereinzelte Möwenschreie durch. Cello und Violine führten das Hauptthema ein, das immer wieder in dramatischen, von den Blechbläsern forcierten Ausbrüchen gipfelte. Vivienne lauschte mit aufgestütztem Kopf, voller Bereitschaft, die Musik schön zu finden, obwohl ihr der erste Satz spröde und befremdlich vorkam. Bunt hingegen hatte sich, die Pfeife in der Hand, mit geschlossenen Augen zurückgelehnt, sein Schnurrbart, unter dem sich der Mund fast ganz versteckte, bewegte sich leicht, als ob er innerlich die melodischen Passagen mitsinge. Erst das Andante vermochte Viviennes Abwehr zu durchbrechen. Es war, nach den einleitenden Hornmotiven, der elegische Zwiegesang einer dunklen und einer hellen Stimme, und je länger der Satz dauerte, desto variabler wurde die Färbung der beiden Solostimmen. Manchmal stieg das Cello strahlend in die Höhe und die Geige suchte zugleich ihre tiefsten Töne, so dass sie gleichsam die Rollen vertauschten und Vivienne nicht mehr wusste, welche Stimme von welchem Instrument stammte.

Dann verklang der Schlussakkord und wurde vom Knistern der weiterlaufenden Nadel abgelöst. Vivienne schlug vor, es mit dem zweiten Satz bewenden zu lassen, sie habe sich satt gehört, zu viel auf einmal ertrage sie nicht.

Bunt schien aus einer Art Trance zu erwachen. Er lächelte verlegen. «Wie Sie wollen», sagte er. «Finden Sie nicht auch, dass es immer ein bisschen dämmert in Brahms' Musik?»

«Ich habe zum Violinkonzert leichteren Zugang gefunden», entgegnete Vivienne; sie wollte nicht sagen, wie sehr der zweite Satz sie berührt, wie oft sie gedacht hatte, so müssten Mann und Frau miteinander reden, nein: miteinander leben können.

Bunt zündete gemächlich die erloschene Pfeife an. «Das Doppelkonzert ist ja Brahms' letztes Orchesterwerk. Es verlangt höchste Aufmerksamkeit, belohnt einen aber, wenn man's zum zweiten oder dritten Mal hört, mit wunderbaren Stellen.» Er verschwand halb hinter dem Rauch, den er ausstieß. «Das wissen Sie doch, man kann in einer fremden Stadt zehnmal am gleichen Erker vorbeigehen und übersehen, wie schön er ist.»

Viviennes Lächeln war verkrampfter als seins. «Ich gebe zu, dass ich nicht besonders viel von Musik verstehe. Ich liebe sie einfach, ich kann nicht leben ohne sie. Aber Musiktheorie ist mir ein Buch mit sieben Siegeln.»

Bunt nahm erschrocken die Pfeife aus dem Mund. «Um Himmels willen, ich wollte Sie nicht beleidigen. Natürlich ist der unmittelbare Zugang der allerwichtigste. Musik muss zum Herzen gehen, sonst ist sie leerer Schall.»

«Meinen Sie das wirklich?»

«Aber ja!»

Sie schauten einander an, als ob sie gerade in diesem Augenblick ihre wahren Gesichter entdeckt hätten. Bunt begann zu blinzeln, seine Nase warf einen scharfen Schatten, die Stirn sah im Licht aus wie gemeißelt. Vivienne war plötzlich so aufgewühlt, dass sie es nicht mehr ertrug, ihm gegenüberzusitzen. Sie stand auf und trat ans Geländer. Coco rutschte zu ihr hin, um gekrault zu werden, und ihre Finger wanderten über sein Halsgefieder. Das Schilf jenseits der Wiese bog sich ihr im lauen Wind, der vom Meer kam, entgegen.

Bunt wollte, noch vor dem Vier-Uhr-Tee, unbedingt zu Fuß ins Dorf zurück. So begleitete Vivienne ihn bis zur Stelle, wo der Weg sich verzweigte, und erklärte ihm, dass er nur immer geradeaus gehen müsse und sich eigentlich gar nicht verirren könne. Er zeigte ihr mit jungenhaftem Lächeln den Kompass, den er, wie er sagte, immer bei sich trage, und sie blickten beide auf die zitternde, sich allmählich einpendelnde Nadel im Gehäuse, als gebe sie die Richtung an, die ihr Schicksal nehmen würde. «Wenn's schief geht», sagte Bunt, «wende ich mich nach Süden. Süden ist immer gut.»

Vivienne drohte ihm scherzhaft mit dem Zeigefinger. «Aber nie weiter als bis zur nächsten Klippe. Sie wissen doch: Absturzgefahr.»

«Ich bin einmal aus einem Ballonkorb gefallen», sagt Bunt. «Nicht sehr hoch, zum Glück. Aber es genügt mir fürs Leben. Übrigens konnte ich deswegen nicht zum juristischen Schlussexamen antreten.» Sein Schnurrbart zog sich vergnügt in die Breite.

«Ich weiß nach wie vor beinahe nichts über Sie», sagte Vivienne.

«Oh, was sollte Sie denn an meiner Biographie interessieren?»

Die alte Befangenheit zwischen ihnen stellte sich wieder ein. Als er sich, nach übertrieben kräftigem Händedruck, schon einige Schritte von ihr entfernt hatte, rief sie ihm nach: «Wenn Sie morgen nichts anderes zu tun haben ... ich meine, Sie können gerne den Vier-Uhr-Tee nachholen, auf den Sie heute verzichtet haben ...»

Er drehte sich zu ihr um, seine Miene hatte sich aufgehellt, und er nickte so heftig, als wolle er sich selbst zu Fall bringen. «Verbindlichsten Dank, es gibt nichts, was ich lieber täte.»

Nach einer unbeholfenen Pirouette durchquerte er eine Reihe von Sonnenflecken, die den Weg musterten, und Momente lang schien es, als leuchte, wie bei einer Märchenfigur, eine goldene Haut durch Löcher in seinem Mantel.

Julie fing Vivienne auf der Schwelle zu ihrem Zimmer ab.

Sie dünstete einen starken Knoblauchgeruch aus, sie schwitzte und bebte vor Empörung, getraute sich aber nicht, laut zu sprechen. Es sei schrecklich mit Josef, raunte sie Vivienne zu, er sei gelb und grün vor Eifersucht wegen des fremden Herrn, er habe gedroht, ihn zu erwürgen oder niederzustechen. Das werde er natürlich nicht tun. Aber unberechenbar sei er trotzdem, sie empfehle Mademoiselle mit Nachdruck, sich vor ihm in Acht zu nehmen.

Sie weigere sich, auf solche lächerlichen Drohungen in irgendeiner Weise einzugehen, sagte Vivienne verärgert. Josef komme am schnellsten zur Vernunft, wenn man ihn einfach ignoriere.

Sie habe Mademoiselle jedenfalls gewarnt, erwiderte Julie und zog sich in die Küche zurück, wo sie lautstark mit Geschirr zu klappern begann.

Vivienne kämpfte ihre Beunruhigung nieder und las am Schreibtisch die letzten paar Seiten ihres Manuskripts durch. Die Sätze erschienen ihr blutleer, ganz andere Bilder schoben sich in den Vordergrund, verwirrende und bedrohliche. Sie sah unablässig Bunt vor sich, sein heiteres Gesicht mit dem Schnurrbart: aber zu ihm gesellte sich, ob sie wollte oder nicht, Josef, von dessen gedrungenem Körper etwas Finsteres ausging. Die beiden hatten eigentlich nichts miteinander zu schaffen und schienen doch zusammenzugehören wie grundverschiedene Brüder.

In der Nacht hatte sie einen Traum, den schlimmsten bisher im Haus auf der Insel. Sie träumte, dass Josef von einem Jäger, der ein wenig Bunt glich, erlegt wurde. Obwohl sie Josef sogleich erkannte, war er eigentlich kein Mensch, sondern ein Tier mit Hufen und Schweif und gestreiftem Fell. Lachende Träger schleppten ihn herbei, warfen ihr den Kadaver vor die Füße. Sie musste ihn ausweiden und abbalgen, die Hände ins Blut tauchen, die Haut vom Fleisch reißen, und mit der schlaffen Haut in der Hand ging sie zum Jäger, der sie stumm beobachtet hatte, und legte ihm die Haut über die Schultern, so dass der Tierkopf vor seiner Brust baumelte. Dann war es aber eindeutig Brovie, der vor ihr stand, ein verjüngter Brovie mit schwarzem Gesicht. Er packte sie und warf sie in die Höhe wie ein kleines Kind, er warf sie hoch und fing sie auf, und sie wusste, dass er sie beim vierten, beim fünften Mal fallen lassen würde. Sie strampelte, knurrte, schlug um sich, war aber machtlos gegen seine Kraft, und mit der Angst, dass sie gleich fallen und auf dem Boden zerschmettert würde, wachte sie auf. Draußen schien der Mond. Ihr Puls beruhigte sich nur langsam. Sie versteckte ihre Hände unter dem Leintuch, weil sie glaubte, sie seien feucht und dunkel vom Blut. Dann zwang sie sich, das Leintuch zurückzuschlagen, und war zutiefst erleichtert, als sie ihre heile Haut sah. Sie trat ans Fenster und blickte zum Wald hinüber, der in dunkler Ruhe dastand. Sie war dankbar für das dunstige Leuchten des Monds. Es rettete sie vor der Tiefe, vor Haar und Balg. Und auch vor dem Feuer.

Nachdem Vivienne das Camp bei Namanga aufgegeben hatte, hielt sie sich in Nairobi auf und wusste nicht, ob sie bleiben oder abreisen sollte. Auf keinen Fall wollte sie Weihnachten in der Stadt verbringen. Ihr grauste, wenn sie an Weihnachtspudding bei sommerlicher Wärme und an fade Gespräche dachte, sie würde sich dabei nur nach Grandminon und Schloss Gingins sehnen, da blieb sie lieber gleich allein. Der Sekretär des Gouverneurs hatte ihr schon mehrfach bei bürokratischen Schwierigkeiten geholfen und sympathisierte mit ihren sonderbaren Vorlieben. Sie fragte ihn, ob es eine Möglichkeit gebe, den Mount Kenya kennen zu lernen, sie habe gehört, er sei eine Welt für sich, mit Gletschern, Abgründen, versteckten Tälern, so etwas wäre für sie im Moment das Richtige, auch wenn es dort oben kein Großwild gebe. Er könne ihr, sagte der Sekretär, auf zehntausend Fuß über Meer eine Hütte vermitteln, die eigentlich der Regierung gehöre. Sie sei bestimmt für Wildhüter und Bergsteiger, die gewöhnlich für Übernachtungen eine hohe Gebühr zahlen müssten; doch er würde das Ganze so einfädeln, dass Vivienne dort ein paar Wochen als Gast der Regierung verbringen dürfe, als *writer in residence* sozusagen. Für Gepäcktransport, Bedienung, Lebensmittel müsse sie selbst sorgen; er werde den *Chief* der Mwimbi wissen lassen, dass er ihr in jeder Hinsicht behilflich sein solle.

Vivienne nahm das Angebot an. Zwei Wochen später hatte sie die Hütte mit zehn Trägern erreicht, die sie allerdings mit ungewöhnlich hohen Geldsummen hatte dazu bewegen müssen, den heiligen Berg der Kikuyus zu besteigen. Zwei – Hezekiah und Magadi – blieben bei ihr, die anderen gingen zurück ins Tal. Die ersten Tage glaubte Vivienne, auf zauberische Weise nach Norwegen, in ihr Kindheitsparadies zurückgekehrt zu sein. Auf dieser Höhe war die tropische Üppigkeit einer wohltuenden Kargheit gewichen; nicht mehr die dunklen Grüntöne dominierten, sondern Gelbgrün und Ocker, kontrastiert vom Blau der im Schatten liegenden Berghänge, die weit oben schneeweiß gesprenkelt und silbern gesäumt waren. Rings um die Hütte wuchs Riesenheidekraut zwischen buckligen Felsen, es gab vergilbte Graspolster, in denen man einsank, fleckenweise blühten Gladiolen und Rittersporn. Unterhalb der Hütte, noch bevor der Bambuswald begann, wand sich ein Fluss, die Mara, durch eine enge, kleine Schlucht, und ihr Rauschen klang Tag und Nacht in Viviennes Ohren.

Nachts kroch die Kälte vom Berg herunter. Vivienne saß in der Hütte beim Licht der Petrollampe neben dem summenden Ofen und schrieb in ihr Tagebuch. Nebenan, im Verschlag, der an die Rückwand angebaut war, las Hezekiah, ein überzeugter Christ, laut aus der Bibel vor, und Magadi wiederholte stotternd und unsicher die Verse. Er wolle lesen lernen, hatte er Vivienne verkündet, hier oben, in der dünnen Luft, sei sein Kopf leerer und empfänglicher als sonst. Die beiden froren nachts auf ihren Bambusmatten. Vivienne gab ihnen Decken, sogar ihre Wollschals. Aber sie waren an andere Temperaturen gewöhnt, die Kälte setzte sich in ihren Knochen fest. Magadis Lippen zitterten auch tagsüber, er entblößte in verzerrtem Lächeln seine abgeschliffenen Zähne und fragte, ob er nicht für ein paar Tage in sein Dorf zurückkehren könne. «Bald, bald», antwortete Vivienne, «noch nicht jetzt.»

Dann wurden die beiden ernsthaft krank. Ihre Nasen rannen, die Augen waren zugeschwollen, die Augäpfel verfärbten sich bei Magadi ins Gelbliche. Vivienne gab ihnen Aspirin, dazu ein Fläschchen Biberöl, mit dem sie sich gegenseitig die Brust einreiben sollten. Es nützte wenig. Sie drängten darauf, dass Vivienne ihnen einen Urlaub gewähre, und versprachen, sofort Ersatz zu ihr hinaufzuschicken. Vivienne zögerte. Aber auch Hezekiah, der bisher der Standhaftere gewesen war, klagte über heftige Gliederschmerzen; nachts betete er stundenlang im Verschlag. Sein Gemurmel hielt Vivienne wach. Sie zog sich an und ging hinaus in die klare, schneidend kalte Nacht. Die Sterne waren von unglaublicher Klarheit. Sie erkannte Orion, Kassiopeia, die Pleiaden, und sie war Brovie dankbar dafür, dass er ihr die Sternbilder gezeigt hatte; nach langem Hadern war sie ihm wieder dankbar für etwas. Sie blieb draußen, bis ihr die Zähne klapperten, sie stellte sich vor, wie es wäre, sich aufzulösen in diesem Gefunkel, sie wünschte sich, nur noch als flüchtige Essenz, als schwach leuchtendes Gas vorhanden zu sein, sich überallhin auszubreiten. Einen schwerelosen Augenblick lang hatte sie das Gefühl, in diesem Zustand eines allumfassenden Daseins aufgehoben zu sein, es war mit nichts zu vergleichen, was sie bisher gekannt hatte. Ihr blieb, als sie frierend in die Hütte zurückging, die Erinnerung an etwas wie eine lautlose und gewaltige Musik, von der sie, als einer von vielen mitschwingenden Tönen, ein ganz selbstverständlicher Teil war.

Am nächsten Tag ging es den Boys besser, der Wunsch, in ihr Dorf zurückzukehren, verlor an Dringlichkeit. Noch in der gleichen Woche nahmen sie die ersten Anzeichen des Buschfeuers wahr, das sich vom Tal her näherte. Schwerer Rauch hing über der Bergflanke, flatterte im Wind wie eine riesige Mähne, ballte sich hier und dort zu Wolken, die von dickflüssiger Konsistenz schienen und stundenlang an der gleichen Stelle festklebten, bevor sie weiterkrochen. Ab und zu lag ein beißender Geruch in der Luft, oder man hörte ein helles Knallen wie von Pistolenschüssen. In der Dämmerung begann der Rauch an manchen Stellen zu glühen, helle Streifen durchschnitten den purpurnen Himmel, als reiße ihn eine unsichtbare Gewalt auf und gebe den Blick frei auf den Glutkern. Noch sah man keine offenen Flammen. Hezekiah, der sich selbst fürchtete, versuchte Vivienne mit Bibelsprüchen zu beruhigen. Jetzt ins Tal zurückzukehren, sagte er, sei zu gefährlich, notfalls könnten sie nach oben ausweichen, Fels und Eis würden das Feuer aufhalten. Magadi indessen meinte, zu hoch hinaufsteigen dürften sie auch nicht, sonst würden sie den Gott des Berges erzürnen, vielleicht räche er sich dafür, dass ihn die Weißen nicht in Ruhe ließen.

Am zweiten Tag rückte das Feuer schneller heran. Die Rauchwolken stiegen höher, quollen zu monströsen Gebilden auf. Es bildete sich auf der Ostseite eine zweite Front, die beiden Feuer vereinigten sich innert kürzester Zeit, und nun gab es talwärts keine Fluchtmöglichkeit mehr. Wenn Vivienne früher auf Bergwanderungen ein nach allen Seiten hin wallendes Nebelmeer gesehen hatte, so breitete sich vor ihr nun in der Tiefe ein Rauchmeer mit hochflatternden Fahnen und Strähnen aus, ein Meer, das Verderben und Zerstörung ankündigte.

In der dritten Nacht erwacht Vivienne gegen vier Uhr früh von ihrem eigenen Husten. Durch die Ritzen der Wände dringt ein roter Schein, der das Hütteninnere erhellt. Vivienne wirft sich eine Decke über die Schulter und tritt ins Freie. In wenigen hundert Metern Entfernung erblickt sie eine hin und her wogende Flammenwand, dazu ist ein Knattern und Sausen in der Luft, das sie vorher nie gehört hat. Als sie sich umdreht, raubt ihr der Schock den Atem: Auch die paar Bäume und Büsche weiter oben stehen in Flammen. Das Feuer muss das Areal, auf dem die Hütte steht, übersprungen haben. Mit lauten Rufen weckt Vivienne die Boys. Sie sind sofort wach, als hätten sie schon im Schlaf die Gefahr geahnt. Was können sie tun, um sich zu retten? Hezekiah rät, selber ein Feuer zu legen, dann die Flammen auszutreten. So schaffen sie einen Gürtel aus Asche rings um die Hütte, und das große Feuer findet keine Nahrung mehr. Feuer gegen Feuer! Gemeinsam schichten sie Holzspäne auf und zünden sie an, mit ihnen das Gras, in dem sich die Flammen rasch weiterfressen, denn der Nachttau ist in der zunehmenden Hitze bereits verdunstet. Ihr Gegenfeuer breitet sich ringförmig aus, und sie sorgen dafür, dass es der Hütte, um die herum sie kübelweise Wasser gegossen haben, nichts anhaben kann. Dort, wo das Gras schon fast niedergebrannt ist, löschen sie die Flammen ganz aus. Sie stampfen im Glutschein herum wie tanzende Waldgeister; ihre Schatten tanzen mit, oft verdoppelt und verdreifacht von der Intensität des hier oder dort auflodernden Feuers. Asche fliegt herum und bleibt an der Haut haften. Wieder ist es Hezekiah, der einen hilfreichen Einfall hat. Er zeigt Magadi und Vivienne, dass man Äste des Riesenheidekrauts ähnlich wie Dreschflegel handhaben kann; weit ausholend drischt er mit ihnen auf die Flammen ein und erstickt sie wirkungsvoll. Sie machen es ihm nach und hauen nebeneinander drauflos. Eine wilde, rücksichtslose Freude erfüllt Vivienne. Sie ist beflügelt von einer physischen Kraft, die sie in sich gar nicht vermutet hat. Immer wieder der Schwung, der Aufschrei, der dumpfe Schlag, der in die Armgelenke zurückfedert, die aufstiebenden Funken, die sich auf Händen, auf Wangen und Stirn einbrennen. Die Boys beginnen zu singen. Schritt um Schritt folgen sie dem eigenen Feuer und lassen einen warmen Ascheteppich hinter sich, verkohlte Zweige, glimmende Distelnester.

Langsam wird es heller, obwohl die Sonne unsichtbar bleibt. Ihre Hände sind voller Brandblasen, die Kleider angesengt. Das Feuer hat sie nun umzingelt, zum Glück aber noch immer nicht den Fluss übersprungen. Flammenwellen rollen laut empor, ganze Bäume explodieren darin, brennende Äste werden hoch in die Luft gewirbelt. Immer wieder hüllt der Rauch sie ein, so dass sie einander nur noch als Schatten sehen. Vivienne krümmt sich vor Husten, spuckt rußigen Speichel aus. Sie weiß, dass sie nicht mehr lange durchhält, und dennoch findet sie die Kraft zum nächsten Schlag, zum übernächsten. Dann endlich dreht sich der Wind, die Feuerwand von unten weicht zurück, die obere hat kaum noch Nahrung. Hezekiah und Magadi müssen Vivienne in den Arm fallen, damit sie es überhaupt merkt. Wie in Trance will sie die beiden abschütteln, gefangen in den Bewegungen, denen sie seit Stunden folgt. Aber schließlich lässt sie sich in die Hütte führen, wo sie zu ihrem Stuhl taumelt. Sie trinkt aus dem Kübel, den Hezekiah ihr reicht, kühlt die Hände darin. Magadi kocht einen Porridge auf dem Herd, das Feuer darin wirkt lachhaft. Vivienne isst mit unbeschreiblicher Gier, schleckt ohne Scham die schmerzenden Finger ab, ihr Gesicht im Taschenspiegel ist pechschwarz geworden, von dem der Boys kaum noch zu unterscheiden.

Sie hoffen alle drei, die Gefahr sei gebannt. Aber wie eine Katze, die mit der Beute spielt, gewährt das Feuer ihnen nur eine Erholungspause. Als der Lärm zunimmt, der Rauch in der Hütte sich wieder verdichtet, schaut Hezekiah draußen nach. Entsetzt kehrt er zurück. Das Feuer, meldet er, habe den Fluss übersprungen, sei oberhalb der Hütte, auf der anderen Seite, wieder aufgelodert, dort hätten sich jetzt auch die Wurzeln der schon verbrannten Bäume entzündet. Sie zwingen sich hinauszugehen. Es sieht aus, als ob das Erdreich brenne. Auch das Dornendickicht zur Linken, das bisher verschont geblieben ist, brennt lichterloh. Sie müssten das Feuer mit einem Graben abhalten, schreit Hezekiah, ein Graben sei das Einzige, was sie noch schützen könne. Mit Schaufeln und Hacken beginnen sie am Rand des Aschegürtels zu graben, hacken sich durch kriechende Beerenkräuter. Die Angst sitzt auf der Haut, als könne sie sich selbst entflammen. Vivienne sieht sich umzingelt, gibt sich schon verloren und hat doch, bei aller Todesangst, das feierliche Gefühl, ihr werde ein Schöpfungsgeheimnis offenbart.

Dann geschieht ein Wunder: Das Feuer lässt unversehens von ihrem Platz ab, scheint, wie schon einmal, einer unbegreiflichen Laune zu folgen. Die Hitze wird erträglich. Sie stehen da, die drei, erkennen in taumeliger Verwunderung, dass sie verschont geblieben sind. Drinnen löschen sie ihren Durst. Viviennes verschmutzte Gesichtshaut spannt über den Knochen wie Pergament. Sie fettet sich die aufgesprungenen Lippen ein und streicht eine Wundsalbe auf Brandblasen an Händen und Unterarmen. Beinahe zehn Stunden haben sie gekämpft. Sitzend schläft Vivienne ein, für wenige Minuten nur. Als sie erwacht, sieht sie, dass auch Hezekiah und Magadi sich neben dem Tisch auf dem Teppich zusammengerollt haben und, eng aneinander geschmiegt, mit offenen Mündern schnarchen. Ohne die zwei wäre sie wohl im Feuer umgekommen. Hat eine Vorahnung sie dazu bewogen, ihnen keinen Urlaub zu gewähren? Als sie nachschaut, strebt das Feuer draußen auf allen Seiten von der Hütte weg. Es wütet nun unten im Bambuswald und folgt hangaufwärts dem Zickzack des Sträßchens. Es ist Nachmittag und doch so dunkel, als habe die Dämmerung schon begonnen. Wenn für Momente die Sonne durch den Rauch dringt, ist es, als reiße ein lang dauernder Blitz die Berge ins Überhelle: Fjordland im Spätherbst, es fehlt bloß noch der Schnee.

Vivienne geht ein paar Schritte weiter und spürt die weiche Asche unter den Sohlen. Überall, das sieht sie nun, wimmelt es von kleinem Getier. Eidechsen hängen reglos an der Hüttenwand, Mäuse rennen herum und hüpfen sogar über Viviennes angesengte Schuhe. Libellen, Bienen, Wespen schwirren durch die Luft, Falter mit schillernden Flügeln. Vögel aller Art sitzen benommen herum, auf Steinen und verkohlten Büschen, darunter Ringeltauben, junge Eulen. Eine struppige Hyäne schleicht hinter der Hütte durch. Offenbar haben sich Tiere aus weitem Umkreis auf diesen Fleck geflüchtet, und der Mensch, dem sie begegnen, ist ein Wesen unter vielen, mit dem sie ihr Refugium teilen. Er ängstigt sie nicht, denn noch sitzt die Angst vor etwas weitaus Gefährlicherem in ihnen. Eine Maus, zu der sich Vivienne hinunterbückt, lässt sich anfassen und hochheben, sie sitzt ruhig, mit zitternden Schnauzhärchen und eilig pulsierendem Körper auf Viviennes Hand, und als sie das Tierchen wieder auf die Erde setzt, läuft es nicht weg, bleibt einfach, wo es ist, zu ihren Füßen. Eine Arche, denkt Vivienne mit ungestüm aufschießender Freude, dieser Platz ist eine Arche geworden!

In der Nacht wird es nicht kalt wie sonst, noch strahlt der Boden die Wärme ab, die das Feuer hinterlassen hat. Vivienne schläft wie ein Stein. In der Morgenfrühe tappen Hezekiah und Magadi zu ihr herein, um Tee zu kochen. Sie schält sich aus den Decken heraus, hört zu, was die beiden, deren Verstörung gewichen ist, von draußen erzählen: dass man fette Tauben von Hand fangen könne und dass es ein Leichtes sei, ausgeräucherte Honigwaben von Baumgerippen herunterzuholen. Das Erste verbietet ihnen Vivienne, zum Zweiten gibt sie die Erlaubnis. Die Welt, die sie vor der Hüttentür antrifft, ist fahlgrau, violett und lila, gleichsam lasiert von Schwermut und dennoch belebt von den Lauten der erwachenden Natur, von Zwitschern, lang gezogenen Pfiffen, gurrendem Gesang. Das ist beinahe das Unbegreiflichste: dass Vögel den Tag begrüßen, als wäre nichts geschehen, dass ein Adler hoch über ihrem Kopf kreist und seine Schreie ausstößt. Das Feuer hat sich noch weiter entfernt. Windböen treiben Staub in wirbelnden Fahnen herbei; oft sind die Böen so stark, dass sie Steinchen mit aufwirbeln, und dann zieht Vivienne ihren Pullover übers Gesicht, damit sie nicht die Augen verletzen.

Bunt kam viel zu früh. Vivienne saß schon um halb zehn wieder, unfrisiert und ungepudert, bei offenem Fenster am Schreibtisch. Da hörte sie Schritte, die über den Kiesweg knirschten, Toscas Gebell kündigte Besuch an. Nach einer Weile tauchte Bunt, der offenbar den hinteren Weg genommen hatte, vor ihrem Fenster auf. Er trug diesmal keinen Mantel, dafür einen Sommerhut und einen Klappstuhl unter dem Arm. In seiner Umhängetasche steckte ein großer Skizzenblock; er hatte außerdem eine Angelrute geschultert, und selbstverständlich fehlten auch der Feldstecher und seine beiden Kameras nicht. Er begrüßte Vivienne mit kleinlautem Lächeln und entschuldigte sich sofort für die Störung. Sie solle ruhig weiter arbeiten, er bitte nur darum, ein paar Sachen hier deponieren zu dürfen, er habe die Absicht, draußen beim Fort ein paar Stunden zu zeichnen. Pünktlich zum Vier-Uhr-Tee werde er wieder zur Stelle sein, man könnte dann doch – er habe Didier auf fünf Uhr zur Bucht bestellt – ein wenig angeln gehen, beispielsweise beim *Rocher du Rascas,* wo offenbar der beste Fischgrund auf der Insel zu finden sei. Er mied, während er auf sie einredete, Viviennes Blick, als rechne er von vornherein mit einer harschen Erwiderung.

Natürlich könne er dalassen, was er wolle, sagte sie kühl, er solle die Sachen am besten unten in den Keller stellen. Und damit beugte sie sich wieder über ihr Manuskript. Bunt wandte sich dankend zum Gehen, aber die Frage, die ihr plötzlich auf der Zunge lag, ließ sich nicht zurückhalten, sie hatte sie gestellt, bevor sie es sich zweimal überlegen konnte: «Sie angeln also. Jagen Sie auch? Sind Sie ein Jäger?» Sie wunderte sich, dass ihr Puls wieder fast so rasch ging wie in der Nacht, als sie noch im Traum gefangen war.

Bunt stieß einen undeutbaren Laut aus. «Nein, nein! Dafür eigne ich mich nicht. Man hat mich ein paar Mal zu Fuchsjagden mitgeschleppt. Aber ich bin ein schlechter Reiter und ein schlechter Schütze. Sogar auf dem besten Sattel drohe ich dauernd abzurutschen.» Er stutzte. «Oje, das hätte ich wohl besser nicht gesagt! Jetzt bin ich sicher in Ihrer Achtung gesunken.»

Vivienne schüttelte mit einem leisen Lachen den Kopf. «Ich war bloß neugierig. Zeigen Sie mir nachher, was Sie gezeichnet haben?»

«Nur wenn Sie Ihre künstlerischen Ansprüche herunterschrauben. Ich bin ein unheilbarer Dilettant, auch auf diesem Gebiet.»

Nun lachten sie beide, die Spannung zwischen ihnen hatte sich gelöst, und Bunt verschwand aus ihrem Fensterviereck.

Eine Weile blieb sie untätig sitzen, stach mit der Feder Löcher ins Löschpapier, suchte einen anderen Platz für das Silberschiff mit seinen geblähten Segeln. Sie hörte undeutlich Bunts Stimme, dann die von Josef, den sie seit gestern gar nicht mehr gesehen hatte. Eine Stunde oder mehr verging, ohne dass sie einen einzigen vernünftigen Satz zustande brachte. War sie nicht allzu unhöflich, allzu abweisend gewesen? Immer dieser Drang, sich abzugrenzen, diese

Furcht, behelligt zu werden. Sie stellte sich vor, wie unterhaltsam es in Bunts Gesellschaft sein könnte. Dann kam sie zu einem Entschluss. Sie zog sich für einen längeren Spaziergang um, und während Julie auf ihr Geheiß hin einen Picknickkorb packte, holte sie Modestine aus dem Stall und führte sie am Zügel zum Haus. Die Eselin benahm sich zur Abwechslung lammfromm, ließ sich das Koffergrammophon, gut verhüllte Plattenalben und ein paar Wolldecken auf den Packsattel schnallen. Vivienne spornte das Tier mit freundlichen Schnalzlauten an und schlug den Weg zum Fort ein. Sie hatte gerade den Anfang der Landzunge erreicht, da stand, wie aus dem Boden gewachsen, Josef in seinem verdreckten Überkleid vor ihr. Modestine scheute und riss sich beinahe von Vivienne los. Die Eselin mochte Josef ebenso wenig wie Coco, er hatte sie wohl schon ein paar Mal geschlagen. Breitbeinig versperrte er ihr den Weg. Sein Lächeln warb um Vertrauen, die zuckenden Mundwinkel verrieten seine Anspannung.

«Ich komme mit Madamoiselle», sagte er leise, aber bestimmt, «ich helfe Madamoiselle.»

Er wollte nach dem Zügel greifen, um ihr Modestine abzunehmen, doch Vivienne stieß ihn so heftig zurück, dass er taumelte. «Ich habe dich nicht gerufen!»

Er starrte sie an und gab den Weg nicht frei. Sein Kragen stand weit offen, sie sah das Pochen seiner Halsschlagader.

«Es ist für Madamoiselle gefährlich allein im Fort», sagte er mühsam, als habe er zu viel getrunken.

«Ich bin nicht allein dort», erwiderte sie. «Ich werde erwartet.»

«Ich weiß. Ich werde Madamoiselle schützen.»

Ihr Lachen, das gleich wieder abbrach, klang ungläubig und böse. «Ich brauche deinen Schutz nicht, Josef. Sieh das endlich ein. Du arbeitest für mich, und ich schätze deinen Fleiß. Aber das ist alles. Hörst du? Alles! Oder willst du wirklich, dass du deine Stelle verlierst? Es ist schon einmal fast so weit gekommen.»

Sie fixierte ihn wie einen angriffslustigen Hund und ging, Modestine nach sich ziehend, Schritt um Schritt auf ihn zu. Endlich wich er zur Seite und drückte sich ins Gebüsch am Wegrand. Doch er zwang sie dazu, ihn beinahe zu streifen, und sie glaubte zu hören, dass er mit den Zähnen knirschte.

Bald hatte sie einen beruhigenden Abstand zu ihm erreicht und vergewisserte sich, dass er ihr nicht folgte. Die Wolken hatten sich inzwischen verflüchtigt, die Sonne wärmte ihren Haarschopf. Sie stieg zum Felssporn mit dem Fort empor und fand, nachdem sie Modestine draußen festgebunden hatte, Bunt schon im ersten Vorhof. Er saß im Schatten eines alten Olivenbaums auf seinem Klappstuhl, dem Turm zugewandt, der sich hinter halb eingestürzten Mauern erhob, und war mit Skizzieren beschäftigt. Vivienne pirschte sich an ihn heran, ohne dass er es merkte. Erst als sie dicht bei ihm war, sprach sie ihn an. Er fuhr zusammen, ließ den Kohlestift fallen und drehte sich so rasant zu ihr um, dass der Stuhl unter ihm zusammenbrach und er hart auf dem staubigen Boden landete.

«Was für eine Überraschung!», sagte er mit schmerzverzerrter Miene, in die sich jedoch sogleich sein breites Lächeln stahl. «Ich dachte schon, es sei der Burggeist.»

Sie bemühte sich um Ernsthaftigkeit. «Es tut mir Leid. Ich wollte Sie wirklich überraschen, aber nicht auf diese Weise.»

«Ich falle freiwillig noch drei Mal vom Stuhl, wenn Sie mich dafür besuchen.» Er stand auf, klopfte sich den Staub von den Hosen, stellte den Klappstuhl wieder ordentlich hin und legte den Zeichenblock darauf, aber mit der Vorderseite nach unten.

Sie stellte fest, dass er seine hellen Leinenhosen zwar nun abgeklopft, dafür aber mit Kohlestaub geschwärzt hatte, der an seinen Händen haftete. Sie sei heute Morgen, sagte sie, wenig gastfreundlich zu ihm gewesen, ja, eigentlich sehr unhöflich, sie habe gedacht, sie könne ihr Versäumnis wieder gutmachen, indem sie ihn zu einem Picknick einlade und sie sich nachher mit ihm zusammen den dritten Satz des Doppelkonzerts anhören würde. Sie habe alles Nötige mitgebracht, er solle ihr doch bitte helfen, es in den Hof zu schaffen.

Bunt wirkte ein paar Sekunden verwirrt, nahezu verstört. «Das haben Sie für mich getan? Aber warum denn? Der Fehler liegt ganz bei mir.»

«Nein, Sie sind doch mein Gast. Und ich habe Sie regelrecht verjagt.»

Er schüttelte vehement den Kopf. «Davon kann keine Rede sein. Sie sind mir gegenüber zu überhaupt nichts verpflichtet. Sie haben ein Recht darauf, ungestört zu arbeiten.» Er senkte den Blick und nahm plötzlich wieder, mit hängenden Schultern und leicht eingedrehten Füßen, die schuljungenhafte Haltung ein, die sie jedes Mal rührte. «Ich war zu ungeduldig diesen Morgen. Ich wollte Sie unbedingt sehen, bevor ich zum Fort ging ... Sie sozusagen als frischen Eindruck mitnehmen, verstehen Sie?» Er schlug sich halb anklagend, halb spaßhaft mit der Hand gegen die Stirn. «Ach, ich weiß ja überhaupt nicht, wie man um eine Frau wirbt. Mein Alter gaukelt leider Erfahrungen vor, über die ich nicht verfüge.»

Sie lächelte. «Ich finde, Sie machen das ganz gut.»

«Ja?» Seine Augen unter den buschigen Brauen leuchteten auf. «Besteht Anlass zur Hoffnung?»

«Es besteht auf jeden Fall Anlass, sich besser kennen zu lernen.»

Sie picknickten auf einem Steinblock, der im Halbschatten lag und knapp Platz für beide bot. Sie aßen Brot, Käse, Oliven, tranken dazu vom leichten, schaumigen Landwein, den Julie in einem Fässchen von Le Lavandou hatte kommen lassen. Danach setzte Vivienne das Grammophon in Betrieb. Sie lauschten dem stürmischen, beinahe zigeunerhaften dritten

Satz des Doppelkonzerts, und obwohl der Rhythmus sie innerlich mitriss, rührten sie sich beide erst wieder, als die erste Platte abgespielt war. Nach dem Verklingen der zweiten suchte sich Vivienne einen Fleck, wo das Gras dicht genug wuchs, und legte sich, den Rock über die Knie ziehend, ohne lange Umstände hin. Sie blickte, während die Schlussakkorde des Rondos erklangen, zum Himmel auf, dann verflocht sie ihre Hände unter dem Kopf und sagte: «Der langsame Satz ist mir der liebste. Der dritte war mir ein wenig – wie soll ich's sagen? – zu grell.»

«Wollen wir das Andante noch einmal hören?», fragte Bunt.

«Ich habe auch Schuberts Forellenquintett dabei.»

«Wunderbar. Gegen Schubert habe ich nie etwas einzuwenden. Er musste so viel zusammendrängen in seinem kurzen Leben.»

Aber es vergingen beinahe zwei Stunden, bis Vivienne dazu kam, das Forellenquintett abzuspielen. Sie erkühnte sich, Bunt Fragen zu stellen, die seine Person betrafen, er gab Auskunft, einsilbig erst, dann gesprächiger. Das Merkwürdige war, dass auch er einen Vater hatte, der einen langen Schatten über sein Leben warf. Sir Edward Goschen war die diplomatische Karriereleiter emporgestiegen, ohne aber den noch erfolgreicheren älteren Bruder, einen Marineminister, überholen zu können. Er war Botschafter in Berlin gewesen, hatte die hektischen Sommertage vor dem Kriegsausbruch 1914 im innersten Machtbereich miterlebt, die deutsche Kriegserklärung entgegengenommen, die britische dem deutschen Kanzler übergeben. Unter Schuldgefühlen – so Bunt – habe aber sein Vater nie übermäßig gelitten. Sir Edward sei zeitlebens davon überzeugt gewesen, dass Gerechtigkeit und Vernunft auf seiner Seite ständen; das gelte auch für sein Verhältnis zum Sohn. «Ich habe dann später ausgefressen», sagte Bunt sarkastisch, «was uns die Väter eingebrockt haben.» Er studierte, als der Krieg begann, in Oxford Jurisprudenz, hatte aber den Abschluss, den der Vater verlangte, immer weiter hinausgezögert. Deshalb war ihm gar nicht so unwillkommen, dass er eingezogen wurde und als Leutnant an die Front kam. Er wurde wieder wortkarg, als Vivienne mehr wissen wollte. Was sie in den Schützengräben durchgemacht hätten, sagte er, lasse sich nicht beschreiben. Er habe geglaubt, mit einer Kopfverwundung der Hölle zu entrinnen, sei aber in eine neue geraten, in deutsche Gefangenschaft. Man habe ihn unter erschwerten Bedingungen eingesperrt, er sei mit Dunkelhaft, Essensentzug und anderen Schikanen malträtiert worden. Auf solche Weise hätten die Deutschen die schlechte Behandlung gefangener deutscher U-Boot-Soldaten in England vergolten. Nach ein paar Wochen sei er, Bunt, ziemlich schwer erkrankt; dank amerikanischer Intervention hätten ihn die Deutschen ausgetauscht. Die Freilassung habe er aber letztlich dem Einfluss seines Vaters zu verdanken. Bunt brachte dies alles in seinem leichtherzigen Plauderton vor, nur die Satzenden klangen bisweilen heiser. Sie verstehe nun besser, hätte Vivienne ihm gerne gesagt, woher es komme, dass seine Späße so oft melancholisch grundiert schienen, aber sie behielt es für sich und ließ ihn weiterreden. Sie stellten fest, dass ihre Väter im selben Jahr gestorben waren, unter höchst unterschiedlichen Umständen allerdings; es war trotzdem eine Gemeinsamkeit, über die sie staunten. Es sei schwierig, sagte Bunt, sich innerlich von einem starken Vater zu distanzieren, sogar wenn er schon lange tot sei, man handle dann vielfach aus Trotz, und das sei der eigenen Entwicklung nicht förderlich. Nach dem Krieg, fuhr er fort, habe er sich dafür entschieden, nichts, aber auch gar nichts zu künftigen Kriegen beizutragen. Zwar habe auch er sich zwischendurch in niederen Chargen des diplomatischen Dienstes betätigt, aber momentan begnüge er sich damit, das Familienerbe zu verwalten, hauptsächlich Grundbesitz, den der Börsenkrach nicht entwertet habe, und das tue er so, dass er anderen möglichst wenig schade; diese Lebensphilosophie entspreche ihm am besten. Er erhob sich von seinem Steinquader, blieb vor Vivienne stehen, so dass sein Schatten halb über sie fiel. Er schluckte mehrmals und zwinkerte, bevor er weitersprach. «Wissen Sie, was ich denke?», fragte er. «Es steuert alles wieder auf einen großen Krieg zu. Und diesmal ist es meine Generation, die ihn anzetteln wird. Zuerst bekämpfen die Söhne die Väter. Und dann machen sie das Gleiche wie sie. Ist das nicht absurd?»

Vivienne setzte sich auf und schlang die Arme und ihre Knie. «So war es doch schon immer. Kann man den Menschen den Zerstörungsdrang überhaupt austreiben?»

«Ich weiß es nicht. Wohl nur, wenn sie Kreide fressen. Und wenn man ihnen verbietet, immer größere Kanonen zu erfinden. Aber ich bin in dieser Hinsicht wohl kein typisches Exemplar der Spezies Mann.»

«Ich finde, Menschen sollten wissen, dass sie zur Natur gehören, zu einem Ganzen, dem sie verpflichtet sind.»

«Zu den Naturgesetzen gehört leider auch Kampf bis aufs Blut und gegenseitige Vernichtung.»

«Aber nur um des Überlebens willen.»

«Ja, ja.» Er lächelte traurig zu ihr hinunter, seine Pfeife war schon längst wieder erloschen. «Das sagen ausgerechnet Sie, die Tochter eines Großwildjägers.»

Er trat einen Schritt auf sie zu und dann gleich einen zur Seite, weil er merkte, dass sein Schatten ihr Gesichtsfeld verdunkelte. Vivienne wich ein wenig zurück, und wie um diese Bewegung zu rechtfertigen, sprang sie gelenkig auf die Füße, eilte zum Feldstuhl, drehte den Zeichenblock um und betrachtete Bunts Skizze.

«Nun?», fragte er. «Ein ziemlicher Pfusch, nicht wahr?»

«Nein. Sie haben einen eigenwilligen Strich. Ich bin beeindruckt.»

Er errötete vor Freude und bewegte stumm die Lippen, als forme sich ein Satz, den er nicht auszusprechen wagte und nach einem kleinen Zögern in die Frage umbog, ob es jetzt nicht vielleicht Zeit fürs Forellenquintett sei. Sie möchte es sich lieber zu Hause, auf der Terrasse oder im Salon, anhören, antwortete Vivienne, der Hof hier liege schon bald im Schatten. Bunt war sofort einverstanden, er vergesse ständig, sagte er mit seinem Jungenlachen, dass der Frühling noch jung sei und sie erst März hätten.

Einen Moment lang überlegte Vivienne, ob sie ihm die Akustik des Turms vorführen sollte, aber sie verschob das Vorhaben auf später. Es war zu früh dafür, es war für vieles noch zu früh, und ob Bunt auf das absonderliche Spiel eingehen würde, stand ohnehin auf einem anderen Blatt.

Sie nahmen den Vier-Uhr-Tee im Salon und bemühten sich, möglichst leise in den Tassen zu rühren, damit sie Schuberts Pianissimo-Stellen nicht störten. Sie saßen nebeneinander auf dem Sofa, dem Grammophon zugewandt, das Vivienne auf die Kommode gestellt hatte, und als die Variationen begannen, flüsterte Bunt ihr zu, er würde hier, wenn er könnte, am liebsten das Cello spielen. Sein Atem streifte ihr Ohr, sie zwang sich dazu, sich nicht zu ihm zu lehnen. Er war nicht der Richtige, nein, umgekehrt: *sie* war nicht die Richtige für ihn, er verdiente eine Frau, die weniger widerspenstig war als sie, gefügsamer, formbarer. Sie versuchte diese Gedanken zu verscheuchen, da erschien an einem der Westfenster, die noch hell waren, eine Fratze. Sie glitt höher, als ob sie an der Scheibe klebe, und starrte finster zu ihnen herein. Vivienne schrie leise auf und streckte den Arm aus, als suche sie instinktiv Kontakt zu Bunts Körper. «Dort, dort», stammelte sie, auf das Fenster zeigend. Bunt reagierte mit einem ungläubigen Schnaufen, und im gleichen Moment erkannte Vivienne das Gesicht von Josef. Sie begriff erst nicht, wie er dorthin gekommen war, lief dann zum Fenster und öffnete es.

Josef stand auf einer Leiter, die er an die Hausmauer gelehnt hatte und deren Holmen gerade bis zum Fenstersims reichten. An seinem Arm hing ein Putzkessel, in der Hand hatte er ein Ledertuch, das er ihr wie ein Beweisstück unter die Nase hielt: «Ich muss Fenster putzen für Madamoiselle. Fenster sind sehr schmutzig.»

«Aber nicht jetzt», fuhr sie ihn an. «Und außerdem kannst du das auch von innen machen.» Sie zügelte ihren Zorn, sonst hätte sie die Leiter gepackt und umgestoßen.

«Jetzt ist gut», widersprach Josef. «Jetzt ist noch hell.»

«Weg mit dir! Das ist alles nur ein Vorwand. Ich dulde keine Spione in meinem Haus!» Vivienne rüttelte nun doch an der Leiter, Josef setzte schwankend sein Gewicht dagegen, Wasser schwappte aus dem vollen Eimer.

«Warum diese Musik?», fragte er. «Warum immer diese Musik? Warum mit diesem Mann? Diese Musik macht mich verrückt!» Seine Stimme überschlug sich beinahe, und er fuchtelte mit dem Ledertuch in der Luft herum. «Katzenmusik! Dumme Musik!» Er brachte mit gespitzten Lippen ein paar hohe wimmernde Töne hervor, mit denen er anscheinend die hohen Geigentöne nachäffen wollte.

«Hör auf!», befahl Vivienne. «Was fällt dir ein? Welche Gäste ich habe, bestimme ich. Was für Musik ich höre, geht dich nichts an! Hast du verstanden? Weg jetzt mit dir, weg!»

Josef kletterte stumm die Sprossen hinunter, bis er von der zweituntersten auf die Pflastersteine sprang. Er verschwand irgendwo im Schatten. Am Rand der Wiese stand, mit Tosca an seiner Seite, der krummbeinige Ballonet und beobachtete die Szene.

Vivienne schloss das Fenster mit einem Ruck und blieb, während das Finale einsetzte, außer Atem in der Mitte des Salons stehen. «Er ist krank vor Eifersucht», sagte sie zu

Bunt, der ebenfalls aufgestanden war. «Er glaubt tatsächlich, in irgendeiner Weise ein Recht auf mich zu haben!»

«Entlass ihn», sagte Bunt mit ungewöhnlicher Schärfe. «Entlass ihn einfach. Er ist wirklich von einer unerträglichen Impertinenz.»

Sie nickte und fühlte sich plötzlich sehr müde. «Morgen muss er gehen. Spätestens übermorgen. Ich habe lange genug Geduld mit ihm gehabt.»

Das Forellenquintett war verklungen, es hatte zu dämmern begonnen. Bunt sagte, es sei höchste Zeit für ihn zurückzukehren, und Vivienne hatte plötzlich Angst, dass Josef dem Nebenbuhler irgendwo im Wald auflauern würde. Bunt lachte zwar über ihre Warnung und meinte, sie solle doch einem Prahlhans wie Josef keinen Glauben schenken, aber seiner Stimme war das Unbehagen anzumerken. Vivienne entschied sich, Bunt wenigstens die halbe Strecke zu begleiten, und ließ sich durch keine Einwände davon abhalten. So folgten sie zu zweit dem Waldpfad bis zur Kreuzung mit dem alten Militärsträßchen. Sie schwiegen und fühlten sich doch wohl in den abendlichen Frühlingsgerüchen. Als Vivienne umkehrte, fand es nun Bunt unverantwortlich, sie Josef schutzlos auszuliefern, und er begleitete sie trotz ihrer Proteste wieder zurück nach Port-Man. Dort sagte die Köchin ihnen, Josef sei schon in seiner Kammer verschwunden, er habe bei ihr in der Küche über Mademoiselles Zurechtweisung geweint wie ein kleines Kind. Danach sei er erschöpft gewesen, völlig abgestumpft, er habe wie ein Halbtoter gewirkt. Damit sei die Gefahr ja wohl gebannt, sagte Bunt und zog zum zweiten Mal los, nun ohne Geleitschutz. Vivienne winkte ihm nach, sie wusste, dass sie seinetwegen bald mit sich ins Reine kommen musste.

In Bunts Arme wünscht sie sich, und dann sind es die von Josef, die sie umfangen, und sie strampelt gegen ihn an. Unter der Decke überzieht ein Schweißfilm ihre Haut. Sie trocknet sich ab, bis sie glüht. Schlaf, lieber Schlaf, komm, lass mich vergessen. Von eins bis tausend zählt sie und zurück. Woher kommt der Lavendelduft im Zimmer? Sind es die Kleider im Schrank, die so riechen? Getrocknete Kräuter, in Säckchen genäht, sie stammen von Tante Alice, die sie zu Bunt beglückwünschen würde. Auch Bunt ist ein wenig vertrocknet, er braucht Auffrischung, Blutauffrischung. Kinder möge er sehr, hat er gesagt, für Kinder ist es doch schon beinahe zu spät. Soll sie ihn nehmen? Ja. Nein. Ja und nein. Hin und her, und nichts ist schwer. Jetzt schnapp ihn dir, du stolzes Tier.

Am ersten Mittag nach dem Brand entschloss sich Vivienne, Hezekiah und Magadi ins Tal zu schicken. Sie wollte die paar Tage bis zum Ende ihres Hüttenaufenthalts ohne sie in der Aschelandschaft verbringen. Sie hatte sich vorgenommen, den Rest ihrer Vorräte, Reis und Maismehl, an die Tiere zu verfüttern und selbst, wie ein fastender Mönch in der Wüste, mit beinahe nichts auszukommen.

Hezekiah und Magadi gehorchten ohne Widerspruch, besonders Magadi freute sich über den Auftrag, dringende Briefe zur Missionsstation zu bringen, und hüpfte herum wie ein Kind. Von seiner Krankheit war ihm nichts mehr anzumerken, der Brand schien alle seine Lebensgeister geweckt zu haben. Sie wickelten Tuchstreifen um ihre blasenübersäten Waden und verstärkten die Sandalen mit aufgenähten Lederstücken. Sie trugen ihre Bündel auf dem Kopf, und als sie weggingen, drehten sie sich einige Male um und winkten. Asche wölkte um ihre tief einsinkenden Füße, so dass sie eine Art Kielspur hinter sich herzogen. Ob sie es überhaupt schaffen würden, den zerstörten Wald zu durchqueren, wusste Vivienne nicht, und schon gar nicht, ob sie irgendwo auf eine der Feuerfronten treffen würden. Aber das kümmerte sie nicht, die Hauptsache war, die Hütte für sich zu haben.

Die Rauchwolken verflüchtigten sich allmählich, das Blau des Himmels wirkte blank poliert, und das grau und schwarz gesprenkelte Land darunter glich einem gewaltigen Fell, das die Erde angelegt hatte, um gegen die Kälte gewappnet zu sein. Die Tage vergingen wie im Flug. Vivienne beschäftigte sich mit den Tieren, die so zahm waren, als lebte sie seit Jahren mit ihnen zusammen. Rund um die Hütte stellte sie Gefäße auf, Tassen, Schüssel, Suppenteller, die mit Essbarem gefüllt waren. Sie schaute zu, wie Bisamratten sie leer fraßen, wie Vögel Reiskörner pickten, sie brachte es zustande, dass ihr drei Chamäleons aus der Hand fraßen, und sie lachte laut auf, wenn sie ihre Hälse aufblähten und ihre Farben von Graubraun zu Grün und Rot changierten. Als sie draußen im Liegestuhl lag, kletterte eine Eidechse zu ihr hinauf und sonnte sich auf ihrem nackten Knie. Ein Vogel, der einem Dompfaff glich, hüpfte durchs Fenster zu ihr auf den Schreibtisch, wo sie Tagebuch führte, er spazierte unbefangen, mit wippendem Schwanz, über ihren ausgestreckten Arm, als sei sie zum Baum geworden. Es war ein Fest der Versöhnung, sie weinte manchmal vor Glück, vergaß ganz, die Tränen wegzuwischen, ließ sie in die Asche tropfen, wo sie dunkle Punkte bildeten.

Auf einer ihrer Wanderungen hangaufwärts in felsiges Gebiet fand Vivienne den Eingang zu einem kleinen Seitental der Mara. Sie ging, ohne eigentliches Ziel, den Bach entlang, dessen Ufer zerstört und geschwärzt waren wie alles ringsum; nur Binsenbüschel, die halb im Wasser standen, hatten überlebt. Vivienne stellte sich vor, wie beim Zusammenprall von Feuer und Wasser der Bach gedampft haben musste und später ein Teppich von Ascheflocken auf ihm talwärts getrieben war. Das Tal verengte sich, der Aufstieg wurde mühsamer, ein stärker werdendes Rauschen ließ einen

Wasserfall erahnen. Nach einer Biegung blieb Vivienne wie angewurzelt stehen. Unweit von ihr stürzte das Wasser über eine Felsstufe hinunter, die zwanzig Meter hoch sein mochte, und füllte ein ovales Becken. Mitten im Sprühnebel zeigte sich ein Regenbogen, der die Essenz aller ringsum verschwundenen Farben enthielt. Das Feuer hatte diese Stelle in seiner Sprunghaftigkeit verschont. Rings um das Becken leuchtete smaragdgrünes Moos, Wollgras und Glockenblumen zitterten im leichten Wind. Durch die Spiegelungen des Wassers, dort, wo die Oberfläche sich beruhigt hatte, war der bräunlich goldene, von Wasserpflanzen bewachsene Grund sichtbar, und über dem Wasserspiegel schwebten kleine türkisblaue Schmetterlinge. Es war ein Bild von solch bestürzender Schönheit, dass Vivienne die Augen nicht davon abwenden konnte. Sie zog sich aus und glitt ins Wasser hinein. Sie hielt die Kälte aus, bis sie sich daran gewöhnt hatte. Als sie näher watete, zerstob der Regenbogen in bunte Tröpfchen und fügte sich wieder zusammen, sie glaubte einen Augenblick lang, ihn berühren zu können, und lachte über ihren kindlichen Wunsch. Nachher streckte sie sich zum Trocknen auf einem Felsen aus. Sie dachte an den norwegischen Felsenwal, auf dem sie so oft gelegen hatte, träumte stundenlang vor sich hin. Erst abends in der Hütte merkte sie, dass sie sich einen Sonnenbrand zugezogen hatte. Es war ihr egal, sie ertrug die Schmerzen als Preis dafür, noch am Leben zu sein.

Am nächsten Tag sah sie, dass auf einem Fleck nahe bei der Hütte die pudrige Aschedecke so dünn geworden war, dass wieder die Erde durchschimmerte. Dort stießen massenhaft grüne Köpfchen hervor, die Natur begann bereits, das zerstörte Gelände wieder zu besiedeln. Auch Magadi hatte gesagt, Asche sei ein guter Dünger, die Erde werde hier nach einiger Zeit fruchtbarer sein als zuvor. In einer knappen Woche würden die Träger kommen, um Vivienne abzuholen, dann ginge es heimwärts. Heimwärts? Hier oben war sie doch daheim. Immer musste sie weg, wenn dieses Gefühl aufkeimte. Warum? Wie lange noch?

Bunt war schon um zehn Uhr wieder da, ohne Hut, mit zerrauftem Haar, er spielte den Gelassenen und verriet doch mit scheinbar beiläufigen Fragen eine starke Besorgnis, die über Nacht gewachsen zu sein schien. Vivienne, die sich ausgehöhlt und hässlich fühlte, hatte Josef diesen Morgen noch nicht gesehen. Er sei, sagte Julie, in aller Herrgottsfrühe mit Axt und Säge weggegangen, o Gott, schrecklich habe er ausgesehen, aber stumm sei er gewesen wie ein Fisch und habe zum Glück niemanden mehr zu ermorden gedroht. In der Tat hörte man wieder Axthiebe aus dem Wald, in so schneller Folge nun, dass man sich kaum vorstellen konnte, es sein ein Einzelner, der sie erzeugte. Sie lauschten eine Weile, dann fragte Bunt, ob Vivienne, was Josef betreffe, an ihrem gestrigen Entschluss festhalte. Ja, antwortete sie, aber sie wäre froh, wenn Bunt ihr im geeigneten Moment beistehen würde. Bunts Schnurrbart zog sich freundlich in die Breite. Er wolle heute, sagte er, das Haus draußen, von der Wiese aus, skizzieren, so bleibe er automatisch in Viviennes Nähe.

Sie trennten sich. Bunt klappte draußen unter einem Maulbeerbaum seinen Stuhl auf, Vivienne setzte sich an ihren Schreibtisch, brachte aber in den nächsten zwei Stunden keinen einzigen vernünftigen Satz zustande. Nie hätte sie gedacht, dass es eines Tages so schwierig sein würde, in Gedanken nach Afrika zurückzukehren.

Ein Gepolter schreckte sie auf. Sie ging hinaus, um nachzuschauen. Bunt saß noch an derselben Stelle, untätig allerdings, den Block auf den Knien. Neben ihm im Gras lag ein Wurzelstock, der einen halben Zentner oder mehr wiegen mochte, und von ihm weg strebte Josef, der offenbar den Klotz hergebracht hatte, wieder dem Wald zu. Er ging leicht gekrümmt, mit langsamen Schritten, drehte sich, als Vivienne seinen Namen rief, gar nicht um, ging einfach weiter wie ein Schlafwandler.

«Was hat er denn getan?», rief Vivienne von der Terrasse aus zu Bunt hinunter.

Bunt erhob sich und trat aufs Haus zu. «Er hat dieses Riesending neben mir zu Boden fallen lassen und mich beinahe damit getroffen. Ich wollte mit ihm sprechen, aber er hat kein Wort gesagt, nur geschnauft wie ein Blasebalg. Er war am Ende seiner Kraft. Ich fürchte bloß, er holt noch mehr von den Dingern.»

«Josef!», rief Vivienne durch ihre zum Trichter geformten Hände.

Er reagierte nicht, tauchte bei den drei Pinien in den Wald ein und wurde unsichtbar.

«Soll ich ihm nachlaufen?», fragte Bunt. «Jemand muss ihn doch daran hindern, sich zu Tode zu schuften.»

«Nein, wenn schon, dann gehe ich. Er wird mir gehorchen. Er hat sich noch jedes Mal gefügt, wenn es hart auf hart ging.»

Bunt machte eine abwehrende Gebärde. «Ich bin dagegen, Vivienne. Bleib hier. Der Mann ist nicht mehr zurechnungsfähig.»

Sie ging im Hauskleid und in ihren Pantoffeln die Treppe hinunter und dachte daran, dass alle diese schön gesetzten Stufen Josefs Werk waren, sie gehörten zum Haus, als wären sie schon immer da gewesen. Bunt berührte, als sie nahe genug war, wie zur Warnung ihre Hand. Sie zog sie zurück und sagte, sie werde warten, bis Josef wiederkomme, Bunt solle an seiner Zeichnung weiterarbeiten, sie schaue ihm gerne ein bisschen zu. Er nahm wieder Platz auf dem Stuhl, aber nach wenigen Strichen ließ er den Stift sinken und sagte, halb im Spaß, Viviennes Nähe mache seine Hand unsicher. So überließen sie sich, er sitzend, sie stehend, einer unverbindlichen Konversation, die ihr absurd vorkam.

Nach einer Viertelstunde kehrte Josef zurück. Er näherte sich Schritt um Schritt, tief gebückt unter einem Strunk, der womöglich noch schwerer war als der erste, er schwankte, sein Atem ging pfeifend. Sie riefen ihn beide an, beschworen ihn, Vernunft anzunehmen, die Last abzuwerfen. Aber Josef machte erst Halt beim Maulbeerbaum. Bunt war aufgesprungen und wich, Vivienne mitziehend, vor ihm zurück. Der Strunk mit seinen abgehauenen armdicken Wurzeln rollte schräg über Josefs Rumpf, schlug neben dem anderen Klotz auf den Boden und streifte dabei Bunts leeren Stuhl.

Josef schauderte und strich mit dem Handrücken über die Stirn.

«Was soll das?», fragte Vivienne. «Du hast doch längst genug Holz gesammelt. Und warum hast du die Klötze nicht vorher zersägt?»

«Es ist nie genug», sagte Josef abgehackt, das Sprechen fiel ihm so schwer wie das Gehen vorhin. «Ich habe für Madamoiselle einen neuen Weg gemacht. Eine Abkürzung für Madamoiselle.» Er schwankte und stützte sich mit einer Hand auf dem Strunk ab. «Gestern drei Bäume gefällt. Heute zwei. Wurzel ausgegraben. Alles für Madamoiselle.»

Vivienne stellte sich so hin, dass er sie ansehen musste. «Du bist nicht bei Trost, Josef. Du hast dich mit Absicht überanstrengt, und jetzt sollen wir Mitleid mit dir haben. Aber es nützt dir nichts. Ich will dich nicht mehr in meiner Nähe haben, Josef. Du musst Port-Man verlassen. Heute noch. Spätestens morgen.»

«Verlassen», murmelte Josef, als suche er nach dem Sinn dieses Wortes. Seine Hand glitt über eine verstümmelte Wurzel, verschwand in der Hosentasche. Er murmelte weiter vor sich hin, und plötzlich hatte er ein Stellmesser in der Hand. Es war unklar, was er damit wollte, denn er rührte sich nicht vom Fleck, presste nur ein trockenes Schluchzen hervor.

«Lass das!», sagte Vivienne scharf. «Willst du uns unglücklich machen? Lass sofort das Messer fallen!»

Josef schüttelte trotzig seinen Krauskopf, aber die Hand öffnete sich, als ob sie ein eigenes Wesen sei, das Messer entglitt ihm, landete im Gras, und zugleich drehte sich Josef halb um sich selbst und sank in Zeitlupentempo zu Boden. Sein Hinterkopf scharrte über ein Stück Rinde am Strunk. Dann lag er rücklings da, sehr bleich, mit ausgebreiteten Armen. Bunt und Vivienne waren mit ein paar Schritten bei ihm, drehten ihn auf die Seite, knöpften sein Hemd auf, kontrollierten Atem und Puls, und während Vivienne im Haus Wasser holte, rollte Bunt seine Jacke zusammen, lagerte mit ihrer Hilfe Josefs Beine hoch und begann kräftig seine Brust zu massieren. Josef seufzte, schlug die Augen auf und schloss sie wieder, und Vivienne goss Wasser über seine Stirn. Sie merkten, bei Josef kauernd, zuerst gar nicht, dass auch Ballonet herbeigehinkt war, sie merkten nicht, dass Madame Ballonet in der Nähe stand und sich schließlich auch Julie stumm dazugesellte.

«Es ist nichts Schlimmes», sagte Bunt schließlich zu ihnen. «Jedenfalls lebt er noch.»

Mit vereinten Kräften schafften sie Josef in seine Kammer und legten ihn aufs ungemachte Bett. Ein Arzt sei seiner Beurteilung nach nicht nötig, sagte Bunt, der Mann habe sich einfach ausgepumpt und brauche Erholung.

Aber sie bestehe darauf, sagte Vivienne, dass er zu einer gründlichen Untersuchung mit dem nächsten Fischerboot nach Hyères gebracht werde.

Das sei erst morgen früh möglich, antwortete Madame Ballonet, bis dahin komme kein Boot.

«*Tant pis*», sagte Vivienne. «Im Notfall holen wir Didier.»

Julie stellte sich zur Verfügung, den Patienten zu überwachen, sie werde ihm, versprach sie, Kamillentee bringen und später vielleicht eine Bouillon, und sie werde sich erlauben, die Tür nachts von außen abzuschließen.

Bunt lobte sie für diese Vorsicht. Es ärgerte Vivienne ein bisschen, dass er sich in ihren Hoheitsbereich einmischte. Und gleichzeitig war sie erleichtert, ihn so tatkräftig, so zupackend neben sich zu sehen. Später, als er sich verabschiedet hatte, ging Vivienne zu den Strünken und suchte das Messer im Gras. Sie fand es, fuhr mit der Fingerspitze über die Klinge und merkte, dass sie stumpf war, weniger gefährlich, als sie gefürchtet hatte. Dennoch klappte sie das Messer zusammen und beschloss, es Josef auf keinen Fall zurückzugeben.

Mitten in der Nacht wurde Vivienne von Winseln und Heulen geweckt. Sie dachte zuerst, ein böser Traum klinge in ihr nach, aber die Laute verstärkten sich, und obwohl sie von einem Tier – einem Hund, einer Hyäne – zu stammen schienen, hatten sie etwas Menschliches an sich und drückten tiefe Verzweiflung aus. Vivienne tastete in der Dunkelheit nach ihrem Morgenmantel und warf ihn über die Schultern. Draußen im Gang, vor der spaltbreit geöffneten Haustür, stand reglos Julie in ihrem langen, dicht gefältelten Nachthemd, ein Windlicht in der Hand, und lauschte angestrengt.

«Es ist Josef», flüsterte sie Vivienne zu. «Er hat einen Anfall!»

Das Winseln ging durch Mark und Bein. Es zog sich in ansteigenden Wellen hin, erreichte eine beinahe brünstige Intensität, brach ab und begann von neuem.

«Was sollen wir tun?», fragte Vivienne.

«Gehen Sie ja nicht zu ihm hinein», sagte Julie. «Womöglich hat er Schaum vor dem Mund und schlägt um sich wie ein Verrückter.»

«Man kann ihn in diesem Zustand nicht allein lassen, Julie. Er tut sich sonst etwas an.»

Sie drängte sich an Julie vorbei ins Freie. Die Tür zu Josefs Kammer stand weit offen. Im Licht einer Petrollampe war zu sehen, dass die beiden Ballonets Josef an den Schultern aufs Bett niederzwangen und seine Arme festhielten. Er wand sich unter ihrem Griff, seine Hände fuhren immer wieder zum gedrungenen Hals, versuchten ihn zu umspannen. Sein Gesicht zwischen den sich hin und her bewegenden Körpersilhouetten der Ballonets war verzerrt, aus seinem aufgerissenen Mund kamen unartikulierte Laute.

«Helfen Sie uns», stieß Ballonet hervor, als er die Anwesenheit von Julie und Vivienne bemerkte. «Er will sich erwürgen.»

Julie, die Vivienne gefolgt war, stellte abrupt ihr Windlicht auf den Boden, sie machte ein paar Schritte in die Kammer hinein und warf sich halb über Josef, um ihn, in gemeinsamer Anstrengung mit den Ballonets, an seinem Vorhaben zu hindern. «Du dummer Junge», schimpfte sie, «das darfst du nicht», und wiederholte in einem fort: «Dummer, dummer Junge!» Es sah aus, als ob die drei knienden und kauernden Menschen sich des Liegenden als Beute bemächtigt hätten; eine Mordszene, dachte Vivienne, hätte aus der Distanz kaum anders gewirkt. Sie blieb auf der Schwelle stehen, sie schaute zu, wie Josef, gegen die vereinten Kräfte der drei, allmählich erschlaffte, wie er den Hals losließ und das Blut langsam aus seinem Kopf wich. Sie sah, wie Julie mit einem Nachthemdzipfel Josefs Stirn abwischte, wie die Ballonet, deren Strümpfe bis zu den Waden hinuntergeglitten waren, beruhigend seine Wange tätschelte. Er gab nur noch unverständliche brabbelnde Laute von sich. Seine Brust hob und senkte sich, weiß leuchtend wie damals am Esstisch.

«Deckt ihn zu», sagte Vivienne.

Julie entwirrte das verknäuelte Leintuch am Fußende und breitete es über den Männerkörper. Nur noch Josefs Krauskopf schaute hervor. Das Gesicht war inzwischen so wächsern, dass es einem Toten hätte gehören können; am Hals indessen erschienen tiefrote halbmondförmige Male.

«Er muss zum Arzt», sagte Ballonet, dessen Keuchen noch nicht abgeflaut war, «er braucht eine Spritzenkur.»

«Morgen ist es früh genug», erwiderte Vivienne. «Ich gebe ihm ein Schlafmittel. Dann erwacht er erst, wenn die Fischer da sind.»

Sie holte die Tabletten. Josef schluckte sie willig mit dem Wasser, das sie ihm einflößte. Sein Körper unter dem Leintuch kam ihr, als sie ihn berührte, plötzlich nahezu gestaltlos vor, kindlich weich, als ob die Knochen in seinem Innern sich aufgelöst hätten.

Die Ballonet sagte, sie könne jetzt nach all der Aufregung ohnehin nicht mehr schlafen, sie setze sich am besten neben den Kranken und halte Wache. Sie zog den Stuhl, der in einer Ecke stand, zum Bett, setzte sich unbekümmert auf Socken und Unterwäsche, die die Sitzfläche belegten, sie grätschte sich hin, stellte ihre verdreckten Holzschuhe weit auseinander, faltete die Hände im Schoß, und es war klar, dass sie sich von hier nicht vertreiben lassen würde.

Auch Vivienne fand keinen Schlaf mehr, in ihrem Kopf dröhnten die Stimmen vieler Jahre, Tier- und Menschenstimmen, und immer wieder glaubte sie, Josefs Winseln zu hören, das doch längst aufgehört hatte, oder sie selbst war es, die Laut gab. Sie schwitzte und fror, verscheuchte Wach- und Halbtraumbilder, in denen wieder Josefs nackter Torso eine Rolle spielte. Sie dachte an ihr Zypressenrefugium und an Bunt, sie fragte sich, wie er im Schlaf aussehen mochte, ob er am Daumen lutschte oder sich zusammenrollte, wie sie es selbst manchmal tat.

Gegen sechs Uhr früh, als es draußen hell wurde, hielt sie es nicht mehr im Bett aus. Sie zog sich an und tappte barfuß ins Freie. Am Himmel über dem Fort zeigten sich rote Striemen, als habe ihn eine Riesenhand zerkratzt. Von irgendwoher roch es süß und vanilleartig. Die Steintreppe, die bemoosten Pflastersteine vor dem Haus waren glitschig vom Tau, fast wäre Vivienne ausgerutscht. Die Tür zu Josefs Kammer war bloß angelehnt, Vivienne stieß sie vorsichtig auf. Die Lampe brannte nicht mehr, aber das Dämmerlicht genügte, um sichtbar zu machen, dass Madame Ballonet noch immer auf ihrem Platz saß. Sie schlief mit weit zurückgeneigtem Kopf und offenem Mund, aus dem ein gleichmäßiges Schnarchen drang, sie war auf dem Stuhl bis ganz zum Rand gerutscht, so dass Oberkörper und Beine fast eine gerade Linie bildeten, und diese Stellung, zusammen mit den gespreizten Beinen, über denen sich der Rock spannte, hatte etwas so Obszönes an sich, dass Vivienne versucht war, die Schlafende zu wecken und zurechtzuweisen. Aber sie tat es nicht. Die Wölbung im Bett verriet, dass Josef sich auf die Seite gedreht und ganz in die Decke eingemummt hatte, auch sein Kopf war verschwunden, oder vielleicht sah sie ihn nicht, weil alles dort drin so grau und verschattet war wie auf einer unterbelichteten Fotografie. Nichts deutete darauf hin, dass die beiden Figuren jemals zum Leben erwachen könnten.

Vivienne machte ein paar Schritte weg vom Haus, in die nasse Wiese hinein. Die Morgenkälte stieg kribbelnd ihre Beine hinauf. Sie liebte dieses Gefühl, sie hatte es schon als Kind in Norwegen geliebt, nie fühlte sie sich so wach und lebendig, wie wenn sie der Morgenkälte widerstand. Sie blieb stehen, schaute hinunter zum Meer, ließ den Blick vom Schilf zum Landesteg schweifen. Jemand saß am Ufer, eine schmale Silhouette mit breitkrempigem Hut. Woran sie Bunt erkannte, hätte Vivienne nicht sagen können. Aber sie war sich vollkommen sicher und ging ohne Furcht, aber verwundert auf ihn zu. Als er sie sah, erhob er sich vom flachen Stein, auf dem er gesessen war. Er trug einen wollenen Umhang und hatte den Filzhut tief in die Stirn gedrückt.

«Was machst denn du hier?», fragte Vivienne, als sie vor ihm stand.

Es war nun hell genug, um die Gesichtszüge zu unterscheiden, und es wurde von Minute zu Minute heller.

«Oh», sagte Bunt, und sein Lächeln, das pfiffig sein wollte, wirkte eher ausweichend und unbehaglich. «Ich dachte … nun ja, ein früher Spaziergang kann nie schaden … Einen schönen guten Tag übrigens!»

«Du siehst aus wie ein mazedonischer Hirt. Nein, wie ein viktorianischer Detektiv. Es fehlt nur der Nebel.»

«Nun ja, um die Wahrheit zu sagen, ich habe hier ein bisschen gewartet …»

«Gewartet? Worauf denn? Auf mich?»

«Nicht direkt … Ich war sehr beunruhigt gestern Abend … Ich wollte sicher sein, dass dir nichts geschieht … Und da bin ich zurückgekehrt und habe Wache gehalten.»

Sie schüttelte ungläubig den Kopf. «Seit wann denn?»

«Ich glaube, ich war so um halb drei wieder da.»

Vivienne war gerührt und gleichzeitig verärgert, aber die Rührung überwog. Zum Glück hatte Bunt seinen Posten erst bezogen, nachdem Josef verstummt war. Wäre er früher gekommen, hätte er vermutlich geglaubt, Viviennes Leben sei bedroht, und er hätte versucht, sie zu verteidigen. «Danke schön», sagte sie. «Aber es wäre nicht nötig gewesen. Ich habe Josef ein Schlafmittel gegeben.»

«Und er hat es geschluckt?»

«Er gehorcht mir immer noch, wenn ich selber sicher bin, was ich will. Er wird Port-Man heute Morgen verlassen.»

«Bist du sicher? Der Mann kommt mir vor wie ein böser Geist, den man richtig exorzieren muss.»

«Du übertreibst. Er ist liebeskrank und todunglücklich. Er sieht in mir eine Märchenprinzessin, die ich überhaupt nicht bin.»

Bunt lachte leise, mit einer kleinen eifersüchtigen Schwebung, die Vivienne nicht entging. «Oh, Prinzessin ist ja sicher übertrieben. Aber du trägst immerhin einen adligen Namen.»

«Lass das. Für unsere Namen können wir nichts. Komm lieber ins Haus. Du bist sicher ganz verfroren. Julie macht dir einen heißen Tee.»

«Nein, nein. Es ist viel zu früh für einen Besuch. Ich geh zurück und komme später wieder. Außer, du würdest irgendwie meine Hilfe benötigen.»

Sie schauten einander forschend an. In diesem Augenblick ging hinter dem Fort die Sonne auf, ein gleißender Rand erst, der sich rasch verbreiterte, und auf Bunts Gesicht lag plötzlich ein beinahe überirdischer Schein, eine hellgolden strahlende Folie.

«Ich komme ganz gut allein zurecht», sagte Vivienne.

Bunt nickte und schlug den Umhang auf unbeholfene Weise um sich. «Dann lass ich dich jetzt allein.»

«Ja. Ich muss diese Geschichte allein abschließen. Verstehst du das?»

«Natürlich.» Er schlug den Weg zum Wald ein, den Josef gekiest hatte. Trotz seiner kältesteifen Beine brachte er rasch ein Dutzend Schritte zwischen sich und Vivienne.

«Bis später», rief sie ihm nach.

Bunts überlanger Schatten wanderte schräg hinter ihm her, hüpfte über Steine und Grasbüschel wie ein ausgehungerter und dennoch übermütiger Begleiter.

Dünn schneiden

Ich sah Fräulein von Wattenwyl, die spätere Frau Goschen, noch einige Male, und immer verhielt sie sich mir gegenüber äußerst herzlich; nie versäumte sie es, uns im Präparatorium einen Besuch abzustatten und sich die in Arbeit befindlichen Tiere zeigen zu lassen. Wir konnten oft nur mutmaßen, wo sie sich gerade aufhielt. Manchmal aber belehrten uns Kartengrüße oder gar Briefe über ihren gegenwärtigen Aufenthaltsort, und auch in diesen schriftlichen Lebenszeichen wurde Herr Ruprecht gelegentlich mit einem speziellen Gruß bedacht.

Sie soll am Ende ihrer zweiten Afrikareise einige Monate in größter Abgeschiedenheit auf dem Mount Kenya verbracht und dort, auf dreitausend Meter über Meer, mit knapper Not einen Buschbrand überlebt haben. Diesen Hang zur Absonderung teilen wir Dermoplastiker – so nennt sich Ruprecht am liebsten – mit ihr. Was ist denn das Präparotorium anderes als eine Einsiedelei, in der wir höchst ungern andere dulden? Fräulein von Wattenwyls Neigung indessen, sich zugleich in Gefahr zu begeben, ist nicht die unsere. Ruprecht genügte die Pirsch in der Münsinger Au oder am Ufer des Neuenburger-Sees, wo sich nie irgendwelche Raubkatzen tummeln werden.

Nach Fräulein von Wattenwyls erneuter Rückkehr aus Afrika ging plötzlich im Museum das Gerücht um, sie wolle sich jetzt als Reiseschriftstellerin auf einer Insel im Mittelmeer niederlassen, und in der Tat bekamen wir in den Jahren 29 und 30 mehrmals Post von den Iles d'Hyères, deren genaue Lage ich im Atlas nachschlug. Es wäre mir durchaus möglich gewesen, sie während meiner Ferien zu besuchen. Die Fahrt im Nachtzug bis Toulon hätte ab Bern – ich schlug die Zeiten im Kursbuch nach – sechzehn Stunden gedauert, nach weiteren vier Stunden wäre ich auf Port-Cros angekommen. Ich hätte ihr das Ginsterkätzchen überreichen können, das ich in meiner Freizeit für sie modelliert und mit Fell überzogen habe. Der kleine Balg war seinerzeit in einer Kobhaut eingeschnürt gewesen. Bei einem ihrer Besuche erzählte sie, halb auf Französisch und halb pantomimisch, sie habe das Kätzchen halb tot aufgefunden und eine Zeit lang durchgefüttert, dann sei es gestorben und sie habe es aus Anhänglichkeit abgebalgt, obwohl daraus ja wohl nichts Rechtes werde. Ruprecht hielt die Haut tatsächlich für fehlerhaft; ich habe dann, zu Hause in unserem Keller, trotzdem etwas daraus gemacht, was Fräulein von Wattenwyl gefreut haben würde. Aber ich ließ meine Reisepläne fallen; es wäre ja doch allzu aufdringlich gewesen, sie auf solche Weise zu überfallen. Wir hörten dann über vielerlei Stationen, dass Fräulein von Wattenwyl auf der Insel als exzentrische Person gelte; sie wandere oft mit einem Papagei auf der Schulter und in Begleitung eines Esels herum, sie habe sich in Männergeschichten verstrickt und wisse vor allem einem Bediensteten gegenüber nicht die nötige Distanz zu wahren. Letzteres konnte ich kaum glauben; denn Fräulein von Wattenwyl machte auf mich niemals den Eindruck, von Leidenschaften getrieben zu werden, im Gegenteil: ich habe in meinem Leben kaum eine beherrschtere Person gekannt. Als Nächstes traf indessen ihre Verlobungsanzeige bei uns ein. Darin stand, sie gedenke sich mit einem George Gerard Goschen zu verheiraten. Man macht sich, im Falle einer solchen Überraschung, so seine Gedanken; Ruprecht bemerkte sogar, es sei nicht von der Hand zu weisen, dass von ihrer Seite – sie ging nun auf die dreißig zu – Torschlusspanik im Spiele sei. Unsere Direktionssekretärin fand heraus, dass der Bräutigam aus bester Familie stammte und sein Vater, ein verdienter Diplomat, von der Königin in den Stand des Lords erhoben worden war. Da fühle man sich, spottete Ruprecht, als Rheinland-Pfälzer und Winzersohn ziemlich klein daneben. Wie erst ein Neunzehnjähriger, der noch nicht einmal seine Lehre abgeschlossen hatte! Später zeigte uns Fräulein Indermühle, Frau Goschens Vertraute in Bern, freundlicherweise eine Fotografie des Hochzeitspaars. Der Mann wirkte, gestatten Sie mir diese Bemerkung, ein wenig verknöchert. Er hatte im Übrigen den gleichen Jahrgang wie Ruprecht, war also dreizehn Jahre älter als die Braut, was in manchen Fällen eindeutig zu viel ist. Sowohl mein Lehrmeister als auch ich zweifelten, ob Herr Goschen die richtige Wahl war. Ruprecht hätte ihr einen Mann mit Saft und Kraft gegönnt, einer, unter dessen Fittichen sich ihre fraulichen Eigenschaften hätten entfalten können. Lange überlegte ich mir, ob ich Frau Goschen das Ginsterkätzchen als Hochzeitsgeschenk auf eigene Kosten an ihre neue Adresse in England schicken sollte, ließ es dann bleiben und schloss die kleine Dermoplastik zu Hause in einem Schrank ein, wo sie im Lauf der Jahre verstaubte.

Ruprecht ging es damals nicht gut. Seine Ehe war im Jahr zuvor zerbrochen, die Frau samt Sohn nach Deutschland zurückgereist. Möglicherweise lag es daran, dass er sich zu sehr in der Arbeit vergrub und die Familie deswegen vernachlässigte. Auch dies erfuhr ich nur über Umwege; mit mir sprach Ruprecht nie über Privates, wahrscheinlich auch sonst mit niemandem. Kurz nach der Scheidung soll er um Fräulein Gertrud Braun, erste Verkäuferin in einem Lebensmittelladen, zu werben begonnen haben. Jedenfalls teilte uns Ruprecht zwei Wochen, nachdem wir Fräulein von Wattenwyls Anzeige erhalten hatten, seine eigene Verlobung mit, beinahe als wolle er beweisen, dass auch er, trotz seiner familiären Vergangenheit, zu einem solchen Schritt fähig sei. Er hatte dann bald wieder einen Sohn, den er schon als plapperndes Kleinkind dann und wann ins Museum mitnahm, wo es zwischen den Modellen am Boden mit Fellstücken spielen durfte.

Der Maler Würgler begann zu dieser Zeit die Dioramen auszumalen. Auch er hatte einen Sohn, der ihn bisweilen zur Arbeit begleitete. Wie rasch diese Kinder heranwuchsen, wie schnell überhaupt die Zeit verflog! Bevor ich von Bern wegging, erlebte ich es noch, dass der Präparator- und der Malersohn an schulfreien Nachmittagen kleinere Dekorationsarbeiten in den Kojen übernahmen. Die beiden Väter stritten sich immer wieder über die Aufstellung der Tiere. Würgler war ein Oberländer Dickschädel und wollte selbstverständlich, dass der Hintergrund, den er ausgemalt hatte, genügend zur Geltung komme; Ruprecht dagegen ging es darum, die Tiere von ihrer besten Seite zu zeigen und so zu gruppieren, dass der Blick sogleich auf sie gelenkt wurde. Die Söhne mochten es nicht, wenn die Väter sich uneinig waren, und vielleicht war es auch der Söhne wegen, dass Würgler und Ruprecht sich nie auf die Dauer verkrachten und immer wieder einen Kompromiss fanden. Im Lauf der Zeit entwickelte sich zwischen ihnen sogar eine Männerfreundschaft, der ich mich, als wesentlich Jüngerer, sozusagen am Rande zugehörig fühlen durfte.

Ruprecht hatte darauf gedrungen, aus dem Kojengang das Tageslicht, das die Illusion zerstört, vollständig zu verbannen, und so verbrachten wir ganze Tage bei künstlichem Licht in unserem Afrika. Wenn die Buben da waren, befestigten sie am liebsten allerlei zusammengesuchte Blätter, die sie vorher in heißem Paraffin konserviert hatten, an leimbestrichenen Ästen und verwandelten so einheimisches Gewächs in afrikanisches, oder sie steckten Schilf- und Bambusrohre in Sand und Lehm, und Würgler wachte darüber, dass die vorne entstehende Landschaft unmerklich in seine Hintergrundmalerei überging. Sogar Doktor Baumann konnte sich bisweilen nicht enthalten, beim ersten Anblick einer fertigen Koje ein kindliches «Oh!» von sich zu geben, das uns bewies, wie groß die Wirkung war, die unser Afrika selbst auf kritische Geister ausübte.

ABSCHIEDE

EINE HALBE STUNDE nach Sonnenaufgang landeten die korsischen Fischer in der Bucht. Sie waren zu fünft, gingen in ihren langen Stiefeln zum Haus, wo Madame Ballonet sie mit Kaffee und Spiegeleiern bewirtete, deren Geruch über die ganze Wiese zog. Vivienne trat zu den Fischern draußen am Holztisch und bat sie, Josef mitzunehmen und dafür zu sorgen, dass er in ärztliche Behandlung komme. Er sei krank, er habe Tobsuchtsanfälle, leide zeitweise an Wahnvorstellungen. Die Überfahrt mit ihm sei nicht ohne Risiko, ob sie sich zutrauen würden, ihn notfalls zu überwältigen? Die Männer warfen sich komplizenhafte Blicke zu, lachten ein wenig über Viviennes Besorgnis. Sie seien doch, sagte einer mit einem tätowierten Oberarm, in solcher Überzahl, dass der Italiener keine Chance gegen sie habe. Vivienne versprach ihnen, sie für ihre Mühe zu belohnen; die Männer tauschten in ihrem Dialekt beifällige Bemerkungen aus. Dann verlangte der Wortführer von der Ballonet, dass sie einen Schnaps ausschenke, Mademoiselle werde diese Runde gewiss übernehmen. Und da Vivienne keinen Einspruch erhob, holte Madame Ballonet die Pastisflasche und schmutzige Gläser heraus. Die Einladung mitzutrinken lehnte Vivienne allerdings höflich ab.

Unterdessen war Josef von Julie geweckt worden, sie hatte ihm sogar einen Waschkrug und frische Tücher in die Kammer gebracht. Er kam heraus, als die Fischer schon den zweiten Schnaps kippten, und blieb auf den Pflastersteinen stehen. Die Sonne blendete ihn, und er kniff die Augen zusammen. Im harten Licht wirkte sein Gesicht gipsern und maskenhaft. Er hatte seinen zerknitterten Sonntagskittel angezogen und hielt den Griff seiner ausgebeulten Reisetasche umklammert, als fürchte er, sie könnte ihm geraubt werden. Die Fischer verstummten bei seinem Anblick.

«Nun, Josef», sprach Vivienne ihn mit aufgesetzter Munterkeit an. «Bist du wieder gesund? Es ist Zeit abzureisen.»

Er blickte in ihre Richtung, schien aber durch sie hindurchzuschauen. «Ich weiß», sagte er tonlos. «Ich gehe weg von Madamoiselle. Aber es ist nicht mein Wille. Ich gehe, weil ich muss.»

«Hier ist dein Lohn und noch etwas dazu», sagte Vivienne und wollte ihm die Scheine und Münzen geben, die sie vorher abgezählt hatte. «Ich habe Madame Balyne deinetwegen schon geschrieben.»

Aber Josef weigerte sich, das Geld anzunehmen. Sie trat noch näher zu ihm hin und steckte es in seine Kitteltasche. «Du brauchst ärztliche Hilfe», sagte sie. «So kann es nicht weitergehen.»

«Ich brauche nicht Arzt», erwiderte Josef fast unhörbar und so nahe bei ihr, dass sein saurer Atemhauch sie streifte. «Ich brauche nicht Geld, ich brauche Madamoiselle. Aber Madamoiselle will mich nicht, weil ich arm bin. *Senza fortuna.*»

«Du täuschst dich, Josef. Man kann Liebe nicht erzwingen. Man kann sie niemandem befehlen.»

Josef hatte einen abwesenden Ausdruck und schien ihr gar nicht zuzuhören.

Einer der Fischer rief ihm zu, er solle sich zu ihnen setzen und sich einen Schluck genehmigen, das vertreibe die üblen Geister. Doch Josef blieb stehen, wo er war, stellte nicht einmal die Tasche ab. «Ich bin bereit», sagte er. Noch einmal wandte er sich an Vivienne; aus dem Lächeln, das er versuchte, wurde eine trostlose Grimasse.

Er verabschiedete sich mit einem Neigen des Kopfs von Madame Ballonet und Julie, dann machte er einen ungeschickten Bückling vor Vivienne. Die Fischer standen auf und säuberten die Hände an ihren Hosen. Sie nahmen Josef in die Mitte und marschierten mit ihm zurück zum Boot. Einer stützte ihn, ein anderer wollte ihm die Tasche abnehmen, doch er gab sie nicht her. Plötzlich aber, kurz bevor er ins Boot stieg, straffte er sich und begann zu pfeifen, es waren die Anfangstakte von *Ramona*, einem Gassenhauer, den er bei der Arbeit unzählige Male gesungen hatte. Der leichte Wind trieb die Töne zum Haus hin wie Fetzen von Buntpapier. Die Fischer schoben das Boot ins Wasser, sprangen zu Josef hinein, der schon im Bug Platz genommen hatte. Sie begannen zu rudern, im Auf und Nieder des Boots verschwand allmählich der helle Fleck von Josefs Gesicht.

Vivienne hätte sich gerne befreit gefühlt wie die anderen Male, als sie allein zurückgeblieben war. Aber das Gefühl stellte sich nur zögerlich ein und war vermischt mit einer leisen Trauer, die ihre Erleichterung durchwölkte wie in klares Wasser tropfende Tinte. Was sollte das? Sie war ja so dumm gewesen, so unbegreiflich dumm, dass sie es nicht geschafft hatte, Josef früher zu verjagen! Sie dachte an den Biss, an seine zahllosen Übergriffe, die groben und die subtileren. So konnte sie ihren ganzen Zorn gegen ihn wachrufen. Wollten nicht alle Männer letztlich nur eins von ihr: Unterwerfung? Aus dem Beschützer wird schnell ein Bewacher, aus dem Bewacher schnell ein Wärter. Zwar widerlegte Bunt beinahe mit jedem Satz, jeder Geste diesen Verdacht, aber ihr Misstrauen verflüchtigte sich nicht.

Er blieb noch zehn Tage. Die fünf Inselwochen, die er ursprünglich eingeplant hatte, schrumpften zu zwei. Er ahne, sagte er, dass ein Dauergast wie er Vivienne zur Last falle. Sie hätte ihm ebenso gut widersprechen wie zustimmen können, so ließ sie ihn einfach gewähren und ging davon aus, dass seine Rücksichtnahme ein Teil seines Werbens war. Aber die

Tage, die ihnen blieben, waren frühlingshell und voller Hoffnungen. Sie verbrachten sie vom späten Morgen an gemeinsam und trennten sich erst bei Dunkelheit. Jetzt brauchten sie nicht mehr zu befürchten, dass Josef ihnen irgendwo auflauern würde, und sie schlossen lachend aus, dass er nach Port-Cros schwimmen würde, um sich zu rächen. Überhaupt lachten sie viel; Vivienne dachte manchmal, seit dem ersten norwegischen Sommer, in dem sie ausgelassen mit Brovie herumgetollt war, habe sie nie mehr so viel gelacht. Bunt rezitierte Shakespeare in der nuschelnden Art eines alten Schauspielers. Er erzählte kleine witzige Geschichten aus der guten Londoner Gesellschaft, Geschichten von Selbstbetrug, Überheblichkeit, blinder Liebe, und er ahmte Stimmen und Gestik der Protagonisten so geschickt nach, dass er ein ganzes Theaterensemble ersetzte. Vivienne führte ihm ihrerseits den Buschkuckuck vor, Schakalgeheul, das Trompeten eines Elefantenbullen, und dann entschloss sie sich dazu, Bunt in den Turm zu führen. Es war ihr bisher größter Vertrauensbeweis. Er musste am Fuß der Wendeltreppe warten, sie begann auf halber Höhe, wo es nach Urin und Moder roch, mit einem tief aus der Kehle steigenden Knurren, ließ es übergehen in ein immer stärker werdendes Gebrüll, das, wie ihr schien, betäubend von allen Seiten widerhallte. Und dann erlebte sie, worauf sie insgeheim gehofft hatte: Bunt ging auf ihr Spiel ein, er antwortete in ihren Atempausen mit Lauten, die ebenfalls Knurren und Brüllen sein wollten, am Anfang allerdings noch zu sehr den Menschen verrieten. Dennoch war es wundervoll, dass nicht bloß der Widerhall der eigenen Stimme auf ihre Ohren zurückschlug, sondern ein anderes Wesen in ihrer Nähe sich auf ähnliche Weise äußerte und ihre beiden Stimmen sich in einem bizarren Duett vereinten. Nach einiger Zeit wagte es Bunt, Stufe um Stufe näher zu kommen. Ihr Herz schlug schneller, sie zog sich vor ihm zurück, immer höher hinauf, aber langsamer als er, so dass er bei ihr war, bevor sie den Laufgang erreicht hatte. Er streckte knurrend die Arme nach ihr aus, aber sie entwischte ihm mit einem Fauchen, das ein halbes Lachen war, ins Licht, in den Wind. Draußen, vor der durchbrochenen Mauer, hörten sie abrupt mit dem Löwenspiel auf und lachten einander verlegen an. Bunt war ein wenig heiser geworden, er fragte nur, ob dies ihr Afrika gewesen sei, sie nickte und las in seinen Augen, dass sie ihm nichts Weiteres zu erklären brauchte. Gemeinsam gingen sie von Luke zu Luke, bewunderten die Farben des Meers, das vielfach abgestufte Grün der Ile du Levant, die, wie Bunt fand, einem Fabeltier glich, einem Drachen mit smaragdenen Schuppen. Immer wieder sah sie an seiner Seite etwas Vertrautes ganz neu, aber sie konnten sich auch dem Rauschen von Wind und Brandung, den Vogelrufen überlassen, und sie konnten über die Mittagsblumen staunen, deren Blüten sich an der Steilküste in ihrem unvergleichlichen Purpurrosa öffneten.

Sie gingen nun öfter zum Fort und unterließen es nie, die Löwen zu ehren, wie Bunt es nannte. Noch wichtiger war es für Vivienne, dass sie von diesem ersten Turmbesuch an Schritt für Schritt – und ohne dass sie sich's vorgenommen hatten – eine gemeinsame Tiersprache entwickelten. Jedes Hecheln, Winseln, Knurren, Bellen, Jaulen gewann seine eigene Bedeutung, und dabei kam es nicht bloß auf die Betonung und die Länge der Äußerung an, sondern ebenso auf das Mienenspiel. Wenn Vivienne morgens bei Bunts Ankunft die Mundwinkel nach unten zog und vor sich hin grummelte, so hieß das: Ich habe schlecht geschlafen, gib mir noch ein wenig Zeit. Wenn sie hingegen die Augenbrauen hob und zwei-, dreimal freudig kläffte, zeigte sie, dass sie gleich aufbrechen wollte. Und wenn Bunt nachmittags beim Angeln oder beim Skizzieren mit den Ohren wackelte und klägliche Laute ausstieß, meinte er natürlich, er habe jetzt

Hunger und Durst, es sei Zeit für den Vier-Uhr-Tee. So erweiterten sie Tag um Tag ihren Lautschatz und schufen eine Geheimsprache, mit der sie allmählich auch Gefühle, für die ihnen die Worte fehlten, auszudrücken verstanden. Es war ein Spiel, von dem Vivienne nicht genug bekam, und es war mehr als ein Spiel: Sie gründeten damit ein kleines Reich, das nur ihnen beiden gehörte.

Sie liebten es, neue Wege, neue Aussichtspunkte und Tälchen zu entdecken. Sie gaben jedem Platz, der ihnen gefiel, einen Namen, auf den sie sich in scherzhaften Wortgefechten einigten. *Mönchsklause* nannten sie eine verwunschene Stelle, wo sich in steilem, dicht überwachsenem Gelände eine Höhlung auftat, *Seeräubers Ankerplatz* hieß für sie eine kleine Bucht auf der Südseite, zu der man hinunterklettern musste. Zuoberst auf den Klippen errichteten sie hier und dort – es war Viviennes Idee – ein Steinmännchen. Es kam nicht auf die Route an, die sie wählten, sondern auf den Ton, der sich zwischen ihnen ergab, und darauf, dass sie sich gemeinsam fortbewegten und einen Rhythmus fanden, der wie von selbst in kleine Ruhepausen mündete, wo sie schweigend nebeneinander saßen und Bunt seine Pfeife ansteckte. Aber welchen Weg sie auch einschlugen, stets sorgte Vivienne dafür, dass sie ihrem Refugium nicht zu nahe kamen. Sie verbot sich, dieses letzte Inselgeheimnis preiszugeben, und sie fürchtete, Bunt werde es auf eigene Faust entdecken. Ihre Angst war unbegründet. Ohne ihre Gesellschaft, so zeigte es sich, folgte er lieber den vertrauten Wegen; es langweile ihn, sagte er, den einsamen Entdecker zu spielen.

Zwei-, dreimal auf solchen Spaziergängen lag es in der Luft, sich zu küssen, doch sie zögerten beide, versäumten den magischen Augenblick, gingen weiter und taten so, als ob sie die Kraft, die sie zueinander hinzog, nicht gespürt hätten. Es war schon viel, dass bisweilen ihre Hände zueinander fanden, sich gar, ein paar Schritte lang, ineinander verflochten. Es stimmte ja wohl, dass Bunt wenig Erfahrungen mit Frauen hatte, er hätte sonst, wie sie es von anderen Männern kannte, ihr physisches Zögern ausgenützt und dann vielleicht festgestellt, dass Küssen für sie nichts Unbekanntes war. Hin und wieder, wenn die Nähe zwischen ihnen beinahe unerträglich wurde, schien Bunt in tödlicher Verlegenheit zu erstarren, und darüber half ihm auch ein verstehender Knurrlaut von ihrer Seite nicht hinweg.

Sie begleitete ihn bei seiner Abreise bis nach Toulon und nahm auch Julie mit, als Anstandsdame gewissermaßen. Auf der Überfahrt freundete sich Bunt mit dem Kapitän an. Er fand heraus, dass Daumas 1916, zur gleichen Zeit wie er, an der Westfront gekämpft hatte. Die beiden Männer schlugen sich gerührt auf die Schultern, sie nannten die Namen von Ortschaften und Generälen, die ihnen vertraut waren, und Vivienne begriff nicht, dass Bunt dem Krieg gegenüber, den er doch hasste, plötzlich so milde gestimmt war. Dann durfte Bunt sogar oben auf dem Deckaufbau eine Weile das Steuerrad halten und sich darüber wundern, wie schnell und wie selbständig es sich in seinen Händen drehte. Als er nach einer Viertelstunde zu Vivienne in die Kabine zurückkehrte, stellte sich heraus, dass er die kleine Unterhaltung mit Daumas gleich auch benutzt hatte, um auf gewisse Versehen in dessen Transportrechnungen hinzuweisen. Daumas habe sich einsichtig gezeigt und versprochen, Vivienne die zu viel berechneten Beträge bei nächster Gelegenheit zurückzuzahlen. Er war wirklich erstaunlich, dieser Bunt, so harmloskindlich und doch so gewitzt. Die Leute, dachte Vivienne, verhielten sich ihm gegenüber, als wäre er eine Mischung aus Beichtvater und Weihnachtsmann. Auf der *Vedette* schienen sich die Klassenschranken ohnehin aufzulösen. Auch mit Julie vertiefte sich Bunt in ein vertrauliches Gespräch. Er saß neben ihr auf dem Achterdeck zwischen leeren Fässern, und durch die tropfenübersprühten Kabinenscheiben sah Vivienne, wie er zu ihrem Wortschwall sorgenvoll und gütig nickte. Hinterher erfuhr sie von Bunt, dass Julie eine uneheliche Tochter hatte; vor vielen Jahren sei sie im Kloster, wo sie als Köchin gedient habe, von einem Mönch geschwängert worden. Sie wünsche sich sehnlich, dass ihr Kind sie einmal in Port-Man besuche, habe aber Angst, dass Vivienne sie ihres Fehltritts wegen verurteile. Vivienne lachte laut auf, als Bunt ihr später in Toulon die Geschichte in tragisch gefärbtem Ton vortrug, und zugleich gab es ihr einen Stich, dass er auf einer anderthalbstündigen Überfahrt mehr erfahren hatte als sie in vielen Wochen. Was er nicht alles war, ihr Bunt: Bote, Vermittler, Spaßmacher, Ratgeber, Tröster. Und Freund? Ja, auch Freund.

Nachtzüge waren Bunt zuwider. Er wolle ins Helle schauen und vor sich hin träumen können, sagte er, und er werde lieber sitzend als liegend durchgerüttelt. So plante er, erst am nächsten Morgen den Frühzug nach Paris zu nehmen, und sie verbrachten eine Nacht in einem Touloner Hotel, in getrennten Zimmern natürlich, sogar auf verschiedenen Etagen, während Julie, die sich in Hotels unwohl fühlte, bei einer Bekannten unterkam. Sie aßen wenig an diesem Abend, obwohl sie sich an einen festlich gedeckten Tisch gesetzt hatten, schauten durchs offene Fenster hinaus auf einen hell beleuchteten Innenhof, in dem große Töpfe mit blühenden Azaleen standen. Beiden war der Appetit vergangen, und beide taten sie so, als mache der nahende Abschied ihnen wenig oder nichts aus. Sie leerten eine Flasche Saint-Emilion, auf der Bunt bestanden hatte, und tranken danach einen Armagnac. Bunt begleitete Vivienne die Treppe hinauf und stützte sie leicht am Ellbogen, damit sie ihre Beschwipstheit kaschieren konnte. Sie hatte Lust, unbändig zu lachen und gleichzeitig zu weinen, aber sie brachte keinen Laut mehr über die Lippen, nickte Bunt, als dieser sie vor ihrer Zimmertür losließ, nur freundlich zu.

Ihr Zimmer lag im dritten Stock unter dem Dach. Sie trat hinaus auf den kleinen Balkon, hielt sich am eisernen Geländer fest, schaute hinunter auf den gepflasterten, von klassizistischen Gebäuden umgebenen Platz. Irgendetwas herb Riechendes blühte in der Nähe, vielleicht waren es die Platanen, unter denen auch jetzt noch, gegen Mitternacht, laut schwatzende Passanten spazierten. Sie fragte sich, wie es wäre, sich fallen zu lassen, jetzt gerade, hineinzuspringen ins Vergessen, um all den Unsicherheiten, den schwierigen Entscheidungen auf immer zu entgehen. Ein Sprung, ein Sturz, ein greller Schmerz und dann Dunkelheit. Erschrocken wich sie ins Zimmer zurück, in dem es warm war wie im Sommer, schwül beinahe. Sie wollte leben aus eigenem Entschluss. War ihr das nicht schon lange klar geworden?

Sie ließen sich um halb sechs wecken und frühstückten unten im verwaisten Saal, wo nur eine einzige Lampe über ihrem Tisch brannte. Je heller es draußen wurde, desto fahler sahen ihre Gesichter aus. Sie löffelten stumm ihre Eier, strichen Marmelade auf Toast, hörten dem Gezwitscher der Stare zu, die sich auf den Platanen versammelt hatten.

Es dauerte eine Weile, bis Bunts sperriges Gepäck im Taxi verstaut war. Immer wieder wies er den Chauffeur an, einen Koffer oder eine Tasche anders zu platzieren, da sonst der empfindliche Inhalt Schaden nehmen könnte. Er hatte in der Tat einiges eingepackt, auf das er Acht geben musste, eine Torte, die Julie für ihn gebacken hatte, getrocknete Inselkräuter, Weichkäse, den es in London nicht gab; dazu behinderten ihn all die baumelnden Sachen, die er sich wieder umgehängt hatte. Er sehe aus, sagte Vivienne zu ihm, als ob er zu einer Weltreise aufbrechen wolle, dabei betrage die Distanz zwischen Toulon und London nur etwa sechshundert Kilometer.

«Nein, nein», antwortete er. «Keine Weltreise. Die Spezialistin für Expeditionen bist sowieso du. Ich bin unheilbar zivilisiert und brauche bloß so viele Dinge, damit ich mich bei jeder Gelegenheit irgendwo festhalten kann.»

Sie verpassten beinahe die Abfahrt des Zugs. Drei Porteure schafften das Gepäck auf den Perron, wo die Lokomotive schon unter Dampf stand, brachten es ins reservierte Abteil oder schoben Einzelstücke hastig durchs offene Fenster, aus dem sich Bunt, die erloschene Pfeife im Mund, herausbeugte. Dann erklang das Abfahrtssignal. Bunt reichte Vivienne noch einmal die Hand und ließ sie nicht los. Sie ging neben dem Zug her, der sich schwerfällig, mit quietschenden Rädern in Bewegung gesetzt hatte. Bunt bewegte die Lippen, aber in all dem Lärm verstand sie ihn nicht. Erst als er es wiederholte, ging ihr der Sinn auf. «Willst du mich heiraten?», fragte er. Es war die Frage, vor der sie sich gefürchtet, auf die sie gehofft hatte, und die Anstrengung, sie im letzten Moment doch noch hervorzubringen, hatte Bunts Gesicht rot verfärbt. Er schaute ihr, während sie ihre Schritte beschleunigte, in die Augen, hoffnungsvoll und bittend. Aber sie hatte keine Antwort, und der rascher gehende Atem, den das Mitlaufen erzwang, erlaubte ihr das Sprechen gar nicht mehr.

Der Zug fuhr nun so schnell, dass Bunt gezwungen war, Viviennes Hand loszulassen. Beinahe wäre Vivienne gegen eine Gruppe winkender Soldaten gerannt, die im Weg standen. Sie drängte sich zwischen ihnen hindurch, und als sie Bunt, viel weiter vorn, wieder sah, rief er ihr noch etwas zu, bevor seine Stimme in den übrigen Geräuschen verwehte. «Ich werde schreiben», glaubte sie verstanden zu haben, und dieser eine Satz stimmte sie so froh, dass nun auch sie die Hand zum Winken hob. Sie winkte, während die Fenster der zweiten und dritten Klasse an ihr vorüberwischten, sie winkte noch, während der Rauch der Lokomotive auf sie zutrieb und sie Bunt schon längst aus den Augen verloren hatte.

Ihr steht noch der lange Abstieg bevor. Nach dem Brand scheint es ihr manchmal, die Gipfel ringsum hätten sie umzingelt, hielten sie zurück mit steinernen Armen. Einen Tag später als vereinbart und erst gegen Abend kommen Magadi und Hezekiah mit den Trägern bei der Hütte an, von Kopf bis Fuß mit Asche bestäubt und völlig entkräftet. Es gebe, sagen sie, fast kein Durchkommen mehr, die Straße sei unpassierbar, man habe lange Umwege in Kauf zu nehmen, Vivienne müsse sich auf große Anstrengungen gefasst machen.

Die letzte kalte Nacht in der Hütte. Der Rauchgeruch. Die Zartheit der Farben in der Morgenfrühe, so zart wie das Gefieder der Vögel, die sie mit Mehlklümpchen gefüttert hat. Ein paar Träger zanken sich wegen der gerechten Verteilung der Lasten. Dem größten Maulhelden teilt Vivienne am meisten Gewicht zu, und er hütet sich, ihr zu widersprechen, denn sie hat den Ruf, bei Ungehorsam harte Strafen anzuordnen. Sie selbst begnügt sich mit den beiden Kameras und einem Wanderstock. In gleichmäßigem Schritt bewegt sich die Kolonne hangabwärts, Vivienne zuhinterst, sie braucht den unverstellten Blick zurück zur kleiner werdenden Hütte. Brandspuren überall, verkohlte Riesenheiden, Distelgerippe, hier und dort verschonte Wacholdersträucher, auf denen Finken herumhüpfen.

Sie durchqueren das Plateau, wo Vivienne in abendlichen Träumereien ein Haus für sich bauen wollte. Schön und fruchtbar sah die Landschaft von oben aus, und nun ist sie ergraut, als wäre sie um Jahrhunderte gealtert. Danach beginnt der Bambuswald oder das, was einmal einer war. Ein Gewirr hingestürzter, übereinander liegender Stangen, teils zerfallend bei der ersten Berührung, teils nur angesengt oder aufgesprengt und zerfetzt. Hunderte und Tausende von Stangen, dazwischen, mit ihnen verkeilt, größere Stämme, das Laub zu Asche geworden. Das Sträßchen ist verschwunden, in die unteren Schichten der Zerstörung geraten. Sie müssen über Stämme hinwegsteigen, unter ihnen durchkriechen, sie fallen auf die Knie, fluchen über Steine, die sie unter der Asche nicht gesehen haben. Manchmal ein Sprung von Stamm zu Stamm; wer ausrutscht und stürzt, klopft sich die Asche von den Kleidern, reibt sie sich aus den geröteten Augen. Doch die Asche ist überall, im Mund, in den Ohren, sie dringt zwischen Kragen und Hals, in die Schuhe, zwischen die Zehen, sie juckt am Bauch und am Rücken, sie ist überall und dennoch unfassbar, so fein, so flockig, dass sie zwischen den Fingern zerstäubt. Nur wenn sie sich mit Schweiß vermischt, bleibt sie kleben, verstopft die Poren, und im Mund verwandelt sie sich in eine schmierige Substanz, die zum Würgen und Husten reizt. Stundenlang geht es so. Wären wir, denkt Vivienne, dazu verdammt, auf ewig in diesem Labyrinth herumzuirren, dann müssten wir nur noch Asche atmen, uns von Asche ernähren. Sie zieht sich hoch an Aststummeln, rutscht bäuchlings über raue Rinde und hat keine Ahnung, ob sie nicht schon längst die Richtung verloren hat, denn auch der Kompass, den sie immer wieder von Asche freibläst, funktioniert nicht mehr richtig; die Nadel steht still, ganz still, als ob sie sich der Aschewelt verweigern würde.

«Bleibt in der Nähe», ruft sie den Trägern zu. «Verliert einander nicht!»

Je tiefer sie kommen, desto wärmer wird die Asche, desto dichter der Rauch. Sie nähern sich einer Gegend, wo das Feuer immer noch wütet. Gestern Morgen, beim Aufstieg, sagt Hezekiah, hätten sie geglaubt, das Feuer werde beim Abstieg woanders sein, und nun müssten sie eine Stelle finden, wo sie durchkommen könnten. Vivienne sieht, als wären es Bilder aus einem sich wiederholenden Traum, lichterloh brennende Bäume, Riesenfackeln mit einer strähnigen Aura aus Rauch, sie hört das Knallen der Bambusstangen, dazu das ununterbrochene Rauschen und Krachen fallender Äste und Stämme. Die Männer drängen sich zusammen. «Weiter, wir müssen weiter», befiehlt Hezekiah, «zurück können wir nicht.» Er zeigt auf eine Lücke in der Feuerfront, auf die sie zustolpern. Die Vordersten hauen sich mit ihren Äxten einen Weg durchs brennende Dickicht, und Vivienne glaubt, als der Rauch ihr vollends die Sicht nimmt, die Männer verloren zu haben. In wachsender Atemnot, mit brennenden Augen schreit sie: «Wo seid ihr, wo seid ihr?» Da ergreift jemand ihren Arm, reißt sie mit sich, Magadi oder ein anderer, die Männer sind ununterscheidbar geworden, grau überpudert, Schattengestalten. Ein brennender Kampferbaum, der im Rauch Gestalt annimmt, fällt ihr langsam, wie in Zeitlupe, entgegen, sie vermag ihm, mit dem Mann an ihrer Seite, knapp auszuweichen. Vom Aufprall wirbeln Asche und Erdbrocken auf, der Luftdruck wirft sie beinahe zu Boden. Wieso sie ihre Beine weitertragen, wenn doch alles in ihr zittert, weiß sie nicht. Es ist ein Wunder, dies noch einmal überlebt zu haben, denkt sie, denn plötzlich ist das Feuer hinter ihr, der Rauch lichtet sich, sie atmet gierig frische Luft ein, und dann sieht sie, dass die Stelle, wo die Männer auf sie warten, grün ist, nur leicht gefleckt von hergewehter Asche, und vor Dankbarkeit beginnt sie zu weinen und gleich darauf wie von Sinnen zu lachen. Gibt es etwas Komischeres als die grauen Männer mit ihren blitzenden Gebissen, die sie umringen und hochleben lassen? Lachend setzt sie sich in wilde Erbsen mit weißen Blüten hinein, sie schaut hinauf in einen blühenden Magnolienbaum, in seidig durchscheinende Kelche, und Hezekiah sagt, sie hätten die Straße wiedergefunden, in drei Stunden würden sie die Missionsstation von Chagaria erreichen, und ein paar Schritte von hier gebe es einen Teich, da könne sie sich ungestört waschen.

Riesenfarn spiegelt sich im Wasser, und mittendrin sieht sie ihr Zerrbild wie unter einem grauen Schleier. Sie kniet am Teich, schöpft mit den Händen Wasser, das über die Haut rinnt, den Schmutz auflöst in schieferfarbene Tropfen. Es kräuselt sie auf den Wangen, über die Brüste wachsen vom Wasser gezeichnete Ornamente. Die nackte Haut kommt zum Vorschein, weich und feucht wie nach einer Fiebernacht. Ihr Gesicht hellt sich auf, wird wieder zu ihrem. Das Farngrün leuchtet, Heuschrecken fliegen in einer goldenen Wolke über den Teich hinweg.

Als auch die Träger sich gewaschen haben, marschieren sie weiter, obwohl ihr die Glieder kaum noch gehorchen. Aber diese Art von Erschöpfung ist Vivienne die liebste. Man hat das Schwierigste durchgestanden, das Ziel ist nah. Sie kommen aus dem Wald heraus wie aus einem Kokon, in dem sie eingesponnen waren. Die staubige Straße ist von Reifenspuren zerfurcht. In der beginnenden Dämmerung sehen sie von weitem die Lichter der Missionsstation.

So ging Viviennes zweite Afrikareise zu Ende. Noch lange danach glaubte sie manchmal, dass Asche an ihr klebe. Es hatte mit dem Aschegeschmack auf der Zunge zu tun, mit dem Aschegefühl auf der Haut, einer verstörenden Unempfindlichkeit, als wären wieder alle Poren verstopft. War die Jahre dauernde Reinigungsprozedur jetzt endgültig vorbei? Phönix, wiedergeboren. Coco mit dem leuchtenden Gefieder. Türkis und Gold.

Sie wollte eigentlich gar nicht mehr auf der Insel bleiben, und doch verlangte sie von sich auszuharren, bis die Mietdauer abgelaufen, der Jahreskreis geschlossen war. Oder auch: bis sie Bunt eine klare Antwort geben konnte. Er schrieb schon bald, er schrieb beinahe täglich, den ganzen April hindurch. Er schrieb Briefe, in denen eine Leidenschaft zutage trat, die zu zeigen sich der physisch anwesende Bunt nie erlaubt hätte. Er schrieb gelassenere Briefe, in denen er Schritt um Schritt darlegte, warum eine Heirat für sie beide das Beste sei. Er schrieb Briefe, in denen er ihr eine Zukunft voller Musik ausmalte, Reisen nach Bayreuth und an die Mailänder Scala, er schrieb Briefe, in denen er den Kindern, die sie haben würden, schon Namen gab, und immer bat er sie um ein Ja, um ein unmissverständliches Ja, das ihn – ganz gewiss! – in den siebten oder achten Himmel katapultieren würde. Sie schrieb ihm zurück, dass sie Zeit brauche und sich nicht bedrängt fühlen möchte, an der Schwelle ihres dreißigsten Geburtstags sei es für sie schwierig, beinahe undenkbar, die Unabhängigkeit aufzugeben, die sie sich auf mühseligen Wegen erkämpft habe. Sie befürchte, der Dauer, die eine Ehe fordere, nicht gewachsen zu sein, sie frage sich überhaupt, ob sie ein Gesetz billigen könne, das Menschen, die sich doch unter Umständen auseinander entwickeln würden, lebenslänglich zusammenschmiede und ihnen das Abwerfen der Ketten nur nach einem langwierigen juristischen Prozedere gestatte. Sie litt an ihrem Nein und formulierte es dennoch immer wieder, in unterschiedlichen Tonlagen, halb verhüllt oder kämpferisch, bekümmert oder unwirsch. Dennoch gab es beinahe in jedem ihrer Briefe kleine Einschübe, Halbsätze mit Fragezeichen, die ein Hintertürchen offen ließen, durch das sich jederzeit, gegen ihre Vernunft, ein Ja schleichen konnte. Sie brach beim Schreiben plötzlich in Tränen aus und wollte den Federhalter weglegen, aber die Finger schrieben weiter, formten Wörter, die sie gar nicht gedacht hatte, als ob sich ein Unsichtbarer einmische und ihre Hand führe wie die eines Kindes. Oder sie hatte den bestimmten Eindruck, beinahe die Vision, Bunt stehe neben ihr, sie könnte ihn berühren, wenn sie den Arm ausstreckte, und mit ihm sprechen, statt zu schreiben, und wirklich redete sie manchmal laut zu Bunt oder zu Bunts Schatten und merkte erst nach einiger Zeit am Klang ihrer Stimme, dass sie es tat.

Sie nahm immer das ganze Bündel seiner Briefe mit zu den Zypressen, und dort saß sie stundenlang auf dem primitiven Schemel, den sie selbst gezimmert hatte. Zehnmal hintereinander las sie sich selbst halblaut vor, was er geschrieben hatte, und imitierte dabei, um ihm näher zu sein, seine Sprachmelodie. Sie ließ den Sonnenschein am frühen Nachmittag ihren Scheitel wärmen, sie ließ es kühl und schattig werden zwischen den Nadelwänden und wurde nicht müde, ihm zuzuhören. Dann aber, auf dem Höhepunkt ihrer Selbstzweifel, schrieb sie zurück: *Ich sehe ein, dass ich dich quäle und mich überhaupt unmöglich benehme. Ich bin eben, durch die Art und Weise, wie ich mein bisheriges Leben verbracht habe, nicht oder nur in Grenzen gesellschaftsfähig, ich bin und bleibe eine Einzelgängerin. Auch mit meinem Inselleben, das ich voller Hoffnungen begonnen habe, bin ich in eine Sackgasse geraten. Vermutlich habe ich's mir selbst zuzuschreiben, dass man mich auf Port-Cros nach wie vor als Fremde betrachtet und den Umgang mit mir meidet. Am besten ist es wohl, wenn ich aus Europa verschwinde und nach Afrika zurückkehre, Afrika ist doch wohl meine wahre Heimat, zumindest der Ort, wo ich gesellschaftliche Ansprüche ignorieren darf. Nie habe ich mich so frei, so glücklich gefühlt wie auf dem Mount Kenya in meiner Hütte.*

Auf diesen Brief antwortete Bunt ungewöhnlich heftig. Zum ersten Mal schimmerte zwischen seinen akkurat gesetzten Zeilen Gereiztheit, ja Zorn durch. *Es ist dringend nötig,* schrieb er, *dass dir jemand den Kopf wäscht. Erstens benimmst du dich überhaupt nicht unmöglich, sondern allenfalls ein bisschen zickig. Zweitens befindest du dich nicht in einer Sackgasse oder einem Gefängnis, sondern auf einer Insel, die du jederzeit per Schiff verlassen kannst. Und drittens wird sich Afrika, sofern du wirklich dorthin zurückkehrst, als wahre Sackgasse und wenn möglich als Mördergrube erweisen, denn du gehörst, trotz deiner Reisen, nach Europa, du hast deine Wurzeln in der europäischen Kultur (denk doch nur an die Musik!). Ich habe den Verdacht, dass du einfach davor flüchten willst, erwachsen zu werden. Das habe ich selbst lange genug auch getan. Erlaube mir deshalb ein bisschen zu predigen: Zum Erwachsensein zähle ich die Fähigkeit, Bindungen einzugehen, ohne dauernd gegen sie rebellieren zu müssen, ich zähle dazu die Gabe, Abhängigkeiten zu ertragen, ohne seine Eigenheiten deswegen aufzugeben. Glaubst du wirklich, uneingeschränkte Freiheit sei dem Menschen angemessen? Glaubst du, dass du in deiner Hütte auf dem Mount Kenya nicht nur vier Monate, sondern ein ganzes Einsiedlerleben lang glücklich bleiben kannst? Wenn ja, dann bist du eine Heilige, und dafür halte ich dich ganz und gar nicht. Es kommt doch auf die Balance zwischen Freiheit und Einschränkung an, es kommt – nun wiederhole ich mich – darauf an zu wissen, woher man stammt und wohin man gehört. Wenn du es unbedingt brauchst, ist übrigens auch in jeder englischen Landschaft ein Fleckchen Afrika zu finden. Die Rhododendronhecke rund um den Stammsitz der Goschens gleicht einem kleinen Urwald, heulende Hunde in Vollmondnächten darfst du ruhig für Hyänen halten, und im August brennt die Sonne so heiß, dass man sehnsüchtig auf die Regenzeit wartet. Ach, liebste Vivienne, du hast ja jetzt gemerkt, dass mir Verärgerung und Unverständnis nicht fremd sind. Ich leide zunehmend darunter, dass wir uns über eine so große Distanz austauschen müssen, und ich spiele offen gestanden mit dem Gedanken, noch einmal zu dir zu reisen, dir ins Gesicht zu schauen und deine endgültige Antwort entgegenzunehmen. Ich gebe die Hoffnung nicht auf, dass du ja sagen wirst. Nein, ich gebe sie nicht auf!*

Es war nicht so sehr der Tonfall dieses Briefes, der Vivienne aufwühlte, sondern die Standhaftigkeit, die aus ihm sprach. Bunt ließ sich durch keinen Vorbehalt abschrecken. Er durchschaute, wie provisorisch ihr Nein, von wie vielen Ängsten ihr mögliches Ja umstellt war, er hieb sich, so kam es ihr vor, durchs Dickicht ihrer Ausflüchte wie der Prinz im Märchen. Sie war belustigt von diesem Bild und gleichzeitig ängstigte sie sein Vorsatz, ihr bald wieder leibhaftig entgegenzutreten. Wollte nicht auch Bunt sie umformen, zu seinem Geschöpf machen? Sie antwortete nicht auf seine Vorwürfe, schrieb ihm lediglich, sie erwarte noch andere Gäste, das Haus sei in den nächsten Wochen voll, es gebe, wenn er tatsächlich kommen würde, keine Möglichkeit, ihn bei sich unterzubringen. Sie brauchte nicht einmal zu lügen. Karin und ihr Mann wollten sie besuchen, Lady Archer hatte angefragt, ob sie sich während ihres Aufenthalts an der Riviera einmal treffen könnten, und vor allem hatte Grandminon ihre Ankunft angekündigt.

Bunts Entschuldigungen kamen nicht unerwartet: Er habe sich dazu hinreißen lassen, Vivienne ein Leben nach seinem Gusto vorschreiben zu wollen, das sei anmaßend, einzig zu erklären durch den Überschwang seiner Gefühle. Wer wisse schon, was in einem Leben falsch oder richtig sei? Im Übrigen habe er nie damit spekuliert, dass sie ihn bei sich in Port-Man beherberge. Er werde sich, wenn er sich zu einer weiteren Reise entschließe, mit seinem Hotelzimmer in Hyères begnügen.

Beinahe jede Nacht träumte sie nun vom weißen Nashorn. Sie hatte es ganz allein erlegt, den tödlichen Schuss kniend abgefeuert. Es war nicht schwer gewesen, den Koloss zu treffen. Sie hatte, im Gegensatz zum Elefanten damals, kein Mitleid mit dem sterbenden Tier, sie war stolz auf die Länge des Horns, die sie wieder und wieder nachmaß, und sie war unendlich erleichtert, ihre Aufgabe erfüllt zu haben, nein, erlöst war sie, befreit von einer drückenden Last. Die Mühsal des Abbalgens machte ihr nichts aus, ebenso wenig das neuerliche Schaben, sie wusste, dass die Reise dem Ende zuging, und vielleicht war dies ja die letzte Haut, die sie säuberte. In unregelmäßigen Abständen wurde sie von einem schwer zu bekämpfenden Schlafbedürfnis befallen. Dann zog sie sich zurück ins Zelt, schlief ein paar Stunden wie ein Stein, bevor sie, im Gitterschatten eines kahlen Baobabs, das Schaben fortsetzte.

Aber nun kehrte das tote Nashorn zu ihr zurück. Es kam tropfend aus dem Meer, oder es kam aus dem Wald. Und es versuchte ins Haus zu gelangen, das ihrem jetzigen glich und auch mit der Hütte im Sirdal zu tun hatte. Die Tür war jedoch immer zu klein für das Tier. Es versuchte sich durchzuzwängen, erschütterte das Haus, brachte es aber nie zum Einsturz. Vivienne ängstigte sich und empfand zugleich tiefe Freude, dass gerade sie ausgewählt worden war, wenngleich sie nicht wusste, wofür. «Warum kehrst du zurück?», fragte sie das Nashorn. «Was willst du von mir?» Das Tier antwortete nie, es stand unter einem hellen Mond vor dem Meer, eine Skulptur aus Alabaster, die eher einem Einhorn aus dem Märchen glich als dem weißen Rhinozeros. Wenn Vivienne erwachte, war sie so verwirrt, dass sie auf die Terrasse trat, um sich zu vergewissern, dass das Tier nicht tatsächlich draußen stand. Aber da war nur die bleiche Wiese, das Schilf, das dunkle Meer. Einmal begann das Tier zu bluten, als sie es anrief. Das Blut rann aus seinem Maul, tropfte zu Boden, und sein Stöhnen zerriss Vivienne das Herz. Sie konnte nichts daran ändern, und sie wusste, dass ihre Beine gelähmt waren und sie im Haus gefangen blieb.

Im Mai, nachdem Karin abgereist war, traf Grandminon voll brummiger Unternehmungslust zu ihrem dritten Besuch ein. Schon auf dem Weg vom Landesteg zum Haus erkundigte sie sich nach Josef. Vivienne sagte ihr, er kuriere auf dem Festland eine rätselhafte Gemütskrankheit aus und werde nicht mehr auf die Insel zurückkehren. So sei es eben mit den starken Männern, kommentierte Grandminon seufzend, ein kleines Leiden könne sie fällen wie ein Windstoß einen hohlen Baum. Aber dahinter verberge sich bestimmt eine schöne Geschichte, die sie hoffentlich noch zu hören bekomme, ebenso wie die vom musikalischen Besucher, mit dem Vivienne offensichtlich angebändelt habe. Schon fühlte sich Vivienne wieder von Grandminon ertappt, dabei hatte sie in ihren Briefen doch nur Bunts Namen und seine Vorliebe für Brahms erwähnt. Sie strengte sich an, Grandminons Verdacht zu entkräften, tat dies aber so schlecht, dass beide, noch bevor sie das Haus erreicht hatten, in verschwörerisches Gelächter ausbrachen.

Grandminon hatte, wie üblich, ihre Wörterbücher mitgenommen; ihr Manuskript allerdings, bekannte sie, sei in der Zwischenzeit nur um wenige Verse gewachsen. Davon abgesehen hatte sie ihr Gepäck auf zwei Koffer beschränkt und dieses Mal darauf verzichtet, Geschenke mitzubringen. Aus Viviennes Briefen, sagte sie, gehe hervor, dass ihre Zeit in Port-Man sich wohl dem Ende zuneige, da dürfe man die Gastgeberin nicht mit Dingen beschweren, die sie schon bald wieder loswerden wolle. Wobei Umzüge einen dazu zwängen, das Nötige vom Unnötigen, das Unwichtige vom Wichtigen zu trennen, und das sei natürlich eine höchst sinnvolle Übung.

Sie blieben am ersten lauen Abend nach dem Essen lange draußen auf der Terrasse sitzen. Beide rauchten, und Vivienne schenkte Grandminon regelmäßig Wein aus der Karaffe nach, die Julie zum zweiten Mal im Keller aufgefüllt hatte. Mit Julie war Grandminon gleich zufrieden gewesen, und die Köchin ihrerseits hatte sich von Grandminon so beeindruckt gezeigt, dass sich nun in ihrem Verhalten eine verschämte Devotheit bemerkbar machte, die Vivienne an ihr gar nicht gekannt hatte.

Aus Grandminons erwartungsvoller Miene, ihrer leicht

vorgebeugten Haltung las sie, dass es Zeit war, Bunt auftreten zu lassen. So erzählte sie, wie sie George Goschen in der Royal Albert Hall kennen gelernt, wie er sie später mit Briefen belagert, sie auf der Insel besucht und im letzten Augenblick um ihre Hand angehalten hatte. Sie zeichnete ein Bild von ihm, das hier und dort leicht karikierende Züge hatte, sie verschwieg weder seinen Hang, Dinge fallen zu lassen, noch seine sporadische Schüchternheit, und sie brachte Grandminon mit der Episode vom zusammenbrechenden Klappstuhl dazu, laut aufzulachen. Ihre eigene Entscheidungsnot milderte sie stark, die unbestimmten Ängste, die sie nächtelang gequält hatten, drängte sie zurück und gab sich schnippisch überlegen, wo sie an der eigenen Unsicherheit litt. Es kam ihr vor, als reflektiere sie Grandminon gegenüber die Geschichte mit Bunt in der Art eines Spiegels mit trüben Stellen und winzigen Buckeln, und sie schämte sich ihrer Verzerrungen, ohne dass sie es zu ändern vermochte. Als Vivienne endlich schwieg, war es dunkel geworden, sie blickte in ihr leeres Glas und vermied es, Grandminon, über deren Gesicht der Lampenschein flackerte, in die Augen zu sehen.

«Danke», sagte Grandminon nach einer Weile. «Du bist sehr offenherzig. Aber weiß ich jetzt wirklich Bescheid?»

Vivienne versuchte, sich ihre Verlegenheit nicht anmerken zu lassen. «Ich denke, ja, in groben Zügen wenigstens.»

«Dann sag mir eins: Was ist er in deinen Augen, ein liebenswerter Mensch oder ein Tollpatsch?»

«Ach, Grandminon, jetzt spitzt du alles wieder zu. Es gibt ja auch Mischungen zwischen beidem, nicht wahr?»

«Ja, und auch Liebe ist selten ein ganz eindeutiges Gefühl.»

«Ich weiß nicht», sagte Vivienne mit belegter Stimme. «Bunt ist so ... so harmlos.»

«Harmlos? Was meinst du damit?»

«Er hat nichts wirklich Deutliches an sich. Wie soll ich's

sagen? Nichts Zugeschliffenes, das mich ritzt und wirklich reizen könnte ... Er ist nicht *bouleversant*, in keiner Weise, er wühlt mich nicht in der Tiefe auf ... und das sollte er doch, wenn ich ihn lieben würde, meinst du nicht?» Vivienne wunderte sich darüber, wie konturiert ihre Vorbehalte plötzlich waren, wie leicht sie ihr über die Lippen kamen.

Grandminon lächelte. «Aber harmlos heißt ja wohl auch, dass er dir keinen Harm zufügt. Er ist kein Aufschneider, er macht dir keine Angst. Und er respektiert deine Souveränität. Ist das nicht sehr viel?»

«Ja. Es ist viel, und es ist neu für mich. Aber genügt es denn, um zusammenzubleiben? Muss sich da zwischen zwei Menschen nicht mehr verflechten? Muss man nicht zusammenwachsen?»

«Nein. Was zusammengewachsen ist, schreit irgendwann nach Trennung, nach Amputation.» Grandminon dachte eine Weile nach. «Meine Erfahrungen haben mich gelehrt, dass Vertrauen, auch Selbstvertrauen fürs Zusammenleben wichtiger ist als Liebe mit all ihren Verschmelzungswünschen. Wobei in der guten Ehe beides zusammenklingt. Ein paar Jahre lang war mir das, beim zweiten Anlauf, geschenkt. Es fiel mir nicht in den Schoß, ich musste hart daran arbeiten. Und vermutlich musst du das auch.»

Vivienne faltete ihre Hände über dem Tisch wie zum Gebet, löste sie aber, als sie sich der Gebärde bewusst wurde, gleich wieder voneinander. «Wenn meine Zukunft Bunt heißt, dann ist sie sehr brav, sehr englisch, sehr ...»

«Sagen wir mal: sehr abgefedert. Aber die Zukunft heißt ja nicht nur Bunt. Da hat noch eine Menge anderes Platz, nicht unbedingt Großwild, zugegeben, aber dem trauerst du wohl nicht nach.»

Vivienne verscheuchte den Nachtfalter, der ruhelos die Lampe umkreiste. Sie stand auf, trat ans Geländer, ohne es zu berühren, glaubte aber die kühle Ausstrahlung des Metalls zu spüren. Die fadendünne Mondsichel zeigte sich im Westen, wo über dem Meer die letzte Abendröte verglomm. Ein Käuzchen schrie in der Nähe, und im Salon gab Coco ein leises verschlafenes Krächzen von sich, als ob er darauf antworten wolle. «Vermutlich hast du Recht», sagte Vivienne, mit dem Rücken zur alten Frau. «Und du hast auch Recht, wenn du annimmst, Bunt sei einer, der mir, als Mann, keine Angst mache. Ich habe aber trotzdem Angst, und die sitzt so tief, die ist so verklumpt, dass man sie wohl aus mir herausoperieren müsste. Ich habe Angst davor, dass ich in der Ehe viel zu fügsam werde. Oder umgekehrt: dass ich bloß noch aus Trotz bestehe. Und ich habe – das passt ja eigentlich gar nicht zusammen – entsetzliche Angst davor, den Mann, an den ich mich gebunden habe, wieder zu verlieren.»

«Ach Gott, solche Ängste haben wir doch alle. Wir bangen immer um unser Liebstes. Das legen wir nur ab, wenn wir uns aus unseren irdischen Bindungen lösen.» Grandminon war ebenfalls aufgestanden, sie trat mit ihren schlurfenden Schrittchen neben Vivienne und legte den Arm um ihre Taille. «Etwas solltest du wissen: Von einem Löwen wird dein Bunt bestimmt nicht angefallen. Aus einem Ballonkorb ist er schon einmal gefallen. Den Krieg hat er überlebt. Habe doch ein bisschen Vertrauen zu ihm.»

Vivienne Schultern begannen zu zucken, und es war nicht ganz klar, ob sie leise lachte oder weinte. Sie neigte den Kopf zu Grandminon hinunter und berührte mit der Wange deren dünnes Haar, ein Silbergespinst, das ebenso zur Nacht passte wie die Kette aus dunklem Achat, die sie trug. Von der lichtergepunkteten Küste der Nachbarinsel wehten Akkordeonklänge zu ihnen herüber, in die sich Singstimmen mischten, ein dissonanter Chor.

«Ich wünsche mir manchmal die Natur ohne Menschen», sagte Vivienne mit einem Anflug von Zorn. «Dann wäre alles viel schöner und viel einfacher.»

Grandminon lachte leise in sich hinein. «Und dann gäbe es niemanden, der das Meer und den Himmel bewundern könnte. Auch dich gäbe es nicht. Auch die Musik gäbe es nicht, weder Hochzeitsgedudel noch Mozartmessen. Nein, nein, rotte mir die Menschen nicht aus. Sie sind ein Teil der Natur, die du doch liebst. Du und dein Bunt, ihr seid mit Moos und Flechten verwandt und auch mit dem Sternenhimmel. Und ihr gehorcht Gesetzen, von denen ihr oft gar nichts wissen wollt.»

«Kennst du sie denn, diese Gesetze?», fragte Vivienne.

«Ich habe manchmal eine Ahnung davon. Du doch auch.»

Vivienne fröstelte. Sie löste sich von Grandminon, drehte sich um und setzte sich halb aufs Geländer. «Warum eigentlich hat Brovie so wenig von dir gelernt?»

Grandminon schien zu erstarren und eine Weile gar nicht mehr zu atmen. Dann seufzte sie und sagte: «Ich weiß es nicht. Bernard ist mir schon so früh entfremdet. Nein, von mir weggedriftet wie ein Boot, das ich halten sollte und nicht konnte. Er war so unglücklich, so suchend, und ich konnte ihm nicht helfen.»

«Du warst selber unglücklich damals», sagte Vivienne.

«Ja. Aber ich hätte mir gewünscht, ihm nicht nur mein Unglück weiterzugeben. Er hat es ja seinerseits an dich weitergegeben. So dreht sich das Generationenrad. Es knarrt und dreht sich, und wir halten es nicht auf.»

«Brovie hatte noch ganz andere Seiten, Grandminon. Und die sind auch in mir. Du hilfst mir sehr dabei, sie wiederzuentdecken.» Vivienne streckte die Hand aus, Grandminon ergriff sie und ließ sie nicht los, und es sah ganz so aus, als unterdrücke nun auch sie ein Schluchzen.

Am nächsten Morgen gestanden sie einander, dass sie in ihren Betten lange wach geblieben seien, doch sie nahmen das Gespräch, dass sie innerlich fortgesetzt hatten, im Sonnenschein nicht wieder auf. Sie habe die Schlaflosigkeit schließlich mit Arbeit bekämpft, sagte Grandminon. Zwei, drei Stunden habe sie über einer bestimmten Textstelle gebrütet und sei dann mitten im Satz eingenickt. Beim Erwachen sei sie auf dem zerknitterten Blatt gelegen, und ihre Finger hätten noch den Stift umklammert. Sie habe an den richtigen Worten so lange herumgekaut, fuhr sie fort, dass sie den Spruch nun auswendig könne. Sie schloss die Augen und deklamierte: «Wahrlich, Om ist die Silbe der Zustimmung. Denn wenn man zu irgendetwas seine Zustimmung gibt, dann sagt man ‹Om›. Und Zustimmung, das ist Zusammentreffen.» Als sie nach einer Pause die Augen wieder öffnete, waren sie von Lachfältchen umkränzt. «Sehr passend, findest du nicht?»

Vivienne nickte. Über die Silbe Om, die Keimzelle aller Anrufungen, hatte Grandminon sie schon öfter aufzuklären versucht, mit wechselnden Definitionen, die, wie sie klagte, an der Unverträglichkeit des kausalen mit dem spirituellen Denken scheiterten. Vivienne erwiderte ihr Lächeln und sagte, Grandminon werde ein Om von ihr hören, sobald die Zeit dafür reif sei.

Die kommenden Tage waren nur hin und wieder durch Wolkenfelder getrübt, die über den Himmel streunten wie ungerufene Wärter. Vivienne arbeitete mit Schürze und Strohhut im Garten. Sie band Tomatensetzlinge, die schon bald blühen würden, an Stecken fest, sie säte Mangold und Karotten, obwohl sie unsicher war, wie lange sie noch bleiben würde. Nachmittags, wenn die Schatten wieder länger wurden, half ihr manchmal Julie. Grandminon begnügte sich damit, den beiden zuzuschauen. Gegen Abend machte sie mit der Enkelin Spaziergänge zum Ufer. Manchmal gingen sie bis zum Fort und rasteten im ersten Innenhof. Sie bestiegen aber nie den Turm, auch das Zypressenrefugium auf der anderen Seite der Landzunge bekam die Großmutter nicht zu Gesicht. Nach dem Essen hörten sie sich, draußen oder drinnen, am liebsten Beethoven-Platten an. Bis Mitternacht saßen sie dann meist noch zusammen, unterhielten sich über Viviennes Chancen, ihr Brot als Journalistin zu verdienen, über die Balynes und die Ballonets, die Grandminon vehement in Schutz nahm, über Viviennes mögliche Rückkehr nach England, was sie natürlich erneut aufs Thema Heirat brachte. Einmal, als Grandminon in Erzähllaune geriet, erinnerte sie sich an den Burenkrieg, wo sie auf der Seite der Engländer freiwillige Lazaretthelferin gewesen war. Sie hatte bisher kaum darüber gesprochen und stets behauptet, das meiste nach so langer Zeit vergessen zu haben. Aber sie hatte sich mehrmals nach Bunts Kriegserlebnissen erkundigt, und obwohl Vivienne nur das wenige wiederholen konnte, was er selbst preisgegeben hatte, schien es in Grandminon einen Erinnerungsprozess auszulösen, der albtraumhafte Episoden aus dem Halbvergessenen auftauchen ließ: Der junge Bure mit mädchenhaftem Gesicht und zerquetschten Beinen, der unter ihren Händen verblutete. Der sterbende Offzier, der unbedingt wollte, dass er mit dem Union Jack eingewickelt wurde. Das Schreien und Stöhnen während der Nacht, die Rufe nach der Mutter, vielstimmig und vielsprachig. Und dann die toten Rinder überall, abgebrannte Wälder, verkohlte Obstgärten.

Warum Grandminon sich denn diesem Schrecken ausgesetzt habe, fragte Vivienne, warum sie nicht zu Hause, im sicheren Genf geblieben sei?

Wo der Mensch Krieg führe, antwortete Grandminon, wo er Krieg gegen seinesgleichen oder gegen die Natur anzettle, seien die Vernünftigen und die Mitleidigen aufgerufen, die Folgen zu mildern. Wenigstens einmal in ihrem Leben habe sie diesem Ruf, alle Bequemlichkeiten missachtend, folgen müssen. Sie habe wohl auch, als frisch Geschiedene, einen radikalen Neuanfang gesucht, denn Mut habe immer auch ein wenig mit Flucht zu tun.

Für ein paar Tage kam Julies siebzehnjährige Tochter zu Besuch und sorgte für Abwechslung. Sie hieß Jeanne, war pummelig und ein wenig vorlaut, sie bestand darauf, der Mutter in der Küche und beim Servieren zu helfen, sie antwortete auf Viviennes Fragen mit Witz und fröhlichem Gelächter. Nichts deutete auf ihre uneheliche Abkunft hin. Sie sah für sich eine Zukunft als Hausmädchen bei vermögenden Leuten, allenfalls als Wäscherin oder Weißnäherin. Wenn sie Glück habe, sagte sie lachend, werde sie sich einen hübschen Mann angeln, am besten einen Beamten in sicherer Stellung, und ein paar gesunde Kinder in die Welt setzen.

So einfach ist das also, dachte Vivienne mit unverhohlenem Neid.

Jeanne war es auch, die das Neuste über Josef wusste: Er habe die Klinik schon wieder verlassen, vertrinke in den traurigsten Spelunken seinen letzten Lohn und verschreie Vivienne überall als grausame Person, die ihn, eines reichen Engländers wegen, verstoßen habe. Das brauche Vivienne aber nicht übermäßig zu kümmern. Josef gelte inzwischen als Wichtigtuer, den niemand mehr ernst nehme. Er sei gewiss ein schöner Mann, aber eingenommen von sich selbst und für sie, Jeanne, jedenfalls schon viel zu alt. Wieweit die junge Frau sie schonte, fand Vivienne nicht heraus. Sie stellte sich vor, dass einem betrunkenen Josef manche schlüpfrige Einzelheiten einfallen würden, mit der er sie, wenigstens von ferne, demütigen konnte.

Zum Abschied schenkte sie Jeanne eine Silberbrosche und zweihundert Francs. Es war eine unverhältnismäßige, geradezu verschwenderische Summe. Doch Viviennes Finger handelten wie von selbst, sie hätte die junge Frau, die ihr im Grunde genommen fremd war, am liebsten mit Geschenken überschüttet.

Bunts nächster Brief war dick und schwer, knisterte zwischen den Fingern und enthielt anscheinend mehrere dicht beschriebene Bögen. Er war in London abgestempelt worden, die Enttäuschung, die Vivienne deswegen empfand, überraschte sie wie ein Kälteschock. Sie zögerte, den Brief zu lesen, schob, was sie noch nie getan hatte, das Öffnen von einem Tag auf den andern hinaus. Was mochte darin stehen? Schrieb Bunt ihr, dass er ihre Zurückweisung nun doch akzeptiere? Oder warb er mit neuen Gründen um ihr Ja? Weder das eine noch das andere wollte sie lesen. Sie sagte auch Grandminon nichts vom Brief, trug ihn, unter der Bluse verborgen, mit sich herum. Sie hätte mit ihm zu den Zypressen gehen können, aber sie blieb im Haus und in dessen Nähe wie eine hungrige Katze, die auf Fütterung wartet. Grandminon streifte die Enkelin mit forschenden Blicken, sie ahnte, worum es ging, zog es aber vor, mit ihr über häusliche Dinge zu sprechen. Auch sie schien zu warten. Dann kam ein zweiter Brief von Bunt, er war viel dünner, und der Stempel verriet, dass er in Hyères abgeschickt worden war. Diesmal riss Vivienne den Umschlag sogleich auf. *Ich bin da, wie angekündigt,* schrieb Bunt, *nur noch durch zehn Kilometer Meer von dir getrennt. Ich werde eine Woche bleiben, das ist die Frist, die ich mir selbst gesetzt habe. Liebste, allerliebste Vivienne.* Sie lief, mit dem Brief in der Hand, in ihrem Zimmer hin und her, von Wand zu Wand, stürmte dann in den Salon und auf die Terrasse hinaus. Vor Coco, der auf dem Geländer saß, blieb sie stehen, als habe er einen Rat für sie, machte aber kehrt, bevor er den Schnabel öffnete.

Als sie in ihr Zimmer zurückkehren wollte, trat ihr, vom Gästezimmer her, Grandminon in den Weg. «Was gibt es Neues?», fragte sie mit scheinbar unbeteiligter Miene, aber einem listigen Funkeln in den Augen. «Was treibt dich um, Liebes?»

Vivienne hielt Grandminon den zerknitterten Brief vors

Gesicht, zog ihn gleich wieder zurück, so dass sie gar nichts lesen konnte, nicht einmal die Anrede. «Er ist in Hyères», sagte sie rau.

«Und du bist immer noch unschlüssig, was du jetzt tun sollst?»

Vivienne nickte, den Tränen nahe.

«Lade ihn doch ein herüberzukommen und ein paar Tage mit uns zu verbringen. Dann lerne ich ihn auch kennen, den realen Bunt, meine ich, und kann dir sagen, was ich von ihm halte.»

«Aber dann mache ich ihm Hoffnungen, die ich vielleicht nicht erfüllen kann.»

«Du arme Seele, die Hoffnungen hat er sowieso. Und du hast sie auch, bloß traust du ihnen nicht. Hoffnungen sind eben immer ein ziemlich rutschiger Grund.»

«Ich weiß nicht, was ich tun soll. Ich weiß es einfach nicht. Es ist so schwierig. Und es ist fürs ganze Leben.»

«Geh doch wenigstens bis zur nächsten Ecke», sagte Grandminon, «und sei gespannt, was danach kommt. Hast du das nicht in Afrika geübt?»

Vivienne knüllte den Brief zu einer Kugel zusammen und steckte sie in den Ausschnitt ihres Trägerrocks. «Hinter der nächsten Ecke ist die Küche. Dorthin gehe ich jetzt und mache uns einen Tee.»

Julie hatte Mittagsstunde. Die Küche war aufgeräumt, jedes Ding an seinem Platz, es roch nach Knoblauch und Scheuermittel. Vivienne füllte einen Topf mit Wasser, stellte sie auf den Herd und legte Holz nach. Da merkte sie, dass Grandminon ihr gefolgt und auf der Schwelle stehen geblieben war.

Vivienne richtete sich auf. Sie versuchte ironisch zu sein, doch in ihrer Stimme lag ein Anflug von Feindseligkeit. «Ich mach den Tee allein, Grandminon. Das bring ich schon noch zustande.»

«Daran zweifle ich nicht, Liebes. Aber ich habe einen Vorschlag.» Grandminon lächelte hintersinnig, zog dabei den Kopf ein wenig ein und glich plötzlich, mit ihrem faltigen Hals und dem kleinen Kopf, einer alten Schildkröte.

«Einen Vorschlag?»

«Ja. Lass doch das Schicksal – oder wie wir's nennen mögen – entscheiden.»

«Wie denn?»

«Ganz einfach: durchs Los.»

Vivienne starrte Grandminon an, als verlange sie von ihr, sich auf den Kopf zu stellen. »Das kann doch nicht dein Ernst sein.»

«Doch. Losen ist in Pattsituationen manchmal sehr hilfreich. Als ich nicht wusste, ob ich nach Argentinien auswandern sollte, habe ich auch gelost.»

«Wirklich?» Eigentlich gefiel der Vorschlag Vivienne weit besser, als sie zugeben mochte. War es nicht tatsächlich eine taugliche Art, sich Klarheit zu verschaffen?

Grandminon schlurfte in die Küche und schaute sich suchend auf den Regalen um. «Hier, die Zuckerdose.» Sie schätzte die Größe der Zuckerstücke in der Dose ab, ließ sie ein bisschen durcheinander kollern. «Dreh dich um», befahl sie, «dann verstecke ich in jeder Hand eines. Wenn du das größere wählst, lädst du Bunt zu uns ein. Wenn's das kleinere ist, dann eben nicht. Einverstanden?»

Viviennes Mund war plötzlich ganz ausgetrocknet. Sie nickte, drehte sich zum Tisch um, über den eben eine Fliege spazierte, und hörte die Geräusche von Grandminons suchenden Fingern.

«Jetzt», sagte Grandminon, und Vivienne wandte sich wieder ihr zu. Grandminon streckte ihr beide Fäuste entgegen, kindlich kleine Fäuste voller brauner Altersflecken. Vivienne blieb der Atem weg, sie glaubte einer Ohnmacht nahe zu sein, dann deutete sie auf die linke Faust. Grandminon öffnete sie, gleich auch die andere, sie hielt, übers ganze Gesicht lachend, die beiden Zuckerstücke nebeneinander, das große und das kleine, und es war unübersehbar, dass Vivienne das größere gewählt hatte.

Vivienne stimmte in Grandminons Lachen ein, es brach so überraschend aus ihr heraus wie ein Niesanfall, und sie stützte sich an die Wand, um die Erschütterung abzufedern.

«War das ein Trick?», fragte Vivienne, als sie sich ein wenig erholt hatte. «Hast du mich hypnotisiert oder sonst irgendwie beeinflusst?»

«Hör jetzt auf mit der ewigen Fragerei», sagte Grandminon. «Nimm's an und schreib ihm, dass er kommen soll.» Damit steckte sie das kleinere Zuckerstück in den Mund, zerbiss es krachend und begann zu lutschen, als genieße sie eine teure Delikatesse.

Sie ging ihm mit Modestine entgegen, und diesmal war sie rechtzeitig am Quai. Der Wind blähte ihren Leinenrock, er brachte die Äste der Platane an der Uferpromenade zum Schaukeln und ließ die Möwen, die ihm entgegenflogen, blitzschnell in die Höhe steigen. Sie wartete ungeduldig und wehrte die Fischerjungen ab, die ihr Sardinen vom Morgenfang anboten. Dann sah sie die *Vedette* hinter der kleinen Ile de Bagaud hervorkommen, heller und festlicher im Mittagslicht, als sie es mit ihrem rostvernarbten Rumpf in Wirklichkeit war. Unter den wenigen Personen, die vorne am Bug standen, erkannte sie Bunt sofort. Es war merkwürdig: Je näher er kam, desto mehr verblassten ihre Vorbehalte und Zweifel, und als die Matrosen die Leine auswarfen und zwei Jungen sie um die Pfosten schlangen, als die Männer den Steg an Land schoben und Bunt auf sie zukam, da füllte sie die Wiedersehensfreude ganz aus, eine warme, durch alle Glieder strömende Freude, die sie beinahe in die Luft hob, ihm entgegen. Sein Gesicht schien, ihr zugewandt, von innen zu leuchten, die Schläfenhaare flatterten im Wind, und der Schnurrbart mit seinen Silberfäden zog sich übermütig in die Breite. Bunt hatte das Gepäck stehen lassen, nur das am Arm baumelnde Krokodilledertäschchen, das gegen die Oberschenkel schlug, behinderte seine schneller werdenden Schritte. Dann standen sie einander gegenüber, und Vivienne legte, die Augen schließend, rasch ihre Wange an seine, die nach Lavendelseife roch, spürte seinen flüchtigen Kuss neben ihren Lippen und merkte, dass sie errötete. Kaum hatten sie einander formell begrüßt, begannen sie gleichzeitig aufeinander einzureden, verstummten nach ein paar Worten, schauten einander betreten an und lachten laut auf, all dies so gut koordiniert, als hätten sie es eingeübt. Dann bedankte sich Bunt überschwänglich für die Einladung, und Vivienne bedankte sich für seinen Dank. Ohne es auszusprechen, wussten beide, dass sie die Angelegenheit, die zwischen ihnen zu klären war, noch eine Weile in der Schwebe lassen wollten.

Bunt hatte dieses Mal, nebst seinem unvermeidlichen Kleinkram, nur zwei Koffer bei sich, einen großen und einen kleinen, dazu die Doktortasche. Er stellte sich allerdings beim Beladen der Eselin so ungeschickt an, dass Vivienne ihm helfen musste und ihre Hände sich beim Verknoten der Riemen mehrmals berührten. Sie entschuldigte sich, dass sie im Dorfladen, auf Julies Geheiß, noch ein paar Dinge einkaufen müsse, aber Bunt sagte, er habe es ganz und gar nicht eilig, er bleibe einfach in ihrer Nähe und folge ihr und Modestine notfalls dreimal um die ganze Insel herum. Madame Pichonnaz, die sich in Anwesenheit des englischen Herrn freundlicher als sonst zeigte, konnte Viviennes Wünsche fast vollständig erfüllen, sie hatte genügend Mehl und Öl vorrätig, sogar vierzig Eier. Für die Säcke fand sich noch Platz auf Modestines Rücken, mit den Eiern war's schwieriger. Bunt schlug vor, sie in der Doktortasche, zwischen Taschentüchern und Verbandsmaterial, zu verstauen. Gemeinsam ließen sie die Eier hineingleiten und sorgten dafür, dass sie möglichst weich lagen, obendrauf legte Bunt noch seinen Hut, den der Wind ständig wegzuwehen drohte.

Sie hatten sich auf dem Weg nach Port-Man so viel zu erzählen, dass sie immer wieder stehen blieben und die Zeit vergaßen. Bunt berichtete das Neuste aus dem Londoner Musikleben, er deutete an, dass er nun doch erwäge, eine befristete Stelle als Botschafts-Attaché in Bagdad anzunehmen, sofern ihn sonst nichts in Europa zurückhalte. Vivienne ihrerseits schilderte, leicht karikierend, die Zweisamkeit mit Grandminon und gab zu verstehen, dass sie wohl den Mietvertrag mit den Balynes nicht verlängern werde, aber für die kommenden Monate noch keine festen Pläne habe. So versteckten sie in ihren Plaudereien Botschaften, die sie nicht offen legen wollten, und zugleich war ihnen klar, dass sie gerade auf dieses Halbverborgene am gespanntesten horchten. Sie machten einen Umweg zur *Mönchsklause*, wo nun violettblaue Schwertlilien blühten, bauten oben auf der Höhe ein halb zusammengebrochenes Steinmännchen wieder auf. Modestine bockte zwischendurch und machte sogar einen Ausreißversuch, den Vivienne energisch vereitelte. Dann erreichten sie Port-Man. Grandminon, die sie vom Fenster aus beobachtet hatte, kam ihnen mit Julie entgegen. Man begrüßte sich, half einander beim Abladen des Gepäcks. Julie entrüstete sich darüber, dass ein paar Eier zerbrochen waren. Bunt weigerte sich, Modestine deswegen auszuschimpfen, sie folge ja bloß ihrer Eselsnatur, sagte er und brachte damit alle zum Lachen. Sie schoben und drängten sich, einander den Vortritt lassend, durch den Gang in den Salon, wo sie alle vier, von Cocos Gekrächz angespornt, mit erhobenen Stimmen weiterschwatzten. Vivienne stellte glücklich fest, dass sich Grandminon und Bunt auf Anhieb zu mögen schienen. Es war nicht bloß gegenseitiger Respekt wie bei Martin, sondern eine Zuneigung, die, wie Grandminon der Enkelin später sagte, ebenso Bunts buschigen und ungemein beweglichen Augenbrauen galt wie seinem Humor, der so gar nichts Menschenverachtendes an sich habe.

Er richtete sich im letzten noch unbewohnten Zimmer zur Meerseite hin ein. Am Abend auf der Terrasse überreichte er Vivienne sein Gastgeschenk, Bachs Violinkonzert in a-Moll, natürlich mit Fritz Kreisler als Solist, der sie – doch das verschwieg er – ja eigentlich zusammengebracht hatte. Bach, sagte Bunt, Johann Sebastian, den Vater, habe er lange zu Unrecht auf der Seite gelassen. Er entdecke ihn erst jetzt richtig, seine Violin- und Cembalo-Konzerte seien wunderbare Dorfkirchen, die Matthäus-Passion hingegen eine musikalische Kathedrale. Grandminon hatte zwar einiges einzuwenden gegen Bachs Nüchternheit und seine Sucht, jedes Motiv, wie sie sagte, in hartkantige Fugen zu verwandeln. Aber sie hörten sich, während der Tag verdämmerte, zu dritt die Platten an, und Grandminon gab zu, dass sie noch kaum etwas Melodiöseres als den langsamen Satz gehört habe. Bunts Nähe machte Vivienne froh, der Mann, der ihr gegenübersaß, war ein anderer als der Bunt ihrer sich im Kreis drehenden Gedanken.

Als sie an diesem Abend ein paar Minuten mit Grandminon allein war, lehnte diese sich über den Tisch hinweg zur Enkelin, fasste sie am Ellbogen und sagte beschwörend: «Du spürst es doch in jeder Faser. Sag ja.»

Vivienne schob Grandminons Arm sanft zurück. «Pass auf, du stößt sonst noch die Karaffe um.»

«Nimm ihn», flüsterte sie, und ihr Flüstern klang so laut, dass Coco mit einem einem schnarrenden «Ça va pas!» antwortete. Aber Grandminon ließ sich nicht beirren. «Er ist ein Geschenk für dich.» Sie lächelte ihr Runzellächeln. «Auch wenn Ehe das längste Wort in unserer Sprache ist, wie du weißt.»

«Und Glück letztlich eine Illusion», sagte Vivienne.

«Richtig. Aber manchmal brauchen wir Illusionen wie die Luft zum Atmen. Und wenn sich ein Glückszipfel zeigt, dann pack ihn. Pack ihn rasch, sonst verschwindet er!»

Om, dachte Vivienne. Aber sie sagte es nicht laut, sie hatte sich vorgenommen, dass Bunt noch eine letzte Probe bestehen musste, und sie sollte enden wie im Märchen, wo sich der tollpatschigste Bewerber zuletzt als der klügste und geschickteste erweist. Da kam er aus dem Badezimmer zurück, in dem er eine gute Weile vor sich hingeplätschert hatte, und sagte enthusiastisch: «Dieses Inselwasser! Es ist ganz seidig!» Vivienne bemerkte sogleich, dass er seinen Schnurrbart befeuchtet hatte, um ihn etwas zu glätten, und diese kleine Eitelkeit rührte sie.

Nach dem Frühstück wollte Bunt die Plätze, die sie gemeinsam entdeckt hatten, unbedingt wiedersehen. Vivienne antwortete mit zustimmenden Knurren, er bellte ganz leise, und so fanden sie, Laut um Laut, zu ihrer Geheimsprache zurück. Sie schlugen, auf Bunts Vorschlag hin, zuerst den Weg zum Fort ein, aber bei der ersten Verzweigung wandte sich Vivienne nach rechts statt nach links. Sie fand die Stelle, wo die Dornenäste ihren Geheimpfad versperrten, sie schob sie zur Seite, ging stumm voraus und sagte auch nichts, als Bunt hinter ihr wissen wollte, wohin sie ihn führte. Im lichteren Wald duftete es nach Rosmarin, an den Hausruinen kletterten blühende Winden empor. Bunt in seinen weiten Leinenhosen versuchte neben Vivienne herzugehen, er deutete auf eine Gruppe geflammter Orchis, die auf einem grasigen Fleck wuchsen, aber er schwieg nun auch. Dann erreichten sie die Senke und überquerten das kleine Viadukt. Bevor Vivienne ihr Refugium betrat, blieb sie einen Moment stehen, hielt die Handflächen schalenartig nebeneinander, als ob sie etwas Unsichtbares hineintragen würde. Wenn er jetzt das

Schweigen bricht, dachte sie mit plötzlicher Furcht, dann ist er der Falsche. Sie schritt über die unsichtbare Schwelle, in die halb besonnte winzige Lichtung hinein. Sie drehte sich um und winkte Bunt zu sich heran. Er kam zögernd näher. Sie berührte die Rinde einer Zypresse und streckte die andere Hand nach Bunt aus, er ergriff sie und hielt sie fest. Eine Weile blieben sie so, horchten auf entfernte Vogelstimmen und das Rauschen des Winds. Dann umarmten sie einander, so selbstverständlich und gelöst, als hätten sie es schon immer getan. Sie spürte Bunts Hände auf ihrem Rücken, ihr langsames Gleiten zum Kreuz, zu den Lenden. Sein Mund suchte den ihren – oder war es umgekehrt? –, der Schnurrbart kitzelte sie ein wenig, aber seine Lippen waren angenehm weich, schmeckten nach Tabak und Zahnpasta. Er küsste ungeschickt, seine Zunge stolperte ihren Zähnen entlang, und doch vergaß sie sich ganz.

Dann ließen sie einander los, blieben aber dicht voreinander stehen, Auge in Auge; es schien ihr, sie spiegle sich zweifach, winzig und schattenhaft, in Bunts graublauer Iris.

«Dieser Ort ist dir wichtig, nicht wahr», sagte er halblaut. Es waren seine ersten Worte im Refugium.

Vivienne nickte. «Hier stehen die einzigen Zypressen auf der Insel.»

«Wie Wächter kommen sie mir vor. Was bewachen sie?»

«Mich, wenn ich hier bin.»

Sie sah ihm an, dass er weiterfragen wollte, doch sie legte mahnend einen Finger auf seine Lippen. Er lächelte, über ihren Finger lief ein Kräuseln, das auch sie zum Lächeln brachte.

«Es braucht Mut, einander Geheimnisse zu lassen», sagte er.

«Ich hoffe, wir haben Zeit genug, es zu üben.»

«Danke.» Bunt blinzelte und drehte, ein wenig beschämt, den Kopf von ihr weg. «Ich glaube, das ist ein sehr schöner

Tag.» Er schluckte und hüstelte, kämpfte vergeblich gegen die Tränen. «Ich glaube, das ist der schönste Tage seit langem …» Er schniefte und schnüffelte, aber plötzlich packte er Vivienne um die Taille, hob sie in die Höhe, schwenkte sie herum und kitzelte sie, ohne es zu wollen. Sie strampelte und schrie: «Zertrample nicht die Kresse, du dummer Bär!» Doch er fuhr mit seinem Tanz fort und sang auf der Melodie von *Happy Birthday*: «I love you, only you!», und sie lachte dazu aus vollem Hals.

An diesem Tag gingen sie trotzdem noch zum Fort. Sie sahen die Mittagsblumen blühen, sie sahen ein Dutzend Segelboote vor der Ile du Levant kreuzen, sie konnten es nicht lassen, im alten Gemäuer einander zuzuknurren. Abends saßen sie, aneinander gelehnt, oben auf den Klippen, an einer Stelle, von der man ungehindert nach Westen sah. Die Sonne versank im Meer, die Wolken, die Bunt so liebte, ließen sich vom letzten Licht kraulen. Es wurde dunkel, Ballonets Hahn krähte zur Unzeit. Sie hatten seit dem Frühstück nichts mehr gegessen, nur Wasser aus einem Bach getrunken. Wenn jetzt etwas knurre, sagte Bunt, seien es nicht mehr imaginäre Löwen, sondern ihre Mägen, und so kehrten sie ins Haus zurück, aus dem es schon von weitem nach Julies Zwiebelsuppe roch.

Grandminon nahm die Verlobung wohlwollend zur Kenntnis. Sie habe damit gerechnet, sagte sie, auch eine alte Frau spüre die Elektrizität zwischen zwei Menschen. Sie möge es allerdings nicht, wenn es deswegen gleich blitze und donnere. Funken seien ihr angenehmer, beim Funkensprühen werde nicht gleich alle Zuneigungsenergie verschwendet. Dann rief sie Julie herbei und forderte sie auf, dem Paar zu gratulieren. Die Köchin, vom Herd erhitzt, stammelte Glückwünsche, machte einen Knicks und wischte sich, als hätte sie es aus Filmen gelernt, mit dem Schürzenzipfel ein paar Tränen aus den Augenwinkeln.

Grandminon wäre wohl einverstanden gewesen, wenn Bunt und Vivienne einander nachts besucht hätten; die Praxis weichte ja immer wieder ihre moralischen Grundsätze auf. Aber Vivienne zog es vor, auf die erste Nacht mit Bunt bis nach der Hochzeit zu warten.

«Konventionen haben auch ihr Gutes», sagte sie zu ihm, «sie machen das, worauf man wartet, umso kostbarer.»

«Das sagt ausgerechnet eine, die so viele Konventionen gebrochen hat», entgegnete Bunt mit einem Seufzer.

Natürlich hatte Grandminon für das Paar am nächsten Morgen einen passenden Spruch aus den Upanischaden herausgesucht. «Sprache und Atem», deklamierte sie, «dieses Paar vereinigt sich in der Silbe Om. Wahrlich, wenn Paarhälften zusammenkommen, dann erfüllen sie eine der anderen Begehren.»

«Om», sagte Vivienne fröhlich. «Om, Om. So oft du willst. Aber jeder von uns ist auch ein eigenes Ganzes, oder etwa nicht?»

Bunt ließ seinen Eierlöffel sinken und schaute sie verblüfft an.

«Das Schöne und das Schwierige an den Upanischaden ist ihre Vieldeutigkeit», sagte Grandminon und schob, als wolle sie ihn mit Süßem bestechen, den Honig zu Bunt hinüber.

Danach brachte sie aber beide mit der Frage in Verlegenheit, auf welchen Tag sie die Hochzeit festgesetzt hätten und ob sie eher an eine große oder kleine Einladung dächten. So weit seien sie in ihren Überlegungen noch nicht gekommen, sagte Bunt, und Vivienne spürte eine Beunruhigung, die rasch wieder zu einer Welle der Angst werden konnte. Doch dann atmete sie tief ein und sagte sich, kleineren Attacken dieser Art werde sie noch eine Zeit lang ausgesetzt sein, das ändere nichts an ihrem Ja. Und als sich Grandminon, die doch sonst das Abstrakte liebte, nach weiteren Details erkundigte, versprach Vivienne ihr sogar, Verlobungskarten für die ganze weitverzweigte Verwandtschaft drucken zu lassen und hier und dort ein paar persönliche Worte hinzufügen; ja, auch Martin werde sie schreiben.

Am dritten Tag nach Bunts Ankunft schlug das Wetter um. Es begann zu regnen und hörte nicht mehr auf. Der Regen prasselte Tag und Nacht aufs Dach, durchlöcherte Viviennes Träume, schwemmte Bilder aus Afrikas Regenzeit herbei. Die Wiese vor dem Haus verwandelte sich in Morast, die Blätter der Maulbeerbäume waren nass lackiert, die Wellen draußen im Meer trugen Schaumkronen wie gehässige, einander befehdende Königinnen. Bunt bereute es, keine Gummistiefel bei sich zu haben, in denen er durch die Pfützen stapfen konnte. Er ließ es sich aber nicht nehmen, draußen am Brunnen die Pumpe zu betätigen, damit sie auch drinnen genug Wasser hatten. Mit angepappten Haaren und hängendem Schnurrbart kehrte er ins Haus zurück und glich, so spottete Grandminon, verblüffend einem Walross. Als Kind, erzählte Bunt, habe er solche Regentage geliebt, er sei in der Umgebung herumgestromert, habe Polarforscher gespielt, furchtbare Entbehrungen in Kauf genommen und, aus Mangel an Eisbären, Regenwürmer beobachtet. Womit er, fügte er eilends bei, nichts gegen mehrjährige Afrikasafaris gesagt haben wolle. Auf solche Weise erheiterte er auch Grandminon immer wieder. Sie kam auf ihre stürmische Rückreise aus Argentinien zu sprechen, wo sie der hochschwangeren Kapitänsfrau bei Windstärke sieben auf einem verstimmten Klavier Beethoven vorgespielt hatte. Bunt hingegen war vor Jahren nach Ceylon gefahren, um die Tropen kennen zu lernen, und hatte dabei seine Liebe zur Seefahrt, inklusive Seekrankheit, umfassend ausgekostet, so dass sie nun für immer befriedigt war.

Sie saßen, während draußen der Regen niederrauschte, stundenlang zu dritt im Salon vor dem brennenden Kamin, sie hörten sich Platten an, sie lasen und erzählten sich Geschichten. Wenn Grandminon die beiden *Jungen*, wie sie sagte, allein ließ, um sich ihrer Übersetzung zu widmen, kam es vor, dass Vivienne und Bunt ihre Sessel ganz nahe zueinander schoben, sich aneinander lehnten und die Hände auf behutsame Erkundigung schickten. Den Hochzeitstermin hatten sie im Übrigen auf Ende Juli festgelegt, so weit war alles geregelt und schien zugleich ein bisschen dunstig wie draußen die verregnete Insel.

Dann klopfte eines Nachmittags Ballonet an die Tür. Er wusste auf geheimnisvolle Weise immer, was auf der Insel vorging, und er brachte die Nachricht, Monsieur Balyne sei am Vorabend im Fort Moulin, in den Armen seiner Frau, gestorben. Er habe den Auftrag, den Hausbewohnern mitzuteilen, dass die Beerdigung morgen um zwei Uhr auf dem Dorffriedhof stattfinde. Ballonet stand verlegen vor Vivienne, gerade noch im Schutz des Dachvorsprungs und doch mit nassem Gesicht, er drehte sein Käppi in den Händen, und Vivienne, die zur Tür gegangen war, schaute ihn ungläubig an: «Monsieur Balyne? Das kann doch nicht sein!»

«Gestern Abend», wiederholte Ballonet mit feierlichem Nicken. «In den Armen von Madame Balyne.» Und als Vivienne schwieg, fügte er hinzu: «Er war ja schon lange krank. Man sagte schon vor Jahren, er sei zum Sterben auf die Insel gekommen.»

Vivienne versuchte sich zu fassen. Sie wolle, sagte sie, dem Verstorbenen auf jeden Fall die letzte Ehre erweisen, und sie sei sicher, dass auch ihre Gäste mitkommen würden; ob er, Ballonet, Didier wegen des Bootes benachrichtigen könne, ihre Großmutter sei nicht mehr gut zu Fuß. Ballonet wiegte bedenklich den Kopf. Die See gehe hoch; Didier werde es wohl nicht wagen, Passagiere aufzunehmen. Er habe aber heute noch im Dorf zu tun und werde es ihm sagen.

Vivienne bedankte sich, drückte ihm ein Geldstück in die

Hand und schickte ihn weg. Sie kehrte zu Bunt in den Salon zurück und wurde sich bewusst, dass sie schwankte, als hätte sie zu viel getrunken. Bunt sprang erschrocken auf, um sie zu stützen.

«Was ist passiert?», fragte er. «Warum bist du so bleich?»

«Mir ist schwindlig», sagte sie und brach dann, nach kurzem Widerstand, in Tränen aus. Was sie sagen wollte, ging ihr fast nicht über die Lippen, sie weigerte sich immer noch, Balynes Tod für wahr zu halten. Aber dann berichtete sie, was sie eben erfahren hatte, und wunderte sich, dass Bunt nicht zu begreifen schien, weshalb dieser Tod sie derart aufwühlte. Erst ein paar Sätze später fiel ihr ein, dass er und Balyne sich gar nie begegnet waren. Monsieur Balyne, versuchte sie zu erklären, sei immer überaus freundlich zu ihr gewesen, er habe sie beschützt, habe im Streit zwischen ihr und seiner Frau vermittelt. Doch sie merkte, dass all dies kaum ausreichte, um ihre Gefühle zu begründen. Eigentlich begriff sie die Wucht ihrer Trauer, die dunkel und heiß wie flüssiger Teer in ihr aufstieg, selbst auch nicht, aber es entlastete sie ein wenig, dass Grandminon und Bunt bereit waren, sie zum Begräbnis zu begleiten.

Nachts wurde Viviennes Schmerz noch stärker. Sie rief sich Monsieur Balynes Züge vor Augen: seine fein geschnittene Nase, sein schütteres Haar, seinen melancholischen Ausdruck. Sie fand es unerträglich, dass sie nicht einmal Gelegenheit gehabt hatte, sich von ihm zu verabschieden, und zwischendurch machte es sie hilflos wütend, dass er sich auf diese Weise davongeschlichen hatte, und noch hilfloser war ihr zumute, wenn sie sich der Absurdität ihres Zorns bewusst wurde. Sie suchte den Schlaf, der nicht kommen wollte, und fürchtete sich zugleich vor den Träumen, die sie heimsuchen würden. Schließlich – es war lange nach Mitternacht – stand sie auf, zog den Morgenmantel an und klopfte leise an Bunts Tür. Er reagierte nicht. So ging sie, wie eine Schlafwandlerin, zu ihm hinein. Er hatte die Fensterläden geschlossen, im Zimmer war es dunkel, nur eine Ahnung von Helligkeit zeigte ihr den Weg zum Bett. Sie hörte sein regelmäßiges Atmen, das bisweilen in ein zischelndes Schnarchen überging. Reglos blieb sie stehen, vernahm nun auch andere Geräusche, das Ticken der Pendule vom Salon her, den dauernd vorhandenen Grundton des Meeresrauschens. Sie begann zu frösteln, tastete mit den Händen über Bunts Decke und die Erhöhungen, die seinen Körper bildeten. Er war noch da, nur das hatte sie wissen wollen. Und es war ein Trost, ihm so nahe zu sein und ihm dennoch nichts zu schulden. Ihr innerer Aufruhr beruhigte sich, die tiefe Müdigkeit, nach der sie sich gesehnt hatte, kehrte zurück. Auf den Zehenspitzen ging sie hinaus.

Die Haut des weißen Nashorns, fleckig und runzlig, wie mit Asche beschmiert. Ja, sie hat es getötet, aber sie weigert sich, auf dem Kadaver für ein Foto zu posieren. Schonung, denkt sie im Traum. Schonung heißt auch Lichtung, das weiß sie. Auf ihrer kleinen Lichtung steht sie dem Tier gegenüber. Es ist geschrumpft, damit es Platz hat bei ihr, die Haut hängt ihm in Falten herunter. Ein paar langschwänzige Vögel sitzen auf ihm, picken an ihm herum. Sie besteigt den Rücken des Tiers, das einknickt unter ihrem Gewicht, sich in Stein verwandelt, in einen Findling. Doch sie selbst, das ist das Entsetzliche, wird auch zu Stein, erstarrt vollständig, nur ihre Augen leben noch und etwas anderes, zuinnerst, eine nutzlose Glut. Nun wird sie, die versteinerte Frau, für immer zusammengeschweißt bleiben mit dem versteinerten Tier. Erst das Erwachen rettet sie, das Hochfahren, das Umsichschlagen. Warum hat sie nicht endlich Träume von Frieden und Glück? Wie lange werden die toten Tiere sie noch verfolgen?

Der Regen ließ am nächsten Tag nach. Zeitweise nieselte es bloß noch, und man ahnte sogar wieder, wo die Sonne stand.

Es war wärmer geworden, es roch nach üppiger Vegetation, nach Schlamm und herbem Blütenduft, zwischen den Bäumen hing strichweise dünner Nebel. Zu dritt warteten sie, dunkel gekleidet und mit aufgespannten schwarzen Schirmen, am Landesteg auf Didier. In der Bucht machte das Meer einen sanftmütigen Eindruck; draußen aber, sagte Ballonet, der bei ihnen stand, sei es immer noch rau genug. Als Bunt ihn fragte, warum nicht auch er zum Begräbnis komme, antwortete er, seit ihm ein Wahrsager in Marseille prophezeit habe, Begräbnisse brächten ihm Unglück, sei er nie mehr hingegangen.

Um halb zwei war Didiers Boot noch immer nicht in Sicht. Bunt schlug eben vor, dass Grandminon und Vivienne ins Haus zurückkehren sollten, da bog das Boot endlich um die Landspitze. Ein paar Minuten später warf Didier das Halteseil an Land, Ballonet fing es auf und hielt es fest. Didier machte einen verdrossenen Eindruck, mit keinem Wort entschuldigte er sich für die Verspätung. Seine Mütze war dunkel verfärbt, seine Schifferjacke hatte sich mit Wasser voll gesogen. Die Fahrt, sagte er, sei ungefährlich, aber die Passagiere müssten damit rechnen, nass zu werden. Nun ja, sagte Grandminon, das lasse sich jetzt nicht ändern. Sie klappte ihren Schirm zusammen und stieg als Erste ins Boot. Das Wasser stand fußhoch auf dem Boden, doch sie verzog keine Miene und setzte sich auf die Vorderbank, während sich Vivienne, die ihre Lacklederschuhe trug, wie ein frierender Vogel hinkauerte. Bunt ergriff sogleich die hölzerne Kelle und mühte sich ab, das Wasser aus dem Boot zu schöpfen. Didier warf den Motor an, sie schaukelten aus der Bucht hinaus. Sobald sie im offenen Meer waren, hatten sie Gegenwind. Die Wellen waren nun doch bedrohlich hoch, platschten gegen den Bug, bespritzten die Insassen, manchmal wurde das Boot so weit emporgehoben, dass die Schraube sich im Leeren drehte. Dann lehnte sich Grandminon an Vivienne, und

Bunt hielt sich mit beiden Händen am Sitzbrett fest. Didier versicherte ihnen, das Boot werde nicht kentern, dafür lege er die Hand ins Feuer. Doch er verwünschte den Wind und den stotternden Motor, ständig musste er mit dem Ruder den Kurs korrigieren.

Sie brauchten beinahe eine Stunde, bis sie den Hafen von Port-Cros erreicht hatten. Sie froren, als sie an Land gingen, trockneten mit Schnupftüchern die salznassen Gesichter und versuchten die voll gesogenen Jackenärmel auszuwringen. Vivienne leerte am Quai ihre Schuhe aus, diese glänzenden Damenschühchen mit den halbhohen Absätzen, die ihr plötzlich nutzlos und lächerlich vorkamen.

Die Totenfeier in der Dorfkapelle war schon vorüber, die Glocke läutete mit dünnem Ton. Sie schlossen sich dem Leichenzug an, der sich langsam, unter schwankenden Schirmen, mit den Sargträgern an der Spitze zum Fort Moulin hinaufbewegte. Man drehte sich nach den Fremden um, einige erkannten Vivienne und nickten ihr zu. Es war ein steiler Aufstieg. Grandminon geriet ins Keuchen und ließ sich stützen; die Anstrengung, sagte sie, wärme sie immerhin ein bisschen auf.

Der ummauerte Friedhof, von verwildertem Hibiskus gesäumt, lag ein paar hundert Meter hinter dem Fort, am Rand einer Klippe. Vivienne war schon einige Male hier vorübergegangen, sie hatte hinter der Mauer und dem Tor einen alten Garten vermutet. Die Trauergäste – es waren nicht mehr als vierzig, fünfzig – drängten sich auf den Wegen und zwischen den Grabsteinen zusammen. Das frische Grab war gleich bei der Mauer zur Meerseite ausgehoben; und das fand Vivienne passend für den Toten. Erst jetzt erkannte sie Madame Balyne, die, etwas abseits vom Curé, neben dem Grab stand. Sie war verschleiert und presste einen großen Strauß mit Lilien an sich. Ihre ganze Trauer schien im wallenden schwarzen Rock eingewoben zu sein, den sie trug. Sie schaute zu, wie der Sarg an Seilen ins Grab glitt; ob das Gebet des Pfarrers, das Amen der Trauergäste zu ihr drang, war aus ihrer Haltung nicht zu ersehen. Aber dann fiel sie, von Schluchzen geschüttelt, auf die Knie und warf die Lilien, eine nach der anderen, ins Grab, zuletzt eine Hand voll Erde. Als sie sich wieder aufrichtete, löste sich aus der Gruppe, die ihr am nächsten stand, Monsieur Henri, und trat zu ihr hin, um sie zu stützen. Andere warfen nun ebenfalls Blumen ins Grab oder legten Sträuße an dessen Rand, dazu kam der eine oder andere von Schleifen umwundene Kranz. Madame Balyne nahm die Kondolenzbezeugungen entgegen und schüttelte kurz die Hände, die sich ihr entgegenstreckten. Vivienne reihte sich, mit Bunt und Grandminon, in die Kolonne ein, die Schritt um Schritt zu Madame Balyne vorrückte. Als sie endlich vor der Witwe stand, lüftete diese den Schleier und schob ihn über den Hut zurück. Ihr Gesicht wirkte abgezehrt, um Jahre gealtert, die Augen waren verweint und lagen tief in den Höhlen. Am meisten erschreckten Vivienne jedoch Madame Balynes weiße Haare; noch bei ihrer letzten Begegnung waren sie dunkelblond gewesen, von ein paar silbernen Strähnen meliert.

Madame Balynes Hand fühlte sich kalt und leblos an. «Er war so begabt», sagte sie. «So großzügig. Und nun ist er gegangen.» Ihre Stimme brach, aber sie ließ Viviennes Hand nicht los und schaute fragend zu Bunt, der mit gesenktem Kopf neben sie getreten war.

«Das ist Mister Goschen», stellte Vivienne ihn vor und fügte nach einer winzigen Pause hinzu: «Mein Verlobter.»

Madame Balyne hob die Augenbrauen, ihre Augen füllten sich wieder mit Tränen, und sie sagte matt: «Wie schön», und, zu Bunt gewandt: «Sehr erfreut.»

Bunt verbeugte sich, sie überließ ihm ihre Fingerspitzen und entzog sie ihm gleich wieder mit einer impulsiven Bewegung. Er machte Grandminon Platz, die sich ein wenig vorgedrängt hatte. Vivienne hörte sie sagen: «Sie Ärmste, denken Sie daran, dass er zurückgekehrt ist in den Urgrund alles Geistigen. Wir kommen von dort, wir gehen dorthin. Ist das nicht ein Trost?»

Madame Balyne nickte geistesabwesend und schlug den Schleier wieder übers Gesicht, dann fragte sie plötzlich: «Um Himmels willen, warum sind Sie eigentlich so nass?»

Grandminon war einen Moment sprachlos. «Die Fahrt, die Bootsfahrt», antwortete sie. Doch bevor sie weitersprechen konnte, zog Vivienne sie am Ärmel weg, denn hinter ihnen warteten die letzten Trauergäste.

Am Tor schaute Vivienne sich noch einmal um und lächelte Monsieur Henri zu, der halb verborgen hinter der Witwe stand.

Auf der Rückfahrt, mit dem Wind im Rücken, brach die Sonne durchs Gewölk, und es wurde unerwartet heiß. Vivienne wäre nicht erstaunt gewesen, wenn sie alle vier zu dampfen begonnen hätten. Sie griff nach Bunts Hand, und obwohl sie von einem Begräbnis zurückkehrten, hatte das Schaukeln des Boots auf einmal etwas Festliches.

Festnageln

DIE ERÖFFNUNG des Ostflügels mit dem ersten Teil der von-Wattenwyl'schen Dioramen am 3. Jänner 1936 brachte uns viel Ehre und Beachtung ein, auch wenn Professor Baumann, nun also Direktor des Hauses, den Löwenanteil – gestatten sie mir das Wortspiel – für sich einzuheimsen versuchte. Es war mir indessen unbegreiflich, weshalb Frau Goschen-von Wattenwyl nicht zur Eröffnungsfeier erschien. Vermutlich waren die zwei Kinder, die sie unterdessen geboren hatte, damals noch zu klein, oder es gab andere Gründe der Verhinderung.

Sie kam erst ein gutes Jahr später. Schon Tage vorher war die Aufregung im Museum groß. Direktor Baumann verlangte äußerste Reinlichkeit im Ausstellungssaal; der Boden wurde gefegt, die Scheiben geputzt. Als zweiter Präparator stand ich in der Rangfolge zu tief, als dass mir erlaubt worden wäre, beim Empfang dabei zu sein. Dagegen war nichts zu machen, auch wenn ich, wie so oft, innerlich mit dieser Zurücksetzung haderte. Ruprecht hingegen hatte den Auftrag, die Besucherin zu begleiten, um bei allfälligen Fragen gleich zur Stelle zu sein. Er hat mir erzählt, was an diesem Tag geschah. Frau Goschen fuhr, wie üblich, in einer Privatlimousine vor; die Herren von Sinner und Baumann, beide sonntäglich gekleidet, begrüßten sie draußen auf dem Treppenabsatz vor dem Eingang. Sie überboten sich gegenseitig in Höflichkeiten und begleiteten die Besucherin in die Eingangshalle, wo ihr der Mantel abgenommen wurde. Ruprecht hatte drinnen, hinter der verglasten Flügeltür, gewartet, folgte nun, nachdem Frau Goschen ihm ebenfalls kurz die Hand gedrückt hatte, im Abstand von einigen Schritten dem Grüppchen, das auf das erste Diorama am Ende der Halle zuging. Darin stand, im Morgenlicht der afrikanischen Savanne, der große Kaffernbüffel. Er war schon von der Kasse aus sichtbar und sollte als Blickfang dienen, der die Besucher zu sich lockte und dann in den nach rechts abbiegenden Kojengang leitete. Je näher Frau Goschen dem Büffel kam, desto langsamer wurden ihre Schritte. Dann blieb sie stehen. Sie legte die Hand über die Augen und zog sie wieder weg, als müsse sie sich vergewissern, dass sie nicht träumte. Sie schüttelte den Kopf und sagte mit leiser, beinahe versagender Stimme etwas, das Ruprecht nicht verstand. Direktor Baumann glaubte, sie stützen zu müssen; aber sie entzog sich mit einer abwehrenden Bewegung seiner Hand und strebte entschlossen ins Halbdunkel, das sie zu verschlucken schien. Ruprecht zögerte, bevor er ihr nachging, und als er sie wieder sah, stand sie schon vor den Bongos, die wir zwischen lianenbehangenen Urwaldbäumen platziert hatten, und die beiden Herren redeten dozierend auf sie ein, als hätten sie das Diorama selbst geschaffen. Frau Goschen indessen blieb stumm. Ihr Gesicht, sagte Ruprecht, sei ihm plötzlich im Kunstlicht gealtert vorgekommen, es habe abwehrend und gleichsam gefroren gewirkt. Als sie weiterging, sei ihm zudem aufgefallen, dass sie sich geradezu schleppend bewegte, was ja wohl eine Folge der Malaria-Anfälle sei, die sie, wie man höre, in Abständen heimsuchen und schwächen würden. Vor der Koje mit der Löwengruppe, fuhr Ruprecht fort, sei sie förmlich erstarrt, habe kaum noch geatmet. Mit den Löwen hatten wir uns die allergrößte Mühe gegeben: Zwei Männchen, ein älteres und ein jüngeres, stehen sich abwartend gegenüber, während die Weibchen und die Jungen, als Zuschauer gleichsam, schön angeordnet auf einem Felsen ruhen. Was empfand Vivienne Goschen-von Wattenwyl wohl bei diesem Anblick?, fragte ich mich, während Ruprecht berichtete. War es Trauer? Sehnsucht nach vergangenen Zeiten? Ein Fotograf des *Tagblatts*, ein unangenehm aufdringlicher Mensch, der sich inzwischen zur Gruppe gesellt hatte, wollte unbedingt, dass Frau Goschen vor der Löwengruppe für ihn posiere; ein solches Bild, sagte er, werde die Leserschaft begeistern. Doch Frau Goschen wies ihn bestimmt, ja schroff ab. «Dafür stehe ich nicht zur Verfügung», soll sie gesagt haben, «es wäre Betrug.» Vorher noch habe sie bemerkt, es sei an sich alles richtig, was wir hier zeigten, und doch sei es ganz falsch. An diesem Satz kaute Ruprecht lange herum; er hätte Frau Goschen gerne Afrika so vorgeführt, wie sie es in Erinnerung hatte, und musste sich nun eingestehen, dass dies eine unerfüllbare Aufgabe war. Unser Afrika entstand ja nicht auf der Grundlage persönlicher Erfahrungen, sondern allein durch unsere Vorstellungskraft. Einmal freilich habe ich im Zoo einen Löwen brüllen hören, es war eine mächtige Klage, ja, weit mehr Klage als Zorngebrüll, und sie ging mir durch Mark und Bein.

Nach meinem Weggang aus Bern blieb ich mit Ruprecht noch einige Jahre in brieflichem Kontakt. So weiß ich, dass er Vivienne Goschen-von Wattenwyl im Juni 1946, als das Museum den zweiten Saal der von-Wattenwyl'schen Sammlung eröffnete, vermutlich zum letzten Mal gesehen hat. Damals spürte auch er schon die ersten Anzeichen des Alters, es war noch nicht lange her, dass er vernommen hatte, sein Sohn aus erster Ehe sei in den letzten Kriegstagen von den Nazis wegen Feigheit vor dem Feind gehängt worden. Der Sohn habe, so schrieb mir Ruprecht in überraschender Offenheit, als Offizier gedient und seiner Truppe, kurz vor der Kapitulation, den Rückzug befohlen, doch er habe Pech gehabt und sei in die Hände von Fanatikern geraten. Die Geschichte wühlte ihn gewiss weit mehr auf, als er zugeben mochte; er hatte mit dem älteren Sohn kaum mehr Kontakt gehabt, und doch war es eben sein Sohn. Ich schließe nicht aus, dass er Frau Goschen, als sie im Museum erschien, gerne davon erzählt hätte; dann hätte sie wohl, anders als Direktor Baumann, seine Gedankenabwesenheit entschuldigt. Diesmal wurde sie aber von ihrem Mann begleitet, und dieser Umstand machte es Ruprecht unmöglich, ein privates Wort mir ihr zu wechseln. Herr Goschen sei sehr freundlich, von weicher Wesensart gewesen, schrieb er mir; er habe nach allen Seiten gelächelt und Ruprecht für seine *wonderful works of art* beglückwünscht. Das sollte Ruprecht schmeicheln, ihm wäre aber das Kompliment aus einem anderen Mund lieber gewesen.

Dass Frau Goschen-von Wattenwyl im gleichen Jahre starb, in dem Ruprecht in Pension ging, betrachte ich als weitere merkwürdige Fügung. Ihre beiden Schicksale waren auf rätselhafte Weise miteinander verknüpft. Doch was wissen wir über menschliche Schicksale? Beinahe nichts. Und doch so viel, dass uns das, war wir nicht wissen, ein Leben lang beschäftigen kann.

NACHWORT

Die meisten Figuren, die in diesem Buch vorkommen, haben ein reales Vorbild. Dennoch sind sie erfunden, denn der Autor, der einen biographischen Roman schreibt, skizziert wohl nach der Natur, fügt aber das Vorgefundene zum eigenen Bild zusammen.

Ich musste allerdings viel wissen, um genügend erfinden zu können, und ich brauchte ein solides Faktengerüst, auf das ich mich stützen konnte. Die wichtigste Quelle waren für mich die drei Bücher, die Vivienne von Wattenwyl (auf Französisch und Englisch: de Watteville) geschrieben hat, *Out in the Blue* (1929), *Speak to the Earth* (1936) und *Seeds that the Wind may Bring* (posthum, 1965). In diesen drei Büchern spiegelt sich ihre Biographie bis zum dreißigsten Altersjahr, bis zu ihrer Entscheidung also zu heiraten und, von außen gesehen, ein bürgerliches Leben zu führen. Ihre subjektive Sicht wurde während meiner Recherchen ergänzt und kontrastiert durch die Tagebücher von Franz Baumann, dem damaligen Direktor des Naturhistorischen Museums Bern, ebenso durch die Arbeiten afrikanischer Anthropologen und durch Berichte von Bewohnern der Insel Port-Cros, die sich an Erzählungen ihrer Eltern über Vivienne de Watteville erinnerten.

Auf die Tagebücher des Direktors habe ich mich auch gestützt, um mir den Alltag und die Arbeitsabläufe im Museum vorstellen zu können. Dabei hat mir der ehemalige Präparator Kurt Küng mit ausführlichen Hinweisen geholfen. Die beiden heutigen Präparatoren, Christoph Meier und Martin Troxler, haben mir zudem die Entstehung einer Dermoplastik erklärt und vorgeführt.

Dank Verena Andres, der Bibliothekarin des Museums, erhielt ich Einblick in alle archivierten Dokumente, die mit Vater und Tochter von Wattenwyl in Zusammenhang stehen. Das Legat des Afrikaforschers und Großwildjägers C. A. W. Guggisberg verschaffte mir eine reiche Begleitlektüre.

Als Schriftstellerin wurde Vivienne von Wattenwyl in der Schweiz kaum wahrgenommen. Lediglich eins ihrer Bücher – *Out in the Blue* – erschien 1949, mit zwanzigjähriger Verspätung, unter dem Titel *In blaue Fernen* auf Deutsch. Im angelsächsischen Raum war sie viel bekannter; ihre Bücher erschienen bei Methuen, einem angesehenen Londoner Verlag.

Edith Wharton, die berühmte amerikanische Autorin, schrieb ein Vorwort zu ihrem zweiten Buch. Hemingway, der *Out in the Blue* und *Speak to the Earth* kannte, ließ sich von ihr, wie der Anglist Robert W. Lewis nachwies, zu seiner Short Story *Snow on Kilimanjaro* inspirieren. Nach dem Kriegsausbruch verblasste ihr Renommee rasch. In Frankreich wurde Vivienne de Watteville allerdings um 1990 wiederentdeckt. Payot publizierte die französische Übersetzung von *Speak to the Earth* in zwei Teilen, *Thé avec les éléphants* und *Musique de chambre*. In Rezensionen wurde sie als Naturmystikerin und als Vorläuferin der Grünen bezeichnet.

Vivienne von Wattenwyls Tochter, Tana Fletcher-Goschen, lebt heute in England. Von ihr erhielt ich Auskünfte, die mir erlauben, das Leben des Ehepaars Goschen nach seiner Heirat im Juli 1930 zumindest in groben Umrissen zu erahnen. Die beiden waren offenbar miteinander sehr glücklich und führten ein zurückgezogenes Leben in einem abgelegenen Haus in Sussex. Ihre zwei Kinder gewöhnten sich früh ans Freiluftleben, durften schon als Sieben-, Achtjährige im Wald campieren. In Sussex, habe die Mutter den Kindern gesagt, gebe es keine Bären und Löwen, das Gebrüll der Löwen allerdings habe sie hin und wieder, täuschend echt, nachgeahmt. Wovon die Familie hauptsächlich lebte, ist unklar, vermutlich von Vermögenserträgen. Vivienne soll für Zeitungen und fürs Radio Beiträge verfasst haben.

Während der Kriegsjahre hatten die Goschens eine Schweizer Köchin, Alice Nussbaum, die später ihrer Schwiegertochter erzählte, Vivienne habe zu jener Zeit viel geschrieben, habe auch immer wieder mit ihr, der Köchin, lange Waldspaziergänge unternommen und ihr von ihren Reisen und ihren spirituellen Erfahrungen erzählt. Die Familie musste zeitweise knausern, dennoch reisten die Goschens noch während des Krieges durch Alaska und verbrachten später einige Zeit auf Mallorca. Nach Afrika kehrte Vivienne meines Wissens nie mehr zurück. Sie litt an den Spätfolgen ihrer afrikanischen Strapazen und war immer wieder krank. Sie sei zudem, berichtet eine Bekannte aus jener Zeit, von gelegentlichen Depressionen heimgesucht worden.

George Gerard Goschen starb 1953. Im Nachruf der *Times* vom 11. Mai steht der Satz, der Verstorbene sei mit vielen Gaben – vor allem mit Herzlichkeit und Humor – gesegnet gewesen, aber eine habe ihm gefehlt: die, sein Brot selbst zu verdienen.

1957 starb Vivienne, gerade so alt wie das Jahrhundert, an Krebs. Ein langes Leiden ging für sie damit zu Ende. Sie sah ihrem Tod gefasst, ja mit Erleichterung entgegen, sie war der Meinung, ihr sei ein gutes und reiches Leben geschenkt worden. Das Sterben, schrieb mir ihre Tochter, habe sie als letztes großes Abenteuer betrachtet.

EINIGE BIBLIOGRAPHISCHE HINWEISE

Ungedruckte Quellen

Naturhistorisches Museum der Burgergemeinde Bern (NHM)

Tagebücher von Doktor Franz Baumann, Kurator, dann Direktor des NHM, 1922–1948;

Briefe von und an Franz Baumann.

Burgerbibliothek Bern

Archiv und Stammbaum der Familie von Wattenwyl in der Burgerbibliothek der Stadt Bern (ZA Distelzwang 120, 220).

Gedruckte Quellen

Zeitungsberichte zwischen 1924 und 1936

über die Safari der von Wattenwyls und die Eröffnung der Sammlung im Naturhistorischen Museum Bern (*Der Bund, Schweizer Illustrierte, Gazette de Lausanne, Berner Illustrierte, Die Garbe*).

Bücher

Oscar Baumann, *Durch Massailand zur Nilquelle,* Verlag Dietrich Reimer, Berlin 1894.

Udo Becker, *Zur Geschichte der Zoologischen Präparation des Senckenbergmuseums in Frankfurt am Main,* Verlag Waldemar Kramer, Frankfurt am Main 1997.

Claudia Benthien, *Haut. Literaturgeschichte – Körperbilder – Grenzdiskurse,* Rowohlts Enzyklopädie, Reinbek bei Hamburg 1999.

Per Erik Borge, *Norwegische Trollgeschichten und Märchen,* SFG, Oslo 1994.

Hanspeter Bundi, *Afrika in Bern,* NHM der Burgergemeinde Bern, Bern 1998.

C. W. Hobley, *Bantu Beliefs and Magic,* H. F. & G. Witherby Ltd., London 1938.

Walter Huber (Hg.), *Das naturhistorische Museum Bern. Seine Geschichte, seine Sammlungen, seine Aufgaben*, Festschrift zur 150-Jahr-Feier, Bern 1982.
Walter Huber, *Georg Ruprecht 1887–1967*, Separatdruck aus: Jahrbuch des NHM Bern, 1966–1968.
Fritz Jaeger, *Afrika. Allgemeine Länderkunde*, Bibliographisches Institut, Leipzig 1928.
Jomo Kenyatta, *Facing Mount Kenya*, Vintage Books, New York 1965.
Robert W. Lewis, Jr., *Vivienne de Watteville, Hemingway's Companion on Kilimanjaro*, in: *Texas Quarterly*, University of Texas, Austin 1966.
Peter Meile, *Wild und Jagd in Afrika*, NHM, Bern 1999.
Carl Meinhof (Hg.), *Afrikanische Märchen*, Eugen Diederichs, Jena 1927.
Ngugi wa Thiong'o, *Her Cook, Her Dog: Karen Blixen's Africa*, Heinemann, Portsmouth 1993.
George Padmore, *Afrika unter dem Joch der Weißen*, Rotapfel-Verlag, Erlenbach-Zürich, o. J.
Gerhard Schröder, *Das Sammeln, Konservieren und Aufstellen von Wirbeltieren*, Verlag Paul Parey, Berlin 1936.
Charles W. Scott, *Parc National de Port-Cros*, Editions Ouest-France, Rennes 1995.
Paul Thieme, *Upanischaden. Ausgewählte Stücke*, Philipp Reclam jun., Stuttgart 1966.
David Ward, *Chronicles of Darkness*, Routledge, London 1989.
Vivienne de Watteville, *Out in the Blue*, Methuen, London 1929; ins Deutsche übersetzt von Rolf Bally: *In blaue Fernen. Afrikanische Jagdabenteuer*, Verlag Hallwag, Bern 1949.
Vivienne de Watteville, *Speak to the Earth*, Methuen, London 1935.
Vivienne de Watteville, *Seeds that the Wind may Bring*, Methuen, London 1965.

Ich bedanke mich für Auskünfte, Gespräche und freundliche Hilfe bei:
Verena Andres, Naturhistorisches Museum der Burgergemeinde Bern (NHM); Nathalie Attencourt, Port-Cros; Pierre Buffet, Port-Cros; Tana Fletcher-Goschen, Maidenhead; Max Frei, Spiegel b. Bern; Caroline Grünig-Manton, Courgevaux; Marcel Güntert, NHM Bern; Kurt Küng, Australien; Olga Leu, Uster; Christoph Meier, NHM Bern; Jörg Ruprecht, Riggisberg; Martin Troxler, NHM Bern; Solange de Watteville, Gaillard; Richard von Wattenwyl, Bern; Denise Wittwer Hesse, Burgerbibliothek Bern; Hans Würgler, Spiegel b. Bern

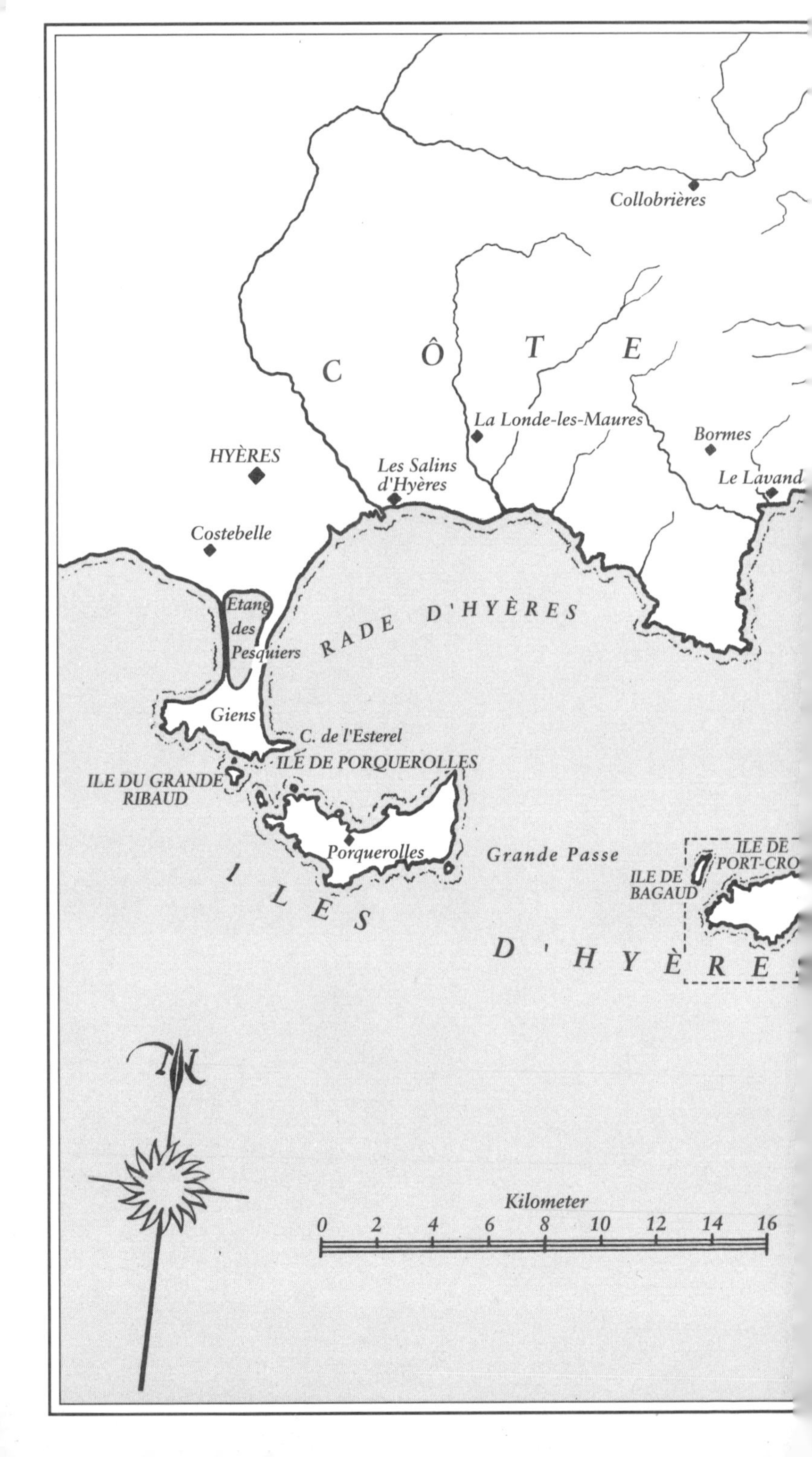
Collobrières
C Ô T E
La Londe-les-Maures
Bormes
HYÈRES
Les Salins
d'Hyères
Le Lavand
Costebelle
Etang
des
Pesquiers
RADE D'HYÈRES
Giens
C. de l'Esterel
ILE DE PORQUEROLLES
ILE DU GRANDE
RIBAUD
Porquerolles
Grande Passe
ILE DE
PORT-CRO
ILE DE
BAGAUD
I L E S
D ' H Y È R E S
Kilometer
0 2 4 6 8 10 12 14 16